Dieter Schneider

Double
Ein Werder-Roman

D1726318

Dieter Schneider

Double

Ein Werder-Roman

VERLAG DIE WERKSTATT

Bibliografische Information der Deutschen Nationalbibliothek:
Die Deutsche Nationalbibliothek verzeichnet diese Publikation in der
Deutschen Nationalbibliografie; detaillierte bibliografische
Daten sind im Internet über http://dnb.d-nb.de abrufbar.

Copyright © 2011 Verlag Die Werkstatt GmbH
Lotzestraße 22a, D-37083 Göttingen
www.werkstatt-verlag.de
Alle Rechte vorbehalten.
Satz und Gestaltung: Verlag Die Werkstatt
Coverentwurf: www.vogelsangdesign.de
Druck und Bindung: Westermann-Druck Zwickau

ISBN 978-3-89533-830-4

FSC
www.fsc.org
MIX
Papier aus ver-
antwortungsvollen
Quellen
FSC® C022125

Für alle, die um das Glück keinen großen Bogen machen und dort glücklich sind, wo die Weser einen großen Bogen macht …

„Es ist einfacher, Tore zu schießen, als den deutschen Führerschein zu machen."

(Ailton)

„Dem Fußballer geht es ähnlich wie dem Autor: Was mühelos aussieht, ist die Ernte harter Arbeit. Die Kunst besteht darin, dass man die Anstrengung nicht erkennt."

(Johan Micoud)

„Eine Niederlage schmeckt viel bitterer, als der schönste Sieg süß schmecken kann!"

(Hannes Grün)

Vorwort

Frank Baumann

Es gibt Tage im Leben, die vergisst man nie. Auch im Leben eines Profifußballers. Einer dieser Tage war der 30. Juli 2003 und obwohl ich ihn gerne aus meinem Gedächtnis streichen würde, ist er noch heute präsent. An diesem Tag gastierten wir in der vorletzten Runde des UI-Cups im österreichischen Pasching, bei einer Mannschaft, die – verglichen mit dem deutschen Fußball – maximal Drittliganiveau hatte. Der Weg ins Finale des UI-Cups und damit die Qualifikation für den UEFA-Cup schien nur noch Formsache zu sein. Doch es kam anders. Wir gingen mit 0:4 unter und jedem war klar, dass uns im Rückspiel nur noch ein Wunder helfen würde. Aber Wunder – auch die von der Weser – sind leider nicht planbar. Im Rückspiel kamen wir nicht über ein 1:1 hinaus.

Danach herrschte zunächst eine unglaubliche Tristesse im Team und bei den Fans. Was in den Fans vorgegangen sein muss, schildert Dieter Schneider in seinem Roman derart emotional, dass man das Gefühl hat, das Spiel und die damit verbundene Enttäuschung noch einmal am eigenen Leib zu erleben – eine ganz neue Perspektive für mich als ehemaligen Spieler.

Vielleicht war ausgerechnet dieses Spiel die Initialzündung für eine Saison, die als die erfolgreichste, bewegendste und vielleicht emotionalste in der Geschichte von Werder Bremen eingegangen ist. Denn die Mannschaft rückte zusammen, gewann das erste Bundesligaspiel in Berlin souverän mit 3:0 und ließ viele unvergessliche Partien folgen. Spontan fallen mir die Spiele in München, wo wir mit einem 3:1-Sieg die Meisterschaft perfekt gemacht hatten, und das erfolgreiche Pokalfinale ein. Aber während ich „Double" las, waren plötzlich auch wieder Momente präsent, die in meiner Erinnerung in all den Jahren beinahe ein wenig verblasst waren: Das Spiel in Gladbach, als wir mit 10 Spielern ein 0:1 in einen 2:1-Sieg umwandelten. Oder das Auf und Ab beim Auswärtsspiel in Stuttgart, das schließlich 4:4 endete. Der Krimi in Fürth, im Viertelfinale des DFB-Pokals, als es in der 90. Minute 1:2 hieß und nach Micouds Ausgleich allen Spielern, und sicher auch den Fans, ein Stein vom Herzen fiel, als wir uns doch noch in die Verlängerung retten konnten. Aber es sollte nicht zur Verlängerung kommen, denn Ivan Klasnić erzielte unmittelbar danach sogar noch den 3:2-Siegtreffer in der regulären Spielzeit. Niemand konnte uns auf dem Weg zum Double stoppen. Dieter Schneider begleitet den Leser auf diesem Weg, in einer Achterbahn der Emotionen. Das Schöne daran ist, dass Schneider diesen Weg nicht nur aus der Sicht von Hannes, dem erfahrenen Fan schildert, für den Werder immer schon an erster Stelle in seinem Leben gestanden hat. Er reflektiert die Saison auch aus den Augen des kleinen Simon, der von Hannes zum ersten Mal mit ins Weser-Stadion genommen und an diesem Tag vom grün-weißen Virus infiziert wird.

Doch das Buch ist mehr als ein sehr emotionaler Fußball-Roman. Als Vater zweier Kinder weiß ich, dass es das schönste Geschenk ist, wenn diese gesund sind. Wenn dieses Geschenk von heute auf morgen nicht mehr existiert und man um das Leben eines Kindes bangt, wird alles zur Nebensache. Dieter Schneiders Schilderungen von Simons Krankheit und der damit verbundenen Ratlosigkeit seiner Mutter Anna sind sehr bewegend. Gleiches gilt für Hannes' Umgang mit der Krankheit seines kleinen Freundes. Ich hatte beim Lesen das Gefühl, dass Hannes, trotz seiner 30 Jahre, erst durch diese Erlebnisse richtig erwachsen wird. Mir wurde durch den Roman aber auch einmal mehr vor Augen geführt, welche Verantwortung ich als Profifußballer von Werder Bremen hatte. Natürlich war da die Verantwortung gegenüber Werder, meinem Arbeitgeber. Aber unsere Mannschaft hatte auch eine Verantwortung gegenüber der Stadt Bremen, die durch unsere Erfolge einen richtigen Schub bekommen hat. Und schließlich ist da die Verantwortung gegenüber den vielen Fans. Und dann gibt es Fans, denen gegenüber wir – ohne dass dies einem Spieler zu jeder Zeit bewusst ist – ein ganz besonders hohes Maß an Verantwortung haben. Simon ist einer dieser Fans. Wir konnten mit unserem Beruf eine ganze Region, aber auch Einzelschicksale positiv beeinflussen.

Der Zufall will es, dass ich vor einer Woche im Rahmen eines Benefizspiels einige Weggefährten des Double-Kaders getroffen habe. Es war schön, mit ihnen über die Saison 2003/2004 zu sprechen und es war ebenso klasse, mit anzusehen, dass Johan Micoud noch immer ein begnadeter Fußballer ist und es nach wie vor Spaß macht, mit ihm zu spielen. Das Thema Pasching habe ich allerdings nicht angeschnitten. Womit ich wieder beim 30. Juli wäre. Man sagt ja, Geschichte wiederholt sich manchmal. Am 30. Juli 2011 musste die Werder-Mannschaft wieder eine Schmach erleben – sie schied in der ersten Runde des DFB-Pokals mit einer glanzlosen Vorstellung in Heidenheim aus. Einem Drittligisten. Natürlich kann man das Double nicht mehr gewinnen. Aber der Start in die Bundesligasaison 2011/2012 war so schlecht nicht. Wenn sich in der Liga die Geschichte tatsächlich wiederholen würde, hätte ich nichts dagegen. Simon und Hannes sicherlich auch nicht.

Ich hoffe, Sie haben ebenso viel Freude beim Lesen dieses Buchs und werden von genauso vielen Emotionen gepackt wie ich!

Ihr
Frank Baumann

Bremen, September 2011

Frank Baumann war Mannschafts-Kapitän der Double-Mannschaft und ist Ehrenspielführer von Werder Bremen.

Anfang 2003:
Hannes Grün und seine große Liebe

In den letzten fünf Jahren hatte Hannes Grün in drei verschiedenen Städten gewohnt. Er hatte acht neue Jobs angetreten und sich unzählige Male eine andere Frisur zugelegt. Beinahe ebenso oft hatte er Termine mit Psychologen vereinbart, von denen er bis auf einen alle anderen hatte platzen lassen. Wahrscheinlich charakterisierten derartige Fünfjahresstudien normalerweise die Lebensabschnitte von Schläfern fundamentalistischer Organisationen oder Auftragsmördern. Doch Hannes' polizeiliches Führungszeugnis war unbescholten wie die Jungfrau Maria. Er hatte ebenso wenig Erfahrung mit kriminellen Delikten wie ein fünfzigjähriger Schalke-Fan mit dem Gewinn einer Bundesliga-Meisterschaft. Im Alter von 18 Jahren hatte er ein Eins-Komma-Abitur geschrieben und anschließend ein Wirtschaftsstudium mit Prädikatsexamen abgeschlossen.

Hannes hatte ein anderes Problem: Er vertrug keine Frauen.

Dabei war es nicht so, dass er allergisch auf sie reagierte. So konnte er sich also durchaus in ihrer Nähe aufhalten, solange sie ihn in Ruhe ließen. Es bereitete ihm keine Schwierigkeiten, mit ihnen zu reden, zu scherzen oder ihnen zu schmeicheln. Denn so strich er schließlich Provisionen in einer Dimension ein, durch die seine drei Komplettumzüge ohne jegliche Verluste finanziert worden waren. Wer konnte so etwas schon von sich behaupten? Aber wenn es darum ging, mit Frauen das einzugehen, was der Duden eine *Beziehung* nannte, musste Hannes sie ins Abseits laufen lassen. So steckte Hannes in Bezug auf das schwache Geschlecht in einem Dilemma: Ohne die Frauen hätte er nie umziehen, sich keinen neuen Job suchen müssen und seine Haarfarbe sich selbst überlassen können. Doch es waren gerade die Frauen, welche für die stattlichen Überweisungen seiner jeweiligen Arbeitgeber verantwortlich waren, weil sie gewöhnlich in den Verkaufsgesprächen schwach wurden. Das Dumme war nur, dass sie auch gerne in anderen Situationen schwach geworden wären.

Zwei Dinge müssen an dieser Stelle noch erwähnt werden.

Hannes hatte einen Doppelgänger. Der Mann war fünf Jahre älter als er und sah ihm trotzdem zum Verwechseln ähnlich. Er hätte sein Zwillingsbruder sein können, so viel war Hannes mittlerweile klar. Hannes hatte ihn noch nie getroffen; er hatte, offen gestanden, lange nichts von der Existenz seines Doubles gewusst. Das Problem war nur, dass der Doppelgänger nicht Max Schmidt hieß, ein stattliches Doppelkinn hatte und an der Wursttheke im Supermarkt an der Ecke Hackfleisch eintütete.

13

Hannes Grüns vermeintlicher Zwillingsbruder hieß James Duncan, war ein weltbekannter Hollywoodschauspieler und brachte Frauen reihenweise zum Dahinschmelzen. Keine schlechten Voraussetzungen, wenn es darum ging, in der Marketing- und Verkaufsbranche mit Charme und Einfühlungsvermögen lukrative Aufträge an Land zu ziehen. Und dies mit einer Aura, die half, je nach Bedarf einen rastlosen, gute Taten vollbringenden Einzelgänger, einen mit Armbrust ausgestatteten Zeitreisenden oder den Jäger eines Massenmörders zu verkörpern. Die schlechtesten aller denkbaren Voraussetzungen jedoch, wenn man Frauen nicht vertrug. Deshalb bewegte sich Hannes in der Öffentlichkeit normalerweise gut getarnt. Er trug Baseballkappen, Schals oder Brillen, um nicht sofort als James Duncan erkannt zu werden.

Die zweite Sache, die hier erwähnt werden muss: In Hannes' Herz floss grün-weißes Blut. Auf seiner rechten Arschbacke war das Wort *Meister* und die Zahl *1988* tätowiert, wovon seine Eltern bis heute nichts wussten. Er hatte eine kleine Narbe am Kinn. Sie war Überbleibsel eines Splitters, den er aus seinem Unterkiefer gezogen hatte. Der Splitter hatte den Weg in sein Kinn gefunden, weil er sich aus der Glastür eines Schranks gelöst hatte. Hannes hatte die Tür nach einer, auf eine Radioreportage folgenden, endlos erscheinenden Phase der Leere und Apathie mit gut drei Metern Anlauf eingetreten. Die Apathie und Leere hatte sich in Hannes' Körper ausgebreitet, als Michael Kutzop am Abend des 22. Aprils des Jahres 1986 einen Elfmeter wider seiner sonstigen Gewohnheit nicht ins Tor, sondern an dessen rechten Pfosten geschossen hatte. Wer sich noch immer keinen Reim auf jene zweite noch erwähnenswerte Sache im Leben des Hannes Grün machen kann: Hannes war Werder-Bremen-Fan. Einer der größten, die es jemals gegeben hatte. Werder war Hannes' große Liebe und würde es immer bleiben.

Doch er war in all den Jahren vorsichtig geworden. Nicht weil er Angst vor Anfeindungen oder Sticheleien hatte oder glaubte, bei Diskussionen mit Fans von anderen Mannschaften den Kürzeren zu ziehen. Hannes fand auf alles eine Antwort. Er war ein wandelndes Werder-Lexikon und der König des Argumentierens. Er redete deshalb nicht gern über sein grün-weißes Herz, weil er es mit niemandem teilen wollte. Es gehörte ihm und wahrscheinlich hatte er deshalb seine Frauen-Abseitsfalle im Lauf der Zeit geradezu perfektioniert. Möglicherweise war für Frauen einfach kein Platz mehr in seinem Herzen.

3. Mai 2003:
Anna Petersons traurige Augen

Er kam gerade aus der Dusche, als es an seiner Tür läutete.

Hannes zog seinen Bademantel an, riss die Wohnungstür auf und – stand vor einer Frau, die er noch nie gesehen hatte!

„Oh!", flüsterte sie.

Sie sah traurig aus.

Hannes konnte nicht antworten. Er spürte nur das Pochen in seinem Hintern.

„Jetzt wollte ich gerade gehen. Herr Grün?"

„Ja, genau! Wer …?"

Sie räusperte sich.

„Ich weiß nicht, wie ich es Ihnen sagen soll. Glauben Sie mir, ich hätte nicht bei Ihnen geläutet, wenn ich eine andere Möglichkeit hätte." Sie knetete ihre Hände und schaute ihn an. Hannes sah, dass sie grüne Augen hatte. Wie Werder. Und er sah auch, dass sie in ihm kein James-Duncan-Double sah. Wahrscheinlich lag das daran, dass er gerade erst aus der Dusche gekommen war. Oder daran, dass es ihr nicht gut ging. Dann reichte sie ihm die Hand.

Ohne zu überlegen, erwiderte Hannes ihren Händeruck, der angenehm fest war.

„Ich bin Ihre neue Nachbarin, seit zehn Tagen. Ich wohne direkt gegenüber!"

Hannes nickte. Er wusste immer noch nicht, was sie wollte. Er schaute nach unten und sah, dass er den Flur nass machte.

„Oh, es tut mir leid. Ich wollte nicht, dass hier alles nass wird!"

Ich auch nicht, dachte Hannes.

„Ich bin hier, um Sie zu bitten, mir einen Gefallen zu tun, Herr Grün."

„Hannes, ich heiße Hannes!"

„Hannes", wiederholte sie und betrachtete die Pfütze, „ich bin Anna!"

„Um was geht es denn?", fragte Hannes, der langsam zu frieren begann, ungeduldig.

Erst jetzt sah er, wie traurig ihre Augen wirklich waren.

„Könnten Sie bitte auf meinen Sohn Simon aufpassen?"

Hannes glaubte sich verhört zu haben.

„Aufpassen, auf Ihren Sohn? Wie meinen Sie das?"

Sie schluckte.

„Ich bin allein mit ihm. Heute Nacht ist mein Vater gestorben und ich muss mich um die Formalitäten kümmern. Am Nachmittag muss ich arbeiten, am Flughafen. Normalerweise hat er immer auf Simon aufgepasst, wissen Sie. Heute am Samstag ist keine Schule. Mein Vater ist ganz plötzlich gestorben und Simon hängt so an ihm. Ich konnte es ihm nicht sagen, dass sein Opa gestorben ist. Ich weiß einfach nicht, wohin mit ihm. Da dachte ich …!"

Ihr Kinn vibrierte, sie war kurz davor zu weinen. Meinte sie das ernst? Sie kannte ihn doch gar nicht. Oder war sie so verzweifelt, dass sie nicht mehr klar denken konnte. Simon? *Er* sollte auf *ihren* Sohn aufpassen. Wie hatte sie sich das vorgestellt. Heute spielte Werder gegen Hertha. Er wollte das Spiel sehen.

„Das tut mir wirklich sehr leid mit Ihrem Vater, aber ich weiß nicht. Um ehrlich zu sein, hatte ich heute schon was geplant, wissen Sie. Und Ihr Sohn, er kennt mich doch gar nicht. Ich habe keinerlei Erfahrung mit Kindern!"

Es war ein einziger Rechtfertigungsversuch. Eine Ausrede, weil er zu Werder wollte. Warum war sie gerade in diese Wohnung gezogen?

„Ehrlich gesagt, dachte ich mir schon, dass Sie so reagieren, wissen Sie. Wahrscheinlich würde jeder so reagieren. Sie denken bestimmt, ich bin verrückt oder hysterisch. Es ist nur, Simon findet Sie wirklich toll, wissen Sie, und da dachte ich mir, es ist einen Versuch wert. Vielleicht hätten Sie sich mit ihm ja einigermaßen verstanden." Sie atmete tief durch. „Na ja, dann muss ich sehen, was ich mache. Trotzdem vielen Dank, Hannes!" Sie drehte sich um und ging. Er spürte, dass sie jetzt weinte, es gelang ihr jedoch, es vor ihm zu verbergen. Hannes wusste, dass er noch ein paar Sekunden stark sein musste, dann würde der Tag ihm und Werder gehören. Als er die Türe fast schon zugezogen hatte, rief er:

„Warum?"

Anna drehte sich um und kam ihm wieder einen Schritt entgegen. Er sah die Tränen in ihren Augen.

„Warum was?"

„Warum findet er mich toll, Ihr Sohn?"

„Er hat Sie schon ein paar Mal gesehen, als er von der Schule nach Hause kam. Er sagt, Sie sehen aus wie *Eugene der Zeitreisende*!"

Hannes musste lachen. Jetzt erkannten ihn sogar schon Kinder, wenn es deren Mütter nicht taten. *Eugene der Zeitreisende* war der erste Film, in dem James Duncan eine Hauptrolle spielte.

„Wissen Sie, ich habe wirklich keine Erfahrung mit Kindern und so!" Er dachte darüber nach, wie gerne er am Nachmittag mit Werder allein sein wollte. Daraus würde jetzt nichts werden, er musste wohl noch jemanden mitnehmen.

„Hat Simon schon einmal ein Fußballspiel gesehen? Werder?"

Anna schüttelte unmerklich den Kopf.

„Nein. Nein, hat er nicht. Er nervt mich schon ein ganzes Jahr, weil er einmal zu Werder möchte!"

Hannes nickte.

„Gut, dann sagen Sie ihm, er wird heute das erste Mal ins Weser-Stadion gehen!" Hannes schaute auf den Boden, auf dem sich mittlerweile ein kleiner See gebildet hatte.

„Wie lange habe ich noch Zeit?"

„Eigentlich müsste ich schon im Krankenhaus sein. Sie wollen meinen Vater wegbringen, wissen Sie!"

„Gut. Dann geben Sie mir bitte zehn Minuten. Dann bin ich so weit!"

Anna weinte.

„Danke. Das werde ich Ihnen nie vergessen. Wir klingeln dann bei Ihnen!"

Hannes nickte. Er zog die Tür hinter sich zu und dachte an sein eigenes erstes Werder-Spiel.

Eine Viertelstunde später läutete sie wieder. Hannes öffnete die Tür und sah, wie sich Anna zu ihrem Sohn nach unten bückte und ihm irgendetwas sagte. Er konnte nur noch „sei schön brav" verstehen. Dann stand sie auf und schaute Hannes ernst an.

„Sie wissen ja gar nicht, was Sie da für mich tun!"

Hannes nickte.

„Hallo! Du bist bestimmt Simon, richtig?"

Der Junge schaute zu ihm nach oben, hob die Augenbrauen und lächelte.

„Ja, das stimmt!"

Hannes streckte ihm die Hand entgegen.

„Ich bin Hannes!"

Simon nickte und schaute seine Mutter an.

„Ich fürchte, ich muss jetzt gehen. Vielen Dank für alles. Ich habe ihm Geld in den Rucksack gesteckt und da ist auch ein Zettel mit meiner Handynummer. Also, wenn irgendetwas sein sollte, Sie können mich jederzeit anrufen!"

„Gut, das mache ich. Aber ich denke, es wird nicht so weit kommen! Wir kriegen das schon hin, stimmt's Simon?"

Anna nahm ihren Sohn, hob ihn in die Höhe und drückte ihn an sich, so als befürchtete sie, ihn nie mehr wiederzusehen.

„Ich passe auf, Mama!", flüsterte Simon.

„Ja, das weiß ich, Du bist ein großer Junge!"

Dann stellte sie ihn wieder auf den Boden, drehte sich um, versuchte vergeblich zu lächeln und ging.

22. März bis 3. Mai 2003: Unzuverlässige Statistik und unberechenbares Toilettenfenster

Es sei an dieser Stelle ein weiteres Mal erwähnt, dass Hannes sich wegen seiner Ähnlichkeit mit James Duncan in der Öffentlichkeit normalerweise gut tarnte. Doch manchmal konnte er sich nicht tarnen. Dann, wenn er gezwungen war, längere Zeit mit Unbekannten in einem Raum zu sein, dem Wartezimmer einer Arztpraxis beispielsweise. Oder wenn er an seinem Arbeitsplatz mit Kollegen zusammen war.

Genau das war Hannes in diesem Moment wieder einmal zum Verhängnis geworden.

Er hatte lange dagegen angekämpft, war ihr immer wieder ausgewichen. Er hatte den Unwissenden, Naiven, Zerstreuten gemimt, auf Zeit gespielt, andere Termine ins Spiel gebracht, sogar eine ansteckende Krankheit vorgegaukelt. Aber sie wollte partout nicht aufgeben, war ausdauernd, mit einer ausgeklügelten Taktik ausgestattet und schien nie den Glauben an ihr Vorhaben zu verlieren. Sie hieß Silke und kam Hannes vor wie ein Team aus den Niederungen der Tabelle, das durch bedingungslosen Willen und Einsatz am Ende Jahr für Jahr den Kopf aus der Schlinge zog und den Klassenerhalt schaffte. Was für den Vfl Bochum der Klassenerhalt war, bedeutete für sie ein Date mit James Duncan.

Als ihm seine Kollegin erzählte, sie sei aus Hannover nach Bremen gezogen, ignorierte er allerdings seine Prinzipien. Sein Werder-Wissen förderte sofort eine ungeheuer kostbare Information zutage, die ihn bei konsequenter Vorgehensweise damit segnen konnte, sich dem Klammergriff dieser Frau zu entziehen.

„Werder spielt am Wochenende gegen Hannover!", hatte er eher beiläufig formuliert und dabei so getan, als würde er wichtige Daten in seinem Laptop abrufen. Ohne hinzusehen hatte er sofort gespürt, dass sie ihren Kopf zu ihm gedreht hatte.

„Das weiß ich und ich werde im Stadion sein. Ich bin ein ganz eingefleischter 96-Fan!"

Besser hätte es nicht laufen können.

Der Fußballgott hatte also die Karten gemischt und ihm ein todsicheres Blatt gegeben. Die Fakten besagten nichts anderes, als dass in den bisherigen Heimbegegnungen der zwölf gemeinsamen Bundesligajahre mit 96 für Werder drei Unentschieden und neun Siege zu Buche standen. Niederlagen? Fehlanzeige! Hannover war ein Aufsteiger, das Hinspiel hatte 4:4 geendet, wobei Werder nach 67 Minuten durch ein Tor von Joe-lechef-Micoud zum 4:2 bereits wie der sichere Sieger ausgesehen hatte. Nur durch eigene Nachlässigkeit und einen Doppelschlag von Bobić binnen drei Minuten hatte man sich kurz vor Schluss doch noch die Butter vom Brot nehmen lassen. Aber dieses Remis war wohl Ansporn genug, um die Sache jetzt wieder geradezurücken. Das und die Heimbilanz von neun Siegen, drei Unentschieden und null Niederlagen.

„Gut, dann meinetwegen, wir gehen zusammen etwas essen. Aber nur unter einer Bedingung: Hannover muss Werder schlagen, abgemacht?"

Sie hatte keine Antwort gegeben. Da waren nur ein kurzes Nicken und dieses Lächeln. Ein Lächeln, das nur Sieger zustande brachten. Doch was verstanden Frauen schon von Fußball? Hannes kannte sein Team und wusste, Werder würde einen Teufel tun, um sich gegen den „kleinen HSV" eine Blöße zu geben.

Alles hatte perfekt begonnen, planmäßig, schnörkellos, gemäß den Erwartungen. In der dritten Minute hatte Frank Verlaat einen Pass auf Ailton gespielt. Wie das Messer durch die Butter war der Ball durch die sogenannte 96-Abwehr geflutscht und wäre Toni nur einen Schritt schneller gewesen, die Kugel wäre nicht in den Händen des 96-Keepers gelandet, sondern hätte stattdessen im Netz des Gästetores gezappelt. Die Schaaf-Truppe legte los wie ein verschreibungspflichtiges Medikament gegen die Frauenunverträglichkeit des Hannes G. Der Ball landete auf dem Tornetz (Verlaat nach Ailton Eckball), kullerte um Millimeter am 96-Tor vorbei (nach dem eher unfreiwilligem Heber von Mladen Krstajic). Dann narrte Angelos *Harry* Charisteas seinen Gegenspieler an der Mittellinie und schickte den Kugelblitz auf die Reise. Toni ging ab wie die Feuerwehr und schob den Ball eiskalt am aus dem Tor herausstürzenden 96-Keeper Gerhard Tremmel vorbei ins Netz. Nach zehn Minuten, die einen Zwischenstand von 3:0 gerechtfertigt hätten, lag Werder endlich mit 1:0 in Führung. Und als nicht einmal eine Minute später, nach exakt dem gleichen Spielzug – *Harry* lässt Gegner ins Leere laufen, passt millimetergenau auf Toni, der guckt den Keeper aus – der Ball nur haarscharf am Kasten der Gäste vorbeieierte, wusste Hannes, dass sein Werder-Instinkt funktioniert hatte und er das Date mit seiner hartnäckigen Arbeitskollegin ebenso stornieren konnte wie Hannover 96 die Aussicht auf drei Punkte. Sie würde ihn nicht mehr belästigen, Wettschulden waren Ehrenschulden.

Wenige Minuten vor der Halbzeit stand plötzlich Bobić völlig ungedeckt in Werders Fünfmeterraum. Hannes hatte keine Ahnung, wie so etwas hatte passieren können. Bis dahin hatte sich beinahe das komplette Spiel in der Hälfte der 96er abgespielt. Chancen über Chancen hatten die Grün-Weißen herausgespielt. Es hätte mindestens 5:0 stehen können, nein müssen. Neben den ungeahnten Freiheiten des Freddy B. in Werders Fünfer gesellte sich der unglückliche Zustand, dass ein US-Boy namens Steven Cherundolo just im gleichen Moment eine der wenigen geglückten Flanken seiner bisherigen Karriere genau auf den Schädel von Freddy B. zirkelte. Der ließ sich nicht zweimal bitten und nickte den Ball zum Pausenstand von 1:1 ein. Nach nur einem einzigen Angriff der Hannoveraner war der Spielverlauf völlig auf den Kopf gestellt und Hannes benötigte ein Bier.

Nachdem in der zweiten Halbzeit auf beiden Seiten nicht viel passiert war und Hannes langsam klar wurde, dass er die Frau, die von einem Hannover-Sieg überzeugt war, auch bei einem Remis loswerden würde, fing auch noch der Schiri an, Mist zu bauen. Jeder im Stadion konnte sehen, dass Frank Verlaat in der 56. Minute nach einem *fairen* Zweikampf den Ball vor seinem Gegenspieler aus dem Strafraum beförderte. Auch der Schiri ließ zunächst weiterlaufen. Zunächst. Bis er, wie von einem bösen Zauber übermannt, plötzlich in seine Pfeife blies und auf den Elfmeterpunkt zeigte. Das Stadion ereiferte sich in wütenden Protesten. In seiner Panik schickte Hannes ein Stoßgebet an den Fußballgott und wurde erhört: Freddy Bobić hämmerte das Leder wie weiland Uli Hoeneß weit über den Kasten des Werder-Gehäuses. Vergessen waren die Hasstiraden auf den Schiri. Das ausverkaufte Stadion brodelte, denn jeder wusste, dass Werder jetzt den Sack zumachen würde. Alles andere als ein klarer Sieg würde nicht den Spielanteilen entsprechen. Aber Hannover bestand jetzt aus zehn Verteidigern plus Torwart. Sie igelten sich ein, machten hinten dicht und warteten auf Konter. Die anderen Zuschauer schauten in immer kürzeren Abständen auf die Uhr, weil ihnen die Zeit davonlief und sie mit einem Heimsieg den Nachhauseweg antreten wollten. Hannes jedoch schaute aus einem anderen Grund auf die Uhr: Er wollte weiter in Freiheit leben. Er wollte, dass ihn die Statistik nicht belog, er wollte Gerechtigkeit. Er konnte auch mit einem Unentschieden mehr als gut leben. Einen Deal, den er als Fan normalerweise niemals unterschrieben hätte, denn 96 war ein Aufsteiger, dem Werder in der ersten Halbzeit eine Lehrstunde verpasst hatte.

Als die letzte Viertelstunde des Spiels angebrochen war, hatte Werder einen Eckball. Doch anstatt auf dem Kopf von einem der groß gewachsenen Werder-Akteure, landete der Ball bei einem 96-Spieler mit einem ziemlich schwierig auszusprechenden Namen serbokroatischen Ursprungs. Da fast alle Grün-Weißen auf den Siegtreffer aus waren, hatte jener Spieler freies Geleit und konnte so ohne große Gegenwehr mit dem Ball am Fuß über das halbe Spielfeld spazieren. Und als er endlich in Werders Strafraum angekommen war, legte er die Kugel auch noch quer auf diesen Freddy Bobić. Anders als Hoeneß anno 76 machte er den Lapsus seines Mondelfmeters damit wett, dass er das Runde (ausgestattet mit einer Freiheit, als befände er sich in einem F-Jugendspiel) ungehindert ins Werder-Eckige schob. Hannes stockte der Atem, denn er ahnte, dass ihm der Fußballgott nicht noch einmal aus der Patsche helfen würde. Und er sollte Recht behalten. Werder gab ein Spiel mit 1:2 ab, das man nie und nimmer hätte verlieren dürfen.

Es dauerte nicht lange und eine SMS ging auf seinem Handy ein.

„Darf ich bitten, James!"

Wettschulden sind Ehrenschulden. Nachdem Hannes alles noch gute sechs Wochen hatte hinauszögern können, wurde es dann an einem Freitagabend Anfang Mai schließlich ernst. Er führte Silke, seine Arbeitskollegin aus Hannover, zum Essen aus. Normalerweise hätte er das *Ambiente* bevorzugt, eines seiner Lieblingslocations in Bremen, was nicht nur daran lag, dass man von der Terrasse des Cafés die Weser sehen und das nach ihr benannte Stadion fühlen konnte. Vor jedem Heimspiel ging er ins *Ambiente*. Es war wie ein Ritual. Das hatte er übrigens auch schon getan, als er noch nicht in Bremen gewohnt hatte und von weit her den Weg zu einem Bundesligaheimspiel hatte antreten müssen. Es fiel ihm dieses Mal allerdings nicht schwer, auf das schöne Ambiente im gleichnamigen Café zu verzichten. Dazu war morgen noch genug Zeit, bevor Werder gegen Hertha einen Big Point im Kampf um einen UEFA-Cup-Platz setzen musste. Er wollte ausnahmslos positive Erinnerungen mit dem *Ambiente* verknüpfen, was angesichts seiner Begleiterin und der mit dem Date verbundenen Vorgeschichte nur schwer vorstellbar war.

Er wusste, dass ein Abend der Kategorie „Augen zu und durch" vor ihm liegen würde. Also waren sie schließlich bei einem Mexikaner in Schwachhausen gelandet, keine zehn Minuten zu Fuß von seiner Wohnung in der Buchenstraße entfernt. Seine Strategie war die: Ignoranz vorgaukeln, ohne viel zu taktieren. Weil er wusste, dass in dem Laden viele Bildschirme hingen, auf denen man Fußballspiele live anschauen konnte und an jenem Freitagabend die Zweitligaspiele übertragen wurden, hoffte er, ihr Interesse zeitnah in Desinteresse zu verwandeln. Als sie gegen 20 Uhr ihrem reservierten Tisch zugewiesen wurden, begann gerade die zweite Halbzeit der 2. Liga-Konferenz mit den Spielen St. Pauli – Wacker Burghausen, Union Berlin – LR Ahlen und SC Freiburg – 1. FC Köln. Es waren nicht gerade Granatenspiele, aber für seinen Plan hätte es keine besseren Begegnungen geben können. Seine Taktik war simpel: Immer wenn sie eine unangenehme Frage stellte, würde er wie versteinert auf den Bildschirm starren und eine emotionale Anspannung vorgaukeln wie während des Elfmeterschießens im DFB-Pokalfinale anno 1999 zu Berlin.

Zunächst wollte sie allerdings erst einmal wissen, weshalb es ihn nach Bremen verschlagen hatte und welchen Dialekt er sprach. Anstatt ihr zu erzählen, dass er vor einer Frau wie ihr geflüchtet war, hatte er ihr erklärt, es hätte sich einfach so ergeben und dass es für ihn im Grunde genommen immer klar gewesen war, über kurz oder lang Bremen als seinen Wohnsitz zu wählen. Damit hatte er wahrheitsgemäß ebenso voll ins Schwarze getroffen wie Freiburgs Iashwili, der soeben das 3:0 erzielt hatte. Die Sache mit seinem Dialekt überhörte er zunächst professionell und sie stellte keine weiteren Fragen dazu. Stattdessen wartete sie darauf, dass er sie auch danach fragte, wieso sie nach Bremen gekommen war, also tat er ihr den Gefallen. Worauf sie einen nicht enden wollenden Redeschwall losließ. Wenn Hannes sich nicht verhört hatte, hatte sie ihm sogar von ihrer Wasserschildkröte erzählt und dass sie einmal Bierdosen gesammelt hatte. Er hoffte, dass das Küchenpersonal bald mit dem Essen fertig war, irgendwie musste man sie schließlich stoppen.

Er drehte seinen Kopf langsam, aber stetig in Richtung des nächsten Großbildschirms und fragte sich, welchen Teams er jeweils die Daumen drückte. Fußball war nur dann etwas wert, wenn man einer Mannschaft den Sieg gönnte. Die erste Partie war selbsterklärend, denn für einen Werder-Fan gab es nur einen Verein aus Hamburg und der kam vom Kiez. Außerdem hatte Ivan Klasnić mal für St. Pauli gespielt. Für den wurde es auch langsam Zeit, sich in Werders erste Elf zu spielen. Hannes hielt große Stücke auf ihn, auch wenn der junge Kroate im Moment dabei war, einen Kreuzbandriss auszukurieren und deshalb sein Können noch nicht so richtig unter Beweis stellen konnte. Aber irgendwie hatte er das Gefühl, dass Ivans Knoten in der neuen Saison platzen könnte. In der zweiten Begegnung drückte er Union Berlin die Daumen, denn die *Eisernen* wurden von Mirko Votava trainiert, der immerhin etwa 350-

mal die Knochen für Werder hingehalten hatte und im Trikot der Grün-Weißen die Meisterschaft, den DFB-Pokal und den Europapokal der Pokalsieger gewonnen hatte. Im dritten Spiel tendierte er gefühlsmäßig zum SCF, obwohl er vor zwei Jahren eine bittere Stunde im Dreisamstadion zu Freiburg miterleben musste: Es war unter der Woche gewesen, ein DFB-Pokalspiel im Oktober 2001. Typische Version der Kategorie „Spiel auf ein Tor", Ailton und Pizarro hätten 28 Tore machen müssen, die Breisgau-Brasilianer spielten wie Breisgau-Andorraner, aber der Ball wollte einfach nicht über die Torlinie rollen. Und als sich Hannes zusammen mit den anderen 200 Werder-Fans schweren Herzens auf eine Verlängerung eingestellt hatte, traf ein Mensch namens Sellimi in der 90. Minute nach einem Konter (der einzigen Freiburger Chance im gesamten Spiel) zum 1:0-Endstand. Werder war draußen und es war kalt und dunkel. So gesehen gab es eigentlich Grund genug, um den Kölnern die Daumen zu drücken. Aber das einzig sympathische am 1. FC Köln war deren Maskottchen, ein Geißbock namens Hennes. Exakt der Name, den seine kleine Cousine früher für ihn auserkoren hatte, weil sie Hannes noch nicht über die Lippen gebracht hatte.

„Könntest Du Dir vorstellen, dass was zwischen uns läuft?"

Hannes hatte jedes Wort verstanden, und er wusste, dass er sich nicht verhört hatte. „T'schuldige, was hast Du gesagt?"

„Deine Masche hat etwas von Zorro, verstehst Du?"

„Wenn schon, dann *Zeitreisender mit Armbrust*", lag Hannes auf der Zunge!

„Zorro?" Und dann sah Hannes, dass der Regisseur Mirko Votava einblendete.

„Ey, schau mal, kennst Du den Typen dort? Ich wette nicht!"

Sie drehte sich um.

„Wen?"

„Den, im Fernsehen!"

„Den Trainer? Muss ich den kennen?"

„Nee, musst Du nicht, aber jeder, der den kennt, hat bei mir einen Stein im Brett, weißt Du!"

Er zog lässig und schnell den linken Mundwinkel zur Seite. Scheinbar hatte die Meldung gesessen, denn sie blieb stumm. Als er aus seinem Augenwinkel sah, dass das Essen gebracht wurde, hatte er ihre erste Attacke erfolgreich überstanden.

Als Hannes sah, wie sie aß, wusste er, dass er so schnell wie möglich das Weite suchen musste. Er hatte noch nie einen Menschen so essen sehen. Sie hatte sich geschätzte 15 Chickenwings bestellt, dazu Kartoffelecken und diverse Saucen. Was sie mit den Wings anstellte, erinnerte Hannes an die Piranha-Horrorfilme aus seiner Kindheit.

Hannes konnte nichts essen. Verzweifelt starrte er auf den Bildschirm und sah nur den verwaisten Gästeblock von Wacker Burghausen.

Er wünschte sich ein schnelles Ende und sehnte das Golden Goal der ersten Verabredung herbei. Doch dazu musste er handeln und konnte nicht länger den stummen Unbeteiligten spielen. Dafür hielt sie ihn wohl, was wiederum irgendwie ihr Essverhalten zu stimulieren schien. Außerdem entging ihm nicht, dass an den beiden Nachbartischen bereits getuschelt wurde.

„Es tut mir leid", flüsterte Hannes und legte die Gabel auf seinen Teller, „aber ich muss mir doch noch mal kurz die Hände waschen gehen, bevor ich anfange zu essen!"

„Bleib nicht zu lange weg, Zorro!", flüsterte sie.

Er schloss die Kabine hinter sich zu. Wenn es die Möglichkeit gegeben hätte, hätte er den Schlüssel zweimal umgedreht. Viel Zeit blieb ihm nicht, das wusste er. Ob sie Drogen genommen hatte? Niemand, der clean war, war in der Lage, so zu essen. Morgen spielte Werder gegen Hertha. Die Vision beschlich ihn, dass er nicht nur das morgige Spiel verpassen würde, sondern auch sonst nie mehr ein Werder-Spiel würde sehen können. Stattdessen vielleicht Spiele von Hannover 96 oder sogar dieses Münchner Vereins, dessen Name Hannes nicht so gern in den Mund nahm.

Er fragte sich, wie lange er jetzt wohl schon in der Kabine war. Immer, wenn jemand die Türe öffnete, befürchtete er, dass sie vielleicht nach ihm suchte. Er musste weg, raus hier, abhauen. Aber von ihrem Tisch im Restaurant konnte sie die Toilettentüre sehr gut sehen. Sie wartete draußen auf ihn. Sie würde nicht aufgeben. Nein, wenn er sie loswerden wollte, dann musste er schlau sein. Er musste sie auskontern, mit einer Taktik, die in keinem Buch stand. Und dann sah er das offenstehende Fenster. Er hatte nicht viel Zeit, darüber nachzudenken. Es war nicht gerade groß, dennoch schien es geeignet, um dadurch ins Freie zu flüchten. Er musste dazu nur auf die Toilettenschüssel steigen. Dann war ein Klimmzug notwendig, um in den Fensterrahmen zu gelangen, als ehemaliger Turner für ihn eine eher einfache Übung. Anschließend galt es, auch wenn es eng werden würde, sich im Stile eines Aals in die Freiheit zu winden. Sein Orientierungssinn war nicht gerade stark ausgeprägt. Er hatte wirklich keine Ahnung, wo er landen würde und wie hoch es jenseits der Kabine nach unten ging. Doch was auch passierte, er würde sich irgendwie hinuntermogeln. Und es gab keine Alternative. Es musste nur schnell gehen.

Er stand auf dem Rand der Toilettenschüssel, als sei er dafür geboren, und sprang etwa dreißig Zentimeter in die Höhe, um nach dem schmalen, gekachelten und daher ziemlich rutschigen Fenstersims zu greifen. Doch er war sportlich genug, um den Rahmen des Fensters gleich beim ersten Versuch zu fassen zu bekommen. Besser hätte es nicht laufen könne, seine Finger griffen schon nach der Freiheit wie die der Schalke-Profis am 19. Mai des Jahres 2001 gegen 17:17 Uhr nach der Meisterschale. Dann zog er sich nach oben. Seine Beine hingen etwa einen halben Meter über der Toilettenschüssel, während er seinen Kopf durch das Fenster streckte. Er begann zu schwitzen, stützte sich auf seine Handflächen und versuchte, sich weiter durch das Fenster zu drücken. Schließlich kam er zu der bitteren Erkenntnis, dass es doch nicht ganz so gut lief. Was für Schalke einst Patrick Andersson war, war für Hannes die Größe des Fensters.

Er steckte fest.

Nach nur wenigen Augenblicken hatte er seine Situation richtig eingeordnet: Er war im Toilettenfenster eines Restaurants gefangen, weil er vor einer Frau flüchten wollte. Sie würde sicher jeden Moment nach ihm suchen. Außerdem war er juristisch gesehen gerade dabei, sich der Zechprellerei schuldig zu machen. Im Übrigen war der Teil seines Körpers, den Hannes bereits durch das Fenster gezwängt hatte, nicht etwa einem Hinterhof zugewandt. Er schaute in etwa einem Meter fünfzig Höhe auf eine Seitenstraße Schwachhausens, in der vermutlich mehr Menschen wohnten als in dem Dorf, in dem Hannes seine Kindheit verbracht hatte. Wenn man eine Kosten-Nutzen-Analyse seiner derzeitigen Lage anstellen wollte, konnte man nicht viel Positives resümieren. Hannes fielen nur zwei Dinge ein: Es war wenigstens schon dunkel und es regnete nicht.

Genau in diesem Moment begann es zu tröpfeln.

Er versuchte etwa zum zehnten Mal, sich durch Ziehen aus der misslichen Lage zu befreien. Dieses Mal stützte er die Hände an der Außenwand des Gebäudes ab. Sofort hatte er das Gefühl, sich den Rücken verrenkt zu haben. Das war wohl nicht die richtige Strategie. Ob er versuchten sollte, wieder in die Kabine zurückzukommen? Keine Chance. Er konnte sich täuschen, aber es schien so, als hörte er Stimmen, jemand flüsterte hinter ihm, irgendwo in der trockenen Herrentoilette. Doch da seine Ohren bereits dem Verkehrslärm und dem stärker werdenden Regen ausgesetzt waren, konnte er nicht mit Sicherheit ausschließen, sich das Flüstern nur eingebildet zu haben. Er versuchte, seinen Kopf zu drehen und nach hinten zu schauen, um herauszufinden, woran genau er festhing. Dann hörte er Männerstimmen rufen. Dieses Mal täuschte er sich definitiv nicht. Es hörte sich irgendwie an wie *Berlin* und sofort assoziierte Hannes: *Berlin, Berlin, wir fahren nach Berlin.* Doch dann, als ihm klar wurde, dass im Inneren des Fensterrahmens zwei Schrauben steckten, die denselben zur Falle umfunktionierten, bemerkte er, dass er sich verhört hatte. Sie riefen nicht *Berlin*, es hieß eindeutig: *Herr Grün*.

„Scheiße!", flüsterte Hannes. Offensichtlich hatte sie die Jungs vom Nachbartisch als Spähtrupp angeheuert.

„Ja, ich, ich komme gleich. Ich habe mir den Magen verdorben, aber ich bin gleich da!", schrie er.

„Wie bitte?"

Die Frage war zu deutlich zu verstehen und konnte deshalb unmöglich aus dem Innern der Herrentoilette kommen. Hannes schaute wieder nach vorn und sah den Strahl einer auf ihn gerichteten Taschenlampe.

„Was machen Sie denn da, junger Mann?"

Ich rette gerade mein Leben, indem ich einen qualvollen Tod sterbe!

„Ist schon in Ordnung, ich habe alles im Griff!", rief Hannes.

„Sieht aber nicht unbedingt danach aus!"

Jetzt sah Hannes, dass es sich um einen älteren Herrn handelte, der gerade seinen Hund Gassi führte.

„Wissen Sie, ich muss mich jetzt gleich übergeben, es ist besser, wenn Sie einfach weitergehen. Mir wird es dann sofort wieder besser gehen. Ich habe damit ziemlich viel Erfahrung!"

„Soll ich einen Arzt holen? Gleich um die Ecke wohnt ein sehr netter Allgemeinmediziner?"

„Nein. Nein, lassen Sie nur. Ich gehe gleich wieder rein, schließlich regnet es ja. Ich will nur hier drinnen nicht alles vollkotzen!"

„Na denn, schön. Hat ja mal jeder so seine Taktik, nicht wahr! Komm Freddy, lassen wir den jungen Mann sich mal ungestört übergeben!"

Hannes wartete etwa 20 Sekunden, bis Freddy – der Name schien ihn zu verfolgen – samt Herrchen nicht mehr zu sehen waren. Die Sache lief völlig aus dem Ruder. Bald würde der nächste Passant kommen, dann wieder jemand und noch mal einer. Vielleicht würde sich ein Knäuel von Schaulustigen bilden, die ihn mit ihrem Handy fotografierten, um die Bilder ins Internet zu stellen. Irgendwann würde die Feuerwehr aufkreuzen.

Er versuchte sich zu drehen, aber sein Arsch steckte nach wie vor fest. War er so fett geworden? Jetzt endlich bemerkte er, dass sein Portemonnaie im Weg war. Es befand sich in seiner linken Gesäßtasche und war angesichts der Tatsache, dass die beiden Schrauben nach innen zeigten, ganz einfach zu dick. Möglicherweise hätte er es durch mehrfaches Hin-und-Herbewegen geschafft, seine Hose aufzureißen und dafür zu sorgen, dass sein Portemonnaie herausfiel. Doch dies würde erstens zu lange dauern und zweitens konnte das Portemonnaie in der Toilettenschüssel landen.

Es gab nur eine Chance – er musste sich seines begrenzt vorhandenen physikalischen Wissens bedienen, das ihm sagte, dass man einen Batzen Münzgeld weniger einfach eindrücken konnte als menschliches Fleisch. Mit anderen Worten: Wenn er nicht wollte, dass er morgen zum Gespött von ganz Bremen gemacht wurde, mit einem Foto von sich – gefangen im Toilettenfenster eines mexikanischen Restaurants – in allen Zeitungen, dann musste er sich jetzt um gut 90 Grad drehen, um im ursprünglichen Sinne des Wortes mit der rechten Arschbacke an den beiden Schrauben vorbeizuschrammen. So konnte das Fenster doch noch das Tor zur Freiheit werden. Er liebte diese Stadt, er liebte Werder zu sehr, als dass er seine Zelte schon wieder abbrechen wollte. Er fühlte sich der Stadt verbunden, hier war er zu Hause und das würde er sich nicht von zwei Schrauben kaputt machen lassen. Er musste es auch für Werder schaffen, das nahm er sich vor. *Wenn ich es schaffe, schlägt Werder morgen die Hertha, ansonsten gibt es schon wieder eine Niederlage.* Eine größere Motivation gab es nicht. Er wusste, dass es die richtige Strategie gewesen war, sich zu drehen. Er wusste auch, dass er es jetzt schaffen konnte, obgleich er spürte, dass die Schrauben viel länger waren, als er gedacht hatte.

Als er das Krankenhaus verlassen konnte, hatte kalendarisch bereits ein neuer Tag begonnen. Es war 0.45 Uhr. Der Weg in die Freiheit hatte in Form einer etwa acht Zentimeter langen und „ziemlich tiefen" – wie der Arzt es ausgedrückt hatte – Fleischwunde in seiner rechten Gesäßhälfte einen hohen Preis gefordert. Sie hatten seinen Hintern mit sechs Stichen zusammengeflickt und sich über die *Meister 1988*-Tätowierung an gleicher Stelle lustig gemacht. Der Arzt hatte ihm erzählt, die neue Narbe würde beinahe parallel zu dem Wort *Meister* verlaufen, so als wollte sie das Wort zusätzlich unterstreichen. Es lag Hannes auf der Zunge, ihm zu sagen, dass dies genau seine Absicht war, weil er spürte, dass sich wieder mal eine Werder-Meisterschaft anbahnen würde. Aber dann befürchtete er, sich damit lächerlich zu machen. Außerdem hatte der Verlauf des Abends nicht nur Spuren auf seinem Allerwertesten hinterlassen. Er wollte jetzt nur noch nach Hause. Deshalb hatte er alles wie ein Mann über sich ergehen lassen. Als jemand, der beim Zusammenflicken mithalf und den Hannes nicht sehen konnte, weil er zu dieser Zeit notgedrungen auf dem Bauch lag, sich über den Grund der Verletzung erkundigte, hatte Hannes sich die Geschichte eines Hundes erdacht, der in einem Kanalrohr auf einer Baustelle orientierungslos festgesteckt hatte. Hannes hatte das Tier aus seinem Gefängnis befreit und war dabei an einem langen Nagel hängen geblieben. Niemand stellte weitere Fragen. Er wusste nicht, ob man ihm geglaubt hatte, man gab sich auf jeden Fall mit der Version zufrieden. Möglicherweise war dies auch die Version, die ihn für den Rest seiner Tage begleiten sollte. Ebenso wie die neue Narbe. Zählte man die beiden Tattoos auch als Narben, so war er einer der wenigen Menschen, die drei Narben auf einer Arschbacke vorweisen konnten. Narben machten Männer interessant. Damit konnte sicher nicht einmal der echte James Duncan aufwarten.

Als er das Taxi bestieg, befolgte er den Rat des Arztes und drehte sich auf seine linke Arschbacke, was zur Folge hatte, dass er dem Taxifahrer ziemlich nahe kam.

„Alles in Ordnung?", fragte der Typ, der etwa in Hannes' Alter war.

„Den Umständen entsprechend!", antwortete Hannes knapp, „Musste am Hintern genäht werden, deshalb kann ich nur so sitzen!"

Der Taxifahrer lächelte.

„Ach so, dachte schon, es sei was Ernstes!"

Dann tat er Hannes den Gefallen und schwieg. Im Radio lief gerade eine Zusammenfassung der Zweitligaspiele des Vorabends. So schloss sich also der Kreis. Gute zehn Minuten später war er in seiner Wohnung. Er war müde und wollte nur noch schlafen. In diesem Moment interessierte ihn nicht, wie es wohl nach seiner Flucht aus dem Toilettenfenster des Restaurants weitergegangen war. Es war ihm egal, wie seine Kollegin aus der Sache herausgekommen war oder ob sie die Rechnung gezahlt hatte. Es machte ihm nichts aus, dass er sich die Hose aufgeschlitzt und mit Blut durchtränkt hatte. Das Einzige, was ihn in diesem Moment beschäftigte, war, dass er normalerweise auf dem Rücken zu schlafen pflegte. Doch dies würde er, zumindest bis man ihm die Fäden entfernt hatte, bis auf Weiteres vergessen können.

Anders als an Wochenenden normalerweise üblich, schlief Hannes nicht aus. Die Schmerzen weckten ihn, er hatte das Gefühl, sein Hintern würde pulsieren wie ein Fußballstadion kurz vor dem Elfmeterschießen. Soweit er es durch Augenschein erkennen konnte, war wenigstens der Verband noch an Ort und Stelle.

Es war ihm also tatsächlich gelungen, den Kopf aus der Schlinge zu ziehen. Doch eines war klar, er würde wahrscheinlich wieder einmal kündigen müssen. Kündigung war nach wie vor seine einzige Strategie der Problembewältigung. Doch um sich mit diesen Gedanken stimmungsmäßig auf den Nullpunkt zu philosophieren, blieb am Abend noch genügend Zeit. Heute spielte Werder gegen Hertha, und hatte er nicht gestern einen lebensnotwendigen Heimsieg davon abhängig gemacht, ob es ihm gelingen würde, das Toilettenfenster auszutricksen? Er hatte seinen Teil dazu beigetragen, jetzt mussten die Profis nachlegen. Thomas Schaaf würde ihnen sicher die richtige Taktik mit auf den Weg geben. Er beschloss, seinen pulsierenden Hintern zu ignorieren. Stattdessen wollte er duschen (er würde sich eine Plastiktüte um die Lenden kleben), frühstücken, sich sein Trikot überstreifen, den Schal umlegen und sich auf den Weg machen. Anschließend würde er, wie immer, durch das *Viertel* streifen, den Osterdeich entlanggehen, sich drei Stunden vor Spielbeginn ins *Ambiente* setzten, heute vielleicht aus besonderem Anlass an die Bar *stellen*, zuerst einen Milchkaffee, dann ein Beck's trinken und schließlich im Stadion das Spiel genießen. Er konnte auch Thomas und Frank anrufen, doch ihm war heute irgendwie nicht danach. Später im Stadion würde er genug Zeit haben, mit ihnen zu reden. Heute wollte er zunächst einmal ein paar Stunden allein sein.

Als er aus der Dusche kam, der Trick mit der Plastiktüte schrie nach einer Patentanmeldung, läutete es an seiner Tür. Sofort wusste er, dass sie es war. Wie um alles in der Welt konnte sie nur so beschränkt sein? Warum? Hannes setzte sich mit der heilen Backe seines Hinterns auf den Rand der Badewanne und wartete, dass sie wieder ging. Doch sie läutete wieder. Ein weiteres Mal beschloss er, zu warten. Aber sie war hartnäckig und läutete noch ein drittes Mal.

Sie hatte ihm schon ein Werder-Spiel geklaut, ein zweites Mal würde er es nicht zulassen. Was wollte sie noch von ihm? Wollte sie ihn hier belagern? Jetzt war es genug!

Er riss die Tür auf und – stand vor einer Frau, die er vorher noch nie gesehen hatte. Anna mit ihren grünen, traurigen Augen …

3. Mai 2003:
Simons erstes Spiel

Hannes hatte wirklich nicht viel Erfahrung mit Kindern, aber Simon kam ihm sehr klein vor. Der Junge schaute wieder zu ihm nach oben und musterte ihn. Dabei entblößte er eine Zahnlücke in seinem Unterkiefer. Die beiden vorderen Schneidezähne hatten sich verabschiedet und warteten auf ihre Nachfolger.

„Gut Simon, dann lass uns erst noch einmal reingehen. Hast Du schon gefrühstückt?"

Simon ging an Hannes vorbei und nickte. Als er in der Wohnung war, fiel ihm sofort der Tischkicker auf, der in Hannes' Flur stand. Die Drehstangen befanden sich in einer Höhe, die nur unwesentlich niedriger als Simons Kopf war.

„Cool, das ist ein Fußballautomat, oder?"

Hannes musste lachen.

„Ja, kann man sagen, ein Fußballautomat. Das ist ein cooles Wort. Man kann auch *Kicker* dazu sagen!"

„Kicker", murmelte, der Junge, drehte kurz an einer der Stangen und ging daran vorbei.

„Wohin?", fragte er und drehte sich zu Hannes um.

„Gerade aus, in die Küche!"

Simon blieb vor dem Küchentisch stehen.

„Darf ich mich setzen?"

„Natürlich, klar. Du bist aber höflich!"

Simon hob den rechten Nasenflügel.

„Mama sagt, man soll immer fragen und sich nicht einfach setzen!"

„Das stimmt, da hat Deine Mama ganz recht!"

Hannes wollte sich nicht setzten, das Pulsieren in seinem Hintern war allgegenwärtig.

Simon legte seinen Rucksack auf den Tisch und zog ein Buch daraus hervor.

„Soll ich Dir vielleicht etwas vorlesen?"

„Nein, ich kann doch schon selbst lesen!", antwortete der Junge selbstbewusst.

„Du musst was schreiben. Kinder dürfen nicht mit Fremden weggehen, nur mit Freunden oder Familienangehörigen!"

„Genau. Auf keinen Fall mit Fremden mitgehen!", antwortete Hannes und setzte sich jetzt doch zu dem Jungen an den Tisch. Ähnlich wie im Taxi am frühen Morgen und am Badewannenrand vor einer guten Stunde verlagerte er sein Gewicht auf die linke Seite seines Hinterns.

„Hier, das ist mein Piraten-Freundebuch. Da stehen alle meine Freunde drin. Ich kann nur mit Dir mitgehen, wenn Du mein Freund bist. Also musst Du Dich auch in das Freundebuch eintragen!"

Simon blätterte eine Seite auf und legte Hannes sogar einen Stift dazu.

Der Kleine beeindruckte ihn schon jetzt. Er wusste, was er wollte, und war noch dazu ein helles Köpfchen. Für einen Erstklässler – älter konnte er auf keinen Fall sein – war er sehr gwieft. Ob er tatsächlich schon lesen konnte?

„Hier, das ist Deine Seite!", sagte Simon und schob Hannes das Buch und den Stift zu.

Der Junge hatte einen grünen Hintergrund gewählt. Kein schlechtes Omen. Hannes nahm den Stift und begann die Seite langsam auszufüllen:

Name: Hannes Grün
Bekannt als: Eugene der Zeitreisende
Adresse: gleich gegenüber von Simon
Telefon: 0421 48 33 94
E-Mail: grünweißerhannes@web.de
Geburtstag: 02. Juli 1968
Sternzeichen: Krebs
Wir kennen uns: weil wir Nachbarn sind
Meine Hobbys: Werder Bremen, Musik, Lesen
Lieblingsschulfach: Sport
Ich bin ein Fan von: Werder und Simon
Das sollte es öfter geben: Auswärtssiege
Der coolste Film: Cool Runnings
Mein Lieblingssänger/Lieblingsband: AC/DC
Der absolut beste Song: Bayern hat verloren
Das stärkste Game: Kicker
Was ich gut kann: aus dem Toilettenfenster klettern
Was ich nicht leiden kann: Zwiebeln
Wen ich am liebsten habe: meinen Teddy
Meine Lieblingstiere: Hunde
Mein allergrößter Wunsch: die Meisterschaft 2004

Es war unglaublich, was die alles wissen wollten. Hoffentlich kamen derartige Bücher nie in die falschen Hände. Er schob Simon das Freundebuch und den Stift zurück. Dieser musterte den Eintrag kurz, dann klappte er das Buch zusammen und steckte es in seinen Rucksack zurück.

„Das lese ich mir heute Abend in Ruhe durch!"

„Gut. Hast Du Lust, Dir ein Werder-Spiel anzuschauen?", fragte Hannes, stand auf und befreite seinen Hintern von den Schmerzen.

Simon nickte.

„Klar, warum nicht. Ehrlich gesagt, habe ich noch nicht so viel Ahnung, ich kenne auch noch nicht alle Spieler. Aber ich weiß, dass Werder letzte Woche gewonnen hat, stimmt's?"

Hannes schüttelte langsam den Kopf.

„Nein, leider nicht, Simon. Sie haben 1:0 in Kaiserslautern verloren!"

„Na ja", antwortete Simon, steckte seinen Stift in die Seitentasche seines Rucksacks und stand auf, „dann wird Werder eben heute gewinnen!"

Hannes lächelte.

„Glaubst Du?"

„Ja, ich glaube, Werder gewinnt. Die sind doch gut, oder?"

„Stimmt. Da hast Du recht, die sind gut. Dann lass uns gehen, oder?"

„Gut! Gehen wir. In meinem Bauch fängt es schon an zu kribbeln!"

Hannes machte sich mit dem Jungen gleich auf den Weg zum Stadion, denn er musste noch zwei Karten besorgen. Das Stadion war schon fast ausverkauft, also galt es, früh dran zu sein. Normalerweise saß er in Block 55, wo er eine Dauerkarte hatte. Aber dahin konnte er den Jungen nicht mitnehmen, denn links und rechts von ihm hatten Frank und Thomas ihre Plätze. Schließlich bekam er noch zwei zusammenhängende Plätze auf der Nordtribüne in Block 5. Auf dem Weg hatte Simon ihm viele Fragen gestellt und ebenso viele Antworten gegeben. So wollte er wissen, warum Werder eigentlich in Grün spiele, wer der beste Spieler wäre, warum Werder nicht jedes Spiel gewänne, wie hoch die Flutlichtmasten wären, ob das Stadion ein Dach hätte, wie oft Hannes schon im Stadion gewesen wäre und ob er, Hannes, auch gut Fußball spielen könne. Im Gegenzug erzählte Simon seinem neuen Freund, dass er am 30. Juli sieben Jahre alt werden würde, dass er aber schon in der zweiten Klasse wäre, weil er schon hätte lesen und schreiben können, als er in die Schule gekommen war. Simon hatte eigentlich in der ersten Klasse bleiben wollen, weil Oskar, sein bester Freund, auch in der ersten Klasse war. Aber die Lehrerin hätte ihm erklärt, dass es besser wäre, in die zweite Klasse zu gehen, weil es für ihn dann nicht so langweilig wäre.

„Und hatte die Lehrerin recht?"

Simon betrachtete einen betrunkenen Hertha-Fan, der am Osterdeich im Gras lag.

„Ich weiß es nicht, ich kann nicht sagen, ob sie recht hatte, ich durfte ja nur ein paar Tage in der ersten Klasse bleiben. Vielleicht wäre es dort auch besser geworden und nicht mehr so langweilig wie am Anfang!"

„Das stimmt, wie hättest Du das auch wissen sollen?"

„Warum schläft der Mann da?", fragte Simon.

„Der? Ach das ist ein Hertha-Fan, weißt Du, die sind so!"

„Schlafen die immer?"

„Nicht immer, aber wenn sie viel Bier getrunken haben, dann schlafen sie eben gern!", antwortete Hannes.

„Warum trinken die so viel Bier? Opa sagt, zu viel Bier macht dumm!" Hannes überlegte.

„Es gibt eben welche, die sind nicht so schlau wie Dein Opa!"

„Ach so, dann haben sie vielleicht schon so viel Bier getrunken, dass sie vergessen haben, dass Bier dumm macht!", konstatierte Simon, als sei es das Normalste von der Welt.

„Ist Hertha eine gute Mannschaft?"

„Sie sind nicht schlecht, in diesem Jahr. Deshalb ist es ganz wichtig, dass Werder heute gewinnt! Sag mal, hast Du vielleicht ein bisschen Durst?"

Simon blieb stehen und kratzte sich seinen braunen Haarschopf. Hannes fiel erst jetzt auf, dass der Junge strahlend blaue Augen hatte.

„Ein bisschen Durst hätte ich vielleicht, aber ich habe gar nichts zu trinken dabei!"

„Das ist kein Problem. Ich lade Dich ein, wir gehen ins *Ambiente*!"

„Al dente? So wie die Spaghetti?"

„Nein, ein bisschen anders. Das Café heißt so, *Café Ambiente*!"

Hannes blieb stehen, beugte sich zu Simon nach unten und zeigte auf das Café, das etwa 100 Meter vor ihnen in der Sonne lag.

„Jetzt holen wir schnell die Karten am Stadion ab und dann gehen wir in das Café und es gibt was zu trinken!"

„Gut!", antwortete Simon und nahm Hannes' Hand.

Hannes bestellte dieses Mal kein Bier. Simon hatte ihm klar zu verstehen gegeben, dass Menschen, die viel Bier tranken, dumm waren. Zugegeben eine etwas eindimensionale Betrachtung, für einen Sechsjährigen war es allerdings eine durchaus beachtenswerte Erkenntnis. Wie dem auch sei, Hannes wollte Simon mit gutem Beispiel vorangehen und bestellte deshalb nur einen Milchkaffee. Doch wahrscheinlich war sein vorbildliches Verhalten gar nicht zwingend vonnöten, denn Simon hatte keine Zeit, um auf Hannes' Trinkgewohnheiten zu achten. Stattdessen schien er alles aufzusaugen, was um ihn herum geschah. Und das war eine Menge und hatte nahezu ausschließlich mit dem bevorstehenden Spiel zu tun. Der Junge betrachtete die Fans, die in immer größerer Zahl das *Ambiente* aufsuchten: Ihre Trikots, Schals, Mützen, die grün-weiße Bemalung in ihren Gesichtern. Dagegen war Hannes mit dem Trikot aus der Saison 2001/2002, ohne Werbung und Rückennummer, vergleichsweise unauffällig gekleidet. Hannes sah Simon an, dass er gerade dabei war, sich geistig Unmengen von Fragen zu notieren, die er früher oder später auch formulieren würde. Im Moment war der Junge allerdings viel zu sehr darauf bedacht, nichts zu verpassen. Er saß mit offenem Mund hinter seiner Apfelschorle und Hannes konnte sich ein Lächeln nicht verkneifen. Die Vermutung lag nahe, dass Simon gerade einen *Dominomoment* – Hannes wusste nicht, ob es dieses Begriff tatsächlich gab – erlebte: Gerade fiel das erste Steinchen in Simons Fankarriere um. Und wer weiß, wenn Werder heute das Spiel gewinnen würde, am Ende hätten die Grün-Weißen einen neuen kleinen Fan dazugewonnen, und noch dazu einen sehr cleveren.

Als sie das Stadion erreichten, war es 13.30 Uhr. Es blieben noch zwei Stunden bis zum Spiel. Hannes liebte es, früh dran zu sein. Er konnte nicht verstehen, wie man erst auf den letzten Drücker ins Stadion kommen konnte. Dies hatte möglicherweise damit zu tun, dass er die Hälfte seines Lebens vorwiegend als Auswärtsfan verbracht hatte. Die wenigen Male, die er als Werder-Fan im Weser-Stadion hatte zubringen dürfen, hatte er deshalb ausgekostet wie andere ein Champions-League-Finale. Noch schlimmer war es in Hannes' Augen jedoch, das Stadion vor dem Abpfiff zu verlassen.

Simon wurde langsam wieder gesprächiger:

„Die haben ja alle etwas Grünes an!", dabei betrachtete er sein gelbes T-Shirt.

„Ja, damit zeigt man, wem man die Daumen drückt, weißt Du! Grün heißt Werder!"

„Ach so. Deshalb bist Du Werder-Fan, oder?"

Hannes stutzte.

„Wegen Hannes Grün, oder?", hakte Simon nach.

„Ja, das stimmt. Das stimmt wirklich. Da, wo ich aufgewachsen bin, gab es Fans von Eintracht Frankfurt, dem 1. FC Nürnberg oder von Bayern München. Und ich wollte eine eigene Mannschaft haben, ich wollte kein Fan von diesen Mannschaften sein. Irgendwann habe ich dann erfahren, dass Werder immer in Grün-Weiß spielt und dann – patsch – war ich Werder-Fan!"

„Patsch!", wiederholte Simon und lachte.

„Ich heiße Peterson. Aber ich bin trotzdem Werder-Fan!"

„Ja, das ist gut. Werder-Fan zu sein ist einfach das Beste!"

„Aber Kevin aus meiner Klasse sagt, Werder ist nicht gut; er sagt, Bayern ist am besten! Er sagt, Bayern gewinnt immer!"

Hannes blieb stehen und bückte sich zu Simon nach unten.

„Weißt Du was – dieser Kevin hat keine Ahnung. Alle Leute, die keine Ahnung haben, sind Bayern-Fans. Aber die wissen oft nicht, dass sie keine Ahnung haben!"

Simon hob wieder seinen rechten Nasenflügel.

„Du meinst, die wissen das gar nicht?"

„Nein, ich glaube nicht!"

Simon nickte.

„Dann können sie ja gar nichts dazu, eigentlich! So wie die Männer, die Bier trinken und davon dumm werden!"

Hannes fuhr Simon durchs Haar.

„Stimmt, genau so!"

Und bevor er aufstand, flüsterte er:

„Weißt du, woran man merkt, dass sie keine Ahnung haben?"

Simon sperrte erwartungsvoll den Mund auf.

„Pass auf, ich erkläre es Dir: Werder hat in dieser Saison zweimal gegen Bayern gespielt. Das erste Spiel war hier in Bremen, letztes Jahr im November. Und weißt Du, wie das Spiel ausging?"

Hannes zog die Augenbrauen hoch, schaute Simon tief in die Augen und machte eine Pause.

„Nein!", flüsterte der Junge.

„Werder hat 2:0 gewonnen, durch ein Tor in der ersten und ein Tor in der zweiten Halbzeit!"

Simon lächelte über das ganze Gesicht.

„Und was war mit dem zweiten Spiel?", fragte er.

„Das zweite Spiel war in München, im April, vor etwa drei Wochen. Da hat Werder auch gewonnen, und zwar mit 1:0!"

„Wirklich?", fragte Simon.

„Wirklich! So, und jetzt frage ich Dich: Wenn Werder zwei Spiele gegen Bayern München hatte und beide gewonnen hat, wer ist dann besser?"

„Werder!", antwortete Simon euphorisch.

„Werder. Und wenn ein Bayern-Fan sagt, Bayern sei besser als Werder, hat der Bayern-Fan dann Ahnung von Fußball?"

Simon schüttelte den Kopf.

„Siehst Du, das ist der Beweis: Ein Bayern-Fan hat keine Ahnung!"

„Aber er weiß es nicht!", ergänzte Simon.

Hannes nickte und zog es vor, es zunächst dabei bewenden zu lassen. Er hatte in nur wenigen Stunden den Grundstein für das Fanleben des Jungen gelegt: Simon mochte die Grün-Weißen und hatte auch schon eine gewisse Antipathie für den FC Hollywood entwickelt. Es gab schlechtere

Tage als diesen. Wenn jetzt doch nur noch ein Heimsieg dazukommen würde.

Hannes hatte sich die ganze Zeit vor den Jungen gekniet, jetzt bemerkte er, wie seine Arschnarbe wieder SOS funkte.

„Weißt Du, was wir jetzt unbedingt noch machen müssen, Simon?"

Der Junge schaute zu Hannes nach oben und schüttelte den Kopf.

„Wir müssen in den Fanshop gehen und Dir etwas Grün-Weißes kaufen!"

„Wirklich? Was ist ein Fanshop?"

„In einem Fanshop können die Fans, das sind die Menschen, die einer Mannschaft ganz fest die Daumen drücken, Dinge kaufen, die jedem zeigen, dass man seine Mannschaft toll findet!"

„Ah. So wie Dein T-Shirt, oder? Das ist grün. Hast Du das auch in einem Fanshop gekauft?"

„Genau, so wie mein T-Shirt!"

„Gut, dann müssen wir da jetzt hingehen. Meine Mama hat vielleicht nicht gewusst, dass man was Grünes tragen muss, wenn man zu Werder geht!"

„Das ist nicht schlimm. Wir besorgen Dir einfach etwas, Simon!"

„Gut. Ich habe Geld dabei in meinem Rucksack!", antwortete der Junge stolz.

„Nein. Ich werde Dir etwas kaufen. Das ist ein Geschenk, schließlich bist Du heute das erste Mal im Stadion. Da bekommt man immer etwas geschenkt!"

Simon nickte.

„Meinst Du, so wie eine Schultüte, wenn man den ersten Schultag hat?"

Hannes musste lachen.

„Ja, genauso wie am ersten Schultag. Also, was ist, gehen wir weiter?"

„Gut!", rief Simon glücklich und nahm wieder Hannes' Hand.

Als sie den Fanshop am Stadion verließen, war Simon Eigentümer eines grün-weiß-gestreiften Werder-Schals und eines grünen T-Shirts mit der Aufschrift *100 % Werder*. Der Platz um das Weser-Stadion füllte sich immer mehr mit Fans, wobei vor allem jene, die in Fanutensilien gehüllt waren, Simon zu faszinieren schienen. Immer wieder drehte er sich um, schaute singenden Fans nach oder reckte seinen Hals, weil er glaubte, etwas verpassen zu können. Eine seltsame Form des Stolzes überkam Hannes, denn er wusste, dass er es war, der dem Jungen womöglich einen unvergesslichen Tag bescheren würde.

„Wann gehen wir denn rein?", wollte Simon schließlich wissen.

„Wann Du möchtest, das Spiel beginnt in 45 Minuten, wir haben also noch etwas Zeit!"

„Oh!", sagte Simon nur und stutzte.

„Was ist denn?" Hannes beugte sich wieder zu ihm nach unten.

Der Junge betrachtete ehrfürchtig seinen Schal und fragte:

„Aber warum ist es denn schon so laut im Stadion?"

„Viele Fans sind jetzt schon drin, weißt Du, vor allem die aus der Ostkurve!"

„Ostkurve?"

Er ließ nicht locker, wollte alles ganz genau wissen. Also erklärte ihm Hannes, dass es verschiedene Arten von Fans gab, dass vor allen Dingen die, die in der Ostkurve standen, den größten Anteil an der Stimmung im Stadion hatten. Er klärte den Jungen darüber auf, was eine *Dauerkarte* war, was *Gästeblock* bedeutete, warum manche Fans lieber standen als saßen, und immer, wenn er das Gefühl hatte, Simon überfordert zu haben, nickte dieser nur und stellte eine weitere Frage.

„Und wenn man eine Dauerkarte hat, darf man jedes Spiel anschauen?"

„Genau!"

„Hast Du auch eine Dauerkarte?"

„Ja, ich habe auch eine Dauerkarte!"

Hannes glaubte Stolz in Simons Blick zu erkennen!

„Was ist, wollen wir reingehen!"

Simon nickte.

„Aber vorher essen wir noch eine Bratwurst. Damit wir auch genug Kraft zum Anfeuern haben, was meinst Du?"

„Gut!", flüstere der Junge so leise, dass es Hannes wegen des stärker werdenden Lärms nur von seinen Lippen ablesen konnte. Immer wieder betrachtete Simon sein T-Shirt. Es ging ihm richtig gut.

Der erste Blick auf ein fast volles Stadion musste etwas Unbeschreibliches sein, wenn man Simons Gesichtsausdruck richtig deutete. Anders als vorher, als er konzentriert und wissbegierig alles betrachtete und einzuordnen suchte, war der Junge jetzt wie hypnotisiert, möglicherweise auch leicht überfordert aufgrund der Eindrücke, mit denen das Stadioninnere seine Sinne überfrachtete. Deshalb gab Hannes ihm zunächst auch genügend Zeit, sich mit der Situation anzufreunden. Nachdem der Kleine etwa zwei Minuten mit offenem Mund die Szenerie auf sich hatte wirken lassen, drehte er sich schließlich zu Hannes um. Er hatte rote Backen und seine blauen Augen schienen auf die doppelte Größe gewachsen zu sein.

„Gefällt es Dir?", fragte Hannes

„Ja!", rief Simon und lächelte.

Bis zum Beginn des Spiels erkundigte er sich noch über den Stadionsprecher (er wollte wissen, wo er saß, woraufhin ihm Hannes erklärte, dass Werder mit Arnie und Stolli zwei Stadionsprecher an verschiedenen Plätzen hatte, die sich beide meist am Spielfeldrand aufhielten), die Anzeigetafel, die Werbebanden, den Sinn der Eckfahnen – wofür Hannes nur schwer eine plausible Erklärung fand – eine überdimensionale Flasche Mineralwasser, die am Spielfeldrand stand, die vielen Kameras, den *Premiere*-Reporter, der unterhalb der Südtribüne ein Interview mit Klaus Allofs führte, und natürlich über die Spieler. Er wollte wissen, warum die sich warm machen mussten, weshalb sie bereits vor dem eigentlichen Spiel ein kleines Spiel veranstalteten, wer der beste Spieler war, warum nicht alle schwarze Schuhe trugen, ob es dem Torwart weh tat, wenn er einen Ball auf den Körper geschossen bekam, was die Spieler machten, wenn sie während des Spiels Durst bekamen oder auf die Toilette mussten, ob die Spieler auch ihre Familien mit ins Stadion nahmen und ob auch die Spieler selbst eine Eintrittskarte für das Spiel brauchten. Hannes machte es Spaß, mit dem Jungen über Fußball zu sprechen. Er kam sich vor wie ein Erfinder, der einem begeisterten Publikum seine neueste Errungenschaft präsentierte.

Schließlich fielen Simon die Einlaufkinder auf!

„Sind das die Kinder der Spieler?"

Hannes grinste.

„Nein, das sind Kinder, die in kleinen Vereinen Fußball spielen. Die Vereine schreiben Werder einen Brief und fragen, ob ihre kleinen Fußballer vielleicht mal mit den Spielern einlaufen dürfen, weißt Du!" Hannes musste schreien, denn jetzt tobte das ganze Stadion.

Simon nickte und dann stand er, wie alle anderen Fans um ihn herum, auf und applaudierte den Spielern, als hätte er selbst schon seit zwei Jahren eine Dauerkarte.

Natürlich wünschte sich Hannes auch dieses Mal einen Werder-Sieg. Nur ein Sieg würde Werder weiter vom internationalen Geschäft träumen lassen. Außerdem konnte man so einem direkten Konkurrenten um die internationalen Plätze drei Punkte abjagen. Aber an diesem Samstag im Mai wünschte er sich den Sieg nicht nur für sich. Er wollte auch, dass Werder für Simon gewann. Hannes wollte nicht, dass der erste Stadionbesuch des Jungen mit einer Niederlage endete. Für ihn war die Fußballwelt noch unbescholten und Hannes hoffte, dass es auch so war, wenn sie das Stadion verlassen würden. Er wollte, dass sein kleiner Freund glücklich war.

Doch es lief alles andere als rosig. Denn obwohl Werder, wie schon in jenem denkwürdigen Spiel gegen Hannover, wie ein Tornado loslegte und die Hertha regelrecht in ihrer eigenen Hälfte einschnürte, gelang dieses Mal kein Tor in den Anfangsminuten. Micoud, Ernst und Ailton vergaben zu Beginn beste Chancen. Simon folgte dem Geschehen voller Aufmerksamkeit, dem Jungen entging nichts. Auch nicht, als Hertha mit der ersten Chance des Spiels nach 21 Minuten aus heiterem Himmel das 0:1 schoss. Im Block herrschte Grabesstille. Einzig Hannes' Arschbacke zeigte Regung und pulsierte, als würde sie jeden Moment explodieren. Ob ein Fluch auf ihm lag?

„Keine Sorge, gleich schießt Werder auch ein Tor!", rief Simon plötzlich und blickte zu Hannes nach oben.

„Glaubst Du wirklich?", fragte Hannes, der froh war, dass der Junge da war. Sonst hätte er sicher zu diesem Zeitpunkt schon die Nerven verloren.

„Ja, ganz sicher. Man muss nur die Daumen drücken!"

Genau das tat er dann auch. Er presste beide Fäuste an seinen Mund, die Daumen gedrückt, und beobachtete Ailton dabei, wie er eine Ecke in den Strafraum schlug. Im Strafraum herrschte ein Getümmel, wie vor einem *All-you-can-eat*-Buffet, an dem lauter ausgehungerte Weightwatchers nach einer Woche Heilfasten die erste Mahlzeit zu sich nehmen durften. Der Ball wurde hin- und hergestochert wie eine Flipperkugel und dann drückte ihn Mladen Krstajic tatsächlich über die Linie des Hertha-Tores.

Hannes konnte es nicht glauben. Der Junge hatte tatsächlich recht behalten. Der Kleine erschrak fast ein wenig, als sich plötzlich alle um ihn herum von ihren Plätzen erhoben und die Erleichterung ob des schnellen Ausgleichs aus sich herausschrien. Hannes hob Simon hoch, der über das ganze Gesicht strahlte und ihm ins Ohr rief:

„Siehst Du, hab ich doch gesagt. Und jetzt gewinnen sie auch. Bald schießen sie noch ein Tor!"

Zu diesem Zeitpunkt war aus den Schmerzen an Hannes' Arschnarbe nur noch ein leichtes Wimmern geworden, und als nur wenige Minuten später, dieses Mal nach einer Micoud-Ecke, Ludovic Magnin durch einen Flachschuss von der Strafraumgrenze mit seinem ersten Saisontor für Werders 2:1-Führung sorgte, glaubte er nicht nur, es bei dem Jungen mit einem Hellseher zu tun zu haben, seine Schmerzen hatten sich außerdem in Luft aufgelöst.

Dieses Mal sprang Simon als erster im Block auf und umarmte Hannes. Kein Zweifel, der Kleine lernte sehr schnell.

In der 36. Minute bediente schließlich Frank Baumann Ailton mit einem Traumpass direkt in dessen Lauf, der versuchte den Hertha-Keeper auszutanzen und scheiterte knapp. Aber Charisteas sagte Danke und schob den Ball zum 3:1 ein. Das Spiel war gedreht, Simon tanzte und Hannes' Schmerzen waren Lichtjahre entfernt in einer unbekannten Galaxie seiner Nervenbahnen verglüht. Anders als noch vor einigen Wochen ließ Werder an jenem Tag den Gegner nicht wieder ins Spiel zurückkommen. Auch nach dem Wechsel wurde das Spiel kontrolliert und in der 76. Minute, als sich Simon und Hannes bereits über die Nummern einzelner Spieler austauschten und gelegentlich schöne Kombinationen und Chancen mit Applaus kommentierten, hatte die Nummer 10 seine Sternstunde: Micoud ließ nahezu die gesamte Abwehr der Berliner wie Slalomstangen stehen, passte genau im richtigen Moment auf den mitgelaufenen Charisteas, der den Hertha-Torwart umspielte und zum 4:1 einschoss. Niemanden im Stadion interessierte mehr, dass Hertha noch zum 4:2 verkürzte.

Hannes wusste, dass Simon diesen Tag nie mehr vergessen würde, ebenso wie ihm klar war, dass Werder soeben die beste Rückrundenmannschaft geschlagen und somit wieder alle Chancen im Kampf um einen UEFA-Cup-Platz hatte.

Als die beiden nach dem Schlusspfiff ebenso glücklich wie die meisten Zuschauer das Stadion verließen, nahm Simon zum dritten Mal an diesem Tag Hannes' Hand.

„Das war schön. Nimmst Du mich wieder einmal mit?"

Hannes lächelte, strich dem Jungen über den Kopf und sagte:

„Klar. Du bist doch jetzt ein echter Werder-Fan!"

Am Abend, als sich sein pulsierender Hintern wieder meldete, er das Gefühl hatte, nie wieder sitzen zu können und deshalb die Sportschau nur im Liegen genießen konnte, wurde Hannes plötzlich wieder von seinen Zukunftsängsten eingeholt. Dabei ging es dieses Mal nicht um Werder. Denn am Montag würde er sich Fräulein Silke erklären müssen, wohl wissend, dass es für sein Verhalten keine Erklärung gab. Bevor sich die Sache zu einem betriebsinternen Problem entwickeln konnte, würde er die Geschäftsleitung aufsuchen, um darüber Auskunft zu geben, dass er sich einen neuen Job zu suchen gedachte. Wie jedes Mal in den anderen Städten zuvor, würde man versuchen, ihn zu einem weiteren Verweilen in der Firma zu überreden, denn wie immer waren seine Zahlen sensationell. Er holte weit mehr für seinen jeweiligen Arbeitgeber heraus, als er diesen kostete (was trotzdem eine schöne Stange Geld war). Möglicherweise würde man auch ganz tief in die Schatulle greifen und einen großen Batzen zu seinem bisherigen Verdienst dazulegen, um Hannes zu einem Umdenken zu bewegen. Aber Hannes wusste gut genug, dass er gehen musste. Alles andere würde zu weiteren Komplikationen führen, mittlerweile hatte er genügend Erfahrung gesammelt. Für die nächste Zeit war nicht nur auf dem Rücken schlafen tabu – er musste wohl oder übel auch wieder die Stellenanzeigen der Tagespresse studieren. Die Türklingel riss ihn aus seinen Überlebensstrategien.

„Guten Abend, ich hoffe ich störe nicht!"

Sie sah müde und traurig aus.

„Nein, Sie stören nicht, ich hatte mir gerade noch die *Sportschau* angesehen!"

Hannes konnte dunkle Ringe unter ihren Augen erkennen.

„Ich halte Sie nicht lange auf, ich –"

„Sie halten mich nicht auf, Anna. Wollen Sie vielleicht auf einen Sprung reinkommen!"

Sofort wusste er, dass er einen Fehler gemacht hatte. Doch sie reagierte nicht so, wie er befürchtete.

„Nein, schon gut, vielleicht ein andermal. Um ehrlich zu sein, muss ich jetzt erst einmal den Tag allein verarbeiten!"

Hannes dachte an seinen Tag. Er brauchte die *Sportschau,* um die Ereignisse abzurunden und zu verarbeiten, was in Annas Fall sicher ungleich schwieriger war.

„Es tut mir leid, ich weiß nicht, was ich sagen soll. Es war bestimmt sehr schwer, oder?"

„Es war vielleicht der schlimmste Tag meines Lebens. Aber das, was Sie für Simon gemacht haben, wiegt so vieles auf, wissen Sie. Ich habe den Jungen noch nie so gesehen. Er hat mir einen Vortrag über Ostkurven und Ballkinder gehalten, mir von Micoud und Charisteas vorgeschwärmt und davon, dass Werder zwei Stadionsprecher hat. Er ist so glücklich. Ich wollte mich einfach bei Ihnen bedanken, Hannes!" Dann fummelte sie einen Zwanzig-Euro-Schein aus ihrer Jeans.

„Hier, das ist für die Auslagen, den Schal und das T-Shirt. Er hat beides mit ins Bett genommen!"

„Nein, keine Chance. Wir sind Freunde, Simon und ich. Das geht in Ordnung!"

„Sind Sie sicher?"

Hannes nickte.

„Jetzt gehen Sie rüber in Ihre Wohnung und ruhen sich aus. Sie haben wirklich einen tollen Jungen und wenn Sie wollen, nehme ich ihn gern wieder mit zu Werder!"

„Wissen Sie, was er gesagt hat?", fragte Anna und Hannes sah sie das erste Mal lächeln.

„Nein!"

„Er hat gesagt, wenn er so groß wie Hannes ist, dann möchte er auch eine Dauerkarte haben!"

Hannes grinste.

„Ist das nicht verrückt?"

„Nein, eine Dauerkarte bei Werder ist das Normalste von der Welt. Jeder sollte eine haben! Die gibt es übrigens auch schon für Kinder!"

„Na gut. Dann werde ich mich wohl in Sachen Fußball noch etwas weiterbilden müssen!"

„Haben Sie Simon von seinem Opa erzählt?"

Anna schüttelte den Kopf.

„Ich konnte es einfach nicht. Ich konnte ihm den Tag nicht kaputt machen!"

„Seine Welt ist die schönste Welt, die man sich vorstellen kann, glaube ich!", antwortete Hannes und dachte an seine bevorstehende Jobsuche.

Annas Augen begannen wässrig zu werden, doch sie biss auf die Zähne.

„Dann noch mal vielen Dank, Hannes!"

„Ich habe es wirklich sehr gerne gemacht!", antwortete er.

30. Juli 2003: Kindergeburtstag mit Papageien-Outfit und Entfesselungskünstler

Der Saisonabschluss ging schließlich, trotz zweier weiterer Siege in Stuttgart (das immerhin Vizemeister – obwohl von Magath trainiert – wurde) und zuhause gegen Schalke, den Bach hinunter, weil man sich im letzten Spiel in Mönchengladbach eine 1:4-Klatsche abholte. Hannes hatte so sehr unter den Folgen jener Niederlage zu knabbern, dass er sich am selben Abend schließlich betrunken hatte, denn der Rausch war in solchen Fällen der kleine Bruder des Vergessens. Es war nicht von der Hand zu weisen, dass der Schiri – er hieß im übrigen Stark und kam aus Bayern – nicht unbedingt für Werder gepfiffen hatte (Markus Daun wurde in einem Zweikampf, der eher an Körperverletzung denn an Fußball erinnerte, krankenhausreif getreten, ohne dass sein Gegenspieler auch nur eine gelbe Karte dafür gesehen hätte, und Frank Verlaat wurde wegen einer sehr zweifelhaften Notbremse, die wohl nur Stark gesehen hatte, kurz vor der Halbzeit vom Platz gestellt). Hannes wurde an diesem Abend das Gefühl nicht los, dass dieser Schiedsrichter Werder vermutlich in Zukunft noch öfter vorgesetzt werden würde und jene unter dessen Leitung ausgetragenen Spiele vermutlich auch künftig unter keinem guten Stern stehen würden. Wie gern hätte sich Hannes getäuscht. Dennoch hatte sich die Mannschaft in Hannes' Augen selbst um den verdienten Lohn der Aufholjagd der letzten Wochen gebracht.

Trotz seines Rausches meldete sich die Wahrheit am Morgen danach bitter wieder zurück, wobei sie mit emotionaler Leere einherging, trug sie doch den schmerzhaften Namen UI-Cup. Auf den Punkt gebracht, bedeutete dies nichts anderes als Tingeln über die Dörfer Europas während der Vorbereitung, uninteressante Spiele gegen vermeintlich leichte Gegner, bei denen man sich nur blamieren konnte, und gleichzeitig weniger Zeit zum Trainieren für das Team. Was für eine Werder-Saison befand sich da in ihren Geburtswehen? Hannes ahnte nichts Gutes.

Er nutze die fußballlose Zeit, um sich einen neuen Job zu suchen. Und wie immer ging es auch dieses Mal ganz schnell. Eigentlich ging es ein bisschen zu schnell, denn man hatte von Hannes erwartet, seine Tätigkeit bereits zum 1. Juli anzutreten, doch es war ihm gelungen, noch etwas Zeit zu gewinnen und seinen Antritt um zwei Monate hinauszuzögern. Wie gewohnt legte er auch in seinem neuen Tätigkeitsfeld Wert darauf, sein eigener Chef zu sein. Ab 1. September würde er somit *Regionalmanager Premium Brands* einer international anerkannten und sehr beliebten Spirituosenmarke sein, dessen Aufgabe es sein würde, im Verkaufsgebiet Nord (Hamburg, Bremen, Hannover, Sylt), die darin angesiedelten Top-Imagekunden zu betreuen oder zu erschließen.

Das Vorstellungsgespräch, das er mit einer Frau Gaby Hansen geführt hatte, die Mitte 40 und durchaus attraktiv war, dauerte nicht einmal eine halbe Stunde. Danach gab ihm Frau Hansen zu verstehen, dass er den Job so gut wie sicher hätte, auch wenn er sich noch gedulden müsse, bis man ihm die Zusage schriftlich zukommen lassen würde, was allerdings in spätestens drei Tagen der Fall sein würde. Am Ende drückte sie ihm ihre Visitenkarte in die Hand, auf deren Rückseite sie noch in Hannes' Beisein ihre private Handynummer schrieb, mit dem Hinweis, Hannes solle nicht zögern, falls er noch Fragen hätte, man könne diese jederzeit noch bei einem Glas Wein besprechen. Bevor er Frau Hansens Büro verließ, schenkte diese ihm noch ein Lächeln, drückte ihm etwa sieben

Sekunden die Hand und ließ ihn wissen, dass sie sich auf die gute Zusammenarbeit freue. Schon am nächsten Tag kam die Zusage. Hannes hatte wieder eine Beschäftigung. Doch zunächst blieben ihm noch zwei sehr kostbare Monate, um ohne jegliche Verpflichtungen den Schmerz der letzten Saison zu verarbeiten. Er konnte sich geistig auf den UI-Cup einstellen und Wahrscheinlichkeiten abwägen, an deren Ende das UI-Cup-Intermezzo ein Happy End hatte und Werder schließlich doch noch in den UEFA-Cup rutschen würde.

Simon war schnell Hannes' Freund geworden, schließlich hatte er sich in dessen Freundschaftsbuch verewigt. Deshalb hatte Hannes auch eine Einladung zu Simons Geburtstagsfeier erhalten. Es war nicht so, dass die beiden sich jeden Tag sahen, doch ein- bis zweimal in der Woche hatte Hannes den Jungen meist getroffen, mit ihm über Fußball gefachsimpelt und über Werders Chancen im Hinblick auf die neue Saison. Simon hatte Hannes erzählt, dass ab jetzt die Zahl 6 seine Lieblingszahl war, weil er mit 6 das erste Werder-Spiel im Stadion hatte verfolgen dürfen. Ab und zu hatte der Junge auch bei Hannes geklopft, um das Spiel mit dem *Fußballautomaten*, wie er den Kicker genannt hatte, zu erlernen. Hannes hatte das Gefühl, dass seine neuer Freund auch gern öfter bei ihm geläutet hätte, dass ihn Anna aber davon abhielt, weil sie nicht wollte, dass Simon Hannes auf die Nerven ging. Anna war eine sehr angenehme Nachbarin, und das lag nicht nur daran, dass sie Hannes noch nicht auf dessen Ähnlichkeit mit dem schönen James angesprochen hatte. Sie war weder aufdringlich noch pseudo-intellektuell und schon gar nicht aufgesetzt witzig. Anna stand mit beiden Beinen im Leben, sie schien die Doppelbelastung Job und alleinerziehende Mutter gut im Griff zu haben, und von Woche zu Woche verblasste der traurige Ausdruck um ihre Augen etwas mehr, was zeigte, dass sie den Tod ihres Vaters allmählich zu verarbeiten begann. Wenn Hannes mit ihr redete, ging es meist um Simon oder Werder oder um beides zusammen. Anna machte Fortschritte auf der bisher unbewohnten Insel *Mutter eines Fans*. Mittlerweile war ihr klar, dass Simons neue Leidenschaft nicht nur ein kleines Techtelmechtel war, sondern wahre Liebe, ein Bund, der geschmiedet wurde, um vielleicht ewig zu halten. So überraschte es Hannes schließlich auch nicht, als Anna auf seine Frage, was er Simon zum Geburtstag schenken könne, antwortete, dass ihr Sohn sich wohl am meisten über irgendetwas von Werder freuen würde.

Also hatte sich Hannes einige Tage vor Simons großem Tag auf den Weg zum Fanshop am Weser-Stadion gemacht. Doch wenn er ganz ehrlich war, ging es ihm dabei nicht nur um Simon, denn Werder hatte die neue Saison mit einem outfitmäßigen Ausrufezeichen eingeläutet, welches die Fans schnell in zwei Lager gespaltet hatte: das *Papageien*-Trikot.

Das neue Trikot war zwar eng anliegend wie sein Vorgänger, dennoch unterschied es sich in einem Merkmal ganz entscheidend von dem Trikot der letzten Saison: Werder brach nämlich mit der Tradition. Denn zum obligatorischen Grün-Weiß gesellte sich die Trendfarbe Orange, in der die Ärmel des neuen Trikots gehalten waren.

Normalerweise scheute sich Hannes nicht, neue Wege zu beschreiten. Das hatte ihm in seinem Job schon so manche Bonuszahlung eingebracht. Wenn es allerdings um sein Leben mit Werder ging, war Hannes Traditionalist. Man hieß als Fan nicht sofort alles Neue gut, was im Verein passierte, besonders dann nicht, wenn dieses Neue nicht aus der Fankultur, sondern aus einer Marketing-Idee entstanden war. Dabei ging es nicht nur um fundamentale Veränderungen wie den Verkauf des Stadionnamens, sondern auch das Betreten von Neuland bei der Trikotgestaltung.

Trotzdem war die Sichtweise des Vereins in diesem Fall auch nicht ohne, insbesondere für jemanden, der beruflich im Marketingsektor sein Nest gebaut hatte und damit ziemlich viel Geld verdiente. Werder wollte etwas riskieren, ein Ausrufezeichen setzen, einen Farbtupfer in den Ligaalltag bringen, auffallen, neue Wege beschreiten. Aber ob der UI-Cup dafür die richtige Plattform bieten würde? Hannes wollte nicht pessimistisch wirken, doch er hatte das Gefühl, dass man sich bei sportlichen Misserfolgen in der Orange-Ära ziemlich blamieren würde.

Trotzdem gefiel ihm das *Papageien*-Trikot in punkto Ästhetik und Design, auch wenn er zunächst einmal beschloss, die Finger davon zu lassen. Das alte *Puma*-Trikot aus der Meistersaison 1992/1993 war noch ebenso gut in Schuss wie das grüne *Kappa*-Trikot aus dem letzten Jahr, das nicht einmal über einen Aufdruck eines Sponsors verfügte. Aber das neue Trikot war ein schönes Geschenk für Simon. Der würde sich sicher freuen und in der Schule würde er damit voll im Trend liegen.

Gegen 14.30 Uhr am 30. Juli klingelte Hannes nicht gänzlich frei von Werder-Unbehagen an der Tür seines kleinen Gastgebers. Die Aufregung war natürlich nicht mit der eines Bundesligaspiels zu vergleichen, dennoch war es nicht von der Hand zu weisen, dass er spätestens um 17.30 Uhr die volle Konzentration für Werder aufbringen musste. Bisher jedenfalls hatte es Werder geschafft, Hannes' anfängliche UI-Cup-Skepsis zu zerstreuen. Zum einen war der erste Gegner mit dem OGC Nizza verhältnismäßig attraktiv gewesen, man hatte zum zweiten keine Horrortour in einen entlegenen Winkel Aserbeidschans zu bewerkstelligen, bei dem man das Flugzeug mit dem Fallschirm verlassen musste. Nach einem torlosen 0:0 hatte man Nizza ausgerechnet durch ein Micoud-Tor vor vier Tagen mit 1:0 aus dem Wettbewerb geworfen. Im Klartext bedeutete dies nichts anderes, als dass man nur noch eine Runde vom Finale entfernt war und es so aussah, dass es doch noch ein UEFA-Cup-Happy End geben würde. Vorher allerdings musste heute eine gute Ausgangsposition für das Rückspiel gelegt werden. Hannes war gerade dabei, über den seltsamen Namen des Gegners zu grübeln: *FC Superfund*. Was auf einen Südseeschatz hindeutete, war eine österreichische Gemeinde mit 6134 Einwohnern, 1670 Häusern und eine Fläche von ganzen 12,48 Quadratkilometern mit einem *hohen landwirtschaftlichen Anteil*, wie es auf der Homepage des Ortes Pasching hieß. Man durfte natürlich keinen Gegner dieser Welt auf die leichte Schulter nehmen, aber wenn man das Für und Wider abwägte, dann musste es doch wohl mit dem Teufel zugehen, wenn Werder heute in Pasching nicht den Grundstein für den Finaleinzug legen würde. Als er sich gerade auf einen realistischen Prozentsatz für ein erfolgreiches Abschneiden festlegen wollte, hatte Simon schon die Türe aufgerissen!

Der Junge grinste Hannes an. Sofort sah dieser die Zahnlücke. Seitdem er Simon das letzte Mal gesehen hatte, hatte er auch einen seiner beiden oberen Schneidezähne verloren. Trotz einer Außentemperatur von über 30 Grad hatte Simon seinen Werder-Schal umgebunden, wobei sich Hannes nicht sicher war, ob der Junge dies ihm zuliebe tat.

Es gab Kuchen, eine Schokoladentorte mit sieben Kerzen, Kakao für Simon, Kaffee für Anna und Hannes und natürlich Geschenke. Hannes mochte seinen kleinen Freund wirklich gern, der, als er das Werder-Trikot ausgepackt hatte, zunächst vor lauter Freude nicht einmal mehr sprechen konnte. Dann schaute er seine Mutter mit einem so zufriedenen, glücklichen Gesichtsausdruck an, wie ihn Hannes noch nie bei einem Menschen gesehen hatte. Seine Mutter lächelte und schüttelte dabei den Kopf. Dann erst schaute Simon zu Hannes, der so tat, als würde er in seiner halbvollen Kaffeetasse nach irgendwelchen Wahrheiten suchen. Simon blickte wieder zu seiner Mutter, wieder nickte Anna. Dann erst stand ihr Sohn auf, ging mit dem Trikot zu Hannes und drückte ihn.

„Vielen Dank, das ist das allertollste Geschenk, das ich bekommen habe, vielen Dank!"

„Schon gut!", antwortete Hannes gerührt, der über die Schulter des Jungen hinweg Anna anlächelte.

Simon löste seine Umarmung und nahm sein neues Trikot in die Hand.

Wahrscheinlich hätten die meisten Jungs in seinem Alter das Trikot sofort getragen. Aber Simon brauchte noch einen Moment. Er drehte das Trikot um und sah, dass es beflockt war. Wobei er natürlich das Verb „beflocken" noch nicht kannte.

„Wow, da ist ja eine Nummer drauf!", flüsterte er. „Sieh mal, Mama!"

„Und noch dazu Deine Lieblingszahl!", antwortete Anna und strich ihrem Sohn, der sich an Hannes gelehnt hatte, über den Kopf.

„Meine Lieblingszahl", wiederholte er leise und fügte hinzu: „Baumann, 6!"

Hannes schloss kurz die Augen. Er wünschte sich, nur für eine Stunde mit Simon tauschen zu können. Diese Form von Glück und Zufriedenheit musste wunderbar sein.

„Ist er gut?", fragte Simon.

Hannes öffnete die Augen und sah, dass der Junge eine Antwort erwartete.

„Gut? Der Kuchen?"

Simon lächelte.

„Du machst Witze über mich, stimmt's?"

Hannes schüttelte den Kopf.

„Nein, das würde ich mir nie erlauben! Ist wer gut?"

Simon kratze sich am Haarschopf. Dann drehte er sein neues Trikot wieder um und zeigte Hannes die Rückennummer.

„Baumann, die Nummer 6. Ist er ein guter Spieler?"

Hannes stützte das Kinn auf seiner rechten Hand ab.

„Gut? Ob Baumann gut ist? Ob Frank Baumann ein guter Spieler ist?"

Simon öffnete den Mund, so wie er es immer tat, wenn er gespannt zuhörte.

„Na hör mal: Frank Baumann ist der wichtigste Spieler der Mannschaft. Er ist der Kapitän, der Boss. Er ist ein sehr guter Spieler, einer der besten, wenn Du mich fragst!"

Es war das Wort *Kapitän*, auf das sich der Junge stürzte!

„Hat er ein Schiff?"

Hannes lachte. Anna hob hilflos die Schultern.

„Nein, er hat kein Schiff. Aber er ist der Chef im Team, so wie der Kapitän auf einem Schiff. Deshalb nennt man den Chef in einer Fußballmannschaft auch Mannschaftskapitän oder nur Kapitän. Es ist einfach ein Vergleich, man will damit ausdrücken, dass er etwas zu sagen hat!"

Simon nickte.

„Das heißt, man könnte ihn auch Pilot nennen, oder?"

Der Junge war einfach klasse.

„Ja, das hätte man eigentlich machen können, warum nicht!" Er wusste, dass Simon gleich fragen würde, warum man ihn nicht Pilot, sondern ausgerechnet Kapitän nannte. Deshalb versuchte er gleich eine passende Erklärung nachzuschieben.

„Es könnte daran liegen, dass es damals, als der Fußball erfunden wurde, noch gar keine Flugzeuge gab. Damals sind die Leute noch nicht geflogen, man hat große Entfernungen mit dem Schiff zurückgelegt!"

Simon lächelte glücklich. Es schien, als akzeptierte er die Erklärung.

Sie machten sich auf den Weg ins Kino, wo Simon, der das Trikot trug, obwohl es mindestens zwei Nummern zu groß war, drei weitere Gäste erwartete: Oskar, seinen besten Freund, der mit Simon in die erste Klasse gekommen war, und Fiona und Jan, die beide mit Simon in die zweite Klasse gingen. Simon hatte sich „Das Dschungelbuch 2" gewünscht und die vier Kinder hatten ihren Spaß. Hannes erinnerte sich daran, als er damals vor mehr als 30 Jahren den ersten Teil des Dschungelabenteuers selbst mit seinem Bruder, seiner Schwester und seiner Mutter im Kino gesehen hatte. Dabei wurde er von einem Anflug von Melancholie heimgesucht, was sich allerdings schnell legte, denn als sie aus dem Kino kamen, stellte er fest, dass er nur noch gute 20 Minuten bis zum Beginn des Spiels hatte. Anna hatte ihn gefragt, ob er noch zum Abendessen bleiben wolle, sie würde Pizza machen für die Kinder, da würde sicher noch etwas für ihn abfallen.

Doch Hannes war im Gegensatz zu James Duncan, seinem Hollywood-Double, ein schlechter Schauspieler. In seinem Kopf hatte sich bereits der grün-weiße Virus ausgebreitet, den seine Adern schon den ganzen Tag durch seine Blutbahnen gejagt hatten. Hannes wusste, dass er nichts dagegen tun konnte, und bevor er eine fadenscheinige Erklärung für seine Unpässlichkeit zum Besten geben musste, rückte er gleich mit der Wahrheit heraus. Er würde die Einladung gerne annehmen, aber Werder hätte jetzt gleich das vielleicht wichtigste Spiel des Jahres. Dabei beäugte er Simon, der gerade in einer ausgelassenen Diskussion mit den anderen Kindern den Film noch einmal Revue passieren ließ. Anna verstand ihn, das sah er in ihren Augen. Sie verstand ihn wirklich. Und sie tat ihm den Gefallen, nicht darauf hinzuweisen, dass er das Spiel auch in ihrer Wohnung anschauen konnte. Dafür war Hannes dankbar. Er sah, dass Simon glücklich war und dass es dem Jungen nichts ausmachen würde, wenn er für den Rest des Abends auf seinen erwachsenen Freund würde verzichten müssen. Es würde dem Kleinen allerdings schon etwas ausmachen, wenn Hannes beim Betrachten des Spiels die Nerven verlieren und um sich schreien würde. Simon würde Hannes jetzt nicht vermissen.

„Es ist kein Problem, wirklich! Sie haben so viel für den Jungen getan!"

„Danke, ich weiß, dass Sie denken, ich sei verrückt und wahrscheinlich bin ich das auch. Aber ..!"

„Schon gut, wahrscheinlich wird der Mann mit der Nummer 6 in einem Jahr genauso weit sein!"

Hannes lächelte. Sie verstand ihn.

„Wissen Sie, ich denke es ist Zeit, das *Sie* über Bord zu werfen, finden Sie nicht?", fragte Hannes.

Anna lächelte und streckte Hannes die Hand entgegen.

„Das ist schön!", sagte sie und fügte hinzu „Simon mag Dich wirklich!"

Nicht wenige hätten in diesem Moment vielleicht nachgehakt, was schon mit einem Wort möglich gewesen wäre. *Simon ?*, hätte diese Einwortfrage lauten können, oder *nur Simon?* Und es war nicht so, dass Hannes unsensibel war oder dass er mit einer fünf Zentimeter dicken, emotionalen Hornhaut gestraft war. Es lag nicht einmal nur an Werder. Es lag an all dem. Er hatte einen wirklich schönen Nachmittag erlebt, sich wohlgefühlt in der Gegenwart des Jungen und auch in der Gegenwart von dessen Mutter. Aber so, wie er sich jetzt *wohlfühlt*, so war es schön. Es tat gut, einmal keine Spielchen machen zu müssen, sich nicht beim Überqueren einer Brücke an der Seite einer Frau fragen zu müssen, ob das Wasser wohl tief genug, die Strömung ungefährlich genug und die Wassertemperatur hoch genug war, um durch einen Sprung in den Fluss der emotionalen Umklammerung jener Frau zu entkommen. Anna klammerte nicht, und das war angenehm. Ja, Hannes ging sogar so weit, anzunehmen, dass der Satz *Simon mag Dich wirklich* mit keinerlei Hintergedanken formuliert worden war und Anna es genau so meinte, wie sie es sagte. Sie war nicht auf einen Doppelpass aus, sie schlug einfach einen Befreiungsschlag. So gelang es Hannes denn auch, sich einfach nur umzudrehen und zu gehen, sich gut zu fühlen, weil er sich auf das Spiel freuen konnte und wusste, dass er Anna nicht vor den Kopf gestoßen hatte.

Fünf Minuten bevor das Spiel begann, hatte er sich eine Apfelschorle eingeschenkt und den Fernseher eingeschaltet. Er hatte es noch geschafft, pünktlich zum Spiel. Ein gutes Omen, wie er glaubte. Es war immer noch mindestens 30 Grad heiß, er hatte die Tür zu seinem Balkon geöffnet und von draußen wehte angenehm warme Luft in sein Wohnzimmer, auf dessen Boden er sich in voller Länge ausgebreitet hatte. Auf dem Bildschirm war der Dorfplatz der Österreicher zu sehen und im Vordergrund blendete die Regie gerade die Aufstellung des FC Superfund ein. Namen, mit denen Hannes rein gar nichts anfangen konnte. Manche hörten sich typisch österreichisch an, fand Hannes. Der Name der Torwarts, *Schicklgruber*, zum Beispiel. Hoffentlich würde dieser in den nächsten knapp zwei Stunden im Mittelpunkt des Geschehens stehen. Dann gab es noch Spieler, die auf Namen wie Hörtnagel, Baur, Riegler oder Kiesenebner hörten. Klang irgendwie wie der Kader der nationalen österreichischen Ski-Abfahrtsmannschaft. Wenn es heute um Skifahren gehen würde, dann würde Werder mit Sicherheit den Kürzeren ziehen. Aber man traf sich, um Fußball zu spielen, und da durfte man keine Gnade mit jenen Halbamateuren haben.

Dann stockte Hannes plötzlich der Atem, denn er las den Namen des Mittelstürmers des FC Superfund: Glieder, Eduard Glieder. Edi Glieder, wie ihn der Reporter nannte. Ob das wirklich der Name des Spielers war? Hannes' Fantasie begab sich sofort auf eine Reise und hielt Ausschau nach Berufszweigen, in denen Menschen, die Edi Glieder hießen, zu Ruhm und Ehre kamen. Dabei stürzte er sich bewusst nicht auf jene bestimmte Form der Schauspielerei. Schließlich erschien in dem Kino seiner Fantasie der Name auf einem überdimensionalen Werbebanner eines Pariser Varietés oder eines Spielcasinos in Las Vegas. Und aus imaginären Lautsprechern seiner Einbildung konnte er die Stimme eines Promoters klar und deutlich vernehmen: Heute live bei uns auf der Bühne, exklusiv, die einzige Show in der Stadt, der österreichische Entfesselungskünstler, der Mann, der alle Ketten sprengt, Mister Gummi, das letzte Glied in der Kette, the one and only: Eeeeeeeeediiiiiiiiiii Glieeeeeeeeeeeeeeedeeeeeeeeer!

Das Spiel lief bereits, als Hannes' Edi-Glieder-Vision endlich verblasste. Dieser Edi Glieder sollte die Werder-Abwehr in Verlegenheit bringen? Vor dem sollte man sich fürchten? Hannes hatte eher Mitleid mit ihm. Edi Glieder konnte vielleicht in eine schwere Kette gehüllt, die mit fünf Vorhängeschlössern gesichert an einem Hornschlitten fixiert war, eine Bobbahn hinuntergeschubst werden und würde es fertig bringen, nicht nur das Gefährt mit 120 Stundenkilometern sicher ins Tal zu balancieren, sondern gleichzeitig dem Schlitten in der kurzen Zeit entfesselt und ohne jeglichen Kratzer wieder zu entsteigen. Das traute Hannes dem Mann, der Edi Glieder hieß, durchaus zu. Aber Tore gegen Werder? Das UI-Cup-Finale verhindern? Niemals. Hannes lehnte sich zurück und wartete geduldig auf das erste Tor.

Zu seiner Verwunderung machte allerdings zunächst einmal der FC Superfund Pasching von sich reden. Die Österreicher gingen sehr aggressiv und engagiert auf dem Platz zu Werke und hatten einen quirligen Mittelfeldspieler, der Werder in der erste halben Stunde ganz schön beschäftigte. Hannes konnte es sich nur so erklären, dass Schaafs Taktik aufgrund der Hitze darin bestand, den Gegner erst einmal kommen zu lassen. Die Dorftruppe sollte sich wohl zunächst müde laufen, dann würde man sie auskontern, eiskalt zuschlagen. Als Indiz dafür, dass Schaaf seiner Truppe einen Auswärtssieg zutraute, wertete Hannes die Tatsache, dass die aktuelle Nummer 2, Pascal Borel, im Tor stand und nicht etwa Werders Neuzugang Andreas Reinke. Auch Frank Baumann saß nur auf der Bank und wurde vom jungen Tim Borowski ersetzt. Der Werder-Kapitän hatte angeblich leichte Knieprobleme.

Immer wieder holte Hannes der Name Edi Glieder ein. So konnte er sich gar nicht darüber aufregen, dass sein Team auch nach einer halben Stunde, abgesehen von einem Freistoß von Mladen Krstajic, noch nicht eine nennenswerte Chance zu verzeichnen hatte. Der Reporter fing schon an, auf der Underdog-Nummer herumzureiten, dass man die wacker kämpfenden Alpenkicker nicht unterschätzen dürfe, dass alles andere als ein Werder-Sieg einer Sensation gleichkommen würde. Hannes hasste solche Reporter. Der Mann am Mikrofon wollte Werder schlechtreden. Konnte der Amateur nicht sehen, dass Werder die Alpenbomber absichtlich kommen ließ? Werder spielte intelligent, routiniert, abgeklärt, das Team teilte sich seine Kräfte ein, schließlich dauerte ein Spiel 90 Minuten. Hannes spürte, dass der SVW bald zuschlagen, und damit dem kommentierenden, sogenannten Fußballexperten das Maul stopfen würde. Dann würde der Typ umschwenken, von einer souveränen Vorstellung des Favoriten sprechen, der den Gegner hatte sich müde laufen lassen. Hannes konnte sich voll und ganz auf seinen Instinkt als Fan verlassen, der ihm sagte, dass noch vor der Halbzeit das erste Tor fallen würde.

In der 36. Minute erzielte ein Spieler mit dem Namen Horvath das 1:0 für den FC Superfund Pasching. Er umdribbelte die halbe Mannschaft der Grün-Weißen wie Slalomstangen. Horvath war wohl kein Abfahrtsläufer, sondern eher in den technischen Skidisziplinen zuhause. Wahrscheinlich hatte er auf die gleiche Art und Weise auch schon den einen oder anderen Weltcupslalom gewonnen, im Winter, wenn der Fußball zu wenig abwarf, um davon zu leben oder gar eine Familie zu ernähren. Vom Strafraum hatte er dann abgezogen und die Kugel fand den Weg ins Werder-Gehäuse, ohne dass es Borel möglich gewesen wäre, dies erfolgreich zu verhindern. Man musste kein Hellseher sein, um sich vorzustellen, dass sich der Junge morgen in das goldene Buch der Stadt Pasching eintragen durfte, vorausgesetzt Pasching war eine Stadt und man verfügte dort über ein goldenes Buch. Der Reporter jedenfalls setzte zum Sarkasmus an, und es war nicht von der Hand zu weisen, dass dieser wohl in Bayern-Bettwäsche schlief. Hannes drehte ihm sofort den Ton ab. Doch er war noch immer guter Dinge. Wenn nicht in den verbleibenden acht Minuten, dann würde man spätestens in der zweiten Halbzeit eine andere Werder-Mannschaft zu Gesicht bekommen. Da würde das Team die Skifahrer in ihre fußballerischen Schranken verweisen.

Kurz darauf sah Hannes, dass Glieder in einen Zweikampf mit Ismaël, Werders Neuzugang aus Frankreich, verwickelt wurde. Der Entfesselungskünstler löste sich, wie sollte es auch anderes sein, aus der Umklammerung, fiel, und der Schiri zeigte auf den Punkt. Zum Glück konnte Hannes den Reporter nicht frohlocken hören, das Szenario hatte Stummfilmcharakter und wirkte surreal, als sei es eine Inszenierung einer lokalen Theatergruppe mit dem Titel: *Als der Fußball seine Sprache verlor – Bilder sagen mehr als Worte!* Doch alles war real: Es gab tatsächlich einen Elfmeter für die Statisten, und Edi Glieder hatte ihn herausgeholt. Den Elfmeter wohlgemerkt. Aber dann überspannte der Glieder Edi wohl sichtlich den Bogen, denn er selbst legte sich den Ball zur Ausführung auf den Punkt. Hatte es sich denn noch nicht bis nach Österreich herumgesprochen, dass eine der goldenen Regeln der ungeschriebenen Fußballgesetze lautete, dass der gefoulte Spieler nie selbst zur Ausführung eines Strafstoßes antreten sollte? Hannes begann zu beten. Wenn Glieder es jetzt nicht brachte und versagte, würde das Spiel die entscheidende Wendung nehmen. Doch Glieder versenkte das Ding – eiskalt. Es hieß 2:0. Jetzt wurde es langsam ernst, das Spiel in einer derartigen Konstellation noch zum Kippen zu bringen, würde verdammt schwer werden. Das Gute daran war, dass es nicht mehr schlimmer kommen konnte. Gleich war Halbzeit und dann musste man das Ruder eben mit der Brechstange herumreißen.

Doch es kam schlimmer.

Weitere drei Minuten später schlug ein Verteidiger namens Rothbauer einen diagonalen Pass über geschätzte 500 Meter auf den Schützen des 1:0. Hätte nicht der Hochsommer noch immer ganz Europa im Griff gehabt, wäre der Ball sicher schneebedeckt aus dem Himmel gefallen. Wieder überlief Horvath die Werder-Abwehr und legte mit viel Übersicht präzise quer auf Glieder. Es war einer der Bälle, die selbst der echte James Duncan auf einer seiner Zeitreisen im Tor untergebracht hätte, und natürlich ließ sich Eduard G. nicht zweimal bitten. Er schob das Objekt der Begierde lässig über die Linie. Hannes in seiner Wohnung, außerstande, auch nur ein Wort zu sprechen, geschockt, auf einem emotionalen Fußballnullpunkt verharrend, demoralisiert, betrachtete er die beiden Zahlen, die den Halbzeitstand widerspiegelten: 3:0. Das einzig Positive war in diesem Moment, dass er den Reporter nach wie vor nicht hören konnte. Wie um alles in der Welt konnte man sich nur so vorführen, so düpieren lassen? Wollte Werder es spannend machen? Gut, jeder wusste, dass Werder schon die verrücktesten Spiele gebogen hatte, wahre Wunder vollbracht hatte, wenn es sich um internationale Spiele gehandelt hatte. Einmal, im ersten Champions-League-Jahr, hatte man gegen Anderlecht sogar einmal einen 0:3-Pausenstand noch in einen 5:3-Sieg umgewandelt. Aber das waren alles Flutlichtspiele im heimischen Weser-Stadion gewesen, irgendwann im Frühjahr, wo die Spieler voll im Saft gestanden hatten. Nein, das Ding war gelaufen. Vielleicht konnte man noch das eine oder andere Tor machen, das Ergebnis so gestalten, dass die Europacup-Arithmetik die Chance auf ein Weiterkommen beim Rückspiel etwas erhöhte. Doch auch in der zweiten Halbzeit herrschte das gleiche Bild: Glieder, immer wieder Glieder.

Der *Hans Krankl* des FC Superfund wurde an jenem schwülen Abend geboren und wirbelte munter weiter. Hannes war so perplex, dass er vergaß, sein Bier zu öffnen. Was war das hier? Hatten die Österreicher zur Vorbereitung auf dieses Spiel in dreitausend Meter Höhe mit Medizinbällen einen Fußballtennismarathon gespielt? Sie schienen im Gegensatz zu Werder nicht müde zu werden. In der 68. Minute hätte es fast 4:0 geheißen, doch dieses Mal verhinderte Borel mit einer guten Parade die Katastrophe. In diesem Moment befasste sich Hannes mit der nahen Zukunft. Er würde morgen nicht einfach weitermachen können wie bisher. Das Scheitern im letzten Bundesligaspiel gegen Gladbach vor gut zwei Monaten war eine Sache, das konnte man, mit Mühe zwar, noch einigermaßen wegstecken. Aber diese Schmach der Edi-Glieder-Festspiele zu Pasching war eindeutig zu viel. Sie würde an Werder haften, nicht nur morgen, über die ganze Saison hinweg. Noch in 20 Jahren würde das Wort Pasching an Werder haften wie das Etikett *Made in Taiwan* an einem billigen Trikotimitat. Nur dass diese Werder-Elf keine B-Truppe war. Man würde, wenn die Saison in die Hosen gegangen war, immer wieder auf dieses Spiel zu sprechen kommen, vom Anfang vom Ende sprechen. Die Reportage, die Hannes nicht hören konnte, würde für ewig Zeugnis ablegen von der schlimmsten Vorführung, seit der erste Fußball bremischen Boden berührt hatte. Die Latteks, Hoeneß, Breitners und Weißbier-Waldis der Nation würden ein Fest feiern. Der Mann, der die Bildzeitungsschlagzeilen erfand, war gerade dabei, die

Demütigung in kurze prägnante Worte zu fassen, die sich in die Seele eines jeden Fans brennen würden. Eine Schlagzeile wie

Superfund macht Werder rund

würde morgen die Gazetten füllen.

Nur das Double am Ende der Saison würde die Scharte ausmerzen können, aber daran glaubte wahrscheinlich nicht einmal Edi Glieders Oma. Hannes rechnete stattdessen schon einmal zusammen, wie viele Punkte man brauchte, um definitiv am Ende der Saison dem Abstieg zu entrinnen.

Einzig ein Spielabbruch konnte jetzt die Katastrophe noch abwenden. Hannes versuchte im Hintergrund des Spielfeldes Berge zu erkennen, Berge auf denen Schnee lag, potenzielle Lawinen entstehen konnten, die möglicherweise auf das Spielfeld rutschen konnten.

Er war noch klar genug, um sich der Tragweite seiner Gedanken bewusst zu werden. Das Spiel war verloren. Und er musste eine Entscheidung treffen, wie es morgen weitergehen sollte.

Es war schließlich Micoud, der Hannes noch einmal aus seiner von Selbstmitleid gespeisten Lethargie erwachen ließ, denn er hatte sich im Strafraum der Glieders durchgesetzt und wurde gefoult. Der Schiri zeigte sofort auf den Punkt. Hannes rechnete – es blieb noch genug Zeit. Die Österreicher hatten in der ersten Halbzeit binnen neun Minuten drei Tore gemacht. Jetzt blieben noch 18 Minuten, die doppelte Zeit also. Schaffte Werder womöglich noch die Sensation? Hannes kniete sich vor den Fernseher und betete, als Charisteas den Ball auf den Elfmeterpunkt legte.

„Bitte! Harry, bitte!", flüsterte Hannes. Doch auch Schicklgruber nutzte die Chance, um Heldenstatus zu erwerben in jenem denkwürdigsten österreichischen Fußballfest seit Cordoba 78. Er hielt den Elfmeter des Griechen.

Jetzt verlor Hannes die Nerven. Er sprang auf, rannte durch sein Wohnzimmer, trat nach einer Gießkanne, die erst wieder in der Küche Bodenkontakt bekam. Dann zog er sein altes *Portas*-Werder-Trikot aus dem Schrank, ein Relikt längst vergessener Tage, eine Trophäe, die keine mehr war, mehr Fluch als Segen. Hannes zog daran, er riss an dem Trikot wie ein Hund, der zwei Jahre auf der Lauer gelegen hatte und endlich das Hosenbein des Briefträgers erwischt hatte. Es hörte sich gut an, wie der Stoff zerriss und Hannes fing an, dazu zu schreien. Wie der *Terminator* persönlich, Österreichs ganzer Stolz, pulverisierte er das Trikot schließlich in unzählige Stücke, vernichtete es unwiederherstellbar, so wie die elf Glieders es mit Werders UI-Cup-Chancen machten. Und er schrie dazu, schrie, schrie. Dann ließ er die Trikotfetzen fallen. Sein Puls raste, er schwitzte, er war heiß.

Er hasste Fußball.

Drei Minuten vor dem Ende machte Baur das 4:0 nach einer Ecke. Dabei blieb es.

1. bis 8. August 2003: Einladung angenommen

Als Hannes am Check-In-Schalter des Düsseldorfer Flughafens stand, konnte er selbst nicht glauben, was er tat. Doch er hielt es für die einzige Chance, um mit der Schmach von Pasching fertig zu werden. Es galt, Abstand zu gewinnen, im wahrsten Sinne des Wortes.

Noch bevor der Schiri am Abend vorher das Horrorszenario beendet hatte, hatte Hannes bereits nach einem passenden Flug im World Wide Web Ausschau gehalten. Nach nicht einmal zehn Minuten hatte sein Drucker ein Rückflugticket nach Miami ausgespuckt. Es war an der Zeit, ein Zeichen zu setzen, er musste, auch wenn es sehr weh tat, der Mannschaft den Rücken, möglicherweise auch den verlängerten Teil davon, zuwenden. Das war nur möglich, wenn er das Weite suchte. Dazu war es dringend erforderlich, keine Zeit zum emotional gespeisten Sinnieren zu verschwenden, sich nicht irgendwelche fadenscheinige theoretische Eventualitäten zurechtzukonstruieren, an deren Ende Werder doch noch eine Runde weiterkam. Wenn es schon einmal so war, dass er im Zusammenhang mit Werder Bremen seinen Kopf einschaltete, musste er die Chance nutzen und darin investieren. Was er auch tat, denn das Ticket hatte ihn 630,00 € inklusive aller Steuern und Gebühren gekostet. Später hatte er noch ein Bahnticket nach Düsseldorf gelöst und erst dann hatte er Stefans Nummer in Miami gewählt.

Stefan hatte gleich nach dem zweiten Läuten abgehoben und versprochen, Hannes vom Flughafen abzuholen. Erst vor gut zwei Wochen hatte er Hannes wieder einmal eine E-Mail geschrieben und ihn zu sich nach Florida eingeladen. Hannes hatte wie immer auf Zeit gespielt, die Jobsuche vorgeschoben, eigentlich jedoch wegen Werder seine Zusage hinausgezögert. Er hatte einfach ein Problem damit, Werder allein zu lassen. Er wollte vor Ort sein bei den Spielen, hatte das Gefühl, dass er gebraucht wurde. Außerdem konnte es sein, dass er eine Sensation verpasste, wenn er sich irgendwo aufhalten würde, wo er von der Werder-Welt abgeschnitten war. Ein Spiel, von dem man noch in 50 Jahren schwärmen würde. So wie man in Pasching noch in 50 Jahren von dem UI-Cup-Halbfinale anno 2003 gegen Werder schwärmen würde. Jenem Spiel, das einen dunklen Flecken auf Hannes' grün-weißem Werder-Herz hinterlassen hatte. Eine Konsequenz dieses Flecks war, dass er nicht mehr an ein Wunder glaubte. Er hatte sich damit abgefunden, dass das Thema UEFA-Cup bereits die Weser hinunterschipperte, um in einer Woche, am Tag des Rückspiels, endgültig irgendwo im Nirwana des Ozeans zu versinken. Da musste er nicht unbedingt dabei sein. Aber er würde während seiner Abwesenheit auch nicht die Möglichkeit haben, das erste Bundesligaspiel, das ausgerechnet in Berlin stattfand, zu verfolgen. In den letzten 20 Jahren hatte er noch nie einen Saisonstart verpasst. Es war noch nicht lange her, da hatte er mit Simon ein wahres Fest im Weser-Stadion erlebt, als Werder gegen Hertha einen spektakulären 4:2-Sieg gefeiert hatte. Aber Hannes konnte in diesem Stadium seines Fanlebens nicht daran glauben, dass man in Berlin auch nur einen Punkt mitnehmen würde. Er konnte sich nicht erinnern, jemals Angst vor einer neuen Saison gehabt zu haben. Angst, die größer war als seine Flugangst.

Ihm war nicht aufgefallen, wie er von den anderen Reisenden, die in der Schlange vor dem Schalter standen, gemustert wurde. Erst als die junge Frau, die hinter dem Check-In saß, rote Flecken im Gesicht bekam und ihn anstarrte, als sei er eine berühmte Persönlichkeit, wusste er, was los war. Das Schwelgen in den tiefen Niederungen seiner leidenden Werder Seele hatte ihn für kurze Zeit vergessen lassen, wie sein Spiegelbild aussah. Die Dame sprach ihn auf Englisch an und erkundigte sich mit einem aufgeregten Lächeln danach, ob er auf einem falschen Namen reiste. Hannes erklärte ihr ebenfalls in englischer Sprache, dass er nur sehr große Ähnlichkeit mit James Duncan hatte, dass er in Wirklichkeit jedoch tatsächlich die Person war, deren Pass die Dame gerade in den Händen hielt. Die Frau, auf deren Bluse ein Namensschild mit der Aufschrift *E. Lopez* angebracht war, lächelte, dieses Mal professionell freundlich und sagte, sie würde verstehen. Hannes sah, dass sich die roten Flecken auf Frau Lopez' Wangen in dunkles Erröten verwandelt hatten. Sie schickte Hannes' Koffer auf eine Reise in die inneren Geheimgänge des Flughafens, gab ihm seinen Pass, in dem sein Boardingpass steckte, zurück und lächelte erneut.

„Ich habe sie in die erste Klasse umgebucht, Mr.…..Gruuun!", flüsterte sie.

Als Hannes nach seinen Unterlagen griff, strich Miss Lopez mit ihrer Hand zärtlich über Hannes' rechten Zeigefinger. Dann wünschte sie ihm noch einen guten Flug.

Hannes war nicht gerade ein Vielflieger, seine bisherigen Flugreisen hatten sich auf innereuropäische Trips von jeweils höchstens zweistündiger Dauer beschränkt. Flugangst war vielleicht ein bisschen hoch gegriffen, doch es war Hannes sehr unangenehm, sein Schicksal für die Dauer eines Fluges von der Professionalität eines Piloten abhängig zu machen. Es überkam ihn ein mulmiges Gefühl, als er die Gangway hinunterlief, die ihn in den Bauch der Maschine führte. Schließlich würde die Flugzeit mehr als zehn Stunden betragen. Doch als er die erste Klasse des Vogels betrat, kam er sich vor wie im VIP-Bereich des Weser-Stadions. In diesem Moment hatte sich die Angst vor dem bevorstehenden Flug verflüchtigt wie die Geldsorgen eines arbeitslosen Familienvaters nach dem Knacken des Lotto-Jackpots. Er sah so viel Luxus und Bequemlichkeit, dass er sofort vergaß, sich in einem Flugzeug zu befinden. So musste es wohl auch den VIPs im Stadion gehen. Hannes glaubte, dass für viele von ihnen der Ausgang und Verlauf des Spiels, wenn überhaupt, nur zweitrangig war. Sie interessierten sich für die leckeren kostenlosen Speisen und Getränke, die gepolsterten Sitze und die Hostessen, die einem jeden Wunsch von den Augen ablesen konnten. Was sich jenseits der Glasscheibe auf dem Rasen abspielte, war primär Sache derer, die auf den billigen Plätzen saßen oder in der Ostkurve standen. Ein Steward machte Hannes mit dem *Sleeper Sitz* vertraut und wies ihn darauf hin, dass jener Sitz für höchsten Sitz- und Liegekomfort stand. Bei Bedarf könne man den Sleeper problemlos in ein Bett von zwei Metern Länge verwandeln. Hannes könne außerdem nicht nur Kopf- und Schulterstützen individuell regulieren, er habe darüber hinaus die Möglichkeit, einen Laptop am Sitz anzuschließen, und es stünde ihm selbstverständlich auch ein persönlicher Monitor zur Verfügung. Hannes war überfordert. Aber der Steward war noch nicht fertig. Er informierte über das Entertainment-Angebot, das eine Vielzahl von Filmen, Konzertmitschnitten oder Videospielen parat hielt. Abschließend wurde Hannes noch in die kulinarischen Köstlichkeiten und Geheimnisse der Flugreise eingewiesen, was darin gipfelte, dass man sowohl die Reihenfolge als auch den Zeitpunkt des Menüs individuell festlegen durfte.

Bis er sich mit seinem Sleeper annähernd vertraut gemacht hatte, waren beinahe zwei Stunden vergangen und es war ihm vollkommen entgangen, dass man sich bereits über dem Atlantik befand. Auf die Werder-VIP-

Lounge übertragen hieß dies wohl, man hatte die ersten beiden Gänge zu sich genommen und bei einem eher gelangweilten Blick durch die Glasfront auf den Rasen feststellt, dass Werder bereits 2:0 in Führung lag. Weil ein Transatlantikflug im Gegensatz zu einem Werder-Spiel für Hannes keine Herzensangelegenheit darstellte, hatte er allerdings kein schlechtes Gewissen, aufgrund des Umstandes, dass das Spiel jenseits der Glasscheibe der Boeing 747 von ihm unbemerkt seinen Lauf nahm. Was Hannes noch nicht bemerkte, war, dass ihn beinahe alle anderen First-Class-Passagiere permanent beäugten, die in Hannes sahen, was sie sehen wollten: einen der erfolgreichsten Schauspieler Hollywoods.

Es war Miss E. Lopez, die Dame vom Check-In-Schalter, die ihn am Arm berührte. Zunächst glaubte Hannes zu träumen, doch *sie* war es tatsächlich, die ihm zur gewünschten Zeit das Essen servierte. Er fragte sich, wie sie es wohl bewerkstelligt hatte, zum Servicepersonal der ersten Klasse zu gehören. Ob sie jemanden bestochen hatte? Doch dann wurde ihm klar, dass sie ihn vielleicht nur deshalb in die erste Klasse umgebucht hatte, *weil* sie dort während des Fluges ihrem Job nachgehen würde. Sie redete ihn ohne Umschweife mit Mr. Duncan an und erkundigte sich, ob er mit dem Service zufrieden war, oder ob sie sonst noch etwas für ihn tun könne. Dabei schaute sie Hannes tief in die Augen und berührte ihn wieder bewusst unbewusst leicht auf seinem Handrücken, nachdem sie das Essen vor ihm auf den Tisch gestellt hatte. Hannes war schnell klar, dass sie wie alle anderen davon überzeugt war, es mit dem Schauspieler zu tun zu haben. Es hatte keinen Zweck, die Sache zu erklären, sie würde ihm nicht glauben. Sie war ein Latino-Typ, mit strahlend blauen Augen, ihre dunkelbraunen Haare fielen ihr wie Samt auf die Schultern. Wenn sie lächelte, zeigte sie schneeweiße Zähne. Hannes sagte ihr, es sei alles in Ordnung, er würde sich melden, falls er noch weitere Wünsche hätte. Miss E. Lopez lächelte und strich sich eine Haarsträhne aus dem Gesicht. Dann reichte sie ihm die Visitenkarte eines Hotels in Miami Beach, auf der sie in Hannes' Beisein ihre Handynummer notierte, verbunden mit dem Hinweis darauf, dass er sie auch gern in Miami kontaktieren könnte, falls er die Stadt etwas besser kennenlernen wolle. Sie habe drei Tage Zeit, erst dann würde sie wieder zurück nach Europa fliegen. Hannes nickte unsicher und schob die Karte in seine Hosentasche.

Er überlegte, wofür wohl das E. im Namen von Miss Lopez stand. Er hätte sie fragen können, doch das würde damit sicher der Einwilligung zu einem Date gleichkommen. Darauf wollte er besser verzichten, nicht nur, weil er die Zeit in Miami mit seinem alten Studienfreund verbringen wollte. Was war, wenn Miss Lopez eine schnelle James-Duncan-Nummer durchziehen wollte, um später damit an die Öffentlichkeit zu gehen? Das könnte für James, das Original, ziemlich unangenehme Folgen nach sich ziehen. Der war, wenn Hannes nicht ganz falsch lag, glücklich verheiratet mit einer italienischen Schauspielerin und hatte mit ihr zwei Kinder. Noch ehe er den Gedanken zu Ende denken konnte, wurde er von einem etwa 50 Jahre alten Geschäftsmann angesprochen, der es sich im Sleeper hinter ihm bequem gemacht hatte. In stark deutsch-gefärbtem Englisch fragte ihn dieser, ob er ein Autogramm für seine Tochter haben könne. Hannes lächelte professionell und gab dem Herrn zu verstehen, dass dies kein Problem sei. Hannes erklärte ihm, er habe keine Autogrammkarte bei sich, woraufhin dieser ihm die Sleeper-Version unter den Federhaltern und seine eigene Visitenkarte reichte. Hannes, der wusste, wie James Duncans Unterschrift aussah, zog den Schriftzug mit einer Eleganz über die Rückseite der Visitenkarte, als habe er noch nie mit einem anderen Namen unterschrieben. Anschließend reichte ihm sein neuer Fan eine weitere Visitenkarte und versicherte ihm, falls er wieder einmal in Deutschland unterwegs sein sollte, gern kostenlos seine Dienste zur Verfügung zu stellen. Er müsse ihn nur kontaktieren. Hannes nickte freundlich, schob die Karte zu der von Miss Lopez und wandte sich seinem Essen zu.

Das Erste, was ihm auffiel, als er Stefan Vogel sah, war, dass dieser ziemlich grau geworden war. Obwohl sie sich fast drei Jahre lang nicht gesehen hatten, waren die beiden so eng befreundet, dass sie keine Smalltalk-Runde einlegen mussten. Es war wie in der Zeit vor gut acht Jahren, als sie zusammen in Nürnberg ihr Studium beendet hatten. Stefan, der in einer namhaften Softwarefirma Karriere machte und dessen Büro nicht weit vom Flughafen entfernt war, hatte sich für den Nachmittag frei genommen und Hannes in seine Wohnung in Miami Beach chauffiert. Dabei hatten sie unentwegt geredet, und das hatte nicht nachgelassen, als sie gegen 18 Uhr Ortszeit am Strand lagen und die alten, die aktuellen und die unmittelbar bevorstehenden Tage ihrer beider Leben durchleuchteten. Hannes fühlte sich so gut, dass er Werder für den Rest des Tages völlig vergessen hatte, und hätte Stefan das Thema nicht darauf gelenkt, er hätte die Grün-Weißen vielleicht noch länger verdrängen können. Als er dem Antifußballer Stefan das Pasching-Fiasko in allen Einzelheiten geschildert hatte, spürte Hannes mit einem Mal, dass er hungrig und müde war. Stefan fragte ihn, ob er Lust hätte, bei einem guten Mexikaner zu Abend zu essen?

„Warum nicht", hatte Hannes geantwortet, auch wenn der letzte Besuch eines mexikanischen Restaurants eine tiefe Wunde hinterlassen hatte, die jedoch im wahrsten Sinne des Wortes inzwischen gut verheilt war.

Während des Essens wollte Stefan die Geschichte *Gefangen im Toilettenfensterrahmen* in allen Einzelheiten hören und steigerte sich aufgrund Hannes' Schilderungen in einen solchen Lachanfall, dass die Bedienung, die ansonsten nur Augen für Hannes gehabt hatte, besorgt ihren Chef, Raul, an den Tisch geholt hatte. Sie hatte geglaubt, Stefan hätte sich verschluckt und würde mit dem Erstickungstod ringen. Als Stefan die Rechnung verlangte, gab ihm der Chef zu verstehen, sie seien seine Gäste gewesen. Mit einem Augenzwinkern drehte Raul den Kopf in Hannes' Richtung. Stefan versuchte zu einer Richtigstellung auszuholen, doch Hannes trat ihn unter dem Tisch und schüttelte unmerklich den Kopf.

„It's ok!", flüsterte er, bedankte sich bei Raul und fragte, ob er noch etwas für ihn tun könne.

Raul lächelte, klatschte in die Hände und in null Komma nichts stand eine weitere Bedienung (Glenn) mit einem Buch und einem Filzstift vor Hannes. Raul bat Hannes darum, eine Widmung in das Buch zu schreiben. Dieser zuckte die Schultern, nahm Buch und Stift und antwortete:

„Geben Sie mir eine Sekunde, kein Problem!"

Raul nickte, nahm Glenn am Arm und ließ den Schauspieler mit seinem unbekannten Freund allein.

„Was ziehst Du hier ab?", fragte Stefan.

„Es ist schon das dritte Mal heute. Im Flugzeug – die hielten mich alle tatsächlich für ihn! Warum soll ich ihnen nicht die Illusion lassen. Sie würden mir eh nicht glauben, wenn ich etwas anderes behaupten würde!"

Stefan überlegte, kratzte sich am Kinn und nickte schließlich. Dann erzählte er Hannes von einem Film, der vor knapp vier Wochen in den Staaten angelaufen war und dabei war, sämtliche Einspielrekorde zu übertreffen. Darin spielte James einen schwulen Kommissar, der eher dusselig denn heroisch seine Fälle knackte und nebenbei seinen eigenen Whiskey brannte. Duncan hatte in dem Film schulterlanges Haar und jonglierte ab und zu mit rosafarbenen Cremedöschen. Hannes müsse wohl damit rechnen, noch öfter für James gehalten zu werden. Möglicherweise wäre es besser, sich künftig zu tarnen.

Und so schrieb Hannes seine erste Widmung in James Duncans Namen:

„The best Mexican Food in Town – like a good *Red-Hot-Chili-Peppers*-Song!"

Dann setzte er die gleiche Unterschrift darunter wie vor ein paar Stunden auf die Visitenkarte des Geschäftsmannes im Flugzeug. Er reichte Stefan das Buch und dieser unterschrieb mit seinem richtigen Namen.

„Wie ein *Red-Hot-Chili-Peppers*-Song?", fragte Stefan und zog die Augenbrauen hoch.

„Ich hab mal gelesen, dass James Duncan mit einem aus der Band sehr gut befreundet ist!"

Am Samstagmorgen schaute sich Hannes den Film des schwulen Kommissars im Kino an. Bereits um diese Zeit war das Kino mindestens zu zwei Dritteln gefüllt, was auf die große Popularität des Streifens schließen ließ. Hannes trug eine dunkle Sonnenbrille und eine neutrale, weiße Baseballkappe.

Der Film hieß *Make my day* – eine durchaus zweideutige Bezeichnung. Die Redewendung *Make my day* bedeutete so viel wie „versüß mir den Tag" aber sie ist auch ein sehr berühmtes Zitat, das *Clint Eastwood* in einem *Dirty-Harry*-Film von 1983 verwendet, in dem er einen knallharten Cop spielt. In den USA hieß der Film *Sudden Impact*, in Deutschland kam er unter dem Titel *Dirty Harry IV* oder *Dirty Harry kommt zurück* in die Kinos. Der schwule, blondes, schulterlanges Haar tragende Kommissar, der *Sandy Colorado* hieß, verwendete das Zitat *Make my day* für gewöhnlich, wenn er am Morgen sich und seinen Revolver eincremte, um anschließend mit drei pinkfarbenen Cremedöschen zu jonglieren. Hannes amüsierte sich köstlich, besonders auch über die Tatsache, dass *Sandy Colorado* nebenbei illegal Whiskey herstellte. Der Hauptgrund des Kinobesuchs war jedoch, dass sich Hannes von Werders erstem Bundesligaspiel gegen Hertha ablenken wollte. Er fürchtete sich vor dem Spiel, denn wenn Werder schon gegen ein österreichisches Skiteam gnadenlos unter die Räder kam, was würde die Mannschaft dann erst in Berlin erleben? Die Erinnerung an das letzte Hertha-Spiel, das er zusammen mit Simon im Weser-Stadion gesehen hatte, war sicher auch noch bei den Hertha-Profis allgegenwärtig. Die brannten heute definitiv auf Wiedergutmachung und wollten einer verunsicherten, am Boden liegenden Werder-Elf eine Lektion erteilen.

Nein. Das brauchte sich Hannes nicht anzutun. Dann lieber *Sandy Colorado* in Aktion sehen.

Auf dem Heimweg ging er in einen Laden, in denen es Poster und Filmplakate zu kaufen gab. Dort fand er nicht nur das original Filmplakat von *Make my day,* sondern auch die pinkfarbenen Cremedöschen im Dreierpack. Als er damit zur Kasse gehen wollte, sah er eine deutsche Familie. Vater, Mutter, eine etwa 12-jährige Tochter und einen unwesentlich älteren Sohn. Keine besondere Konstellation auf den ersten Blick, USA-Touristen, genau wie er. Aber der Junge trug ein blaues Trikot mit der Rückennummer 10 und der Aufschrift *Marcelinho.* Marcelinho war ein brasilianischer Fußballer, aber er spielte nicht in Sao Paulo oder Rio de Janeiro, sondern bei Hertha BSC Berlin. Das war zu viel für Hannes. Er wurde neugierig, bekam Angst, hegte wage Hoffnung, wusste, dass die vier mehr wussten als er, denn Vater und Sohn gestikulierten wild mit Händen, schüttelten bisweilen auch den Kopf, nickten dann und fingen wieder an zu gestikulieren. Hannes' Puls begann zu rasen, so sehr, dass es wehtat. Und in diesem Moment nahm der Filmtitel von ihm Besitz: *Make my day* – versüß mir den Tag. War dies ein Zeichen? Sollte er sich nach dem Ergebnis erkundigen? Würden es süße oder bittere Nachrichten sein? Wie konnte er nur glauben, Werder vergessen zu können?

„Wissen Sie zufällig, wie die Hertha gespielt hat?"

Er ließ sie in dem Glauben, einer der ihren zu sein.

Der Mann lächelte und Hannes erstarrte, denn er registrierte nicht, dass es ein gequältes Lächeln war.

„Wollen Sie es wirklich wissen?", fragte der Mann und legte die Hand auf Marcelinhos Schultern. Bevor Hannes antworten konnte, fügte Marcelinhos Vater hinzu:

„Hertha hat 3:0 verloren!"

Der Spielbericht, den Hannes am Abend auf der Werder-Homepage fand, stand unter der Überschrift *Mit Zweikampfstärke und Ballsicherheit zum Erfolg: Werder gewinnt 3:0 in Berlin.* Zweimal Ailton und einmal Micoud hatten das Unmögliche möglich gemacht. Hannes konnte es nicht glauben. Er legte den Ausdruck zur Seite und öffnete sein drittes Bier. Dann feierte er mit Stefan bis in die Morgenstunden und versuchte vergeblich, mit den pinkfarbenen Cremedöschen zu jonglieren.

Zwei Tage vor seinem Rückflug, einem Mittwoch, als sie sich die Universal Filmstudios vorgenommen hatten, war es ihm dennoch nicht leicht gefallen, sich auf die Urlaubseindrücke zu konzentrieren, denn Werder hatte an jenem Tag die Gelegenheit, die Scharte von Pasching mit einem der legendären Wunder auszumerzen. Der Sieg gegen Hertha hatte ihm seinen grenzenlosen Optimismus zurückgegeben. So hatte Hannes einen Restaurantbediensteten mit zehn Dollar geschmiert, um Zugang zum einzigen Geschäftscomputer zu erhalten, wo er ernüchtert hatte feststellen müssen, dass man Wunder nicht bestellen konnte. Über mehr als ein 1:1 war Werder nicht hinausgekommen. Eine triste, europacupfreie Saison war damit zur bitteren Realität geworden. Einen Tag vor seinem Rückflug hatte er sein sich selbst gegebenes Versprechen eingelöst und die Handynummer von Miss E. Lopez gewählt. Als er nur deren Mailbox erreicht hatte, war er erleichtert. Es gelang ihm, wie er fand, mit diplomatischen Worten die Kurve zu bekommen, indem er ihr mitteilte, dass er sich gern mit ihr getroffen hätte, sie wohl schon wieder irgendwo in der Welt unterwegs wäre und man nie wisse, ob man sich ja irgendwann wieder einmal sehen würde.

Am Freitag, den 8. August, verabschiedete er sich von Stefan nach einer sehr schönen Urlaubswoche und lud seinen Kumpel für eine Woche nach Bremen ein. Als er das Flugzeug betrat, wieder hatte man ihn in die erste Klasse gebucht, weil man ihn für eine Berühmtheit gehalten hatte, musste er an Werder denken. Er würde es gerade noch zum zweiten Saisonspiel, dem Heimspiel gegen Gladbach, schaffen.

9. August 2003:
Zu dritt beim Spiel und erhöhte Temperatur

Erst als er es sich auf dem Heimflug wieder auf seinem Sleeper bequem gemacht hatte, bemerkte Hannes, dass es möglicherweise sogar eng werden konnte mit dem Spiel. Laut Bordcomputer war die Landung in Düsseldorf für 8.05 terminiert. Zwischen Düsseldorf und Bremen lagen mindestens 300 Kilometer, rechnete man die Zeit dazu, die verstreichen würde, bis er seinen Koffer in Empfang nehmen konnte, durch die Passkontrolle und schließlich mit öffentlichen Verkehrsmitteln zum Bahnhof kam – es würde definitiv nicht einfach werden, wenn er das Gladbach-Spiel in Ruhe mitnehmen wollte. Im Gegenteil, wahrscheinlich würde er es nicht pünktlich schaffen. Außerdem wartete Simon bestimmt schon auf ihn und noch einmal konnte er den Jungen auf keinen Fall enttäuschen. Vor seinem Abflug hatte er Anna angerufen und ihr angeboten, mit Simon zu Werders erstem Heimspiel zu gehen. Danach hatte er seinen Dauerkartenfreund Thomas gebeten, drei Karten für das Spiel zu besorgen. Vielleicht würde Anna ja auch mit ins Stadion gehen wollen. Er musste demnach bereits hier und jetzt gewisse Vorkehrungen treffen, um nicht auch noch das zweite Spiel der neuen Saison zu verpassen. Dabei half ihm wieder einmal, dass er für die Menschheit eine Berühmtheit war. Kurz nachdem er auch dieses Mal als James Duncan identifiziert worden war, hatte er bereits seinen vermeintlichen Namenszug auf diverse Utensilien der anderen Erste-Klasse-Passagiere gekritzelt und als Dank ebenso viele Visitenkarten erhalten, mit denen ihm jene Gesellschaft ihre Wertschätzung entgegenbrachte. Dabei schien wieder niemand an der Tatsache zu zweifeln, dass er tatsächlich der Hollywoodstar war. Eine der Visitenkarten wies ihren ehemaligen Besitzer als Mitglied des Vorstandes einer großen Autovermietung aus. Hannes musste nicht lange überlegen, um den Herren der Mietwagen mit einem ganz speziellen Anliegen zu kontaktieren.

Als das Gespräch beendet war, natürlich in englischer Sprache, hatte Hannes eine Sorge weniger. Direkt am Flughafen würde eine Limousine auf ihn warten, vollgetankt, sämtliche Formalitäten seien bereits erledigt, versicherte der Manager. Er müsse nur noch kurz am Schalter der Niederlassung im Flughafengebäude den Schlüssel des Wagens in Empfang nehmen. Das alles war möglich, weil Hannes' Gesprächspartner den Steward der Fluglinie, der übrigens auch schon ein Autogramm von Hannes erhalten hatte, mit der Vorabübermittlung der Daten beauftragt hatte. Hannes bedankte sich professionell und versprach, sich auf jeden Fall irgendwie erkenntlich zu zeigen. Der Mietwagenboss schüttelte den Kopf, gab an, es sei wirklich nicht der Rede wert gewesen, wies auf das Autogramm hin und ergänzte, dass dies schon mehr als genug sei. Sollte allerdings die Möglichkeit bestehen, Mr. Duncan als VIP bei einer Public-Relation-Maßnahme zu gewinnen, würde man gewiss nicht *nein* sagen.

Der Wagen war mehr wert als alle Autos zusammen, die Hannes in seiner Karriere als Eigentümer von Kraftfahrzeugen bisher sein Eigen genannt hatte. Hannes wollte gar nicht wissen, über wie viele PS der Wagen letztlich verfügte. Es waren jedenfalls genügend, um ihn beinahe nach Bremen zu fliegen. Das Einzige, was ihn etwas stutzig machte, war die Temperaturanzeige, welche digitalisiert einen Wert von 36 Grad angab. Das würde bedeuten, dass es um 10 Uhr morgens schon heißer war, als dies in Miami der Fall gewesen war. Doch der Wetterbericht im Autoradio zerstreute Hannes' Zweifel schnell, denn es hieß, es sei deutschlandweit mit dem heißesten Tag seit Menschengedenken zu rechnen.

Nicht in Bremen, dachte Hannes. Dort würde, wie immer, sicher zumindest ein laues Lüftchen wehen. Aber er sollte sich täuschen. Als er kurz nach halb eins den Wagen vor dem Haus in Schwachhausen abstellte, hatte das Thermometer die magischen 40 Grad bereits überschritten.

An seiner Haustür hing ein Gemälde von Simon, auf dem unverkennbar das Weser-Stadion abgebildet war. Daneben war der Fluss, der dem Stadion seinen Namen gab, zu erkennen, und ein Schiff, das darauf gerade in Richtung Stadt unterwegs war. Hannes war sicher, dass Simon das Bild selbst gemalt hatte, auch wenn es den Anschein erweckte, als stammte es von jemandem, der schon zehn Jahre alt war. Darunter stand in gut leserlicher Schrift:

Hallo Hannes, wo bist Du denn. Da gehe ich heute hin, kommst Du mit?

Hannes nahm das Bild vorsichtig ab, öffnete seine Wohnungstür und stellte seine Taschen neben dem Kicker ab. Dann ging er wieder nach draußen und läutete an der Türe seiner Nachbarin.

Er konnte Simon von drinnen rufen hören. *Das ist er, da kommt mein Freund Hannes.* Aber es war Anna, die die Türe öffnete. Hannes sah, dass die Traurigkeit fast ganz aus ihren strahlend grünen Augen gewichen war. Sie lächelte, reichte ihm die Hand. Als Hannes danach griff, schüttelte Anna langsam den Kopf.

„Der meistgesuchte Mann Schwachhausens", flüsterte sie. Ehe Hannes antworten konnte, stand Simon schon hinter seiner Mutter. Er trug sein neues Frank-Baumann-Trikot, eine kurze weiße Hose. Auf seinen beiden Backen war die Werder-Raute aufgemalt. Zunächst starrte Simon Hannes an, als käme dieser von einem anderen Kontinent, was ja durchaus der Wahrheit entsprach. Simon wollte etwas sagen, aber es schien so, als sei es zu viel, als dass es in einen ersten Satz passen würde. Er schluckte, schaute Hannes stattdessen nur mit offenem Mund an.

„Hi, Werder-Fan!", sagte Hannes und kniete sich zu Simon nach unten.

„Ich bin angemalt!", flüsterte dieser.

„Oh, ja. Jetzt sehe ich es auch, cool. Jetzt bist Du ein echter Fan, Simon! Da werden die Leute im Stadion aber schauen!", antwortete Hannes ebenso flüsternd.

Der Junge strahlte, drehte sich stolz zu seiner Mutter um und sagte:

„Jetzt bin ich ein richtiger Fan, Mama, hat Hannes gesagt!"

„Ja, das bist Du wohl, ein verrückter Fan!" Anna strich ihrem Sohn sanft den Kopf. „Jetzt iss Deine Spaghetti, bevor sie kalt werden, vielleicht will Hannes ja auch etwas haben!"

Simon grinste über das ganze Gesicht, so dass man seine Zahnlücke gut erkennen konnte.

„Mama geht auch mit ins Stadion!", flüsterte der Junge.

„Und Du warst wirklich in Amerika!", fragte Simon zum zweiten Mal, als sie nur noch wenige Meter vom *Ambiente* entfernt waren.

Hannes beugte sich zu dem Jungen nach unten und flüsterte:

„Ja, und ich hab Dir auch was mitgebracht. Aber das ist noch in meinem Koffer!"

Simon lächelte und wischte sich den Schweiß von der Stirn.

„Hast Du auch echte Indianer gesehen?"

Hannes schaute von dem Jungen zu Anna.

„Sein Opa hat ihm viel von den Indianern erzählt, stimmt's, Simon!"

Simon nickte.

„Er hat gesagt, dass Amerika eigentlich den Indianern gehört hat, aber die Weißen haben ihnen das Land weggenommen und viele Indianer getötet!"

„Das stimmt!", antwortete Hannes ernst.

„Ich habe keinen Indianer gesehen, nein. Es leben ja nicht mehr so viele und die meisten wollen lieber unter sich sein, weil sie den Weißen nicht trauen!"

Der Junge musterte Hannes mit offenstehendem Mund. Hannes sah, dass die Werder-Raute auf dessen linker Wange schon leicht verschmiert war.

„Sind die Weißen immer noch so böse?"

Hannes wusste nicht, was er sagen sollte. Warum machte sich der Junge nur solche Gedanken?

Anna legte ihrem Sohn die Hand auf die Schulter.

„Nicht alle sind böse!", antwortete sie ruhig, „Aber es gibt leider immer noch viele, die andere Menschen nicht leiden können, weil sie keine weiße Hautfarbe haben!"

„So wie Ailton!"

Hannes erschrak über den Kommentar des Jungen. Leider machte Rassismus auch vor dem Fußball nicht halt. Im Gegenteil.

„So wie Ailton, ja! Es gibt Leute, die ins Stadion gehen, um Spieler wie Ailton zu beschimpfen, nur weil diese Spieler schwarz sind!"

Simon blieb stehen.

Er schaute seine Mutter an und schien eine Bestätigung zu verlangen.

Anna nickte.

„Aber warum geht Ailton nicht zur Polizei?"

Wieder wusste Hannes nicht, wie er reagieren sollte. Doch dann löste sich das Problem von selbst, denn Simon sah einen angetrunkenen Werder-Fan, der auf einer Schaukel am Osterdeich saß und „Deutscher Meister wird nur der SVW!" sang.

„Der ist betrunken, Mama!", erklärte der Junge, „Manche trinken viel Bier, weil sie vergessen haben, dass Bier dumm macht, stimmt's Hannes!"

„Stimmt! Aber ich denke, *trinken* ist trotzdem ein gutes Stichwort. Ich glaube, bei dieser Hitze ist es jetzt für uns alle wichtig, noch etwas zu trinken. Du schwitzt auch schon, richtig?"

„Gute Idee!", antwortete Simon, nahm zuerst die Hand seiner Mutter und dann die von Hannes.

Als die drei das Cafe wieder verließen und die letzten Meter zum Stadion zurücklegten, hatte Hannes das Gefühl, die Temperatur sei noch einmal um mindestens zehn Grad gestiegen. Als er am Morgen aus dem Flugzeug gestiegen war, hatte das Thermometer bereits 30 Grad Celsius angezeigt. Jetzt war es kaum noch zu ertragen. Am Stadion hatte die Feuerwehr zur Abkühlung der Fans mobile Duschen aufgestellt. Ein Novum in der Geschichte des Bundesligafußballs. Viele Fans ließen es sich nicht nehmen, sich vor dem Betreten des Stadions noch einmal abzuduschen, was Simon sehr faszinierte. Ein Fan nahm seine Mütze vom Kopf, ließ sie voll Wasser laufen und setzte sie sich schließlich wieder auf, was den Kleinen besonders erheiterte. Simon schien allerdings auch sehr unter den Temperaturen zu leiden, denn seine Wangen glühten. Deshalb nahm Hannes seinen Schal, tränkte ihn mit Wasser und kühlte damit den Kopf des Jungen, der nicht zulassen wollte, dass Hannes auch sein Gesicht abkühlte, weil er um den Zustand seiner Bemalung fürchtete.

Hannes hatte Karten für Block 47 gekauft, denn er wusste, dass es im Oberrang der Südtribüne die wenigen schattigen Plätze gab. Auf dem Weg zur Tribüne musterte Simon die vielen nur sehr spärlich bekleideten Fans sehr fasziniert. Anna rüttelte Hannes am Arm, um diesen darauf aufmerksam zu machen.

„Was ist denn los mit Dir?", fragte er den Jungen, dem schon wieder der Schweiß auf der Stirn stand.

„Manche sind angemalt, aber nicht so wie ich!", entgegnete Simon.

„Aber das macht doch nichts, deine Bemalung ist wirklich sehr schön!", antwortete Anna.

Doch Simon schien nicht zufrieden zu sein. Es wurde immer lauter und stickiger, deshalb nahm Hannes seinen kleinen Freund für den Rest der Strecke zu ihren Plätzen auf seine Schultern.

Sie hatten tatsächlich Plätze im Schatten. Aber man konnte trotzdem nicht davon sprechen, dass es dort kühl war. Simon saß zwischen seiner Mutter und Hannes. Auf der Anzeigetafel wurde das Thermometer eingeblendet: 44 Grad Celsius.

„Wahnsinn, kann man denn da überhaupt Sport machen? Das ist ja lebensgefährlich!", fragte Anna besorgt.

„Ich könnte es nicht, das steht fest. Aber die Spieler werden vorher viel trinken und bekommen während des Spiels immer wieder Getränke gereicht!"

Simon beobachtete derweil die Spieler beim Warmmachen, und nicht ohne Stolz stellte Hannes fest, dass der Junge nicht nur jeden Spieler beim Namen kannte, sondern auch alle Rückennummern korrekt zuordnen konnte. Gleichzeitig schien ihn jedoch noch etwas anderes zu beschäftigen. Dann zog er seine Mutter am Arm und zeigte auf eine junge Frau, die zwei Reihen vor ihnen saß.

„Da schau, die ist auch so bemalt, mit einem Muster, in der Nähe vom Popo!"

Anna lachte.

„Nein, das ist nicht bemalt, das ist ein Tattoo!"

Jetzt musste auch Hannes lachen.

„Was ist das, ein Tattoo?"

Weil Hannes wusste, dass sich der Junge nicht mit einer einfachen Erklärung zufrieden geben würde, beantwortete er die Frage mit all dem Sachverstand, den er aufbringen konnte. Er ging auf die Schmerzen ein, mit denen eine Tätowierung einherging, die Dauerhaftigkeit des Ergebnisses, die Geduld, die man bei dem Prozedere aufbringen musste, und die Tatsache, dass man dafür auch noch bezahlen musste. Damit hoffte er, Simon zufrieden gestellt zu haben. Als dieser jedoch in dem Moment, als der Stadionsprecher begann, die Mannschaftsaufstellung vorzulesen, aufstand, brüllte er seinem Freund ins Ohr:

„Hast Du auch so ein Tattoo?"

Es war im wahrsten Sinne des Wortes ein wunder Punkt, den Simon da traf, denn es war ja noch nicht lange her, dass Hannes sich mit seiner geheimen Tätowierung wieder etwas intensiver hatte auseinandersetzen müssen, als ihm dies lieb gewesen wäre. Deshalb schüttelte er ernst den Kopf und schaffte es damit, den Jungen zu überzeugen. Die Mutter des Jungen jedoch hatte jenes Kopfschütteln unbemerkt beobachtet und auf ihrem Gesichtsausdruck machte sich in jenem Moment eine zufrieden gespannte Form der Neugierde breit.

Als das Spiel angepfiffen wurde, änderte sich plötzlich alles und ein fast schon vergessenes Verlangen nahm von Hannes Besitz. Es ähnelte dem Gefühl, dem ein trockener Alkoholiker ausgesetzt ist, der auf der Suche nach Gewürzen einen Küchenschrank öffnet und stattdessen von einer vollen Whiskey-Flasche angelächelt wird. Die Werder-Sucht kam zurück, die Gier auf Tore der Grün-Weißen, die Faszination einer unvergleichbaren Anspannung, aus der, so hoffte er, nach Ende der 90 Minuten die Genugtuung eines Sieges geschlüpft sein würde.

Wie ein Film liefen plötzlich die Erinnerungen an das letzte Spiel der Vorsaison vor ihm ab, die Niederlage in Gladbach, das Foul Marcello Pletschs an Markus Daun, von dem dieser sich immer noch nicht erholt hatte. All diese Eindrücke zusammen ließen ihn für einen kurzen Moment alles um ihn herum vergessen, inklusive Anna und Simon. Er hatte weder Zeit noch emotionalen Platz, deshalb ein schlechtes Gewissen zu bekommen, denn er war allein auf das Geschehen auf dem Spielfeld fixiert und wollte zum ersten Mal in der noch so jungen Saison jubeln. Hätte er die Zeit gefunden, sich der Situation bewusst zu werden, so wäre ihm aufgefallen, dass er wegen Simon kein schlechtes Gewissen haben musste, denn dieser verharrte ebenso angespannt auf seinem Sitz und beobachtete die Ereignisse auf dem Spielfeld mit einer Leidenschaft, als hätte er in den letzten fünf Spielzeiten nichts anderes getan, als sich Werder-Spiele im Stadion anzuschauen.

Man konnte es drehen und wenden, wie man wollte: Fußball war nicht immer gerecht, denn Pletsch stand tatsächlich in der Startformation der Gladbacher, während sich Markus Daun in der Reha quälte, um irgendwann wieder zu spielen zu können, wobei Pletsch für sein Einsteigen nicht einmal Gelb gesehen hatte. Hannes wollte Pletsch nicht unbedingt etwas Böses wünschen, aber seiner Meinung nach musste irgendeine höhere Fußballinstanz zumindest dafür sorgen, dass Pletsch in diesem Spiel nicht über eine Statistenrolle hinauskommen würde. Als hätte der Spieler Hannes' moralische Forderung gehört, war gerade er es, der nach einer Ecke der Gladbacher im Strafraum an den Ball kam und mit einem wuchtigen Kopfball das Werder-Tor nur knapp verfehlte.

Werder kam besser ins Spiel und nach einer Viertelstunde zog Krisztian Lisztes, nach einem schönen Pass von Micoud, aus gut 20 Metern ab. Aber der Gladbacher Torwart fischte den Schuss noch aus dem Eck und konnte zur Ecke klären. Hannes spürte jedoch, dass ein Tor in der Luft lag. Auch Simon klatschte begeistert, seine Augen funkelten aufgeregt. Ein paar Minuten später hatte Charisteas seinen ersten viel versprechenden Auftritt: Er verwertete eine Flanke von Magnin und spielte den Ball mit viel Übersicht auf Stalteri. Dieser beförderte die Kugel in Richtung Tor, doch wieder war Stiel, der Torwart der Borussia, zur Stelle. Viel mehr passierte allerdings zunächst nicht, was angesichts der Temperaturen nicht sehr verwunderlich war. Nach knapp einer halben Stunde wurde Simon unruhig und begann viele Fragen zu stellen, denn das Spiel war für Ludovic Magnin frühzeitig beendet. Der Schweizer hatte sich in einem Zweikampf so sehr im Gesicht verletzt, dass er das Feld verlassen musste. Hannes beruhigte seinen Freund, der sich große Sorgen um den Werder-Verteidiger machte. Je länger das Spiel dauerte, desto schlechter wurde Hannes' Gefühl. Er war noch nicht abgeklärt genug, um den Eindruck zu bekommen, dass es nur noch eine Frage der Zeit war, bis Werder in Führung gehen würde. Zu tief saß nach wie vor der Pasching-Stachel. Andy Reinke war es schließlich, der verhinderte, dass sich zu dem Pasching-Stachel noch ein Gladbach-Stachel gesellte, denn er verhinderte mit einer tollen Parade ein Weitschuss-Tor des Werder-Gegners. Werder hatte bis auf einen Freistoß von Krstajic nicht mehr viel zu bestellen, es schien fast so, dass es tatsächlich zu heiß zum Fußballspielen war. So ging man mit einem müden 0:0 in die Pause.

Simons rote Wangen lösten die Werder-Anspannung zumindest für die Dauer der Halbzeitpause. Hannes machte sich auf den Weg, um etwas zu trinken für den Jungen und seine Mutter zu besorgen, was aufgrund des mit der Hitze verbundenen Andrangs an den Getränkeständen beinahe bis zum Wiederanpfiff dauerte.

Der Junge lächelte zufrieden, nahm einen großen Schluck Apfelschorle, stellte sich auf seinen Sitz und flüsterte Hannes ins Ohr:

„Glaubst Du, Werder gewinnt noch?"

„Ich weiß es nicht, wir müssen die Daumen drücken!"

Anna sorgte sich mehr um die Gesundheit der Spieler, hielt es für unzumutbar, bei diesen tropischen Temperaturen Höchstleistungen zu erwarten. Hannes konnte sich nicht zu einer Meinung dazu durchringen. Die Spieler kamen schon wieder auf den Platz und seiner Meinung nach war die Außentemperatur, wenn überhaupt, nur eine unangenehme Rahmenbedingung. Wichtig war ein Sieg, drei Punkte, die Tabellenführung. Dies und sonst nichts.

Auch in der zweiten Halbzeit kamen die Gäste zunächst besser in Schwung. Es schien so, als würde Werder tatsächlich kräftemäßig den vielen Spielen der letzten Tage Tribut zollen müssen. Es fiel der Mannschaft schwer, das Spiel zu machen und zu kontrollieren. Hannes hätte in diesem Moment gern geflucht, irgendetwas hinauszuschreien, nur um sich Luft zu machen, etwas Adrenalin abzubauen. Simon hätte wahrscheinlich sogar dafür Verständnis gehabt, Anna vermutlich nicht. Es war irgendwie komisch, er konnte Anna nicht richtig einschätzen. War sie nur dem Jungen zuliebe mitgekommen? Interessierte sie das Spiel tatsächlich? Drückte sie Werder die Daumen, so, wie sie auf ein Happy End in einem guten Film hoffte? Genoss sie die Stimmung im Stadion? Oder war es ihr zu heiß? Hielt sie den Hype der Zuschauer für übertrieben? Betrachtete sie alles um sie herum mit einer neugierigen Form der Missachtung, weil sie sich dem nicht zugehörig fühlte? Machte sie sich Sorgen um die Gesundheit der Spieler? Fragte sie sich, wie man nur so verrückt sein konnte, sich Woche für Woche derartige Spiel anzuschauen, eine Menge

Geld dafür auszugeben und sich bei einer Niederlage für die nächsten Tage zu grämen, schlecht zu fühlen und nicht ansprechbar zu sein?

Nein, nicht einmal an Niederlagen denken. Das würde Unglück bringen. Hatte er es vielleicht schon durch seinen Gedanken daran vermasselt?

Aber genau das war es. Das war der Schlüssel zu seinem Leben. Hannes fühlte sich unsicher und er hasste dieses Gefühl. Es war schon schlimm genug, die Anspannung des Spiels zu kompensieren, aber die vermeintlichen Gedanken, die sich Anna machte, verunsicherten ihn beinahe ebenso wie der Spielverlauf selbst. Wäre er allein unter Gleichgesinnten gewesen, so hätte er sich jetzt über den Schiedsrichter ausgelassen, ob berechtigt oder nicht. Er hätte die Anfeuerungen der Ostkurve aufgreifen oder mit anderen Fans lautstark einzelne Spielszenen bewerten können, um Stress abzubauen und seine Nerven in den Griff zu bekommen. Doch es ging nicht, denn er war nicht allein. Er wollte Anna nicht heute schon das Gefühl geben, er sei ein Idiot. Er wollte sich den Umständen entsprechend normal verhalten.

Und so war er beinahe unkontrollierbaren Zwängen ausgesetzt. Es konnte sein, dass er es sich einbildete, aber schon seit Beginn der zweiten Halbzeit hatte er das Gefühl, als würde seine Gesäßnarbe wieder zu pulsieren beginnen. So, als wolle ihm der manikürte Teil seines Hinterns sagen, dass es ein Fehler war, das Spiel mit einer Frau anzuschauen. Aber hatte er das Recht dazu, ihr zu sagen, dass er lieber allein (mit Simon oder ohne ihn) das Stadion besuchen wollte?

Dann wurde ihm klar, dass er mit seinen Gedanken gar nicht mehr beim Spiel war, und das machte ihn wütend, schließlich hatte er über zwei Monate darauf gewartet. Genau in diesem Moment registrierte er wie in Zeitlupe gerade noch, wie Lisztes an der Strafraumgrenze zu Fall kam. Es kam ihm vor, als würde sich die Aktion noch dreimal vor seinem geistigen Auge wiederholen, so als würden seine Sinne, der Gluthitze geschuldet, halluzinieren. Ob ihm nun seine Sinne einen Streich spielten oder eine höhere Macht die Szene einfach noch einmal in Zeitlupe ablaufen ließ, spielte keine Rolle. Fakt war, dass Hannes der Erste im Block 47 war, der aufsprang und „Elfmeter" schrie. Einem Katapult gleich hatte ihn seine pulsierende Narbe aus seinem Sitz befördert. Der Zweite im Block, der aufsprang, war Simon und das machte Hannes unheimlich stolz. Hannes schaute sofort auf den Schiedsrichter. Der hieß Trautmann und Hannes erinnerte sich in den Bruchteilen einer Sekunde quälenden Wartens, die sich wie endlose Minuten anfühlten, daran, dass er einmal einen Klassenkameraden mit dem Namen Peter Trautmann gehabt hatte, mit dem er immer sein Pausenbrot geteilt hatte. *Zeig auf den Punkt, bitte, gib uns den 11er, ich habe Dir mein Pausenbrot gegeben. Jetzt möchte ich etwas davon zurückhaben!*

Stefan Trautmann überlegte, es kam Hannes wie das Warten auf einen verspäteten Zug vor, doch dann streckte der Schiri die Hand aus und zeigte tatsächlich auf den Punkt. Jetzt endlich standen alle im Block. Auch Anna, die lächelte und klatschte. Hatte er sie falsch eingeschätzt, verstand sie ihn womöglich? Simon kletterte auf seinen Sitz und umarmte Hannes.

„Das gibt ein Tor, ich weiß es!", rief der Junge. Hannes hätte ihn dafür küssen können.

Es war Ailton, der sich die Kugel auf den Punkt legte. Hannes musste daran denken, wie er Simon erklärt hatte, wie manche Rassisten mit farbigen Spielern umgingen, und wie der Junge verständnislos und fragend den Schilderungen gelauscht hatte. Das Thema war noch nicht durch. Wie er Simon kannte, würde es ihn vielmehr noch lange beschäftigen.

„Zeig es ihnen Toni!", flüsterte Hannes und schloss die Augen.

Wieder musste er warten. Es kam ihm vor wie die Unendlichkeit. Dann tobte das Stadion. Hannes öffnete die Augen und sah, dass der Ball im Netz lag. Zuerst umarmte er den Jungen, dann umarmte der Junge seine Mutter und dann gab Anna Hannes einen Kuss auf die Wange. Vielleicht verstand sie ihn wirklich? Doch es blieb Hannes nicht viel Zeit, sich länger mit diesem Gedanken zu befassen, denn es waren noch 25 Minuten zu spielen und er musste jetzt für Werder da sein.

Je länger das Spiel dauerte, desto mehr ließ Werder die Gladbacher kommen. Gar keine schlechte Taktik, wenn es überhaupt eine Taktik war. Vielleicht waren sie auch einfach nur müde und konnten nicht mehr selbst Druck machen. Egal, es musste einfach klappen, ein Ballverlust, ein Konter und das 2:0 würde die Entscheidung bringen. Dann wurde Simon plötzlich sehr aufgeregt. Er zog Hannes am Arm und deutete auf den Spielfeldrand:

„Schau mal, der Mann. Was ist denn mit dem los? Warum hat er denn keine kurzen Sachen an? Ist das ein Polizist ohne Uniform?"

Der Mann war Ewald Lienen, der Gladbacher Trainer. Er trug die Hose eines Anzugs, ein langärmliges Hemd und eine Krawatte. Wollte er seinem Team ein Vorbild sein? Vielleicht hatte er der Wettervorhersage nicht getraut und glaubte im Gegensatz dazu eher an sein Team, dem er offensichtlich mehr als eine 0:1-Niederlage zutraute. Er brachte mit dem Ex-Werderaner *van Lent* und dem Belgier *van Hout* noch zwei Stürmer und ging damit volles Risiko. Es kam schließlich, wie es kommen musste.

Der Belgier war sieben Minuten vor Schluss nach einer Gladbacher Ecke zur Stelle und köpfte den Ball vorbei an Andreas Reinke zum 1:1-Endstand ins Netz. Hannes wollte fluchen. Und er hätte es womöglich auch getan, wäre Simon nicht gewesen, der sich aufgeregt fragend an ihn gewandt hatte.

„Was ist passiert?", schrie der Junge unglücklich – er hatte den Treffer nicht gesehen.

Hannes hob die Arme wie ein Priester und es gelang ihm sogar noch zu lächeln.

Der Junge senkte enttäuscht den Kopf. Sein Gesicht war völlig verschmiert, die grün-weiße Bemalung hatte sich zu einem abstrakten Gebilde verwandelt, das nur noch mit genügend Fantasie als Werder-Raute identifizierbar war. Hannes fuhr ihm durchs Haar und hatte das Gefühl, dass Simon Fieber hatte. Er machte Anna darauf aufmerksam und die nahm ihren Jungen in die Arme. Es war nicht mehr lange zu spielen. Wenn Hannes ehrlich war, was ihm normalerweise in solchen Situationen nicht gelang, war das Unentschieden aus Gladbacher Sicht nicht unverdient. Ob Werder noch ein Tor machte, war in diesem Augenblick nicht mehr so wichtig. Er wünschte es sich natürlich, aber er wünschte es sich auch, dass es Simon gut ging. Ob sich der Junge überanstrengt hatte? In fünf Minuten würde das Spiel abgepfiffen werden. Dann würden sie in einem Pulk verschwitzter Körper den Weg aus dem Stadion und nach Hause antreten müssen. Die Luft stand fast, es war wie in einem Ofen. Besser, die Chance zu nutzen und zu gehen.

„Lass uns gehen!", sagte er ruhig.

Anna antwortete nicht. Aber Hannes sah ihr an, dass sie Hannes dafür dankbar war. Sie machte sich Sorgen um ihren Jungen.

10. bis 17. August 2003: Kleine Hagelwolken, Reptilien und ein Traumpass

Nachdem er am Abend nach dem Gladbach-Spiel, mehr aus Pflichtgefühl denn aus Verlangen, noch die Sportschau konsumiert hatte, quälte sich Hannes mit einem kühlen Beck's auf die Terrasse. Er war müde, ausgelaugt vom Jetlag und den ungewöhnlich heißen Temperaturen des Tages. Es war noch immer so heiß, dass er das Gefühl hatte, es sei nur eine Frage der Zeit, bis das Kondenswasser, das sich binnen fünf Minuten an der Bierflasche gebildet hatte, verdampfen, zu einer Wolke werden und schließlich wieder auf seinem Bistrotisch abregnen würde. Ein bizarrer

Gedanke, der Hannes eine ziemliche Zeit lang beschäftigte. Er fixierte die Flasche, wollte herausfinden, ob die extreme Temperatur das Wasser verdampfen lassen könnte, und fragte sich schließlich, weshalb er sich überhaupt solche Gedanken machte: Waren es die Auswirkungen des Jetlags? Lag es an der Hitze? Spielten seine Sinne verrückt und legten so – einer Nebenwirkung gleich – vermodertes, bisher nicht identifiziertes physikalisches Erkenntnisstreben frei? Oder war es ein Symbol, das dechiffriert in etwa bedeutete, dass sich seine Hoffnungen auf eine Werder-Tabellenführung nach Beendigung des zweiten Spieltages wie eine Gewitterwolke verflüchtigt hatten? Bayer Leverkusen hatte sich – im wahrsten Sinne des Wortes – den Platz an der Sonne geschnappt, dank eines 2:1-Sieges in Frankfurt.

Es war Hannes egal, woher das Bestreben kam, die Kondenswasser-Frage wissenschaftlich zu beantworten. Wenn er ehrlich war, wusste er nicht einmal, ob man das Wasser, das sich an einer Flasche bildete, wenn sie von ursprünglich kühlen unmittelbar danach sehr heißen Temperaturen ausgesetzt wurde, überhaupt Kondenswasser nannte. Doch das bisschen Einstein in ihm wusste, dass verdunstetes Wasser nach oben stieg. Irgendwann wurde das Wasser (das jetzt eigentlich Dampf war) dann wieder kalt und damit zu einer Wolke, und eine weitere Einheit später, wenn alles passte, regnete es aus dieser Wolke. Er schloss die Augen und sah vor sich eine kleine, vielleicht zehn Zentimeter breite Wolke, die etwa einen halben Meter über dem Tisch schwebte und aus der es richtig stark regnete. Vielleicht konnten auch kleine Hagelkörner aus der Wolke fallen und in einem Glas landen, in dem man anschließend einen Cocktail mixen könnte. Oder man mixte zuerst den Drink, erzeugte dann eine Wolke, stellte das Glas darunter und ließ kleine Hagelkörner-Eiswürfel in das Glas regnen. Gar keine schlechte Vorstellung. Wenn das klappen würde, könnte er es sicher patentieren lassen, um es anschließend gut zu vermarkten, wenn er in knapp drei Wochen seinen Job als *Regionalmanager Premium Brands* anzutreten hatte. Das wäre ein Einstieg! Das Management würde staunen und die Kunden würden ihm die Produkte aus der Hand reißen, wenn er zu jeder Flasche eine künstliche Wolke Hagel-Eis würde zaubern können.

Nicht nur einmal hätte er die Möglichkeit gehabt, jenen rosaroten Flash seiner Gedankenwelt mit einem großen Schluck aus der grünen Flasche in das schwarze Nichts der Hirngespinste-Müllkippe hinunterzuspülen. Doch er wollte ihn noch ein bisschen behalten, so, als wolle er die Gunst des Augenblicks auskosten, in denen Hannes Grün sich tatsächlich mit Fragen der Physik, vielleicht auch der Metaphysik auseinandersetzte.

Ob es möglich war, eine kleine Wolke aus Kondenswasser herzustellen und damit eine Special-Effekt-Show im Stile von – *Wir lassen Eis in Ihren Cocktail regnen* – zu schaffen? Nur theoretisch? Bestimmt gab es Menschen, die ihm aus dem Stegreif eine Antwort darauf geben konnten: der Typ aus der Knoff-Hoff-Show zum Beispiel. Aber die Sendung wurde, so glaubte Hannes, nicht einmal mehr ausgestrahlt. Es gab aber noch mehr kluge Köpfe. Simon war einer davon. Der Junge würde ihm, vielleicht noch nicht heute, so doch in absehbarer Zeit, sicher auch die Wolkenfrage beantworten können.

Ob es dem kleinen Werder-Fan wieder besser ging? Das Spiel hatte ihn sehr angestrengt. Morgen wollte Hannes nach ihm schauen und die Geschenke, die er aus Florida mitgebracht hatte, vorbeibringen. Bis dahin konnte er sich noch ein wenig über künstliche, kleine Hagelkörner aus abgeregneten Miniaturwolken Gedanken machen, oder darüber, ob Werders weiterer Weg in der noch so jungen Saison eher in einen eisigen Hagelsturm oder auf die sonnige Seite des Lebens führen würde. Hannes genoss den Sommer und seine Fantasie, die wie ein ungezähmtes junges Pferd davongaloppierte. Wenn er wollte, konnte er jetzt den ganzen Abend einfach nur dasitzen und sich über Kondenswasser, Wolken und Spezialeffekte Gedanken machen. Niemand konnte ihn daran hindern. Er war keinerlei Zwängen ausgesetzt, war Chef und Regisseur seiner Fantasie in einer Person. Für philosophisch angehauchte Ausschweifungen schien ein heißer Sommertag geradezu prädestiniert zu sein. Er schloss die Augen und kam zu einer beachtlichen Erkenntnis: Unter gewissen Umständen konnte das Leben sogar schön sein, wenn Werder nicht gewonnen hatte.

Als er aufwachte, war es dunkel. Er hatte von Albert Einstein geträumt, der das Werder-Trikot aus der Saison 1982/83 (grün, Olympia) getragen und ihm eine monströse Maschine gezeigt hatte, die ein wenig Ähnlichkeit mit einer Melkmaschine hatte. Allerdings dockte sich jenes Gebilde nicht an die Euter von Kühen, sondern an kondensierende Bierflaschen. Die Maschine stülpte seltsame Saugnäpfe, deren Ähnlichkeit mit Kondomen nicht übersehbar war, über die Flaschen, ohne diese zu berühren. Dann nickte Einstein ruhig, drückte auf einen Knopf, so dass ein Ton zu hören war, der Hannes an einen alten Föhn erinnerte. Nach etwa einer Minute drückte Albert E. einen weiteren Knopf, woraufhin die Saugnäpfe die Flaschen wieder freigaben. Das Kondenswasser war verschwunden. Einstein erklärte, das Wasser befände sich nunmehr in einem spiralförmigen Schlauchgebilde, in dem Temperaturen von etwa

50 Grad Celsius herrschten. Hannes müsse sich noch etwas gedulden. Um die Zeit zu überbrücken, wies Einstein Hannes darauf hin, dass man sich nicht das ganze Leben lang mit wissenschaftlichen Fragen auseinandersetzen könne, und riet ihm, das Jonglieren mit Sandy Colorados rosafarbenen Cremedöschen zu erlernen. Er führte weiter aus, dass niemand damit hätte rechnen können, dass Werder zwei Jahre nach dem Aufstieg die Vizemeisterschaft einfahren würde, und deutete auf das Trikot von 1982/83.

Nach einem Klingelton wandte sich Einstein wieder der Maschine zu, mit dem Hinweis, dass es jetzt so weit wäre. Er richtete Hannes' Aufmerksamkeit auf einen kleinen Trichter, der aussah wie der Trichter einer Trompete. Jetzt betätigte er einen Hebel und der Trichter gebar eine kleine Wolke. Nachdem die Wolke der Maschine entschlüpft war, flog sie langsam auf Einstein zu. Der blies gegen die Wolke, so als würde er eine Kerze ausblasen wollen. Die Wolke änderte die Richtung und bewegte sich auf Hannes zu. Einstein reichte Hannes ein Glas, in dem sich eine rote Flüssigkeit befand. Als die Wolke über Hannes' Glas schwebte klatschte Einstein in die Hände, woraufhin die Wolke kleine Eiswürfel in Form von Werder-Rauten in das Glas abregnete. Hannes wollte Einstein noch nach dem Getränk fragen, doch bevor er dazu kam, hatte man ihn aus dem Traum entfernt.

Es waren singende Jugendliche auf dem Heimweg, die ihn aus seinem Traum geweckt hatten. Hannes war ihnen dankbar. Es war zwar noch immer hochsommerlich warm, aber sein Hintern pulsierte schon wieder. Zeit, um zu Bett zu gehen.

Simon war krank. Es sah nach einer Sommergrippe aus: Fieber, geschwollene Lymphe und rote Backen. Er lag im Bett und bestaunte die Geschenke. Hannes saß auf einem Stuhl neben seinem Bett, Anna erledigte irgendwelche liegengebliebenen Verwaltungsarbeiten mit ihrem Computer. Simon freute sich über die Baseballmütze, das T-Shirt vom Everglades-National-Park. Aber das Poster des Parks beeindruckte den Jungen am meisten: Es zeigte einen Alligator, der in den Sümpfen der Everglades lag.

„Gibt es dort, wo Du warst, solche riesigen Krokodile?", fragte Simon aufgeregt.

„Ja, also ich war da in einem großen Park, den man *die Everglades* nennt, und da gibt es diese Tiere. Aber das sind keine Krokodile, sondern Alligatoren!"

Simon schaute verwundert auf das Poster.

„Aber das ist doch ein Krokodil hier!"

„Ja, es sieht wohl genauso aus, aber eigentlich ist es ein Alligator. Es gibt ein paar Dinge, die bei einem Krokodil anders sind als bei einem Alligator!"

Jetzt verstand der Junge.

„Du meinst, so wie bei einem Pferd und einem Zebra?"

Hannes fuhr seinem kleinen Freund über den Kopf und spürte, dass er noch immer fieberte.

„Genau so", flüsterte Hannes.

„Aber was ist denn der Unterschied zwischen so einem Alligaton und einem Krokodil?", flüsterte Simon.

„Alligator. Tor nicht Ton. Wie das Tor beim Fußball!"

Hannes wusste, dass Simon eine Erklärung wollte. So krank konnte er also nicht sein. Er hatte seinen Wissensdurst trotz der erhöhten Körpertemperatur nicht verloren. Aber wie sollte Hannes jetzt den Unterschied zwischen den beiden Reptilienarten erklären. Er wusste nur noch, dass Alligatoren eine breitere Schnauze als Krokodile haben, was er Simon auch sagte. Der Junge gähnte.

„Und was noch?"

„Ehrlich gesagt, ich weiß es nicht. Aber ich werde es für Dich herausfinden, das verspreche ich!"

Sie redeten noch ein paar Minuten über Alligatoren, schließlich über das gestrige Spiel und darüber, dass in knapp zwei Wochen die Schule wieder beginnen würde. Dann fielen Simon die Augen zu und Hannes hatte das Gefühl, dass der Junge eingeschlafen war. Er beschloss aber, noch ein paar Minuten an seinem Bett sitzen zu bleiben. Hoffentlich würde er bald wieder gesund werden. Hannes strich ihm sanft über die Stirn. Dann stand er auf und im gleichen Moment öffnete Simon wieder die Augen:

„Meinst Du, ich könnte auch bei Werder anfangen?"

Seine Augen leuchteten. Er meinte es ernst.

„Fußball spielen? Bei Werder?"

Simon nickte.

Hannes ging wieder einen Schritt auf sein Bett zu und setzte sich noch einmal auf den Stuhl.

„Wenn Du willst, klar. Werder hat viele Jugendmannschaften und die können Spieler wie Dich gut gebrauchen!"

Eine kleine Falte bildete sich über der linken Augenbraue des Jungen. Sie war Hannes bisher noch nicht aufgefallen.

„Wirklich? Aber ich bin doch gar nicht gut!"

„Das weiß man nie. Man kann alles lernen. Und Fußball spielt man nicht nur mit den Beinen, weißt Du!"

Simon beobachtete seinen Freund mit offenstehendem Mund.

„Man braucht auch das hier!" Im gleichen Moment tippte Hannes leicht an die Stirn des Jungen.

„Ohne Köpfchen läuft im Fußball gar nichts. Und davon hast Du jede Menge!"

Simon lächelte bescheiden und im gleichen Moment wich die kleine Falte über seinem linken Auge zurück. Es sah so aus, als ob sich die Falte dann bildete, wenn der Junge nicht wusste, ob man ihm ein Kompliment machte. Hannes hätte ihn umarmen können.

„Weißt Du was?"

„Nein", flüsterte Simon, ohne Hannes aus den Augen zu lassen.

„Jetzt wirst Du erst einmal gesund. Und dann, wenn die Ferien zu Ende sind, gehen wir zusammen zu Werder und melden Dich an!"

Er nickte nur. Dann erschien das glücklichste und zufriedenste Lächeln, das Hannes seit Langem gesehen hatte, auf dem Gesicht des kleinen Jungen.

„Und jetzt schlaf!"

Im selben Moment schloss Simon die Augen und schlief sofort ein.

Sie trug eine kurze blaue Hose, die wie eine Radlerhose aussah, aber doch keine war, und ein orangefarbenes T-Shirt mit der Aufschrift *Monsun*. Hannes sah, dass die traurigen Ringe, die sich um Annas Augen gelegt hatten, als sie vor gut drei Monaten an seiner Tür geläutet hatte, kaum mehr zu erkennen waren. Sie hatte Kaffee gemacht und sich zu Hannes auf die Terrasse gesetzt. Er war unsicher, denn er wusste noch immer nicht, was sie von dem gestrigen Stadionbesuch und seinem Auftreten gehalten hatte. Er fragte sich, ob Anna eine *Mach Dir nichts draus, es war doch nur ein Spiel!*-Frau war. Damit konnte er so gut wie gar nicht umgehen. Ebenso wenig wie mit Frauen, die in ihm James Duncan sahen und ihn deshalb erobern wollten. Doch Hannes' Aussehen war bisher völlig außen vor geblieben. Anna hatte Simon. Sie liebte ihren Jungen, sie liebte ihn sehr und sie wollte sich Hannes nicht krallen. Es konnte sogar durchaus sein, dass Hannes für sie nur ein netter Nachbar war. Deshalb genoss Hannes mittlerweile die Gegenwart seiner Nachbarin durchaus. Trotzdem war Anna kein Eisblock. Sie funktionierte nicht einfach nur, war keine Superheldin, die stets alles unter Kontrolle hatte. Das spürte Hannes irgendwie. Und seit dem gestrigen Stadionbesuch beschäftigte er sich mit dem Gedanken, dass er sich in ihren Augen wie ein Vollidiot verhalten haben musste. Er hätte zudem gerne gewusst, wie sie über seine Beziehung zu Werder dachte. Schließlich war sie Simons Mutter. Ob sie ihn verstand, wenigstens ein Stück weit? So, wie man Menschen verstand, die Briefmarken sammelten, denen man Wertschätzung schenkte, indem man für sie abstempelte Marken aufhob, von denen man glaubte, sie seien sehr selten. Oder verstand sie ihn so, wie man jemanden verstand, dem die Musik von *Bon Jovi*, den *Backstreet Boys* oder *Brian Adams* gefiel? Hannes überlegte: Dafür brachte er eigentlich kaum Verständnis auf. Solche Musikgeschmäcker konnte er allenfalls tolerieren, wenn die Musik nicht lief. Auf seine Nachbarin übertragen würde dies wohl bedeuten, dass sie mit ihm nie mehr in ein Fußballstadion gehen würde. Traumbedingungen eigentlich, aber nicht in diesem Fall. Hannes hätte es gewollt, dass ihn Anna verstand, seine Leidenschaft, sein Leben als Fan. Sie würde es nicht verhindern können, dass ihr Sohn einmal genauso werden würde, womöglich waren die Tage bis dahin ohnehin schon gezählt. Deshalb hätte Hannes seine Nachbarin gerne gefragt, was sie vom gestrigen Stadionbesuch gehalten hatte. Doch er brachte es nicht fertig.

Stattdessen unterhielten sie sich zunächst einmal über die Hitze, woraufhin Anna aufstand, und eine kühle Flasche Mineralwasser und zwei Gläser holte. Als sie in die Küche ging, konnte Hannes ungestört ihre schönen schlanken Beine beobachten. Nach nur wenigen Augenblicken hatte sich an der Wasserflasche wieder jenes magische Kondenswasser gebildet und es lag Hannes auf der Zunge, ihr von seiner nächtlichen Philosophiestunde zu berichten. Er hielt es allerdings für keine gute Idee, schließlich barg dies wieder einen weiteren Grund, um ihn für einen Idioten zu halten.

„Bist Du zufrieden?", fragte sie plötzlich.

Sie nahm ihre Tasse, führte sie an ihren Mund, nahm einen kleinen Schluck und lächelte. Im gleichen Moment zog sie ihre beiden Beine an und stellte sie auf den Rand ihres Terrassenstuhls, auf dem sie gleichzeitig saß. Das alles geschah sehr elegant und grazil und wirkte ästhetisch einstudiert wie die Kür einer Eiskunstläuferin, die auf Goldkurs war.

Zufrieden? Womit?

Um Zeit zu gewinnen, nahm er auch einen Schluck Kaffee. Sie lächelte noch immer.

„Zufrieden? Womit?", fragte er, ohne nachzudenken.

Anna hob die linke Augenbraue und Hannes konnte die gleiche kleine Falte auf ihrer Stirn erkennen wie bei ihrem Jungen. Ob er sie verunsicherte? So, wie sie ihn verunsicherte?

„Mit dem Unentschieden?", fragte sie und wiederholte die Kaffeezeremonie aufs Neue.

Sie hatte sich tatsächlich nach dem Spiel erkundigt. Hannes konnte es zunächst nicht glauben. Sie wollte wissen, ob er mit dem Spiel seiner Mannschaft zufrieden war. Abgesehen davon, dass sie nicht wissen konnte, wie sehr er sich einen Sieg und die damit verbundene Tabellenführung gewünscht hätte, war die Frage das schönste, was sie in diesem Moment für ihn tun konnte. Es sei denn, sie wollte ihn damit auf den Arm nehmen.

Hannes sah, dass das Kondenswasser schon einen kleinen See gebildet hatte. Genau das Richtige für Einsteins Maschine. Er nahm einen großen Schluck Wasser, so als wolle er seine Stimmbänder ölen, für das was jetzt kam. Eine Rechtfertigung. Eine punktuelle Analyse der werderschen Gesamtsituation unter Berücksichtigung ui-cup-spezifischer Nackenschläge verbunden mit nostalgisch angehauchten Träumereien, die unweigerlich zu von Selbstmitleid durchtränkter Melancholie geführt hätte.

„Um ehrlich zu sein, wäre mir ein Sieg lieber gewesen!", antwortete Hannes stattdessen.

Wieder wollte sie gerade von ihrem Milchkaffee trinken, aber dieses Mal gelang es ihr nicht. Stattdessen lachte sie laut los und prustete eine Milchfontäne auf den Tisch, direkt neben die flüssige Wolke. Jetzt wusste er, dass sie ihn wirklich verstand.

Sie unterhielten sich fast drei Stunden lang. Über Werder, das gestrige Spiel, die Situation im Verein. Das Verlangen, wieder einmal eine sorgenfreie Saison zu durchleben. Anna hatte im *Weser-Kurier am Sonntag* einen Bericht über das Spiel gelesen und Hannes mit Fragen gelöchert, die von wirklichem Interesse zu zeugen schienen und deren Beantwortung ihn einfach nur glücklich gemacht hatten. Er hatte schließlich sogar den Mut besessen, ihr von seiner Flucht nach Amerika zu berichten. Sie waren schließlich auf das Thema *Stefan* gekommen, Hannes' Freund aus dem Studium, der in Florida lebte. Anna hatte Hannes erzählt, dass sie auch einmal für gut zwei Monate in den Vereinigten Staaten gelebt hatte. Bei einer entfernten Tante in Texas, um die englische Sprache besser zu lernen. Schließlich hatte sie Hannes gebeten, nicht so viel Geld für Simon auszugeben. Doch Hannes hatte nur gelächelt und ihr gesagt, Simon einfach eine Freude machen zu wollen. Dann hatten sie noch sehr lange über Simon geredet. Hannes hatte Anna davon erzählt, dass ihr Sohn sehr interessiert davon Notiz genommen hatte, dass es Krokodile und Alligatoren gab. Anna hatte daraufhin erklärt, dass ihn das Thema wie immer in solchen Fällen so lange beschäftigen würde, bis er den Unterschied in allen Einzelheiten herausgearbeitet hatte, dass sich der Junge nicht nur mit einfachen Erklärungen zufrieden gab.

Hannes nickte.

„Manchmal macht mir das Angst. Er hört nicht auf, zu fragen oder irgendwelche Sachen zu lesen, bevor er wirklich zufrieden ist!"

„Aber das macht ihn doch so cool!"

Hannes ärgerte sich, dass er das Wort *cool* verwendet hatte. Doch sie reagierte nicht darauf.

„Stimmt, und ich könnte ihn fressen, wenn er so ist. Aber manchmal ist es auch wirklich sehr anstrengend in solchen Phasen! Er ist doch erst sieben!"

„Ja, eigentlich genau im richtigen Alter!"

Die Falte war wieder auf ihrer Stirn. Er sah, dass direkt daneben eine kleine Schweißperle war. *Im richtigen Alter? Wofür* – fragte die Falte.

„Er möchte Fußball spielen. Bei Werder!"

Die Falte verschwand und kam als Lächeln zurück!

„Er möchte was?"

Für einen kurzen Augenblick war sich Hannes sicher, sie würde sagen, das käme nicht in Frage, es würde reichen, wenn er ins Stadion ginge. Es sei viel zu gefährlich.

Hannes nickte.

„Aber ich habe gar keine Ahnung davon. Wo geht man denn da hin? Er ist doch noch so klein. Außerdem kann er das doch noch gar nicht, oder?"

„Wenn Du willst, kann ich mich darum kümmern!"

Sie schüttelte den Kopf.

„Wenn das mein Vater noch erlebt hätte!"

Hannes wusste nicht genau, was sie meinte. Er beschloss, nicht darauf zu reagieren.

„Wenn er wieder gesund ist, nehme ich ihn mal mit zu einem Training von Werders G-Jugend!"

„G-Jugend!", wiederholte sie. Sie schüttelte lächelnd den Kopf und stand auf, um nach Simon zu schauen.

In den nächsten Tagen hatte Simon noch immer mit Fieber zu kämpfen, aber so langsam ging es aufwärts. Hannes genoss die Zeit, die ihm noch blieb, in der er sich noch voll und ganz auf Werder konzentrieren konnte, denn vor ihm lagen noch immer zweieinhalb Wochen ohne jegliche berufliche Verpflichtungen. Fast jeden Tag schaute er im Training der Profis vorbei. Und was er dort sah, gab durchaus Anlass zur Hoffnung. Nicht nur in den abschließenden Trainingsspielen war ein System erkennbar. Den Ball nicht lange am Fuß halten, direkt spielen, viel Laufbereitschaft zeigen. Das sah ganz gut aus, kein Vergleich mehr zu der Demütigung in Pasching. Doch am Wochenende musste man nach Kaiserslautern, auf den berühmt berüchtigten Betzenberg fahren. Schließlich war mit jenem Gegner ein wahrer Fundus an Negativerlebnissen für einen Werder-Fan verknüpft, insbesondere was die jüngsten Auswärtsspiele anging. Davon hatte es in der abgelaufenen Saison gleich zwei gegeben: Am 27. April verlor man ein Spiel mit 0:1, das eigentlich nur einen Sieger verdient gehabt hätte – und das war nicht der 1. FC Kaiserslautern. Werder hatte permanent Druck gemacht, eine Vielzahl guter Chancen herausgespielt, letztlich jedoch durch einen angeblichen Handelfmeter das Ding mit 0:1 vergeigt. (Der Ball war Charisteas im eigenen Strafraum mehr als unglücklich an den Arm gesprungen. Es gab einen Passus in den unendlichen Weiten des Regelwerks, nach dem der Schiri nur auf den Elfmeterpunkt zeigen sollte, wenn dem Handspiel Absicht zu unterstellen war. Hannes befürchtete, dass Herr Jansen krank gewesen sein musste, als die Vermittlung und Auslegung jener zentralen Regel auf der Tagesordnung der Schiedsrichterschule gestanden hatte. Vielleicht war er auch nur gerade auf die Toilette gegangen.) Wie dem auch sei, die Bundesligapartie ging also eher unglücklich verloren.

Was man von der Pokal-Begegnung nicht behaupten konnte. Im Halbfinale hatte sich Werder vorführen lassen wie selten zuvor. (Damals lag Pasching noch in weiter Ferne). Arbeitsverweigerung war noch das geringste, eher moderat formulierte Urteil, zu dem man beim Betrachten der Fernsehbilder gelangen musste (zum Glück war Hannes nicht vor Ort gewesen). Dieses Spiel am 4. März des Jahres 2003 gehörte zu den schlimmsten Partien, die er jemals von Werder gesehen hatte. Dabei musste man bedenken, dass sich Werder mit einem Sieg und der damit verbundenen Teilnahme am Endspiel in Berlin so gut wie sicher für den UEFA-Cup qualifiziert hätte, denn der Gegner in Berlin wären die Bayern gewesen. (Für alle Nicht-Insider: Normalerweise darf der Gewinner des DFB-Pokals im nächsten Jahr im UEFA-Cup spielen. Da die Bayern allerdings zu 99,9 % unter den ersten drei der Bundesliga-Abschlusstabelle landen und sich damit für die Champions League qualifizieren würden, würde der Endspielgegner automatisch für den UEFA-Cup starten dürfen! Auch dann, wenn er das Spiel verlieren würde!) Das alles war auch den Spielern vorher klar gewesen. Und trotzdem spielten sie wie betäubt, wussten nichts mit dem Ball anzufangen, schienen die Bestimmung der beiden quadratischen Aluminiumkonstrukte auf dem Rasen, an denen man Netze befestigt hatte, nicht zu begreifen. Ja, es hatte den Anschein, als hätten sie den Sinn der sportlichen Betätigung, der man vor unendlich langer Zeit den Namen Fußball gegeben hatte, in ihrer Gesamtheit nicht erfasst. Das 0:3 schmeichelte dann sogar noch, man hätte durchaus noch höher verlieren können. Hannes hatte damals die ganze Nacht wach gelegen und am Morgen jeglichen Medienkonsum boykottiert.

Doch er hatte das Gefühl, dass Kaiserslautern dieses Mal reif sein würde. Werder hatte in der Liga-Historie erst viermal auf dem Betzenberg gewonnen. Und zu Hause war Kaiserslautern noch immer eine Macht. Die Zuschauer standen hinter ihrer Mannschaft, als würden elf Fritz Walters auf dem Platz stehen. Aber schließlich hatten die Grün-Weißen auch in Berlin triumphiert. Die Körpersprache der Spieler und die schnellen Kombinationen im Training ließen ihn hoffen. Und der Spruch: *Dreimal ist Bremer Recht.* Sie würden kein drittes Mal in einem Jahr in Kaiserslautern verlieren.

Bereits am Freitagmorgen machte er sich auf den Weg. Wie häufig bei Auswärtsspielen in südlicheren Gefilden der Republik verband er Fahrten dorthin mit einem Besuch in dem kleinen Dorf im Spessart, in dem er die ersten 22 Jahre seines Lebens verbracht hatte. Auf dem Weg dorthin musste er wieder an Sandy Colorado und seine Jonglierkünste denken. Einstein hatte ihm im Traum geraten, auch mit den Cremedöschen zu jonglieren. Vielleicht würde er das tatsächlich tun, da konnte man einigermaßen entspannen. Der Hochsommer war noch immer allgegenwärtig und bisweilen beschwerten sich die Menschen auch schon über die Hitze. Hannes dachte an Einsteins Eiswürfelmaschine. Wenn man für das Wetter zuständig war, konnte man es wohl niemandem recht machen.

Nachdem er am Freitag nach knapp drei Stunden Fahrt Kaiserslautern erreicht hatte, steuerte er das Fritz-Walter-Stadion am Betzenberg an. Obgleich es nicht so brütend heiß war wie am vergangenen Wochenende, hatte sich das Thermometer auch dieses Mal wieder bei Werten über 30 Grad eingependelt. So gut die Stimmung in Kaiserslautern war, der Gästeblock in jenem Stadion war in Hannes' Beliebtheitsskala eher auf den Abstiegsrängen zu finden. Das lag daran, dass der Platz für die Auswärtsfans eher eng bemessen und direkt vor dem Block ein Netz angebracht war (das einzige im ganzen Stadion), durch das die Sicht auf das Spielfeld wirklich sehr eingeschränkt war. Hannes hatte davon gehört, dass auch in Kaiserslautern die Umbauarbeiten für die WM 2006 bereits auf Hochtouren liefen, und hegte daher eine gewisse Zuversicht bezüglich eines besseren Komforts im Gästeblock. Doch die Realität war bitter wie eine Niederlage. Der Gästeblock lag in der Sonne, ein Dach gab es nicht. Der Feuerplanet gab alles, und so musste man Gefahr laufen, bereits vor Beginn des Spieles zu halluzinieren. Doch das war noch nicht das Schlimmste. Die Ordner hatten nämlich noch eine ganz besondere Überraschung für die Werder-Fans parat: Sie hatten den ohnehin viel zu kleinen Werder-Block mit einem orange-weißen Band, das man normalerweise von Straßenabsperrungen kannte, in vier Sektoren unterteilt. Außerdem ordneten sie an, dass die Fans, die schon relativ zahlreich den Block bevölkerten, sich in einen und nur einen jener vier Sektoren zu begeben hatten. So wurde Hannes mit den anderen Werder-Fans in einen viel zu kleinen Bereich einer ohnehin zu gering bemessenen Fläche gepfercht. Dazu kamen die Hitze, die Ausdünstungen der Fans und die Tatsache, dass man sich für die Errichtung des Daches über der Gästetribüne offenbar bis eine Woche vor Beginn der WM Zeit lassen wollte. Es war unerträglich und die Gesichter jener Ordner, die sich lässig in den vier scheinbar verminten, unberührten Sektoren des Gästeblocks aufhielten, zeugten von der Kompromissbereitschaft des Aufsichtspersonals in Guantanamo. Der einzige Unterschied war wahrscheinlich der, dass dort die Möglichkeit bestand, etwas Wasser zu erhalten. Hannes hätte gerne eine Revolution losgetreten, die anderen Fans aufgestachelt, sich das nicht bieten zu lassen. Doch die meisten von ihnen zogen es vor, den Block zu verlassen und sich im schattigen Innenraum an der Getränketheke abzukühlen. Hanseatisch eben. Die Fans hoben sich ihre Emotionen für das Spiel auf. Und gewollt oder nicht, das schien den Aufsehern nicht zu gefallen. Denn als die Werder-Fans durch zivilen Bierkonsum ihren Ungehorsam kundtaten, schienen die Gesichtszüge der Aufseher förmlich zu gefrieren. Nur die Hitze verhinderte es.

Werder kam gut ins Spiel und hatte durch *Ismaël* die erste Chance. Nach einer Ecke setzte er einen Kopfball allerdings knapp neben das Tor. Auch die zweite Chance hatte der SVW, Ailton sprintete einem Abschlag von Reinke hinterher und sein Schuss ging knapp am Tor der Heimmannschaft vorbei. Reinke wurde übrigens auch von den Kaiserslautern-Fans gefeiert, denn er hatte einige Jahre lang ziemlich erfolgreich für die Pfälzer gespielt. Im Verlauf des Spiels konnten die *Roten Teufel* das Spiel ausgeglichener gestalten, sie erarbeiteten sich einige Chancen, aber Reinke war stets zur Stelle. So blieb es zur Pause beim 0:0.

Die zweite Halbzeit gehörte Werder: Charisteas mit Volleyschuss nach schöner Flanke von Baumann – genau auf den Torwart. Ailton setzt sich durch, schießt – Toooooor – aber … Abseits, zu Recht vom Schiedsrichter entschieden. Ein Werder-Angriff jagte jetzt den nächsten. Charisteas dringt in den Strafraum ein, wird von seinem Gegenspieler gefoult, der Schiri pfeift nicht, die Werder-Fans umso lauter. Da hätte sich die Heimmannschaft nicht beschweren können, wenn auf Elfmeter entschieden worden wäre. Hannes schwante nichts Gutes. Wenn man solche Chancen ausließ, dann konnte das doch nur ins Auge gehen. Wahrscheinlich würde er gut daran tun, sich wieder nur mit einem Unentschieden zufrieden zu geben. Spätestens dann würde man nur noch von einem durchschnittlichen Start in die neue Saison sprechen können.

Die restlichen Werder-Fans schienen andere Gedanken zu hegen, denn die Stimmung im Block stieg stetig an. Sie sangen pausenlos, beseelt von dem Wunsch, ein Werder-Tor zu bejubeln. Hannes drehte sich um und sah einen der Guantanamo-Ordner, der regungslos böse die friedlich feiernden Werder-Fans beäugte. Allein, um ihm nicht die Genugtuung eines Unentschieden oder sogar eines Heimsieges zu gönnen, beteiligte sich Hannes schließlich an den Gesängen. Ümit Davala, der sein erstes Bundesligaspiel für Werder bestritt, schnappte sich schließlich in der 66. Minute auf halbrechts den Ball und bediente Charisteas, der sich in der Mitte freigelaufen hatte. Dieser sah, dass sich Micoud am linken Strafraumeck davongeschlichen hatte, und passte dem Franzosen den Ball mit viel Können und Übersicht genau vor die Füße. Micoud nahm den Traumpass des Griechen auf, schaute nur ganz kurz hoch und zirkelte den Ball schließlich flach und unhaltbar in das rechte, untere Eck des Kaiserslauterer Tors. Werder führte 1:0. Die Kurve tobte und die Ordner verfolgten das Treiben konsterniert. Waren das überhaupt Menschen, oder stammten sie aus irgendeinem geheimen Labor, in dem emotionslose, hitzebeständige Klon-Ordner für die WM 2006 entwickelt wurden? Ordner, die keine Fragen stellten, kein Wasser benötigten, sondern nur Befehle ausführten? Wie dem auch sei, der Optimismus der Fans war nicht von ungefähr gekommen. Unglaublich. Und ebenso unglaublich war die Tatsache, dass die Mannschaft das Ergebnis völlig abgeklärt nach Hause schaukelte. Die Fans zitterten noch, schauten immer wieder auf die Uhr. Aber die Spieler waren cool und mit zunehmender Spieldauer wusste Hannes, dass Werder die Punkte 5 bis 7 einfahren würde.

18. bis 23. August 2003: Jonglieren, Alligatoren und Wiedergeburt

All das, wovon Hannes niemals zu träumen gewagt hätte, war tatsächlich wahr geworden. Entgegen seiner ursprünglichen Überlegungen hatte er nach dem Sieg keinen Zwischenstopp mehr eingelegt und war die

550 Kilometer bis nach Bremen durchgefahren. Dies war ihm ohne das kleinste Anzeichen von Müdigkeit gelungen, obwohl er knapp 20 Stunden auf den Beinen gewesen war, als er Bremen um 0.50 Uhr erreicht hatte. Die Droge, die ihn nicht nur wach hielt, sondern sein Gehirn mit ständig neuen Visionen speiste, war die Art und Weise, wie Werder auch das zweite Auswärtsspiel der noch jungen Saison ohne Gegentor gewonnen hatte – und das gegen einen Angstgegner. Am Ende jener Vision hatte Werder die Tabellenspitze erklommen und Hannes sah sich in Gedanken mit einer Sandy-Colorado-Perücke bestückt nackt mit rosa Cremedöschen jonglieren und dabei seine Werder-Arschbacke in einem Spiegel begutachten. Ob er sich auf die linke Backe den Schriftzug Meister 2004 tätowieren lassen sollte, gesetzt den Fall, seine Mannschaft würde tatsächlich die Sensation schaffen? Er lächelte und war froh, dass niemand seine irren, völlig unrealistischen Gedanken lesen konnte. Simon würde ihn bestimmt mit Fragen zum Spiel löchern und Hannes freute sich bereits auf das Werder-Gespräch mit seinem kleinen, siebenjährigen Freund.

Als er zu Hause war, bestellte er noch in der Nacht via Internet ein Buch für Simon über Krokodile und Alligatoren. Es war schon fast 2 Uhr, als er endlich im Bett lag. Ein letztes Mal genoss er das Gefühl, mit Werder vollkommen im Reinen zu sein und die Vorfreude auf die vielen positiven Zeitungsartikel über das Spiel. Hannes lächelte. Das war wohl Glück, vollkommenes Glück. Etwas, das wirklich nur sehr selten im Leben eines Fans vorkam. Normalerweise war man nie richtig zufrieden, wenn die eigene Mannschaft spielte. Bei einem Rückstand war diese Unzufriedenheit natürlich schon in der Natur der Sache begründet und man wollte zumindest noch einen Punkt retten. Stand es unentschieden, hoffte man auf einen Sieg. Und selbst wenn man mit 4:0 in Führung lag, hoffte man noch auf das fünfte oder sechste Tor. Es konnte immer noch besser werden. Normalerweise.

Am Morgen schaltete er den Fernseher ein, *Premiere* wiederholte sonntags immer *Alle Spiele – alle Tore*. Das wollte er sich auf keinen Fall entgehen lassen. Die tropischen Temperaturen waren, wenn überhaupt, nur unwesentlich zurückgegangen. Er wollte in Ruhe auf der Terrasse frühstücken, die Spiele anschauen und das Leben genießen, so wie es war.
   Als er später mit Anna telefonierte, um sich nach Simon zu erkundigen, sagte sie, es ginge ihm besser, der Junge hätte auch schon nach ihm gefragt. Sie hatte sich mit ihm die Sportschau angeschaut und den Werder-Sieg verfolgt. Hannes fragte, ob die beiden Lust hätten, etwas mit ihm

zu unternehmen, woraufhin Anna antwortete, sie hätte schon etwas mit einer Freundin ausgemacht, aber sie könnten sich am Dienstag treffen. Ab Donnerstag müsste Simon wieder zur Schule gehen. Hannes gefiel der Vorschlag. Er hatte eh schon das Gefühl, etwas aufdringlich zu sein. So hatte er den Montag für sich und konnte einfach in den Tag hineinleben. Jene Tage waren eh gezählt, denn bald schon musste er seinen neuen Job antreten.

Annas traurige grüne Augen waren in den vergangenen Monaten zu schönen grünen Augen geworden. Hannes spürte, dass es ihr gut ging, und ihm tat gut, dass sie ihn einfach als das akzeptierte, was er war. Die Tatsache, dass sie sogar wusste, dass Ümit Davala gegen Kaiserslautern das erste Pflichtspiel von Beginn an für Werder gemacht hatte, zeigte ihm überdies immer mehr, dass sie Werder und seine Zuneigung zu jenem Verein keinesfalls abzulehnen schien. Hannes gewann den Eindruck, dass dies nicht allein dem Umstand zu verdanken war, dass ihr kleiner Sohn Werder inzwischen beinahe ebenso liebte wie er selbst. Er glaubte zu spüren, dass sie froh darüber war, dass er ihren Sohn mit Werder vertraut gemacht und ihm so etwas Eigenes geschenkt hatte. Möglicherweise war es das erste Stadium der Abnabelung für den Jungen. Anna schien keine Angst davor zu haben, es schien ihr zu gefallen. Deshalb hatte sie auch kein Problem damit, dass Hannes mit ihrem Sohn noch für den Rest des Nachmittags bei Werder vorbeischauen wollte, nachdem sie eine Stunde im Überseemuseum zugebracht und anschließend im *Viertel* (der Bereich der Stadtteile Ostertor und Steintor) eine Pizza gegessen hatten.

Simon griff nach Hannes' Hand, als sei es das Normalste der Welt. Dieser registrierte, dass Simons Händedruck noch etwas kraftlos war, offensichtlich hatte er noch ein wenig an den Nachwehen der gerade überstandenen Krankheit zu knabbern. Sie redeten über Reptilien im Allgemeinen, Alligatoren und Krokodile im Speziellen und natürlich über Werder. Wobei die Grenzen fließend waren und die Rolle des Experten je nach Themengebiet wechselte. Noch konnte Hannes sich, zumindest wenn es um Werder ging, des Expertenstatus sicher sein.

„Wusstest Du eigentlich, dass Alligatoren doppelt so alt werden können wie Krokodile?"

Simon stellte die Frage, als hielte er gerade eine Vorlesung vor Biologiestudenten. Dabei richtete er den Blick auf die Weser, denn dort bewegte sich gerade ein Binnenschiff flussabwärts.

„Doppelt so alt? Bist Du sicher?", fragte Hannes, um das Wissen des Jungen weiter auszuloten.

Simon hob seinen rechten Nasenflügel und zeigte Hannes ungewollt seine große Zahnlücke.

„Ja, klar. Das liegt am Stoffwechsel. Der verläuft doppelt so langsam wie bei den Krokodilen. Dadurch haben sie weniger Stress und können länger leben!"

Hannes pfiff anerkennend. Er beobachte Simon. Die Haare des Jungen waren etwas heller geworden, von braun zu dunkelblond. Der Sommer. Was war das nur für ein Junge? *Stoffwechsel.* Er redete darüber, wie sich andere Kinder seiner Altersgruppe über Playmobilfiguren austauschten.

„Ist Schalke eigentlich eine gute Mannschaft?" Er blieb stehen und schaute Hannes mit großen Augen an.

„Am Wochenende haben sie in der letzten Minute das 2:1 gegen Köln gemacht und so gewonnen. Werder muss aufpassen, aber wenn Werder in der Tabelle oben dran bleiben will, müssen sie gewinnen!"

„Ist Schalke gut in der Tabelle?"

Die Formulierung gefiel Hannes.

„Sie stehen hinter Werder, und das sollte so bleiben, was meinst Du?"

„Werder gewinnt. Das glaube ich!"

Sie hatten inzwischen das Stadion erreicht. Auf dem Weg dorthin hatte Simon Hannes darüber aufgeklärt, dass Alligatoren nur in den USA und in China verbreitet waren. Und dass die Art, die man in Amerika zu sehen bekam, Mississippi-Alligator hieß und bis zu sechs Meter lang werden konnte. Außerdem würde man die Reptilien vorwiegend in Seen und Sümpfen zu Gesicht bekommen, dass sie allerdings bisweilen auch Flüsse aufsuchten konnten. Dann erfuhr Hannes, dass der Alligator an sich nicht wählerisch bei der Auswahl seiner Beutetiere war und dass Mama Alligator bis zu 70 Eier gleichzeitig ausbrüten kann.

„Weißt Du, was gut wäre?", fragte Hannes und beugte sich zu seinem kleinen Freund nach unten.

Dieser fixierte Hannes mit offenstehendem Mund. Dann antwortete er:

„Wenn Du Alligatoren-Eier hättest?"

Es kam so unverhofft, dass Hannes schreien musste vor Lachen!

Simon hatte keine Ahnung, warum sein Freund die Antwort lustig fand. Der Begriff Zweideutigkeit war selbst für ihn zu abstrakt. Trotzdem erwartete er eine Antwort von Hannes und dieser wusste, dass er bei dem Jungen nicht mit einer Billigversion davonkommen würde.

„Ach, ich musste lachen, weil ich mir vorgestellt habe, dass ich zwei Alligatoren-Eier ausbrüten muss. Das würde der Mama Alligator bestimmt nicht gefallen." Simon hob kurz den Nasenflügel und lächelte. Er schien mit der Erklärung einverstanden zu sein.

„Und was wäre dann klasse?"

Hannes hatte seine Frage beinahe vergessen.

„Es wäre klasse, wenn Werder in einer Saison so viele Tore schießen würde, wie eine Alligatoren-Mama Eier ausbrüten kann!"

Simon strahlte über das ganze Gesicht.

„Meinst Du, das können die schaffen?"

Hannes breitete die Hände aus und dachte daran, dass, um erfolgreich zu sein, vor allem eine geringe Anzahl an Gegentoren das Zünglein an der Waage spielen konnte. Doch für derartige komplexe Theorien aus der Fußballhistorie war jetzt keine Zeit.

„Es könnte sein, aber es wird verdammt schwer werden. Aber wenn es klappen sollte, dann könnten sie die Schale nach Bremen holen!", sagte Hannes stattdessen.

„Die Schale? Was ist das?"

Sie schauten noch beim Training der Profis zu und Simon war mittlerweile ein echter Experte. Den einzigen Spieler, den er nicht gleich erkannte, war Ivan Klasnić. Hannes erklärte ihm, dass der junge Kroate nach einmonatiger Verletzungspause wieder am Training teilnahm. Was Ivan im Training zeigte, gab durchaus Anlass zur Hoffnung, dass in dieser Saison der Knoten platzen könnte. Er bewegte sich sehr geschmeidig, war bissig in den Zweikämpfen, agil, verfügte über eine gute Technik, schirmte den Ball gut ab und machte zwei schöne Tore im Trainingsspiel. Irgendwann setzte sich Simon plötzlich auf den Boden. Hannes, der mit dem Jungen eigentlich noch ein Training der G-Jugend anschauen wollte oder sich zumindest darüber erkundigen wollte, auf welche Tage die Trainingstermine von Werders Jüngsten gelegt waren, sah sofort, dass es seinem kleinen Freund sehr schlecht ging. Er hatte einen roten Kopf, schwitzte und seine Augen wirkten irgendwie abwesend.

„He, Simon, alles o. k.? Was ist, geht es Dir wieder schlecht?"

Simon gab keine Antwort. Er nickte nur. Als Hannes seine Stirn anfasste, wusste er, dass es ernst war. Simon fieberte, und nicht gerade leicht. Er hob den Jungen auf, trug ihn vom Trainingsplatz und lief mit ihm im Arm die Strecke zurück zum Osterdeich. Er schaute sich um und war froh, dass sich ein Taxi näherte.

„Und?"

Anna fuhr sich nervös durchs Haar.

„Er schläft!", flüsterte sie und setzte sich an den Küchentisch.

„Und das Fieber?"

„39,3!"

„Das ist hoch, oder?"

Hannes hatte wenig Erfahrung mit Kinderkrankheiten.

„Ja, aber bei Kindern nicht unnormal. Oft geht es so schnell, wie es gekommen ist. Ich habe ihm kalte Wadenwickel gemacht, damit bekomme ich es eigentlich immer in den Griff!"

Sie knetete ihre Hände und Hannes sah, dass sie schöne Finger hatte. Kein Plastiknägel – einfach schön.

„Was meinst Du, was es ist? Das Gleiche wie vor ein paar Tagen?"

Sie schaute ihn an. Ihre Augen wurden von Mal zu Mal faszinierender.

„Es ist wie eine Sommergrippe, aber…!" Sie stand auf und ging auf den Kühlschrank zu. Wieder trug sie eine kurze Hose, dieses Mal in grün. Hannes gefielen ihre Beine nicht weniger gut, als sie es vor einer Woche getan hatten. Sie trug ein Top, auf dem die Comicfigur Calvin und dessen Freund, ein Tiger namens Hobbes, aufgedruckt waren.

„Möchtest Du auch einen Schluck Wasser?"

„Sehr gern. Aber was wolltest Du noch sagen?"

Sie gab keine Antwort und Hannes hatte zunächst das Gefühl, dass sie seine Frage nicht gehört hatte. Es schien so, als sei sie in Gedanken versunken und in diesem Moment hatte Hannes das Gefühl, dass sie womöglich gern allein wäre. Ob er lieber gehen sollte?

Anna kam mit einer Flasche Mineralwasser und zwei Gläsern zurück. Sie füllte beide Gläser auf, nahm eines davon und setze sich wieder auf ihren Stuhl. Dann zog sie wieder ihre Beine an und stellte sie auf dem Stuhl ab. Hannes fragte sich, warum sie nicht antworten wollte. Im gleichen Moment sagte sie:

„Mir gefällt nicht, dass er so blass ist!"

„Blass? Vorhin hatte er einen hochroten Kopf!"

Anna stand auf und nahm Hannes an der Hand. Der wusste zunächst nicht, was sie wollte.

„Komm mit!", sagte sie kurz und Hannes folgte ihr. Sie öffnete langsam die Tür zum Kinderzimmer ihres Sohnes.

„Sieh ihn Dir an!", flüsterte sie.

Hannes stellte sich neben seinen kleinen, tief schlafenden Freund. Der Mund des Jungen war leicht geöffnet und unter seinen Augen waren leichte dunkle Ränder zu erkennen. Und er war kreidebleich.

Am Samstag, den 23. August um 17.22 – laut Stadionuhr (nach Hannes' Uhr war es schon 17.23) – erlebte Hannes Werders Wiedergeburt. Zusammen mit den restlichen 34.500 Zuschauern – sah man einmal von den Schalke-Fans im Gästeblock ab, die allerdings zu einem großen Teil das Weser-Stadion schon vor dem Schlusspfiff verlassen hatten – schwang sich Hannes zu einem Chor der euphorisierten Ungläubigen auf. Alle hatten vorher für einen kurzen Augenblick zunächst wie paralysiert auf die Anzeigetafel gestarrt. Manche hatten ihren Nachbarn angestoßen, die Hände fassungslos vor den Mund genommen. Doch dann, als die Menschen langsam begannen zu realisieren, nahm ein lange verschollen geglaubtes kollektives Glücksgefühl von den Zuschauern Besitz. Die Leute umarmten sich, klatschten sich immer wieder ab, sie lachten und tanzten. Einige schüttelten einfach nur fassungslos den Kopf. Und keiner wollte das Stadion verlassen. Man wollte den Augenblick genießen, in sich aufsaugen, weiter träumen, bevor man unsanft geweckt werden würde. Aber das hier war kein Traum. Es war die Wirklichkeit. Eine süß schmeckende Realität, die sich seit mehr als acht Jahren in anderen Stadion der Republik breit gemacht hatte und fremde Fans an sich hatte laben lassen, war plötzlich, völlig unerwartet, wieder ins Weser-Stadion zurückgekehrt. Kaum jemand der Zuschauer hätte es auch nur zu hoffen gewagt, doch es stand nach wie vor auf den beiden strahlenden Anzeigetafeln und blieb immer noch dort stehen, so oft man sich auch die Augen reiben mochte: Seit Mai 1995 war der SV Werder Bremen wieder Tabellenführer der Fußball Bundesliga! Mit zehn Punkten und einem Torverhältnis von 9:2 hatte man die jeweils punktgleichen Teams des FC Bayern und des VfB Stuttgart auf die Plätze zwei und drei verwiesen.

Was hatten die Zuschauer für ein Spiel gesehen: Von der ersten Minute an hatte Werder Druck gemacht, den Taktstock geschwungen, schnell, schnörkellos und direkt nach vorne gespielt und so Schalke nicht nur keine Chance gelassen, sondern ihnen bisweilen sogar die Luft zum Atmen genommen. Das Team zelebrierte Fußball. Staunend wie die Werder-Fans hatte auch das Team aus Gelsenkirchen mit ansehen müssen, wie Chance um Chance auf ihr Tor zugerollt war. Der Schalker Torwart Frank Rost (kein Unbekannter in Bremen) musste bereits vor dem 1:0 ein ums andere Mal Kopf und Kragen riskieren, um einen noch früheren Rückstand zu verhindern. In der 14. Minute hatte er allerdings die für ihn leidvolle Aufgabe, die Kugel zum ersten Mal aus dem Netz holen zu müssen. Angelos Charisteas hatte sie nach einer schönen Hereingabe durch Ailton von der linken Seite in das selbige bugsiert. Für Hannes war von da an bereits klar, dass die Partie nicht mehr verloren gehen konnte. Das 2:0

fiel in der 28. Minute. Die Zuschauer hatten also exakt die gleiche Zeitspanne darauf warten müssen wie auf das erste Tor. Dieses Mal allerdings kam die Flanke von rechts durch Ümit Davala. Der glückliche, völlig frei stehende Abnehmer war Tim Borowski, der sein erstes Saisonspiel von Beginn an bestritt und die Hereingabe des Türken sicher zu seinem ersten Saisontreffer vollendete. Nachdem Ailton kurze Zeit später fast schon zum 3:0 getroffen hätte, machte er es in der 38. Minute besser – nach einem genialen Zuspiel von Micoud setzte er zu seinem Solo an, an dessen Ende er den Ball zum 3:0-Halbzeitstand einschob. Spätestens zu diesem Zeitpunkt hatte das Spiel auch den letzen Werder-Fan von seinem Sitz gerissen. Viele der Zuschauer hatten in der Pause gemutmaßt, Werder würde sich jetzt zurückziehen, Kraft sparen, das Ergebnis verwalten.

Aber Werder gab auch in der zweiten Halbzeit Vollgas. Ailton knallte den Ball nach zehn Minuten aus dem Lauf an das Lattenkreuz des Schalker Tores. Dann traf der Rechtsverteidiger Stalteri ebenfalls nur das Aluminium, in diesem Fall den Außenpfosten. Die Zuschauer konnten nicht glauben, was sie sahen. Immer wieder hatten sie den Torschrei auf den Lippen, das nächste Mal, als Ailton bereits Rost umspielt hatte und sich der Ball auf den Weg zum 4:0 gemacht hatte. Doch unmittelbar bevor er die Torlinie überqueren konnte, hatte ihn ein Schalker Verteidiger noch ins Aus geschlagen. In der 79. Minute wechselte Thomas Schaaf einen jungen Spieler ein, den man – abgesehen von zwei Kurzeinsätzen in der Bundesliga – bislang nur aus Spielen der Werder-Amateure kannte: einen 19-jährigen Jungen, der vor einigen Jahren aus Paraguay in das Werder-Internat gekommen war und auf den schönen Namen Nelson Haedo Valdez hörte. Zwei Minuten später kannte ihn jeder im Stadion, denn Valdez erzielte seinen ersten Bundesligatreffer und es hieß 4:0 für Werder. Wieder einmal hatte Micoud die Vorarbeit geleistet. Valdez feierte seinen Treffer überschwänglich mit einem Salto vorwärts und ein Hauch von Zirkusluft wehte über das Spielfeld. Wenngleich Hannes als ehemaligem Kunstturner auffiel, dass der Salto des jungen Paraguayos in punkto Haltung noch verbesserungswürdig war. An der ausgelassenen Stimmung änderte auch der Schalker Ehrentreffer in der 82. Minute nichts mehr. Im Gegenteil: Die Welle schwappte durchs Stadion und manch einem wurde in diesem Moment klar, dass eine neue Werder-Generation herangewachsen war.

Als Hannes als einer der Letzten das Stadion verlassen hatte und mit seinem Fahrrad den Heimweg antrat, registrierte er die vielen glücklichen Werder-Fans. In diesem Moment dachte er noch nicht daran, dass die Tabellenführung vermutlich vergänglich war oder dass sie nur aufgrund der besseren Tordifferenz zustande gekommen war. Er befasste sich nicht damit, dass erst der vierte Spieltag gespielt worden war, dass Werder früher oder später wieder auf Normalmaß gestutzt werden konnte oder die Bayern sich früher oder später womöglich den ersten Platz holen würden. Wie all die anderen Fans, die ihm teilweise euphorisch zuwinkten, lachten, fassungslos den Kopf schüttelten, feierten, wie all die vielen Werder-Fans, die in den verstrichenen acht Jahren jämmerlich schlimme, traurige Zeiten durchlebt hatten, war Hannes jetzt einfach nur glücklich und genoss den Moment. Niemand konnte ihm dieses Gefühl nehmen. Niemand konnte ihm erneut einen Werder-Moment des vollkommenen Glücks streitig machen. Niemand konnte verhindern, dass sein SV Werder zumindest für eine Woche lang die Tabellenspitze übernommen hatte. Und irgendwann, als er das Ende der Stader Straße erreicht hatte, kam ihm endlich sein kleiner Freund Simon in den Sinn, der das Spiel leider verpasst hatte. Er hatte seine Sommergrippe noch immer nicht ganz überwunden, deshalb hatte er nicht nur die ersten beiden Tage des neuen Schuljahres, sondern eben auch jenes zweite Saison-Heimspiel verpasst. Hannes lächelte. Er mochte den Jungen wirklich. Er würde ihn besuchen, wenn nicht noch heute Abend, dann bestimmt gleich am nächsten Morgen, und er würde ihm über das Spiel in allen Einzelheiten berichten. Vielleicht würde das Spiel im Laufe der Woche auch noch einmal auf *Premiere* ausgestrahlt werden. Dann konnte Hannes es mit Simon zusammen anschauen.

24. bis 31. August 2003:
Beinahe ein Leben ohne Fußball

Als ein Schiedsrichter mit Namen Hoyzer – der einige Zeit später noch von sich reden machen sollte – am 24. August gegen 17.15 zum letzten Mal auf den Anstoßpunkt zeigte, hatte Ivan Klasnić gerade seinen ersten Pokal-Doppelpack eingetütet und zum standesgemäßen Endstand von 9:1 gegen die Amateure des Ludwigsfelder FC getroffen. Werder hatte damit die erste Hürde des DFB-Pokalwettbewerbs souverän genommen und so nebenbei den zweithöchsten Pflichtspielsieg in der Vereinsgeschichte eingefahren. Immerhin 5000 Zuschauer hatten das Torfestival vor Ort verfolgt. Die einzige Chance, die Partie live zu erleben, denn der DFB-Pokal wurde in der Regel nicht live im Fernsehen übertragen, sah man einmal von dem jeweiligen „Topspiel" ab (für das, welch Wunder, meist Begegnungen des FC Bayern ausgewählt wurden). Hannes allerdings hatte nicht zu den Zuschauern vor Ort gezählt. Als die Überraschung der bis dahin ausgetragenen Spiele musste der 2:1-Sieg des Regionalligisten Jahn Regensburg über den VfL Bochum gewertet werden. Doch weder davon noch von Werders Sieg hatte Hannes bis zu diesem Zeitpunkt überhaupt Notiz genommen. Das war äußerst verwunderlich und wenn man sich vor Augen führte, dass Hannes gegen 17.30 Uhr noch nicht einmal daran dachte, sich über das Ergebnis zu informieren, so kam dies doch beinahe einer Sensation gleich. Man hätte vermuten können, Hannes sei wieder auf Reisen, oder er hätte sich einer Gehirnwäsche unterzogen, bei der jegliche emotionale Verbindung zu Werder unwiederbringlich durchtrennt worden wäre. Oder dass Hannes einfach schwer krank geworden war. All jene Erklärungsversuche hatten jedoch mit den Tatsachen nichts gemein, wenngleich das Thema schwere Krankheit durchaus seine Berechtigung hatte, allerdings nicht in Zusammenhang mit Hannes. Es war Simon, der schwer krank war.

Er hatte Leukämie.

Die Ereignisse hatten sich in den letzten beiden Wochen überschlagen. Nachdem Simons Beschwerden nicht abgeebbt waren, sondern sich sogar noch verschlechtert hatten – zu der blassen Gesichtsfarbe, dem Fieber und der Schwäche hatten sich noch seltsame Schwellungen an den Lymphen hinzugesellt, hatte Anna ihren Kinderarzt Dr. Glogauer aufgesucht. Der hatte dem Jungen Blut abgenommen. Am Abend noch hatte Glogauer angerufen und Anna auf Unregelmäßigkeiten in Simons Blutbild hingewiesen, mit der dringenden Empfehlung, sofort mit dem Jungen die *Professor-Hess-Kinderklinik* in der St. Jürgen-Straße zu konsultieren. Bereits von da an war Hannes in den weiteren Verlauf mehr oder weniger stark eingebunden gewesen. Anna hatte bei ihm geläutet, und als Hannes in die gleichen traurigen Augen wie bei ihrer ersten Begegnung geblickt hatte, wusste er instinktiv, dass es etwas mit Simons Krankheit zu tun haben musste. Er war mit Anna und dem Jungen in die Klinik gefahren, wo die Diagnose und Laborberichte von Dr. Glogauer bereits angekommen waren. Anna stand zu diesem Zeitpunkt unter Schock.

Ein Arzt in Hannes' Alter, Dr. Fischlein, hatte den beiden erklärt, dass bei Simon der Verdacht auf Leukämie bestand. Um sicherzugehen, müsste bei dem Jungen eine sogenannte Knochenmarkbiopsie durchgeführt werden, bei dem eine Nadel in den Hüftknochen eingeführt wird, um von dort eine kleine Menge Knochenmark zu entnehmen und es unter dem Mikroskop zu untersuchen. Für diese Untersuchung wurde Simon zu diesem Zeitpunkt bereits vorbereitet. Fischlein, ein großer, stämmiger Mann mit lockigem dunklen Haar, auf dessen Gesicht bleibende Spuren der Jugendakne zu erkennen waren und der Hannes deshalb ein wenig an den ehemaligen Fußballprofi Thomas Doll erinnerte, war sehr nett und einfühlsam gewesen. Hannes hatte sofort gemerkt, dass Anna mit dem, was der Arzt ihr dargelegt hatte, überfordert war. Er selbst konnte sich auch nicht vorstellen, dass Fischlein über seinen kleinen Freund Simon sprach. *Da musste ein Irrtum vorliegen.* Hannes war nahe dran, die Frage seines Kopfes auch auszusprechen. Aber er hielt es schließlich für besser, dem Arzt einfach zu glauben. Er sah Anna an, dass sie zu diesem Zeitpunkt immer noch nicht so weit war. Wie gelähmt starrte sie Fischlein mit leeren Augen an. Dieser schien davon auszugehen, dass Anna und Hannes Simons Eltern waren.

Als Hannes am nächsten Morgen wieder ins Krankenhaus gekommen war, schien es Anna etwas besser zu gehen. Sie hatte die Nacht bei ihrem Sohn verbracht und es kam Hannes so vor, als hätte der Junge – so verrückt es auch klang – seiner Mutter etwas Kraft gegeben, denn sie hatte Hannes immer wieder erzählt, wie tapfer und gefasst Simon gewesen war. Ein anderer, etwas älterer Arzt, Dr. Bartels, hatte die beiden dann in Simons Beisein über die Erkenntnisse der Untersuchung informiert. Bartels war nicht größer als 1,70 m, etwas untersetzt, er hatte einen schmalen Oberlippenbart und wirkte wie ein Mafiosi aus einem Martin-Scorsese-Film. Sehr ruhig und anschaulich machte er Anna, Hannes und Simon mit den Untersuchungsergebnissen vertraut, wobei er Simon ausdrücklich mit einbezog. Das Kind müsse von Anfang an mit eingebunden werden, das sei eine wichtige Maxime im Hinblick auf eine vollständige Genesung. Da sei es vollkommen kontraproduktiv, das Kind nicht an den Erkenntnissen teilhaben zu lassen. Natürlich konnte der Arzt in diesem Moment noch nicht ahnen, welches Ausmaß Simons Wissensdurst haben würde.

„Also Simon, ich bin jetzt hier, um Dir, Deiner Mama und Deinem Papa zu erklären, welche Krankheit Du hast! Ich heiße Martin Bartels."

Simon, gezeichnet von der Krankheit mit dunklen Augenrändern und sehr blasser Gesichtsfarbe, reagierte sofort.

„Hannes ist nicht mein Papa!"

Dr. Bartels zuckte zweimal unkontrolliert mit der Oberlippe. Anna knetete verlegen ihre Hände und schaute erst Hannes, dann den Arzt an. Sie suchte nach den richtigen Worten, aber Simon nahm ihr die Arbeit ab.

„Mein Papa hat meine Mama verlassen, da wusste er noch nicht einmal, dass ich unterwegs bin!" Er musterte Dr. Bartels erwartungsvoll. Als dieser erneut von jenem Oberlippenzucken befallen wurde, fügte Simon an:

„Hannes ist mein Freund. Er hat mich mit zu Werder genommen!"

Worauf alle mit Ausnahme von Simon lachen mussten.

„Werder, das ist schön. Ich habe auch einmal für Werder gespielt, es bis zur dritten Mannschaft gebracht, aber das ist 24 Jahre her!"

Simon lächelte.

„Was? Hast Du gehört, Hannes? Er hat auch für Werder gespielt, wie ich. Ich werde auch für Werder spielen. Hannes will bald mit mir zum Training gehen. Stimmt's, Hannes?"

„Ja. Aber vorher musst Du gesund werden. Jetzt lass bitte Doktor Bartels erst einmal erklären, was los ist mit Dir!"

Simon nickte und lehnte sich an seine Mutter, die links neben ihm saß.

Bartels blinzelte und deute auf ein Zeichenbrett, das an die Taktiktafel eines Trainers erinnerte.

„Gut. Also, ich male Dir jetzt mal etwas auf, Simon!"

Er nahm das Brett und zog darauf zwei waagerechte, parallel verlaufende Linien.

„Was könnte das sein, Simon?"

„Eine Straße!", antwortet der Junge wie aus der Pistole geschossen und rückte näher an die Tafel heran.

„Nicht schlecht, es ist auch so etwas wie eine Straße, es ist eine menschliche Blutbahn. In dieser Straße fließt Blut!"

Simon nickte.

„Also wie eine Ader?"

„Genau. Und unser Blut besteht aus drei verschiedenen Substanzen!"

„Substanzen?", fragte Simon.

„Bestandteilen!", fügte seine Mutter hinzu.

Der Junge lächelte.

„Und welche Bestandteile sind das?"

Dr. Bartels nahm einen roten Stift und zeichnete Kreise in die Blutbahn, die aussahen wie Drops.

„Das sind die sogenannten Blutplättchen. Die Aufgabe der Blutplättchen ist es, das Blut gerinnen zu lassen!"

Bevor Simon nachfragen konnte, erklärte Bartels:

„Wenn Du Dich verletzt, dann sorgen die Blutplättchen dafür, dass das Blut trocknet, man sagt eben auch „gerinnt" dazu!"

Simon schaute von der Zeichnung in das Gesicht des Arztes, so als würde er ihn auffordern, weiterzusprechen. Bartels malte daraufhin weitere rote Gebilde in die Blutbahn, die ein wenig unförmig aussahen.

Simon musterte den Arzt und als dieser das fünfte dieser seltsamen Objekte gezeichnet hatte, sagte der Junge:

„Die sehen aus wie Litschis. Stimmt's, Mama!"

Anna schüttelte den Kopf und versuchte zu lächeln.

„Ja, so ähnlich sehen sie aus, das stimmt!", antwortete der Arzt. „Man nennt sie aber nicht Litschis, sondern rote Blutkörperchen. Diese roten Blutkörperchen geben dem Blut die Farbe. Aber sie haben natürlich noch eine andere wichtige Aufgabe: Sie transportieren den Sauerstoff durch den menschlichen Körper!"

„Denn ohne Sauerstoff kann der Mensch nicht leben!", ergänzte Simon, der seine Augen nicht von der Zeichnung nahm und offensichtlich schon darauf wartete, dass der Arzt sein künstlerisches Werk vollendete.

Jetzt zeichnete der Arzt wieder litschi-artige Gebilde in die Darstellung, allerdings in neutralem Schwarz, wofür er sich gleich bei Simon entschuldigte.

„So, das sind jetzt die sogenannten weißen Blutkörperchen, aber ich musste trotzdem einen schwarzen Stift nehmen!"

Simon klatschte sich an die Stirn.

„Na klar, weil ja Deine Tafel schon weiß ist. Frau Sommer malt auch nie mit dunkelgrün an die Tafel, weil die Tafel ja auch dunkelgrün ist!"

Ohne dass es der Junge bemerkte, nahm Dr. Bartels Blickkontakt mit Anna und Hannes auf. Hannes sah ihm an, dass Simon – ähnlich wie damals bei ihm selbst – sofort das Eis beim Arzt gebrochen hatte.

„Und was machen die weißen Blutkörperchen?", fragte Simon.

Bartels Oberlippe zuckte.

„Ja, Simon, die sind das Problem bei Deiner Krankheit. Normalerweise sind die Brüder dazu da, Krankheiten in Deinem Körper abzuwehren!"

„Wie die Verteidiger!", antwortete Simon und schaute Hannes an.

Der Arzt lachte.

„Ganz genau, Simon, wie Verteidiger. Die Verteidiger wollen nicht, dass die Stürmer vor das Tor kommen, und die weißen Blutkörperchen wollen nicht, dass Du krank wirst. Wenn eine Krankheit in Deinen Körper kommt, wird sie von den weißen Blutkörperchen bekämpft!"

„Verstanden!", antwortete Simon und bevor Bartels weitersprechen konnte, fügte er hinzu:

„Aber bei mir sind die weißen Blutkörperchen selbst krank geworden, stimmt's?"

Der Mediziner lächelte. *Was für ein Junge*, wollte dieses Lächeln sagen.

„Ja. Genau. Jetzt muss ich Dir aber noch schnell etwas sagen, und Du wirst es verstehen, das weiß ich. Man nennt die weißen Blutkörperchen auch Lymphozyten. Das ist, wie gesagt, nur ein anderes Wort. Kannst Du Dir das merken, Lymphozyten?"

„Lymphozyten!", wiederholte Simon, „Aber das ist nicht so bei Krokodil und Alligator. Das ist nicht das Gleiche!"

„Nein?", fragte der Arzt.

„Nein, aber wenn Du willst, kann ich es Dir erklären!"

„Gut, da freue ich mich schon drauf!", antwortete der Arzt.

„Aber jetzt erkläre ich Dir noch schnell, welches Problem die Lymphozyten in Deinem Blut auslösen: Dein Körper stellt zu viele Lymphozyten her und außerdem können sich die Lymphozyten nicht vollständig entwickeln. Sie werden nicht fertig, wie ein Apfel, der nicht reif werden kann. Das heißt, Du hast zu viele Lymphozyten in deinem Blut und die sind auch noch nicht so, wie sie sein sollten. Dadurch kann Dein Blut nicht mehr richtig arbeiten und es kann zusätzlich noch zu Schwellungen an Deinem Körper kommen!"

Simon schaute zu seiner Mutter nach oben, dann zu Hannes. Dr. Bartels musterte seine Zeichnung, als wolle er sie auf Fehler überprüfen.

„Wie heißt denn eigentlich meine Krankheit?"

„Die Kurzform nennt sich ALL!", antwortete Dr. Bartels, der Simon inzwischen gut genug kannte, um zu wissen, dass sich der Junge nicht damit zufrieden geben würde.

„Die lange Version ist etwas kompliziert, die Krankheit heißt *Akute lymphatische Leukämie!*"

Am nächsten Tag wurden mit Simon viele Tests durchgeführt, die den Jungen sichtbar schwächten. Unter anderem wurde ihm Rückenmarksflüssigkeit entnommen. Während der ganzen Zeit war Anna bei ihm. Am Abend kam Hannes zu Besuch und brachte einige Bücher für den Jungen mit. Hannes und Anna betrachteten Simon, der in seinem Bett eingeschlafen war, als Dr. Fischlein dazu kam, um mit den beiden das weitere Vorgehen zu besprechen.

„Es sieht ernst aus!", sagte der Mediziner ruhig und bat sie in ein separates Besprechungszimmer.

„Wie ernst?", fragte Simons Mutter, als sie neben Hannes Platz genommen hatte.

„Wir müssen schnell reagieren! Das heißt, dass wir morgen schon mit der Behandlung anfangen werden. Der erste Behandlungsabschnitt besteht aus mehreren Zyklen, die jeweils wiederum mehrere Wochen dauern werden. In den einzelnen Zyklen muss sich ihr Sohn einer Chemotherapie unterziehen."

Und dann gab Fischlein ihnen noch einige detaillierte Informationen zur Behandlung. Simon würde also mehrere Chemotherapie-Einheiten über sich ergehen lassen müssen, die mit sehr schmerzhaften und unangenehmen Nebenwirkungen verbunden sein würden, von denen der Haarausfall noch die geringste Beeinträchtigung darstellen würde. Aber vorher, und zwar schon am nächsten Tag, bereits nach dem Frühstück, würde man Simon einen Katheter legen müssen. Dabei würde man den Katheter, unter Vollnarkose durch einen Schnitt in die Brust, unmittelbar neben dem Schlüsselbein einsetzen. Dies sei nötig, weil man sonst immer wieder eine Spritze in die Vene einführen müsse. Ziel der Therapie würde es sein, sämtliche Krebszellen in Simons Körper abzutöten. Wie viel Zeit ein jeweiliger Zyklus in Anspruch nehmen würde, müsse von Simons Reaktion auf die Medikamente abhängig gemacht werden. Das hieße, dass Simon für die erste Einheit der Chemotherapie in der Klinik zu bleiben hätte, um danach bis zur nächsten Einheit das Krankenhaus verlassen zu können. Dann wies der Arzt darauf hin, dass möglicherweise zusätzlich zu der Chemotherapie eine Bestrahlung von Simons Kopf durchgeführt werden müsse, um eventuell vorhandene Leukämiezellen an Simons Hirnhäuten zu vernichten. Für den Fall, dass veränderte Lymphknoten vorhanden wären, müssten auch diese Körperstellen bestrahlt werden.

Anna kämpfte mit den Tränen und Hannes wusste nicht, wie er reagieren sollte. Er nahm ihre Hand. Sie erwiderte mit einem so festen Händedruck, dass Hannes beinahe erschrak.

„Wann?", er suchte nach den richtigen Worten. „Ab wann muss Simon ...?"

„Wir werden schon morgen mit der Chemotherapie beginnen!", antwortete der Arzt.

Bevor Hannes das Klinikum verließ, ging er mit Anna noch einmal in Simons Zimmer. In dem Raum standen zwei Betten. In dem einen lag ein schlafender, abgekämpfter Simon, das andere Bett war für Anna.

„Morgen schon", flüsterte sie.

Hannes nickte.

„Er wird es packen, glaube mir. Ich habe im Internet recherchiert, früher, zu unserer Zeit, mussten 90 Prozent der Kinder mit einer solchen Diagnose sterben. Heute besteht bei bis zu 80 Prozent der Patienten die Chance auf eine vollständige Heilung. Das hier ist eine Spezialklinik, diese Ärzte sind Fachleute, was die Krebsforschung und speziell den Umgang mit Kindern betrifft, sogenannte pädiatrische Onkologen. Die werden ihm helfen."

„Schau ihn Dir an, er ist so schwach. Ich habe ihn noch nie so gesehen. Ich hätte heulen können, sie haben ihn von Untersuchung zu Untersuchung gebracht. Aber er war so tapfer. Manchmal kann ich gar nicht glauben, dass er so ist." Sie flüsterten immer noch.

„Es wird hart werden, aber Simon ist Simon, er wird es schaffen, ganz sicher!" Hannes wusste nicht genau, ob er ihr damit helfen konnte.

„Wie soll es nur mit der Schule weitergehen?"

„In diesem Artikel stand, dass ein Lehrer ins Krankenhaus kommt, und wenn er dann zu Hause ist, wird ein Lehrer nach Hause kommen! Simon ist doch eine echte Granate, die Schule wird das geringste Problem für ihn sein. Mach Dir keine Gedanken, ich glaube, das wird man Dir alles in den nächsten Tagen noch genauer erklären!"

Dann drehte sich Anna von Simon weg und schaute Hannes an.

„Warum tust Du das alles?"

„Warum tue ich was?"

Er schaute den Jungen an.

„Warum bist Du hier, warum kümmerst Du Dich um ihn?"

„Weil Simon mein Freund ist. Ich habe ihn zu Werder mitgenommen!" Sie lächelte.

„Sind wir eigentlich auch Freunde?"

Hannes wusste nicht genau, wie die Frage gemeint war. Sie tat gut, aber irgendwie hatte er auch Angst davor. Angst, etwas Falsches zu sagen. Angst, dass dadurch etwas kaputt gehen könnte, was im Grunde genommen, wenn überhaupt, dann nur unausgesprochen existierte.

„Natürlich sind wir das, oder?"

Anna ging ihm einen Schritt entgegen.

„Ich habe Angst. Wie soll das denn nur weitergehen? Ich muss nächste Woche wieder arbeiten und Simon braucht mich!"

Hannes berührte leicht ihren Arm, zog seine Hand aber schnell wieder zurück.

Er wollte gerade etwas sagen, als er seinen Namen hörte.

Es war Simon.

Hannes drehte seinen Kopf zum Bett des Jungen und sah, dass dieser ihn anlächelte.

„He Simon, Du alter Alligator, warum schläfst Du denn nicht?"

„Die Leute sind echt nett hier!", er redete sehr langsam und schwach. Am liebsten hätte ihm Hannes das Sprechen verboten, aber er wusste natürlich, dass er damit bei Simon kein Glück haben würde. Er überlegte, ob er den Jungen berühren durfte, er hatte recherchiert, dass Krankheitserreger sehr gefährlich für die kleinen Patienten sein konnten. Doch als Simon seine Hand nach ihm ausstreckte, griff Hannes danach. Sie fühlte sich warm und schwach an.

„Sie sagen, dass ich sehr krank bin, und dass etwa 1500 Kinder im Jahr in Deutschland diese Krankheit bekommen. Das ist nicht sehr viel, obwohl es sich wie sehr viel anhört!"

Hannes hatte keine Ahnung, woher der Junge die Zahlen hatte, zweifelte aber keine Sekunde an deren Richtigkeit. Vermutlich hatte er sich während der Tests mit Krankenschwestern und Ärzten unterhalten. Dann zog Simon an Hannes' Hand. Dieser rückte noch näher an ihn heran.

„Weißt Du was?", fragte er.

„Was?"

„Ich werde wieder gesund. Und dann fange ich an, Fußball zu spielen, bei Werder!"

Werder.

Hannes hatte in den letzten Tagen nicht einmal einen Gedanken an seine große Liebe verschwendet. Inzwischen war es 19.10 Uhr und er wusste noch immer nicht, wie die Pokalbegegnung bei den Amateuren aus Ludwigsfelde ausgegangen war. Er war so gefangen in dieser Situation mit Simons Krankheit, dass er gar nicht wusste, ob ihn das Pokalspiel eigentlich interessierte. Doch was dann geschah, war vielleicht das Unglaublichste, Unvorstellbarste jenes 30. Augusts des Jahres 2003.

„Weißt Du, wie Werder gespielt hat?", fragte der Junge – als könne er Hannes' Gedanken lesen – so leise, dass dieser es kaum verstehen konnte.

„Simon, Du musst jetzt schlafen, morgen wird ein harter Tag. Und Hannes muss nach Hause!", schimpfte Anna.

Der Junge lächelte. Und so müde und abgekämpft, so von der Krankheit gezeichnet er auch war, seine Augen funkelten glücklich.

„Werder hat 9:1 gewonnen, Hannes. 9:1! Das hat mir Schwester Karin erzählt!" Er gähnte, dann fielen ihm die Augen zu. Keine Minute später war er eingeschlafen

Am Abend hatte Hannes die Gelegenheit, sich die neun Werder-Tore im *ZDF-Sportstudio* anzuschauen. Es sah wirklich nach einer souveränen Leistung aus, und die Tore waren teilweise wirklich zum Mit-der-Zunge-schnalzen. Wie das 2:0 durch Tim Borowski beispielsweise – ein spektakulärer Volleyschuss aus spitzem Winkel in halbrechter Position. Das Tor erinnerte nicht nur Hannes, sondern auch den Reporter an ein Tor von Marco van Basten bei der Europameisterschaft 1988 in Deutschland. Doch anders, als dies sicher normalerweise der Fall gewesen wäre, genügte Werders Spaziergang in die zweite Pokalhauptrunde nicht, um Hannes zu euphorisieren. Noch vor einer Woche hätte er sich bei Vorzeichen wie diesen – Tabellenführung in der Meisterschaft und Kantersieg im Pokal –

emotional wie im grün-weißen Himmel gefühlt. Nichts hätte ihn erschüttern können, das Gefühl hätte ihn durch die neue Woche getragen wie eine Droge, die keinerlei negative Gedanken zugelassen hätte. Er hätte die Tage bis zum nächsten Bundesligawochenende heruntergezählt wie ein Kind, das auf Weihnachten wartete. Doch in diesem Moment wusste er nicht einmal, gegen wen Werder das nächste Spiel zu bestreiten hatte.

Er fühlte sich schlecht. Überfordert.

Sein Brustkorb schien zu platzen, aufgrund der vielen Fragen, die aus seinem Inneren sprudelten und ihn, je länger der Abend dauerte, mehr und mehr aufwühlten.

Was sollte nur aus Simon werden? Würde der Junge die Therapie verkraften, körperlich, aber vor allem auch seelisch? Die Sache mit dem Katheter klang sehr unangenehm und würde sicher auch schmerzhaft werden. Hannes musste daran denken, wie der Kleine gestern mit dem Arzt über dessen Zeichnungen und der damit verbundenen Darstellung seiner Krankheit gefachsimpelt hatte. Heute jedoch hatte er wirklich schlecht ausgesehen, so schlecht wie noch nie. Aber was würde erst morgen sein, wenn die Chemotherapie bereits erste Spuren hinterlassen hatte? Hannes hatte sich im Internet über Nebenwirkungen schlau gemacht, es war furchtbar, was er dort erfuhr. Wie Anna wohl darauf reagieren würde?

Anna.

Hannes spürte, dass sie ihn brauchte. So verrückt es klang, eigentlich wusste er immer noch nicht viel über seine Nachbarin. Sie hatten in ihren Unterhaltungen bisher stets vermieden, über Dinge aus ihren persönlichen Vergangenheiten zu sprechen. Und jetzt, da die Zeit dafür langsam reif gewesen wäre, wo Hannes begann, sich seiner Unsicherheit zu entledigen, da er begann, ihr zu vertrauen und möglicherweise sogar ein Gefühl für Anna da war, hatte der Schock über Simons Krankheit alles zur Nebensache werden lassen. Er wusste wirklich nicht viel über Anna, wenn man bedachte, dass sich die beiden seit nunmehr drei Monaten kannten. Sie arbeitete einige Tage in der Woche am Flughafen, ihr Vater war verstorben und es gab wohl keine näheren Verwandten mehr.

Hannes starrte leer auf den immer noch laufenden Fernseher, in dem irgendein Krimi lief. Er hatte den Ton abgestellt. Dann musste er plötzlich lächeln. Immerhin hatte ihn Simon gestern indirekt über seinen biologischen Vater aufgeklärt, als er dem kleinen, gedrungenen Arzt, dessen Name Hannes nicht einfallen wollte, erzählt hatte, dass der Mann, mit dem Anna neun Monate vor Simons Geburt zusammen gewesen war, das Weite gesucht hatte. Vielleicht war sie auch nie richtig mit ihm zusammen gewesen.

Wie sollte er sich ihr gegenüber verhalten? Ob er ihr anbieten sollte, auch einmal die Nacht bei Simon zu verbringen? Durfte er dies überhaupt? Schließlich bestand zu Simon keinerlei verwandtschaftliche Bande. Und dann gab es ja noch ein anderes Problem, denn in zwei Tagen musste er seinen neuen Job antreten. Unvorstellbar im Moment. Am liebsten hätte er die Stelle gekündigt, bevor er den ersten Tag hinter sich gebracht hatte. Auch für Anna ging es am Montag wieder los. Wer würde da bei Simon bleiben?

Er lag in seinem Bett und weinte. Es war ein Anblick, den Hannes sein ganzes Leben lang nicht vergessen würde. Der Junge weinte nicht laut schluchzend, sondern leise. Er wirkte unglaublich schwach, beinahe zerbrechlich. Anna saß an seinem Bett und Simon schaute seine Mutter an, die mit dem Rücken zu Hannes saß. Als der Kleine seinen Freund sah, versuchte er zu lachen, aber es blieb bei einem Versuch. Hannes ging langsam auf die beiden zu, darum bemüht, einen positiven Gesichtsausdruck zustande zu bekommen.

„He, Alligator, wie geht's?"

Simon wollte etwas sagen, aber er schaffte es nicht. Er nickte unmerklich. Dann begann er plötzlich zu würgen und in diesem Moment hielt ihm Anna schon eine Schüssel vor den Mund, in die sich der Junge übergab. Die Art und Weise, wie sie es machte, verriet, dass dies nicht das erste Mal am heutigen Tag war. Als Simon fertig war, sank er langsam zurück auf sein verschwitztes Kopfkissen. Anna nahm einen Waschlappen und säuberte damit den Mund ihres Sohnes. Dann streckte Simon seine Hand nach Hannes aus und mit einem Mal gelang es ihm tatsächlich zu lächeln. Seine Gesicht hatte die gleiche Farbe wie sein weißer Bettüberzug. Anna stellte die Schüssel auf den Boden und nahm Hannes' Hand.

„Schön, dass Du da bist. Er hat schon den ganzen Tag nach Dir gefragt!"

Ein seltsamer Gefühlsmix nahm in diesem Moment von Hannes Besitz. Er wusste nicht, wie er sich verhalten sollte. Am liebsten hätte er beide umarmt, aber sowohl die eine als auch die andere Handlung machte ihm Angst. Dann erst fiel ihm die Infusionsflasche auf und der Schlauch, der unter Simons Bettdecke verschwand.

„Da ist die Chemotherapie drin", flüsterte der Junge.

Hannes nahm sich einen Stuhl und setze sich neben Anna.

„Jetzt geht es den kaputten weißen Blutkörperchen aber an den Kragen, was?", sagte Hannes, der den Blick nicht von dem gezeichneten Gesicht des kleinen Jungens nehmen konnte.

„Die heißen Blasten!", flüsterte Simon.

Hannes hob die Augenbrauen. Dann schaute er Anna an.

Sie lächelte.

„Er hatte heute ein Gespräch mit Dr. Fischlein, der ihm erklärt hat, dass die unreifen Lymphozyten auch Blasten genannt werden! Stimmt's Simon?"

„Ja, und ohne die Medizin kommen die Blasten nicht aus meinem Körper!"

„Mensch, das ist gut. Dieser Dr. Fischlein, ist das der, der bei Werder gespielt hat?"

Simon schüttelte den Kopf.

„Das ist der kleine Dicke. Der heißt – ähm…"

„Dr. Bartels!", half seine Mutter aus.

Simon hustete und Hannes befürchtete, dass sich der Junge schon wieder übergeben musste. Aber glücklicherweise täuschte er sich.

„He, Du hattest übrigens recht, alter Werder-Fachmann, wir haben wirklich 9:1 gewonnen!"

Simons Gesichtsausdruck hellte sich sofort auf.

„Ja. Ich habe es Dir doch gesagt. Ist das gut? Sind wir jetzt immer noch Erster?" Auch seine Stimme klang etwas besser.

„Ja wir sind immer noch Erster. Aber das hat nichts mit dem gestrigen Spiel zu tun. Das war kein Bundesligaspiel, es war ein Pokalspiel."

„Pokalspiel? Bekommt Werder jetzt einen Pokal?"

Anna schaute zwischen den beiden „Männern" hin und her wie die Zuschauerin eines Tennisspiels.

Hannes spürte, dass es dem *alten* Simon gelungen war, über die Mauer der Krankheit zu klettern. Er wollte Input, hatte Lunte gerochen. Und er würde sich nicht eher damit zufrieden geben, bis Hannes ihm auch das Pokalfinale in allen Einzelheiten näher gebracht haben würde, einschließlich der damit verbundenen möglichen Qualifikation für den UEFA-Cup. Also begann Hannes zu erzählen, angefangen von den Torschützen des gestrigen Spiels, darüber, dass im Pokalwettbewerb auch Amateure teilnehmen durften und dass diese gegen Profiteams automatisch Heimrecht hatten. Er erklärte dem Jungen, dass im Pokal das K.-o.-System angewandt wurde und dass die jeweils nächste Runde immer ausgelost wurde. In dieser Phase bediente er sich eines Stifts und eines Blattes Papier, um Simon vor Augen zu führen, dass vor der ersten Runde 64 Mannschaften am Wettbewerb teilnahmen und nach dieser Runde nur noch 32 übrig bleiben würden. Genau die Hälfte eben. Und als sich Simon dann am Kopf kratzte und über irgendetwas nachzudenken schien, sah Hannes Hoffnung in Annas Augen. Für einen kurzen Moment war die Krankheit tatsächlich ganz weit weg, die Mauer, die sie um den Jungen aufgebaut hatte, beinahe nicht mehr zu sehen. Jetzt war er wieder der kleine gewiefte Simon, der mitunter niemals für möglich gehaltene Schlussfolgerungen zog.

„Und dann sind es nur noch 16 Mannschaften, richtig!“

„Richtig!“, lachten Anna und Hannes im Chor, begleitet von Annas Klatschen. Sie stand jetzt auf, um die Schüssel nach draußen zu bringen.

Dann wollte Simon wissen, wie oft Werder schon den Pokal gewonnen hatte und ob Hannes auch schon bei Pokalsiegen in Berlin dabei gewesen war.

„Ja, ich war schon dreimal in Berlin bei einem Finale und jedes Mal hat Werder gewonnen!“

Der Junge nickte und freute sich. Dann musterte er die Tür, durch die seine Mutter gerade nach draußen gegangen war.

„Mama hat heute geweint“, sagte Simon plötzlich.

„Ja. Das hat sie. Sie hat Angst um Dich, weißt Du?“

Simon nickte.

„Soll ich Dir meinen *Hickman* zeigen?“

Hannes hatte keine Ahnung, worum es ging.

Dann schaute der Junge zu dem Infusionsschlauch, der unter seiner Bettdecke verschwand.

Der Katheter. Offensichtlich nannte man ihn *Hickman*. Hannes wusste nicht, ob es nur irgendeine Verniedlichung war (so wie man ein Tor *Bude*, einen Ball *Kugel* oder einen Linienrichter *Assi* nannte) oder der medizinische Fachbegriff dafür. Bei Simon musste man durchaus davon ausgehen, dass es sich um Letzteres handelte.

Noch ehe Hannes antwortete, zog Simon seine Bettdecke ein Stück nach unten. Hannes war geschockt, als er den Katheter sah. Der Schlauch war viel länger, als er gedacht hätte. Im Moment war die Stelle, wo der Katheter aus Simons Brust ragte, mit einem Pflaster abgedeckt, was sicher mit der heute erst erfolgten Einpflanzung zu tun hatte. Trotzdem sah es so aus, als sei der Schlauch mit Simons Körper verwachsen. Ein surrealer Anblick. Der Junge schien Hannes' Gedanken lesen zu können und sagte:

„Sieht doof aus, was?“

„Ein bisschen“, antwortete Hannes, „aber andererseits gibt es nicht viele Menschen, die so ein Ding haben. Das macht Dich ganz schön wichtig, weißt Du!“

Simon schaute den Katheter an und legte schließlich die Decke wieder darüber.

„Meinst Du?“, fragte er.

„Klar. Und außerdem wird Dir das Ding bestimmt helfen!"

Anna kam zurück und Simon wechselte das Thema. Hannes fragte sich, ob er das bewusst oder instinktiv tat.

„Wann wissen wir denn, gegen wen Werder in der nächsten Runde spielen wird?"

Hannes zwinkerte Anna zu, der es etwas besser zu gehen schien.

„Ehrlich gesagt, weiß ich es nicht genau, aber wahrscheinlich wird heute Abend ausgelost!"

„Sagst Du mir, gegen wen wir spielen werden!"

„Klar! Aber jetzt ist es Zeit, dass Du schläfst, oder?"

Der Junge fixierte seine Mutter, die nickte nur.

Keine Minute später waren ihm die Augen zugefallen. Offensichtlich hatte die Unterhaltung Kraft gekostet. Für einen kurzen Moment beobachteten Anna und Hannes den Kleinen. Als Hannes das Gefühl hatte, er wäre eingeschlafen, bedeutete er Anna mit einer Geste, nach draußen zu gehen. Die beiden standen auf und Simon öffnete wieder die Augen.

„Hannes?" Er flüsterte wieder.

„Ja, kleiner Alligator!"

„Weißt Du, was ich ausgerechnet habe?"

„Nein, was denn?"

„Ich glaube, Werder muss nur noch fünf Spiele gewinnen und dann haben sie den Pokal gewonnen!"

Hannes stand auf, und fuhr seinem kleinen Freund über den Kopf.

„Ja, das stimmt, das hast Du wirklich gut ausgerechnet. Aber jetzt schlaf!"

„Nimmst Du mich wieder mit ins Stadion, wenn ich gesund bin?"

„Na klar. Ich werde Dich immer mitnehmen!"

„Danke!", flüstere Simon und schloss die Augen. Kurze Zeit später war er eingeschlafen.

1. bis 13. September: Nebenwirkungen, Hilfe für Anna und das Eigentor des Jahres

Manchmal, wenn er für kurze Zeit mit sich allein war, dachte Hannes an die Zeit im Juli und August zurück. Wie er einfach nur in den Tag hineingelebt hatte. Wie er Zeit hatte, um über Eiswürfel in Form einer Werder-Raute zu philosophieren. Wie er – wann immer er wollte – zum Training der Profis gehen und an den nicht enden wollenden lauen Abenden auf seiner Terrasse sitzen konnte, um mit einem kühlen Beck's einen heißen

Tropentag ausklingen zu lassen. Die Erinnerung daran schien so weit weg wie der winzige Punkt eines Bootes am Horizont des Ozeans. Manchmal schien es, als wäre jenes Boot bereits hinter dem Horizont verschwunden und in Hannes' Innere abgetaucht. In seinem Unterbewusstsein würde es künftig rastlos über die Meere treiben und ihn bisweilen in seinen Träumen daran erinnern, wie sorgenfrei sein Leben noch vor Kurzem gewesen war. Die einzige Sorge, die sein Boot in jener unendlich weit zurückliegenden Zeit in Turbulenzen bringen konnte, waren Werder-Niederlagen, wie die Pasching-Schlappe beispielsweise. Er schämte sich beinahe für seinen Ausraster nach dem Spiel gegen die österreichischen Halbprofis.

Beinahe.

Der Einstieg in den neuen Job war erwartungsgemäß problemlos verlaufen. In einem Gespräch mit der Geschäftsführung hatte man ihn natürlich auch auf die Ähnlichkeit mit James Duncan angesprochen. Hannes hatte den Ball professionell aufgenommen und vorgeschlagen, aufgrund der Popularität des neuen Duncan-Films eine Art Promotionshow zur Gewinnung von Neukunden ins Leben zu rufen. Dabei könnte er, Hannes, gewissermaßen als Sandy Colorado mit Cremedöschen jonglieren, die mit Whiskey gefüllt waren. Damit hatte er alle überzeugt. Ein weiterer positiver Aspekt seines neuen Jobs war, dass er von der Geschäftsleitung grünes Licht dafür bekommen hatte, mit seinem Team von Hamburg nach Bremen zu ziehen. Er hoffte dadurch, mehr Zeit für Simon und Anna zu haben. Wenn er in Bremen arbeiten würde, konnte er sich besser um die beiden kümmern. Die Sorge darüber, wie er die Herausforderung in seinem neuen Job würde meistern können, dauerte nicht einmal drei Tage. Was man über die Sorge um Simon nicht sagen konnte.

So routiniert und sicher ihm der Einstieg in den neuen Job gelang, so hilflos kam er mit Simons Krankheit klar. Hatte er anfangs noch gehofft, die Nebenwirkungen der Chemotherapie würden eher schleichend beginnen, wurde er bereits am ersten Tag mit Simons ständigem Erbrechen eines Besseren belehrt. Jeden Abend, wenn er von Hamburg nach Hause kam, steuerte er sofort die *Professor-Hess-Kinderklinik* an. Und jeden Abend hatte sich Simons Zustand weiter verschlechtert und damit verbunden die Verfassung seiner Mutter. In Simons Mund gab es offene, schmerzende Stellen, die schon das Essen zur Qual machten. Wenn er dann etwas aß, musste er es oft unmittelbar danach wieder erbrechen. An seiner Haut gab es gerötete, stark juckende Stellen, an anderen Stellen plagten ihn nässende Flecken. Daneben hatte er mit Fieberschüben klarzukommen. Auch wenn der Junge an manchen Abenden zunächst vor Schmerzen weinte oder kaum ansprechbar war, schaffte er es trotzdem meistens, ein Stück jenes gewieften, interessierten und kindlich positiven Denkens zu bewahren. Zu diesem Zeitpunkt bemerkte Hannes noch nicht, dass es Simon dann besser ging, wenn er mit ihm über Werder redete. Das Problem in dieser Phase war nur, dass Werder für Hannes ungewöhnlich weit weg war, vielleicht sogar so weit wie niemals zuvor. Immer seltener lenkte Hannes bei seinen abendlichen Besuchen – aus Sorge um Anna – das Gespräch auf die Grün-Weißen. Sie hatte für die nächsten vier Wochen unbezahlten Urlaub eingereicht, wobei die Chancen dafür gut standen, die Kosten von staatlicher Stelle erstattet zu bekommen. Ein weiterer Grund dafür, dass Werder für Hannes beinahe in Vergessenheit geriet, war die Tatsache, dass am ersten Septemberwochenende die Bundesliga ruhte. Werder spielte lediglich ein internationales Freundschaftsturnier, während gleichzeitig die deutsche Nationalmannschaft zwei EM-Qualifikationsspiele gegen Schottland und Island zu bestreiten hatte.

Nach einer Woche des ersten Chemoblocks hatte Anna mit Hannes darüber gesprochen, dass sie sich mit einer Sozialpädagogin unterhalten hatte. Frau Hennigs arbeitete in der *Professor-Hess-Kinderklinik* und war Ansprechpartnerin für Eltern leukämiekranker Kinder. Sie hatte Anna in Rechtsfragen aufgeklärt, mit ihr über den Verlauf der Krankheit und den Therapieplan gesprochen. In diesem Plan waren alle Phasen von Simons individueller Therapie aufgezeichnet. Hannes sah Anna an, dass sie zwar gewillt war, alles, was auf sie zukommen würde, tapfer durchzustehen, doch die dunklen Ränder um ihre traurigen Augen erzählten etwas anderes.

„In drei Tagen wird er nach Hause kommen, da ist der erste Block vorbei", sagte sie, ohne von dem Therapieplan aufzusehen.

Sie saßen vor Simons Zimmertüre. Der Junge schlief.

„Wie war er heute drauf?", fragte Hannes.

„Er hat fast nichts gegessen, seine Mundschleimhaut war offen! Aber wenn der Chemoblock fertig ist, kann es besser werden. Da bekommt er Cortison, was zu Heißhunger führen kann!"

„Und im Moment? Kann man nichts dagegen machen? Es muss doch etwas geben, was die Schmerzen lindert!"

„Er hat ein Spray bekommen. Es hilft ein bisschen!"

Hannes wusste nicht was er sagen sollte. Anna starrte noch immer auf den Plan. Und dann sah er, dass Tränen auf das Blatt tropften.

Langsam schob er seine Hand auf Annas Oberschenkel. Im gleichen Augenblick griff sie danach.

„Es wird gut!", sagte er. Und dann drückte sie wieder so fest zu, dass er erschrak. Er hatte ihr eine solche Kraft nicht zugetraut. Sie drehte ihren Kopf zu ihm, schloss die Augen und weinte.

Hannes nahm seinen Arm und legte ihn um ihre Schulter. Sie lehnte sich dankbar an ihn.

„Es tut mir leid!", flüsterte sie.

Sie saßen für etwa fünf Minuten einfach nur da und schwiegen. Hannes hatte das Gefühl, sie sei eingeschlafen. Doch dann sagte sie:

„Manchmal ist er es, der mich aufbaut, und nicht umgekehrt!"

Hannes sah, dass das Licht zur Schwesternstation brannte und Schatten auf den Flur fielen.

„Warte bitte mal kurz, ich bin gleich wieder da!"

Er stand auf und machte sich auf den Weg zur Station.

„Ich hätte eine Bitte!"

„Kein Problem, um was geht's!", antwortete Schwester Karin, die Simon so gern mochte, weil sie mit ihm über Werder redete.

„Simon schläft gerade. Glauben Sie, es wäre möglich, wenn ich mit seiner Mutter für eine Stunde nach draußen ginge? Sie braucht einfach mal eine Pause!"

Die Krankenschwester nickte.

„Natürlich, es ist ganz wichtig, dass Frau Petersen mal auf andere Gedanken kommt. Simon wird schlafen. Es war heute ein harter Tag für den Jungen! Außerdem sind wir da. Machen Sie sich keine Sorgen!"

Hannes bedankte sich und schrieb der Krankenschwester seine Handynummer auf, für den Fall, dass etwas Unvorhergesehenes passieren sollte.

Eine halbe Stunde später saßen die beiden im *Piano*, einer Kneipe im Viertel, die Anna besonders gern mochte. Hannes verfiel zunächst in einen scheinbar nicht enden wollenden Monolog, darauf bedacht, Anna auf andere Gedanken zu bringen. So arbeitete er innerhalb von einer halben Stunde mehrere Themen ab. Er erzählte von seiner neuen Jobsituation, davon, dass er bald in Bremen würde arbeiten können. In diesem Zusammenhang vermied er allerdings, Anna anzubieten, sich mit ihr bei der Betreuung von Simon abzuwechseln. Er hielt es für keine gute Idee, schon wieder über Simon und die Krankheit zu sprechen. Ein Blick in Annas Gesicht genügte, um zu erkennen, dass es an der Zeit war, sie abzulenken, vielleicht sogar zum Lachen zu bringen. Als das Thema Job abgegrast war, hatte er von seinem USA-Aufenthalt erzählt, von dem Film mit Sandy Colorado und den rosafarbenen Cremedöschen. Und an dieser Stelle seines Monologes fand Anna nicht nur ihre Stimme wieder, auch die Lachfalten um ihre Augen kamen aus ihrem Versteck zurück. Daran, dass sie mit Appetit ihre Nudeln aß, sah Hannes, dass seine Ablenkungs-strategie erste Früchte zu tragen schien. Inzwischen stellte auch sie die eine oder andere Frage. Aus seinem Monolog war endlich ein Dialog geworden. Das machte ihn sehr glücklich.

Ab diesem Moment war Anna wieder so wie in der Zeit vor Simons Krankheit. Sie taute richtig auf und irgendwann wollte sie dann von Hannes wissen, warum bei dem allerersten Treffen eine Plastiktüte unter seinem Bademantel hervorgelugt hatte. Hannes verschlug es die Sprache. Doch er fand sie schnell wieder und so erzählte er Anna die Geschichte zur Plastiktüte. Allerdings rückte er erst nach hartnäckigem Nachfragen mit sämtlichen Einzelheiten heraus. So erfuhr Anna von dem schicksal-haften Hannover-Spiel, dem Date mit der Dame und ihrem seltsamen Essverhalten. Nach hartnäckigem Nachfragen hatte Hannes sogar über seine Flucht berichtet und über die Narbe, die er sich an dem Abend ein-gehandelt hatte. Daraufhin hatte Anna wirklich schallend gelacht. Und das hatte Hannes sehr gefreut, weil er wusste, dass es Simon gut tun würde, wenn seine Mutter eine positive Stimmung verbreiten würde. Aber nicht nur deshalb.

„Wirst Du eigentlich oft darauf angesprochen?" Sie schob ihren leeren Teller zur Seite und wartete auf seine Antwort.

„Auf James Duncan?", fragte Hannes gespielt unwissend zurück.

„Du siehst ihm wirklich sehr ähnlich. Eigentlich schaust Du genauso aus, ehrlich!"

„Ich weiß!", antwortete er.

„Und wie gehst Du damit um?"

„Ich sah schon so aus, bevor er berühmt wurde. Was soll ich denn tun?"

„Du könntest die Leute verarschen!"

Sie strich sich eine Haarsträhne aus der Stirn. Die Geste war Hannes noch nie aufgefallen.

„Ich werde oft für ihn gehalten. Die Leute wollen ihn in mir sehen. Also tun sie es. Ich gebe ihnen eine Illusion und sie glauben daran. In Miami waren wir in einem Restaurant und mussten nichts fürs Essen zahlen. Ich musste nur eine Widmung in ein Buch schreiben. Oder beim Einchecken am Flughafen – da wurde ich einfach in die erste Klasse gebucht, obwohl ich einen Reisepass hatte, der auf Hannes Grün ausgestellt war!"

Sie schüttelte den Kopf.

„Verrückt!" Und dann überlegte sie: „Mich würde interessieren, wie weit Du gehen könntest!"

Hannes wusste nicht nur sofort, was sie meinte, er hatte sich dieselbe Frage auch schon gestellt. Eigentlich hatte er sie sogar schon beantwortet.

„Ich glaube, man könnte ganz weit gehen, sehr weit. Die Leute wollen glauben, was sie sehen. Es tut ihnen gut. Auch wenn ihnen ihr Verstand sagt, dass es eigentlich nicht sein kann!"

„Welcher James-Duncan-Film ist denn Dein Lieblingsfilm?"

Sie war wirklich seit Langem wieder einmal richtig positiv.

„Es ist ein älterer Film, einer, den nicht so viele Leute kennen."

Sie schaute an ihm vorbei und überlegte. Die kleine Falte über ihrem rechten Auge kam wieder von irgendwo her.

„Ist es Eugene …?"

„Nein, es ist nicht *Eugene der Zeitreisende!*"

„Darauf hätte ich jetzt getippt. Simon mag den Film sehr!" Sie lächelte.

Hannes hatte Angst, die Stimmung könnte kippen, jetzt, wo sie Simon erwähnt hatte.

„Woher kennt er den Film eigentlich?"

„Er hat ihn einmal mit einer Babysitterin angeschaut. Vor einem Jahr. Ich musste ihn dann kaufen. Und er hat ihn sich bestimmt noch fünf weitere Male angesehen. Deshalb bist Du ihm auch gleich aufgefallen!"

„Welcher Film könnte es dann sein? Welcher James-Duncan-Film ist dein Lieblingsfilm?"

„Den kennen nicht viele. Er lief hier auch nur sehr kurz im Kino!"

„Dann kann es auf keinen Fall *Weinlese* sein!"

Hannes schüttelte den Kopf.

„Und auch nicht *Bastards!*"

„Nein, auch nicht *Bastards!* Hast Du den gesehen?"

„Ja. Ein Freund hatte mich damals ins Kino geschleppt. Nichts für schwache Nerven!"

Hannes zeigte der Bedienung sein leeres Glas. Der junge Mann nickte.

„Ah, ich glaube, ich weiß es. Ist es vielleicht dieser Western, warte mal, wie hieß der noch …?"

„*Das Abkommen*", ergänzte Hannes. „Nein, der ist es auch nicht!"

„Dann muss ich aufgeben!"

„ Er heißt *Jack und Diane!*"

„*Jack und Diane*? Nie gehört!"

„Sag ich doch!", sagte Hannes und nahm einen Schluck Bier. „Wenn Du willst, können wir ihn uns ja einmal zusammen anschauen. Ich habe ihn auf DVD!"

Was nur für eine halbe Stunde geplant, hatte schließlich mehr als drei Stunden gedauert. Als Hannes Anna wieder am Krankenhaus ablieferte, hatte beinahe schon ein neuer Tag begonnen. Seine Nachbarin hatte viel ausgeglichener gewirkt als zu dem Zeitpunkt, da Hannes mit ihr die Kinderkrebsstation verlassen hatte. Auch wenn sie wieder etwas angespannter wirkte, als sie sich von ihm verabschiedete, kam sie Hannes dennoch eine Spur gelassener vor. Sie war schon ausgestiegen und gerade dabei, die Wagentür zu schließen, als sie sich noch einmal zu Hannes in den Wagen beugte. In diesem Moment rechnete er damit, dass sie ihn küssen wollte. Das erste Mal. Und er hätte es zugelassen, ohne sich davonzustehlen oder sich in die Fluten der Weser zu stürzen. Doch es kam anders.

„Du bist ein wirklicher Freund und wahrscheinlich weißt Du gar nicht, was Du für mich machst", flüsterte sie.

„Schon gut! Sag Simon schöne Grüße!", antwortete Hannes.

„Danke für alles!"

Hannes konnte nicht sagen, dass er enttäuscht war, weil sie ihn nicht umarmt oder geküsst hatte. Das Gegenteil war der Fall. Er spürte, dass sie ihn mochte, weil er war, wie er war, und nicht, weil er aussah wie ein Hollywoodstar. Trotzdem begann er sich mehr als nur wohlzufühlen in ihrer Nähe und es wäre ein Leichtes gewesen, den Kontakt zu Anna weiter zu intensivieren. Er hätte einfach nur bei ihr läuten können und die DVD mitbringen können. Doch für den Rest der Woche sahen sich die beiden nur noch im Krankenhaus.

Und dann kam das Wochenende und Werder spielte in Dortmund.

Bevor das Spiel begann, hatte Hannes Simon noch besucht, der ihn – mehr denn je von den Nebenwirkungen der Therapie gezeichnet – beinahe schon dazu drängte, das Werder-Spiel zuhause vor dem Fernseher zu verfolgen und ihn per SMS über die Zwischenstände zu informieren. Doch da hatte der Junge die Rechnung ohne seinen Freund gemacht. Hannes hatte ihm ein kleines Radio geschenkt, mit dem er über Kopfhörer das Geschehen vom Bett aus verfolgen konnte. So konnte Simon immer auf Ballhöhe sein.

Als er Werders Mannschaftsaufstellung zu Gesicht bekam, wurde er einmal mehr das Gefühl nicht los, nur noch Fan zweiter Klasse zu sein. Micoud spielte nicht – Rippenbruch – und Hannes hatte im Vorfeld nichts davon erfahren. Wie auch? Er pendelte nur noch zwischen Job und Krankenhaus hin und her, da blieb nicht mehr viel Zeit für das Studium des Sportteils der Presse, das Konsumieren einschlägiger TV-

Berichterstattungen oder einen Blick auf die Werder-Homepage. Die Zeiten hatten sich geändert. Doch in diesem Moment wurde ihm klar, dass er sich wieder mehr um sein Team bemühen musste. Andererseits war Werder Tabellenführer. Und im letzten Jahr hatte man die Borussia auch in deren eigener Spielstätte, die einmal Westfalenstadion geheißen hatte, mit 2:1 besiegt. Durch ein 50-Meter-Tor von Fabian Ernst. Warum sollte Werder also nicht auch in dieser Saison die drei Punkte aus Dortmund entführen?

Nach 17 Minuten ging der BVB allerdings mit 1:0 in Führung. Man konnte nicht sagen, dass Werder bis dahin enttäuscht hatte, aber Hannes hatte bereits zu diesem Zeitpunkt kein gutes Gefühl. Er hatte Werder gegenüber ein schlechtes Gewissen, war nicht vorbereitet, nicht gut informiert. Warum war er nicht nach Dortmund gefahren, um sein Team ähnlich wie in Kaiserslautern bedingungslos zu unterstützen?

Von wo auch immer jene Gedanken gespeist worden waren, Hannes schüttelte nur den Kopf. Wie stellten sich seine Gedankenakrobaten das vor? Er wurde hier gebraucht. Es gab im Moment einfach Wichtigeres zu tun. Bis vor Kurzem hätte er eine solche Erkenntnis niemals für möglich gehalten. Nichts war bisher wichtiger als Werder gewesen. Es lief darauf hinaus, dass Werder die Sache auch so hinbiegen musste, ohne seine Unterstützung. Aber sie bogen nichts hin. Stattdessen bogen sich die 80.000 im Stadion – abgesehen von den Werder-Fans – vor Lachen, als sie das 2:1 sahen. Kurz vor der Pause hatte Lisztes zwar noch zum 1:1 getroffen und nicht nur bei Hannes wieder berechtigte Hoffnung auf einen Sieg geweckt. Doch dann kam die 70. Minute: Als ein von der Latte des Werder-Tors zurückprallender Ball von Frank Baumann per Kopf aus der Gefahrenzone befördert wurde, köpfte Ismaël den Ball in das leere Werder-Tor. Besser hätte es ein Dortmunder Stürmer auch nicht machen können. So wurde zu Werders Leidwesen eines der skurrilsten Eigentore der Bundesligageschichte geboren. Das war's – auch wenn Werder sich noch einmal aufbäumte, mehrere gute Chancen herausspielte und locker den Ausgleich hätte schaffen können. Man verlor die drei Punkte und die Tabellenführung. Und Hannes verlor den Nagel des kleinen rechten Zehs, als er vor Wut gegen den Tisch in seinem Wohnzimmer trat.

14. bis 20. September 2003: Outfitstrategie, Simon kommt heim, eine Serie geht zu Ende

In der Nacht wurde er von einem pochenden Schmerz geweckt. Sein Zeh hatte sich nicht nur von seinem Nagel verabschiedet, sondern war inzwischen auch noch beängstigend angeschwollen. Die Trophäe eines verlorenen Spiels. Der Zeh sah aus wie ein dickes, bläuliches Anhängsel, das er so nicht bestellt hatte. Es verunstaltete seinen Fuß, als habe derjenige, der Hannes geformt hatte, vor der Modellierung seines kleinen rechten Zehs eine Kneipentour hinter sich gebracht. Dazu kam die Enttäuschung, die mit dem Dortmund-Spiel verbunden war. Es war Sonntagmorgen, 3.17 Uhr, und Hannes wusste, dass er so nicht mehr würde einschlafen können.

In seinem Gefrierfach fand er noch zwei Packungen mit Eiswürfeln aus der Tropenperiode des vergangenen Bremer Sommers. Kein Eiswürfel in Form der Werder-Raute, doch in seiner Situation war Hannes nicht sehr wählerisch. Er riss die Packungen auf und gab die Würfel in eine kleine Wanne, die gerade groß genug war, um zusätzlich seinem rechten Fuß ausreichend Platz zu bieten. Er humpelte zu seinem Fernseher, schob die Kassette des Pokalfinales von 1999 in den Videorekorder, holte sich ein Bier aus dem Kühlschrank und humpelte zurück zu seiner Couch. Als er den Fuß in die Wanne stellte, hatte er das Gefühl, dass sogar seine Augen jeden Moment Froststarre erreichen würden. Aber als Juri Maximov, wie immer schon nach vier Minuten, den Ball an einem verdutzten Oli Kahn vorbei zum 1:0 über die Linie bugsierte, wurde es ihm sofort warm ums Herz. Ihm wurde heimelig und die von seinem Herzen ausgehende Wärme hatte ihn in kurzer Zeit völlig vereinnahmt. Er nahm einen großen Schluck Bier. Das hier war die beste Medizin: 90 spannende Minuten, die unvergessliche Verlängerung und ein Elfmeterschießen mit Herzschlagcharakter. Danach würde sein kleiner Zeh wie neu aussehen.

Um fünf Uhr war alles gelaufen, einschließlich der verkniffenen Interviews eines über alle Maßen enttäuschten Waldemar Hartmann, der an jenem Abend in Berlin sicher seinen Kummer über den Vize-Pokalsieg des glorreichen FC Bayern mit genügend Weißbier ertränkt hatte. Hannes hatte damals mit einem Freund die Nacht zum Tag gemacht. Irgendjemand hatte ihm mit einem Eddingstift die Nase grün angemalt. Mehr als eine Woche hatte es gedauert, bis die letzten Spuren beseitigt gewesen waren. Als er jetzt mit einem melancholischen Gefühl der Glückseligkeit wieder in seine Schlafstätte zurückkehrte, war das Pochen in seinem lädierten Zeh verstummt. Stattdessen pumpte sein Herz das grün-weiße Blut durch seine Bahnen und geleitete ihn schnell in einen tiefen Schlaf.

Am nächsten Morgen wollte er eigentlich nur etwas aufräumen. Er hatte sich, nach der wundersamen Heilung seines Zehs mittels Pokalsieg 99 auf Eis und anschließendem Schönheitsschlaf, der in seinem Schlafzimmer verstreuten Kleidungsstücke annehmen wollen.

Die Werder-Niederlage war einigermaßen verarbeitet und dem Gedanken an das *Sandy-Colorado*-Outfit für die geplanten Verkaufsevents gewichen. Er hatte es die letzten Tage immer wieder vor sich hergeschoben. Aber so langsam musste er sich ernsthafte Gedanken machen, denn in zwei bis drei Wochen wollte er mit seinem Team das Konzept für die ersten Promotion-Veranstaltungen als schwuler Kommissar ausgearbeitet haben. Er legte T-Shirts, Pullis und Hosen zusammen und grübelte über ein passendes Outfit des *Make-my-day*-Helden. Dabei ging es weniger um geeignete Klamotten als um eine angemessene Perücke.

Er sah zwar aus wie James Duncan, doch glichen seine Haare mehr dessen Frisur in *Jack und Diane* als der in der actiongeladenen Krimikomödie. Von woher auch immer – er musste ein passendes Haarteil besorgen. Er durchsuchte die Hosentaschen einer Jeans, die er in die Waschmaschine stecken wollte. Seine Mutter hatte ihm eingetrichtert, immer die Taschen zu leeren, bevor er Hosen in die Wäsche warf. Er fand ein Papiertaschentuch in der linken Vordertasche und jede Menge Kärtchen in der rechten Gesäßtasche. Zuerst hatte er keine Ahnung, worum es sich dabei handelte. Aber dann dämmerte es ihm. Das waren die Visitenkarten, die er während seines Erste-Klasse-Fluges von verschiedenen Mitreisenden erhalten hatte. Hannes blätterte die Karten gleichgültig durch und wollte sie schon wegwerfen. Doch dann sprang ihm eine Visitenkarte ins Auge, die eigens für ihn gedruckt worden zu sein schien. Der Drehbuchautor seiner beruflichen Laufbahn hatte ihm einen Joker in die Hände gespielt.

Lust auf neues Haar – wir haben welches für Sie, denn wir sind Spezialisten für: Toupets, Perücken, Haarteile, Hairweaving!
stand auf der Rückseite der Karte.

Und auf der Vorderseite:
Toupet Golz, Inhaber Peter Golz

zusammen mit der Kölner Adresse und Telefonnummer der Firma. Erst jetzt sah Hannes, dass Golz sogar handschriftlich etwas auf der Karte vermerkt hatte: „You can always call!"

So wie es aussah, musste er nach Köln. Das traf sich insofern ganz gut, als dass Werder am übernächsten Wochenende in Köln spielen würde.

Eine gute Stunde später traf er Simon und Anna im Krankenhaus. Er hatte sich auf einen eher positiv gestimmten kleinen Jungen eingestellt, schließlich würde er morgen nach Hause dürfen. Doch das Gegenteil war der Fall. Es ging ihm schlecht. Er war blass, versuchte zu lachen, als er Hannes sah, doch der Ausdruck des Lachens war nur eine angestrengte Bewegung seines Mundes. Hannes versuchte sich nichts anmerken zu lassen.

„Hallo, kleiner Alligator, na, wie geht's heute?"

„Hallo, Hannes, na ja, wie soll es mir schon gehen?", antwortete Simon wie ein Erwachsener.

Hannes ging zu dem Jungen ans Bett und wollte ihm die Hand abklatschen. Aber dieser reagierte nur halbherzig.

Hannes schüttelte den Kopf und ging zu Simons Mutter hinüber, um sie unsicher zu umarmen. Er spürte sofort, dass es auch ihr nicht gerade gut ging. Es kam ihm so vor, als hätte es den gemeinsamen Abend im *Piano* nur in einem sehr schönen Traum gegeben.

„Was ist denn los mit ihm?", fragte er Anna leise.

„Ich weiß es auch nicht. Er kommt seit gestern irgendwie gar nicht mehr in Schwung. Ich mache mir Sorgen, aber die Ärzte sagen, es sei alles in Ordnung!"

„Ihr braucht nicht zu tuscheln, ich habe sehr gute Ohren!", sagte Simon plötzlich und lächelte.

„He, altes Krokodil", rief Hannes, „dein Lachen ist ja wieder zurück!"

„Ach Hannes", flüsterte Simon nur, „wie soll das nur weitergehen?"

Hannes ging wieder zu dem Jungen ans Bett.

„Na, es wird gut weitergehen, was glaubst Du denn, schließlich kommst Du morgen nach Hause. Und dann wird ein Lehrer zu Dir kommen und mit Dir lernen. Und Du wirst sehen, es wird Dir von Tag zu Tag besser gehen! Stimmt's, Anna?"

„Ja, natürlich!", rief Anna und nickte.

Im selben Moment öffnete sich die Tür und Schwester Karin kam herein.

„Guten Abend, die Dame, guten Abend, die Herren. Zeit zum Fiebermessen!", rief sie und steckte Simon ein futuristisch anmutendes Fieberthermometer ins Ohr. Nur wenige Augenblicke später zog sie die Apparatur wieder heraus und notierte die Temperatur auf einem Blatt.

„Alles in Ordnung, Baumi!", sagte sie und strich Simon über die Wange.

„Baumi?", fragte Hannes und musterte den Jungen.

„Na, schließlich habe ich die Nr. 6 auf dem Trikot, schon vergessen?"

Hannes schüttelte den Kopf. Ja. Er hatte es tatsächlich vergessen.

Als Schwester Karin an Hannes vorbei zur Tür ging, blieb sie neben ihm stehen und flüsterte:

„Könnte ich Sie vielleicht einmal kurz sprechen? Es wird nicht lange dauern!"

Hannes schaute verwundert zu Anna, die nur mit den Achseln zuckte. „Keine Ahnung" formte ihr Mund, ohne dass sie die Worte wirklich aussprach.

„Klar, kein Problem!", antwortete Hannes. „Ich gehe mal kurz mit Schwester Karin nach draußen, Simon, bin gleich wieder da!"

Der Junge nickte.

Hannes ging zusammen mit der Schwester zu einem Tisch in der Schwesternstation.

„Setzen Sie sich doch!", sagte die Krankenschwester. Sie hatte dunkelbraune Augen und einen sehr dunklen, südländischen Teint. Ihr schwarzes Haar war zu einem Zopf zusammengebunden, Hannes schätzte sie auf etwa 40.

Bevor sie anfing zu sprechen, musterte sie Hannes kurz und er rechnete damit, dass sie ihn auf sein Aussehen ansprechen würde. Vielleicht wollte sie ihn als James-Duncan-Double für eine Weihnachtsfeier irgendwann im Dezember buchen.

„Wissen Sie, dass der Junge Sie wirklich sehr gern hat?", fragte sie stattdessen.

Es kam so unerwartet, dass Hannes Herzklopfen bekam. Und noch bevor er antworten konnte, fügte sie hinzu:

„Er redet sehr oft über Sie. Er ist so stolz, weil Sie ihn mit zu Werder genommen haben und weil Sie ihm das Trikot geschenkt haben."

„Das ist schön, ich, wissen Sie, ich bin nicht sein Vater oder so, eigentlich bin ich nur ein Nachbar!"

„Simon hat mir alles erzählt. Er ist ein außergewöhnliches Kind, aber ich denke, das muss ich Ihnen nicht sagen!"

Hannes nickte.

„Er braucht Sie. Und ich glaube, es ist Ihnen gar nicht klar, in welcher Beziehung!"

Hannes wusste nicht, worauf sie hinaus wollte.

„Sie wissen nicht, was ich meine, habe ich recht?", fragte Sie, als könne sie Gedanken lesen.

„Ehrlich gesagt, nicht genau!", antwortet Hannes.

„Warten Sie mal kurz."

Sie ging zu einem Schrank und kam mit einem großen Foto zurück, das sie auf den Tisch legte.

„Wissen Sie, wer das ist?"

„Ich schätze mal ein Clown, oder?"

Schwester Karin lächelte.

„Ja, er heißt *Banjo Max* und er engagiert sich in der Vereinigung *Clowns ohne Grenzen*!"

Hannes runzelte die Stirn.

„Die Clowns treten auf der ganzen Welt auf, vor Kindern, die durch Misshandlung, Hunger, Krieg oder Krankheit gezeichnet sind, verstehen Sie? Sie tun das freiwillig, weil sie wollen, dass die Kinder auf andere Gedanken kommen! Banjo Max beispielsweise kommt aus Südafrika!"

Hannes nahm das Bild des Clowns in die Hand und überlegte.

„Sie meinen, man müsste Simon auf andere Gedanken bringen? Mit einem Clown?"

„Ich glaube nicht, dass ein Clown das Richtige wäre. Es ist nicht so, dass wir noch nie Clowns auf der Kinderkrebsstation hatten. Und die Kinder waren auch immer begeistert. Aber Simon braucht keinen Clown!"

Hannes runzelte die Stirn.

„Sondern?"

Sie schaute ihm ernst in die Augen.

„Wissen Sie, dass er gestern den ganzen Abend geweint hat?"

„Nein. Weshalb?"

„Wegen Valérien Ismaël. Wegen des Eigentors in Dortmund!"

„Wie bitte?"

„Auch wenn Sie es nicht wahrhaben wollen, Simon ist Werder-Fan. Ein richtiger Fan. Er liebt Werder, ob mit oder ohne Krankheit! Ich würde sogar behaupten wollen, dass Werder für ihn ein noch wichtigerer Teil geworden ist seit der Krankheit!"

Hannes konnte nicht antworten. Sie schien es tatsächlich so zu meinen, wie sie es sagte!

„Wissen Sie, was er mir gestern gesagt hat?"

Sie wartete nicht auf eine Antwort.

„Er sagte, es würde langsam Zeit, dass Ivan Klasnić seine Chance bekommt! Haben Sie mit ihm über Ivan Klasnić gesprochen?"

Hannes fiel die Kinnlade nach unten.

„Ivan Klasnić? Nein, nicht dass ich wüsste. Wie kommt er denn auf so etwas, ich meine, Klasnić hat wohl gerade seinen Kreuzbandriss auskuriert und ich glaube auch, dass es Zeit wird, ihm eine Chance zu geben, aber …"

„Er liest den Sportteil des *Weser-Kuriers*, und das jeden Morgen. Er ist kein normaler Siebenjähriger, der zwar einen grün-weißen Schal hat, aber ansonsten lieber mit seinen Playmobilfiguren spielt. Aber das müssten Sie doch besser wissen als ich!"

Hannes nickte.

„Ich denke, ja. Mein Gott, das ist ja unglaublich. Ich schätze mal, da gibt es jede Menge Nachholbedarf!"

„Das kann man wohl sagen!", sagte Schwester Karin und stand auf, weil sich ihr Piepser bemerkbar machte.

„Ich muss jetzt leider wieder weiter. Aber ich hoffe, Sie haben verstanden, was ich Ihnen sagen wollte. Simon braucht Sie mehr, als Sie es zu wissen scheinen. Er will mit Ihnen über Werder reden. Da spielt es keine Rolle, ob er krank ist. Sie müssen ihn ernst nehmen, verstehen Sie!"

„Vielen Dank, Schwester, ich glaube, so habe ich das bisher noch nicht gesehen."

„Keine Ursache. Ich wünsche Ihnen noch einen schönen Abend und kümmern Sie sich um unseren Fan!"

„Das werde ich tun!"

Als Hannes Simon kurz danach auf die Niederlage in Dortmund ansprach, schien der Kleine wieder neuen Lebensmut zu gewinnen. So enttäuscht er wegen der Niederlage war, so glücklich schien er zu sein, dass Hannes mit ihm endlich wieder über Werder redete. Und so entwickelte sich kein Gespräch, in dem ein Erwachsener einem kleinen Jungen einige Fußball-weisheiten näher brachte, sondern eine Konversation unter zwei eben-bürtigen Fans. Dabei ging es nicht nur um das Eigentor von Valérien Ismaël oder die Tatsache, dass Werder das Spiel verloren hatte. Simon klärte Hannes darüber auf, dass Werder mit 14:13 eine positive Tor-schussstatistik aufzuweisen hatte, 51 % der Zweikämpfe gewonnen hatte und Ismaël, der Unglücksrabe, mit 84 % gewonnenen Zweikämpfen der in dieser Rubrik beste Spieler auf dem Feld gewesen war. In diesem Moment fragte sich Hannes, ob der Junge überhaupt wusste, was Prozentangaben waren. Er hätte es ihm gern erklärt, denn er bezweifelte, dass es Simon verstanden hatte. Doch ehe er sich eine Entscheidung darüber abringen konnte, hatte Simon bereits die Problematik im Werder-Sturm thema-tisiert. Hannes wies den Jungen darauf hin, dass man im letzten Spiel gegen Schalke noch viermal getroffen hatte und dass dabei mit Ailton, Charisteas und dem jungen Amateur Valdez immerhin drei Stürmer ins

Schwarze getroffen hatten. Daraufhin tauchten rote Flecken der Aufregung im Gesicht des Jungen auf. Simon brachte den *Weser-Kurier*-Artikel zur Sprache, auf den Schwester Karin hingewiesen hatte.

„In der Zeitung steht, dass Ivan Klasnić gut trainiert und seine Chance bekommen soll!", flüsterte er und wartete gespannt auf die Meinung seines erwachsenen Freundes. Hannes blickte zu Anna hinüber und sah, dass sie lächelte.

„Weißt Du, ich denke, er wird sie bald bekommen. Ich glaube, der Trainer weiß, was er zu machen hat. Ivan war wirklich sehr stark verletzt. Er hatte die vielleicht schlimmste Verletzung, die man im Fußball haben kann!"

„Einen Kurzbandriss, stimmt's?"

Hannes schmunzelte.

„Fast. Es heißt Kreuzbandriss!"

„Ach ja, stimmt! Etwas am Rücken, oder?"

Hinter seinen Augen loderten die Flammen der Begeisterung.

„Nein. Es ist nicht am Kreuz, sondern am Knie!"

„Aber warum nennt man es dann nicht Kniebandriss?"

„Das ist eine gute Frage. So könnte man es sicher auch nennen. Aber im Knie, da gibt es mehrere Bänder. Und eines davon ist das Kreuzband. Weißt Du, was Bänder sind?"

„So was Ähnliches wie Knochen, oder?"

„Ja, so was Ähnliches!"

„Und wie lange war Ivan Klasnić verletzt?"

Hannes überlegte nur kurz und schon hatte er die Partie vor Augen.

„Seit dem Spiel gegen 1860 München aus der letzten Saison. Das hatte Werder völlig unnötig mit 1:2 verloren. Ivan hat dabei ein überragendes Spiel gemacht und sogar das 1:0 mit einem Fallrückzieher gemacht!"

„Fallrückzieher?"

Da war wieder Simons interessierter Blick. Seine Krankheit schien sich in die letzten Winkel seines kleinen Körpers verkrochen zu haben und seine Augen leuchteten vor Freude. Hannes wusste, dass sich der Junge erst dann zufrieden geben würde, wenn er ihm die besondere Schusstechnik des Fallrückziehers näher gebracht haben würde. Also nahm er sich ein Blatt Papier von Simons Zeichenblock und einen grünen Stift. Zeichnen war nie Hannes' Stärke gewesen. Mit einer zwar eher von rudimentärem Talent zeugenden, aber dennoch nachvollziehbaren Skizze und unter Zuhilfenahme seines akrobatischen Geschicks – er legte sich auf den Boden, warf sein Sweatshirt als Ball-Imitat nach oben und kickte es gegen Simons Bett – gelang es ihm, dem Jungen die Schusstechnik zu erklären. Er schaffte es außerdem, seinen Freund und dessen Mutter in schallendes Gelächter ausbrechen zu lassen.

Dann wies ihn Simon darauf hin, dass am Wochenende das Heimspiel gegen 1860 München bevorstand und dass sich Werder gegen die Münchner in den letzten Jahren immer sehr schwergetan hatte.

„Glaubst Du, wir haben dieses Mal eine Chance?"

Der Junge hatte recht. Die letzten vier Spiele gegen die Löwen hatte Werder alle verloren. Null Punkte und 3:11 Tore, so lautete die ernüchternde Bilanz. Es war an der Zeit, dies zu ändern. Vor allem, wenn die Mannschaft sich im oberen Drittel der Tabelle halten wollte, dann musste jetzt wieder ein Heimsieg her.

„Dieses Mal wird Werder gewinnen!", antwortete er. „Ich glaube wirklich, die Mannschaft kann das schaffen!"

Als er am nächsten Tag in Block 55 des Weser-Stadions Platz genommen hatte, flankiert von seinen Dauerkarten-Freunden Frank und Thomas, war Andy Reinke schon beim Warmmachen. Frank und Thomas glaubten trotz der Niederlage in Dortmund an eine positive Saisonentwicklung, prognostizierten ein gutes Spiel gegen 1860 München, mit vielen Torchancen. Sie hatten Substanz und Stabilität ausgemacht, kombiniert mit spielerischer Klasse. Vor allem Thomas war überzeugt, dass das Team die Niederlage in Dortmund mit aller Macht würde vergessen lassen wollen.

„Ich glaube, das wird heute was! Angstgegner hin oder her!"

Doch zur Halbzeit gab es Pfiffe von den Zuschauern. Es stand nur 0:0. Werder hatte zwar das Spiel im Griff gehabt, aber zwingende Torchancen waren einfach nicht herausgesprungen. Zu gut stand der Gegner in der Defensive. Hannes hatte kein gutes Gefühl, denn Erinnerungen an die unglücklichen Niederlagen gegen die Löwen in den abgelaufenen beiden Heimspielen waren noch allgegenwärtig. Aber er wusste auch, dass er Simon einen Sieg versprochen hatte.

Drei Minuten nach der Halbzeit passierte es. Angelos Charisteas war, nach einem schönen Zuspiel von Micoud, über links in den Strafraum eingedrungen und konnte nur noch durch ein Foul gestoppt werden. Ein Löwenspieler hatte den Griechen festgehalten. Im Stadion setzte kollektiver Jubel ein, als Ailton den Elfmeter versenkte.

Werder drängte auf das 2:0, die Chancen hätten durchaus auch für eine 3:0-Führung gereicht.

Doch als Schroth in der 57. Minute wie aus dem Nichts mit dem Kopf den Ausgleich für die Münchner besorgte, kamen Hannes wieder sehr große Zweifel. Ob es wieder nichts werden sollte mit einem Sieg gegen die Löwen? Würde man am Ende womöglich sogar mit null Punkten vom Feld gehen?

Er dachte an Simon, der zu Hause vor dem Fernseher sicher genauso mitfieberte.

Der Kleine las den Sportteil des *Weser-Kuriers*. Unfassbar. Und er philosophierte mit Schwester Karin über Werder, beispielsweise, dass es an der Zeit war, Ivan Klasnić eine Chance zu geben. Wenn es beim 1:1 bliebe, konnte es das schon wieder gewesen sein mit der Werder-Herrlichkeit, nicht nur für den Augenblick, sondern für den gesamten Saisonverlauf. Aber zum Glück gab es da noch Jo Micoud. Der Franzose verwertete in der 66. Minute ein wunderschönes Zuspiel von Ivan Klasnić zum 2:1. Ausgerechnet Ivan Klasnić, dem Simon noch am Vortag eine erfolgreiche Karriere im Werder-Team prophezeit hatte. Der Junge hatte tatsächlich recht behalten.

Unglaublich.

Und Micoud wurde zum Matchwinner, obwohl er mit einer gebrochenen Rippe ins Spiel gegangen war.

Als das Spiel abgepfiffen wurde, gehörte Werders Negativserie gegen den TSV 1860 München der Vergangenheit an. In der Tabelle hatte man Platz drei gesichert. Hannes erhob sich zufrieden von seinem Platz und spendete der Mannschaft *standing ovations*. Wieder kam ihm Simon in den Sinn. Wenn Schwester Karins Prognose stimmte, dann würde ihm der Sieg möglicherweise einen emotionalen Schub geben. Davon würde er profitieren können und so der Krankheit ein bisschen besser Paroli bieten können.

20. bis 27. September 2003:
Haarige Angelegenheiten & Ivans Durchbruch

Die Psyche war ein nicht zu vernachlässigender Faktor, wenn es um das Wohlbefinden von Menschen ging. Und wenn er Schwester Karin richtig verstanden hatte, war Simons Psyche in einem sehr hohen Maße mit Werder verknüpft. Dabei war es nicht essentiell, dass Werder die Spiele gewann, doch es war auch nicht vollkommen unerheblich. Neben den Werder-Erfolgen half dem Jungen, dass man ihn ernst nahm und mit ihm über die Fußballmannschaft sprach, die er in den letzten beiden Monaten lieben gelernt hatte. Es war Hannes bewusst, dass er für diese Gespräche zuständig war. Ein Umstand, der ihm einerseits

Verantwortung abverlangte, ihn andererseits aber auch unheimlich stolz machte.

Das ist Hannes, mein Freund. Er hat mich zu Werder gebracht. So pflegte Simon Hannes für gewöhnlich anderen vorzustellen.

Nach dem gewonnen Spiel gegen die Löwen überlegte er kurz, den Jungen zu besuchen, zog es allerdings vor, zuerst mit dessen Mutter zu telefonieren. Nachdem er mehr als 20 Minuten mit Anna gesprochen hatte, schaltete er zufrieden den Fernseher ein. Er wollte sich sämtliche Sportsendungen des Abends anschauen. Anna hatte ihm erzählt, Simon sei im Laufe des Tages richtiggehend aufgeblüht. Er hatte geredet wie ein Wasserfall, immer wieder war er mit seiner Mutter das Spiel und die Tore durchgegangen. Irgendwann waren ihm dann die Augen zugefallen und er hatte binnen weniger Minuten tief und fest geschlafen.

Am nächsten Morgen besuchte Hannes die beiden. Er brachte Brötchen und die Sonntagsausgabe des *Weser-Kuriers* mit. So würde er mit Simon die Artikel über Werder durchgehen können. Der Kleine hatte schon auf ihn gewartet. In seinem Werder-Trikot saß er ungeduldig am Frühstückstisch, als Hannes die Küche betrat. Sofort sprang er auf und umarmte ihn. Hannes spürte, wie gut es Simon ging. Aber ihm entging nicht, dass das Haar des Jungen immer dünner wurde. Durch den Kontakt der Umarmung hatte sich wieder ein Büschel gelöst. Er nahm Blickkontakt zu Anna auf. Sie senkte traurig den Blick und zuckte nur mit den Schultern. Noch ehe sie etwas sagen konnte, rief Simon:

„Schau mal, was ich für Dich habe!"

Er nahm Hannes an der Hand und führte ihn zu einer Zeichnung, die neben seinem Teller lag.

„Das hat sich Klasnić gerissen!"

Es war ein Ausdruck aus dem Internet, das ein menschliches Kniegelenk samt Knochen und Bändern zeigte. Simon hatte eines der Bänder mit einem gelben Leuchtstift markiert.

„Siehst Du, das ist das vordere Kreuzband!"

Das vordere Kreuzband.

Erwartungsvoll schaute er Hannes an. Der musste wieder an Schwester Karin denken. Wenn er sich nicht täuschte, hingen Krümel an Simons Backe. Der Junge musste immer noch Medikamente nehmen und die Nebenwirkungen der Chemotherapie – inklusive der Probleme bei der Nahrungsaufnahme – waren allgegenwärtig. Das würden sie auch noch sehr, sehr lange bleiben. Trotzdem hatte er schon etwas gegessen. Und er war so glücklich, so zufrieden, so positiv. Unüberlegt strich ihm Hannes über den Kopf mit dem Ergebnis, dass Simon wieder ein paar Haare verlor. Dieses Mal rieselten sie auf die Kreuzband-Zeichnung. Der kleine Fußballfan strich sie mechanisch zur Seite und schaute zu Hannes, der sich über ihn gebeugt hatte.

„Ich verliere meine Haare", sagte er ruhig und hob den linken Nasenflügel.

„Es gibt Schlimmeres, oder?", fragte Hannes.

Simon nickte.

„Aber dafür habe ich jetzt viel Hunger. Ich kann ganz viel essen und ich werde auch ein bisschen dick. Das ist wegen des Cortisons. Da bekommt man großen Hunger!" Hannes zuckte die Schultern, schaute Anna an, die zufrieden nickte. Er wollte auf Simons medizinischen Kommentar reagieren. Doch dieser kam ihm zuvor.

„Sieh mal, ist das nicht eine tolle Zeichnung? Kreuzbandriss ist wirklich sehr schlimm. Die Spieler dürfen nicht zu früh anfangen. Habe ich gelesen. Aber das verstehe ich nicht. Wieso dürfen sie nicht früh trainieren?"

„Früh…!" Hannes schüttelte den Kopf. „Nicht ‚früh am Morgen', die meinen damit, dass der Spieler nicht schon nach einer kurzen Zeit wieder anfangen darf!" Er musste alles geben, um nicht laut zu lachen.

Simon drehte den Kopf leicht zur Seite. Hannes sah die Umrisse des *Hickman-Katheters*, der zwar mit einem Pflaster abgedeckt, dennoch unschwer zu erahnen war.

„Ach so. Ich bin dumm. Die meinen, er soll lieber noch ein paar Tage im Krankenhaus bleiben, oder? So wie bei mir, ich bin auch noch einen Tag länger geblieben, bis ich nach Hause durfte!"

„Ja, genau. So meinen die das. Nur dass es bei Klasnić nicht um einen Tag gegangen ist, sondern um Wochen, verstehst Du?"

Im gleichen Augenblick wurde Hannes klar, dass er völligen Blödsinn redete. Simons Behandlung würde mehrere Monate, wenn nicht sogar Jahre dauern. Aber zum Glück konnte der Junge keine Gedanken lesen. Außerdem war er nach wie vor nur auf Klasnićs Kreuzbandriss fokussiert.

„Aber jetzt ist Klasnić wieder fit. Hast Du gesehen, wie er den Pass auf Micoud gespielt hat?"

„Klar, kleiner Alligator. Aber jetzt lass uns erst einmal zusammen frühstücken. Dann können wir uns in aller Ruhe die Zeitungsartikel über Werder anschauen und das Spiel noch einmal durchgehen. Bestimmt müssen wir Mama auch noch so einiges erklären, was meinst Du?"

Er zwinkerte Anna zu, die dankbar lächelte.

In diesem Moment fiel Hannes wieder auf, wie wunderschön sie war.

Im Job lief alles bestens. In der ersten Oktoberwoche würde er mit seinem Team nach Bremen umziehen. Man hatte in einem Bürogebäude in der Innenstadt ein Großraumbüro angemietet. Hannes und drei seiner Mitarbeiter würden dort in Zukunft ihren Job verrichten. In der Zwischenzeit war er viel unterwegs, um Kontakte zu knüpfen. Er besuchte Hotels, Restaurants und andere Betriebe, um für die Produkte zu werben und Verkaufsveranstaltungen nach dem *Make-my-day*-Konzept an Land zu ziehen. Mittlerweile hatte er bereits so viele Termine vereinbart, dass Lisa Jacobs, eine der Mitarbeiterinnen aus der Hamburger Zentrale, fast ausschließlich damit beschäftigt war, diese zu koordinieren. Mit dem Outfit des schwulen Kommissars war Hannes nach wie vor nicht zufrieden, wobei die Frisur noch immer als ungelöste Komponente galt. Deshalb machte er sich bereits am Freitag vor dem Köln-Spiel mit dem Zug auf den Weg in die Domstadt, um sich mit Herrn Golz zu treffen. Dem Mann, der ihm auf dem Rückflug von Miami seine Visitenkarte in die Hand gedrückt hatte.

Im ICE grübelte er vor allem über Werders Chancen auf einen weiteren Auswärtssieg. Seiner Meinung nach standen sie sehr gut. Aber wie oft hatte er schon mit solchen Prognosen danebengelegen. Da musste man gar nicht die Schmach von Pasching bedienen. Hätte Hannover in der letzten Saison, der langen Tradition folgend, seinen Gastauftritt im Weser-Stadion in den Sand gesetzt, nicht nur die Narbe an seinem Hintern wäre ihm erspart geblieben. Wie auf Knopfdruck setzte leichtes Pochen an besagter Stelle ein. Doch das waren wirklich alte Kamellen. Das Jetzt zählte: Werder hatte am Dienstag mit der zweiten Garnitur ein Trainingsspiel gegen den SC Weyhe mit 7:1 gewonnen. Allein Nelson Valdez hatte dabei fünfmal ins Schwarze getroffen. Auch Klasnić hatte zwei Treffer beigesteuert. Da reiften zwei Juwelen heran, die dem Verein in Zukunft sicher viel Freude bereiten würden. Wer weiß, vielleicht war das auch schon in naher Zukunft der Fall. Warum nicht sogar schon morgen. Wenn man der Presse Glauben schenken wollte, machte sich Schaaf darüber Gedanken, einen der beiden in der Startelf zu präsentieren.

Die Statistik sprach auch klar für Werder: Das letzte Mal hatten die Grün-Weißen vor fast sechs Jahren in Köln verloren, im November 1997. Damals hieß deren Spielstätte noch *Müngersdorfer Stadion*. In dieser Saison stand der Aufsteiger bisher mit lediglich drei Punkten am Tabellenende. So viele Dinge, die eigentlich für einen Werder-Sieg sprachen. Aber hieß dies auch, dass man die drei Punkte tatsächlich mit nach Bremen nehmen konnte?

Es gab wohl keine hundertprozentige Gewissheit. Das war ja auch irgendwie das Schöne am Fußball. Es machte diesen Sport aber auch gleichzeitig so grausam. Hannes schloss die Augen. Möglicherweise hatte der Sieg gegen die Löwen das Team so gefestigt und mit Selbstvertrauen ausgestattet, dass man gegen den 1. FC Köln wieder souveräner auftreten könnte. Es gab wohl keinen Zweifel daran, dass die Mannschaft in punkto Taktik und Effektivität in den vergangen sechs Partien gereift war – trotz der unglückliche Niederlage in Dortmund. Hannes hatte gelesen, dass Mladen Krstajic seine Vertragsverhandlungen mit Werder etwas in die Länge zog, sich sogar kurz vor Vertragsabschluss einen neuen Berater zugelegt hatte. Aber das war wohl Teil des Geschäfts. Das Spiel neben dem Spiel, Profifußball eben. Hannes hatte das Gefühl, dass der Serbe vielleicht schon nach dem Köln-Spiel sein Autogramm unter das Stück Papier setzen würde, das ihn für weitere Jahre an Werder binden würde. So wie es im Moment sportlich lief, war dies wohl auch die einzig nachvollziehbare Entscheidung, selbst für jemanden, in dessen Adern kein grün-weißes Blut floss.

Peter Golz hatte ihn schon erwartet. Hannes konnte sich nicht an ihn erinnern, schließlich hatte er beinahe während des ganzen Erste-Klasse-Flugs geschlafen. Dieser Golz sah aus wie ein echter Figaro, mit Schnauzbart und langem, zu einem Zopf gebunden Haar. Er versprach sich scheinbar viel Publicity davon, dem Hollywood-Star James Duncan eine Perücke anzufertigen. Hannes ließ sämtliche Huldigungen des Maestros und seines teilweise sehr skurril gestylten Personals über sich ergehen, bediente sich selbstverständlich der englischen Sprache und erhielt dafür die Zusage, binnen kürzester Zeit über eine preisgünstige, in China handgefertigte Echthaarperücke zu verfügen.

Als Hannes gerade gehen wollte, bat ihn Golz noch, mit ihm zusammen Mittag zu essen. Hannes überlegte kurz und rang sich schließlich dazu durch, die Einladung anzunehmen. Man konnte nie wissen, wozu der Kontakt letztlich gut sein konnte. Und als sich die beiden in einem italienischen Restaurant über die Unterschiede zwischen der europäischen und der amerikanischen Esskultur austauschten und Golz sich ein lästiges Haar vom Revers seines Anzugs strich, war Simon Hannes plötzlich wieder ganz nah.

Ich verliere meine Haare.

Und da hatte Hannes eine Idee.

Er hatte gut geschlafen. Sein Hotel war nicht weit vom Bahnhof entfernt und so sah er bereits um 11 Uhr die ersten Werder-Fans. Sie stimmten vor dem Kölner Dom einige Werder-Songs an. Der Gästeblock war schon um 14.45 Uhr brechend voll. Es war unglaublich, welche Euphorie unter den Anhängern herrschte. Hannes sah einen kleinen Jungen in Simons Alter, der mit seinem Vater etwa zehn Meter von Hannes entfernt stand und ein Trikot von Micoud trug. Der Vater des Jungen schien ein Anhänger des 1. FC Köln zu sein, denn sein rotes T-Shirt trug die Aufschrift „Mucky, wir vergessen dich nie!" Maurice „Mucky" Banach, war Ende der 80er, Anfang der 90er Jahre ein Riesentalent gewesen. Er war Stürmer und Hannes konnte sich deshalb so gut an ihn erinnern, weil er 1991 im Pokalfinale, als Werder in Berlin gegen den 1. FC Köln gespielt hatte, den zwischenzeitlichen Ausgleich für die Geißbock-Elf erzielt hatte. Im November des gleichen Jahres starb Banach bei einem Autounfall. Wie tragisch. Hannes bewunderte den jungen Vater, der seinem Sohn nicht nur zugestand, Werder-Fan zu sein, sondern sich mit ihm auch noch in den Gästeblock stellte. Er wünschte sich, in einer vergleichbaren Lage ebenso handeln zu können. Zum Glück war Simon allerdings echter Werderaner.

Beim Warmmachen sah Hannes, dass Ivan Klasnić tatsächlich in der ersten Elf stand. Simon würde sich jetzt vor dem Fernseher wahrscheinlich sehr darüber freuen. Was durch den Spielverlauf an sich sicher noch getoppt wurde. Werder war von der ersten Minute an präsent. Der Ball lief spielerisch leicht durch die eigenen Reihen, Angriff für Angriff wurde so vor das Tor der Kölner vorgetragen, die Werders Wirbel nichts entgegenzusetzen hatten. Die Grün-Weißen zogen One-Touch-Fußball in Reinkultur auf. Selten hatte Hannes ein solch beruhigendes Gefühl während eines Auswärtsspiels gehabt. Nach vier Minuten hatte Micoud nach einem Doppelpass mit Klasnić die erste große Chance, doch er traf aus halblinker Position nur das Außennetz. Wenige Minuten später machte der Franzose es dann genauer und köpfte eine schöne Flanke von Fabian Ernst nahezu unbedrängt ins Kölner Tor. Spätestens von da an war der Gästeblock eine einzige Partyzone. Der kleine Junge mit dem Micoud-Trikot war völlig aus dem Häuschen und sein Vater musste ihn immer wieder auf seine Schultern nehmen. Doch „Mucky" schien es mit Fassung zu ertragen, dass für sein Team heute die Früchte unerreichbar hoch hingen. Man konnte gar nicht alle Werder-Chancen aufzählen, so überlegen spielte die Mannschaft. Hannes traute seinen Augen nicht. Was war nur los mit der Mannschaft? Wäre der Kölner Keeper Wessels nicht gewesen, es hätte zu Pause mindestens 4:0 oder 5:0 stehen müssen. Die Chancenverwertung. Gut, das war vielleicht das einzige Manko. Aber die Fußballweißheit, dass sich das vielleicht noch einmal würde rächen können, war an diesem Tag nur eine ergraute, vor sich hin kränkelnde Füllfloskel. Die Wahrscheinlichkeit, dass Köln dieses Spiel würde gewinnen können, war kleiner als die, dass man einem Geißbock das Fliegen beibringen konnte. In der 40. Minute fiel es dann endlich, das 2:0. Und wie! Ivan Klasnić schlug zu. Zuerst hatte Micoud mit einem Traumpass Fabian Ernst bedient, der dann per Hacke auf den jungen Kroaten zurückgelegt hatte. Ivan schlenzte den Ball mit der linken Innenseite aus halbrechter Position ins linke Eck des Kölner Tores.

Auch in der zweiten Halbzeit das gleiche Bild. Werder war an diesem Tag zwei Klassen besser als der 1. FC Köln. Und wie schon in den ersten 45 Minuten konnte sich die Heimmannschaft bei ihrem Torwart bedanken, dass es kein Debakel wurde. Alle im Block waren sich darüber einig, dass man locker zehn Tore hätte erzielen können, an jenem schönen Spätsommertag im September 2003. Es kamen nur deren zwei dazu. Stalteri traf in der 70. Minute zum 3:0 und Angelos Charisteas in der Nachspielzeit zum 4:1. Dass den Kölnern sogar noch der Ehrentreffer gelungen war, störte niemanden im Werder-Block. Selbst der junge Vater im Mucky-T-Shirt konnte noch lachen. Ob es daran lag, dass der FC noch gut bedient war, oder weil er sich für seinen kleinen Sohn freute, konnte Hannes nicht genau sagen. Möglicherweise spielte beides eine Rolle. Nach diesem Sieg kletterte Werder auf Platz 2 der Tabelle. Fußball konnte so schön sein.

28. September bis 5. Oktober 2003: Gespielte und spielerische Tore

Mehr einer emotionalen Eingebung als einer kopfgesteuerten Entscheidung war es zu verdanken, dass Hannes sich vor seiner Abreise nach Köln dazu entschieden hatte, das Spiel aufzuzeichnen. Es war das erste Spiel jener denkwürdigen Saison, das er bewusst für die Ewigkeit konservierte. Insgeheim keimte wohl schon zu diesem frühen Zeitpunkt die Hoffnung, dass am Ende der Saison in den Augen der Werder-Fans etwas Großen vollbracht werden könnte. Einer dieser Fans war Simon, dem Hannes, wie schon nach dem Spiel gegen die Löwen, am Sonntagmorgen einen Besuch abstattete.

Er saß mit Anna und dem Kleinen am Frühstückstisch und die drei analysierten das Spiel, als säßen sie am Warsteiner Fußballstammtisch des Deutschen Sportfernsehens zusammen. Thema Nummer eins war natürlich das Comeback von Ivan Klasnić. Hannes versuchte im Laufe des Gesprächs, seinem kleinen Freund noch einmal das Tor des jungen Kroaten zu schildern, wobei er vor allem auf den Hackentrick von Fabian Ernst einging. Nachdem Simon seinen rechten Nasenflügel hob, erkannte Hannes, dass dem Jungen die Bezeichnung Hackentrick bisher nicht geläufig gewesen war. Insgeheim erfreute dies Hannes, denn Simons tägliche Zeitungslektüren und die Gespräche mit Schwester Karin hatten inzwischen dafür gesorgt, dass die Lücke zwischen seinem und dem Fußballsachverstand des Jungen immer geringer wurde.

Manchmal wähnte sich Hannes schon auf Augenhöhe mit dem kleinen Fan. Für einen kurzen Moment trafen sich die Blicke der beiden Werder-Fans. Und Hannes spürte, wie so oft in den letzten Tagen, wieder das Lodern der Begeisterung hinter Simons Augen. Trotz immer deutlicher sichtbarer Spuren der Krankheit schien er tatsächlich mit jedem Werder-Sieg emotional mehr und mehr aufzublühen. Dennoch ließ Hannes der körperliche Zustand des Jungen frösteln. Er wusste, dass er es sich nicht anmerken lassen durfte, doch die Tatsache, dass Simons Kopf inzwischen beinahe kahl war, machte ihm Angst. Gleichzeitig befremdete es ihn, dass das Kortison das Gesicht des Jungen so sehr hatte aufdunsen lassen. Er sah Anna an, dass sie ähnlich dachte, aber ebenso froh darüber war, dass Simon genügend Ablenkung in den Fachgesprächen über Hackentricks, Pressing, die Mittelfeldraute oder einstudierte Laufwege fand. Hannes spürte in diesem Moment auch, wie gern er wieder einmal mit Anna allein gewesen wäre. Er schämte sich ein bisschen für diesen Gedanken. Als sich Simon noch immer nicht mit der Deutung des Hackentricks zufrieden geben wollte, ging Hannes in seine Wohnung, um die DVD-Aufzeichnung des Spiels zu holen. Was dann geschah, war neu. Wenn man so wollte, wurde eine neue Stufe der Spielanalyse geboren. Zunächst schauten sich die drei das Klasnić-Tor mindestens fünfmal auf dem Fernseher an. Dann fragte Simon:

„Wollen wir das Tor spielen?"

Im Gegensatz zu Anna wusste Hannes sofort, was Simon damit meinte. Doch noch ehe sie nachfragen konnte, hatte der Junge seiner Mutter bereits erklärt, was er vorhatte. Und er war hartnäckig, denn schließlich spielte Anna eine wichtige Rolle bei seinen Plänen. Hannes sah, wie sehr sie sich freute, als ihr Sohn so aufgeregt vor ihr herumhüpfte, als würde das Wort Leukämie nicht existieren. Sie fragte sich, ob es dem Jungen schaden könnte, wenn sie, wie er es ausgedrückt hatte, das Tor spielen würden. Aber ihr wurde schnell klar, dass er genau in diesem Moment einen vollkommenen Glücksmoment erleben durfte. Eine Träne rann über ihre linke Wange, was Hannes nicht entging. Er hätte sie jetzt gern in die Arme genommen. Stattdessen nickte er ihr nur ruhig zu.

„Also gut!", hatte Anna schließlich eingewilligt.

Simon holte den alten Plastikball aus seinem Zimmer und gab Anweisungen wie ein Regisseur. Hannes musste den Fernseher im Standbild verharren lassen. Anna wurde beauftragt, Stefan Wessels, den Kölner Torwart, zu spielen und sich in das kurze Eck des Tores zu stellen. Die Pfosten des Tores bildeten ein silberner Topf und ein Wasserkocher. Das Kabel des Wasserkochers wurde als Torlinie verwendet. Mit Kreide hatte Hannes sogar den Torraum aufzeichnet, auf dessen – vom „Torwart" aus gesehenes – linkes Eck sich Anna, leicht in die Knie gehend, mit ausgebreiteten Armen stellen musste. Simon bestand darauf, dass sie ein paar gelbe Gartenhandschuhe trug. Es waren fast zehn Minuten verstrichen, ehe seine Mutter die Handschuhe in der Abstellkammer gefunden hatte. Hannes hatte eigentlich damit gerechnet, dass er Fabian Ernst sein würde. Doch zu seiner Verwunderung hatte der Junge für ihn die Rolle Ivan Klasnićs vorgesehen. Simon spielte somit Fabian Ernsts Part. Er bemühte sich zunächst mindestens zehnmal vergeblich, den Ball mit der rechten Hacke zurück auf den aus der Toilette stürmenden (es war nach Simons Meinung notwendig, dass er von dort startete) Hannes zu legen. Doch irgendwann klappte es dann. Und gleich beim ersten Mal schob Hannes den Ball mit dem linken Innenrist an der überforderten Anna Wessels neben dem Wasserkocher ins Tor. Simon legte Wert darauf, dass Hannes den rechten Arm zu den Werder-Fans reckte (dafür mussten Playmobilfiguren herhalten) und dann umarmten sich die beiden. Hannes spürte, wie schnell das Herz seines kleinen Jungen schlug. Er spürte dessen Freude, seine Begeisterung und seine positive Energie. Und nun rührte es auch ihn fast zu Tränen.

Dieses Mal blieb er nicht nur zum Frühstück. Er verbrachte fast den ganzen Tag mit Anna und ihrem Sohn. Nachdem Simon am Nachmittag erschöpft eingeschlafen war, unterhielt er sich mit Anna noch lange über die zweite Chemophase. Er versprach, ihr zu helfen, wo er konnte. Anna erzählte ihm, dass sie mit ihrem Arbeitgeber abgeklärt hatte, sich für die Zeit, in der Simon im Krankenhaus war, noch einmal freinehmen zu können. Dann erzählte ihr Hannes von seinem Aufenthalt in Köln, davon, dass wieder alle glauben wollten, er sei tatsächlich James Duncan, und natürlich von Golz und seinen skurrilen Mitarbeitern. Er war glücklich, als Anna sich über seine Erzählungen amüsierte. Es tat gut, sie lachen zu sehen.

Für den Rest der Woche nahm der Alltag Hannes so sehr in Beschlag, dass er sich auch schon aus Zeitgründen nicht alleine mit Anna treffen konnte. Der Alltag und Simons zweiter Chemoblock im Krankenhaus. So waren es nur die gemeinsamen Momente auf der Kinderkrebsstation, in denen Hannes die Gelegenheit hatte, sich mit Anna auszutauschen. Die Tage waren nicht einfach für alle, wobei es objektiv betrachtet eigentlich gute Nachrichten waren, die zunächst nach Simons Einlieferung von den Ärzten kamen. Die erste Chemophase hatte perfekt angeschlagen, so dass sämtliche Blasten im Körper des Jungen bereits abgetötet waren. Er befand sich nunmehr in der Phase der Remission, in der es darum ging, alle noch verbliebenen, nur noch unter dem Mikroskop erkennbaren Krebszellen abzutöten. Dies war allerdings nur durch eine weitere, intensive Chemotherapie möglich, die zwischen sechs und neun weitere Monate in Anspruch nehmen konnte. Anna war froh, dass die Therapie zur gewünschten Wirkung geführt hatte. Doch zu der guten Nachricht kam das Problem, dass Simons zweiter Chemoblock von viel stärkeren Nebenwirkungen begleitet wurde, als dies beim ersten Mal der Fall gewesen war.

Die Chemodosen setzten seinen Schleimhäuten um ein Vielfaches mehr zu. Vor allem der Mund des Jungen wies schon nach dem ersten Tag unzählige offene Stellen auf, die immer wieder mit einer heilenden Lösung ausgepinselt wurden. Auch wenn dies Simon etwas Linderung verschaffte, gelang es ihm nur unter äußersten Schmerzen, etwas zu essen. Dazu kam, dass er darüber klagte, dass das Essen anders schmeckte, als er es gewohnt war. Alles, was er vorgesetzt bekam, schmeckte bitter und unnatürlich. Der Junge war jetzt gezeichnet von den Nebenwirkungen der Chemotherapie und nicht mehr von den Nebenwirkungen des Cortisons: seinem futuristisch anmutenden *Hickman-Katheter*, dem fast kahlen Schädel und den etwas tiefer in den Höhlen liegenden, intelligenten Augen. Er begann abzunehmen. Es tat Hannes weh, seinen kleinen Freund so leiden zu sehen, aber noch mehr als Simon schien seine Mutter zu leiden. Sie wirkte seltsam teilnahmslos, schüttelte nur immer wieder den Kopf und wenn ihr Sohn schlief, musste sie oft weinen. Hannes dachte mit Wehmut daran, wie glücklich alle noch vor zwei Tagen gewesen waren, als sie das 2:0 in Köln *gespielt* hatten.

Am Donnerstagabend saß er wie jeden Abend am Bett seines kleinen Freundes, der wieder nichts gegessen hatte. Völlig unberührt stand ein Teller mit Kartoffelpüree, Gemüse und einer Scheibe mageren Fleischs auf dem Tablett. Anna, die mehrmals vergeblich versucht hatte, Simon zum Essen zu motivieren, war inzwischen auf dem Stuhl eingeschlafen. Ihr Gesicht war fahl und ausgezehrt, keine Anzeichen von Entspannung, obwohl sie schlief.

Simon lenkte das Thema geschickt auf das bevorstehende Spiel gegen den VFL Wolfsburg am kommenden Wochenende. Hannes spürte, dass der Junge nicht nur über Werder sprechen wollte, sondern so vor allem auch das Thema Essen tabuisieren wollte. Wenn Hannes über Werder sprach, würde er nicht an das Essen denken. Eine gute Strategie, wie Hannes fand, dennoch würde sie Simons Zustand nur weiter verschlechtern. Er musste jetzt etwas essen.

„Meinst Du, wir können Wolfsburg schlagen?", fragte Simon.

Er zuckte mit der Nase. Dieses Mal allerdings anders als sonst, wenn er aufgeregt auf eine Antwort wartete. Es hatte fast den Anschein, als würde das Zucken unkontrolliert auftreten. Hannes befürchtete, dass dies eine weitere Reaktion auf die Medikamente sein konnte, hoffte jedoch, sich zu täuschen.

„Ich weiß es nicht, aber ich würde es mir natürlich schon wünschen. Man kann nie wissen!"

Das Lachen in Simons Gesicht verschwand.

„Wie meinst Du das? Glaubst Du, wir verlieren? Nach diesem Superspiel in Köln?"

„Das kann man, wie gesagt, nie wissen, weißt Du! Im Fußball passieren manchmal die verrücktesten Sachen. Glaub' mir, ich kann ein Lied davon singen!"

„Ein Lied?"

Hannes sah mit großer Erleichterung, dass Simon dieses Mal wieder fragend seinen Nasenflügel hob.

„Welches Lied denn?"

Hannes lachte.

„Nein, ich singe kein Lied. Das sagt man nur so. Ein Sprichwort, verstehst Du?"

„Ach so, Du meinst so wie: Ein doofer Bauer hat immer Kartoffeln, stimmt's!"

Hannes hatte das kaum zu kontrollierende Bedürfnis, den Jungen zu umarmen und ihn mit nach Hause zu nehmen. Er war so gewieft, trotz dieser Schmerzen, die er über sich ergehen ließ, als sei er keine sieben, sondern siebzehn.

„Ja, das stimmt. Es heißt: Die dümmsten Bauern haben die größten Kartoffeln! Woher kennst Du denn dieses Sprichwort?"

Simon schaute auf den Boden.

„Von meinem Opa. Er hat es mir erklärt. Das heißt, manche Leute müssen sich nicht besonders anstrengen und bekommen oft mehr, als sie wollen, stimmt's!"

Hannes nickte.

„Ja. So kann man es sagen!"

Er schaute zu Anna, die immer noch schlief.

Sie hatte ihm erst gestern erzählt, dass sie in den Tagen, in denen Hannes vor der Pasching-Niederlage geflohen war, Simon von dem Tod seines Großvaters erzählt hatte. Das war für den Jungen ein sehr trauriges und einschneidendes Erlebnis gewesen. In den Tagen danach hatten die beiden oft über das Thema Tod gesprochen. Simon wollte unbedingt das Grab seines Opas sehen. Als Anna schließlich mit ihm zum Friedhof gegangen war, hatte der Junge seine Mutter gebeten, noch lange zu leben, weil er Angst davor hatte, sie zu verlieren. Anna war in Tränen ausgebrochen, als sie darüber gesprochen hatte.

„Vermisst Du ihn denn, Deinen Opa?"

Simon zuckte die Schultern.

„Ja. Aber nicht mehr so oft, seit Du da bist!"

Jetzt lächelte er wieder.

„Weißt Du, was Jessica sagt?"

Hannes, der keine Ahnung hatte, wer Jessica war, schüttelte den Kopf. Der Junge beugte sich über das Essen näher zu Hannes und flüsterte:

„Sie sagt, wenn wir sterben müssen, dann ist es gar nicht so schlimm, denn dann würden wir alle sehen, die schon gestorben sind. Jessica könnte dann Mozart wiedersehen, das war ihr Meerschweinchen!"

Die großen, blauen Augen des Jungen funkelten. Er hatte den Mund leicht geöffnet und erwartete eine Antwort, wobei er nicht ahnen konnte, wie sehr er Hannes mit seinen Worten getroffen hatte. Simon befasste sich mit dem Sterben auf seine eigene, intelligente Weise. In diesem Moment fiel Hannes zum ersten Mal auf, dass die Lücke in Simons Unterkiefer beinahe mit zwei bleibenden Zähnen geschlossen war.

„Ich verstehe", antwortete Hannes, um Zeit zu gewinnen, „bestimmt vermisst Jessica ihr Meerschweinchen sehr. Aber ich weiß nicht, ob Mozart es auch so sehen würde!"

Simon neigte seinen Kopf leicht nach links, so als wartete er nicht auf eine Erklärung seines erwachsenen Freundes, sondern als musterte er ein Gemälde, das er nicht verstand.

„Ich glaube, die Toten, die wir sehr gemocht haben, wollen nicht, dass wir bald sterben. Sie wollen, dass wir leben, weißt Du. Sie passen nämlich auf uns auf, das glaube ich. Denn wenn wir weiterleben, dann können wir ihnen viel mehr von der Welt erzählen, als wenn wir auch bald sterben würden!"

Hannes wusste nicht, inwieweit sein Erklärungsversuch den Wissensdurst eines hochbegabten Siebenjährigen stillen konnte, geschweige denn, ob es überhaupt als Erklärung durchgehen würde. Doch als Simon langsam nickte, atmete er erleichtert auf. Er hätte es nie für möglich gehalten, dass die Kinder in der Klinik sich so offen über das Sterben austauschten.

„Also meinst Du, dass Opa auf mich aufpasst?"

„Klar. Er passt auf Dich auf, ganz sicher!"

„Und er will, dass ich gut lerne und mir Sachen merke, damit ich ihm die Dinge irgendwann erzählen kann!"

Hannes wusste nicht, was er antworten sollte, stattdessen nickte er einfach und hoffte, Simon würde sich damit zufrieden geben.

Es entstand eine kurze Pause, in der Annas leises Schnarchen zu hören war. Simon deutete auf seine Mutter und lächelte. Schließlich sagte er:

„Du wolltest mir erklären, was das Sprichwort mit dem Liedersingen bedeutet!"

Erleichtert schüttelte Hannes den Kopf, dann sah er wieder in die fragenden Augen seines Gegenübers.

„Ja, das wollte ich. Also gut. Lieder erzählen meistens eine Geschichte, verstehst Du das?"

„Natürlich. Das verstehe ich! Es gibt ein Lied auf einer alten Schallplatte von Mama, da singen die, dass eine Schule brennt!"

„Dieses Lied kennst Du? Du erstaunst mich immer wieder. Es ist von einer Band, die nennt sich *Extrabreit*!"

„Extrabreit. Stimmt. Das hat Mama mir auch schon erzählt. Und weiter?"

„Na ja, und in den Geschichten der Lieder geht es meistens um etwas, das gut ist, oder etwas, was schlecht ist. Zum Beispiel geht es in vielen Liedern darum, dass jemand glücklich ist, weil er jemanden mag, aber es gibt auch eine ganze Menge von Liedern darüber, dass jemand unglücklich ist, weil er zum Beispiel einen guten Freund verloren hat!"

Simon nickte und fügte hinzu:

„Wenn eine Schule brennt, ist es für manche gut und für manche nicht gut!"

„Das stimmt! Da hast Du wirklich recht! Also … und daher kommt dieses Sprichwort. Wenn man schon oft Situationen erlebt hat, die nicht so besonders schön waren, zum Beispiel, dass Werder Spiele verloren hat, von denen man zuvor dachte, dass sie diese Spiele auf jeden Fall gewinnen würden, dann würden die Erlebnisse ausreichen, um ein Lied darüber zu schreiben, um es dann später zu singen. In diesem Fall wäre der Titel des Liedes vielleicht: Wie konnte Werder nur all diese Spiele verlieren!"

Simon nickte und dachte angestrengt nach.

„Und dann könnte man über jedes blöde verlorene Spiel eine Strophe für dieses Lied machen!"

Hannes nickte.

„Ja. Genau!"

„Das heißt, Du hast schon viele Spiele erlebt, in denen Werder verloren hat, obwohl sie eigentlich besser waren als die anderen?"

Hannes überlegte.

„Ich würde nicht sagen, dass Werder auf dem Spielfeld besser war. Das nicht. Aber sie wären eigentlich die bessere Mannschaft gewesen!"

Sofort suchten seine Erinnerungen Fragmente des Pasching-Debakels zusammen.

„Du meinst also, dass Werder gegen Wolfsburg verlieren könnte?"

„Ich hoffe es natürlich nicht, aber in der letzten Saison haben die auch mit 1:0 in Bremen gewonnen. Obwohl Werder die bessere Mannschaft war, sogar auf dem Platz!"

Hannes sah dem Jungen an, dass er ihn erreicht hatte. Und jetzt würde vielleicht seine Strategie greifen.

„Weißt Du, was ich immer in solchen Situationen gemacht habe?"

Simon hob den rechten Nasenflügel.

„Nein, was denn?"

Hannes rückte näher an ihn heran und flüsterte:

„Ich habe Dinge gemacht, die mir schwerfielen, damit Werder gewinnt!"

„Was meinst Du damit?"

„Zum Beispiel die Sache mit dem Holz. Als ich ein Junge war, sind wir immer in den Wald gefahren, mein Opa, mein Vater, mein Bruder und ich. Da haben wir Äste, die auf dem Boden lagen, auf einen Wagen gestapelt!"

„Warum?"

„Das wurde später zu unserem Haus gefahren und klein geschnitten, damit wir es verbrennen konnten. Wir hatten Holzöfen, weißt Du!"

Simon nickte.

„Und das hat Dir keinen Spaß gemacht, das Holztragen?"

„Nein, es hat mir nicht so großen Spaß gemacht. Das Holz war ziemlich schwer und man ist immer wieder gestolpert und hingefallen, weil auf dem Waldboden so viel Holz rumlag. Das alles war sehr anstrengend."

Hannes sah, dass ihm der Junge sehr aufmerksam zuhörte.

„Aber dann habe ich immer an Werder gedacht. Ich habe zu mir gesagt: Hannes, Du musst jetzt stark sein. Du musst jetzt kämpfen, kämpfen für

Werder. Und wenn Du es schaffst, noch, sagen wir mal, zwanzig dicke Äste aus dem Dickicht zu schleppen und auf den Wagen zu legen, dann wird Werder heute gewinnen!"

„Und?", fragte Simon erwartungsvoll!

Hannes schaute auf den Teller und lächelte.

„Es hat so gut wie immer geklappt. Und wenn Werder dann tatsächlich gewonnen hatte, dann hatte ich das Gefühl, ich hätte auch ein bisschen mitgeholfen!"

Noch ehe Hannes den letzten Satz gesprochen hatte, hatte Simon schon die erste Gabel voll Kartoffelpüree im Mund. Das Kauen fiel ihm sichtlich schwer, aber er schluckte den Bissen tapfer hinunter. Voller Stolz sah Hannes, dass der Junge innerhalb von fünf Minuten das Püree und das Gemüse komplett aufgegessen hatte.

„So, jetzt kann wohl nichts mehr passieren", flüsterte Simon, gähnte und lehnte sich zurück. Fünf Minuten später war er eingeschlafen.

Das Spiel gegen den Vfl Wolfsburg fand an einem warmen Sonntagabend statt. In den Vorberichten war von einem Spitzenspiel die Rede, einem Nordderby zweier Mannschaften, die mit Ailton und Klimowicz jeweils Stürmer in ihren Reihen hatten, denen an den bisherigen sieben Spieltagen bereits fünf Treffer gelungen waren. Er musste daran denken, wie tapfer Simon gegessen hatte. Mit einer unglaublichen Willensstärke hatte er es geschafft, bis zum Wolfsburg-Spiel Abend für Abend sein Essen zu verzehren, obwohl er dabei sehr große Schmerzen zu ertragen hatte. Hannes hoffte, dass Simon jetzt auch mit einem Sieg belohnt werden würde.

Und er wurde nicht enttäuscht.

Am Ende leuchtete ein 5:3 auf der Anzeigetafel in den lauen Bremer Abendhimmel, wobei sich alle im Stadion darüber einig waren, dass sich die beiden Mannschaften bis zum Abpfiff einen offenen Schlagabtausch geliefert hatten. Das Ergebnis konnte man zwar so stehen lassen, bei einem etwas ungünstigeren Spielverlauf hätte Werder aber vielleicht auch nur mit einem, und wenn es ganz schlecht gelaufen wäre, möglicherweise sogar mit null Punkten vom Platz gehen können. Aber an diesem wunderschönen Abend im Oktober lief alles glatt.

Schon nach zwei Minuten hatte Ailton das erste Mal zugeschlagen, nachdem er allein auf den Gästetorwart Simon Jentzsch zugelaufen war, diesen mühelos umkurvt und zur Führung eingeschoben hatte. Danach machten die Wolfsburger das Spiel und viele im Stadion rechneten damit, dass der Ausgleich nur noch eine Frage der Zeit war. Doch dann bekam Ailton wieder den Ball. Er lief den Wolfsburger Verteidigern auf und davon, lupfte den Ball spielerisch leicht über den auf ihn zu stürzenden Jentzsch und köpfte die Kugel schließlich eiskalt aus einem Meter ins leere Tor. Es sah aus wie in einer Zirkusvorstellung, was der Brasilianer an jenem denkwürdigen Abend zelebrierte. Er machte, was er wollte. Und alles, was er wollte, gelang ihm – so verrückt seine Einfälle auch waren. Die Zuschauer skandierten immer wieder seinen Namen, lagen ihm zu Füßen, liebten ihn für das, was er ihnen gab. *Toni*, wie ihn die meisten nannten, schien seinerseits beflügelt zu sein von all der Sympathie und Huldigung, die ihm von den Rängen entgegenschlug. Man hatte das Gefühl, es bahnte sich eine feste Beziehung an zwischen dem kleinen rundlichen Südamerikaner und seinem Publikum. Hannes war an diesem Abend stolz auf Werder und vor allem auf Thomas Schaaf. Denn vor gut fünf Jahren hatte ein Mann namens Felix Magath diesem Wunderspieler Bundesliga-Untauglichkeit attestiert und ihn auf die Tribüne verbannt. Als Schaaf dann das Steuer bei Werder übernahm, war Toni nach nur wenigen Wochen aufgeblüht, als hätte man einer Marionette Leben eingehaucht. Hannes spürte an jenem Abend des 5. Oktobers 2003, dass der Torjäger im Zenit seiner Karriere stand. Dieser Ailton gehörte inzwischen zu Bremen wie der Roland oder die Stadtmusikanten. Es würde eine wunderbare Zeit werden mit Toni und den Werder-Fans. Es konnte alles so weitergehen, bis er irgendwann einmal die Fußballschuhe an den Nagel hängen würde. Und das war jedem im Stadion klar.

Außer Ailton selbst.

Der Vollständigkeit halber sei erwähnt, dass die Wolfsburger in der 40. Minute auf 2:1 verkürzten. Doch bevor auf den Tribünen das große Zittern einsetzen konnte, hatte Paul Stalteri nach schöner Vorarbeit von Jo Micoud in der gleichen Minute mit seinem Tor zum 3:1 den alten Abstand wieder hergestellt. Nach dem Seitenwechsel machte es der VfL noch einmal für kurze Zeit spannend, doch nur drei Minuten nach dem Treffer zum 3:2 erhöhte „le Chef" in Minute 57 nach einem Solo von der Mittellinie über das halbe Feld auf 4:2. Hannes hatte keine Zeit, sich zu setzen, denn nur eine Minute später war Ivan Klasnić an der Reihe und erhöhte nach einem Pass von Krisztian Lisztes auf 5:2. Nach diesem Tor ging die Welle durch das Weser-Stadion, und nicht nur den Statistikern unter den Zuschauern wurde langsam klar, dass bei einem Sieg die erneute Tabellenführung für die Männer mit dem W auf dem Trikot winken würde. Man fing sich zwar noch ein Tor der Wölfe, doch dabei blieb es. Und als Schaaf Ailton nach 83 Minuten durch Nelson Valdez ersetzte, erhob sich das ganze Stadion, um seinem Publikumsliebling zu applaudieren. Der Name des Brasilianers schallte über den Osterdeich bis ins *Viertel.* Wer weiß, vielleicht trugen ihn die Schiffe, die am Stadion vorbeifuhren, hinauf bis an die See. Für kurze Zeit war Hannes entrückt vor Glück, denn als er Ailton vom Feld gehen sah, spürte er, dass dieser Spieler dem SV Werder noch viele schöne Momente schenken würde. Das Spiel war auf ihn zugeschnitten, ein Rädchen griff ins andere, Baumann auf der 6, Ernst und Lisztes auf den Außenbahnen der Mittelfeldraute und natürlich der kongeniale Johann Micoud, der stets zu antizipieren schien, was Ailton vorhatte, und den Ball genau dorthin beförderte, wo der Brasilianer wartete. Das Mittelfeld und der Sturm waren zu einer richtigen Waffe geworden. Hannes spürte, dass eine andere Zeitrechnung angebrochen war. Werder war gefestigt, spielte Fußball mit System und einer Leichtigkeit, die ihm beinahe unheimlich war. Und in diesem Moment spürte er in seinem Werder-Herz, dass dies nicht nur eine Momentaufnahme sein konnte. Hier wuchs etwas Großes heran und niemand konnte es zerstören.

6. bis 18. Oktober 2003:
Der Schock

Hätte Hannes geahnt, wie kurz und vergänglich sein Werder-Traum sein würde, dann hätte er im Weser-Stadion übernachtet, in der Hoffnung, den Traum noch möglichst viele Stunden so intensiv wie möglich auf sich wirken zu lassen. Und wer weiß, der Fußballgott hätte ihm dann den Traum vielleicht sogar mit in den Schlaf gegeben, wie eine Kuscheldecke, mit der man gegen alles Übel der Welt gefeit war. Wer konnte schon ahnen, dass bereits zwei Tage nach dem Balsam, das ihm Werder mit dem Wolfsburg-Spiel auf die noch immer nicht ganz verheilten Pasching-Wunden gestrichen hatte, frische, noch tiefere Wunden dazukommen würden? Diese Wunden würden womöglich nie verheilen, und selbst, wenn sie es eines Tages doch taten, so würden die Narben auf seiner Werder-Seele sein ganzes Leben lang nichts als Antipathie für Schalke 04 zurücklassen.

Es fing schon am Montag nach dem Spiel an. Simon wurde aus dem Krankenhaus entlassen und Hannes wusste, dass dem Jungen der Transfer von Mladen Krstajic zu Schalke nicht entgangen sein würde, wenn er den Kleinen am Abend besuchen würde. Schwester Karin würde schon dafür gesorgt haben, dass der kleine Werder-Fan bestens informiert war. Zum ersten Mal seit Simons Krankheit blieb damit das Thema Leukämie gänzlich außen vor. Simon hatte die Wohnungstüre bereits geöffnet, als

Hannes die Treppe hinaufging. Er stellte Hannes schon auf dem Flur zur Rede, wollte wissen, wieso Krstajic von einer Mannschaft, die an der Tabellenspitze stand, zu einer Mannschaft wechseln wollte, die Werder vor einigen Wochen noch mit 4:1 geschlagen hatte? Er fragte, warum Spieler nicht immer für denselben Verein spielten, und ob Krstajic denn kein Werder-Fan mehr war. Die Logik eines intelligenten, kleinen Siebenjährigen brachte es auf den Punkt. Er stellte sich Fragen, die sich Hannes schon sehr lange nicht mehr stellte. Umso schwieriger würde es wohl werden, Simon Aspekte wie Gesetze des Profifußballs, Transferpolitik oder Verpfändung von zu erwartenden Zuschauereinnahmen plausibel zu machen. Hannes spürte, dass er gebraucht wurde, und so machte er auch gar keine Anstalten, zuerst in seine Wohnung zu gehen und Anna und ihren Jungen erst später zu besuchen. Stattdessen nahm er Annas Einladung zum Abendessen an. Mit der schweren Bürde eines Kripobeamten, der die Hinterbliebenen mit den Motiven des Mörders vertraut machen musste, setzt er sich an den Tisch in Annas Küche.

Doch Simon hörte sehr aufmerksam zu, als Hannes zu erzählen begann, und nach einer Stunde und dem zweiten Espresso hörte er noch ebenso aufmerksam zu. Hannes konnte im Gesicht seines Freundes lesen und sah, dass in dieser Stunde sein Glaube an die Unschuld des Fußballs die ersten Risse bekam.

„Aber wie kann man denn Geld bezahlen, wenn man es gar nicht hat?", fragte er.

„Das ist eine gute Frage, aber das passiert leider ziemlich oft bei Fußballmannschaften. Da gibt es eben welche, die versuchen so, die eigene Mannschaft stärker zu machen und die Mannschaft des Gegners zu schwächen! Das ist Werder schon oft so gegangen, meistens sind die Spieler dann zu Bayern München gewechselt!"

„Kannst Du ein Lied darüber singen?", fragte Simon.

Seine Mutter, die gerade die gespülten Teller wegräumte, wandte sich mit einem verblüfften Gesichtsausdruck den beiden Werder-Fans zu.

Hannes zwinkerte ihr zu und nickte.

„Ja. Du hast Dir den Spruch wirklich gemerkt, stimmt's?"

Simons Nasenflügel zuckte. Sein Kopf war mittlerweile fast vollkommen kahl. Er war bleich, gezeichnet. Doch seine blauen Augen leuchteten immer noch aufmerksam.

Er nickte.

„Aber es heißt ein Lied *davon* singen!", sagte Hannes, der sofort wusste, dass er dem FC Bayern Unrecht getan hatte. Er hätte es nie für möglich gehalten, einmal eine Lanze für das Münchner Team zu brechen, hielt es aber in dieser Situation für dringend erforderlich. Und deshalb erklärte er seinem kleinen Freund, dass die Bayern eigentlich nie Schulden machten, um Spieler von einem anderen Verein wegzulocken, sondern die Transfers immer mit ihrem vorhandenen Geld realisierten. Auch dazu wählte er natürlich andere Worte, doch Simon verstand es sofort.

„Dann mag ich die Bayern mehr als Schalke!"

Hannes beschloss, die Aussage des Jungen unkommentiert zu lassen.

Wenn man dem Krstajic-Transfer überhaupt etwas Positives abgewinnen konnte, dann war dies der Zeitpunkt der Bekanntgabe. Anders als sonst, wenn er sich ein ganzes Wochenende lang mit einer Werder-Niederlage herumzuschlagen hatte, diesbezüglich mitunter sogar für eine Woche den Atlantik in Richtung Vereinigte Staaten überqueren musste, um seinem Werder-Herz genügend Abstand zu gönnen, blieb dieses Mal zum Trauern kaum Zeit. Dafür war Hannes seinem Schicksal dankbar.

Der Umzug stand an und so war er mit seinen drei Mitarbeitern den ganzen Dienstag über beschäftigt. Man hatte Hannes bei der Durchführung des Umzuges freie Hand gelassen. Deshalb hatte er mit seinem Personal vereinbart, soweit es möglich war, die Arbeiten selbst auszuführen. Er wollte den Umzug im Team lösen und war sich nicht zu schade, selbst anzupacken. Eigentlich genau das, was er jetzt brauchte: körperliche Arbeit, um seiner gen Gelsenkirchen gerichteten Aggressionen wieder Herr zu werden.

Sein Team, das war zum einen Klaus Neitzel, ein bekennender St. Pauli-Fan. Seine ehemalige Zugehörigkeit zur Punkszene wurde durch seine gelben Haarsträhnen und die extravaganten, bis zum Kinn auslaufenden Koteletten nachhaltig dokumentiert. Klaus war 28 Jahre und im ersten Beruf eigentlich Schreiner gewesen, doch wegen eines Bandscheibenvorfalls hatte er schon mit 22 umschulen müssen und eine zweite Ausbildung zum Werbekaufmann absolviert. Weil er immer noch Probleme mit dem Tragen schwerer Lasten hatte, teile ihn Hannes als Fahrer und Cheflogistiker ein.

Der zweite Mann in Hannes' Team hieß Lolo Kaufmann. Jeder nannte ihn Lolo, obwohl er eigentlich Wilfried hieß. Lolo war 51 und drückte Eintracht Braunschweig die Daumen. Immer wenn Hannes mit ihm über Fußball redete, hatte er ein schlechtes Gewissen, denn im Gegensatz zu Braunschweig hatte es Werder nach dem Abstieg 1980 wieder bis ganz nach oben geschafft, während es für die Braunschweiger Löwen seit damals eigentlich stetig bergab gegangen war. Lolos Lebensmotto war: *Hauptsache Rock – vor allem im Radio – bei den Frauen bin ich auch flexibel* – und *niemals VW*. Lolo war überzeugter Junggeselle und verbrachte viel Zeit mit dem Besuch von Rock-Konzerten. Oft reiste er als Zuschauer einer Band hinterher und besuchte ihre Konzerte in mehreren Städten.

Lolo sah eigentlich nicht aus wie Mr. Kreativ, der sich als Werbetexter schon einen guten Namen gemacht hatte. Er hatte volles, langes, graues Haar, das er meist zu einem Pferdeschwanz zusammenband, und hatte die breite Statur eines Holzfällers in den Wäldern von Montana, der die Hilfe von Motorsägen strikt ablehnte. Seine Statur kam dem Team bei dem Umzug sehr zupass.

Eine der beiden Frauen im Team war Barbara Dietrich. Barbara kam aus Bremen und war froh, dass Hannes sie mit ins Boot genommen hatte. Sie war zwar nicht unbedingt eine Fußballexpertin, doch sie drückte natürlich Werder die Daumen. Barbara war 39 und hatte vor vier Jahren Zwillinge bekommen. Weil ihr Mann mit dem Schreiben von Schulbüchern sein Geld verdiente und es sich deshalb leisten konnte, von zuhause zu arbeiten, konnte Barbara 35 Stunden pro Woche ihrem Beruf als Werbekauffrau nachgehen. Sie war die gute Seele im Team, behielt immer kühlen Kopf und war, wenn sie nicht gerade mit dem Umzug beschäftigt war, für das Outfit Sandy Colorados verantwortlich.

Die zweite Frau im Team war Lisa Jacobs, eine waschechte Hamburgerin. Sie war mit der Terminabwicklung der Sandy-Colorado-Veranstaltungen betraut. Von der Hamburger Zentrale aus stand sie ständig mit Hannes und dem Rest des Teams in Kontakt. Hannes hatte ihr bewusst den Umzug nach Bremen nicht zumuten wollen, weil er glaubte, sie würde sich in Hamburg wohler fühlen. Selten zuvor hatte er mit seinem Bauchgefühl so danebengelegen.

Die Arbeiten dauerten bis nach 22.00 Uhr. Hannes hatte eigentlich geplant, seine Mitarbeiter noch zum Essen in ein Restaurant an der Schlachte auszuführen, aber er spürte, dass vor allem Barbara müde war und gern nach Hause zu ihrer Familie gegangen wäre. Deshalb schlug Hannes vor, dass Essen auf den nächsten Tag zu verschieben, was alle anderen auch mit einem dankbaren Lächeln quittierten. Da läutete sein Handy.

„Hannes?"

Er hörte sofort in ihrer Stimme, dass etwas nicht in Ordnung war.

„Was ist? Geht es ihm nicht gut?"

„Es tut mir leid, dass ich Dich störe. Aber er weint seit zwei Stunden fast ununterbrochen und ich kann ihn einfach nicht mehr beruhigen!"

„Was ist denn mit ihm? Hat er Schmerzen? Ist es wegen der Nebenwirkungen?"

Im Hintergrund hörte er seinen kleinen Freund schluchzen. In diesem Moment fiel ihm auf, dass er Simon noch nie hatte weinen sehen.

„Nein. Er wartet auf Dich. Aber ich glaube, es ist besser, wenn er es Dir selbst sagt. Hast Du heute denn noch kein Radio gehört?"

„Radio? Nein, wir mussten erst einmal alles aufstellen, die Möbel, die Akten. Medienmäßig waren wir den ganzen Tag von der Außenwelt abgeschnitten. Wieso, was ist denn los?"

Er hörte, wie Anna das Telefon an ihren tapferen Jungen weiterreichte.

„Hannes?"

Da war ein Schluchzen in seiner Stimme, dennoch bemühte sich Simon offenkundig, tapfer zu sein.

„Ja. Ich bin hier. Was ist denn mein kleiner Alligator?"

„Ailton!"

„Ailton? Was ist denn mit Ailton. Hat er sich verletzt?"

„Nein. Er geht auch zu Schalke! Du kannst ein Lied singen!"

Dann brach der Junge in Tränen aus.

Nachdem er Simon einigermaßen beruhig und versprochen hatte, ihn trotz der vorgerückten Stunde noch zu besuchen, fragte er Klaus, ob das Internet bereits funktionierte. Eine Minute später konnte Hannes sehen, wie sich auf dem Bildschirm die Homepage seines Arbeitgebers aufbaute. Hektisch setzte er sich hinter den Monitor und tippte die Domain der Werder-Homepage ein.

„Was ist denn los? Ist was passiert?", wollte Lolo wissen und im gleichen Moment starrten, Hannes' Team, inklusive Barbara Dietrich, auf den schwarzen Bildschirm, auf dem sich eigentlich die Werder-Startseite aufbauen sollte. Plötzlich erschien eine eher amateurhaft gestaltete Grafik, mit der die Benutzer darüber informiert wurden, dass aufgrund einer *Serverüberlastung* die Seite im Moment nicht aufgerufen werden konnte.

„Diese Wichser, diese verdammten Wichser!", entfuhr es Hannes, ohne dass er es bemerkte.

Er hatte wohl vergeblich gehofft, dass sich Simon getäuscht hatte. Der Server war abgestürzt, weil alle anderen Werder-Fans genauso wie er eine Erklärung wollten. Eine Erklärung dafür, warum man einen Tag nach dem Wechsel Krstajics auch Ailton zu diesem Verein ziehen lassen konnte, dessen Name Hannes am liebsten nie mehr in den Mund genommen hätte.

Er fühlte sich so hilflos und überfordert wie eine schwangere Sechzehnjährige, die ihre Eltern trösten musste. Er, der selbst eine Lawine des Trosts nötig hatte, musste trösten, denn Simon wartete zu Hause auf ihn. Die Werder-Welt des kleinen Jungen zerfiel in Stücke, noch ehe sie richtig erschaffen worden war. Für Simon war Hannes der Messias, jemand, der nicht nur Trost spenden konnte, sondern auch für alles eine Erklärung fand. Hannes war der, der die Welt wieder in Ordnung bringen konnte. Doch Hannes wusste nicht nur, dass dies unmöglich war und er der Sache nicht gewachsen sein würde. Er wünschte sich außerdem, feige sein zu dürfen und einfach nicht zu seinem Versprechen stehen zu müssen. Warum konnte ihn das Leben zumindest in solchen Stunden des Schmerzes nicht einfach mit Werder allein lassen?

Als er vor Annas Wohnung stand, war es 22.40 Uhr. Er hoffte, dass Simon schon schlafen würde, um noch ein wenig Zeit zu gewinnen. Doch als Anna die Tür öffnete, konnte er in ihrem sorgenvollen Gesicht lesen, dass ihr kleiner Junge noch nicht schlief.

Sie umarmte Hannes und sagte leise:

„Es tut mir leid! Jetzt hast Du auch noch Ärger …"

Hannes schüttelte den Kopf.

„Unsinn, ist schon in Ordnung. Ich weiß, wie er sich fühlen muss. Ich kenne jemanden, dem es genauso geht!"

Simon lag im Bett und versuchte zu lächeln, als er Hannes sah.

„Na, kleiner Alligator. Wie geht's?"

Sein kleiner Freund, der sich seinen Werder-Schal um den Hals gebunden hatte, schüttelte unglücklich den Kopf.

„Wird Ailton nie mehr für Werder spielen?", fragte er mit einer sehr leisen Stimme. Die Krankheit war allgegenwärtig, doch die Gedanken des Jungen kreisten im Moment nur um die Nachricht, wegen der die Homepage des SV Werder Bremen zusammengebrochen war. Die Frage hatte ihn schon stundenlang beschäftigt und mit Trauer erfüllt. Jetzt war Hannes endlich da. Noch ehe dieser antworten konnte, liefen Tränen über Simons Wangen.

„He Baumi, jetzt hör' auf zu weinen. Ich werde es Dir erklären, o.k.!"

Hannes nahm Simons Hände, die nur noch aus Haut und Knochen zu bestehen schienen. Weil er Angst hatte, sie zu zerbrechen, ließ er sie sofort wieder los. Simon nickte und wischte sich mit den zerbrechlichen Handflächen die Tränen ab. Die Geste wirkte abgehackt und unnatürlich.

„Natürlich wird Ailton weiter für Werder spielen, genauso wie Krstajic!"

Simons Nasenflügel zuckte. Das war ein gutes Zeichen. Er war interessiert und hörte zu.

„Wirklich? Aber wieso? War das alles nur Spaß?"

Wie brachte man einem kleinen, cleveren Jungen bei, dass der Vereinswechsel Ailtons erst im Sommer vollzogen werden würde, weil dies die vertraglichen Situationen des Spielers vorsah? Sollte er ihm erklären, wie Verträge zustande kamen, oder den Sinn und Unsinn von Ablösesummen erläutern? Würde es Simon helfen, wenn er den Interessenskonflikt zwischen Spielergehältern, dem Budget des Vereins und dem Einfluss von Spielerberatern darlegen würde? Bei Simon konnte man nicht sicher sein, er würde es wahrscheinlich sogar verstehen. Aber es war nicht der Kopf des Jungen, der eine Antwort wollte, sondern sein Herz.

„Weißt Du, es ist so ähnlich wie mit Deiner blöden Krankheit, nur umgekehrt!"

Er sah im Leuchten von Simons Augen, dass er hellwach war. Simon spürte, dass es Hannes gut meinte. Doch dem war selbst noch nicht klar, ob er die richtige Strategie gewählt hatte. Aber gab es überhaupt eine Strategie, wenn man jemanden über Seelenschmerzen hinwegtrösten wollte? Vermutlich schon, denn sonst würden nicht so viele Terminkalender von Psychologen restlos überfüllt sein. Simon nickte und wartete auf Hannes' Erklärung.

„Weißt Du, es gibt Dinge, die wehtun, aber trotzdem gut sind. Man muss eben die Schmerzen in Kauf nehmen, ob man will oder nicht, verstehst Du?"

Wieder zuckte der Nasenflügel des Jungen.

„Wie die Chemotherapie, oder?"

Anna ging zu ihrem Jungen und setzte sich auf sein Bett. Sie fuhr ihm sanft über seinen kahlen Kopf.

„Genau. Du musst diese ganzen Schmerzen aushalten, kannst nicht richtig essen, Deine Haut nässt, die Haare fallen aus, der Katheter steckt in deinem Körper, Du kannst auch nicht zu Werder gehen. Aber irgendwann wirst Du wieder gesund werden. Du bekommst die Belohnung für Deine ganzen Schmerzen, weißt Du. Und dann ist alles wieder gut. Das Essen schmeckt wieder normal, die Haare kommen zurück, dein *Hickman-Katheter* wird entfernt und Du kannst wieder zu Werder gehen. So weh das alles jetzt auch tut, Du weißt, es ist irgendwann vorbei und es wird alles gut. Du musst nur auf die Belohnung warten."

Während Hannes gesprochen hatte, sah er, dass Simon immer wieder nickte und lächelte. Ab und zu wiederholte er leise auch einmal das eine oder andere Wort. Noch ehe Hannes oder Anna etwas hinzufügen konnten, fing Simon an, seine Schlussfolgerungen zu ziehen.

„Du meinst, ich muss viele blöde Tage erleben und dann wird alles gut. Und die Werder-Fans können noch ein paar gute Tage mit Ailton haben, aber sie wissen, dass es irgendwann ganz blöd wird. Wenn er dann zu Schalke geht, stimmt's!"

Hannes hätte weinen können in diesem Moment. Vor Schmerz wegen des Ailton-Transfers, doch noch viel mehr wegen dieses kleinen krebskranken Jungen, der ihn gerade so glücklich machte.

„Ja, Du hast es verstanden, Alligator. Er bleibt noch bei uns, die ganze Saison lang. Niemand kann verhindern, dass er noch so lange Tore für Werder schießt, bis der 34. Spieltag vorbei ist. Und wer weiß, vielleicht macht er die Fans am Ende der Saison noch einmal so richtig glücklich, dass sie sich freuen können. Dann tut der Abschied vielleicht gar nicht mehr so weh, weißt Du!"

Simon lächelte und legte sich zurück auf sein Kopfkissen.

„Das ist schön!", flüsterte er und streckte Anna seine Hand entgegen. Seine Mutter nahm die Hand, streichelte sie sanft, um ihn schließlich zu umarmen. Dann blickte sie zu Hannes auf, der daraufhin zu Simons Bett ging und ihn auch in den Arm nahm. Wieder erschrak Hannes, als er bemerkte, wie dünn der kleine Werder-Fan inzwischen war.

„Schlaf jetzt, Simon!", sagte seine Mutter.

Ein Lächeln huschte über das ausgezehrte Gesicht des Jungen. Dann fielen ihm die Augen zu.

Hannes hatte nicht bemerkt, dass Anna Tee aufgesetzt hatte, als er dabei gewesen war, Simon aufzubauen.

„Willst Du noch ein bisschen reden?", fragte sie.

„Sehr gern bleibe ich noch. Auch wenn ich wahrscheinlich nicht gerade ein sehr kommunikativer Gesprächspartner sein werde!"

Anna schenkte Tee ein und erzählte, wie Simon am Nachmittag mit der Ailton-Nachricht umgegangen war. Schwester Karin hatte ihn angerufen, um ihm davon zu erzählen. Hannes hielt dies für vollkommen kontraproduktiv. Die Krankenschwester hatte ihn zwar darauf hingewiesen, dass Gespräche über Werder dem Jungen positive Energie geben konnten. Aber wohl nicht, wenn sie Unheil verkündeten. Wer erzählte schon einem Schneemann, dass der Wettergott eine Wärmefront losgeschickt hatte? Seiner Meinung nach konnten schlechte Nachrichten über Werder Simon in eine emotionale Schieflage bringen. Vielleicht konnte man dies nicht wissenschaftlich belegen, aber die Nachricht über den Ailton-Transfer hatte Simon definitiv in ein Tief gestürzt. Hannes wollte jedoch nicht über Schwester Karin reden. Eigentlich wusste er nicht, worüber er reden wollte, er wusste nur, worüber er *nicht* reden wollte, und das war die Situation bei Werder Bremen.

Gemeinsames Anschweigen bei Tee. Ein Satz, der sich in Hannes' Gedanken ausbreitete wie Bodennebel. Und dann sah er die Landkarte von Neuseeland, die an der Wand neben Annas Bücherregal hing. Als er sie fragte, ob sie schon einmal dort gewesen war, strahlten ihre Augen wie zwei Sonnen, die den Bodennebel in Luft auflösten. Mehr als zwei Stunden sprachen sie über das Land auf der anderen Seite des Globus. Natürlich fiel Hannes dabei auch Wynton Rufer ein, die Werder-Legende, die den Sieg im Finale von Lissabon perfekt gemacht hatte. Der Gedanke an Rufer verhielt sich wiederum wie ein scheues Reh, denn er war ebenso schnell verschwunden, wie er gekommen war. So sprachen die beiden über die Erfahrungen, die sie zwar unabhängig voneinander in Neuseeland gemacht, die jedoch die gleichen bleibenden Eindrücke hinterlassen hatten. Und wie vor einigen Wochen im *Piano* sah Hannes eine Anna, die aus ihrem Panzer der Traurigkeit geschlüpft war und ihn mit ihrem Lachen, ihren strahlenden grünen Augen und ihren Geschichten verzückte. In diesem Moment wünschte er sich, es könnte immer so sein.

Er musste fast zwei Wochen lang warten bis zum nächsten Werder-Spiel. Wieder einmal hatte die EM-Qualifikation einen Samstag geblockt. Mit einem sehr gut aufgelegten Frank Baumann hatte die DFB-Auswahl Island mit 3:0 geschlagen. Damit war die Qualifikation für das Kontinentalturnier in Portugal in trockenen Tüchern. Am 18. Oktober gastierte der VfB Stuttgart im Weser-Stadion und bot den Grün-Weißen Gelegenheit, zu zeigen, dass sie das Abwerben zweier Stammspieler nicht aus dem Gleichgewicht bringen konnte.

Stuttgart stand auf Platz drei der Tabelle, war vor zwei Spieltagen sogar noch Spitzenreiter, hatte noch keines der bisher absolvierten Spiele verloren, und ihr Torwart Timo Hildebrand hatte seit über 800 Minuten keinen Treffer mehr kassiert. Aber es gab auch noch eine andere Statistik, und die besagte, dass Werder seit dem Wiederaufstieg im Jahr 1981 in 23 Heimspielen nur dreimal gegen Stuttgart verloren hatte. Nur drei Niederlagen in 23 Spielen, das war eine vielversprechende Quote, zumal Werder gegen Wolfsburg eine Fußballgala zelebriert hatte. Sein Gefühl sagte ihm, dass die Mannschaft die Transferprobleme vergessen machen konnte. Die sogenannten Experten warteten darauf, dass das Team verunsichert auftreten würde und durch die Aktivitäten dieses Teams aus

Gelsenkirchen auf das Niveau einer Durchschnittsmannschaft zurückgestuft werden würde.

Und die Experten sollten recht behalten: Werder verlor das Spiel.

Dabei hatte die Mannschaft wirklich gut angefangen. Die meisten Fans hatten besonnen auf Ailton und Krstajic reagiert, dennoch gab es vor allem vor dem Spiel auch vereinzelte Pfiffe für die beiden. Die Fans in der Ostkurve machten ihrem Ärger in Form einer kreativen Kurvenshow Luft, die beide Spieler jeweils in der Mitte einer blau-weißen Dollarnote zeigten. Zwischen den beiden Ailton- und Krstajic-Geldscheinen war ein dritter Dollarschein, in dem das Logo von Schalke 04 prangte. „Geld macht unseren Sport kaputt", stand darunter.

Schon in der ersten Minute hatte Krisztian Lisztes die Führung auf dem Fuß, aber sein Schuss strich knapp am Tor der Stuttgarter vorbei. Die Zuschauer sahen, dass Werder mehr Ballkontakte hatte und bemüht war, die Überlegenheit in Tore umzumünzen. Aber außer einem Kopfball von Ismaël, der für den Stuttgarter Torhüter kein großes Problem darstellte, sprangen keine nennenswerten Chancen heraus. Mit zunehmender Spieldauer hatten sich die Schwaben immer besser auf Werder eingestellt und begannen ihrerseits Akzente zu setzen. Hannes schwante nichts Gutes. Er spürte, dass er unruhig wurde und gegen seine sonstigen Gepflogenheiten und zur Verwunderung seiner Dauerkartenkumpels Thomas und Frank stand er nach etwa 25 gespielten Minuten auf, um sich ein Bier zu holen.

Als er zurückkam und gerade auf dem Weg zu seinem Platz war, sah er, dass Paul Stalteri auf der rechten Seite vom Stuttgarter Hinkel überlaufen wurde. Es war eine Aktion, die direkt an der Torauslinie stattfand und die, wenn sie geplant war, das musste man wohl neidlos anerkennen, genial war. Vermutlich war es aber auch einfach nur Glück und dann klappte so etwas bei 1000 Versuchen statistisch gesehen nur ein halbes Mal. Doch in punkto Statistik war inzwischen alles gesagt. Ehe Hannes jedenfalls seinen ersten Schluck nehmen konnte, hatte Hinkel auf Szabic geflankt, der Reinke mit einem Kopfball keine Chance ließ: 0:1! Konsterniert verfolgte Hannes das Treiben der jubelnden Stuttgarter. Wie benommen stand er zwei Minuten auf der Treppe, immer noch auf dem Weg zu seinem Platz in Block 55. Er hielt das Bier wie den heiligen Gral, weil er sich gerade vornahm, das Getränk heil zu seinem Platz zu balancieren, ohne dass nur ein Tropfen davon überschwappte. Würde er dies schaffen, würde Werder noch die Wende schaffen.

Dann fiel ihm ein, dass er vergessen hatte, Thomas und Frank auch ein Bier mitzunehmen. Sie konnten es sicher gut gebrauchen, denn die

Wahrscheinlichkeit, dass Werder mit einem Rückstand in die Pause gehen würde, war nicht unbedingt gering. Er wollte gerade wieder zurück zum Bierstand gehen, da sah er, dass Werders Team im Defensivverhalten etwas unorganisiert wirkte. Nutznießer war der Weißrusse Alexander Hleb, der den Ball eroberte und mit viel Übersicht in den Lauf von Kuranyi spielte, der seinerseits sicher zum 0:2 traf. Zwei Tore binnen drei Minuten. Hannes warf das Bier auf die Treppe, verfluchte sich und schwor, nie mehr während des Spiels zum Bierholen zu gehen. Kurz vor der Halbzeit kam es noch schlimmer, denn Ümit Davala holte im Strafraum seinen Gegenspieler von den Beinen und der Schiri entschied auf Elfmeter. Doch Andreas Reinke blieb cool und hielt den Schuss von Hleb. Es blieb bei Stuttgarts 2:0-Führung zur Pause.

In der zweiten Halbzeit gab Werder noch einmal alles, baute viel Druck auf, und es gab auch einige gute Chancen, die zunächst jedoch alle ungenutzt blieben. Hannes hatte bereits innerlich gekündigt, musste an ein 0:3 denken, wollte aber um keinen Umstand der Welt seinen Gedanken aussprechen. Das würde nur Unglück bringen, genau wie das Bierholen während des Spiels. Und so hoffte und betete er.

Es half. Der nur eine Minute zuvor eingewechselte Angelos Charisteas verwertete mit seinem ersten Ballkontakt eine Flanke von Fabian Ernst zum 1:2. Bevor Ernst seine Flanke geschlagen hatte, war der Ball schon im Toraus gewesen. Das hatte fast jeder im Stadion gesehen. Fast. Der Linienrichter hatte es nicht gesehen. In Hannes keimte wieder Hoffnung auf und das Stadion glich in dieser Phase einem Hexenkessel. Werder rannte immer wieder an, aber die Stuttgarter Spieler verteidigten gut und hatten einen sehr guten Timo Hildebrand im Tor. Je länger das Spiel dauerte, desto offensiver agierte Werder. Man spielte *Alles oder Nichts* und es hielt niemanden in Block 55 noch auf den Sitzen. Aber in der 90. Minute kam das, was meistens in solchen Situationen kam: Stuttgart schloss einen Konter über Hleb und Tiffert zum 1:3 ab.

Wie schon im Spiel gegen Borussia Dortmund hatte Werder es nicht geschafft, eine Tabellenführung zu verteidigen. Das Team rutschte auf Platz 4 ab. Die turbulenten Tage um die beiden Transfers von Krstajic und Ailton waren also doch nicht spurlos an der Mannschaft vorbeigegangen.

19. bis 25. Oktober 2003:
Kopfsachen

Am nächsten Tag fuhr er Anna und Simon ins Klinikum. Tapfer saß sein kleiner Freund auf dem Rücksitz. Eigentlich hätte er sehr angespannt und traurig sein müssen wegen des auf ihn wartenden Abschnitts der Chemotherapie und der damit verbundenen Schmerzen, doch stattdessen arbeitete er zum wiederholten Mal das Spiel gegen Stuttgart auf. Hannes hatte ihm versprochen, dass die Niederlage gegen den VfB nur Pech war und nicht heißen musste, dass auf Werder jetzt, wegen des Theaters um Ailton, eine Niederlagenserie zukommen würde. Der Junge wollte wissen, ob es möglicherweise daran gelegen haben konnte, dass er am Abend vor dem Spiel seinen Teller nicht leer gegessen hatte. Schließlich hatte er dies vor dem Spiel gegen Wolfsburg getan und am Ende war ein 5:3-Sieg herausgesprungen. Die Nebenwirkungen waren vor dem Spiel gegen Stuttgart aber so stark gewesen, dass er nicht nur Schmerzen wegen zahlreicher offener Stellen in der Mundschleimhaut hatte, sondern sich unmittelbar nach den ersten Bissen sofort hatte übergeben müssen.

Hannes schaute Anna aus den Augenwinkeln an. Sie zuckte die Schultern, drehte sich nach ihrem Sohn um und versicherte ihm, dass Werders Niederlage nichts mit seiner Essleistung zu tun hatte. Hannes sah im Rückspiegel, dass Simon erleichtert nickte. Dabei rutschte seine Mütze vom Kopf und entblößte seinen inzwischen vollkommen kahlen Schädel. Hannes spürte, dass er Simon anstarrte wie ein Unfallopfer. Er schämte sich und bekräftigte daraufhin Annas Bemerkung.

„Am Samstag werden sie Freiburg schlagen, und Ailton wird wieder ein Tor schießen, stimmt's Hannes?", sagte Anna.

Hannes konnte es nicht glauben. Woher wusste Anna, dass Werder am kommenden Wochenende in Freiburg spielte?

„Woher weißt Du denn …"

Simon legte seine dünne Hand auf Hannes' Schulter.

„Ich habe es Mama gesagt, schließlich wird es langsam Zeit, dass sie mitreden kann!"

Hannes schaute in den Rückspiegel und sah die leuchtenden Augen des Jungen.

Anna hob beide Hände und lachte.

„Was habe ich da nur für zwei Verrückte um mich herum?"

„Zwei, die verrückt nach Werder sind, stimmt's?"

„Stimmt!", antwortete Hannes.

Wie versprochen führte Hannes in dieser Woche sein Team zum Essen aus. Dabei hatten sie schließlich auch über Simon gesprochen. Hannes hatte vorher im Kreise seiner Mitarbeiter noch nie über seinen kleinen siebenjährigen Freund gesprochen. Er hütete sein Privatleben wie einen Schatz, weil er sich noch immer wie ein kostbares Ausstellungsstück einer Galerie fühlte. Seit James Duncan berühmt war, musste Hannes damit leben wie mit einem Ekzem. Aber nach dem perfekt gelaufenen Umzug hatte er jetzt genügend Vertrauen zu seinen Mitarbeitern aufgebaut. Er war beinahe erleichtert, als sich Barbara nach dem kleinen Jungen erkundigte, der am Telefon wegen des Ailton-Transfers so herzzerreißend geweint hatte. Und so erzählte Hannes von Simon und dessen Krankheit. Klaus, Lulu und Barbara kommentierten die Schilderungen ihres Chefs mit betretenem Schweigen. Als hätten die Galeriebesucher noch ein kostbares Detail des Exponates entdeckt, das sie mit offenstehendem Mund begutachteten. Hannes durchbrach die bedrückende Stille, indem er von Simons Witz erzählte, seinen subtilen Schlussfolgerungen, davon, dass er Krebszellen mit Litschis verglich oder sich über den Unterschied zwischen einem Krokodil und einem Alligator schlau machte. Er beschrieb die leuchtenden Augen des Jungen, seinen zuckenden Nasenflügel und erzählte von seiner Tapferkeit. Irgendwann brachte er schließlich Werder ins Spiel. Stolz erzählte er seinen Mitarbeitern, wie viel Werder dem Jungen bedeutete und die damit verbundenen positiven Auswirkungen auf den Krankheitsverlauf. In diesem Moment spürte Hannes, dass er jetzt für alle einfach nur Hannes Grün war. Vielleicht war dies auch schon viel länger so gewesen, aber sicher konnte er sich dessen nicht sein. Fest stand, dass alle in ihm das sahen, was er war, und nicht das, was manche vielleicht lange Zeit hatten sehen wollen.

Anna litt. Sie litt sogar sehr. Das sah Hannes sofort, als er ins Krankenhaus kam.

Simon hatte große Schmerzen gehabt, sich mehrmals übergeben müssen, seine Haut war seltsam wässrig und schmerzte. Doch am meisten setzte dem Jungen sein inzwischen völlig kahler Kopf zu. Anna wusste nicht, wie sie ihren Sohn aufbauen sollte, sie wusste sich keinen Rat. Hannes spürte, wie belastend die Atmosphäre war, die, wie durch einen unsichtbaren Strohhalm, den Lebensmut aus ihr heraussaugte. Ihr Lächeln glich dem eines Kürbisses, den man an Halloween für Kindergartenkinder präpariert hatte. Hannes musste etwas tun. Für Simon, aber vor allem auch für Anna. Schließlich erzählte er Simon, dass sich einige Werder-Spieler schon einmal absichtlich Glatzen hatten schneiden lassen.

Das half. Denn Simon begann nachzufragen. Er hörte aufmerksam zu, und es schien ihm zu gelingen, seine Schmerzen zu vergessen. Als hätte er sie in einer großen Schublade weggesperrt, auch wenn sie begannen, darin weiterzuwuchern. Wenn Hannes Glück hatte, würden sie aber darin bleiben, bis sein Freund eingeschlafen war. Je intensiver er zuhörte, desto besser schien es Simon zu gehen und so erzählte Hannes die ganze Geschichte des vielleicht erfolgreichsten Abends in Werders Vereinsgeschichte. Er begann damit, dass das Spiel am 6. Mai 1992 in Lissabon stattfand. Natürlich klärte er Simon darüber auf, dass Lissabon die Hauptstadt Portugals war und dass Endspiele meist auf neutralem Boden stattfanden. Er hätte auch erklärt, was mit der Bezeichnung „neutraler Boden" gemeint war. Aber Simon fragte nicht nach. Er wollte auch nicht wissen, was der *Pokal der Pokalsieger* war, für ihn zählte nur, dass Werder einen Pokal gewonnen hatte. Hannes hatte sogar noch die Mannschaftsaufstellung im Kopf, die er vor inzwischen mehr als elf Jahren auswendig gelernt hatte:

Rollmann (Oli Reck musste im Finale eine Sperre absitzen) – Bratseth, Wolter, Borowka, Bockenfeld, Votava, Eilts, Neubarth, Bode, Rufer, Allofs. Er wusste sogar, dass Schaaf in der ersten Halbzeit für Wolter und etwa eine Viertelstunde vor Schluss Kohn für Neubarth gekommen waren.

„Kohn war damals ziemlich gut drauf und alle hatten gedacht, er würde von Beginn an spielen. Aber dann hat der Trainer Klaus Allofs gebracht! Das war vielleicht die beste Entscheidung, denn Allofs hatte schon ziemlich viel Erfahrung, weißt Du!"

Natürlich war Simon nicht entgangen, dass Schaaf und Allofs gemeinsam bei Werder gespielt hatten. Er wollte wissen, ob sie gut waren.

„Klar. Allofs hat das wichtige 1:0 geschossen, kurz vor der Halbzeit!"

Simon lächelte glücklich.

Seine Mutter schloss erschöpft die Augen.

Doch Simon wollte noch mehr wissen. Also erzählte Hannes von Wynton Rufer und seinem Solo über das halbe Feld zum 2:0.

„Hast Du Dich gefreut?"

„Ob ich mich gefreut habe? Na, was glaubst Du denn? Ich habe die ganze Nacht nicht geschlafen, gefeiert, getanzt und …", er drehte sich gespielt, ein Geheimnis hütend, zu Anna um, dann ging er näher an Simon heran und flüsterte ihm ins Ohr:

„Ich habe ziemlich viel Bier getrunken und war nicht mehr nüchtern!"

Er zwinkerte Simon zu, der zwinkerte routiniert zurück.

Hannes nickte ernst.

„Willst Du das von den Glatzen auch noch hören?"

Simon gähnte. Dann nickte er langsam.

„Also, ich weiß nicht mehr genau, wie viele Spieler sich die Haare abrasiert haben. Ich weiß nur noch, dass Uli Borowka dabei war. Ein knallharter Verteidiger, ich kann Dir sagen, der hatte vielleicht einen Schuss. Einmal hat er ein Tor gegen Bayern München aus mehr als 30 Metern geschossen. Der Ball ging ab wie eine Rakete, das war das 1:0, und so ging das Spiel dann auch aus. Jedenfalls haben die Spieler nach dem Endspiel gefeiert und dann haben ein paar beschlossen, dass sie sich vor Freude Glatzen schneiden lassen! Sie wollten zeigen, dass sie etwas Großes geleistet haben!"

„Und dann?"

„Na ja, dann haben sie halt ohne Haare Fußball gespielt, eine Zeit lang jedenfalls. Zur neuen Saison waren ihre Haare dann wieder da!"

Hannes hatte keine Ahnung, welcher Gott ihm den letzten Satz diktiert hatte. Aber er war dankbar dafür.

„Und weißt Du was, kleiner Alligator? Auch Deine Haare werden zur nächsten Saison wieder da sein!"

Jetzt lächelte Simon glücklich.

Hannes fuhr ihm sanft über den Kopf.

„Magst Du noch einen Schluck Wasser trinken?"

Simon nickte.

Als Hannes mit einer Karaffe Wasser zurückkam, schlief Simon schon. Genauso wie seine Mutter. Sie atmete ruhig und sah in diesem Moment sehr zufrieden aus. Wieder fiel Hannes auf, wie hübsch sie war. Er schaute zu seinem kleinen Freund hinüber. Der kahle Schädel des Kindes machte ihm Angst. Wenn er doch nur etwas tun könnte. Und dann hatte er eine Idee. Er schaute auf seine Uhr: 16.00 Uhr. Sicher, es war schon relativ spät für sein Vorhaben, aber wenn er sich beeilte, konnte er es vielleicht noch schaffen. Gesetzt den Fall, die Lieferung würde geklappt haben. Er schrieb Anna einen Brief und legte ihn auf ihre Handtasche. Beim Hinausgehen sagte er zur Sicherheit einer Krankenschwester, die er bisher noch nie gesehen hatte, Bescheid. Falls Anna den Zettel nicht finden würde, solle sie ihr ausrichten, es sei alles in Ordnung. Er würde auf jeden Fall noch einmal vorbeischauen, auch wenn es vielleicht etwas spät werden konnte.

Golz gab nicht nur grünes Licht, er war sofort einverstanden. Es würde ihm nichts ausmachen, und dass sich Hannes – Golz nannte ihn natürlich Mr. Duncan – ruhig Zeit lassen könne. Fast schon entschuldigend erwähnte Golz, dass er sich deshalb noch nicht gemeldet habe, weil er der Annahme gewesen war, dass Hannes auf die Fertigung beider Haarteile hatte warten wollen. Hannes bedankte sich höflich, verabschiedete sich und legte sein Handy neben den Schaltknüppel seines Wagens. Im gleichen Moment passierte er ein Schild: *Köln 74 Kilometer.*

Golz reichte Hannes das Glas, hob sein eigenes und sagte in bemüht gutem Englisch:

„Auf das Geschäft, Mr. Duncan!"

„Ja, auf das Geschäft!", antwortete Hannes auf Deutsch und versuchte den Satz mit einem leichten amerikanischen Akzent zu veredeln.

„Es ist schön, dass Sie es einrichten konnten!", sagte Golz, lächelte und drückte auf einen Knopf auf seinem Schreibtisch.

Hannes wusste nicht, was er damit sagen wollte, schließlich war Golz es, der für ihn etwas arrangiert hatte. Aber er beschloss, nicht darauf einzugehen. Er fragte sich, was es wohl mit diesem seltsamen Knopf auf sich hatte. Er erinnerte ihn an alte James-Bond-Filme, wo der Böse mit einem solchen Knopf eine Falltür betätigte oder die Haie ins Wasser ließ.

Doch es war kein Hai, der einen Augenblick später das Büro betrat, auch wenn eine gewisse Ähnlichkeit nicht von der Hand zu weisen war, denn die Dame hatte einen etwas vorstehenden Oberkiefer. Sie war kahl geschoren, lächelte entrückt und bewegte sich wie ein 22-jähriges Fotomodell, obwohl sie wahrscheinlich schon jenseits der 50 war. Sie hatte eine Tüte in der Hand, die sie vor Hannes auf den Tisch legte. Dann holte sie die Perücke daraus hervor. Sie legte das Haarteil über ihre Faust und zeigte sie Hannes.

Er musste vor Rührung mit den Tränen kämpfen und hoffte, dass es die beiden nicht bemerkten.

„Sie ist … sie ist wirklich wunderschön. Noch schöner, als ich es erhofft hatte!"

Ein Stau machte seinem Zeitplan einen Strich durch die Rechnung. Es war kurz vor 23.00 Uhr. Er saß fest wie ein Keks in seiner Verpackung. Wie gerne hätte er Anna und Simon noch besucht. Insgeheim hatte er gehofft, Anna noch auf ein Glas Wein einzuladen. Dann nahm er sein Handy und wählte ihre Nummer. Er wusste, dass es viel zu spät war, dass sie wahrscheinlich schon schlief, aber er war glücklich und wollte ihr etwas davon abgeben.

„Hannes?"

„Ja. Es ist schon spät, ich weiß. Hast Du schon geschlafen?"

„Ja. Aber ich bin vor einer Viertelstunde noch einmal aufgestanden. Er hatte Durst und das Trinken tut heute wieder so weh!"

„Schläft er?"

„Warte, ich schau mal kurz!"

Er hörte, wie sie mit ihm sprach. Weil sie flüsterte, konnte er ihre Worte nicht verstehen, die Liebe zu ihrem Jungen konnte er jedoch spüren, als wäre sie hier bei ihm im Wagen.

„Nein. Er ist noch wach. Er will Dir was sagen."

Ehe Hannes antworten konnte, hörte er Simons Stimme.

„Hannes?"

„Ja, kleiner Alligator."

„Doktor Bartels hat heute mit mir gesprochen, weißt Du?"

Hannes musste überlegen.

„Das ist der Kleinere, Dicke, der auch schon mal bei Werder gespielt hat."

Simon röchelte leicht.

„Ja. Ich erinnere mich. Er hat in der dritten Mannschaft gespielt! Und was hat er gesagt?"

„Er hat gesagt, dass Du recht hast. Er sagt, Du hast viel Ahnung von Werder, er sagt, Du bist wie ein Arfiech!"

„Das hat er gesagt? Na, dann bin ich ja froh. Aber das Wort heißt nicht Arfiech, sondern Archiv!"

„Archiv", wiederholte Simon. „Ja, und der Doktor hat auch gesagt, dass er sich auch noch genau daran erinnern kann, dass sich Borowka nach dem Spiel eine Glatze schneiden ließ. Aber er hat gesagt, da war noch ein Spieler, der die Haare auch fast so kurz hatte wie eine Glatze, also vielleicht so wie eine halbe Glatze. Ich habe den Nachnamen vergessen, aber den Vornamen weiß ich noch!"

„Und wie heißt der Spieler?"

„Er heißt Manfred. Manfred, so wie meine Giraffe!"

„Oh, das wusste ich ja gar nicht, dass Du eine Giraffe hast, die Manfred heißt."

„Ja. Die habe ich mal von Opa bekommen, aber da war ich noch klein! Weißt Du, wie der Spieler heißt, ich meine, der mit der halben Glatze?"

„Ja, der heißt Manfred Bockenfeld!"

„Bockenfeld!", wiederholte Simon.

„Der hatte die Nummer 2 in diesem Endspiel. Und hat Dir der Doktor auch erzählt, dass er ganz wichtig war für den Europapokalsieg?"

„Nein. Das hat er vielleicht vergessen. Warum war denn Manfred Bockenfeld so wichtig?"

„Er hat Werder in das Endspiel geschossen. Im Spiel vorher hat er das entscheidende Tor geschossen!"

„Im Spiel vorher?"

„Ja genau. Da hat Werder gegen den FC Brügge gespielt. Das ist eine Mannschaft aus Belgien. Und Werder hat in Brügge mit 1:0 verloren! Und es gab aber auch noch ein Spiel in Bremen, weißt Du! Man nennt das Spiel *Rückspiel*!"

„Ach so. Na, und da musste Werder besser gewinnen als 1:0, oder?"

„Stimmt. Und Bockenfeld hat das Tor zum 2:0 geschossen und damit stand Werder im Finale!"

„Und da hat er sich so gefreut, dass er sich auch die Haare schneiden ließ?"

Hannes hörte Anna im Hintergrund reden.

„Ja. Genau!"

„Mama möchte auch noch einmal mit Dir reden. Glaubst Du, Werder gewinnt gegen Freiburg?"

„Ganz bestimmt, die schaffen das. Und Mama sagt doch, dass Ailton ein Tor schießen wird, was kann da schon schiefgehen?"

„Nix geht schief. Alles geht gerade. Tschüss, Hannes!"

„Tschüss, kleiner Alligator!"

Anna redete kurz mit ihrem Sohn. Hannes konnte nicht viel verstehen, nur, die Worte „Jetzt schlaf schön".

„Da bin ich wieder. Er ist jetzt ganz aufgedreht, wegen irgendeinem Manfred!"

„Ja, er hat für Werder mal ein ganz wichtiges Tor geschossen!"

„Manchmal kann ich es nicht glauben, was Werder für ihn bedeutet. Vielleicht sollte ich mich einmal nach einer Werder-Therapie anstatt einer Chemotherapie erkundigen!"

Hannes hörte in ihrer Stimme, dass es ihr gut ging.

„Anna?"

„Ja, Hannes!"

Sie fragte in einem Tonfall, als wünschte sie sich von ihm, dass er ihr seine Liebe gestand.

„Eigentlich wollte ich Euch ja noch einmal besuchen, aber ich stehe hier im Stau!"

„Es ist schön, dass Du noch einmal angerufen hast. Ich bin froh, dass wir Dich gefunden haben, Hannes Grün!"

„Ja. Es ist schön, Anna Peterson! Musst Du morgen arbeiten?"

„Nein, erst nächste Woche, nach der Chemo, warum?"

„Nur so. Dann könnten wir ja zusammen frühstücken. Ich könnte Dich am Krankenhaus abholen!"

„Das wäre schön!"

Hätte er noch eine dunkle Sonnenbrille getragen, er hätte ausgesehen wie ein siebenjähriger Marc Bolan –ein siebenjähriger Marc Bolan mit einer grün-weißen Mähne. Und er war stolz wie ein Gemälde von van Gogh, denn er war etwas ganz Besonderes. Niemand sonst hatte eine solche Perücke. Nach nicht einmal zehn Minuten hatten es alle Kinder auf der Station erfahren und wollten ihn sehen. Aber es waren nicht nur die Kinder, die neugierig waren. Auch die Schwestern und Pfleger und selbst die Ärzte wollten Simon sehen, Simon in seiner Werder-Perücke. Er hatte gehört, wie Hannes Anna davon erzählt hatte, dass er ihn an den siebenjährigen Marc Bolan erinnerte. Als die drei wieder alleine in seinem Zimmer waren, schüttelte Simon sein Haar und setzte sich auf Hannes' Schoß.

„Wer ist das? Hat der auch einmal bei Werder gespielt?"

Hannes zuckte die Schultern.

„Wer? Wen meinst Du?"

„Na dieser Marc Bolan. War das ein guter Spieler?"

Hannes lachte laut. Dann fuhr er seinem Freund durch das künstliche grün-weiße Haar.

Simon lächelte unsicher und warf seiner Mutter einen fragenden Blick zu.

Weißt Du, wer Marc Bolan ist, Mama?

„Ich glaube, er ist ein Musiker, Schatz", sagte Anna ruhig und nahm Simon in die Arme, „aber jetzt ist es besser, Du ruhst Dich ein bisschen aus. In einer halben Stunde musst Du zum Unterricht!"

Simon ging stolz zu seinem Bett und legte sich darauf.

„Bitte, Hannes. Bitte, erzählst Du mir von Marc Bolan? Ist seine Musik gut?"

Hannes nahm seinen Stuhl und setzte sich zu Simon ans Bett.

„Weißt Du, das ist eigentlich auch eine traurige Geschichte. Er war ein wirklich guter Musiker, hatte eine Band, die hieß *Tyrannosaurus Rex*. Und die war echt gut. Aber das ist schon fast 30 Jahre her!"

„Oh!", flüsterte Simon nur und als Hannes sah, dass sich sein Nasenflügel langsam bewegte, wusste er, dass es in seinem Kopf arbeitete!

„Ich hätte vielleicht einen anderen Vergleich ziehen sollen. Marco Bode hatte auch einmal eine ziemliche Mähne und der spielte bis vor zwei Jahren noch für Werder. So wie ich ihn kenne, wird er sich jetzt über Marc Bolan schlau machen. Aber er sah ihm wirklich irgendwie ähnlich. Ich hatte eine alte *T. Rex*-Platte. Auf dem Cover sah Bolans Frisur genauso aus wie Simons Perücke!"

Die Bedienung räumte gerade ihren Tisch ab. Hannes registrierte zufrieden, dass Anna aufgegessen hatte.

„Mach Dir keine Gedanken. Du kennst ihn doch. Er interessiert sich für alles, warum sollte er sich nicht auch für einen Rockstar aus den 70er Jahren interessieren. Solange er nicht…"

Sie lächelte.

„Was? Solange er nicht was?"

„Solange er sich keine E-Gitarre wünscht, könnte ich damit leben!"

„Ich könnte auch damit leben, wenn er sich eine E-Gitarre wünscht. Ich für meinen Teil habe viel zu spät mit dem Gitarrespielen angefangen!"

„Du kannst Gitarre spielen? Das wusste ich ja noch gar nicht!"

Hannes faltete seine Serviette zu einem Schiff. Dann schaute er Anna wieder an.

„Gitarre spielen ist vielleicht ein bisschen dick aufgetragen, in meinem Repertoire sind genaugenommen 1,5 Songs!"

„Na immerhin. Mit 1,5 Songs kannst Du bestimmt ein zehnminütiges Programm geben!"

„Im Moment eher unwahrscheinlich. Da müsste ich erst einmal drei Monate üben, abgesehen davon, dass ich gar keine Gitarre mehr besitze!"

Sie nahm seine Hand.

„Vielleicht könnt ihr ja zusammen einsteigen, Simon und Du, und Eure musikalischen Talente gemeinsam entwickeln! Wenn er sich etwas in den Kopf gesetzt hat, wird es schwierig, es ihm auszureden!"

Hannes schaute auf die beiden Hände. Es erinnerte ihn eher an eine Szene in einem Film als an eine reale Situation, in der seine eigene Hand eine der beiden Hauptrollen spielte. Im gleichen Moment zog Anna ihre Hand wieder zurück. Erst jetzt spürte Hannes, wie gut ihre Berührung getan hatte. Als hätte sich die Sonne am Horizont verabschiedet und mit ihren warmen Strahlen den Sommer in seinem blassen Gesicht zurückgelassen. Er hätte gerne etwas gesagt. Aber er hatte Angst, etwas kaputt zu machen.

„Du hast einen tollen Jungen. Er ist so…"

„Er liebt Dich, Hannes. Simon liebt Dich!"

Anna sollte recht behalten, denn Freiburg wurde am Samstag geschlagen. Hannes konnte das Spiel so entspannt wie selten zuvor eine Werder-Partie vor dem Fernseher verfolgen, denn zu dominant spielte Werder die Freiburger in deren eigenem Stadion an die Wand. Schon nach nicht einmal einer Viertelstunde gelang der erste Treffer. Es war tatsächlich Ailton, der eine Hereingabe von Ivan Klasnić, der sich auf der rechten

Seite durchgesetzt hatte, unbedrängt, flach in das Freiburger Tor schob. Das Tor war wie ein Weckruf – allerdings für den SV Werder. Das Team spielte sich eine solche Vielzahl von Chancen heraus, dass Hannes zunächst noch einmal unruhig wurde, weil, wie schon im Spiel gegen Köln, diese alten Weisheit des Fußballs in seinem Kopf herumhumpelte und ihm irgendetwas davon erzählen wollte, dass es sich durchaus rächen konnte, wenn man vorne zu viele Chancen liegen ließ. Als Ailton nach 28 Minuten einen schönen Steilpass von Lisztes aufnahm, zwei Freiburger wie Statisten stehen ließ und mit einem flachen Schuss ins von ihm aus gesehen rechte Eck einen Doppelpack perfekt machte, zog sich die humpelnde Weisheit in ihren Schaukelstuhl zurück und schlief ein. Es winkte der vierte Sieg im fünften Auswärtsspiel.

Er konnte sich nicht erinnern, dass Werder jemals zu Beginn einer Saison eine solche Serie gestartet hatte. So rückte für ihn zum ersten Mal überhaupt ein Werder-Spiel beinahe in den Hintergrund. Denn Hannes' Gedanken drehten sich wieder um Anna, darum, dass sie ihm gestern gesagt hatte, dass Simon ihn liebte. Das hatte Hannes nicht etwa Angst gemacht, sondern ihn mit einer großen Portion Stolz erfüllt. Er war sich jedoch nicht sicher, ob sie damit indirekt auch über ihre eigenen Gefühle sprach. Wollte sie ihm sagen, dass sie das Gleiche für ihn empfand? Oder wollte sie Hannes klar machen, dass Simon ihn liebte wie einen Vater oder einen guten Freund, was allerdings nicht hieß, dass sie das Gleiche für ihn empfand? Wollte sie Hannes sagen, dass er für sie „nur" ein guter Freund war? Hannes wurde unsicher, vor allem auch deshalb, weil Anna, nachdem sie über Simons Empfindungen gesprochen hatte, das Thema auf Werder Bremen gelenkt hatte. Sie hatte sich nach den Chancen auf einen Sieg in Freiburg erkundigt.

Just in diesem Augenblick, da Hannes die Situation wieder genau vor Augen hatte, kratzte ein Freiburger Spieler einen Schuss von Klasnić gerade noch von der Linie. Das 3:0 schien nur noch eine Frage der Zeit zu sein.

Es hatte Hannes natürlich nichts ausgemacht, über Werder zu reden, zumal Anna diesbezüglich vielleicht das erste Mal eine Gesprächspartnerin auf Augenhöhe war. Sie hatte im *Weser-Kurier* einen Artikel zitiert, in dem das „Schnellpassspiel" der Freiburger gepriesen wurde.

Hannes musste lächeln, als er daran dachte: Schnellpassspiel. Sie war wie ihr Junge, konnte sich Dinge gut merken, interessierte sich nicht nur oberflächlich für Themen, die ihr bisher eher fremd gewesen waren. Dabei spielte es keine Rolle ob es *Schnellpassspiel* oder *Kurzpassspiel* hieß. Sie hatte den Artikel verstanden und durchaus Respekt vor den Qualitäten des Teams aus dem Breisgau herausgelesen. Hannes fragte sich, ob sie ihn nach den Werder-Chancen fragte, weil sie glaubte, ein Sieg würde Simons emotionale Situation verbessern. Oder wollte sie, dass Werder für Hannes gewann? Das war natürlich eine fast schon egoistische Sichtweise der Dinge. Möglicherweise interessierte sie sich aber mittlerweile auch selbst so sehr für Werder, dass sie der Mannschaft aus einer von innen heraussprudelnden Motivation die Daumen drückte. Irgendwie spürte Hannes, wie seine Gedanken zunehmend auf den Pfad des Zweifels zusteuerten. Dabei gab es doch eigentlich gar keinen Grund dafür. Hatte sie nicht erst vor zwei Tagen am Telefon zu ihm gesagt, sie sei froh, dass Hannes in ihr Leben getreten sei? Und hatte sie nicht seine Hand gehalten, als die Bedienung das Frühstück abgetragen hatte?

Trotzdem. In Hannes rumorte der Zweifel. Sein Selbstvertrauen glich dem des Freiburger Teams. Was war los mit ihm? Bis vor wenigen Wochen hatten für ihn nur die Grün-Weißen gezählt. Da war er froh, dass Anna sich emotional zurückhielt, einfach nur eine gute Freundin war. Hatte sich das alles geändert? Hatte er sich in Anna verliebt?

Gesetzt den Fall, es war so, dann musste man kein Psychologe sein, um zu dem Schluss zu kommen, dass Hannes im Moment daran zweifelte, dass sie seine Gefühle erwiderte. Derartige Schlussfolgerunden waren an sich schon unvorstellbar. Die Tatsache, dass Hannes jene Erkenntnisse während eines Werder-Spiels herleitete, ließ wohl nur den einen Schluss zu, dass er sich tatsächlich in Anna Peterson verliebt hatte.

Doch wie verhielt es sich mit ihren Gefühlen? War sie einfach nur ein Kopfmensch? Hatte sie ihre Emotionen weitestgehend unter Kontrolle? Wollte sie, dass es so blieb, wie es war? Hatte sie den Kopf nicht frei für Hannes und das, was man wohl eine Beziehung nennen konnte? Hannes befürchtete, all diese Fragen mit „Ja" beantworten zu müssen.

Und Werder spielte Chance um Chance heraus, doch das 3:0 wollte nicht fallen. In zehn Minuten würde der Schiedsrichter zur Halbzeit bitten. Ob Simon das Spiel am Radio verfolgte? Und ob Anna wohl bei ihm im Zimmer war? Sicher trug sein kleiner Freund die grün-weiße Perücke.

Würde Werder noch vor der Pause auf 3:0 erhöhen, dann liebte ihn Anna auch.

Dann würde er all seinen Mut zusammennehmen und ihr wohl bald sein Gefühle anvertrauen. Hannes musste sich wieder auf das Spiel konzentrieren. Egal, was passierte. Und weil es unwahrscheinlich war, dass sein in Weiß spielendes Team noch vor der Halbzeit ein Tor zustande brachte, ging er in die Küche, um sich ein Bier zu holen.

Als er die Kühlschranktüre schloss, schloss Johann Micoud gerade einen brillanten Doppelpass mit Fabian Ernst ab und traf zum 3:0. Es war das erste Werder-Tor seit dem Saisonstart in Berlin, das Hannes nicht live gesehen hatte. Ein Tor jedoch, das ihn umso glücklicher machte.

Sein Glücksgefühl überdauerte auch die zweiten 45 Minuten. Seine Freude wurde auch dadurch nicht geschmälert, dass Werder anstatt fünf möglicher weiterer Tore nur noch eines durch Klasnić (in der 65. Minute) nachgelegt hatte. Auch die beiden Gegentreffer der Freiburger interessierten ihn nur am Rande. Der Endstand von 4:2 aus Werder-Sicht hatte zur Folge, dass die Mannschaft wieder auf Platz drei vorrückte, verbunden mit der Chance im nächsten Heimspiel gegen Frankfurt weiter nach oben klettern zu können.

28. Oktober bis 1. November 2003: Englische Woche mit Jack und Diane

Hannes fuhr Anna und Simon am Dienstag wieder nach Hause. Obwohl auch dieses Mal die Nachwirkungen der Chemoeinheit an ihm zehrten, schien sein Stolz die Schmerzen aber zu kompensieren. Sein Stolz auf die „Marc-Bolan-Perücke" – wie Simon das Haarteil selbst bezeichnete, sein Stolz auf den erneuten Werder-Sieg, sein Stolz auf seine Mutter, die nicht nur einen Sieg prognostiziert, sondern auch ein Ailton-Tor vorausgesagt hatte. Dass „Toni" sogar zweimal getroffen hatte, tat Simons Stolz keinen Abbruch. Im Gegenteil. Hannes sah den Jungen im Rückspiegel. Dessen Nasenflügel bewegte sich. Ein gutes Zeichen. Gleich würde er über etwas sprechen, das ihn entweder beschäftigte oder worüber er sich vor Kurzem Informationen beschafft hatte. Aus den Augenwinkeln musterte Hannes die Mutter des Jungen, die auf dem Beifahrersitz saß. Hannes spürte, dass es ihr gut ging. Für zehn Tage würde Simon nun wieder zu Hause sein, ehe die Qualen der Chemotherapie von Neuem beginnen würden. Anna würde wieder anfangen zu arbeiten. Sie hatte die Möglichkeit, die Stunden, die sie am Flughafen verbringen würde, mit ihren Kollegen abzusprechen. Für die Zeit, in der sie nicht für Simon da sein konnte, hatte sich Hannes angeboten. Das machte nicht nur Anna, sondern auch ihren Jungen sehr glücklich. Noch immer zuckte dessen Nasenflügel. Traute er sich etwa nicht zu sprechen? Dann erging es ihm genauso wie Hannes, der mittlerweile Herzklopfen bekam, wenn er in Annas Nähe war, aber gleichzeitig seine Sprache zu verlieren schien.

„Hannes?"

Erleichtert schaute Hannes seinen kleinen Freund an. Die Stille im Wagen hatte ihn schon nervös gemacht.

„Ja, kleiner Alligator!"

„Ich habe mich schlau gemacht über Marc Bolan. Nina hat mir geholfen!"

Schlau gemacht. Woher hatte er diese Formulierung?

„Nina?"

„Sie ist auch auf der Station. Ein älteres Mädchen, das mit Simon im Internet Informationen gesucht hat!", sagte Anna ruhig und lächelte. Es war ein Lächeln wie ein warmer Julitag.

„Und was weißt Du jetzt über Marc Bolan?"

Simon warf sein Haar zurück, als würde er auf der Bühne einen Rocksong ansagen.

„Er ist bei einem Autounfall gestorben, stimmt's!"

Hannes schaute zu Anna hinüber. Sie nickte ernst.

„Ja. Ja das stimmt. Es war eine ziemlich tragischer Unfall, kurz vor seinem 30. Geburtstag!", antwortet Hannes.

„Und seine Frau ist gefahren. Es war ein Mini!", sagte Simon.

Hannes zuckte die Achseln.

„Das wusste ich nicht. Ehrlich gesagt, war das vor meiner Zeit!"

„Vor Deiner Zeit? Hast Du da noch gar nicht gelebt?"

„Doch. Natürlich. Damals war ich neun. Vor meiner Zeit, damit ist gemeint, dass ich mich damals noch nicht so für Musik interessiert hatte! Ich hatte noch nicht so viel Ahnung, weißt Du!"

Simon nickte.

„Dann bin ich im Moment wohl auch noch vor meiner Zeit!"

Anna und Hannes lachten wie auf Knopfdruck. Dann legte sie ihre Hand auf Hannes' Oberschenkel. Als dieser danach greifen wollte, zog sie die Hand wieder zurück. Hannes dachte an Micouds Tor zum 3:0. Ein Zeichen. Er musste mit ihr reden. Doch jetzt war nicht gerade der passende Moment.

„Und weißt Du, was da noch stand? Im Internet meine ich!"

„Nein, kleiner Alligator, was stand da noch?"

„Das Auto ist gegen einen Baum geprallt, weil vorher ein Reifen geplatzt ist!"

Hannes konnte nicht antworten. Was hatte der Junge noch alles herausbekommen über Bolan.

„Das ist wirklich tragisch!", sagte Anna. „Er muss wirklich ein guter Sänger gewesen sein, oder?"

„Ja. Und ein guter Gitarrist. Er hat auch Bücher geschrieben. Habt ihr Euch auch Lieder von ihm angehört, Baumi?"

Simon nickte.

„Sie waren nicht schlecht. Ein bisschen kompliziert! Nina hat gesagt, es ist eine Musik, die man ein paar Mal hören muss, dann wird sie gut! Sie kannte ein paar Lieder, weil ihr Vater Schallplatten davon hat."

Am Abend war Hannes im Weser-Stadion, denn zum zweiten Mal im Oktober 2003 spielte Werder zu Hause gegen den VfL Wolfsburg. Dieses Mal ging es um den Einzug in das Achtelfinale des DFB-Pokals. Es war bitterkalt im Stadion, und als Wolfsburg schon nach sieben Minuten mit 1:0 in Führung ging, trug dies nicht unbedingt zur Erwärmung der nur gut 15.000 Zuschauer bei. Die Erinnerungen an das letzte Bundesliga-Heimspiel gegen den VfB Stuttgart waren allgegenwärtig. Wenn es dieses Mal allerdings wieder in einer Niederlage endete, würde es keine Chance geben, den Makel wieder auszugleichen. Dann hätte man sich aus dem Pokalwettbewerb verabschiedet. Vor dem Spiel hatte sich Hannes eigentlich viel zu wenig mit Werders Situation beschäftigt. Es wurde ihm klar, dass dies ein Schlüsselspiel war. Wurde er nachlässig, was Werder betraf? Und falls ja, konnte es sein, dass seine Gefühle zu Anna einen Anteil daran hatten?

In diesem Augenblick begann sein Werder-Herz endlich wieder flammend zu lodern. Nein. Er wollte, dass Werder heute eine Runde weiterkam. Der Pokal war immer etwas Besonderes für das Team gewesen. Mit sechs gewonnen Spielen hätte man einen Titelgewinn klarmachen können und zusätzlich die Qualifikation für den UEFA-Cup in der Tasche. Es stand also sehr viel auf dem Spiel. Die Mannschaft musste jetzt zeigen, was in ihr steckte.

Und das tat sie. Werder machte Druck und wurde von Minute zu Minute dominanter. In der 33. Minute hatte Hannes den Torschrei schon auf den Lippen, aber Ailton traf nur den Pfosten. So blieb es bis zur Pause beim 0:1.

Sein Handy läutete. Es war Anna.

„Wie geht es ihm?"

„Er hört Radio und er ist traurig!", sagte sie.

„Hat er Schmerzen?"

„Er hat seinen Teller leer gegessen, weil Werder Wolfsburg das letzte Mal auch geschlagen hat, weil er seinen Teller leer gegessen hat, sagt er!"

„Mein Gott. Was hast Du nur für einen Jungen!"

„Wer hat ihm denn gesagt, dass Werder gewinnen kann, wenn er seinen Teller …!"

„Schon gut. Ist er nicht müde?"

„Keine Spur. Er will das Spiel zu Ende hören. Meinst Du, die schaffen es noch?"

Wieder redete sie mit ihm über Werder. Hannes wusste nicht, ob dies ein gutes oder ein schlechtes Zeichen war.

„Sie hatten schon genügend Chancen, wird Zeit, dass mal ein Ball reingeht!"

„Vielleicht macht es wieder Ailton!"

Hannes lächelte. Sie redete mit ihm wie ein richtiger Fan.

„Du entwickelst Dich noch zur Expertin. Womöglich schlummern hellseherische Fähigkeiten in Ihnen, Frau Petersen. Wenn Toni das Tor macht, dann komme ich nach dem Spiel noch auf ein Bier vorbei, vorausgesetzt, es ist Dir recht!"

„Ich bitte darum!", erwiderte Anna. „Aber jetzt gebe ich Dir noch mal den kleinen Mann im Baumann-Trikot, der ist schon ganz ungeduldig!"

„Hannes?"

„Ja, kleiner Alligator!"

„Ich habe ein bisschen Angst, dass sie verlieren, so wie gegen Stuttgart!"

„Das glaube ich nicht. Deine Mama glaubt, dass Ailton nach der Pause das 1:1 schießen wird!"

„Mama hat langsam wirklich Ahnung!"

„Sag mal, trägst Du die Marc-Bolan-Perücke?"

„Nee, ich hab sie vorhin runtergenommen, als wir gegessen haben!"

„Na, da haben wir es ja schon. Daran liegt es bestimmt. Ich wette, wenn Du jetzt die Perücke aufsetzt, dann wird Werder das Spiel noch umbiegen!"

Im gleichen Moment kamen die Spieler zur zweiten Halbzeit aus der Kabine.

„Gut, dann hole ich schnell die Perücke. Ich gebe Dir noch mal Mama!"

„Was macht er denn?"

„Ich habe ihm gesagt, er soll die Perücke aufsetzen, damit Werder noch gewinnt!"

„Ihr zwei seid wirklich verrückt!"

„Ja. Das sind wir. Verrückt nach Werder und wer weiß wonach noch. Das Spiel geht gleich weiter. Also, die Einladung steht, bei einem Ailton-Tor?"

„Unbedingt! Dann viel Glück!"

„Viel Glück!"

In der 55. Minute schoss Ailton den Ausgleich! Hannes wurde warm ums Herz, trotz der frostigen Temperaturen. Wenige Augenblicke später erhielt er eine SMS von Anna:

Habe das Bier schon kalt gestellt.
Auf geht's Werder noch ein Tor!
☺

Nach dem 1:1 kam die Mannschaft richtig ins Rollen. Wolfsburg hatte nichts mehr zu bestellen und Hannes zählte sechs Chancen, aus denen normalerweise jeweils ein Tor hätte herausspringen müssen. Doch es war wie verhext, der Führungstreffer wollte einfach nicht fallen. So ging das Spiel in die Verlängerung. Werder machte zwar weiter Druck, aber je länger der VfL Wolfsburg einen Gegentreffer vermied, desto wahrscheinlicher wurde ein Elfmeterschießen. Er befürchtete, dass seine Nerven dann unweigerlich bleibende Spuren der Abnutzung davontragen würden.

In der 95. erlöste der Chef persönlich die Fans. Doch was Micoud mit dem Ball anstellte, hatte nicht das Wort Tor verdient. Tor war zu bieder, zu einfach, zu normal. Keine drei Buchstaben waren imstande, jenes Geniestück adäquat zu erfassen. Für das, was Micoud zelebrierte, musste eigentlich ein neues Wort gefunden werden. Ein Wort, das Eleganz, Genialität und Frechheit, das brillante Technik, Kaltschnäuzigkeit und Antizipation in sich vereinte – ein Wort, das es nicht gibt. Auch das Wort Traumtor machte das Kunstwerk des Chefs nur klein. Manche Dinge konnte man eben nicht in Worte kleiden. Micouds Aktion in der 95. Minute zählte definitiv dazu. Wenn man sich vor Augen führte, dass er die Aktion nicht in einem Trainingsspiel oder in einem Freundschaftsspiel der Saisonvorbereitung gegen einen Fünftligisten zelebrierte, dann wurde die Aktion noch kostbarer. Er zeigte den Fans diese Sternstunde des Weser-Stadions in einem Spiel, wo zuvor sämtliche Bemühungen, endlich in Führung zu gehen, durch einen guten Gästetorwart und jede Menge Pech allesamt verpufft waren; und gleichzeitig war es ein K.-o.-Spiel:

Lisztes spielte einen langen Ball aus der eigenen Hälfte auf Klasnić, der ihn auf halblinks, etwa 25 Meter vor dem Tor, sofort mit dem Kopf in die Mitte bugsierte. Und dort stand *le Chef*, mit dem Rücken zum Tor. Er ließ den Ball einmal auftippen, dann hob er ihn, in einem gottgegebenen Instinkt – noch immer mit dem Rücken zum Tor – mit dem rechten Fuß über einen von links heranstürmenden Gegenspieler. Nachdem der Ball ein weiteres Mal auftippte, drosch Micoud das Spielgerät – ohne sich zu vergewissern, wo Tor oder Torwart standen – volley mit einer solchen Wucht und Präzision in den linken oberen Winkel des Wolfsburger Tores, dass die 15.000 Fans das Weser-Stadion zu einem Tollhaus machten. Hannes wusste sofort, dass er soeben Zeuge von Magie geworden war – einer Darbietung, die man nicht lernen konnte. Sie musste einem in die Wiege gelegt worden sein …

Gute fünf Minuten später machte Charisteas mit einem raffinierten Abstauber per Kopf das 3:1 für Werder und das Spiel war gelaufen.

Hannes war angespannt wie ein Teenager, der zum ersten Mal mit einem Mädchen verabredet war. Er versuchte sich einzureden, dass es keinen Grund gab, nervös zu sein. Schließlich kannte er Anna nun schon über ein halbes Jahr. Trotzdem brachte er es nicht fertig, nach dem Spiel sofort bei ihr zu läuten. Er ging in seine Wohnung, um sich frisch zu machen. Es war schon nach 22.00 Uhr als er aus der Dusche kam und ein *Déjà-vu* erlebte. Als er Anna das erste Mal gesehen hatte, war er auch gerade aus der Dusche gekommen. Sie hatte bei ihm geläutet, weil sie ihn darum bitten wollte, auf Simon aufzupassen. Er schloss die Augen und sah ihre traurigen grünen Augen genau vor sich. Eigentlich hatte er ihr damals einen Korb geben wollen. Unvorstellbar.

Je länger er darüber nachdachte, Anna in ein paar Minuten zu besuchen, desto verkrampfter wurde er. Er überlegte sich, was er sagen sollte. um locker zu wirken. Derartige Gedanken machte er sich nicht einmal, wenn er sich in einem Vorstellungsgespräch von seiner besten Seite zeigen wollte. Vielleicht wäre es sogar besser, hier in seiner Wohnung zu bleiben, dann konnte er wenigstens nichts falsch machen. Er hätte mühelos eine passende Ausrede finden können. Dass er nach dem spannenden Spiel in einer Kneipe im *Viertel* versackt war, beispielsweise. Andererseits freute er sich darauf, sie zu sehen. Vielleicht war ja Simon auch noch wach. Er hoffte es, dann würde vieles leichter funktionieren. Aber um diese Zeit schlief er sicher schon. Er hatte einen sehr harten Tag hinter sich gehabt. Nein, auf Simon konnte er nicht zählen, da musste er schon alleine durch.

Der Film lief nicht einmal zehn Sekunden und hatte Anna schon fasziniert. Genau genommen hatte der Film eigentlich noch gar nicht begonnen. Lediglich die Namen der Hauptdarsteller flimmerten über den Bildschirm, auf dem im Wechsel James Duncan in einem alten Ford Mustang durch eine unberührte Landschaft im amerikanischen Westen fuhr und Maggi Sue Manson, die weiblich Hauptdarstellerin, in der Küche eines großen Restaurants Gemüse schnitt. Dazu lief der Titelsong *Jack and Diane* von *John Cougar Mellencamp.* Doch gerade der Song schaffte es, dass Anna sofort angetan war von *Jack und Diane.*

„Dieses Lied, ich weiß nicht, wie es heißt, aber es ist wirklich klasse!", sagte sie und lächelte Hannes an, der am anderen Ende der Couch saß und Simons Marc-Bolan-Perücke über sein gebeugtes Knie gestülpt hatte.

Er dachte daran, dass er wegen dieses Songs vor 15 Jahren mit dem Gitarrespielen begonnen hatte. Er hätte Anna davon erzählen können, beschloss aber, es zu lassen. Lieber wollte er mit ihr den Film genießen.

„Es ist von John Cougar Mellencamp, einem amerikanischen Rockmusiker. In den Staaten ist er wirklich ein Star. Dieses Lied ist schon über 20 Jahre alt. War sehr berühmt. Aber Mellencamp hat ihn nicht für den Film geschrieben. Der Regisseur hat die beiden Figuren Jack und Diane genannt, weil er diesen Song als Titelsong wollte. Und das Lied hat vom Text her auch nicht viel mit der Story des Films zu tun. Abgesehen davon vielleicht, dass Jack auch in dem Film einmal Footballstar werden wollte und auch auf dem besten Weg dazu war!"

„Es ist klasse, ein richtiger Gute-Laune-Song!"

Sie rückte ein Stück näher an ihn heran und hob ihre Bierflasche, woraufhin Hannes die Distanz seinerseits etwas verringerte. Er nahm sein Bier und sie stießen an.

„Auf ein Happy End!", flüsterte Anna.

„Ja. Auf ein Happy End!"

Und als Hannes einen Schluck genommen hatte, legte er seinen Arm um sie. Sofort spürte er, dass er einen Fehler gemacht hatte, wollte den Arm wieder zurückziehen. Doch im gleichen Moment schmiegte sie sich an ihn. Er roch ihr dunkles Haar. Es duftete nach Vanille und fiel wie Samt auf ihre Schultern. Er sah zwei kleine Muttermale, die an ihrem Hals wie eineiige Zwillinge durch zwei Haarsträhnen lugten.

„Das ist schön!", sagte sie, drückte sich noch enger an Hannes und richtete ihren Blick weiter auf den Film.

Was der Chef, Micoud, im Stadion gemacht hatte, war Magie, etwas, das man sicher nicht in Worte fassen konnte. Doch was Hannes in diesem Moment erlebte, konnte man auch nur schwer in Worte fassen. Sie war ihm so nah wie noch nie. Dabei schliefen sie nicht miteinander, sie küssten sich nicht einmal. Sie saßen einfach nur da, Anna ließ sich fallen und Hannes legte den Arm um sie. Und sie ließen den Film auf sich wirken. Hannes wurde auf eine Art warm ums Herz, wie er es bisher noch nicht gekannt hatte. Der Film war wie eine Berg- und Talfahrt. Er war traurig und lustig, schön und grausam und er erzählte von einfachen Menschen und ihren Gefühlen. Ab und zu schaute ihn Anna an. Manchmal lächelte sie, manchmal sagte sie etwas wie „Schön" oder „Warum". Einmal sagte sie:

„Jetzt schaut er genauso wie Du!", und meinte natürlich James Duncan. Und ein weiteres Mal, als man Diane in eine geschlossene Anstalt brachte, weil sie ihre Alkoholprobleme nicht in den Griff bekam, weinte sie leise. In diesem Moment drückte Hannes sie so fest, dass er befürchtete, ihr wehzutun, doch sie legte nur ruhig ihren Kopf auf seine Brust. Er strich ihr eine Haarsträhne aus der Stirn und wischte ihr eine Träne von der Wange.

„Schafft sie es? Und wartet er auf sie?", fragte sie, ohne den Blick von den Bildern zu nehmen.

Hannes nickte.

„Auf ein Happy End", flüsterte er.

Als der Film zu Ende war, blieb sie in seinen Armen liegen. Hannes genoss die Situation und wollte sie nicht mit Worten klein machen. Er spürte ihren ruhigen Atem. Einige Minuten später sah er, dass sie die Augen geschlossen hatte. Sie war eingeschlafen. Er hatte sie schon ein paar Mal schlafend gesehen, immer im Krankenhaus auf einem Stuhl neben Simons Bett. Da wirkte sie meistens sehr geschafft und ausgezehrt. Dieses Mal schien ein leichtes Lächeln um ihren Mund zu spielen. Er strich langsam durch ihr Haar, was sie mit einem zufriedenen, leisen Seufzen kommentierte. Als ihr Atem immer ruhiger wurde, beschloss er, zu gehen. Er hob langsam ihren Kopf, zog seinen Arm zurück und legte sie sanft auf die Couch.

„Nein", flüsterte sie und legte beide Arme um seinen Hals. Dann zog sie ihn langsam zu sich nach unten. Der erste Kuss wirkte beinahe verlegen. Sie schienen sich zu suchen, gingen behutsam miteinander um. Hannes spürte, dass sie ebenso unsicher war wie er. Doch dann spürte er ihre Leidenschaft und ihr Verlangen. Er vergaß alles um sich herum, wurde von Gefühlen überwältigt, die ihm bisher vollkommen fremd gewesen waren.

Klaus Neitzel war nicht sehr gesprächig. Es saß auf dem Beifahrersitz und schaute aus dem Fenster, als wäre er noch nie in Norddeutschland gewesen. Dabei war er in Sittensen, einer Stadt mit gut 5000 Einwohnern aufgewachsen, die direkt an der A 1 zwischen Bremen und Hamburg lag. Vielleicht wollte Klaus aber auch einfach nur nach dem Rechten sehen, schließlich waren sie nur noch zehn Kilometer von der Ausfahrt Sittensen entfernt. Sie waren auf dem Weg nach Hamburg. In der Zentrale des Unternehmens sollte ein Meeting stattfinden, bei dem vornehmlich die *Make-my-day*-Events zur Sprache kommen sollten. Natürlich hatten sie zuvor über das Werder-Spiel gesprochen und dabei dem Micoud-Geniestreich gehuldigt. Klaus, der selbst als rechter Verteidiger bis zur A-Jugend beim VfL Sittensen gespielt hatte, hatte als St. Pauli-Fan natürlich Werder die Daumen gedrückt. Dennoch hüllte er sich weitestgehend in Schweigen, weil sein FC St. Pauli gestern im Pokal gegen den VfB Lübeck den Kürzeren gezogen hatte. Als Regionalligist hatte Pauli ein Heimspiel gegen das Zweitligateam aus Lübeck zugelost bekommen und Klaus war live vor Ort gewesen. Das Spiel hatte alles, was einen Pokalfight ausmachte: Lübeck ging wenige Minuten nach der Pause in Führung, in der 56. glich St. Pauli aus. Nur zwei Minuten später bekam der VfB einen Elfmeter zugesprochen, den Paulis Keeper Hollerieth hielt. So ging es auch am Millerntor in die Verlängerung. Mit zwei schnellen Toren in der 97. und 111. Minute zog Lübeck mit 3:1 davon, und obwohl St. Pauli danach noch einmal alles nach vorne geworfen hatte, war nicht mehr als der Anschlusstreffer zum 2:3 dabei herausgesprungen.

„Eine Niederlage schmeckt viel bitterer, als der schönste Sieg süß schmecken kann!", sagte Hannes und wunderte sich selbst ein wenig über die Poesie seiner Wortwahl. Klaus Neitzel wunderte sich gar nicht. Er nickte nur und fügte hinzu:

„Worauf Du einen lassen kannst!"

Hannes wusste, dass es besser war, Klaus in seiner Trauerphase allein zu lassen. Trotz seiner skurrilen Koteletten, der gelben Haarsträhne und der unzähligen Löcher in seinem linken Ohr – Überbleibsel seiner wilden Punkzeiten – wirkte er jetzt wie ein kleines Kind, dem man sein Lieblingsspielzeug weggenommen hatte. Die besten Voraussetzungen, um zu einem langweiligen Geschäftstreffen zu fahren.

So kam Hannes die letzte Nacht wieder in den Sinn. Es hatte ihn so glücklich gemacht, dass er es noch immer nicht richtig einordnen konnte. In gewisser Weise befürchtete er, dass er so viel Glück nicht verdient hatte, dass es einen Haken geben musste, etwas, das ihm entgangen war.

Vielleicht hätten sich manche an seiner Stelle sogar geärgert. Hannes lächelte. Aber wie konnte man dem Jungen denn böse sein? Er hatte nach seiner Mama gerufen, weil er Schmerzen hatte. Die Nacht nach einem Chemoblock war oft besonders problematisch. Anna hatte Hannes umarmt, dann hatte sie sich ihr Sweatshirt übergezogen, um nach ihrem Jungen zu schauen. Es war schon nach ein Uhr morgens gewesen und Hannes war sogar dankbar, dass sie nicht miteinander geschlafen hatten. Das Warten war besonders schön, wenn man glücklich war. Und dieses

Warten würde sich lohnen. Er schaute auf die Uhr am Armaturenbrett: 8.32. Wenn sie in Hamburg angekommen waren, würde er Anna anrufen.

„Wie geht es eigentlich dem Jungen?"

Hannes wurde aus seinen Gedanken in die Welt zurückgeholt. Klaus hatte seine Sprache wiedergefunden. Und da Klaus das Thema auf Simon gelenkt hatte, hoffte Hannes, dass sein Mitarbeiter nicht die ganze Zeit Hannes' Gedanken gelesen hatte.

„Simon?"

„Ist er noch im Krankenhaus?"

„Nein, er kam gestern nach Hause. Das wechselt sich immer ab: eine Phase Chemotherapie, eine Phase zuhause und so weiter!"

Bis kurz vor Hamburg sprachen die beiden über den Jungen. Hannes erzählte Klaus, dass aus seinem kleinen Freund ein richtiger Fan geworden war. Dass er eine Werder-Perücke trug, sich das gestrige Spiel im Radio angehört hatte und alles über Werder aufsaugte, was ihm in die Finger kam. Klaus fragte Hannes, ob er ihn ab und zu mit ins Stadion nahm, damit Simon auf andere Gedanken kam, woraufhin ihm Hannes erklärte, dass dies viel zu gefährlich für Simon wäre, weil dieser sich so eine Infektion holen könnte, die sogar tödlich verlaufen könnte.

„Schöner Mist", sagte der St. Pauli-Fan, „und ich rege mich hier über das Spiel auf!"

„Ich würde mich genauso aufregen. Weißt Du, das Leben geht trotzdem weiter. Und je normaler man die Dinge angeht, desto besser ist es für Simon. Er nimmt alles, wie es ist. Manchmal macht es mir fast ein bisschen Angst!"

„Kinder sind so. Die Tochter eines früheren Arbeitskollegen hat bei einem Autounfall ein Bein verloren. Da war sie drei Jahre alt. Sie bekam eine Prothese und konnte bald wieder ganz normal laufen. Wenn man es nicht weiß, kann man sich nicht vorstellen, dass sie nicht zwei gesunde Beine hat. Sie reitet und hat schon viele Preise gewonnen. Inzwischen ist sie zehn und nimmt an ganz normalen Turnieren teil, bei denen alle anderen nicht behindert sind!"

„Wahnsinn. Das ist unvorstellbar. Ich freue mich auch, wenn ich Simon wieder mit ins Stadion nehmen kann. Das Stadion fehlt ihm. Er hat mir neulich erzählt, dass ihm die Flutlichtmasten im Weser-Stadion so gut gefallen. Dann hat er gleich ein Bild davon gemalt!"

Es vergingen einige Augenblicke, bis Klaus darauf antwortete. Hannes war soeben von der Autobahn abgefahren. Wieder dachte er an Anna.

„Da lässt sich vielleicht was machen", sagte Klaus plötzlich mehr zu sich selbst als zu Hannes.

Bevor er zum Heimspiel gegen Eintracht Frankfurt ins Weser-Stadion aufbrach, klingelte er noch einmal bei Anna und Simon. Hannes hatte eine Plastiktüte dabei, nach der sich Simon sofort erkundigte. Doch Hannes sagte ihm, er müsse sich noch ein paar Minuten gedulden. Der Junge trug sein komplettes Werder-Outfit: Schal, Trikot und Marc-Bolan-Perücke. Hannes hatte ihn zwei Tage nicht gesehen und bekam beinahe einen Schock, als er sah, wie hohlwangig sein kleiner Freund war und wie tief seine Augen in ihren Höhlen lagen. Kein Vergleich mehr zu dem aufgedunsenen Kortison-Gesicht vor ein paar Wochen. Anna bemerkte, dass Simons Aussehen Hannes emotional berührt hatte. Sie beschloss, nicht darauf einzugehen. Die beiden küssten sich wie Freunde und nicht wie ein Liebespaar. Sie hatten sich darauf geeinigt, zuerst mit Simon zu reden, bevor sie vor dem Jungen ihre Gefühle zueinander offen zeigen wollten. Im völligen Gegensatz zu seinem Äußeren stand Simons emotionale Verfassung.

„Ich musste Mama überreden!", sagte er und sein Nasenflügel bewegte sich dabei.

Hannes breitete die Arme aus.

„Überreden, wozu? Dass sie heute Abend mit Deiner Perücke spazieren geht?"

Simon schaute irritiert. Er war also doch noch ein Kind. Für diese Form von Humor hatte er noch keine Antenne, was Hannes beinahe erleichtert aufnahm.

„Nee. So ein Quatsch. Was redest Du, Hannes?"

„Entschuldige, also wozu musstest Du Deine Mama überreden?"

Hannes ging hinter Anna vorbei und strich ihr dabei über den Hintern, ohne dass Simon es bemerkte. Dann kniete er sich zu seinem kleinen Werder-Freund nach unten.

„Also, kleiner Alligator, wozu?"

„Dass sie es wieder sagt. So wie vor dem Spiel in Freiburg!"

Simon schien in Hannes' Gesicht zu lesen, dass der noch immer nicht verstand, worauf er hinauswollte.

„Du bist vor Deiner Zeit, stimmt's?"

Anna schaute Hannes an und lächelte.

„Wenn Du damit meinst, dass ich keine Ahnung habe, wovon Du gerade redest, dann ja!"

Simon verdrehte die Augen, was Hannes beinahe Angst machte. Jetzt war er noch mehr von der Krankheit gezeichnet als ohnehin schon.

„Na ich habe ihr gesagt, dass sie wieder sagen soll, dass Ailton ein Tor schießt!"

Hannes klatschte sich an die Stirn.

„Oh Mann, wie konnte ich nur so schwer von Begriff sein!" Dann rückte er noch näher an Simon heran, schob ein paar Strähnen seiner Perücke zur Seite und flüsterte ihm ins Ohr:

„Und hat sie es gesagt?"

Dabei bemerkte er, dass Simon eigenartig roch. Er wollte mit Anna darüber reden, aber nicht jetzt.

Simon nickte. Dann flüsterte er:

„Ja."

Jetzt nahm Hannes seinen *Premiere*-Decoder aus der Plastiktüte. Natürlich wollte Simon sofort wissen, wozu der Decoder da war, den Hannes an Annas Fernseher anschloss.

„Jetzt kannst Du das Spiel im Fernsehen anschauen!", sagte Hannes und lächelte.

„Echt?" Zweifelnd schaute Simon seine Mutter an. Anna nickte und zwinkerte ihm zu.

„Juhuuu!"

Simon war so glücklich, dass er tanzte, Hannes umarmte und küsste. Der war überwältigt von der positiven Energie seines Freundes, aber er war auch sehr betroffen darüber, wie leicht und dünn Annas Junge geworden war.

Es war geradezu beängstigend, zu welcher Expertin sich Anna gemausert hatte, denn es war tatsächlich wieder Ailton, der nach 18 Minuten das 1:0 besorgte. Er nahm einen schönen Pass aus dem Mittelfeld von Lisztes auf, umspielte zwei Frankfurter Spieler wie Statisten und ließ auch deren Torwart keine Chance. Das Stadion war sofort da, und der Stimmung nach zweifelte in diesem Moment bereits kein Werder-Fan mehr daran, dass die Partie gewonnen werden würde. Dabei genügte zu Beginn eine eher durchschnittliche Leistung, um das Team aus Hessen in allen Belangen zu beherrschen. Hannes befasste sich gerade damit, wie viele Tore Lisztes inzwischen vorbereitet hatte, als es schon wieder im Tor der Frankfurter einschlug. Das 2:0 war dem Kapitän persönlich, Frank Baumann, vorbehalten. Seinen ersten Schuss aus halbrechter Position im Frankfurter Strafraum konnte der Gäste-Torwart noch abwehren. Aber Baumann nahm den abprallenden Ball aus der Luft und setzte ihn per Aufsetzer zum 2:0 ins Netz. Hannes dachte an Simon, der die Szene vor dem Fernseher sitzend in seinem Baumann-Trikot verfolgt hatte. Er war jetzt sicher sehr stolz. Werder schien danach vor allem schön spielen zu wollen, was die Zuschauer ein ums andere Mal zu Szenenapplaus animierte. Meist wurde der Ball mit nur einem Kontakt weitergespielt und der Gegner schien vor Ehrfurcht zu erstarren. Das Einzige, was man Werder vorwerfen konnte, war, dass die Mannschaft die Schönspielerei auf Kosten der Effektivität übertrieb. Hätte man die Angriffe konsequent zu Ende gespielt, es hätte ein Debakel für den Aufsteiger geben können. So stand es zur Pause „nur" 2:0.

Wie schon am Dienstag läutete Hannes' Handy.

„Hannes. Hast Du's gesehen? Mama hat wieder recht gehabt und ich habe ein Tor geschossen!"

„Ja, ja, das hast Du, Baumi. Du hast das 2:0 geschossen und das hast Du wirklich sehr gut gemacht. Ich bin stolz auf Dich!"

„Meinst Du, Werder kann das Spiel noch verlieren?"

Hannes suchte nach einem gespeicherten Negativerlebnis aus der Kategorie *2:0-Halbzeitführung zu Hause noch vergeigt*. Aber er fand in der Kürze der Zeit keinen Treffer.

„Nein. Werder wird das Spiel bestimmt gewinnen!", antwortete er stattdessen.

„Juhuuuuuuu! So, dann gebe ich Dir noch schnell Mama!"

„Er ist so glücklich. So glücklich. Du müsstest ihn sehen mit seiner Perücke. Und er ist so stolz, dass Baumann ein Tor geschossen hat!"

„Ja. Ich bin froh, dass er glücklich ist!"

„Und ich bin froh, dass es Dich gibt!"

„Ich freue mich auch, dass es Dich gibt. Du bist eine Hellseherin, weißt Du das?"

„Kommst Du nach dem Spiel vorbei?"

„Ja. Natürlich. Aber jetzt geht es weiter! Bis dann. Ich küsse Dich!"

„Ich freue mich!"

Gleich zu Beginn der zweiten Halbzeit hatte Ailton das 3:0 auf dem Fuß. Hannes hatte das Netz schon zappeln sehen, doch der kleine Brasilianer schob den Ball aus etwa zwei Metern am Tor vorbei. Ob es an dem Spiel am Mittwoch lag oder daran, dass die Frankfurter so harmlos waren, Werder ließ die Zügel plötzlich etwas schleifen. Sie spulten ihr Programm im Schongang herunter, so als wollten sie Kräfte sparen. Das führte allerdings dazu, dass die Frankfurter ein bisschen stärker wurden. Nach etwa einer Stunde hatten sie dann auch ihre erste echte Torchance des Spiels. Der Kapitän der Hessen kam völlig freistehend zum Kopfball, doch er brachte den Ball zum Glück nicht im Tor unter. Fünf Minuten später war es dann aber doch so weit. Es war bezeichnend für das Spiel, dass Werder-Keeper Reinke eine harmlose Flanke selbst ins Tor schlug. So, als wolle er das Spiel noch einmal spannend machen und die eigene Mannschaft dazu ermuntern, wieder etwas mehr zu tun. Hannes wurde mit einem Mal unangenehm warm. Unmittelbar nach dem 2:1 hatten die Frankfurter noch eine Chance, doch der Ball ging zum Glück über das Tor. Würden sie das Spiel tatsächlich noch aus der Hand geben? Dann wären sie die Deppen der Nation, denn wenn man so überlegen war, musste man drei Punkte einfahren. Und Hannes würde von da an einen Treffer unter der Kategorie *2-0-Halbzeitführung in einem Heimspiel noch vergeigt* haben. Aber darauf hätte er nur allzu gern verzichtet.

Aber da gab es ja noch Ivan Klasnić, den Schaaf zunächst auf die Bank beordert hatte. In der 67. Minute wurde der junge Kroate eingewechselt, nur vier Minuten später erlöste er die Anhänger der Grün-Weißen, als er einen feinen Pass von Ailton eiskalt zum 3:1 versenkte. Jetzt war das kurze Aufbäumen der Gäste auch schon wieder verpufft und die Ostkurve feierte ihr Team zehn Minuten vor Schluss als Sieger. Sie sollten sich nicht täuschen. Es blieb bei einem hochverdienten 3:1, wodurch Werder weiter auf Platz drei der Tabelle stand.

2. bis 8. November 2003: Ein Kantersieg für Anna

Wäre er talentiert genug gewesen, hätte er ein Gedicht geschrieben. Nicht über Werder und den kaum für möglich gehaltenen Saisonverlauf, die beinahe spielerisch anmutende Treffsicherheit Ailtons, das unerschöpfliche Repertoire an genialen Einfällen eines Micoud, die verblüffend effektiven taktischen Vorgaben von Thomas Schaaf oder die unglaublich mitreißende Spielweise des gesamten Teams: eine Ode an Werder. Doch Hannes' Prosagedanken sprossen nicht aus der Werder-Wurzel. Es war nicht Werder, das ihn verzauberte und an seiner Seele rührte, es war Anna Peterson.

Allein bahnte er sich am Osterdeich den Weg zum Trainingsgelände der Werder-Profis und kämpfte gegen den kalten, ihm entgegenwehenden Ostwind. Doch weder die Kälte noch die starke Brise konnten ihm etwas anhaben. Das, was er in den letzten beiden Tagen erlebt hatte, wärmte ihn von innen, stellte es doch alles bisher Erlebte in den Schatten. Er hatte in Anna eine Frau gefunden, die ihn verstand, mit der er reden und lachen konnte, als sei sie ein Teil von ihm. Sie war eine Frau, die in ihm nicht die Fassade eines Hollywoodstars sah, sondern das Innere von Hannes Grün. Er hatte in ihr eine Frau gefunden, die ihn liebte und bei der es ihm nichts ausmachte, seine Gefühle zu zeigen. Die letzten beiden Tage waren unglaublich intensiv, unglaublich leidenschaftlich, unglaublich schön gewesen.

Er war froh, mit seinen Gedanken alleine zu sein, denn sie waren völlig neu für ihn. Zu lange war er vor dem Fluch seines Aussehens davongelaufen und hatte hinter jeder Frau einen lauernden Groupie vermutet. Er redete sich immer wieder ein, nicht zu glücklich sein zu dürfen. Denn er wollte vermeiden, dass er, falls irgendwann alles wieder vorbei sein würde, er vor einem Scherbenhaufen stehen würde. Doch er fand keinen Hebel, um seinen Glückszustand zu steuern. Zum zweiten Mal an diesem Tag fragte er sich, ob Anna ebenso wichtig für ihn war wie Werder. Natürlich wusste er, dass es Menschen gab, die solche Fragen als in höchstem Maße unromantisch abtaten. Für diese Menschen bedeutete Fußball, dass 22 Verrückte sich ohne ersichtlichen Grund sinnlos auf einer Wiese um einen Ball balgten. Doch diese Menschen würden nie diesen mit nichts vergleichbaren Kick erfahren, den einem ein Fußballspiel geben konnte. So etwa, wenn deine Mannschaft nach einem 1:4 im Hinspiel des UEFA-Cups das Rückspiel mit 6:2 nach Hause fährt und Du vorher 120 Minuten lang Emotionen durchlebst, die jene armen, der Ratio verpflichteten Geschöpfe noch nicht einmal beim Sex erfahren. Er hätte niemals jemandem derartige Gedankengänge offenbart, stand jedoch dazu, dass er sich die Frage stellte, ob Anna und Werder auf der gleichen Stufe der Wichtigkeit anzusiedeln waren.

In den nächsten Tagen würde er Anna nicht mehr so oft sehen, denn Simon war seit heute wieder mit ihr ins Krankenhaus gezogen. Anna wollte dem Kleinen bald davon erzählen, dass sie sich in Hannes verliebt hatte. Hannes hatte keine Ahnung, wie Simon wohl darauf reagieren würde, befürchtete allerdings, dass sich daraus durchaus Probleme ergeben konnten. Wäre es unter diesen Gesichtspunkten nicht besser gewesen, Anna wäre einfach nur eine gute Freundin geblieben?

Und so fürchtete er sich auch ein wenig vor der neuen Entwicklung, hatte Angst, dass er bei all der Euphorie irgendetwas übersah.

Liebe macht blind.

Das war wohl tatsächlich so. Aber was hätte er übersehen sollen? Insofern nahm Anna wohl im Moment tatsächlich einen größeren Raum in seinem Leben ein als Werder. Doch Hannes konnte nicht sagen, dass ihm dies ungelegen kam. Es schien fast so, als würde er Werder vertrauen und sich darauf verlassen, dass seine Mannschaft die Spiele gut über die Runden brachte. Sein Pasching-Trauma hatte sich verkrochen wie ein sterbendes Tier.

Als er das Trainingsgelände erreicht hatte, sah er, dass sich nur eine Handvoll Fans dorthin verirrt hatten. Sie hatten die Kragen ihrer Jacken nach oben geschlagen, um sich gegen die Kälte zu wappnen. Einige von ihnen trugen bereits Mützen. Der Winter stand in den Startlöchern, doch das hielt die Treuesten der Treuen nicht davon ab, ihre Idole beim Training zu beobachten. Hannes wurde klar, dass er Werder dennoch nicht vernachlässigen durfte, trotz des grenzenlosen Vertrauens, das er mittlerweile in die Mannschaft setzte, und des nicht minder großen Selbstvertrauens, mit dem das Team auf dem Feld zu Werke ging. Das durfte unter keinen Umständen passieren. Gut, dass es Simon gab, denn Werder war für ihn nicht nur eine allwöchentliche 90-minütige Momentaufnahme. Hannes musste die Werder-Welt vielmehr Tag für Tag an das Krankenbett des Jungen bringen. Das war auch für Anna wichtig.

Im gleichen Moment fiel ihm auf, dass Ümit Davala nicht mit der Mannschaft trainierte. Dafür war er dankbar, denn das hieß wohl, dass Werder und Anna beide ihren Platz hatten und nicht miteinander in Konkurrenz standen. Trotz des beinahe schmerzenden Gefühls der Zuneigung für Anna war die Antenne für die Grün-Weißen noch immer weit genug ausgefahren. Er erkundigte sich bei einem älteren Herrn über das Fehlen des türkischen Nationalspielers. Dabei erfuhr Hannes, dass sich Davala einer Zahnoperation unterziehen musste, die ihn für ein paar Tage außer Gefecht setzen würde. Hannes hoffte, dass Davala am Wochenende wieder eingreifen konnte, denn gerade er zählte für Hannes zu den wirklich positiven Überraschungen der laufenden Saison.

„Glauben Sie, Werder wird auch in Hannover gewinnen?", fragte Hannes' Gesprächspartner.

Hannover!

Das letzte Mal hatte die Begegnung damit geendet, dass er sich eine Fleischwunde an seinem Hintern hatte verarzten lassen müssen. Und das alles nur, weil Werder das Spiel vergeigt hatte. Wenn am kommenden Samstag alles normal lief, würde die Mannschaft sicher auch in Hannover etwas reißen. Sofort rankten sich seine Gedanken wieder um Anna. Sie war in der Lage, die schmerzhaften Erinnerungen an Werders letzten Auftritt gegen Hannover aus Hannes' Gedächtnis zu streichen. So wie Anna ihn verzaubert hatte, so würde auch Werder am Wochenende die Fans verzaubern und die drei Punkte aus Hannover entführen. Und wenn dies tatsächlich gelingen würde, dann hätten er und Anna eine gemeinsame Zukunft vor sich. Hannes wusste sofort, wie verrückt der Gedanke war, eine glückliche Beziehung zu Anna von einem Werder-Sieg abhängig zu machen. Verrückt für jemanden, der Werder nicht vertraute. Doch Hannes wusste, dass ihn die Mannschaft nicht im Stich lassen würde.

Erst jetzt sah er, dass der ältere Herr noch immer auf seine Antwort wartete. Er lächelte und klopfte dem Mann auf die Schulter:

„Ja. Ja, das glaube ich. Werder wird Hannover schlagen, ganz sicher!"

Hannes fragte sich, ob dieses Zucken des Nasenflügels den Jungen bis in sein Erwachsenenleben begleiten würde. Er hoffte es, denn es machte Simon einzigartig. Aber natürlich nicht nur das, sondern auch die Art und Weise, wie er seine Fragen formulierte. Simon interessierte sich für so vieles und noch gelang es Hannes, die meisten seiner Fragen auch zu beantworten. Doch er wusste natürlich, dass sich irgendwann sein eigener Status verändern würde und er nicht mehr auf alles eine Antwort parat haben würde. Genau genommen war dies ohnehin schon jetzt der Fall. Im Fall Marc Bolan hatte Hannes bereits passen müssen. Dieses Mal hatte Simon sich nach Ümit Davalas Fernbleiben vom Training erkundigt, wobei sein Nasenflügel seinen Wissensdurst verstärkte.

„Ümit Davala hatte ziemliche Zahnschmerzen und musste operiert werden!"

„Ach so!", antwortete Simon und fuhr sich durch seine Marc-Bolan-Perücke, als würde es sich dabei um seine natürlichen Haare handeln. Hannes kannte den Jungen gut genug, um zu wissen, dass er eine weitere Frage formulieren wollte.

„Was ist denn, kleiner Alligator. Warum fragst Du denn nach Ümit Davala?"

„Vielleicht wird er bald wieder weggehen von Werder", erwiderte Simon.

„Was? Wie kommst Du denn darauf?"

„Schwester Karin hat gesagt, es ist vielleicht gut, wenn Davala mal nicht spielt, denn er ist ja nur geborgt!"

Hannes bemerkte sofort, dass der Junge nicht wusste, was dies bedeuten sollte.

„Geborgt ist das falsche Wort, kleiner Alligator. Man sagt, er ist ausgeliehen!"

„Ausgeliehen?" Simon strich wieder eine grüne Locke aus seiner Stirn.

„Ja. Er hat eigentlich noch einen Vertrag bei Inter Mailand. Das ist ein großer Verein aus Italien. Aber weil er dort nicht mehr so oft spielen konnte, hat Werder ihn von Mailand ausgeliehen!"

„So wie ein Buch?"

„Ja, so wie ein Buch. Man kann es wirklich damit vergleichen!"

Simon nickte.

„Aber dann hat Schwester Karin doch recht. Ich muss meine Bücher auch wieder zurückgeben!"

Er ließ nicht locker.

„Ja, sie hat recht, im Prinzip hat sie recht. Aber ein Buch kann man vier Wochen ausleihen, einen Fußballspieler für eine komplette Saison!"

„Wirklich? Aber, dann kann ihn ja niemand sonst ausleihen!"

„Nein. Dann kann ihn niemand sonst ausleihen. Das will der Spieler auch nicht. Ein Mensch ist nicht wie ein Buch, verstehst Du? Einem Buch ist es egal, wo es gelesen wird!"

Simon dachte nach.

„Du meinst, er müsste ja sonst viel zu oft umziehen und eine Schule für die Kinder suchen?"

„Genau, kleiner Alligator. Und er müsste sich auch wieder an seine neuen Mitspieler gewöhnen, den Trainer und die Taktik. Deshalb werden Spieler normalerweise eben für eine ganze Saison ausgeliehen. Und weißt Du, was das Gute ist?"

Simon schüttelte den Kopf und schaute Hannes ernst an. In diesem Moment fiel Hannes erneut auf, wie tief die Augen des Jungen in ihren Höhlen lagen.

„Oft ist es so, dass nach der Ausleihe der Spieler dann sogar bei dem Verein bleibt!"

Jetzt lächelte der kleine Werder-Fan.

Mittlerweile gehörten die Gespräche über Werder zu einer festen Institution in der Beziehung zwischen Simon und Hannes. Meistens fanden sie dann statt, wenn die beiden unter sich waren. Es war 18.30 Uhr und Hannes saß schon seit einer guten Stunde im Zimmer des Jungen. Anna musste einige Besorgungen erledigen, und so konnten er und Simon sich voll und ganz auf Werder konzentrieren.

„Wieso spielt denn Davala eigentlich nicht mehr im Tor?"

Im Tor? Davala? Wie kam der Junge denn darauf? Konnte es sein, dass Hannes da etwas entgangen war? Soweit er wusste, hatte Davala in seiner Jugend in Mannheim gespielt. Angeblich war er als Kind schon Werder-Fan gewesen und hatte sogar schon in Werder-Bettwäsche geschlafen. Das hatte Hannes vor ein paar Wochen in einem Interview mit dem Verteidiger aufgeschnappt. Aber dass er einmal im Tor gespielt hatte, war Hannes entgangen. Welche Quelle hatte Simon denn da nur angebohrt?

„Wie kommst Du denn darauf, dass er einmal im Tor gespielt hat? Hat das Schwester Karin gesagt?"

Simon nickte unsicher.

„Ja. Sie hat ein Wort benutzt, das ich noch nicht kannte, aber es handelt von Torwart, ganz sicher. Ich habe es mir gemerkt. Sie hat gesagt, dass Ümit Davala sehr …“, er überlegte und schaute zur Decke, als würde er dort das Wort ablesen, „also, dass er sehr *extorwartirrt* ist!“

Jetzt zuckte er mit den Schultern und spielte verlegen mit seinen Fingern.

Hannes kämpfte, doch er verlor den Kampf. Und so schrie er vor Lachen. Es war das erste Mal, dass ihm das in Simons Gegenwart passierte und er befürchtete sofort, einen sehr großen Fehler begangen zu haben. Doch Simon warf sofort seine künstliche Haarpracht zurück und fing genauso zu lachen an. Als sich beide einigermaßen beruhigt hatten, stand Hannes auf und nahm den Jungen in die Arme.

„Oh, kleiner Alligator. Du bist wirklich ein echter Fan!“

Simon lächelte unsicher. Er erwartete eine Erklärung.

„Also, das Wort heißt nicht *extorwartirrt* und hat auch nichts damit zu tun, dass Davala einmal Torwart war. Das Wort heißt extrovertiert. Wenn jemand extrovertiert ist, dann bedeutet das, dass es ihm nicht so viel ausmacht, auf andere Menschen zuzugehen, dass er gerne mit anderen Menschen zusammen ist, weißt Du?“

Simon nickte. Er bekam rote Backen, vielleicht, weil er sich schämte, vielleicht, weil er wieder etwas gelernt hatte.

„Aber woher weiß das Schwester Karin. Glaubst Du, Davala war auch schon mal mit Schwester Karin zusammen?“

Das nächste Highlight, doch dieses Mal gelang es Hannes, gelassen zu bleiben.

„Nein. Das glaube ich nicht. Aber Davala macht eben manchmal auch ein paar verrückte Sachen, um bei den Fans anzukommen, damit sie über ihn reden. Bei der letzten Fußball-Weltmeisterschaft hat er sich zum Beispiel eine ziemlich verrückte Frisur schneiden lassen! Einen Irokesenschnitt. Das ist eigentlich auch fast eine Glatze, weißt Du!“

Dies ließ Simon natürlich wieder aufhorchen. Ein weiterer Werder-Spieler, der einmal eine Glatze hatte. Und so musste ihm Hannes erklären, wie ein Irokesenschnitt aussieht. Er malte ihm also ein Bild der Frisur, mit dem Simon sehr zufrieden war. Dann wollte Simon wissen, ob sich der Werder-Spieler deshalb diesen Schnitt zugelegt hatte, weil seine Mannschaft den Pokal gewonnen hatte. Woraufhin ihm Hannes erzählte, dass dies nicht der Fall war, sondern eben, weil Davala ein extrovertierter Mensch war.

„Willst Du eigentlich irgendwann mein Papa sein?"

Es traf Hannes vollkommen unvorbereitet. Gerade noch ging es um extrovertierte Fußballer und deren Frisuren und nun hatte ihn Simons Frage vollkommen aus der Bahn geworfen, wie eine Niederlage in der 94. Minute durch ein Abseitstor. Hannes sah sofort, dass es Simon vollkommen ernst meinte.

„Wie meinst Du das denn?", fragte er, um Zeit zu gewinnen.

Wieder fuhr sich Simon durch seine Perücke.

„Na ja, ich glaube, Mama und Du, ihr habt euch sehr gern, oder?"

Hannes lächelte und schüttelte den Kopf. Er spürte, dass er rot dabei wurde. Es war Simons Art, Dinge präzise auf den Punkt zu bringen, so auch in diesem Fall. Was Hannes normalerweise sehr schätzte, brachte ihn jetzt jedoch sehr unter Zugzwang, denn er wusste, dass sich der Junge nicht mit Halbwahrheiten oder Ablenkungsmanövern zufrieden geben würde.

„Ja. Das stimmt! Deine Mama und ich, wir haben uns wirklich sehr gern!"

Simon nickte.

„Ich weiß, dass wenn sich ein Mann und eine Frau sehr gern haben, sie dann auch Mama und Papa werden können! Also, Mama ist ja schon meine Mama, dann kannst Du doch auch mein Papa werden!"

Der Gesichtsausdruck des Jungen verriet nicht nur, dass er es genauso meinte, wie er es sagte, sondern dass Simon auch eine Antwort von Hannes erwartete. Doch hier ging es nicht um Werder-Statistiken oder Prognosen für den Ausgang des nächsten Spiels, sondern um die Fundamente menschlichen Zusammenseins, vor denen Hannes jahrelang auf der Flucht gewesen war.

Anna faltete eine Serviette zu einem Schiff und lächelte, ohne davon aufzublicken.

„Und was hast Du ihm geantwortet?"

„Ich habe ihm gesagt, dass ich das erst mit Dir besprechen muss, schließlich muss ja eine Mama auch damit einverstanden sein, dass ein Papa in die Familie aufgenommen wird!"

Anna nahm das Serviettenschiff, schob es an ihrer Weinschorle vorbei und brachte es vor Hannes' Beck's zum Stehen.

„Er liebt Dich, Hannes. Er liebt Dich so sehr. Ich dachte, er würde vielleicht verstört wirken, aber genau das Gegenteil war der Fall!"

Sie nahm Hannes' Hand. Dann beugte sie sich zu ihm.

„Wenn es nach ihm ginge, müssten wir morgen schon zusammenziehen!"

Hannes atmete ruhig ein und aus, ohne dass Panik in ihm aufstieg oder er den Drang verspürte, die Toilette aufzusuchen, um dort durch die Flucht aus dem Fenster das Weite zu suchen. Dies wäre hier im *Piano* ohnehin nicht möglich gewesen, denn in den hiesigen sanitären Anlagen befanden sich keine Fenster.

„Ich kann es irgendwie noch nicht glauben. Vor ein paar Monaten wäre das alles vollkommen unvorstellbar gewesen. Da hatte ich Angst. Angst vor Menschen, Angst vor Gefühlen. Ich dachte immer, die Leute sehen nicht das in mir, was ich bin, sondern das, was sie sehen wollen, verstehst Du?"

Sie nickte.

„Ich glaube, wir sollten nichts überstürzen. Wir haben Zeit, oder?"

Hannes fragte sich, ob sie es ehrlich meinte oder ob sie befürchtete, dass er mit Simons kindlichen Vorstellungen überfordert war. Vielleicht befürchtete sie, dass er noch nicht so weit war, sich mit Fragen ihrer gemeinsamen Zukunft auseinanderzusetzen. Doch gestern, während des Werder-Trainings, hatte er ja genau das getan, als er einen Sieg über Hannover mit einem Leben an Annas Seite verknüpft hatte. Natürlich konnte er weder über das eine noch das andere mit Anna sprechen.

„Mir würde es nichts ausmachen, Dich jeden Tag zu sehen", sagte er, nahm das Schiff, schob es zu Anna hinüber und fügte dazu, „und mit Dir einzuschlafen!" Dann zwinkerte er ihr zu.

Anna wurde rot, zog ihn zu sich heran und küsste ihn.

Wenn das Spiel in Hannover tatsächlich als Omen für eine Zukunft mit Anna gewertet werden konnte, dann hatte Hannes die Frau fürs Leben gefunden. Werder erzielte den höchsten Auswärtssieg seit Menschengedenken. Die 96er wurden im eigenen Stadion mit 5:1 gedemütigt und somit verstummte Hannes' pochende Arschbacke ein für allemal. Dabei hatte es unmittelbar vor dem Spiel gar nicht so gut ausgesehen, denn Ailton hatte wegen einer Augenentzündung passen müssen. Dieses Mal konnte Anna also auch kein Ailton-Tor prophezeien. Aber der Trumpf, den Schaaf für den Kugelblitz aus dem Hut gezaubert hatte, stand diesem in nichts nach. Hatten vor dem Spiel viele Experten die Nominierung von Nelson Valdez noch mit Verwunderung zur Kenntnis genommen, so mussten sie sich nach dem Spiel eingestehen, dass der Werder-Trainer mit seiner Entscheidung einen richtigen Coup gelandet hatte. Der junge Paraguayer spielte wie aufgedreht und traf bereits nach acht Minuten zur 1:0-Führung. Micoud schlug eine Ecke von links an den Fünfmeterraum, wo der Ball von Frank Baumann mit dem Hinterkopf verlängert wurde. Valdez stieg drei Meter vor dem Tor zum Kopfball hoch und wuchtete den Ball so präzise in das Tor der Hannoveraner, als hätte er in den letzten Jahrzehnten nichts anderes gemacht. Nach 13 Minuten lag der Ball wieder im Tor der Heimmannschaft, aber der Schiedsrichter entschied nach Micouds Treffer auf Abseits. Danach hatte Valdez noch zwei exzellente Einschussmöglichkeiten, die allerdings beide von Hannovers Torwart Marc Ziegler vereitelt wurden. In der 37. Minute war es dann wieder so weit, das überfällige 2:0 für Werder fiel, und wieder hieß der Torschütze Nelson Valdez. Dieses Mal sah er sich als letzte Station eines perfekten, aus der eigenen Hälfte eingeleiteten Konters. Micoud spielte einen schönen Flachpass von der linken Seite in den Strafraum, Valdez nahm den Ball an, umspielte Ziegler ganz abgeklärt und schob völlig unbedrängt ein. Zu diesem Zeitpunkt war Hannes klar, dass das Spiel gewonnen werden würde. Er hätte gut mit dem Ergebnis leben können. Doch die Spieler schienen seine Meinung nicht teilen zu wollen, denn noch vor der Halbzeit drosch Ivan Klasnić den Ball am Pfosten stehend, obwohl von einem Gegenspieler bedrängt, mit viel Wucht unter die Latte. Es hieß 3:0. Hannes wollte sich ein Bier holen, da rief Simon an. Sie redeten über das Spiel wie zwei Sportjournalisten. Simon erkundigte sich, ob Hannes auch Valdez gebracht hätte. Dieser entgegnete, dass er vermutlich Charisteas hätte spielen lassen. Dann fragte Simon, ob Hannes wüsste, welche Rückennummer Valdez hätte. Hannes musste lange überlegen, um schließlich eingestehen zu müssen, dass er es nicht wusste.

„So viele Tore, wie Werder bisher geschossen hat, plus sechs!"

Hannes überlegte.

„Die 9? Nein, nein kleiner Alligator. Ganz sicher nicht. Die 9 gehört Charisteas!"

Dieses Mal lachte Simon, beinahe so, wie Hannes es manchmal tat, wenn Simon unfreiwillig komisch war.

„Nein. Werder hat doch schon mehr als 3 Tore!"

Hannes hatte keine Ahnung was der Junge wollte.

„Aber, es steht 3:0!"

„Ach so. Ja. Aber ich dachte, alle Tore, alle Tore, die Werder schon in der ganzen Saison geschossen hat, Hannes!"

Das hieß, Simon hatte zusammengezählt, wie viele Tore Werder schon geschossen hatte? In der laufenden Saison? Bevor er die Frage formulieren konnte, sagte Simon:

„Mama hat es von Schwester Karin erfahren, Werder hat mit den drei Toren von heute schon 32 Tore geschossen. Und wenn man noch sechs dazuzählt, dann hat man die Rückennummer von Valdez: 38!"

Danach sprach Hannes noch kurz mit Anna. Sie fehlte ihm, aber das sagte er ihr natürlich nicht, denn sie sorgte sich um ihren kleinen Jungen. In zwei Tagen würde Simon wieder aus dem Krankenhaus kommen und dann hatten sie wieder mehr Zeit für einander.

Zu Beginn der zweiten Halbzeit schaltete Werder etwas zurück und prompt schoss Hannover das 1:3. Das Tor machte der Heimmannschaft noch einmal Beine und sie erkämpften sich mehr Spielanteile. So kam Hannover zu weiteren Chancen, doch Andi Reinke ließ keinen weiteren Treffer mehr zu. Als Hannes befürchtete, es könnte doch noch einmal spannend werden, machte der SVW alles klar. Valdez verlängerte eine Hereingabe von Lisztes auf Klasnić, der den Ball gekonnt durch die Beine des sich ihm entgegenstürzenden Ziegler schob und damit ebenfalls einen Doppelpack schnürte. Drei Minuten vor Schluss nahm der in Hannover aufgewachsene Fabian Ernst eine schöne Rechtsflanke des inzwischen eingewechselten Markus Daun volley und versenkte den Ball flach, vorbei an Ziegler im linken Eck. 5:1! Hannes empfand Genugtuung für die schmerzhafteste Heimniederlage seines Lebens. Bobićs Tore, die Flucht aus dem Toilettenfenster, die Narbe. Die Mannschaft hatte – wenn auch mit einiger Verspätung – die richtige Medizin gegen Hannes' Schmerzen gefunden.

Statistisch gesehen stand Werder nach wie vor auf Platz drei, hatte in zwölf Spielen 28 Punkte geholt. Was die erzielten Tore anging, so war man nunmehr nur noch vier Tore von der Rückennummer von Nelson Valdez entfernt.

11. bis 22. November 2003: Marco-Bode-Tage und ein Dreierpack

Hannes' *Make-my-day*-Perücke traf ein, was Simon sehr stolz machte, weil er jetzt nicht mehr der Einzige war, der eine Perücke sein Eigen nannte. Wenn nun auch sein bester Freund, den er am liebsten schon als Vater adoptiert hätte, eine Perücke besaß, dann war das mit der Glatze nur noch halb so schlimm für den Jungen. Simon wurde wieder für ein paar Tage aus dem Krankenhaus entlassen und so saß er mit Hannes zusammen in seinem Zimmer. Er trug die Perücke und sie redeten über Werder. Für das Wochenende war ein Länderspiel gegen Frankreich angesetzt und so hielt sich die Aufregung der beiden in überschaubarerem Rahmen, als dies vor einem Bundesligawochenende der Fall war.

Weniger die aktuellen Geschehnisse rund um das Team und das nächste Spiel standen deshalb im Fokus ihrer Unterhaltung als vielmehr Historisches rund um Werder. Es gefiel Simon ganz besonders, wenn Hannes von der Vergangenheit erzählte. Hannes hatte dem Jungen bei solchen Gesprächen auch schon oft versprochen, mit ihm alte Werder-Spiele anzuschauen, schließlich hatte Hannes sämtliche Werder-Highlights der letzten 15 Jahre auf Videokassetten konserviert. Irgendwann fuhr sich Simon dann langsam durch seine künstlichen Haare, für die sich inzwischen der Begriff Marc-Bolan-Perücke etabliert hatte. Hannes sah ihm an, dass ihn etwas beschäftigte. Simon war zwar sehr gezeichnet von der Krankheit, aber seinen aufmerksamen, wachen Augen hatte die Chemotherapie bisher nichts anhaben können.

„Hannes?"

„Simon!"

„Hannes, ich würde Dich gerne etwas fragen!"

„Dann frag mich doch einfach etwas!"

Simon nickte.

„Also gut. Kennst Du auch einen Spieler, der so ähnliche Haare hatte?"

Hannes, der gerade einen Playmobil-Piraten in der Hand hielt, blickte von der Spielzeugfigur auf.

„Einen Spieler, der so ähnliche Haare hat?"

Die Augen des Jungen wurden noch größer. Dann fuhr er sich wieder durchs künstliche, grün-weiße Haar.

„Ich meine Haare, so wie meine Marc-Bolan-Perücke!"

„Oh, entschuldige. Du meinst, ob es einen Werder-Spieler gegeben hat, der eine ähnliche Frisur hatte wie Du?"

Simon nickte und im gleichen Moment geriet sein rechter Nasenflügel wieder in Schwingungen.

Hannes stellte den Playmobil-Piraten auf Simons Bettkante. Dann nickte er.

„Ja. Den gibt es. Er war ein richtig guter Spieler. Ein sehr sympathischer Spieler, einer der fairsten und intelligentesten, die je in der Bundesliga gespielt haben!"

„Ist er schon tot?"

Fragen wie diese gingen Hannes immer besonders unter die Haut. Schon oft hatte er gespürt, dass sich Simon mit dem Thema Tod beschäftigte.

„Nein, er ist nicht tot. Er ist zwei Jahr jünger als ich. Ich glaube, er wäre immer noch gut für Werder, könnte immer noch spielen, weißt Du, aber er hat vor einem guten Jahr mit dem Fußball aufgehört!"

„Wie heißt er denn?"

Hannes lächelte.

„Er heißt Marco Bode!"

Simon nickte langsam, schaute an Hannes vorbei, als würde er ein Insekt beobachten, das an der Wand entlangkrabbelte, und wiederholte Bodes Namen noch einmal. Dann strahlte er über das ganze Gesicht.

„Aber das hört sich ja so ähnlich an wie Marc Bolan!"

„Ja. Das stimmt wirklich, es klingt wirklich ähnlich. Und ich habe mal gelesen, dass Marco Bode auch gerne Musik hört. Bestimmt kennt er Marc Bolan und seine Band auch!"

„Vielleicht hat er ja auch deshalb die gleiche Frisur?"

„Vielleicht!"

„Warum spielt er denn nicht mehr? War er verletzt?"

Jetzt hatten die beiden ein Thema, das sie die nächsten Tage beschäftigen würde. Simons Wissensdurst mündete in eine Flut von Fragen und Hannes überkam einmal mehr großer Stolz, weil er wusste, dass er Werder wieder etwas mehr Raum im so großen Herzen dieses kleinen Jungen geben würde.

Hannes erzählte Simon, dass Marco Bode wahrscheinlich seine Karriere viel zu früh beendet hatte, dass er Werders Rekordtorschütze war – mit 101 Toren in 379 Spielen – und dass er in all den Spielen nur ganze zehn gelbe Karten gesehen hatte. Natürlich wusste selbst Hannes all diese Fakten nicht auswendig, aber er recherchierte sie per Internet in Simons Beisein an Annas Computer.

„Hat er auch schöne Tore geschossen?"

„Natürlich hat er auch schöne Tore geschossen. Viele schöne Tore!"

Sie saßen noch immer am Computer. Simon schaute ihn erwartungsvoll an.

„Ich erinnere mich an ein Spiel gegen Bayern München. Ich weiß nicht mehr genau, wann es war. Ich glaube 1996, bin mir aber nicht mehr ganz sicher. Es war in der Saison, in der Andreas Herzog wieder aus München zurückgekommen war. Da hat Werder 3:0 gegen Bayern gewonnen und in diesem Spiel hat Marco Bode ein Tor mit einem Fallrückzieher geschossen! Du weißt doch noch, was ein Fallrückzieher ist?"

Simon nickte aufgeregt.

„Na klar, Du hast es mir doch erklärt, aber ich weiß nicht, wer Andreas Herzog ist!"

„Von dem werde ich Dir auch noch erzählen, kleiner Alligator!"

Hier, siehst Du, ich hatte recht, es war 1996, am 28. September!"

„Hat sich Marco Bode sehr gefreut nach dem Fallrückzieher-Tor?"

Hannes schüttelte langsam den Kopf.

„Nein, leider nicht!"

„Nein?"

„Nein, denn der Schiedsrichter hat das Tor nicht gegeben!"

„Aber warum denn nicht?"

„Er war der Meinung, Marco Bode wäre zu nahe an seinem Gegenspieler gewesen und das sei gefährliches Spiel!"

„Gefährliches Spiel?"

So verging der Abend. Und der nächste Tag und der nächste Abend. Jeden Tag musste Hannes mit Simon Bodes Fallrückzieher-Tor gegen Bayern München nachspielen. Hannes war Bode und Simon der Kameramann. Zweimal tauschten sie sogar die Rollen und Simon warf sich rücklings auf die beiden Matratzen, die Hannes in Annas Wohnzimmer ausgebreitet hatte. Inzwischen wusste selbst Anna so viel über Marco Bode, dass sie mit dem Wissen mehrere Runden einer Quizsendung über Werders beliebten Ehrenspielführer überstanden hätte. Sie wusste, dass Marco Bode Werder immer treu geblieben war, obwohl er Angebote von anderen Vereinen bekommen hatte, bei denen er sicher mehr Geld hätte verdienen können, oder dass er auch 40 Länderspiele gemacht hatte, in denen er neun Tore geschossen hatte. Sie wusste auch, dass Bode mit der Nationalmannschaft Europameister und Vizeweltmeister geworden war. Und dass er an seinem 300. Spiel für Werder drei Tore in einem Auswärtsspiel geschossen hatte (gegen Wolfsburg, das Werder mit 7:2 gewonnen hatte) und natürlich auch, dass er auch für Werder in der Champions League gespielt hatte.

Simon wollte ganz genau wissen, was die Champions League war. Der Begriff war in seinem noch sehr kurzen Fanleben schon einige Male gefallen. Also erklärte ihm Hannes, was es mit der Liga auf sich hatte, in der nur die Besten der Besten ihr Können demonstrieren durften. Dann fragte Simon nach einer von Hannes' Videokassetten. Er brachte sogar Anna dazu, dass sie Bode einmal in Aktion sehen wollte.

„Am besten während eines Champions-League-Spiels, Hannes. Hast Du so ein Spiel auch? Vielleicht noch ein Spiel, in dem Werder ein Wunder vollbracht hat!"

Hannes lachte.

„Du stellst aber ganz schön hohe Ansprüche: Marco Bode muss ein Tor geschossen haben, am besten noch in Marc-Bolan-Frisur, es muss ein Champions-League-Spiel gewesen sein und noch dazu ein Wunder von der Weser!"

„So ein Spiel gibt es wahrscheinlich gar nicht!", sagte Anna und Hannes merkte sofort, dass sie es genauso meinte, wie sie es sagte.

„Gibt es so ein Spiel gar nicht, Hannes?"

Hannes nickte zufrieden und fuhr Simon durch die Perücke.

„Natürlich gibt es ein solches Spiel, aber hallo!"

Simon lachte.

„Hast Du gehört, Mama, aber hallo!"

Wie eine richtige Familie saßen sie am bundesligafreien Samstag in Hannes' Wohnung, um Werders Champions-League-Heimspiel gegen Anderlecht in der Saison 1993/94 anzuschauen. Das Spiel fand am 8. Dezember 1993 statt und war vielleicht das verrückteste Spiel, das Hannes jemals von Werder gesehen hatte. Als Hannes Simon beim Betrachten des Spiels beobachtete, hatte er das Gefühl, die Krankheit hätte sich für die Dauer des Spiels in eine dunkle Kammer in Simons Innerem zurückgezogen. Simon war aufgeregt, er stellte unzählige Fragen, Hannes musste die Kassette immer wieder anhalten und ab und zu sogar zurückspulen. Auch Anna war entspannt und genoss es, dass ihr Sohn einen vollkommenen zufriedenen und ausgeglichenen Eindruck machte. Das machte Hannes sehr glücklich.

Für den Rest der beiden bundesligafreien Wochen blieb dieses Spiel das Topthema. Simon war angetan von dem Spiel, der Aufholjagd, den fünf Werder-Toren, die die Mannschaft in nicht einmal 30 Minuten geschossen hatte, insbesondere von Bodes Treffer zum 4:3, und natürlich von dessen Frisur. Doch je mehr Tage verstrichen, desto stärker rückte das aktuelle Tagesgeschehen wieder in den Fokus der Gespräche, denn für das Wochenende war endlich wieder ein Bundesligaspieltag angesetzt. Hannes befürchtete, dass die Mannschaft nicht mehr so stark aus der Pause zurück auf die Ligabühne kommen würde. Was die Grün-Weißen in den bisherigen Spielen geleistet hatte, konnte man eigentlich gar nicht hoch genug einschätzen. Werder hatte wohl das, was man einen Lauf nannte. Was auch kam, sie gewannen, ob auswärts oder zu Hause, ob mit oder ohne Ailton. Es lief so gut, dass Hannes manchmal vergaß, wie man zitterte, wenn das Team fünf Spiele in Folge nicht gewonnen hatte. Oder wenn sich die Mannschaft, völlig ohne Not, gegen ein drittklassiges Team bis auf die Knochen blamiert hatte. Pasching schien Lichtjahre entfernt zu sein, Ausläufer eines Albtraums, den es gar nicht gegeben zu haben schien.

Zwölf Tage nach dem Spiel in Hannover kam das Kribbeln endgültig zurück. Während des gesamten Tages hatten Hannes' Gedanken fast ausschließlich dem Heimspiel gegen den Vfl Bochum gegolten. 24 Stunden später, am Tag des Spiels, hatte er mit Simon den gesamten Vormittag über den Gegner und die Werder-Taktik gefachsimpelt. Auch Anna wurde als Gesprächspartnerin immer kompetenter. Sie hatte, wie sollte es auch anders sein, wieder einmal ein frühes Ailton-Tor zur Werder-Führung prognostiziert. Simon trug Werder-Perücke, den Schal, das Baumann-Trikot und umarmte Hannes, als dieser nach einem ausgedehnten Frühstück den Weg ins Stadion antrat. Er hatte, wie auch schon beim letzten Spiel, für den Jungen seinen *Premiere*-Decoder an Annas Fernseher angeschlossen. Als er ging, nahm er Simon in den Arm, dann küsste er Anna – und nicht mehr nur wie eine gute Freundin. Das machte Simon gar nichts aus, er spürte, dass er seine Mama nicht mit Hannes teilen musste, sondern freute sich, vielleicht bald einen richtigen Papa zu haben.

Schon nach sechs Minuten erfüllte sich Annas Prognose. Werder dominierte Bochum und stürmte direkt nach dem Anpfiff mit solcher Vehemenz auf des Gegners Tor, als würde nach dem Spiel ein zehn Jahre lang gültiges, weltweites Fußballverbot in Kraft treten. Davala passte einen Ball auf Klasnić, der ihn mit der Hacke, als *No-Look-Pass* in den Lauf von Ailton legte. Der Brasilianer schlenzte die Kugel aus dem Lauf, von halbrechts, aus etwa 20 Meter Torentfernung über den Bochumer Keeper in den rechten oberen Winkel. Ein Tor, das das Weser-Stadion sofort zum Tollhaus machte. Doch das sollte erst der Anfang eines wahren Großchancenfestivals sein. Im Minutentakt hätten Klasnić nach schönem Pass von Micoud, Ismaël nach einem Solo, Ailton mit einer Direktabnahme und Lisztes mit einem Schuss aus 16 Metern die Führung erhöhen können. Und mit jeder dieser Aktionen stieg das Stimmungsbarometer im Weser-Stadion. Die nächste Aktion brachte dann das mehr als überfällige 2:0; und wer sonst außer Ailton hätte dafür verantwortlich sein sollen? Nach einer Kurzpassstafette über mehrere Stationen legte wiederum Klasnić auf Werders Nummer 32 auf. Ailton nahm den Ball im Strafraum direkt und tunnelte Bochums bemitleidenswerten Torwart Van Duijnhoven. Zu diesem Zeitpunkt war noch nicht einmal eine Viertelstunde gespielt. Hannes war gerade dabei hochzurechnen, wie viele Tore Werder erzielen konnte, wenn man die Quote das gesamte Spiel über halten würde. Doch just in diesem Moment schien der VfL Bochum aus seiner Lethargie zu erwachen und startete die eine oder andere Offensivaktion. Das Spiel wurde etwas ausgeglichener und bis zur 30. Minute hätten die Gäste mit etwas effektiverer Chancenverwertung durchaus auf

1:2 verkürzen können. Doch einmal reagierte Reinke nach einem Kopfball großartig und dann verfehlte ein Bochumer Spieler das Werder-Tor nur sehr knapp. Die Stimmung im Stadion begann sich wieder auf Normalmaß einzupendeln und so mancher Zuschauer in Block 55 tat sogar lauthals seinen Unmut kund. Hannes konnte nur mit dem Kopf schütteln. Was erwarteten die Zuschauer denn? Dass Werder selbst Tore am Fließband erzielte und gleichzeitig keine einzige Chance des Gegners zuließ? Warum waren Fußballfans eigentlich nie zufrieden? Dann fiel ihm ein, dass er vor nicht einmal zehn Minuten selbst noch dabei gewesen war, die 2:0 Führung aus der 14. Minute auf die volle Spielzeit hochzurechnen. Im Grunde seines grün-weißen Herzens war er auch nicht anders.

Als hätten die Werder-Spieler ein Gespür für die Stimmung im Stadion, machten sie plötzlich wieder ernst. Sie erhöhten die Schlagzahl und gaben dem VfL Bochum kaum noch eine Gelegenheit, sich zu befreien, geschweige denn, eine Offensivaktion zu starten. Stattdessen erspielte sich Werder wieder Chance um Chance. Immer wieder hatten die Werder-Fans den Torschrei auf den Lippen, doch sowohl Lisztes als auch Klasnić und Krstajic vergaben ihre Chancen. Als der Schiedsrichter zur Halbzeit pfiff, war es beim 2:0 geblieben, dennoch waren die kritischen Stimmen im Block allesamt verstummt.

Simon meldete sich auf Hannes' Handy, um ihm die beiden Tore zu schildern. Der Kleine tat dies, als wäre Hannes zu spät von einer Geschäftsreise nach Hause gekommen, ohne auch nur die leiseste Ahnung vom Spielstand zu haben. Dabei wurde Hannes sehr warm ums Herz. Diese Leidenschaft würde Simon sein ganzes Leben lang bleiben und Hannes war dafür verantwortlich.

In der 50. Minute fiel schließlich das 3:0. Werder hatte genau da weitergemacht, wo man vor der Pause aufgehört hatte, und der VfL versuchte, mit aller Macht einen weiteren Treffer zu verhindern. Als ein Bochumer bei diesen Bemühungen Fabian Ernst im Strafraum foulte, sprach Schiedsrichter Merk den Grün-Weißen einen Elfmeter zu. Ailton lief an und versenkte den Ball eiskalt. Sein drittes Tor im Spiel, sein dreizehntes in der laufenden Saison. Wieder fing Hannes an, seine ganz spezielle Hochrechnung aufzustellen. Dieses Mal errechnete er, wie viele Tore Ailton in der Saison schießen würde, wenn er die Quote würde halten können. Die Schwelle zwischen Euphorie und Tristesse musste man als Fan mitunter mehrere Male während eines einzigen Spieles passieren. Dabei waren die Gedanken, mit denen man sich unmittelbar vor dem Überqueren jener Schwelle nochauseinander gesetzt hatte, mit einem Mal wie ausgelöscht. So auch dieses Mal. Jetzt war Hannes geradezu euphorisiert, denn er kam auf 34 Ailton-Tore. 34. Das bedeutete, der kleine Brasilianer würde im Schnitt in jedem Spiel sein Tor machen. Hannes war so euphorisiert, dass er die eine oder andere Werder-Chance nur noch am Rande registrierte. 34 Tore von Ailton, was für ein Topwert.

Als er seinen Freund Thomas mit seinen Gedanken vertraut machte, beteiligte er sich an den Prognosen. Vielleicht würde Werder einen neuen Torrekord aufstellen. Irgendwann schalteten sich auch andere Zuschauer ein, die in Hannes' Nähe saßen. Ein älterer Mann in der Reihe vor ihnen sagte, Werder würde sicher eine grottenschlechte Rückrunde spielen. Er wünsche sich natürlich das Gegenteil, doch man musste einfach der Realität der letzten Jahre ins Auge schauen; und die hieß nun einmal eindeutig mangelnde Konstanz. Genau in diesem Moment schoss der VfL Bochum das 1:3. Der alte Mann drehte sich sofort zu Hannes um und nickte unmerklich, so als wolle er sagen, dass der Fußballgott persönlich gerade die düstere Rückrundenprognose bestätigen wollte. Hannes schaute auf die Uhr. Noch eine Viertelstunde. Werder hatte in der ersten Viertelstunde zweimal getroffen. Konnte das etwa bedeuten, dass man das Spiel noch aus der Hand geben würde? Und schon war die Schwelle wieder überschritten.

Schließlich war es bei einem ungefährdeten 3:1-Sieg geblieben. Werder rückte auf Platz zwei der Tabelle vor. Natürlich genoss Hannes das Spiel auch am Abend vor dem Fernseher. Selbst Uli Hoeneß schien Werders Auftreten zunehmend zu beeindrucken, denn im Sportstudio musste der Bayern-Manager zugeben, dass die Grün-Weißen den schönsten Fußball spielten!

23. bis 29. November 2003: Zwei Rückschläge und böse Erinnerungen

Sein Handy läutete. Er sah Annas Nummer auf dem Display und lächelte. Voller Euphorie über den bisherigen positiven Verlauf der Teamsitzung nahm er das Gespräch entgegen.

„Hannes? Es tut mir leid. Ich weiß, dass Du mit Deinem Team zusammensitzt. Du hast sicher zu tun …"

Es ging ihr schlecht. Sie versuchte es zwar zu verbergen, doch Hannes spürte es sofort.

„Kein Problem. Du störst nie. Was ist? Geht es ihm nicht gut?"

„Ich …, ich weiß auch nicht. Er ist im Krankenhaus. Irgendwas stimmt nicht. Ich verstehe das einfach nicht.

„Bist Du bei ihm?"

„Natürlich bin ich bei ihm. Er wird gerade untersucht und ich warte auf der Station!"

„Ich bin in zehn Minuten da. Ich bin sicher, es gibt eine Erklärung. Zehn Minuten, ja!"

„Gut, aber…"

„Mach Dir keine Sorgen. Ich habe ein fantastisches Team. Die schaffen das auch ohne mich!"

Er legte auf, nahm seine Sandy-Colorado-Perücke ab und sagte:

„Simon geht es schlecht. Ich muss gehen. Ihr habt alles im Griff, oder?"

„Fahr' zu Deinem Jungen", sagte Lolo ruhig, „wir machen das hier!"

Er umarmte Anna sehr lange. Dann küsste er sie und strich ihr eine einsame Träne aus dem Gesicht.

„Er hat heute Morgen wieder so seltsam gerochen, das ist Dir ja schon letzte Woche aufgefallen. Dann wollte er ins Bad gehen und hat furchtbar gehinkt. Als ich ihn gefragt habe, was los ist, hat er zuerst gesagt, es wäre nicht so schlimm, schließlich hatte Ivan Klasnić einen Kreuzbandriss. Er sagte, sein Bein wäre eingeschlafen. Aber es wurde nicht besser, sondern immer schlimmer. Es sah fast spastisch aus, wie er sich bewegte."

Hannes nickte und hielt ihre Hände.

„Dann habe ich im Krankenhaus angerufen und die haben ihn geholt. Meinst Du, es liegt daran, dass wir so viel Spaß hatten, mit den Marco-Bode-Videos und den Fallrückzieher-Toren? Vielleicht hat ihn das einfach überanstrengt, überfordert? Ich mache mir solche Sorgen. Nur weil er nicht so viel jammert, heißt das doch nicht, dass er keine Schmerzen hat. Was ist nur mit ihm los?"

„Natürlich machst Du Dir Sorgen, das ist doch ganz normal. Aber ich bin sicher, dass es eine Erklärung gibt. Auf mich hat er wirklich nicht den Eindruck gemacht, dass ihn die Fallrückzieher-Nummer zu sehr strapaziert hat. Und das mit den Filmen erst recht nicht! Ich glaube, er hatte wirklich Spaß. Die holen hier Clowns, um die Kinder aufzumuntern, und unser Simon hat selbst noch so viele kreative Ideen. Ich glaube, es wäre völlig falsch, ihn jetzt ans Bett zu ketten, da würde er vor Langeweile umkommen. Er würde es doch sagen, wenn es ihm nicht gut ginge!"

Anna schüttelte den Kopf.

„Du hast ihn nicht gesehen. Er wollte normal gehen, sich nichts anmerken lassen, verstehst Du? Aber seine Beine haben einfach nicht mitgemacht. Es tat so weh, das mit anzusehen!" Jetzt fing sie doch an zu weinen.

Obwohl der Grund ihres Zusammentreffens sehr ernst war, musste Hannes sofort wieder an den früheren HSV-Profi Thomas Doll denken, als er – zusammen mit Anna – Dr. Fischlein gegenübersaß. Sowohl die Gesichtszüge als auch die Spuren der Jugendakne des Mediziners erinnerten ihn an den früheren Nationalspieler.

„Also, Frau Peterson, es geht Simon schon wieder etwas besser. Er schläft, weil ihn die Untersuchungen sehr angestrengt haben. Ich glaube, es ist besser, wenn wir ihn zwei bis drei Tage hier behalten!"

„Aber was ist denn los mit ihm?"

Der Mediziner rieb sich die Nasenwurzel und sagte:

„Simon leidet unter einer sogenannten chemotherapieinduzierten Polyneuropathie. Das klingt äußerst kompliziert, ich weiß, aber das ist nun einmal die medizinische Bezeichnung dafür."

Anna nahm Blickkontakt zu Hannes auf.

„Und was bedeutet das?"

„Simons Chemotherapie hat Nebenwirkungen, das wurde Ihnen ja mitgeteilt und Sie haben auch leider schon einige schmerzhafte Auswirkungen der Behandlung bei Ihrem Kind beobachten müssen. Es ist ganz einfach so, dass durch eines der verabreichten Medikamente Simons Motorik in Mitleidenschaft gezogen wird. Das macht sich vor allem beim Gehen bemerkbar!"

„Aber er war doch die letzten acht Tage zu Hause. Der Chemoblock war doch schon zu Ende. Dann kann es doch eigentlich gar nicht von der Chemotherapie kommen!", sagte Anna besorgt.

„Doch, Frau Peterson, leider. Das ist ja das Verzwickte an der Sache. Die Reaktionen treten häufig erst verzögert auf, also nicht sofort mit dem ersten Chemoblock!"

„Und was kann man machen, ich meine, man kann das doch nicht so weiterlaufen lassen, oder?", fragte Hannes und nahm Annas Hand.

„Natürlich nicht. Die Symptome sind schon etwas abgeklungen, es kann also durchaus sein, dass es sich um sogenannte reversible Veränderungen handelt, was nichts anderes heißt, als dass sich die Störungen schnell wieder zurückbilden können. Dafür würde sprechen, dass die Polyneuropathie erst im Anfangsstadium ist. Es war deshalb sehr wichtig, dass Sie uns sofort kontaktiert haben, Frau Peterson!"

„Und was ist, wenn es nicht so ist? Was ist, wenn die Symptome nicht wieder abklingen?"

Der Arzt nickte ernst.

„Dann müssen wir die Medikamentenzusammensetzung ändern, die Chemotherapie ändern, das kann einige Zeit in Anspruch nehmen!"

Anna schlug die Hände vor ihr Gesicht. In diesem Moment nickte der Arzt Hannes zu. Dieser zuckte hilflos die Schultern, woraufhin der Arzt ein weiteres Mal nickte. Hannes hatte das Gefühl, es handele sich um eine aufmunternde Geste, die sagen wollte: Kümmere Dich um sie!

Zwei Tage später waren die Symptome tatsächlich schon etwas abgeklungen. Simon hinkte zwar noch immer, doch es ging ihm wieder gut genug, dass er für weitere fünf Tage nach Hause durfte. Es bestand die Hoffnung, dass sein Zustand von Tag zu Tag stabiler werden würde und man die eingeleitete Chemotherapie wie geplant würde fortführen können. Man hatte Anna allerdings unmissverständlich darauf hingewiesen, dass sie bei einer Verschlechterung der Situation sofort wieder Kontakt mit dem Krankenhaus aufnehmen sollte. Anna war mit einer Freundin ins Kino gegangen und Hannes kümmerte sich um den Jungen. Eigentlich wollte Anna lieber zu Hause bleiben, doch sowohl er als auch Simon bestanden darauf, dass sie die Verabredung nicht platzen ließ. Hannes wollte, dass seine Freundin einmal auf andere Gedanken kam, und Simon wollte mit Hannes über Fußball reden. Der Junge lag auf dem Sofa. Er trug seine Perücke und beobachtete Hannes dabei, wie dieser ihm Nudeln machte, die „gut rutschten", wie Simon es gerne ausdrückte. Die offenen Stellen in seinem Mund waren wieder zahlreicher geworden, was dazu führte, das ihm das Essen wieder sichtlich schwerfiel.

Die beiden unterhielten sich über den Bochumer Spieler Frank Fahrenhorst, über den Simon einen Bericht im *Weser-Kurier* gelesen hatte. Die Zeitung hatte den jungen Verteidiger interviewt, weil Werder ihn für die kommende Saison verpflichtet hatte. Simon wollte wissen, was Hannes von Fahrenhorst hielt. Hannes sagte, er sei überzeugt davon, dass Fahrenhorst gut zu Werder passe, er sei ein guter Innenverteidiger und könne es bald zum Nationalspieler schaffen, doch zuerst würde es wichtig sein, dass Fahrenhorst die Lücke schließen könne, die Krstajic nach seinem Wechsel zu Schalke hinterlassen würde. Simon fragte, wie Fahrenhorst letzte Woche gegen Werder gespielt hatte. Hannes schüttete die Spaghetti ab und lächelte. Es freute ihn, dass der Kleine sich daran erinnern konnte, dass Fahrenhorst zusammen mit seinem VfL Bochum am letzten Samstag im Weser-Stadion gastiert hatte. Er gab einen großen Löffel Pasta in einen Teller, schüttete mildes Tomatenketchup (damit es nicht brannte) darüber und brachte es Simon ans Sofa. Simon setzte sich ohne großes Murren auf und begann zu essen. Währenddessen wollte Hannes ihn mit Werder ablenken, damit der Junge nicht darüber nachdenken konnte, dass ihm das Essen trotz des hohen Rutschfaktors noch immer große Schmerzen bereitete. Also schilderte Hannes das vergangene Werder-Spiel aus der Sicht des Gegners und speziell aus der Perspektive dessen Innenverteidigers Frank Fahrenhorst. Hannes erklärte dem Jungen, dass Ailton einfach einen perfekten Tag gehabt hatte und es dann für einen Innenverteidiger immer schwer war. Er fügte allerdings auch hinzu, dass er während des Spiels das Gefühl hatte, dass Fahrenhorst der stabilste Verteidiger des VfL gewesen war, außerdem habe Fahrenhorst Bochums Ehrentreffer besorgt, mit einem schönen Kopfballtor. Was wiederum Hoffnung für die Zeit nach Krstajic geben könne, denn ein kopfballstarker Innenverteidiger war besonders bei hohen Bällen eine Alternative für die Offensive.

Tapfer aß Simon seine Nudeln. Dann schaute er Hannes mit einem Mal mit zuckendem Nasenflügel an. Es arbeitete in ihm und bald würde es aus ihm heraussprudeln.

„Hannes?", er legte sein Besteck zur Seite.

„Ja, kleiner Alligator. Meinst Du, es gehen noch zwei Gabeln voll?"

Der kleine Werder-Fan verzog das Gesicht und nahm tatsächlich noch einmal Löffel und Gabel in die Hände.

„Kennst Du eigentlich Florian Heidenreich?", fragte er, wobei sein Nasenzucken stärker wurde. Offensichtlich wusste er, wer dieser Florian Heidenreich war. Hannes hatte den Namen zwar schon einmal gehört, konnte allerdings nicht sofort einen Zusammenhang zu Werder herstellen. Um Zeit zu gewinnen, sagte er:

„Komm, nur noch zwei Gabeln, dann bist Du der Nudel-Champion des Tages!"

Simon drehte ein paar Spaghetti auf seine Gabel führte sie dann an seinen Mund und in diesem Moment fiel es Hannes ein.

„Florian Heidenreich spielt bei Werders Amateuren, stimmt's!"

Simon schluckte angestrengt, legte die Gabel weg und lächelte stolz.

„Siehst Du, ich hatte recht. Schwester Karin hat gesagt, dass Du Florian Heidenreich vielleicht nicht kennst. Aber ich habe gesagt, dass Du der größte Werder-Fan der Welt bist!"

Der Junge sagte dies, ohne eine Spur der Übertreibung oder Ironie. Er war erst sieben und meinte alles so, wie er es sagte.

„Du hast mit Schwester Karin über Florian Heidenreich gesprochen? Warum?"

„Sie kennt ihn. Er wohnte einmal in der gleichen Straße wie Schwester Karin. Sie kennt ihn schon, seit er ein kleiner Junge war. Ein kleiner Junge, so wie ich, hat sie gesagt und sie hat auch gesagt, dass ich nicht traurig sein soll, wegen der Sache mit meinem Bein. Schwester Karin sagt, ich müsste keine Angst haben, sie sagt, es wird bestimmt bald wieder gut werden. Florian Heidenreich hätte viel Pech gehabt und bei ihm würde es bestimmt viel länger dauern, bis er wieder richtig laufen kann!"

Hannes hatte keine Ahnung, worüber der Junge redete. Hatte sich Florian Heidenreich verletzt? Und woher wusste Simon davon?

„Was ist denn mit Florian Heidenreich passiert?"

Wieder das Zucken.

„Er durfte vor zwei Wochen mit den Profis trainieren und da hat er sich …", er überlegte und warf seine Perücke zurück, „er hat sich den Mittelbandfuß gerissen!"

„Davon habe ich ja noch gar nichts gehört. Das ist aber wirklich nicht gut für den Jungen. Da hat er aber großes Pech gehabt, gerade jetzt, wenn er mit den Profis trainieren durfte. Aber ich glaube, es heißt nicht den Mittelbandfuß, sondern das Mittelfußband!"

Simons Nasenflügel geriet wieder in Bewegung. Er zog seinen Fuß zu sich heran, betrachtete ihn, fuhr langsam darüber und wiederholte das Wort *Mittelfußband*, als wäre es etwas sehr Kostbares. Dann verharrte seine Hand auf seinem Mittelfuß und er schaute Hannes unsicher an.

„Genau. Hier irgendwo muss es sein. Ich bin kein Arzt, aber das hier ist auf jeden Fall dein Mittelfuß, kleiner Alligator!"

„Vielleicht kann ich ja mal einen Arzt danach fragen!", sagte Simon und zog seine Hand zurück.

Hannes sah, dass der Junge müde war. Er wusste aber, dass Simon nicht freiwillig zu Bett gehen würde, denn er genoss es wie immer, mit dem größten Werder-Fan der Welt über seine Lieblingsmannschaft zu philosophieren. Deshalb versuchte es Hannes mit einem Trick.

„Wir reden gleich weiter, kleiner Alligator, über Florian Heidenreich und sein Verletzungspech. Aber ich will vorher noch abspülen und etwas aufräumen, damit Deine Mama nicht so viel Arbeit hat, wenn sie nach Hause kommt."

Simon nickte und gähnte.

„Aber können wir dann auch noch über das Spiel gegen den HSV reden?"

„Klar, kein Problem. Ruh' Dich ein bisschen aus, ich bin in zehn Minuten so weit!"

Als Hannes aus der Küche zurückkam, schlief Simon tief und fest. Die grün-weiße Perücke hatte sich etwas verschoben und legte seinen kahlen Schädel frei. Der Katheter ragte aus seinem Hals wie der Fühler eines Insektes. Hannes konnte nicht verstehen, warum gerade dieser kleine Mensch, dessen Leben noch vor ihm lag, so vom Schicksal gebeutelt wurde. Er holte eine Decke, damit Simon nicht fror. Der rollte sich hinein, murmelte etwas, das Hannes nicht verstand, und nahm seine Schlafposition ein. Nie zuvor hatte Hannes so stark gefühlt, dass er Simon liebte.

Bevor Hannes zum ersten Mal im Weser-Stadion war, hatte er Werder schon einmal mit in das damalige Volksparkstadion zu Hamburg begleitet. Es war vor fast 20 Jahren gewesen, im März 1984, zu einer Zeit, als seine Arschbacke noch vollkommen unversehrt gewesen war. Hannes musste bei dem Gedanken an die Aktion auch heute noch schmunzeln. Zu dieser Zeit war er einfach nur Hannes Grün gewesen, James Duncan interessierte niemanden. Noch niemanden, denn erst in zwei Monaten würde der Horrorstreifen *Tote auf Beutezug*, in dem Duncan seine erste kleine Rolle hatte, in die Kinos kommen. Damals hieß Duncan noch *Johnny James Duncan*. Der einzige Johnny, für den sich Hannes zu jener Zeit allerdings interessierte, hieß Otten, schrieb sich ohne „h" und war in Werders Defensive auf der linken Seite nicht wegzudenken. Otten hatte immer zu Hannes' Lieblingsspielern gezählt. Es gab damals allerdings auch ein Mädchen, das Hannes toll fand, und die ganze Sache beruhte irgendwie auf Gegenseitigkeit. Dazu kam, dass Hannes einen guten Freund hatte, der bei der damaligen Bundesbahn beschäftigt war. Es war Hannes tatsächlich gelungen, jenem Freund zwei Ausweise abzuschwatzen, die eigentlich nicht übertragbar waren und die deren Inhaber dazu legitimierten, einen IC kostenlos zu benutzen. Freifahrtscheine sozusagen. Der eine Ausweis war auf Hannes' Freund ausgestellt, der andere auf eine Kollegin seines Freundes, die, das wusste Hannes noch ganz genau, Heike hieß. So fuhr Hannes an jenem Samstag im März mit seiner Flamme nach Hamburg. Zuerst flanierten die beiden durch die City der Hansestadt und schließlich konnte Hannes das Mädchen davon überzeugen, sich ein Fußballspiel anzuschauen. Während der Fahrt hatte er bereits angedeutet, dass er Werder Bremen „ganz gerne mochte". Er bekam Herzklopfen, als seine Begleiterin es für eine gute Idee hielt, sich das Spiel anzuschauen, sie hätte kein Problem damit. Hannes war auf Wolke sieben, nahm sich vor, wenn es gut lief, das Mädchen auf der Heimfahrt offiziell zu fragen ob sie…

Doch es kam anders. Als sie das Volksparkstadion erreicht hatten, sah Hannes ein Ticket-Häuschen. Ihr Budget reichte natürlich nur für Stehplatzkarten, also stellte sich Hannes in die Reihe, die sich hinter dem Stehplatzkarten-Häuschen gebildet hatte, und erwarb zwei Karten für das Spiel. Er fühlte sich gut, ertappte sich dabei, das Mädchen langsam in das Leben als Werder-Fan einzuführen, und war selbst äußerst angespannt, denn schließlich würde er seine Idole endlich wieder einmal live zu Gesicht bekommen. Wenn es dem Mädchen im Werder-Block gefallen würde, dann war sie die Richtige. Nicht auszudenken, was er alles mit ihr würde erleben können. Sie lächelte nur, als sie sich auf den Weg zu ihrem Block machten. Und Hannes lächelte ebenso. Die vielen grölenden Fans um ihn herum, fast alle HSV-Fans, interessierten ihn nicht.

Noch heute schüttelte er den Kopf dabei. Als er endlich begriff, was er getan hatte, war es natürlich längst zu spät. Er hatte tatsächlich zwei Karten für den Stehplatzbereich der HSV-Fans gekauft. Dort, wo die ganz harten Junges standen, mit ihren Kutten, auf denen unzählige Anti-Werder-Aufnäher prangten. Der Mob skandierte einen Werder verachtenden Schlachtruf nach dem anderen, wobei der *Was ist grün und stinkt nach Fisch*-Klassiker noch der harmloseste war. Hannes dankte Gott, dass er seinen Werder-Schal zuhause gelassen hatte. Sie hätten ihn durch den Fleischwolf gedreht, das war sicher. Aber seine Begleiterin hatte den Ernst der Lage noch nicht ganz erfasst. Wie hätte sie das auch tun sollen? Für sie war es einfach mal etwas anderes, ein Fußballspiel im Stadion zu sehen. So, wie wenn man sich ein Theaterstück ansah, weil man Freikarten bekommen hatte, oder eine Picasso-Ausstellung. Also musste Hannes sie zunächst aufklären. Hinzu kam, dass er gezwungen war, das Spiel so unemotional wie möglich über sich ergehen zu lassen. Es blieb ihm keine andere Wahl, er musste darauf verzichten, bei Werder-Chancen aus sich heraus zu gehen. Natürlich brachte er es nicht fertig, bei HSV-Chancen aufzuschreien. Nein, seine Seele konnte er nicht verkaufen. Aber er musste während des Spiels zumindest den autistischen HSV-Fan mimen, und das war hart genug. Es waren die bittersten Stunden, die er jemals in einem Stadion zugebracht hatte. Am Ende ging das Spiel mit 0:4 verloren, er hatte also glücklicherweise keine Chance, sich als gegnerischer Fan zu outen. Hannes wollte das alles so schnell wie möglich vergessen, darüber hinwegkommen, die Erinnerung in eine Kiste verpacken, sie auf dem Meeresgrund seiner Erinnerungen versenken und den Schlüssel auf einen unbewohnten Planeten schießen. Doch ein Name hatte sich in sein Gehirn gebrannt, für immer und immer und ewig. Nicht einmal die Altersdemenz würde diesen Namen jemals auslöschen können: Wuttke. Wolfram Wuttke. Er schoss das 1:0 für den HSV, nach nicht einmal zehn Minuten.

Dieses Mal hatte er eine Karte im richtigen Gästeblock erstanden und die Stimmung dort war schon 30 Minuten vor dem Spiel so, als hätte Werder gerade die Champions League gewonnen. Hannes war sofort infiziert und zum ersten Mal in dieser Saison hatten sich nicht irgendwo in einem versteckten Winkel seines Unterbewusstseins Zweifel eingenistet, die ihn davon überzeugen wollten, dass es heute schiefgehen würde. Die grün-weißen Jungs im Gästeblock versprühten einen solchen Optimismus, als sei nur die Höhe des Sieges ungewiss. Irgendein Kutte tragender Typ mit schwarz gelocktem Haar lächelte Hannes an und erklärte ihm, dass die Zeichen nicht nur auf Sieg standen, sondern auf Kantersieg. Mit einer Dose Beck's prostete er Hannes zu. Hannes lächelte zurück und ließ sich von der Stimmung tragen.

Wie hatte der Typ nur die Dosen ins Stadion schmuggeln können?

Er erinnerte sich an den siebten Spieltag der Saison 2001/2002, in der man dem HSV eine 4:0-Packung im eigenen Stadion verpasst hatte. Leider hatte Hannes diese Sternstunde nur am Fernseher verfolgt, doch er konnte sich noch so gut an die Torschützen erinnern: Ailton, Bode, Ernst und Stalteri trafen zum bisher höchsten Auswärtssieg, seit Werder in Hamburg zu Bundesligapartien antrat.

Als Schiedsrichter Fandel die Partie anpfiff, legte Werder wie auch schon im letzten Heimspiel los, als gäbe es kein Morgen. Schon nach wenigen Sekunden vertändelte der HSV-Spieler Sergej Barbarez den Ball an der Mittellinie, woraufhin Ailton damit geistesgegenwärtig in Richtung HSV-Gehäuse sprintete. Fast alle im Gästeblock hatten den Torschrei bereits auf den Lippen, aber Toni scheiterte mit seinem Versuch am gut reagierenden Torwart Wächter. Doch diese erste Aktion schien die HSV-Profis vollkommen gelähmt zu haben, denn es reihte sich Abspielfehler an Abspielfehler, was Werder wiederum die Gelegenheit gab, den unnachahmlichen One-Touch-Fußball zu zelebrieren. Es gelangen Spielzüge, in denen der Ball mit jeweils nur einer Ballberührung wie am Reißbrett vorausgeplant über das gesamte Spielfeld befördert wurde. Was fehlte, war ein Tor. Doch dies fiel beinahe, als Micoud einen Freistoß aus spitzem Winkel gefährlich auf das Tor des Gegners brachte. Nur dank des erneut sehr gut haltenden Torwarts konnte der HSV das 0:0 halten. In der 28. Minute war allerdings auch Wächter machtlos und der längst überfällige Führungstreffer fiel. Wie auch schon bei jenem historischen 4:0 trug sich Fabian Ernst in die Torschützenliste ein, der einen aus dem HSV-Strafraum abprallenden Ball aus mehr als 20 Metern an einer Vielzahl von Werder- und HSV-Spielern vorbei ins Tor schoss. Der Werder-Block glich einem Tollhaus, fremde Menschen lagen sich in den Armen und der Typ mit der Kutte drückte Hannes eine Dose Beck's in die Hand. Nachdem der Jubel einigermaßen abgeebbt war, rückte der Kuttenmann noch einmal an Hannes heran und wies ihn darauf hin, dass es noch mindestens dreimal im HSV-Tor einschlagen würde. Er prostete

Hannes zu und zwinkerte. Und er schien recht zu behalten, denn Werder schnürte die Hamburger weiter ein, ließ nicht locker, spielte geradezu mit dem Gegner. Doch es wollte bis zur Halbzeit kein weiterer Treffer fallen.

Hannes begann sich damit anzufreunden, einen ungefährdeten Sieg in der Höhle des Löwen zu erleben, die längst überfällige Entschädigung für die Schmach, die er damals im HSV-Block zu ertragen hatte. Möglicherweise würde Werder ja wieder ein 4:0 zustande bringen. Doch nach nur fünf Minuten in der zweiten Halbzeit wurde er jäh aus allen grün-weißen Träumen gerissen. Der HSV hatte durch einen Freistoß von der Ecke des Werder-Strafraums den Ausgleich erzielt. Der Ball kam flach in den Strafraum und schlug eher unfreiwillig am langen Pfosten ein. Für Hannes war es ein haltbarer Ball, doch er behielt seine Sichtweise der Dinge für sich. Die Stimmung im Werder-Block war noch immer hervorragend. Die Anhänger der Grün-Weißen schienen in dem Gegentor nur einen kleinen Schönheitsfehler zu sehen, den vorgezogenen Ehrentreffer sozusagen. Damit hatten sie nicht ganz unrecht, es blieb tatsächlich der einzige Treffer der Hanseaten von der Elbe. Das Dumme an der Sache war nur, dass die Hanseaten von der Weser ihre Spielkultur im Laufe des Spiels immer mehr verloren und so auch kein weiteres Tor mehr zustande brachten. So blieb es bei einem 1:1. Als Hannes den Gästeblock verließ, traf er noch einmal auf seinen Freund mit der Kutte:

„Was soll's, mach Dir nichts draus. Die kommen auch noch nach Bremen und dann gibt es ein 5:0!"

Hannes nickte und lächelte. Er bewunderte den Typen für dessen grenzenlosen Optimismus. Er selbst wurde jedoch von sehr heftigen Zweifeln gepackt, die ihm sagten, dass nunmehr möglicherweise ein Negativtrend einsetzen konnte, an dessen Ende Werder wieder zu einem Team würde, das in den Niederungen des Mittelfeldes herumdümpeln würde. In diesem Moment erinnerte er sich an den alten Mann in Block 55, der letzte Woche im Weser-Stadion das Gleiche prognostiziert hatte.

1. bis 6. Dezember 2003: Sandy wird lebendig, ein entlassener Trainer und eine neue Rolle

Manchmal vergaß Hannes einfach, wie er aussah. Das geschah häufig in Momenten, in denen er sehr beschäftigt oder sehr glücklich war. So wie an diesem kalten Montagabend Anfang Dezember. Anna hatte ihn ins Kino eingeladen. Simon war wieder im Krankenhaus und hatte darauf bestanden, dass Hannes die Einladung annahm.

„Geh schon, ich komme zurecht. Ich werde mit Schwester Karin über Werder schnacken!"

Schnacken – ein typisch bremisches Wort, das Hannes allerdings noch nicht in seinem aktiven Wortschatz verwendete.

Als Anna in der Woche vor dem HSV-Spiel mit einer Freundin im Kino gewesen war, hatte sie die Vorschau von *Make my day* gesehen. Der Film lief seit fast vier Wochen in den deutschen Kinos und Anna wollte ihn unbedingt zusammen mit Hannes anschauen. Man hatte ihm den deutschen Titel: *Hart wie Creme* gegeben. Nicht besonders originell, wie Hannes fand. Auf dem Weg ins Kino hatten sie sich über Werders Gastspiel beim HSV ausgetauscht. Anna wollte wissen, ob es ein Rückschritt war. Hannes konnte zunächst nicht glauben, dass sie das Thema von sich aus aufgriff. Er fragte sich, ob sie es allein ihm zuliebe tat.

„Wir können auch gern über etwas anderes reden", sagte Hannes und lächelte.

„Nein. Ist schon in Ordnung. Ich weiß nur, dass der HSV früher doch immer ganz gut gewesen war, oder?"

„Das war früher!", erwiderte Hannes und dachte an das 0:4 im falschen Stehplatzblock.

Anna sah ihm an, dass er in Gedanken versunken war.

„Was ist denn los? Woran denkst Du?" Sie legte den Arm um seine Hüfte und Hannes strich ihr sanft über den Hintern.

„Ach, das ist schon lange her!"

„Lange her? Wie lange? So lange, dass Du damals noch kein Werder-Fan warst?"

„Nein. So lange auch wieder nicht. Ich bin Werder-Fan, seitdem ich klar denken kann!"

Und dann erzählte er ihr schließlich die Geschichte. Er erzählte es, als sei es erst gestern gewesen, ging auf Details ein, von denen er nicht wusste, ob sie sich tatsächlich so zugetragen hatten, beschrieb Menschen, die es möglicherwiese so gar nicht gegeben hatte. Aber das war alles nicht wichtig, was zählte war, dass Anna herzhaft darüber lachen konnte. So laut, dass sich die Leute nach ihnen umdrehten, als sie die Eingangshalle des Kinos erreicht hatten. Als sich Anna auf den Weg zur Kasse machte, um die bestellten Karten abzuholen, trennte sich Hannes ohne nachzudenken von seiner Mütze und befreite sich von seinem Schal. Er schaute Anna nach und bemerkte wieder, wie glücklich er war. Was er allerdings nicht bemerkte, war, dass sich bereits fünf Menschen um ihn geschart hatten. Sie kamen näher und begannen zu tuscheln. Eine junge Frau und ein etwa 15-jähriger Junge hatten ihre Handys gezückt, um Hannes zu fotografieren. In diesem Moment drehte sich Anna zu ihm um und schlug sofort die Hand vor ihren Mund. Sie wirkte sprachlos, beinahe geschockt. Hannes konnte sich zuerst noch keinen Reim darauf machen, als ihn plötzlich jemand ansprach.

„James Duncan? Sie sind James Duncan. Oh mein Gott. James Duncan!", und dann fing die Frau, die das Foto von ihm gemacht hatte, an, Englisch mit ihm zu sprechen.

Hannes wusste aus Erfahrung, dass der Versuch, es zu leugnen, zwecklos sein würde. Im Gegenteil, denn das würde ihn erst wirklich interessant machen. Er hatte nicht aufgepasst, sich zu früh enttarnt. Ein Anfängerfehler, den man machte, wenn man verliebt war.

Hannes reagierte so, wie er immer in solchen Situationen reagierte. Er ließ sich auf das Spiel ein und redete mit der jungen Frau, deren Stimme sich vor Aufregung überschlug. Nach wenigen Augenblicken stand er in einer Menschentraube. Am Ende schrieb er über 100 Mal den Namenszug von James Duncan, und zwar so gut, dass man ihn vom Original nicht unterscheiden konnte. Das letzte Mal unterschrieb er auf den beiden Karten, die Anna in der Hand hielt. Hannes lächelte.

„Gleich zwei?", fragte er.

Anna nickte.

„Die zweite ist für meinen kleinen Jungen. Er ist Ihr größter Fan, Mr. Duncan!"

Hannes unterschrieb auf den beiden Karten. Dann nahm er Annas Hand und zog sie an sich heran. Er umarmte und küsste sie.

In diesem Moment war er wieder mit ihr allein. Auch wenn sich die Autogrammjäger verwundert die Augen rieben. Sie waren ganz weit weg. Und als hätten sie es gespürt, begannen sie langsam wieder, ihrer eigenen Wege zu gehen. Sie hatten ihr Autogramm oder ihr Foto oder beides. Gleichwohl schienen sie jetzt ihr Interesse an James Duncan zu verlieren. Vielleicht lag es auch daran, dass der Hollywoodstar schon vergeben war oder einfach seine Privatsphäre brauchte, die man ihm gern zugestehen wollte. Es spielte letzten Endes auch keine Rolle. Für Hannes gab es in diesem Moment nur Anna und das Gefühl, sehr glücklich zu sein.

Zwei Tage später stand das erste von zwei Heimspielen binnen vier Tage auf dem Programm: das Achtelfinale im DFB-Pokal gegen die Hertha aus Berlin. Die meisten der „nur" 22.000 Zuschauer im Stadion gingen davon aus, dass Werder die Hürde relativ sicher überspringen würde. Doch Hannes hatte da seine Zweifel. Er musste nach wie vor sehr oft an die Prognose des alten Mannes denken, der auch an diesem Tag eine Reihe unterhalb von Hannes saß. Hinzu kam, dass Werder am ersten Liga-spieltag die Hertha mit 3:0 aus dem eigenen Stadion gejagt hatte. Das hatte man in Berlin nicht vergessen und das Team von Trainer Huub Ste-vens war sicher auf Rache aus. Es lief in der Liga nicht gerade optimal für die Berliner, man musste sich wohl auf Abstiegskampf einstellen, obwohl man vor der Saison auf einen Tabellenplatz spekulierte, der mit der Qua-lifikation für einen europäischen Wettbewerb einhergehen würde. Es lag also auf der Hand, dass Stevens bis dato nicht gerade die Erwartungen von Fans und Verantwortlichen zu erfüllen wusste, was im Umkehrschluss nichts anderes bedeutete, als dass der holländische Coach mit einem Weiterkommen im Pokal für die nötige Ruhe in seinem Umfeld sorgen konnte und dies sicherlich auch anstrebte. Hannes schwante nichts Böses, und als Kapitän Frank Baumann gerade zur Platzwahl schritt, ertappte er sich bei dem Gedanken, dass er mit einem Ausscheiden durchaus leben konnte, wenn er im Gegenzug die Gewissheit erhalten würde, dass Werder in der Liga weiterhin für Furore sorgen würde. Im ersten Spiel nach der Winterpause würde die Hertha schon wieder ins Weser-Stadion kommen, wenn sich Hannes dann einen Werder-Sieg wünschen dürfte, er hätte keine allzu großes Problem damit, als Preis dafür den Pokal abzu-schenken. Doch er behielt seine pessimistisch gefärbte Logik natürlich für sich, schließlich wussten alle im Stadion, dass Werder eine Pokal-mannschaft war.

Glücklicherweise.

Denn Werder demontierte das Team aus der Hauptstadt nach allen Regeln der Fußballkunst. Die 22.000 Fans wurden verzückt, verwöhnt, erlebten eine Sternstunde des DFB-Pokals, zumindest was die Deutlich-keit des Sieges anbelangte. Schon zehn Minuten nach dem Anpfiff der Partie hatte Ivan Klasnić das 1:0 auf dem Fuß, doch sein Schuss verfehlte das Hertha-Tor um Haaresbreite. Hannes und sein Kumpel Thomas trauten ihren Augen nicht – Angriff auf Angriff wurde gestartet, und hätte der Hertha-Keeper Kiraly, der Typ, der immer mit einer grauen Jogginghose spielte, nicht einen Supertag erwischt, Werder hätte zwei-stellig gewinnen können. Doch es kam auch so knüppeldick für das ver-unsicherte Team aus Berlin. Eine Viertelstunde lang schaffte es die Mann-schaft mit Glück und dem Mann in der Jogginghose noch, die Null zu halten, doch in der 17. Minute staubte Klasnić nach einem Micoud-Frei-stoß aus dem Gewühl zum 1:0 ab und brach damit den Bann. Keine zehn Minuten später erhöhte *le Chef* dann persönlich auf 2:0. Nachdem ihm Fabian Ernst den Ball eher unfreiwillig vorgelegt hatte, hämmerte der Franzose diesen aus fünf Metern unhaltbar ins Netz. Dann hatte Klasnić die Chance zum 3:0, doch sein Schuss landete im Oberrang des Weser-Stadions. Kurz darauf schlug der junge Kroate aber doch noch einmal zu: Nach einen Doppelpass mit Ailton, der von blindem Verständnis der beiden Stürmer zeugte, ließ er zwei Berliner Abwehrspieler stehen und traf zum 3:0. Als der Schiedsrichter zur Halbzeit pfiff, standen die Zuschauer auf und verabschiedeten die Spieler mit tosendem Applaus in die Kabinen. Dann läutete Hannes' Handy.

„Ja, kleiner Alligator, was gibt's?"

„3:0! Ich habe es im Radio gehört. Das Spiel kann Werder nicht mehr verlieren, oder?"

Hannes sah den alten Mann, der ihm gerade in diesem Moment euphorisch zunickte.

„Nein. Nein, Simon, das Spiel wird Werder gewinnen! Musst Du nicht im Bett sein?"

„Doch, ich muss das Radio jetzt ausmachen. Schwester Karin und Mama sagen mir dann morgen, wie es ausgegangen ist. Ich lasse die Perücke auf!"

„Ja. Das machst Du. Dann kann ja nichts mehr schiefgehen!"

„Soll ich Dir Mama geben!"

„Ja. Dann schlaf gut, Marc Bolan!"

„Du auch, Hannes!"

„Hallo?"

„Wie geht es ihm?"

„Er ist glücklich. Du hättest ihn sehen sollen. Er hat mir erklärt, dass Klasnić einen Kreuzbandriss hatte. Und das hat er mir nicht zum ersten Mal erklärt!"

„Ich weiß. Wie geht das Laufen?"

„Es ist besser, aber noch nicht optimal. Ich denke, sie können die Therapie fortsetzen!"

Hannes hörte die Erleichterung in ihrer Stimme.

„Und das Spiel? Was denkst Du?", fragte Hannes und hoffte, dass er nichts Falsches gesagt hatte.

„Sie sind ohne Zweifel der Kommissar mit der gepflegtesten Haut, die ich je bei einem Gesetzeshüter gesehen habe!", sagte Anna bestimmt.

Es ging ihr besser. Dieser Spruch stammte aus *Make my day*. Eine blondierte Trickbetrügerin mit rekordverdächtiger Oberweite hatte Sandy Colorado zu Beginn des Filmes damit konfrontiert, nachdem er ihr die Handschellen angelegt hatte. Die Reaktion James Duncans, die Hannes nun, als sei es das Normalste von der Welt, seinerseits als Konter zum Besten gab, ließ nicht lange auf sich warten:

„Das liegt an der selbst kreierten Lotion, meine Teuerste! Was für Sandys Colt gut ist, muss auch seiner Haut teuer sein!"

Anna lachte und Hannes bekam Herzklopfen.

„Weißt Du, was ich vermisse?"

Hannes schloss die Augen und hoffte, dass sie ihm etwas Romantisches sagen würde.

„Nein, was denn?"

„Ein Ailton-Tor!"

Etwas Schöneres hätte sie nicht sagen können.

„Es sind noch 45 Minuten Zeit!", antwortete er.

Gut 35 Minuten später schrieb ihm Anna eine SMS, die aus nur zwei Worten und einem Ausrufezeichen bestand:

Na bitte!

Ailton hatte per Kopf (!) zum 5:0 getroffen und damit eine Durststrecke von 32 Minuten ohne Werder-Tor beendet. Das 4:0 war bereits eine Minute nach Wiederanpfiff gefallen, durch das erste Pflichtspieltor von Valérien Ismaël, der einen Freistoß aus 30 Metern direkt verwandelte. Der zeitliche Abstand zwischen Werders fünftem und sechstem Tor war logischerweise wieder etwas kürzer. Nur acht Minuten später traf Angelos Charisteas, nachdem er im Hertha-Strafraum Arne Friedrich den Ball abgejagt und eiskalt an Kiraly vorbei ins Tor geschoben hatte. Hannes schaute auf die Anzeigetafel: 6:0. Und selbst in diesem Moment gab es einen Haken, eine Ungereimtheit, etwas, das sein 100%iges Glücksgefühl zu verhindern wusste. Er fragte sich, ob er immer schon so gewesen war, oder ob dies erst in dieser Saison derart ausgeprägt war. Lag es an Pasching oder daran, dass er älter wurde? Oder hatte er einfach nur Angst, dieser Traum einer perfekten Saison könnte irgendwann wieder zerplatzen? Wie dem auch sei. Jedenfalls hätte er mit einem 3:0 auch gut leben können. Vielleicht sogar noch besser, dann nämlich, wenn Werder sich ein paar Tore – warum nicht die drei anderen? – für das Spiel am kommenden Samstag aufgehoben hätte. Dann nämlich würden die Bayern im Weser-Stadion gastieren und die würden es den Grün-Weißen bestimmt nicht so einfach machen. Zweimal 3:0. Das wäre mathematisch wie sportlich ausgeglichen gewesen, Wunschergebnisse gewissermaßen. Aber man konnte sich im Leben manches eben nicht heraussuchen und schon gar nicht, wenn es um Fußball ging. Das musste auch Huub Stevens schmerzlich erfahren, der einen Tag nach der Demontage in Bremen von der Vereinsführung entlassen wurde. Daran änderte auch der Ehrentreffer für die Berliner durch Marcelinho in der 90. Minute nichts.

Natürlich hatte Simon auf ihn gewartet und Hannes hatte ihm jedes Tor in allen Einzelheiten geschildert. Der Junge lag im Bett und musterte Hannes mit seinen müden, glücklichen Augen. Erst nachdem Hannes alle Fragen beantwortet hatte, fielen Simon schließlich die Augen zu. Als Hannes neben Anna eingeschlafen war, hatte bereits ein neuer Tag begonnen. Zuvor hatte er beinahe 20 Minuten lang wach gelegen und Annas ruhigem Atem zugehört. Es gab keinen Zweifel: Er war glücklich und das tat unheimlich gut.

Das erste Mal hatte Hannes diesen Traum vor mehr als zehn Jahren. Seitdem hatte er sich in unregelmäßigen Abständen immer wieder darin aufgehalten, ihn immer wieder durchlebt, so real, als wäre der Traum das wirkliche Leben und das wirkliche Leben nur ein Konstrukt seiner Fantasie. Der Traum war zu seinem Lieblingstraum geworden. Doch man konnte Träume nicht auf Bestellung erleben, so schön sie mitunter auch sein mochten, und insofern stellte das Erleben seines Lieblingstraumes dieses Mal ein Novum dar: Noch nie hatte er den Traum neben einem anderen Menschen liegend geträumt.

Doch daran dachte er natürlich nicht, als er von der Tribüne, direkt hinter Werders Trainerbank, auf das Spielfeld starrte und sah, wie sich Werder gegen die Bayern nach wie vor ohne Erfolg abmühte. Es waren nur noch zehn Minuten zu spielen und es stand nach wie vor 0:0. Werder hatte alles versucht, doch es wollte einfach kein Tor fallen. Die Bayern waren abgezockt und starteten immer wieder gefährliche Konter. Dann stand Thomas Schaaf schließlich auf, nahm eine Plastiktüte, kehrte der Bank den Rücken und ging auf die Tribüne zu. Wie immer verstand Hannes auch dieses Mal nicht, was der Werder-Trainer vorhatte. Schaaf kletterte über die Werbebande und stand plötzlich direkt neben Hannes. Er beugte sich nach unten und sagte:

„Auf geht's, Hannes. Es ist so weit. Jetzt musst Du das Ding heimfahren!"
Er zog ein Werder-Trikot aus der Plastiktasche und gab es Hannes.
„Los, beeil' Dich. Wir haben nicht mehr viel Zeit!"
Der Regisseur des Traums hielt sich nicht lange mit der Frage auf, wo Hannes Schuhe, Hosen oder Stutzen herbekommen sollte. Er inszenierte auch nicht Hannes' Einwechslung als große Zeremonie. Ebenso spielte es wie immer keine Rolle, dass die Werder-Spieler aus verschiedenen Epochen der Werder-Historie stammten. (Die Bayern-Spieler waren bis auf Torwart Kahn jedoch alle gesichtslose Statisten). Irgendwann befand sich Hannes mitten im Getümmel und wenn er sich nicht täuschte, skandierten die Fans seinen Namen: Grüüüüüüüüüünnnn. Schaaf hatte ihn in

den Sturm beordert, wo er verzweifelt versuchte, irgendwie an den Ball zu kommen.

„Nicht aufgeben!", rief ihm ein völlig ergrauter Rudi Völler zu, dessen Trikot stark verschmutzt war, und vom Mittelfeld schickte ihn Andreas Herzog mit nicht zu überhörendem Wiener Akzent weiter nach vorn. Dann sah Hannes sein Jugendidol, Jonny Otten, der über links einen Flankenlauf startete. Unnachahmlich marschierte der Verteidiger an der Außenline entlang und schlug kurz vor der Eckfahne eine Flanke nach innen. Hannes sah, dass Kahn sich verschätzte, warf sich nach vorne, auf den Ball zu und schloss, einen kurzen Augenblick, bevor der Ball seinen Kopf traf, die Augen.

Als er sie wieder öffnete, lag er unter einer Traube grün-weißer Spieler, seiner Idole, und wie immer, waren es mehr als nur elf Werderaner. Hannes hatte es geschafft, er hatte gemacht, was Schaaf gefordert hatte, er hatte das Ding heimgefahren, mit einem Kopfballtor in der letzten Minute. Endlich entlud sich seine Freude in einem lauten Schrei.

Anna schreckte hoch. Sie rüttelte ihn verzweifelt und als er sie schlaftrunken, völlig verständnislos anstarrte, sagte sie:

„Du hast geschrien, so laut, dass ich davon wach geworden bin!"

„Wirklich? Du hast es gehört?"

„Und ob ich es gehört habe. Ich würde wetten, dass es vielleicht sogar Simon gehört hat!"

Sie trug ein schwarzes T-Shirt mit der Aufschrift „Speak" und sah unheimlich sexy aus.

„Was ist denn los mit Dir?"

„Ich habe geträumt. Es war …!"

Was hätte er sagen sollen? Es war klasse? Es tat so gut? Es war so schön, dass man es nicht mit Worten ausdrücken konnte. Alles hatte seine Grenzen, auch seine Werder-Leidenschaft.

„Es muss schlimm gewesen sein, oder? So laut, ich meine, es hat sich wie ein schlimmer Albtraum angehört!"

Hannes nickte. Es war vielleicht besser so, wenn er es dabei belassen würde. Andererseits …

„Ehrlich gesagt, weiß ich es nicht mehr. Ich kann mich nicht mehr richtig erinnern. Da war ein Typ, der hieß Jonny und der hat geschossen …"

„Was? Er hat geschossen? Auf Dich? Wieso? Warum sollte jemand auf Dich schießen? Belastet Dich etwas?"

Das Spiel gegen die Bayern, ja. Es lag Hannes auf der Zunge, es auszusprechen. Stattdessen schüttelte er nur den Kopf.

„Hat er Dich getroffen, dieser Jonny?"

Hannes stand auf. Er wollte nicht darüber reden, denn er wollte ihr keine falsche Story erzählen, geschweige denn, dass sie sich Sorgen um ihn machte.

„Es ist nicht wichtig. Soweit ich mich erinnern kann, hat er auf meinen Kopf gezielt, aber ich habe vorher die Augen geschlossen!"

Im gleichen Moment kam Simon in Annas Schlafzimmer.

„Wer hat auf Dich geschossen, Hannes?"

„He, kleiner Mann. Hast Du gelauscht?", fragte Anna, stand auf und nahm ihren Sohn in die Arme.

„Nein, nur ein bisschen. Hannes hat so laut geschrien, da habe ich mir Sorgen gemacht!"

„Es ist alles in Ordnung, kleiner Alligator. Weißt Du, ich habe geträumt, dass …" Er tat so, als würde er es sich erst ausdenken. „Dass ich für Werder in der Bundesliga gespielt habe und kurz vor Schluss das Tor zum 1:0 geschossen habe!"

Anna schaute die beiden unsicher an. Als ihr Blick auf Hannes ruhte, zwinkerte dieser ihr mit dem rechten Auge zu und lächelte. Er hoffte, sie nahm es ihm ab, dass er es sich nur ausgedacht hatte.

„Gegen wen hat Werder denn gespielt!", fragte Simon.

„Was meinst Du, gegen wen könnte Werder gespielt haben?" Hannes zog die Augenbrauen nach oben und lächelte.

„Du kannst es Dir ja mal überlegen. Ich mache Dir jetzt ein Frühstück, denn Du musst etwas essen!"

Er wollte gerade an dem Jungen vorbeigehen, als dieser sagte:

„Da muss ich nicht lange überlegen. Du hast ein Tor gegen Bayern München geschossen, stimmt's?"

Simon schaute Hannes erwartungsvoll aus seinen tief in den Höhlen liegenden, dunkel umrandeten Augen an, die vor Begeisterung leuchteten. Sein Nasenflügel wollte eine Antwort. Er saß noch immer auf Annas Schoß und noch bevor Hannes antworten konnte, flüsterte er ihr so laut, dass auch Hannes es hören konnte, ins Ohr:

„Ich habe recht, Mama. Ganz bestimmt!"

Der Vorsprung, den Werder auf die Bayern hatte, betrug vor dem Spiel vier Punkte, was nichts anderes bedeutete, als dass man mit einem Sieg die Münchner mit sieben Punkten auf Distanz halten konnte. Sieben Punkte und das alles nach dem 15. Spieltag. Die Kommentare der Bayern-Verantwortlichen fielen auch dementsprechend kleinlaut und beinahe defensiv aus, ganz anders, als man dies gewohnt war. Hoeneß sagte, dass Werder den schönsten Fußball spielte, Beckenbauer führte aus, er könne sich durchaus vorstellen, dass die Bayern in Bremen den Kürzeren ziehen würde, und so ging Werder vielleicht tatsächlich als Favorit in das Spitzenspiel des 15. Spieltages der Saison 2003/2004.

Dieses Mal war das Stadion ausverkauft, anders als bei dem Pokal-Spektakel gegen die Hertha. Die Stimmung war sehr gut, schon vor dem Spiel schwappte die Welle über die Tribünen, die Vorzeichen für einen Sieg waren da. Werder musste auf Krstajic verzichten, der nach seiner Verletzung gegen Hertha nicht mehr rechtzeitig fit geworden war. Aber auch bei den Bayern fehlten einige Akteure. Das Spiel begann mit einem Übergewicht der Münchner, sie machten Druck und schienen Werder nicht ins Spiel kommen lassen zu wollen. In dieser Phase waren Hannes' Zweifel gegenwärtiger denn je. Die Chancen der Bayern zeigten Wirkung, denn Werder spielte vorsichtiger, als viele Zuschauer es erwarteten. Nach gut 20 Minuten erspielte man sich dann allerdings doch die ersten Gelegenheiten: Klasnić wurde im Strafraum gelegt, aber der Schiedsrichter wertete den Zweikampf als legal und gab keinen Elfmeter. Dann verfehlte Ismaël mit einem 25-Meter-Freistoß das Tor nur knapp und etwa zehn Minuten vor der Halbzeit traf Davala nur das Außennetz. Nicht nur Hannes hatte da den Torschrei schon auf den Lippen. Die letzte Chance vor der Pause hatten die Bayern, aber zum Glück konnte Makaay den Ball nicht im Tor unterbringen.

Während der Pause herrschte auf der Tribüne der Eindruck, dass das Unentschieden gerecht war. Werder würde sich steigern müssen, wenn man noch gewinnen wollte. Und als Simon sich in seinem schon zur Tradition gewordenen Halbzeitanruf nach Hannes' Einschätzung erkundigte, konnte dieser seinem Freund nicht allzu viel Hoffnung machen.

„Weißt Du, ein Unentschieden wäre kein Problem. Damit könnte Werder leben!", sagte er und gab Simon nicht gerade die aufmunternden Worte mit in die zweite Halbzeit, die dieser sich erhofft hatte.

Eines hatte das Spiel allerdings dann doch mit dem Pokalspiel gegen Berlin gemeinsam. Anna schickte in der zweiten Halbzeit wieder eine SMS, mit beinahe identischem Wortlaut:

Na also!

Warum? Weil Ailton wieder getroffen hatte, mit einem Elfmeter nach 58 Minuten zur vielumjubelten Führung für Werder. Klasnić wurde vom Ellenbogen eines Münchners getroffen. Hannes, Thomas und Frank fielen sich in die Arme, sie tanzten ausgelassen und stimmten in den *Zieht-den-Bayern-die-Lederhosen-aus*-Klassiker ein. Werder wurde stärker. Es sah tatsächlich so aus, als könne man die Bayern schlagen, denn die Chancen auf ein 2:0 waren da. Aber in der 79. Minute machten die Bayern den Ausgleich, und das ausgerechnet durch Claudio Pizarro, den ehemaligen Bremer. Später im Fernsehen sah Hannes, dass der Peruaner beim Ausgleich sogar im Abseits gestanden hatte, aber das war für den Linienrichter nur schwer zu erkennen gewesen. Es blieb beim 1:1. Werder hätte sicher gewinnen können, doch es gab in der Vergangenheit auch schon Spiele, die bei ähnlicher Konstellation noch verloren gingen. Werder blieb auf dem zweiten Platz, nach wie vor zwei Punkte hinter dem VfB Stuttgart.

7. bis 16. Dezember 2003:
Abseins, ein einarmiger Bär und Leberkusen

Manche Dinge waren immer noch nicht richtig ausgegoren, seit Simons Krankheit. Obwohl sie es objektiv betrachtet möglicherweise hätten sein müssen. Dinge, für deren Klärung noch keine Zeit gewesen war, oder aber für die – subjektiv betrachtet – noch keine Notwendigkeit zu erkennen war. Eine Sache, die man beiden Kategorien zuordnen konnte, war Simons Beschulung. In den Phasen der Chemoblöcke bestand theoretisch die Möglichkeit, dass er Unterricht auf der Station erhielt. Es war eine Lehrerin im Krankenhaus beschäftigt, um die Kinder mit dem nötigen Bildungsangebot zu versorgen.

Theoretisch.

Aber die Kinder waren nicht alle im gleichen Alter, was es der Lehrerin nicht gerade einfach machte. Genau genommen war es ein Ding der Unmöglichkeit, auf alle kleinen Patienten in dem erforderlichen Maße einzugehen. Hinzu kam, dass die Kinder oft physisch so geschwächt oder psychisch so angeschlagen waren, dass sie nicht zum Unterricht kommen konnten. Anna hatte sich ein paarmal mit der Lehrerin unterhalten. Sie hieß Anja Osmann und war eigentlich ausgebildete Realschullehrerin für die Fächer Biologie und Mathematik. Nicht gerade die optimale Ansprechpartnerin für einen Siebenjährigen, der schon in der dritten Klasse war, weil er ein Jahr übersprungen hatte. Doch Anja – die Lehrerin hatte Anna das Du angeboten, nachdem sie festgestellt hatte, dass sie wie Anna auch im Februar 1976 geboren worden war – schwelgte nur in Superlativen, wenn sie über Simon sprach. Sie attestierte ihm eine schnelle Auffassungsgabe und einen unglaublichen Wissensdurst. Das alles wusste Anna natürlich schon, trotzdem wollte sie sich später nicht vorwerfen lassen, Simons Bildung während der Chemotherapie vernachlässigt zu haben. Sie wollte ihren Sohn nicht unterfordern und ihm gleichzeitig nicht das Gefühl geben, Schule sei im Grunde genommen nur eine Art Spiel. Deshalb hatte sie über die Schule des Jungen für Simon auch einen Lehrer beantragt, der ab und zu mit ihm lernte, wenn der Junge zu Hause war.

Am Sonntag nach dem Spiel gegen Bayern München war Simons Lehrer zum ersten Mal für zwei Stunden bei ihm gewesen. Er hieß Peter Strauch, war 55 Jahre alt, die Seele von einem Menschen und Werder-Fan. Doch das erfuhr Simon nicht sofort. Peter bestand darauf, dass Simon ihn Peter nannte, was unweigerlich dazu führte, dass er sich in Simons Freundebuch eintragen musste. Peter hatte mit Simon eine Geschichte über einen kleinen Jungen in Japan gelesen, der gerne Astronaut werden wollte. Dabei hatte der Lehrer schnell von seinem Plan, Simon die Geschichte zunächst vorzulesen, Abstand genommen, da Simon ohne Problem in der Lage war, die drei Seiten selbst fehlerfrei zu erfassen. Als er dann mit Simon ein bisschen über Japan gesprochen hatte, darüber, dass Japan ein Erdbebengebiet war, die Hauptstadt Tokio hieß und vor eineinhalb Jahren die Fußballweltmeisterschaft dort stattgefunden hatte (Peter ging nicht darauf ein, dass man die Hälfte der Spiele in Südkorea ausgetragen hatte), stellte Simon die Frage:

„Was ist denn Deine Lieblingsmannschaft? Im Fußball meine ich!"

Peter zuckte die Schultern.

„Meine Lieblingsmannschaft? Na, Werder natürlich! Und Deine?"

Daraufhin stand Simon kommentarlos auf und ging in sein Zimmer. Als er nach nicht einmal einer Minute zurückkam, trug er sein Werder-Trikot, seinen Schal und die Werder-Marc-Bolan-Perücke. Und so kam es, dass Simon mit seinem neuen Lehrer für den Rest seiner ersten häuslichen Unterrichtseinheit über das Spiel gegen Bayern München fachsimpelte.

Simon öffnete Hannes die Wohnungstür.

„Wir wurden betrogen, Hannes. Warum geht das so einfach?"

Hannes hob Simon hoch und zog die Tür hinter sich zu. Er sah eine Ader so deutlich direkt an der Schläfe des Jungen verlaufen wie den Fluss auf einer Landkarte. War ihm das bisher noch nicht aufgefallen oder zeugte dies davon, dass die Krankheit noch mehr an dem Kleinen zehrte?

„Betrogen? Wer hat uns betrogen?"

Simon schaute Hannes mit einer Maske des Unverständnisses an, so als redete dieser in einer Sprache, die der Junge nicht kannte.

„Simon. Jetzt lass Hannes doch einfach mal kurz entspannen. Er hat gearbeitet. Wie wäre es, wenn Du Dich ein bisschen ausruhst!"

Anna kam mit einer Kanne Tee aus der Küche.

„Nein, lass nur. Ist schon in Ordnung", sagte Hannes ruhig, legte seine Jacke ab und umarmte Anna. Die gab ihm einen Kuss, was Hannes' Herz schneller schlagen ließ.

„Es waren die Bayern. Die haben Werder betrogen. Das Tor, das Bayern geschossen hat, war klar Abseins!"

Hannes setzte Simon auf seinen Schoß.

„He, kleiner Alligator. So habe ich Dich ja noch nie gesehen. Jetzt beruhige Dich erst einmal."

Simon zwinkerte zweimal mit dem rechten Auge und Hannes befürchtete, dass dies nicht gewollt gewesen war.

„Aber, aber es war doch wirklich Abseins, das Tor. Das hat Peter gesagt. Es war Abseins!"

„Peter?", fragte Anna verwundert, „ich würde sagen Herr Strauch!"

„Er hat gesagt, ich soll ihn Peter nennen. Er hat auch in mein Freundebuch geschrieben!"

„Dann ist es gut!", sagte Anna und reichte Hannes eine Tasse Tee.

„Es war Abseins, Hannes!"

Hannes nahm Simon und setzte ihn auf seinen Stuhl. Dann räusperte er sich und überlegte.

„Also gut. Zuerst einmal, das Wort heißt Abseits und nicht Abseins."

Simons Nasenflügel kam in Bewegung. Er war auf Sendung und das war ein gutes Zeichen.

„Abseits!", wiederholte er, ohne es zu registrieren.

„Hat Dir Peter auch erklärt, was Abseits ist?"

„Er hat gesagt, dass es gar nicht so einfach zu verstehen ist und dass es manchmal ganz schön kompliziert ist!", antwortete Simon.

„Und da hat er vollkommen recht. Es ist wirklich nicht so einfach zu erklären, und weißt Du was? Es ist manchmal für den Schiedsrichter auch nicht einfach zu sehen, besonders dann, wenn das Spiel ganz schnell hin- und hergeht, weißt Du!"

Simon nickte.

„Ja. Das Tor der Bayern war Abseits, das stimmt. Aber es war nicht ganz klar, sondern eigentlich ziemlich knapp, verstehst Du?"

„Nein!"

Hannes musste lachen und wie auf Knopfdruck fing auch Anna damit an.

„Hol mir doch mal Deinen kleinen gelben Softball!"

Simon stand auf und ging in sein Zimmer. In der Zwischenzeit nahm Hannes zwei Stofftiere und stellte sie in einem Abstand von etwa drei

Metern auf den Boden. Als Simon mit dem Ball zurückkam, ging Hannes mit ihm zu den beiden Stofftieren – einem kleinen schwarzen Bären, der nur noch einen Arm hatte, und Ernie von der Sesamstraße. Er stellte sich mit dem Jungen so zu Ernie und dem Bären, dass die beiden Stofftiere auf einer Linie standen.

„Wenn Du Dir Ernie und den Bären anschaust, wer von beiden steht jetzt weiter vorne?"

Simon schaute die Stofftiere an, zuckte mit dem Nasenflügel, musterte Hannes' Gesicht, schaute wieder zu Ernie und dem einarmigen Bären. Hannes hatte das Gefühl, den Jungen zu überfordern. Im gleichen Moment antwortete Simon:

„Keiner von beiden. Sie sind beide gleich weit vorne!"

„Sehr gut!", rief Hannes und Simon klatschte.

„Und jetzt gib mir Deinen Ball!"

Hannes nahm den Ball und legte ihn zwischen Ernie und den Bären, genau auf eine gedachte Linie zwischen beiden.

„Wo liegt der Ball? Vor den beiden, hinter den beiden oder genau dazwischen?"

Simon liebte Situationen wie diese und Hannes kannte den Jungen lange genug, um dies zu wissen. Der Junge ging dreimal um Ernie und den Bären herum. Dann stellte er sich vor Hannes und sagte:

„Der Ball liegt genau dazwischen!"

„Bravo!", rief Hannes und applaudierte nun seinerseits.

„Und jetzt geh bitte rüber zu Mama!"

Simon ging hinüber zu seiner Mutter, die noch immer am Esstisch saß. Dabei fiel Hannes auf, dass das Hinken des Kleinen kaum noch wahrzunehmen war.

„So Simon, und was würdest Du jetzt sagen? Wo liegt der Ball jetzt? Vor ihnen, hinter ihnen oder genau dazwischen?"

Simon wollte aufstehen und sich die Sache wieder aus der Nähe betrachten.

„Nein. Nein, kleiner Alligator. Du musst es vom Esstisch aus entscheiden. Du darfst nicht nach vorne kommen!"

Simon schaute Anna an, die ihre Augenbrauen hob.

„Also, was sagst Du, Baumi?"

„Keine Ahnung. Ich kann es nicht sehen!"

Da nahm Hannes den Ball und ging damit zum Esstisch.

„Siehst Du. Es ist gar nicht so einfach. Der Ball lag wieder genau dazwischen, aber er hätte von dieser Position auch genauso gut vor oder hinter den beiden Kameraden liegen können!"

Hannes sah, dass sein kleiner Freund angestrengt überlegte. Er schien in eine andere Welt abgetaucht zu sein, seiner ganz eigenen Gedankenwelt, zu der nur er Zugang hatte und in der nur er sich zurechtfand. Der Junge war gerade in der Simonwelt, die von Tag zu Tag größer und interessanter wurde. Anna strich dem Jungen über seinen kahlen Schädel.

„Der Schiedsrichter konnte es nicht sehen, stimmt's?"

Hannes hob seine Hand und Simon klatschte sie ab.

„Stimmt. Schiedsrichter können es manchmal nicht genau sehen, oder sie sehen es anders, als es in Wirklichkeit war. Im Fernsehen kann man sich eine Situation ganz oft, immer wieder hintereinander anschauen und dann sagen, ob es so war oder doch anders. Aber der Schiedsrichter hat diese Möglichkeit nicht. Und deshalb kann man auch nicht sagen, dass Werder betrogen wurde. Wenn man jemanden betrügt, dann macht man das absichtlich. Aber der Schiedsrichter hat es nicht absichtlich gemacht. Auch wenn es dieses Mal bitter für Werder war!"

Simon nickte. Aber er schien noch immer zu überlegen. Hannes befürchtete, dass er jetzt fragen würde, warum der Schiedsrichter in kniffligen Situationen nicht die Möglichkeit bekam, sich auf einem Bildschirm die Szenen noch einmal vor Augen zu führen. Oder er würde sich danach erkundigen, warum es dann nicht wenigstens der Schiedsrichterassistent, den Hannes noch immer lieber Linienrichter nannte, hätte sehen müssen. Doch stattdessen fragte der kleine Werder-Fan:

„Erklärst Du mir irgendwann, was Abseits ist?"

Eine Stunde später hatte sich Simon mit einem Buch zurückgezogen, dessen Namen Hannes schon nach wenigen Sekunden wieder vergessen hatte. Es handelte sich um das einzige Buch, das Anna besaß, in dem es um Japan ging. Sie hatte es vor einem halben Jahr von einem Reisenden am Flughafen geschenkt bekommen, der einer der Autoren gewesen war. Anna selbst hatte aber noch nie auch nur einen Blick in das Werk geworfen. Es ging darin um Theater, Restaurants, Museen, Inseln, Gärten und heiße Quellen des Landes. Wie auch immer das alles zusammenpasste, Simon schien Gefallen an dem bebilderten Taschenbuch gefunden zu haben. Anna bot sich endlich die Gelegenheit, mit Hannes zu reden, und sie sprach ihn dieses Mal etwas direkter auf seinen Seelenzustand an. Als er von seinem Meeting gekommen war, hatte er nicht sehr glücklich ausgesehen.

„Ich habe irgendwie Mist gebaut", flüsterte er so leise, dass Anna es kaum hören konnte.

„Bitte? Du hast Mist gebaut? Wie? Was ist denn!"

Hannes schaute ins Leere. Er schien etwas zu mustern, was nur er sehen konnte.

„So etwas ist mir noch nie passiert. Noch nie, seit ich in Bremen wohne!"

Anna, die keine Ahnung hatte, worüber er sprach, strich Hannes über die Schulter und bevor sie antworten konnte, sagte er:

„Ich habe noch nie ein Bundesligaspiel im Weser-Stadion verpasst, wenn ich in Bremen war!"

Anna glaubte sich verhört zu haben. Sie hatte das Schlimmste befürchtet. Dass er einen Unfall verursacht hatte oder ausgeraubt wurde. Dass er eine falsche Entscheidung in seinem Job getroffen hatte, die zu großen finanziellen Problemen geführt hatte. Aber es ging um ein Fußballspiel. Ein Fußballspiel.

„Wie bitte?", sie wich von Hannes zurück, „reden wir gerade über Werder Bremen?"

Aus seinem Blick konnte Anna lesen, dass er wieder in die reale Welt zurückkam.

„Ist das so, Herr Grün? Gibt es ein Problem mit Werder. Ist es das?"

Sie lachte.

So hatte er Anna noch nie gesehen. Sie schien sich lustig zu machen. Er überlegte. Das war normalerweise etwas, womit er nur sehr schwer umgehen konnte. Sehr schwer.

„Mensch, Anna. Du kannst das nicht verstehen. Ich habe bisher alle Heimspiele gesehen, alle, seit ich in Bremen wohne. Alle Spiele, es sei denn, ich war nicht in der Stadt. Kein Spiel habe ich sonst verpasst!"

Sie schüttelte den Kopf.

„Was ist denn? Wo liegt das Problem?"

„Problem. Wo das Problem liegt, Hannes?"

Sie schaute zu Simons Zimmer.

„Weißt Du, Deine Probleme würde ich gern haben!"

Hannes sah ihr an, dass sie mit den Tränen kämpfte.

In diesem Moment war er an einem Punkt angelangt, vor dem er sich die ganze Zeit schon gefürchtet hatte. Doch er fürchtete sich davor nicht erst, seit er mit Anna befreundet war. Er fürchtete sich schon so lange davor, dass er nicht sagen konnte, wie lange. Anna hatte bisher noch keinen negativen Kommentar zu seiner Werder-Leidenschaft abgegeben. Bis jetzt. Er wusste nicht, wie er sich verhalten sollte, denn er wusste, dass sie recht hatte. Wenn man Dinge mit dem Kopf entschied, dann hatte sie so recht, wie man mit Messer und Gabel essen sollte. Vor ein paar Monaten wäre er jetzt wahrscheinlich aufgestanden und gegangen, weil ihm klar geworden wäre, dass ihre Beziehung früher oder später eh wegen Werder in die Brüche gehen würde. Er hätte sich wie ein geprügelter Hund davongestohlen, nicht aus dem Fenster der Toilette und ohne Narben auf seinem Körper, sondern durch den Haupteingang, mit tiefen Narben auf seinem Herzen. Zu Hause hätte er sein Spiegelbild verflucht. Dann wäre er zu dem Entschluss gekommen, dass seine Werder-Leidenschaft und James Duncan verhinderten, jemals ein Leben an der Seite einer Frau zu führen (abgesehen davon vielleicht, dass sie ebenso mit dem Werder-Virus infiziert sein würde wie er). Doch beides waren Fakten, von denen er, selbst wenn er es gewollt hätte, niemals würde abrücken können. Werder war seine erste große Liebe, mit der er schon so viele Höhen und Tiefen erlebt hatte, er konnte einfach nicht so tun, als wäre ihm sein grün-weißes Blut abgezapft worden. Und nur wegen eines Hollywoodstars würde er sich keines kosmetischen Eingriffs unterziehen. Er hatte eigentlich nichts gegen sein Aussehen.

Doch dieses Mal kam es anders.

Ganz anders.

Denn es gab Simon und Hannes liebte den Jungen. Er schaute Anna an und spürte, wie sehr sie unter der Krankheit ihres Kindes litt, auch wenn sie es seit zwei Wochen ganz gut im Griff zu haben schien. Er musste ihr Zeit geben, bis sie das mit Werder verstehen würde. Sie kannten sich noch nicht lange genug, und abgesehen davon, war ihnen einfach noch nicht genügend Zeit geschenkt worden, um die subtilen Dinge des Lebens lange genug zu besprechen oder über sie lange genug zu schweigen, um sie zu verarbeiten. Und deshalb sagte Hannes jetzt etwas, was er vor einem halben Jahr niemals für möglich gehalten hätte.

„Es tut mir leid, Anna. Ich habe mich gerade wie ein Idiot verhalten!"

Sie drehte sich zu ihm um und schaute ihm in die Augen. Dann schüttelte sie langsam den Kopf.

„Weißt Du, dass Du wunderschöne Augen hast?", sagte sie ruhig. „Du kleiner Irrer!"

Also machte sich Hannes am Samstag auf den Weg nach Leverkusen.

Leberkusen – Hannes musste lächeln, als er auf einem Schild an der Autobahn den Namen der Stadt las. „Leberkusen!"

Wenn er schon das Heimspiel gegen Rostock verpassen musste, wollte er Werder wenigstens gegen den Tabellendritten aus dem Rheinland vor Ort die Daumen drücken. Er ärgerte sich noch immer, dass er das letzte Heimspiel verpassen würde, aber nicht so sehr, wie er sich geärgert hätte, bevor Anna und Simon in sein Leben getreten waren.

„Leberkusen." So hatte Simon die Stadt genannt.

Die beiden würden das Spiel über Hannes' *Premiere*-Decoder verfolgen können.

Die ersten vier Mannschaften spielten an diesem Tag gegeneinander, so als hätte es ein Drehbuch für den vorletzten Spieltag der Vorrunde gegeben. Werder musste als Zweiter zum Dritten der Tabelle reisen und Stuttgart spielte als Spitzenreiter gegen die Mannschaft, die normalerweise alles, was schlechter als Platz eins war, als Enttäuschung wertete und selbst nur auf dem vierten Platz zu finden war: Bayern München.

Es regnete in Strömen, aber wie immer herrschte im Gästeblock grenzenloser Optimismus. Ein Typ mit rheinländischem Akzent, der ein Trikot von Verlaat trug und den Hannes eher im Block der Heimmannschaft vermutet hätte, stellte die These auf, dass Werder schon deshalb gewinnen würde, weil Leverkusen von Augenthaler trainiert wurde.

„Seit dem Foul damals an unserem Rudi geht das gar nicht!", sagte Verlaat und bezog sich auf ein Spiel Ende November 1985, als Augenthaler im Trikot der Bayern Rudi Völler nach knapp einer halben Stunde in einem Spiel in München so brutal gefoult hatte, dass Völler daraufhin ein halbes Jahr verletzt gewesen war. Am Ende jener denkwürdigen Saison 1985/86 hatte Völler just im Rückspiel gegen die Bayern sein Comeback gegeben und in der letzten Minute einen Foulelfmeter herausgeholt. Jeder Mensch, der den Namen Werder Bremen auch nur jemals in einem Nebensatz gehört hat, wird dieses Spiel niemals mehr vergessen, man muss nur den Namen Kutzop in Zusammenhang damit erwähnen, dass er jenen Elfmeter verschossen hatte … Die kleine Narbe an Hannes' Kinn zeugte noch immer von der Enttäuschung nach diesem verschossenen Elfmeter.

Dieses Spiel war wahrscheinlich die Mutter aller tragischen Werder-Spiele, so wie das WM-Finale 1966 die Mutter aller tragischen Spiele war, wenn man es gut mit der deutschen Nationalmannschaft meinte. Hannes wurde mehrmals pro Jahr an das Kutzop-Spiel erinnert, ob er wollte oder nicht. Eigentlich war Letzteres der Fall, aber der Mann mit dem Verlaat-Trikot hatte es mal wieder geschafft. Der Logik dieses Werder-Fans entsprang die These, dass Augenthaler würde büßen müssen für ein Spiel, das über achtzehn Jahre zurücklag. Viele der Zuschauer im Gästeblock waren da noch nicht einmal geboren.

„Auge wird den Preis zahlen, für Rudi! Für Werder! Für uns!"

Nach zwanzig Minuten war die anfängliche Euphorie im Werder-Block – sie war im Laufe der Saison inzwischen angenehme Tradition geworden – merklich abgekühlt. Die Truppe aus Leverkusen heizte Werder richtig ein. Hätte Reinke nicht den einen oder anderen Ball gehalten, der im Fachjargon gerne als unhaltbar bezeichnet wurde, Werder hätte nach einer halben Stunde hoffnungslos zurückliegen können.

Wieder zogen schlimme Gedanken in Hannes' Werder-Welt auf. Sie wollten ihm einreden, dass Werder in der bisherigen Saison einfach nur Glück gehabt hatte, dass man über seine Verhältnisse gespielt hatte, vom Gegner nach der Pasching-Blamage nicht ernst genommen worden war und jetzt den Anfang vom Ende erleben musste. Kurz gesagt, die These des alten Mannes in Block 55 wollte wieder ernst genommen werden. Man würde kein Bein mehr auf den Boden bekommen, die Spiele verlieren, durchgereicht werden und sich irgendwann von den Edi Glieders der Liga so demütigen lassen müssen, dass man am Ende der Saison froh sein musste, einen gesicherten Mittelfeldplatz zu erreichen, was aber nicht schlimm sein würde, denn dann hätte man sich zumindest eine weitere UI-Cup-Blamage erspart, weil man sich nicht einmal für diese Operettenhoffnungsrunde qualifiziert haben würde.

Hannes nahm beide Hände vors Gesicht, um seine Angst mit der Vogel-Strauß-Methode zu kompensieren, und registrierte deshalb nicht, dass Micoud einen Ball auf die linke Seite spielte. Er bemerkte ebenso wenig, dass der dort von den Leverkusenern nicht sonderlich beachtete Klasnić den Ball annehmen und flach in den Strafraum auf Ailton spielen konnte, der sich wiederum die Gelegenheit nicht nehmen ließ, um Werder wieder einmal mit 1:0 in Führung zu schießen. Erst als sich die paralysierende, kollektive Angst des Werder-Blocks in unglaublichen Jubel entlud und die Fans so von ihrer Lähmung befreite, öffnete Hannes die Augen wieder.

Er konnte es selbst nicht fassen, aber Werder war sogar in diesem Spiel in Führung gegangen. Natürlich rechnete jeder damit, dass Leverkusen bis zu Halbzeit noch einmal alles geben würde, um das Ergebnis schnellstmöglich zu egalisieren. „Wir müssen das Ding irgendwie in die Halbzeit retten. Egal wie. Dann ziehen wir Auge die Lederhose aus!", schrie Verlaat Hannes ins Ohr. Hannes wollte etwas sagen, da starrte Verlaat mit weit geöffneten Augen wieder auf das Spielfeld, so als würden sich dort gerade Außerirdische häuslich niederlassen. Hannes sah gerade noch den Ball in den Strafraum der Leverkusener segeln. Später würde er erfahren, dass es eine Flanke von Micoud gewesen war, die auf dem Kopf von Krstajic landete und von dem Serben eiskalt ins Tor befördert wurde. Es hieß tatsächlich 2:0 und Verlaat fiel Hannes um den Hals. Werder hatte innerhalb von zwei Minuten für klare Verhältnisse gesorgt, in einem Spiel, in dem man lange Zeit viel zu passiv gewesen war.

In der zweiten Halbzeit ließ Werder die Leverkusener immer wieder kommen. Doch am Ergebnis änderte sich nichts und Hannes begann in Gedanken zu rechnen. Wenn Bayern München gegen Stuttgart gewinnen sollte und es hier zu einem Sieg reichen würde, dann war Werder wieder Tabellenführer. Und Ailton hatte inzwischen sein 15. Saisontor geschossen.

Es schien so, als würden sich die Leverkusener umsonst aufbäumen. Die Zeit lief für Werder. Aber das änderte sich in der 68. Minute, in der Micoud nach einem Foul die gelb-rote Karte gezeigt bekam. Die Zuschauer der Heimmannschaft wurden noch einmal wach, denn sie wussten, dass auch ihr Team Tabellenführer werden konnte, wenn man Werder schlug und die Bayern gleichzeitig gegen Stuttgart gewannen. Der Zweifel kam mit unglaublicher Wucht zurück und Hannes konnte sich nicht dagegenstemmen. Erst recht nicht, als der Leverkusener Kapitän Nowotny nur vier Minuten später das 1:2 schoss. Je länger das Spiel dauerte, desto größer wurde der Druck. Immer mehr Spieler versammelten sich im Werder-Strafraum und drückten auf den Ausgleich. Hannes' Herzschlag war nicht mehr messbar. Er stand so unter Druck, dass er die Durchhalteparolen von Verlaat nicht einmal hören konnte. Der stimmte immer wieder seltsame Hasstiraden auf Klaus Augenthaler an.

„Kämpfen, Werder! Kämpfen!", schrie die Gästekurve, und das tat das Team sehr aufopferungsvoll. Kurz vor Schluss bekamen die Leverkusener einen Eckball, bei der auch Butt, der Leverkusener Torwart, in Werders Strafraum auftauchte. Hannes sah als einer der Ersten, dass der Ball bei einem Werder-Spieler landen würde. Er sah auch das leere Leverkusener Tor und hoffte, dass Charisteas, bei dem der Ball zu landen gedachte, noch genug Kraft haben würde. Sein Wunsch ging tatsächlich in Erfüllung. Der griechische Stürmer zog einen Sprint an bis in den Strafraum des Gegners, wo er von Nowotny gefoult wurde. Elfmeter und Rot für den deutschen Nationalspieler. Die reguläre Spielzeit war abgelaufen. Niemand konnte verhindern, dass Werder das Spiel gewinnen würde.

Lisztes schoss den Elfer als Vertreter des vorher ausgewechselten Ailton und traf zum 3:1-Endstand für Werder. Stuttgart verlor in München mit 0:1 und Werder stand wieder auf Platz eins der Tabelle!

14. bis 16. Dezember 2003: Von einem echten Kunstwerk und einem Weihnachtsmeister

Es war eine wirklich bizarre Situation. Hannes saß mit etwa 200 Mitarbeitern, von denen er nur die wenigsten kannte, im Konferenzraum eines Hamburger Hotels und musste so tun, als würde er die Weihnachtsfeier genießen, denn schließlich war er nicht nur ein einfacher Angestellter, sondern Vorgesetzter seines vierköpfigen Teams. Er hatte keine Ahnung, wie er so kopfgesteuert sein konnte, doch er hatte das Gefühl, dass er sich bisher nichts hatte anmerken lassen. Was eigentlich unmöglich war. Schließlich würde Werder in weniger als 20 Minuten zuhause gegen Rostock spielen. Es war das letzte Spiel der Hinrunde, mit einem Sieg würde seine Mannschaft als Tabellenführer in die Winterpause gehen. Dabei spielte es keine Rolle, wie die anderen Begegnungen enden würden.

In einem Nebenzimmer des Konferenzsaals, in dem tatsächlich ein Fernseher mit einem *Premiere*-Decoder stand, sollte das Spiel des HSV in Frankfurt gezeigt werden. Der Tabellenvorletzte spielte zu Hause gegen den Zehnten. Unfassbar. Doch von Hannes wurde wohl erwartet, selbst dabei gute Miene zum uninteressanten Spiel zu machen. Er wusste nicht, wie lange er das würde durchhalten können. Für einen kurzen Moment hatte ihn am späten Nachmittag bereits der Gedanke heimgesucht, einfach für ein paar Stunden zu verschwinden, nach Bremen zu fahren, sich das Spiel anzuschauen und dann wieder zurückzukommen, um sich unbemerkt wieder unter die Gäste zu mischen. Außer seinen Teammitgliedern wusste niemand von seiner Werder-Leidenschaft. Seine einzige Verbindung zu Werder war sein Handy, sah man einmal von seiner Tätowierung ab. Anna wollte ihn über den Spielverlauf informieren.

Dennoch konnte er sich nicht vorstellen, fast zwei Stunden lang auf ein Handyklingeln zu warten, mit dem Bewusstsein, nur einen Knopfdruck von den Livebildern entfernt zu sein. Er hätte auf James Duncan machen und im Nebenraum irgendeine Sandy-Colorado-Show abziehen können, um zu versuchen, die HSV-Fans damit zu vertreiben. Doch zum einen hatte es sich inzwischen auch bis zu den anwesenden HSV-Fans herumgesprochen, dass er nur ein Double von James D. war, und zum anderen wollte er nicht unangenehm auffallen, was er definitiv tun würde, sollte er tatsächlich auf dem überdimensionalen Fernseher auf das Werder-Spiel umzappen. Als es 20 Uhr wurde, war sein schauspielerisches Talent ohnehin ausgereizt. Er konnte nicht weiter den galanten Mitarbeiter aus der Führungsetage geben, der mit den Damen über das Fest der Freude und mit den Männern über die modernen Facetten der Distributionspolitik und wirkungsvollere Verkaufsstrategien philosophierte. Über Fußball? Dazu war er erst recht nicht imstande. Weil er außerdem das Gefühl hatte, seine Krawatte würde ihm langsam, aber sicher den Sauerstoff abschnüren, machte er sich auf den Weg zur Toilette. Als er gerade die Türklinke nach unten drücken wollte, klingelte sein Handy.

Anna-Mobil stand auf dem Display. Es waren noch keine fünf Minuten gespielt. Sein Herz raste. Ob schon etwas passiert war?

„Ja, Anna?"

„Hannes? Ich bin Simon. Hannes? Hörst Du mich?"

„Ja. Ich höre Dich, kleiner Alligator. Was ist denn los?"

„1:0, Hannes. Es steht schon 1:0. Ailton hat es geschossen!"

Hannes schloss die Augen. Er lehnte sich glücklich an die Toilettentür, so, als sei sie in Wirklichkeit ein getarnter fliegender Teppich, der ihn ins Weser-Stadion tragen konnte.

„He, mach mal Platz. Ich muss pissen!"

Einer der sogenannten HSV-Fans, ziemlich dick, hatte es eilig. Dieser Amateur hatte vergessen, vor Anpfiff des Spiels zu pinkeln. Eine Schande. Es sei denn, er war cool genug zu ahnen, dass der HSV in Frankfurt sowieso kein Tor schießen würde.

„Muss ich Dir zeigen, wie's geht?", konterte Hannes, lächelte und machte dem Typ mit dem Doppelkinn Platz.

„Was ist?", fragte Simon.

„Nichts, alles klar, Simon! Mensch, das machst Du ja hervorragend mit dem Ergebnisdienst. Ailton hat es geschossen?"

„Jaaaaa!"

„Und wie ist es gefallen?"

„Wie?", fragte Simon. Hannes konnte fast hören, wie der Junge überlegte.

„Ich gebe Dir mal Mama!"

„Hannes?"

„Ja. 1:0?" Sofort hatte er Angst unsensibel gewesen zu sein. Doch Anna reagierte cool.

„1:0. Genau. Wenn Du sehen könntest, wie sich hier ein junger Mann im Baumann-Trikot freut. Denn Baumann hat das Tor vorbereitet!"

„Baumann? Wie? Mit dem Kopf?"

„Nein, mit einer Flanke von der linken Seite. Irgendein Spieler der Rostocker hat wohl am Ball vorbeigetreten und dann hat ihn Ailton hoch ins Eck geschossen!"

Hannes wollte es sich vorstellen, doch es fehlten noch einige Informationen. Hatte Ailton mit links oder rechts geschossen? Ging der Ball ins linke oder rechte Ecke? Kam Baumanns Flanke flach oder hoch? Doch er beschloss, sich damit zufrieden zu geben.

„Wie geht es sonst. Alles klar bei Dir?"

„Es ist o. k.! Viele HSV-Fans. Das ist unfassbar. Die schauen sich das uninteressanteste Spiel des 21. Jahrhunderts an. Was macht unser Mann mit der grün-weißen Marco-Bode-Frisur?"

„Er sitzt vor dem Fernseher und ist glücklich! Sehen wir uns noch?"

„Auf alle Fälle", sagte Hannes und machte dem dicken Typen Platz, der wieder aus der Toilette kam, „ich komme auf jeden Fall noch rüber. Es sei denn, du willst nicht gestört werden!"

„Ich bitte doch darum, noch gestört zu werden!", sagte Anna und verabschiedete sich.

Glücklich schob Hannes sein Handy in die Hosentasche. Ob Werder das Ding wirklich heimfahren konnte? Schließlich war Micoud nach seiner Ampelkarte vom Spiel in Leverkusen gesperrt.

„Moin Chef? Alles klar? Traust Du Dich nicht rein?"

Klaus Neitzel, der St. Pauli-Fan stand hinter ihm.

„Soll ich Dich beim Pissen begleiten?"

„Gute Idee!"

Als die beiden wieder auf den Konferenzsaal zugingen, passierten sie den Nebenraum, in dem nach wie vor das HSV-Spiel lief.

„So viele HSV-Fans auf einem Haufen machen mich völlig kirre!", sagte Neitzel.

„Wem sagst Du das! Na wenigstens führt Werder schon 1:0!"

„Echt?" Klaus hielt Hannes am Arm. „Woher weißt Du das denn?"

Dann erzählte Hannes seinem jungen Kollegen von seinem ganz speziellen Ergebnisdienst. Klaus hörte sehr aufmerksam zu und das tat Hannes wirklich gut. Zwar schaute er immer wieder unruhig auf sein Handy, weil er nichts verpassen wollte, doch lenkte ihn das Gespräch mit dem St. Pauli-Fan angenehm von seiner Nervosität ab. Der HSV hatte inzwischen in Frankfurt das 1:0 durch Beinlich geschossen, was die Meute schier ausflippen ließ.

„Und jetzt? Kann er jetzt wieder normal laufen?", fragte Neitzel besorgt.

„Ja. Man merkt es kaum noch. Aber es war ein echter Schock!"

„Das kann ich mir denken, Alter. Kannst Du hier mal kurz warten?"

„Warten, wo?", fragte Hannes, der nicht wusste, was Klaus vorhatte.

„Geh einfach kurz an die Bar. Kannst mir gerne schon mal ein Bier bestellen! Bin gleich wieder da. Muss nur mal eben schnell zur Tiefgarage!"

„Kein Problem!", erwiderte Hannes.

Ein weiterer pinkelbedürftiger HSV-Fan kam an ihm vorbei.

„Du siehst jemandem ähnlich, Mann. Ich schwöre Dir das. So sicher, wie ich pissen muss wie ein afrikanischer Elefant auf Brautschau. Ich kenne Dich von irgendwoher!", lallte er.

„Wirklich? Das hat mir vorher noch nie jemand gesagt!", konterte Hannes ruhig.

„Doch, so sicher wie der Arsch von Tante Lotte. Übrigens, wir führen 1:0!", sagte der Typ und breitete beide Arme aus, als wolle er fliegen.

Wo Du recht hast, hast Du recht, dachte Hannes und sagte:

„Wirklich? Schön für Euch. Aber um ehrlich zu sein, interessiere ich mich nicht so für Fußball. Bin mehr ein Frauentyp, weißt Du!", sagte Hannes.

Der Arsch von Tante Lotte versuchte die Achseln zu zucken, stolperte und konnte einen freien Fall gerade noch verhindern, weil ihm der Schutzengel der Säufer die Türklinke der Toilettentüre als letzten Rettungsanker geschickt hatte.

Dann kam Klaus mit einem großen Paket zurück, das in Geschenkpapier eingewickelt war. Er legte das Geschenk auf einen Barhocker und deutete darauf.

„Ist das für mich?", fragte Hannes verwundert.

„Ja. Im Grunde genommen schon, aber eigentlich ist es für den Kleinen!"

„Für Simon? Echt?"

Neitzel nahm sein Bier, trank einen großen Schluck und nickte.

„Los. Mach schon auf!"

Hannes standen die Tränen in den Augen, als er das Kunstwerk sah. Es war einmalig, unbeschreiblich schön, ein Einzelstück und schon jetzt unbezahlbar.

„Na, gefällt's Dir?"

Er konnte zunächst nur mit dem Kopf schütteln.

„Was ist, bist Du sprachlos?"

„Das ist das Schönste, was ich je gesehen habe. Ich kann das nicht annehmen, wirklich, das geht nicht, Klaus!"

Klaus nickte stolz und nahm wieder einen Schluck Bier.

„Kein Problem. Das ist gar kein Problem, Hannes. Ehrlich gesagt bin ich sogar davon ausgegangen, dass Du es nicht annehmen sollst, denn es ist für Deinen Jungen bestimmt!"

„Es ist einfach fantastisch. Hast Du das selbst gemacht?"

„Nicht alles. Mein Bruder hat mir geholfen, er hat das mit dem Licht gemacht!"

Erst jetzt sah Hannes die vier Flutlichtmasten des Weser-Stadions. Es war das perfekte Modell des Ortes, in dem sein Team gerade gegen Hansa Rostock um den Gewinn der Herbstmeisterschaft kämpfte und in dem Hannes gerne irgendwann seine letzte Ruhestätte finden wollte.

„Das mit dem Licht?"

„Ja. Jetzt warte mal kurz!"

Neitzel ließ seinen Blick durch die Hotelhalle schweifen und sah einen der geschmückten Weihnachtsbäume etwa zehn Meter entfernt.

„Ich denke mal, der Baum kann sich für ein paar Minuten eine Pause gönnen!"

Er zog den Stecker für die Beleuchtung des Baumes heraus und zog das Verlängerungskabel zu dem Mini-Weser-Stadion heran, das etwa eine Fläche von 120 auf 65 Zentimetern hatte. Dann steckte der den Stecker, der hinter der Ostkurve des kleinen Stadions herausragte, in das Verlängerungskabel. Im gleichen Augenblick strahlten die vier Flutlichtmasten, wie ihre großen Brüder im Weser-Stadion es taten, und tauchten das kleine Modellstadion in unvergleichliche Europapokal-Atmosphäre. Für kurze Zeit löste dies in Hannes die Vision aus, dass Werder in der kommenden Saison vielleicht wieder im internationalen Geschäft spielen würde und, wer weiß, sogar wieder Champions-League-Luft würde schnuppern können. Er dachte an Simon und das Anderlecht-Video. Seit dem Tag, da der Junge das Spiel zum ersten Mal gesehen hatte, verging keine Woche, in der er sich nicht nach Werders Champions-League-Chancen für die neue Saison erkundigt hatte.

Dieses Mal rann tatsächlich eine Träne aus Hannes' Auge. Er wischte sie schnell mit dem Handrücken weg, in der Hoffnung, dass es niemand gesehen hatte.

„Du hast doch gesagt, dass er so gerne wieder ins Stadion gehen würde, da bin ich auf die Idee gekommen, ihm das Stadion nach Hause zu bringen. Du weißt doch, dass ich gerne bastele! Da kommt der Schreiner in mir wieder durch!"

Hannes zog den St. Pauli-Fan zu sich heran und umarmte ihn.

„Danke, danke, Mann. Das ist wundervoll. Das schönste Kunstwerk, das ich jemals gesehen habe!"

„Schon in Ordnung, Chef. Aber ich glaube, es ist besser, Du bringst das jetzt in Dein Auto. Ich traue den HSV-Fans nicht!"

Mitte der zweiten Halbzeit hatte sich am Spielstand noch nichts geändert. Anna hatte ihm einige SMS geschrieben, aus denen herauszulesen war, dass Werder zwar die Sache im Griff hatte, aber auch Hansa ab und an zu Chancen kam. Hannes war inzwischen sogar in der Lage, die Sorge um Werder ein wenig in den Hintergrund zu drängen, denn sein soziales Talent war plötzlich dringend vonnöten. Lisa Jacobs, die jüngste Mitarbeiterin seines Teams, hatte einen Weinkrampf bekommen. Zunächst konnte sich Hannes keinen Reim darauf machen, glaubte, private Dinge seien der Grund für die Probleme der jungen Frau. Doch Barbara Dietrich, die gute Seele des Teams, schüttelte nur den Kopf.

„Sie wäre gerne auch mit nach Bremen gewechselt, anstatt in Hamburg bleiben zu müssen!"

„Müssen?" Hannes zuckte die Achseln. „Aber ich dachte, ich tue ihr einen Gefallen mit Hamburg. Sie ist doch Hamburgerin, da dachte ich, sie würde viel lieber hierbleiben!"

Barbara lächelte. Dann schüttelte sie langsam den Kopf und forderte Hannes mit einer unzweifelhaften Kopfbewegung dazu auf, sich um Lisa Jacobs zu kümmern.

„Ich nehme an, das dachten wir alle, und ich glaube, Lisa hätte sich auch nie beklagt. Aber ich befürchte, die drei Gläser Prosecco haben ihre Zunge gelockert. Kann sein, dass sie auch etwas nah am Wasser gebaut ist, aber ich glaube, es ist besser, wenn Du Dich ein bisschen um sie kümmerst. Sie scheint sich ausgebootet zu fühlen!"

Im gleichen Moment läutete Hannes' Handy. Er sah, dass es wieder Anna war. Etwas war im Weser-Stadion passiert.

„Ja, Anna?"

„Nein, ich bin Simon. Ich muss jetzt gleich ins Bett gehen, Hannes. Und weißt Du, wie es steht?"

„Simon? Nein. Nein, ich habe keine Ahnung, kleiner Alligator. Kannst Du es mir sagen?"

Er sah, dass Lisa Jacobs noch immer weinte.

„Es war ein Tor von Ismaël, er hat das Tor geköpft. Werder führt jetzt schon 2:0 Hannes!"

Hannes spürte, wie sich sein kleiner Freund über das zweite Tor freute und auch darüber, dass er Hannes die gute Nachricht überbringen konnte. Aber er registrierte auch, dass sich seine junge Mitarbeiterin wirklich nicht gut fühlte.

„Das ist prima, kleiner Alligator. Werder wird jetzt ganz bestimmt gewinnen. Du kannst beruhigt ins Bett gehen. Gib Mama einen dicken

Kuss von mir und sag ihr, dass ich mich gleich melden werde. Ich muss nur sehr dringend mit jemandem sprechen, ja!"

Hannes hoffte, dass Simon nicht viele Fragen stellen würde.

„Ja, das sage ich ihr", antwortete der Junge und legte den Hörer auf, ohne dass Hannes noch etwas hätte erwidern können. Er hätte zu gerne noch gewusst, wie das Tor gefallen war. Noch bevor Hannes allerdings zu seiner jüngsten Teammitarbeiterin gehen konnte, kam Klaus Neitzel wieder von irgendwo her.

„Haaaaneeeeees, Du wirst es nicht fassen. Da drüben herrscht eine Stimmung wie auf einer Beerdigung. Die haben tatsächlich eine 2:0-Führung vergeigt!"

Hannes hatte den HSV völlig vergessen.

„Wie steht es?", fragte er hektisch, ohne Lisa Jacobs aus den Augen zu verlieren.

„Na 2:2, 2:2! Der HSV hatte schon 2:0 geführt und jetzt hat Frankfurt ausgeglichen! Du solltest die Truppe mal sehen", er deutete in die Richtung des Fernsehzimmers, „denen ist kollektiv die Kinnlade runtergefallen!"

Hannes lächelte, um dann ernst hinzuzufügen:

„Klausi, halte mal bitte hier die Stellung. Ich muss mich um Lisa kümmern, ihr geht es nicht gut!"

Neitzel zuckte mit den Schultern.

„Tu, was Du nicht lassen kannst. Dann mische ich mich mal wieder unter das HSV-Volk, mal sehen, vielleicht hat Frankfurt ja noch einen im Köcher!"

„Es ist schon in Ordnung, tut mir leid, ich wollte euch nicht die Stimmung kaputt machen!"

Hannes sah ihr an, dass es ihr peinlich war, hatte aber keine Ahnung, wie er die jüngste Mitarbeiterin seines Teams hätte aufbauen können. Deshalb entschied er sich für die Lösung, die ihm sein Bauchgefühl vorschlug.

„Mach Dir um die Stimmung keine Gedanken, die ist bei vielen hier eh schon im Keller, weil der HSV wahrscheinlich gerade einen Sieg vergeigt hat!"

Sie hob die Augenbrauen und versuchte zu lächeln. Doch es blieb bei einem Versuch.

Jetzt nicht auch noch über Fußball reden müssen.

Hannes hatte verstanden, auch wenn die Botschaft nur per Körpersprache übermittelt wurde.

Er wurde unsicher, schließlich wusste er ja nicht einmal, worum es eigentlich ging.

Warum wollte sie denn unbedingt auch in Bremen arbeiten?

Und wieso hatte sie nicht einfach im Vorfeld mit ihm darüber gesprochen?

War er zu einem emotionalen Dickhäuter mutiert, dem jegliche Form von Einfühlsamkeit abhanden gekommen war?

In diesem Moment läutete schon wieder sein Handy. Ohne auf das Display zu achten, unterbrach er den Anruf sofort. Doch er wusste, dass es Anna gewesen war. Im Weser-Stadion war schon wieder etwas passiert und Hannes spürte instinktiv, dass Werder ein weiteres Tor geschossen hatte.

Lisa Jacobs beobachtete ihn dabei, wie er das Handy wieder in seine Hosentasche schob.

„Du hättest ruhig rangehen können, kein Problem!", sagte sie mit zitternder Stimme.

Unter ihrem linken Auge rann schwarze Schminke langsam ihre Wange hinunter. Ihr Gesicht erinnerte Hannes an eine Frau in einem Fantasy-Comic. Hannes lächelte väterlich und griff nach ihren Händen.

„Es tut mir leid, Lisa. Ich dachte einfach, Du würdest Dich in Hamburg wohler fühlen, schließlich ist Dein Freund …"

„Wir sind schon seit zwei Monaten nicht mehr zusammen!"

Sie strich mit ihrem Handrücken über den schwarzen Tränenstrich und zog so unbewusst einen breiten dunklen Querstrich über ihre Wange, die jetzt wie eine Narbe oder die Kriegsbemalung eines Maori-Kämpfers aussah.

Als Hannes kurz nach Mitternacht den Weg zurück nach Bremen antrat, hatte er endlich Zeit, all seine Emotionen und rastlosen Gedanken zu sortieren.

Zunächst einmal hatte ihm sein Instinkt keinen Streich gespielt, denn Werder hatte tatsächlich noch einen draufgesetzt und Hansa mit 3:0 geschlagen. Eine Minute vor Schluss hatte Lisztes alles klargemacht. Werder war Herbstmeister. Ohne die erste Silbe war dieses Wort natürlich noch viel schöner, aber immerhin würde sein Team jetzt bis zum Rückrundenbeginn an der Tabellenspitze überwintern. Wer hätte das nach den Eddie-Glieder-Wochen von Pasching zu hoffen gewagt? Da spielte es auch überhaupt keine Rolle, dass der HSV in Frankfurt doch noch gewonnen hatte. Egal wie die anderen Spiele auch ausgehen würden, Werder war die Herbstmeisterschaft nicht mehr zu nehmen.

Nachdem er mit Lisa übereingekommen war, dass sie problemlos im neuen Jahr nach Bremen kommen und dort zum Team stoßen könne, hatte er sofort mit Anna telefoniert. Sie hatte ihn mit Einzelheiten zum 3:0 versorgt – ein schöner Pass von Tim Borowski hatte Lisztes mit viel Schmackes (Originalton Anna) in den Winkel gedonnert (ebenfalls Originalton Anna). Dann hatte sie Hannes erzählt, dass die Werder-Spieler sich anschließend in Weihnachtsmannkostümen von den Fans verabschiedet hatten. Hannes wiederum hatte ihr erklärt, warum er ihren Anruf nicht entgegengenommen hatte. Er freute sich so auf sie und ihren kleinen Sohn, die beide zu Hause auf ihn warteten. Im gleichen Moment kam ihm das Mini-Weser-Stadion wieder in den Sinn, das auf dem Rücksitz seines Wagens ruhte. Hannes wusste, dass Simon davon begeistert sein würde. Er war so glücklich, weil es Anna und Simon gab. Und – Werder hatte die Herbstmeisterschaft in der Tasche. Wenn man so glücklich war, musste man fast Angst haben. Eigentlich konnte es ja nach der Winterpause nur noch abwärts gehen.

Da waren sie wieder, die Zweifel, die Hannes wahrscheinlich sein ganzes Leben lang nicht mehr loslassen würden.

Winterpause 2003/04

Normalerweise war die Winterpause eine harte Zeit, die vielleicht härteste im ganzen Jahr. Man musste den Fußball für vier bis sechs Wochen aus dem Gedächtnis streichen, und das in einer Phase, wo es eigentlich gerade richtig interessant geworden war. Die Saison lebte, die Hälfte der Spiele war gespielt und man konnte abschätzen, wie es um Werder bestimmt war. Je nach Tabellenstand schöpfte man eine Form der Hoffnung. Entweder man hoffte, dass sich die eigene Einschätzung bestätigte oder sogar noch getoppt wurde, oder – und das war im Grunde genommen noch viel schlimmer – man hoffte, dass man sich mit seiner Einschätzung getäuscht hatte und Werder eine Serie starten würde, um das Feld von hinten aufzurollen.

In der Saison 2003/04 hätte Hannes während der Winterpause eigentlich über ernsthafte Entzugserscheinungen klagen müssen, denn Werder hatte ihm die schönste Vorrunde seines Lebens geschenkt, mit Spielen, an denen er sich noch in Jahrzehnten würde laben können. Normalerweise hätte ein solcher Entzug dazu geführt, dass er sich alte Werder-Spiele angeschaut hätte oder sich bei *Premiere* mit Spielen der Premier League oder der Primera Division sein Fußball-Methadon einverleibt hätte. Natürlich konnte ein Spiel aus einer anderen europäischen Liga nicht auch nur im Ansatz als Ersatzdroge fungieren. Doch was blieb Hannes denn sonst noch übrig? Sogar die offizielle Hallensaison hatte man vor einigen Jahren abgeschafft.

Während der Weihnachtsfeiertage wünschte er sich für gewöhnlich, Fan einer englischen Mannschaft zu sein, denn im Mutterland des Fußballs gab es keinen Begriff für das deutsche Wort *Winterpause*, zumindest nicht im Zusammenhang mit Profifußball. Dieses Mal allerdings fehlte ihm der Fußball nicht ganz so sehr wie in all den anderen Jahren der letzten beiden Dekaden. Er hatte schließlich Anna und Simon und es sah ganz danach aus, als hätte er in den beiden endlich den ruhigen Hafen seines Lebens gefunden, etwas, das man vielleicht auch eine Familie nennen konnte.

Der Weihnachtsabend des Jahres 2003 sah Hannes erstmalig in der Vaterrolle und es überkam ihn eine seltsame Form des Stolzes, als er sah, wie strahlend Simon die Geschenke betrachtete, die unter dem Weihnachtsbaum lagen. Der Stolz machte ihn glücklich, weil er wusste, dass er nicht nur für sich selbst die Verantwortung zu tragen hatte, sondern auch noch für zwei andere Menschen, die er über alles liebte. Der Stolz machte ihm gleichzeitig aber auch Angst, denn er wusste nicht, ob er der Verantwortung gewachsen war. Denn anders als in seinem Job, wurde seine Verantwortung nicht mit einer monatlichen Überweisung seines Gehaltes abgegolten, sondern mit blindem Vertrauen und grenzenloser Liebe.

Als Simon das Mini-Weser-Stadion sah, hüpfte er vor Freude durch die Wohnung. Er schrie, stimmte Werder-Lieder an und umarmte Hannes so, wie ein Sohn seinen Vater umarmt. Und wäre da nicht sein gebrechlicher Körper gewesen, man hätte meinen können, Simon wäre der glücklichste Junge auf der ganzen Welt. Aber vielleicht war er das ja auch trotzdem.

Das Mini-Weser-Stadion war Simons ganzer Stolz und Hannes konnte den Jungen gut verstehen. Er würde sogar so weit gehen, zu behaupten, dass für ihn das Stadion ein ebenso hohes Maß der Faszination und des Glückes ausgelöst hatte, wie dies bei Simon der Fall war. Doch Simon wollte mehr. Er wollte Perfektion. Dieses Bedürfnis entwickelte sich, nachdem Hannes mit ihm sämtliche Heimspiele der Vorrunde noch einmal im Mini-Weser-Stadion durchgespielt hatte. Die beiden hatte 30 Kreise aus Pappe ausgeschnitten, die etwa die Größe von 2-Euro-Geldstücken hatten und die Simon mit den Rückennummern der Werder-Spieler beschriftete. Die Pappkreise sollten die Rolle der Spieler einnehmen und Simon zog die kleinen Spielerimitate bei jedem Spiel nach Hannes' Anweisungen über das Weser-Stadion und beförderte die weiße, als Ball fungierende Murmel schließlich nach einem festgelegten Plan in das jeweilige Tor. Nach zwei Tagen war diese Form des Werder-Spiel-Simulierens Simon nicht mehr perfekt genug. Hätte seine Mutter in der Woche vor Weihnachten nicht Plätzchen gebacken, hätte der Junge wahrscheinlich noch länger mit der Pappkreis-Version der Werder-Spieler leben können. Aber Anna hatte Plätzchen gebacken und Simon hatte ihr dabei geholfen.

Irgendwann war Hannes deshalb zum *Fimo*-Experten geworden. Wenn man es genau nahm, war er jedoch nur gut informiert und Simon war der eigentliche Experte. Denn er hatte Hannes mit dem Begriff *Fimo* bekannt gemacht, hinter dem Hannes zunächst einen Fußballer aus Brasilien vermute hatte:

Gustavo Julio Maria dela Roja, 21 Jahre alte, 1,78 m groß, Stürmer, flink, Linksfuß, hat schon für die U-19 Brasiliens gespielt, bei einem kleinen Zweitligaklub São Paulos (ausgeliehen von Fluminense) unter Vertrag, hat in der abgelaufenen Saison 19 Tore geschossen und würde gerne zu einem aufstrebenden europäischen Perspektiv-Club wechseln – Künstlername: Fimo.

Aber *Fimo* war in Wirklichkeit eine spezielle Modelliermasse. Schnell hatte Simon auch Anna mit in seine Pläne involviert und die Rollen waren ebenso schnell verteilt. Hannes musste die Informationen liefern. Schreibweise der Namen und die entsprechenden Rückennummern fielen ebenso in die Rubrik, wie Statur und Frisur des jeweiligen Spielers. Anna kristallisierte sich sofort als die talentierteste Modelliererin heraus und so würde ihr die Ehre zuteil, nach Hannes' Anleitungen die Spieler zu formen. Anschließend wurden die Spieler dann bei 110 Grad in den Ofen geschoben und gebacken. So viel dazu, dass man sich keine Wunschspieler backen könne. Nach drei Tagen war Werders kompletter „Mini-Kader" gebacken.

Dann musste Simon wieder ins Krankenhaus. Die nächste Chemoeinheit stand auf dem Programm. Natürlich nahm er sein Weser-Stadion ebenso mit auf die Station wie die nackten, frisch gebackenen Werder-Spieler. Aber er hatte noch einen Satz Acrylfarben (vorwiegend in den Farbtönen Grün, Weiß und Orange) und einen Satz Pinsel dabei. Nach zwei Stunden waren fünf weitere kleine Patienten und zwei Krankenschwestern mit dem *Werderspielerbemalvirus* infiziert und Hannes beobachtete mit Freude, dass die kleine Werder-Gemeinde sämtliche als beige Rohlinge erschienenen *Fimo-Profis* mit weißen Hosen, grün-orangenen

Stutzen und *Papageien*-Trikots bemalten. Die Kinder waren so fasziniert von ihrer Aufgabe, dass Hannes am Silvester-Nachmittag mit Anna zwei Stunden spazieren gehen konnte, ohne dass Simon die beiden vermisst hätte.

Zunächst hatte Anna versucht, ihren Sohn über Silvester mit nach Hause zu nehmen. Aber nach einem Gespräch mit Dr. Bartels, der ihr aufgrund der neuen Medikamentendosierung riet, kein Risiko einzugehen, nahm sie davon Abstand. Neben Simon waren noch zwei weitere Kinder auf der Station: ein vierjähriges türkisches Mädchen, das Gülcan hieß, und der fünfjährige Sebastian aus Delmenhorst. Beide waren noch nicht so lange in Behandlung wie Simon, der für sie inzwischen zu einer wichtigen Bezugsperson geworden war. So saßen Anna und Hannes mit den Eltern von Gülcan und Sebastian im Krankenhaus bei einem Glas Sekt zusammen, als draußen das neue Jahr mit einem großen Feuerwerk eingeläutet wurde. Simon und die beiden anderen Kinder lagen zu dieser Zeit bereits schlafend in ihren Betten. Als Hannes Anna um 24 Uhr in den Arm nahm, hatte er trotz der Tristesse der Krankenhausatmosphäre und der Sorge um Simon ein völlig neues, positives Gefühl bei dem Gedanken an ein bevorstehendes Jahr. Er spürte, dass er sein Glück gefunden hatte. Bis drei Uhr morgens hatten sich die besorgten Eltern noch über die Hoffnungen unterhalten, die sie alle mit dem neuen Jahr verknüpften. Sechs Menschen, die sich in dieser Zusammensetzung wahrscheinlich nie getroffen hätten, schon gar nicht, um miteinander Silvester zu feiern. Doch die Schicksale ihrer Kinder hatten sie an diesem Ort zusammengeführt und so hatten sie gemeinsam gelacht und manche von ihnen auch zusammen geweint. Sie fanden Trost für einander und spendeten sich gegenseitig Mut. Und sie fanden auch Zeit, über andere Themen als Leukämie zu sprechen – über ihre Jobs beispielsweise, aber auch über Werder. Denn alle waren zu einem gewissen Maß nach Werders unglaublicher Vorrunde von den Grün-Weißen angetan. Hannes hatte sich nach gerade einmal drei Stunden des Jahres 2004 sogar mit den Vätern von Gülcan und Sebastian, die Emre und Harald hießen, für ein Werder-Heimspiel im Stadion verabredet.

Simon kam wieder nach Hause. Hannes nahm sich ein paar Tage frei, um so viel Zeit wie möglich mit Anna und dem Jungen zu verbringen. Sie spielten die Vorrundenbegegnungen auf dem Mini-Weser-Stadion nach und perfektionieren weiter den *Fimo*-Kader. Und sie redeten natürlich auch über Werder und die Rückrunde, die langsam näher rückte. Am 5. Januar begann die Mannschaft wieder mit dem Training. Das Team nahm an ein paar uninteressanten Hallenturnieren teil und verabschiedete sich schließlich am 12. Januar in Richtung Türkei, um sich dort für Liga und DFB-Pokal die nötige Fitness zu holen.

Hannes hatte das Gefühl, dass es Anna gut ging. Es verging zwar kein Tag, an dem er mit ihr nicht über Simons Krankheit und die Prognosen für eine vollständige Genesung redete, wobei er ihre Besorgnis in jedem Augenblick greifen konnte. Dennoch spürte er, dass sie psychisch viel stabiler war, als sie dies noch zu Beginn der Krankheit gewesen war. Vielleicht lag das auch gerade an den vielen Gesprächen, die sie über das Thema Leukämie führten. Die Abende gehörten ihnen beiden. Simon wurde sehr schnell müde. Sie beobachteten ihn meist ein paar Minuten, wie er schlafend in seinem Bett lag, die Marc-Bolan-Perücke auf dem Kopf und den Werder-Schal neben dem Kopfkissen. Dann machten es sich Hannes und Anna meist im Wohnzimmer gemütlich. An einem dieser Abende wollte Anna noch einmal den Film *Jack und Diane* anschauen. Sie lagen wie schon beim ersten Mal auf der Couch und genossen den Film. Hannes erlebte in diesem Moment ein wunderbares Déjà vu. Wieder sah er die beiden kleinen Zwillingsmuttermale an ihrem Hals und roch ihr nach Vanille duftendes Haar. Plötzlich drehte sie sich zu ihm um und lächelte. Seit Langem fielen ihm wieder einmal ihre wunderschönen grünen Augen auf, in die er das erste Mal geblickt hatte, als sie damals an seiner Türe geläutet hatte.

„Erinnerst Du Dich noch an das letzte Mal, als wir den Film angeschaut haben?", fragte sie.

„Wie könnte ich das jemals vergessen!"

Anna wurde rot.

„Wir können es gerne wiederholen, junger Mann! Ich bin zu allem bereit."

Sie drehte sich wieder zu dem Film um und dann flüsterte sie etwas, wovon Hannes nur das Wort *Gitarre* verstand. Er hielt es nicht für sehr wichtig und schaute stattdessen lieber James Duncan zu, der angestrengt vergeblich versuchte, ein Gedicht für Diane zu schreiben.

„Warum antwortest Du nicht?", fragte Anna.

„Oh, ich habe Dich ehrlich gesagt nicht richtig verstanden!"

Sie drehte sich wieder zu ihm um, küsste ihn und fragte:

„Weißt Du noch, als wir mal im *Piano* saßen und über diesen Marc Bolan gesprochen haben?"

„Klar. Das war vor dem Freiburg-Spiel, Du hattest einen Sieg prognostiziert!"

Hannes hatte sofort das Gefühl, die Romantik mit der Kettensäge gekappt zu haben, aber Anna lächelte nur.

„Gibt es eigentlich Momente, in denen Du einmal nicht an Werder denkst?"

Dieses Mal lächelte Hannes und fragte:

„Was war, als wir über Marc Bolan gesprochen haben?"

„Da hast Du Dich geoutet!"

„Geoutet?"

„Ja. Du sagtest, Du könntest Gitarre spielen, es war von 1,5 Songs die Rede!"

Hannes roch zum wiederholten Mal an ihrem duftenden Haar.

„Das hast Du Dir gemerkt?"

„Frauen haben ein Gespür für die wirklich wichtigen Dinge im Leben."

James Duncan kämpfte noch immer mit dem Gedicht.

„Achtung, jetzt kommt's!", sagte Anna und deutete auf den Bildschirm.

Im gleichen Moment setzte der Titelsong des Films ein.

„Ich finde das Lied schön. Ich kannte es schon lange, wusste aber nicht, dass es von diesem Film stammt. Als wir den Film das erste Mal angeschaut haben, bevor wir anderes zu tun hatten, weißt Du, da hattest Du diesen Blick, als der Song gespielt wurde!"

Hannes glaubte sich verhört zu haben. War Anna Hellseherin?

„Kann es sein, dass Du dieses Lied auch auf der Gitarre drauf hast oder dass es zumindest eine Geschichte zu dem Song gibt?"

Hannes zog sie an sich und küsste sie auf die beiden Muttermale.

„Er gehört zwar nicht zu den 1,5 Songs, aber ich habe ihn tatsächlich schon einmal auf der Gitarre gespielt. Das Intro zumindest, aber es war kein Spaß, nicht für mich, nicht für das Publikum und am allerwenigsten für die Gitarre!"

Anna lächelte und küsste ihn.

„Du hast dieses Lied gespielt, dieses Lied, das Lied aus dem Film, vor Publikum?"

„Ja, aber das war lange bevor sie den Film gedreht haben. Damals hatte ich mit ein paar Freunden aus der Uni eine kleine Theatergruppe gegründet. Wir hatten nur zwei Stücke auf Lager, ein Freund hat sie selbst geschrieben, weißt Du!"

„Das klingt interessant. Ich möchte mehr hören, mein kleiner Gitarrenspieler!"

„In dem einen Stück spielte ich einen Straßenmusikanten, der sich in ein Mädchen verliebt. Das Mädchen hieß Diana und deshalb haben wir den Song mit ins Stück geschrieben. Wir hatten keinen Vorhang und jedes Mal, wenn die Bühne umgebaut wurde, konnten die Zuschauer sehen, was passierte, deshalb wurde der Umbau immer mit Musik untermalt, verstehst Du?"

„Der Umbau wurde mit Musik untermalt und mein Werder-Fan war ein Straßenmusikant und weiter?"

„In der letzten Szene, da haben die beiden dann zueinandergefunden, weil der Straßenmusikant das Lied für das Mädchen gespielt hat, und zu diesem Zweck musste ich den Song auf der Bühne spielen!"

„Wirklich? Aber das ist ja klasse …", sie strich ihm über die rechte Augenbraue.

„Es war wirklich nicht gut. Einer der anderen Schauspieler konnte ganz gut Gitarre spielen, er hat es mir in einem Crashkurs versucht zu vermitteln, die ersten drei Akkorde des Intros, aber ich glaube, nicht einmal das habe ich gebracht. Es war wirklich lausig!"

Anna umarmte ihn.

„Mein kleiner Straßenmusiker, weißt Du, was ich mir wünsche, mein kleiner Bremer Stadtmusikant?"

Sie lächelte und strich ihm sanft über die andere Augenbraue.

„Ich wünsche mir, dass Du das Lied einmal für mich spielst!"

Werder spielte einige ernst zu nehmende Vorbereitungsspiele während des Türkei-Trainingslagers, gegen Mannschaften wie PSV Eindhoven, Kerkrade oder Trabzonspor. Und die Mannschaft spielte ziemlich gut. Von Tag zu Tag wuchs Hannes' Vorfreude auf die neue Saison. Die Spiele in der Türkei waren auch mit einem Wettbewerb verbunden, einem Turnier, das eine türkische Brauerei mit einem Pokal ausgelobt hatte. Am 17. Januar spielte man das Finale des Turniers und verlor gegen Galatasaray Istanbul mit 0:2. Hannes hatte das Spiel im Fernsehen verfolgt, erstaunlich gefasst, denn nicht nur dem Reporter entging nicht, dass der türkische Schiedsrichter es nicht besonders gut mit Werder meinte. Mehrere fragwürdige Entscheidungen gipfelten schließlich darin, dass er Fabian Ernst sogar wegen Meckerns vom Platz stellte. Hannes musste an Emre denken, den Vater des kleinen türkischen Mädchens, das auch an Leukämie erkrankt war. Er hatte Hannes erzählt, dass er zwar Werder-Fan war, in der Türkei aber Galatasaray die Daumen drückte.

25. bis 31. Januar 2004: Double-Begriff und Genugtuung über ein falsches Bauchgefühl

„Hannes?", fragte Simon und betrachtete den nackten Pekka Lagerblom. Natürlich handelte es sich dabei nicht um das Original von Werders finnischem Neuzugang, sondern dessen *Fimo*-Ausgabe in Miniaturformat. Simon hatte darauf bestanden, dass Lagerblom zu seiner Sammlung hinzukommen musste. Also hatte Anna ihn gebacken. Inzwischen war er kalt genug, um Trikot, Stutzen und Hose zu bekommen. Simon hatte den Malpinsel schon in der Hand, aber der Tonfall, mit dem er das Wort *Hannes* als Frage formuliert hatte, verriet, dass er sich über etwas Gedanken machte.

„Ja, was ist denn, kleiner Alligator?"

Der Nasenflügel des Jungen geriet wieder in Bewegung.

„Hannes, ich …, ich wollte Dich etwas fragen, Hannes."

„Kein Problem, dann frag mich doch. Du kannst mich fragen, was Du willst!"

Simon lehnte sich auf seinem Stuhl zur Seite und schaute zur Küchentür, durch die Anna vor knapp zwei Minuten verschwunden war, um das Abendessen zu machen. Es sah so aus, als wolle er nicht, dass seine Mutter zuhörte. Das war neu. Hannes konnte sich nicht an eine vergleichbare Situation erinnern. Es hatte in der bisherigen Beziehung zu Simon durchaus schon Momente gegeben, in denen die beiden Dinge unter vier Augen besprochen hatten. Dabei war es meist um Fußball und dann zu 99 Prozent um Werder gegangen. Diese Gespräche hätten aber denselben Verlauf genommen, wenn Anna bei der Unterhaltung dabei gewesen wäre. In diesem speziellen Moment hatte Simon allerdings gewartet, bis er mit Hannes alleine gewesen war, bevor er zu seiner Frage angesetzt hatte. Worum es ging, wusste Hannes nicht. Aber er war sehr gespannt. Trotzdem versuchte er, sich seine Neugierde nicht anmerken zu lassen.

„Ich wollte Dich fragen, also, ich wollte wissen, ob Du vielleicht Jennys Mutter kennst!"

Die Nase des Jungen zuckte jetzt so sehr, dass Hannes das Gefühl hatte, sie festhalten zu müssen. Wie aufgeregt er sein musste. Aber was hatte diese Frage zu bedeuten? War Hannes da vielleicht etwas entgangen? Wollte Simon ihn auf die Probe stellen? Wer war Jenny? Und wer war Jennys Mutter?

„Hm. Also, ich glaube nicht, dass ich Jennys Mutter kenne. Ehrlich gesagt, weiß ich nicht einmal, wer Jenny ist. Kannst Du mir vielleicht einen Tipp geben!"

Simon drehte den Mini-Pekka-Lagerblom in seinen Händen und packte die *Fimo*-Figur schließlich an ihren Schienbeinen.

„Jenny ist das große Mädchen auf der Station. Sie hat die grün-orangenen Ministutzen auf die Werder-Spieler gemalt!"

„Ah, richtig. Jetzt erinnere ich mich. Das Mädchen, das ein Trikot von Ivan Klasnić hat, oder?"

Simon nickte und betrachtete wieder die nackte *Fimo*-Figur.

„Nein!"

„Nein?"

Wieder bewegte sich sein Nasenflügel.

„Nein. Ich kenne Jennys Mutter nicht. Wie kommst Du denn darauf, dass ich sie kennen könnte?"

„Jenny hat keinen Papa", flüsterte Simon.

Hannes war nach wie vor nicht imstande, auch nur zu erahnen, worum es in diesem Gespräch eigentlich ging. Was er allerdings mit ziemlicher Sicherheit wusste, war, dass es nichts mit Fußball zu tun hatte.

„Oh, das tut mir leid. Es tut mir leid, dass sie keinen Papa hat."

Simon ging nicht auf seine Bemerkung ein.

„Was ist ein Double, Hannes?"

Es wurde immer seltsamer. Entweder hatte sein kleiner Freund Angst, über das zu sprechen, was ihn beschäftigte, oder er wusste nicht, wie er darüber reden sollte. Es konnte auch sein, dass er gar nicht wusste, was ihn beschäftigte, weil er mit der Situation überfordert war. Dass es ihn allerdings beschäftigte, war nicht zu übersehen. Um Zeit zu gewinnen, wiederholte Hannes noch einmal Simons Frage.

„Ein Double. Was ist ein Double?"

„Ja. Ein Double, Hannes!"

„Na ja, ich kann Dir sagen, was *das* Double ist!"

Jetzt schaute ihn Simon sehr ernst an.

„Sagst Du es mir? Sagst Du es mir, Hannes?"

„Natürlich. Klar. Ich habe Dir doch schon erklärt, dass die Mannschaft, die am Ende des 34. Spieltages an erster Stelle der Bundesligatabelle steht, Deutscher Meister geworden ist. Dann bekommt die Mannschaft eine Trophäe, also eine goldene Schale, die …"

„Die Meisterschale!", vollendete Simon.

„Ja. Das stimmt. Stimmt genau, die Meisterschale. Aber dann gibt es ja noch den Pokal. Das weißt Du doch, oder?"

„Ja. Wir haben gegen Hertha mit 6:1 gewonnen und es sind nur noch acht Mannschaften übrig und wir spielen bald gegen Fürst, und wenn wir da gewinnen, dann sind es nur noch vier Mannschaften!"

Was für ein Junge.

„Stimmt genau, kleiner Alligator. Nur dass es nicht Fürst, sondern Fürth heißt!"

„Fürth!"

„Fürth, Genau. Jedenfalls passiert es manchmal, also es ist wirklich noch nicht oft passiert, aber manchmal passiert es eben, dass eine Mannschaft den Pokal gewinnt, Du weißt schon, im Endspiel, wenn nur noch zwei Mannschaften übrig geblieben sind, und dass dieselbe Mannschaft …"

Simon stellt Lagerblom auf den Tisch.

„Du meinst, das Spiel in Berlin, das Endspiel, stimmt's?"

„Richtig. Das Spiel in Berlin. Also, wenn man das Spiel in Berlin gewinnt, dann bekommt man einen großen Pokal, den DFB-Pokal. Und wie gesagt, es passiert nicht oft, aber manchmal passiert es eben doch, manchmal gewinnt dieselbe Mannschaft die Meisterschaft und den Pokal. Das heißt, die bekommen zwei Auszeichnungen, Pokal und Schale – und dazu sagt man auch: das Double!"

Simon klatschte.

„Double. Das Double!", flüsterte er. „Dann kann ja Werder in diesem Jahr das Double gewinnen!"

Natürlich hatte Simon recht. Theoretisch. Aber Hannes wagte noch nicht einmal, daran zu denken. Doch er wollte jetzt auch nicht gleich abwiegeln.

„Nun, es ist natürlich denkbar, aber es sind noch so viele Spiele bis dahin. Da müsste wirklich alles ganz perfekt klappen, kleiner Alligator. Und das weiß man nie. Aber, ja, wenn alles perfekt klappt, Werder weiter so gut spielt und vielleicht auch ab und zu ein bisschen Glück hat, ja, dann könnte Werder sogar das Double gewinnen!"

Simon nickte. Aber er war weniger euphorisch, als er dies unter normalen Umständen gewesen wäre, wenn ihm Hannes eine derart frohe Kunde überbracht hätte. Stattdessen griff der Junge wieder zu Pekka Lagerblom. Er war noch nicht zufrieden mit Hannes' Deutungen.

„Hannes?" Wieder drehte sich Simon in Richtung Küche.

„Ja?"

„Jenny sagt … sie sagt, dass, sie sagt, dass Du ein Double bist. Du, Hannes. Und sie sagt, dass ihre Mutter sagt, dass Du, also weil Du ein Double bist, dass Du deshalb jemand bist, den sie sich vorstellen könnte als ihren neuen Mann! Aber ich habe gedacht, Du wirst mein Papa!"

Jetzt zuckte nicht nur die Nase des Jungen, sondern sein ganzer Körper. Der *Hickman-Katheter* rutschte unter seinem Sweatshirt hervor und die Perücke hing ihm bizarr ins blasse Gesicht. Simon machte sich

Sorgen um ihn, Hannes. Der Junge hatte Angst, ihn zu verlieren. Hannes zog Simon zu sich heran und umarmte ihn. Simon schien dankbar zu sein, denn er erwiderte die Umarmung mit erstaunlicher Kraft. Hannes spürte, wie das Herz seines kleinen Werder-Fans pochte. In diesem Moment spürte er eine grenzenlose Liebe für Simon. Er spürte aber auch, dass die Ähnlichkeit mit James Duncan mit einem Mal nicht nur ihn selbst betraf. Simon wusste nicht, was passiert war, er spürte nur, dass es etwas war, das er nicht erklären konnte und was möglicherweise dazu führen konnte, dass er Hannes verlieren konnte. Er musste es dem Jungen erklären.

„Darf ich Dich auch mal etwas fragen?"

Simon löste die Umarmung, schaute Hannes mit großen Augen an und nickte.

„Kannst Du Dich noch erinnern, als wir uns zum ersten Mal gesehen haben?"

„Ja. Das war mein erstes Werder-Spiel. Das Spiel gegen Hertha."

„Stimmt genau. Das Spiel gegen Hertha. Ein tolles Spiel, oder? Weißt Du noch, wie es ausging?"

Die blauen Augen des Jungen schienen auf die doppelte Größe anzuwachsen.

„Aber natürlich. Wir haben 4:2 gewonnen. Und die Tore, die Tore haben Krstajic, Mangin und zweimal Charisteas geschossen. Aber ich finde, der beste Spieler war Micoud an diesem Tag. Es war wirklich ein tolles Spiel, Hannes!"

„Ja. Ja, das stimmt. Das war es. Und wenn Du wieder gesund bist, dann werden wir uns jedes Werder-Spiel im Stadion ansehen!"

Simon nahm wieder Pekka Lagerblom in die Hand und nickte.

„Aber, weißt Du eigentlich, wem Du das zu verdanken hast, dass Du mit mir zu Werder gehen konntest?"

Simon schaute ihn wieder ernst an.

Hannes lehnte sich nun seinerseits in Richtung Küche. Dann nickte er dem kleinen Jungen zu.

„Ohne Deine Mama hätten wir uns vielleicht nie kennengelernt. Sie hat nämlich jemanden gesucht, der auf dich aufpasst. Du weißt schon, als das mit Deinem Opa passiert ist."

„Ja. Mama hat bei Dir geklingelt."

„Das stimmt, das hat sie. Und ich kann Dir auch sagen, warum sie bei mir geklingelt hat. Ich habe es nämlich nicht vergessen. Deine Mama hat es mir erzählt und ich habe es nicht vergessen!"

Hannes zog die Perücke des Jungen zurecht und wartete auf eine

Reaktion. Wie auf Knopfdruck geriet Simons rechter Nasenflügel in Bewegung.

„Ich kann mich nicht mehr erinnern", flüsterte der Junge.

Hannes lächelte.

„Soll ich Dir einen Tipp geben?"

Simon nickte.

„Also, es hat wohl etwas mit einem Film zu tun, den Du kennst, junger Mann!"

Das Zucken war wieder da. Dann klatschte Simon mit der Hand gegen seinen Kopf.

„Ja. Stimmt. *Eugene der Zeitreisende*. Stimmt. Der Film. Eugene sieht genauso aus wie Du. Ich habe gedacht, Du wärst Eugene."

„Genau. Das hat mir Deine Mama damals auch gesagt. Sie hat gesagt, dass ich der einzige Mensch bin, bei dem Du wahrscheinlich bleiben würdest, weil Du aussiehst, wie Eugene der Zeitreisende!"

Simon nickte.

„Aber weißt Du, was das Problem ist?"

Bevor Simon antworten konnte, fügte Hannes hinzu:

„Das Problem ist, dass ich nicht Eugene bin. Der Schauspieler, der Eugene spielt, sieht nur zufällig genauso aus wie ich!" Hannes legte auf diese Reihenfolge bei dem Vergleich wert.

„Er heißt James Duncan. Und dieser James Duncan hat natürlich noch mehr Filme gemacht. Filme, die nicht für Kinder gemacht wurden. Filme, die sich Erwachsene anschauen, Männer und Frauen. Wenn Jennys Mama sagt, dass ich ein Double bin, dann meint sie, dass ich so aussehe wie jemand, der sehr berühmt ist! Wie dieser Schauspieler, James Duncan!"

„Jennys Mama meint also, dass Du und dieser Schauspieler gleich aussehen, stimmt's?"

Hannes nickte.

„Stimmt. Und dazu kann man auch *Double* sagen. Also, wenn eine Person genauso aussieht wie eine andere Person, dann ist die eine Person das Double der anderen Person!"

Simon kratzte sich am Kopf.

„Dann sind Zwillinge, die gleich aussehen, auch Double?"

Hannes musste lächeln. Er hatte es verstanden.

„Ja, ja, das stimmt. Das könnte man sagen, aber dafür gibt es eben das Wort Zwilling. Double verwendet man eigentlich immer dann, wenn die eine der beiden Personen sehr bekannt ist!"

„Ich glaube, ich habe es verstanden. Du bist also ein Double. Ein Double des Schauspielers, der Eugene gespielt hat."

Als Hannes schon glaubte, Simon wäre zufrieden, sagte dieser:

„Aber warum will Dich Jennys Mama heiraten. Du kennst sie doch gar nicht!"

Hannes war froh, dass der Junge die letzte Schlussfolgerung noch nicht ziehen konnte.

„Weißt Du, es ist gar nicht so gut, wenn man ein Double eines berühmten Menschen ist. Man wird immer erkannt. Aber nicht als die Person, die man wirklich ist. Verstehst Du das?"

„Ich glaube schon. Du meinst, dass die Menschen denken, dass Du gar nicht Hannes bist, sondern dieser Schauspieler?"

Und dann schaute Simon ganz betroffen.

„ Ach so, ich habe ja auch …"

„Nein, kleiner Alligator, das hat nichts mit Dir zu tun. Du kanntest mich ja gar nicht. Und außerdem konntest Du ja nicht wissen, dass ich nicht James Duncan, sondern Hannes Grün bin. Schließlich warst Du ja noch ein Kind."

„Ich bin doch immer noch ein Kind!"

Hannes lachte.

„Ja. Ja, das bist Du. Und das ist toll! Aber das Problem für solche Menschen wie mich ist, dass sie manchmal gemocht werden, obwohl die Leute gar nicht wissen, wie man wirklich ist, verstehst Du?"

Zucken des rechten Nasenflügels und der linken Schulter.

„Du weißt doch, dass Männer und Frauen, wenn sie sich gern haben, sich verlieben, ich meine, also …"

„So wie Mama und Du!"

„Genau. So wie deine Mama und ich! Wir mögen uns, weil wir uns verstehen, weil wir beide die gleichen Interessen haben, zum Beispiel …"

„Weil ihr beide keine Zwiebeln mögt!"

Hannes musste sich sehr zusammenreißen, um nicht zu lachen.

„Ja. Zum Beispiel. Aber es gibt natürlich noch andere Beispiele! Das Problem ist aber, dass Menschen, die ein Double sind, oft von anderen Menschen gemocht werden, nur weil sie aussehen, wie sie aussehen. Nur das Aussehen ist wichtig, aber nicht, wie die Menschen denken oder fühlen!"

Hannes befürchtete, dass Simon kein Wort verstand.

„Das ist so wie bei Hunden, oder?"

„Hunden?" Jetzt wusste Hannes nicht, was sein kleiner Freund sagen wollte.

„Schwester Karin hat gesagt, sie hat einen Hund, der ein Mischmasch ist. Sie hat, glaube ich, eine anderes Wort benutzt, aber es fällt mir nicht mehr ein. Wo der Papa und die Mama ganz verschiedene Hunde waren. Sie hat gesagt, dass sie Hunde immer danach aussucht, wie sie sich verhalten. Bobby hat gleich mit dem Schwanz gewedelt, als er Schwester Karin gesehen hat, und er hat Männchen gemacht und ihr die Hand geschleckt. Dann hat sie gewusst, dass sie nur Bobby wollte!"

Hannes nickte, hatte aber das Gefühl, dass Simon noch nicht fertig war.

„Aber Schwester Karin sagt, dass es Menschen gibt, die würden nie Mischmaschhunde kaufen, weil es Mischmaschhunde sind. Sie sagt, diese Menschen wollen Hunde, die eine bestimmte Sorte sind. Solche Hunde, bei denen der Mama und der Papa von der gleichen Hundesorte waren. Also so wie ein Double!"

Jetzt nahm Hannes Simon und setzte ihn auf seinen Schoß. Er war sehr stolz, so stolz, dass er mit den Tränen kämpfen musste.

„Weißt Du was, kleiner Alligator, Du hast es verstanden. Genauso ist es. So wie manche Menschen unbedingt nur einen Rassehund wollen, wollen manche Menschen einen anderen Menschen, der etwas Besonderes ist. Besonders hübsch, besonders reich oder eben ein Double."

Simon nickte.

„Du brauchst Dir wirklich keine Gedanken um mich zu machen. Ich kenne Jennys Mama nicht und ich will sie auch nicht kennenlernen. Ich habe Deine Mama und ich kann Dir versprechen, dass ich sie sehr gerne habe und gerne bei ihr bleiben will!"

Simon schaute Hannes lange ernst an. Dann lächelte er und umarmte ihn.

Auch mit Anna hatte Hannes über das letzte Bundesligaheimspiel gegen Hertha gesprochen. Natürlich nicht über die Tore oder die Spielzüge, sondern über den Moment, als sich die beiden zum ersten Mal gegenübergestanden hatten. Noch heute plagte Hannes manchmal ein schlechtes Gewissen bei dem Gedanken daran, dass er Anna zunächst einen Korb hatte geben wollen. Er hatte es noch nie thematisiert, bis jetzt. Aber Simons Unsicherheit nach Jennys Double-Bemerkung hatte ihm letztlich geholfen.

„Und Du dachtest wirklich, ich spiele Dir etwas vor?"

Natürlich nicht. Das hatte er nie. Aber er war einfach mit der Situation überfordert gewesen. Bis zu diesem Tag hatte er noch nie Kontakt zu Kindern gehabt und außerdem hatte er sich in der Nacht seine Narbe am Hintern zugezogen. Er hatte unter Schock gestanden, wollte nur das Werder-Spiel nicht verpassen.

„Nein. Natürlich nicht. Ich war nicht Herr meiner Sinne. Mein Arsch hat gepocht wie ein Hornissennest und nach dem, was in der Nacht zuvor alles passiert war, wollte ich einfach nur alleine sein und das Spiel sehen. Erst als Du Dich umgedreht hast, um zu gehen, ist mein Gehirn endlich angesprungen!"

„Na, da hatte ich ja noch einmal Glück." Sie drückte sich an ihn und er legte den Arm um sie.

„Wenn man es nicht besser wüsste, könnte man wirklich meinen, Du hättest die Narbe absichtlich unter die Tätowierung gezogen. Es sieht wirklich so aus, als würde sie die Jahreszahl unterstreichen!"

Hannes schubste sie leicht zur Seite, was Anna ihrerseits mit einem Schubser konterte. Er spürte, dass sie sich wohlfühlte.

„Welche Jahreszahl war das noch mal? Das Jahr, in dem man Dir die Weisheitszähne gezogen hat, oder?"

„Nein, das Jahr, in dem Werder den Bayern die Zähne gezogen hat!"

„Stimmt. Ich wusste, es hatte was mit Zähneziehen zu tun!"

Hannes konnte inzwischen gut damit umgehen, dass Anna ihn manchmal wegen seiner Werder-Leidenschaft aufzog. Meistens gelang es ihm, ruhig zu bleiben. Er war froh, dass seine Freundin langsam wieder ihr altes Leben leben konnte. Seit gut einer Woche arbeitete sie wieder, wenn auch nur 18 Stunden in der Woche. Die beiden hatten sich gut arrangiert. Sie teilten sich die Zeit, in der Simon betreut werden musste, gut ein. Sein Leben hatte sich im abgelaufenen halben Jahr völlig verändert. Er hatte viel mehr Verantwortung als zuvor. Gleich zwei Menschen gehörten jetzt zu seinem Leben. Hannes liebte die beiden so sehr, dass er sich sein Leben ohne Anna und Simon nicht mehr vorstellen konnte. Aber dies änderte nichts an seiner Leidenschaft, die er für Werder empfand. Er spürte an Annas langsamer werdendem Atem, dass sie in seinen Armen eingeschlafen war. Dafür beneidete er sie. Auch er wäre gerne eingeschlafen.

Doch er wusste, dass er vielleicht die ganze Nacht kein Auge zumachen würde, weil auf Werder am nächsten Tag das erste Rückrundenspiel warten würde. Noch nie in all den Jahren stand Werder, nachdem die Hälfte der Spiele absolviert war, so gut da. Doch das letzte Spiel hatte am 16. Dezember stattgefunden. Vor 45 Tagen. Es kam Hannes wie eine Ewigkeit vor. Was, wenn die Mannschaft in dieser Zeit ihre Form verloren hatte? Was, wenn man das Spiel gegen die Hertha verlor, weil man mit der Situation nicht fertig wurde? Was, wenn das Team auch das zweite Spiel in Gladbach in den Sand setzte? Was, wenn man durchgereicht wurde und all die Träume, die vor der Tür des nächsten Halbjahres warteten, wie Seifenblasen zerplatzen würden? Hannes hatte Angst vor dem Spiel und der Rückrunde. Aber es war eine Angst, die auch unbeschreiblich gut tat.

Es war sehr kalt. Der Regen peitschte vom Himmel und fühlte sich wie Schnee an. Trotzdem kamen so viele Zuschauer wie noch nie zum Rückrundenauftakt ins Weser-Stadion. Egal, wo Hannes die Ohren aufsperrte, es herrschte grenzenloser Optimismus unter den Werder-Fans. Er schien der einzige Zweifler zu sein. Man flachste über das letzte Auftreten der Hertha im Dezember, als das Team aus Berlin mit 1:6 den Kürzeren zog, und darüber, dass einige wichtige Spieler der Berliner zudem nicht einsatzfähig waren. Da schien es keine Rolle zu spielen, dass mit Baumann, Krstajic und Charisteas auch auf Seiten der Grün-Weißen drei wichtige Spieler erst einen Tag vor dem Spiel ihre Verletzungen auskuriert hatten und deshalb nicht in der Anfangself stehen konnten. Hannes hatte sogar Gespräche mitangehört, in denen prognostiziert wurde, Werder würde bereits nach fünf Minuten mit 1:0 in Führung gehen. Er wollte so gerne etwas von diesem Optimismus abhaben.

Nach nicht einmal einer Minute hätten sich selbst die optimistischsten Theorien beinahe bewahrheitet. Ailton war in den Hertha-Strafraum eingedrungen und hatte aus spitzem Winkel die Chance zum 1:0. Aber der Ball ging knapp am Tor vorbei. Abgesehen von den Hertha-Fans standen zu diesem Zeitpunkt bereits alle im Stadion und als man „Auf geht's! Werder schießt ein Tor!" anstimmte, klinkte sich auch Hannes in den Gesang ein. Zwei Minuten später hätte eine Situation allerdings beinahe die Mühlen seiner Skepsis mit Wasser versorgt. Irgendwie – Hannes hatte nicht mitbekommen wie – war es Marcelinho, dem gefährlichsten Hertha-Spieler, plötzlich erlaubt, frei auf das Werder-Tor zuzulaufen. Reinke konnte aber in höchster Not klären und so blieb es beim 0:0.

Werder drückte, aber man kam zu keiner zwingenden Chance. In der 17. Minute machte dann wieder Marcelinho auf sich aufmerksam, sehr zum Leidwesen seiner eigenen Fans, denn er spielte einen Rückpass, der eigentlich für seinen Torwart gedacht war, genau in die Füße von Ailton. Werders Topstürmer erlief den Ball etwa fünf Meter vor dem Strafraum, umspielte den machtlosen Hertha-Torwart und schob aus etwa fünf Metern zur 1:0-Führung ein. Dann rannte er zur Eckfahne und warf eine Kusshand auf die Tribüne, so als wollte er sagen, seht ihr, es geht genauso weiter, wie die Hinrunde angefangen hatte. Willkommen zur Rückrunde. In diesem Moment bröckelten Hannes' Zweifel. Zwar gab meteorologisch noch immer der Winter den Ton an, doch das Spiel erwärmte alle im

Stadion. Selbst in Hannes' Werder-Herz verzogen sich die grauen Schleier des Unbehagens. Und am Horizont der Rückrunde ging die Sonne auf.

Ausgerechnet Bobić legte sich nach knapp einer halben Stunde den Ball zum Freistoß zurecht. Hannes' Arschbacke schickte einen Placeboschmerz in seine Nervenbahnen. Für einen kurzen Moment wollte ihn die Angst wieder überrollen, doch Reinke entschärfte Bobić' Schlenzer mit einer tollen Parade. Als nur zwei Minuten später das 2:0 für Werder fiel, musste Hannes an Simon denken. Der hatte darauf bestanden, dass Werders finnischer Neuzugang Pekka Lagerblom nicht nur gebacken, sondern auch mit Trikot, Stutzen, Hose und Rückennummer versehen wurde.

„Ich glaube, er wird spielen, Hannes!", hatte Simon ihm noch mit auf den Weg gegeben. Das hätte Hannes nie für möglich gehalten, doch Simon sollte nicht nur bei seiner Startelf-Prognose recht behalten, denn Lagerblom fügte sich außerdem so perfekt in Werders Kombinationsspiel ein, als hätte der Finne schon mehr als 50 Spiele im Trikot der Grün-Weißen auf dem Buckel. Vor dem 2:0 spielte er einen schönen Steilpass in halbrechter Position. Fast schon spielerisch leicht gewann Ailton ein Laufduell mit zwei Hertha-Verteidigern und zirkelte den Ball dann mit dem rechten Außenrist in die rechte untere Ecke des Hertha-Tors. Es hieß 2:0, das Stadion stand kopf. Aber das war noch nicht alles, denn Werder gelang es, nur fünf Minuten später auf 3:0 zu erhöhen. Micoud blieb es vorbehalten, einen von Ismaël in den Strafraum geschlagenen Pass eiskalt zu verwerten. Damit hatten exakt die gleichen Spieler für Werders 3:0-Führung gesorgt wie im Hinspiel.

In der Halbzeit rief Simon an. Die beiden sprachen über Ailton und Lagerblom. Dann wollte Simon wissen, ob Werder nicht doch das *Double* gewinnen konnte.

Wie sollte man einem siebenjährigen, euphorischen Fan bei solch einem Halbzeitstand auf den Boden der Realität holen? Abgesehen davon, dass es für Simons emotionale Situation, und damit für einen positiven Heilungsverlauf, keine bessere Medizin gab als Werder-Siege.

„Ja. Ja, kleiner Alligator. Werder könnte es wirklich schaffen. Aber es wird nicht leicht. Werder ist jetzt die beste Mannschaft in der Liga, da wollen die anderen Mannschaften natürlich auf jeden Fall gegen Werder gewinnen. Und außerdem spielt Werder am Dienstag im Pokal gegen Fürth und ich habe das Gefühl, das könnte wirklich sehr schwer werden."

Nach dieser Bemerkung drehte sich sein Kumpel Thomas zu ihm um. Der lächelte und sein Mund formte die beiden Worte „Gegen Fürth?", begleitet von einem durchaus erheiterten Gesichtsausdruck.

Hannes lächelte und zwinkerte Thomas zu. Im gleichen Moment kamen die Spieler für die zweite Halbzeit aufs Feld. Simon und Hannes beendeten ihr Gespräch damit, dass Hannes versprach, nach dem Spiel vorbeizukommen.

Die zweite Halbzeit? Nun, sie verlief ähnlich wie die erste. Werder machte Druck, erspielte sich vielleicht sogar noch mehr Gelegenheiten als in den ersten 45 Minuten. Doch es schien beim 3:0 zu bleiben. Bis in die 90. Minute tat sich nichts Zählbares mehr, doch dann schoss der eine Viertelstunde vorher für Ailton gekommene Nelson Valdez noch das 4:0 und legte als Zugabe einen Salto nach.

Werder blieb an der Spitze, und weil Bayern nur Unentschieden spielte und Leverkusen sogar verlor, war mit vier Punkten Rückstand jetzt der VfB Stuttgart Werders hartnäckigster Verfolger. Am Dienstag musste Werder zum Pokalspiel nach Fürth. Bei einem erneuten Sieg würde man dann bereits im Halbfinale stehen.

2. bis 7. Februar 2004:
Vom gelobten Land & anonymen Botschaften

Hannes war im Stadion von Fürth. Das lag vor allem daran, dass er an seiner fränkischen Heimat hing und einige Jahre während des Studiums in der Region Nürnberg/Fürth verbracht hatte. Wenn man einem waschechten Nürnberger sagte, dass man Fürth mochte, dann wurde man normalerweise mit blankem Unverständnis konfrontiert – gelinde gesagt. Natürlich galt das Gleiche für den Fall, dass man einem Fürther zu sagen versuchte, dass man kein Problem mit Nürnberg hatte. Doch Hannes hatte in all den Jahren für beide Städte eine gewisse Sympathie entwickelt. Vielleicht hatte all das damit zu tun, dass Hannes als Werder-Fan nie vor die Frage gestellt wurde, ob er nun die Daumen für den 1. FC Nürnberg oder das Team aus Fürth drückten sollte. Die Fronten waren von vorne herein klar abgesteckt: Werder. Werder und nochmals Werder.

Ein weiterer Grund für seinen Aufbruch nach Fürth war, dass er sich mit Harry, einem alten Kumpel aus Würzburg, treffen wollte, der ebenfalls schon von Kindesbeinen an Werder-Fan gewesen war. Hannes' einzige Anlaufstelle seiner Kindheit gewissermaßen. Nachdem die beiden in einem Restaurant unweit des Fürther Playmobil-Stadions zu Abend gegessen hatten, machten sie sich schließlich auf den Weg in den Gästeblock.

Ähnlich wie vor dem Hertha-Spiel waren auch dieses Mal die Werder-Fans zu 100 Prozent von einem Sieg überzeugt. Anders allerdings als noch vor drei Tagen wollte Hannes erst gar nicht versuchen, die im Fanblock gärende Euphorie mit Skepsis zu überbacken. Dabei hatte Fürth in der Runde zuvor mit dem 1. FC Köln immerhin auch einen Bundesligisten aus dem Wettbewerb geworfen. Doch Werders Galavorstellung gegen Hertha war noch immer allgegenwärtig. Würde es nur einigermaßen nach Plan laufen, musste sich das Zweitligateam warm anziehen.

Warm anziehen war ein gutes Stichwort: Die Werder-Fans standen in einem der zugigsten Gästeblocks, in denen Hannes jemals verharrt hatte. Wenn man einen Vergleich bemühen wollte, dann befand man sich in der meteorologischen Anti-Situation des Auswärtsspiels in Kaiserslautern am dritten Spieltag. Damals war man bei brütender Hitze von den Ordnern wie Legehennen in einem Viertel des Blocks eingepfercht worden. Objektiv betrachtet lagen etwa 30 Grad zwischen beiden Tagen, subjektiv wahrscheinlich deren 60, weil der Gästeblock des Playmobil-Stadions wie ein Eisblock, ungeschützt ohne Dach und ohne Rückwand, in den klaren Nachthimmel ragte.

Werders Spiel sorgte allerdings für etwas Erwärmung. Fürth verdiente sich zu Beginn das Lob, einigermaßen gut mitzuspielen, doch nach 18 Minuten war es mit der Herrlichkeit des Zweitligisten vorbei. Paul Stalteri wuchtete im Anschluss an eine zu kurze Abwehr des Fürther Torwarts – Micoud hatte eine Ecke in den Strafraum geschlagen – den Ball unhaltbar in das Tor vor dem Gästeblock. Werder führte standesgemäß und im Fanblock wurde ein zu dem Ort des Geschehens passender Kommentar zum Spielstand angestimmt: „Werder *führt*." Im Gegensatz zur Kreativität der Fans hielt die der Spieler, mit Wohlwollen betrachtet, nur noch bis zur Pause an. Die Grün-Weißen hatten den Gegner im Griff, aber man war nicht unbedingt bis in die Haarspitzen motiviert, vielleicht konnte man auch sagen, dass die Aktionen nicht mit der letzten Konsequenz zu Ende gespielt wurden. Anstatt einmal aus guter Position abzuziehen und damit auf 2:0 zu erhöhen, wurde der Ball lieber noch einmal abgelegt, ein Doppelpass zelebriert oder mit der Hacke gespielt. Es sah so aus, als würde man die Fürther nicht richtig ernst nehmen und stattdessen auf eine gute B-Note abzielen.

Aber es stand nur 1:0. Und so schlecht spielten die Franken nicht. Gute fünf Minuten vor der Halbzeit hatten sie eine wirklich gute Gelegenheit zum Ausgleich, aber ihr Stürmer setzte den Kopfball glücklicherweise knapp neben das Werder-Tor. Zur Halbzeit zweifelte im Block niemand daran, dass man schon so gut wie im Halbfinale war. Harry erkundigte sich schon nach dem Datum des Endspiels und schärfte Hannes ein, sich für das Wochenende vom 29. auf den 30. Mai auf jeden Fall für Berlin frei zu nehmen. Doch irgendetwas in Hannes' Werder-Archiv wollte beachtet werden. Er konnte nicht genau sagen, was es war, befürchtete allerdings, dass es kein positives Ereignis war.

Die zweite Halbzeit begann, wie die erste aufgehört hatte. Werder versuchte, das Ergebnis ohne großen Aufwand nach Hause zu schaukeln. Anders als über weite Strecken der ersten Halbzeit tat Fürth den Spielern in Grün allerdings nicht den Gefallen, in Ehrfurcht vor dem Favoriten zu erstarren. Die Franken wurden immer frecher, setzten mit Einsatz und Leidenschaft dagegen. Hannes nahm wie gelähmt von dem Geschehen Notiz und Harry begann zu fluchen. Harry fluchte fast nie. Kein gutes Zeichen. Im gleichen Moment hatte sich endlich die Erinnerung aus der Fußballhistorie freigeschwommen. Es muss im Herbst 1995 gewesen sein.

Anders als hier hatte Werder im Oktober 1995 bereits nach einer guten Viertelstunde locker mit 2:0 geführt. Es trug sich etwa acht Kilometer südöstlich des Playmobil-Stadions zu, im Nürnberger Frankenstadion. Nürnberg spielte damals in den Niederungen der zweiten Liga, war am Ende der Saison sogar in die Regionalliga durchgereicht worden. Und im Achtelfinale wurde Werder dem Club zugelost. Damals stand es schon nach wenigen Minuten 2:0 für Werder. Bestschastnykch und Basler hatten getroffen. Es war wie im Training, Werder war dem Club in allen Belangen überlegen gewesen, und Hannes stimmte schließlich mit ein, als man im Gästeblock „nur noch acht" skandiert hatte. Der Gedanke war so intensiv, dass es wehtat. Der Fußballgott schien damals von der Arroganz der Spieler und Fans des SV Werder Wind bekommen zu haben. Einige Club-Fans verließen bereits nach einer halben Stunde das Stadion, was sie wahrscheinlich bis zum heutigen Tage bereuen. Denn in einer an Überheblichkeit kaum noch zu toppenden Art und Weise hörte Werder plötzlich auf, Fußball zu spielen. Und nach der Devise, wir haben keine Chance, also nutzen wir sie, bäumte sich der Zweiligist nach der Halbzeit gegen die drohende Niederlage auf. Die Mannschaft aus Nürnberg nahm ihr Herz in beide Hände, kämpfte und rackerte und wurde belohnt. Weil die Werder-Spieler ihr Fußballherz in der Kabine gelassen hatten, schossen die Clubspieler nicht nur den Anschlusstreffer und den Ausgleich. Als Werder kurz vor Schluss plötzlich aufwachte und, um sich die Verlängerung zu ersparen, alles nach vorne warf, machte der 1. FCN eine Minute vor Schluss im Anschluss an einen Konter das 3:2. Werder wurde bestraft und war aus dem Pokal ausgeschieden.

Es lag Hannes auf der Zunge, darüber zu sprechen, denn Harry war damals auch im Stadion gewesen. Doch er wusste, dass er das auf keinen Fall tun durfte. Er musste es für sich behalten, denn er war sich sicher, dass, falls er den Gedanken aussprechen würde, es ein Déjà-vu-Erlebnis geben würde. Es schien lange gut zu gehen, aber nicht lange genug. Obwohl Hannes den quälenden Gedanken für sich behalten konnte, machte Fürth plötzlich den Ausgleich. Dabei war es nicht so, dass sich der Zweiligist Chance um Chance erspielt hatte. Werder hatte nur jegliche ernsthafte Bemühung, den Spielstand besser zu gestalten, eingestellt. Das Tor fiel in der 78. Minute und es fiel auf die bitterste aller Art und Weisen, nämlich durch ein Eigentor. Wie schon in der Hinrunde beim Spiel in Dortmund war es Valérien Ismaël, der das eigene Tor traf, und wieder schlug der Franzose per Kopf zu. Ein weiteres schlechtes Omen. Aber wieder hielt sich Hannes mit einem Kommentar zurück. Dafür gab es reichlich viele davon im Gästeblock. Nicht nur Harry fluchte, die Stimmung hatte sich gedreht. Bei den Spielern ging plötzlich gar nichts mehr. Sie waren vollkommen verunsichert und schienen den Schalter nicht mehr umlegen zu können. Das taten dann aber die Fans im Stadion. Das Playmobil-Stadion verwandelte sich von einem Plastikspielzeug in einen Hexenkessel.

„Wir verlieren das Ding, wir verlieren, Hannes!", schrie Harry. Keine zehn Sekunden später ging Fürth mit 2:1 in Führung. Es waren nur zwei Minuten seit dem 1:1 vergangen und wieder hatten die Werder-Spieler das Tor so gut wie selbst erzielt. Stalteri und Reinke waren sich nach einem langen Pass aus der Fürther Hälfte nicht einig. Der lachende Dritte war der Fürther Stürmer Feinbier, der den Ball nahezu unbedrängt zur Führung über die Linie drückte. Das Spiel war gekippt, die Stimmung im Gästeblock gefror und die Werder-Spieler senkten die Köpfe. Ob sie schon an das nächste Bundesligaspiel dachten? Harry wandte sich vom Geschehen auf dem Platz ab.

„Ich schaue mir das nicht länger an. Gehst Du mit?"

Hannes wäre gerne mitgegangen, aber er brachte es nicht fertig. Schließlich hatte er seine böse Erinnerung an das Spiel in Nürnberg nicht ausgesprochen. Auch wenn der Verlauf dieses Spiels nahezu identisch gewesen war. Aber damals hatte Werder eine Minute vor Schluss den Todesstoß bekommen. Hier waren noch gut zehn Minuten zu spielen.

„Nein. Ich bleibe. Bis zum Ende, egal was passiert!"

Harry lächelte gequält.

„Tu, was Du nicht lassen kannst, Du Masochist! Ich haue ab. Wir können ja noch mal telefonieren!"

Er dreht sich um und weg war er.

Hannes wollte sich an irgendeinen Strohhalm der Hoffnung klammern. Das konnte doch nicht schon alles gewesen sein! Das Team musste sich doch noch einmal aufbäumen, dagegenhalten. Schließlich konnte es jetzt nicht mehr schlimmer kommen.

Weit gefehlt.

Fünf Minuten nach dem 1:2 zeigte der Schiedsrichter Ümit Davala die gelb-rote Karte. Der Türke hatte sich auf eine Schubserei eingelassen. Wie dumm!

„Auf Wiedersehn", riefen die Fans aus Fürth. Was für eine Demütigung. Hannes beneidete Harry dafür, dass er schon das Stadion verlassen hatte. Fürth wollte mehr. Sie wollten die Entscheidung. Zuerst klärte Reinke einen Schuss aus 16 Metern und dann traf ein Fürther Spieler aus spitzem Winkel die Latte. Die Uhr zeigte noch zwei Minuten. Werder brauchte ein Wunder. Hannes betete.

„Bitte. Bitte lieber Gott, bitte, nur noch eine Chance!"

Und er wurde erhöht. Micoud schlug den Ball in den Strafraum, Ismaël stieg zum Kopfball hoch und köpfte den Ball um Zentimeter über das Tor. Der Fürther Torwart ließ sich Zeit beim Abschlag. Verständlicherweise, jeder hätte das in seiner Situation getan. Das Spiel war gelaufen. Die Zuschauer verhöhnten Werder. Höchststrafe.

Dann bekam Nelson Valdez, er war für Ailton gekommen, auf der rechten Seite den Ball. Der junge Stürmer setzte sich gegen seinen Gegenspieler durch und flankte verzweifelt in den Strafraum. Hannes sah es sofort. Ein Fürther Verteidiger ging etwas zu unbeholfen an den Ball und hinter ihm lauerte Micoud.

„Bitte!", flüsterte Hannes. „Bitte!"

Und irgendjemand erhörte ihn.

Der Verteidiger verfehlte den Ball und Micoud drückte die Kugel tatsächlich geistesgegenwärtig am Fürther Torwart vorbei zum Ausgleich ins Netz! Es war die 90. Minute. Wie ein Sektkorken löste sich der Schock in der Gästekurve, und die vorher wie paralysiert dem Geschehen folgenden Werder-Fans tanzten. Jeder wusste, dass Werder wieder zurückgekommen war. Man hatte 30 Minuten Verlängerung vor Augen, 30 Minuten, in denen man, auch wenn man nur noch zu zehnt war, die Chance hatte, das Spiel doch noch zu gewinnen. Der Fluch des bösen Gedankens war nicht wahr geworden. Noch nicht. Aber was dann geschah, ging als neues, bisher nicht gekanntes Kapitel in Hannes' ereignisreiches Fan-Leben ein. Davon würde er noch seinen Enkeln erzählen. Micoud hatte noch nicht genug. Unmittelbar nach dem Anstoß der Fürther, kam der Franzose an den Ball und erkannte intuitiv, dass sich Klasnić auf der linken Seite freigestohlen hatte. Micouds Pass war zentimetergenau. Klasnić schüttelte seinen Gegenspieler ab und schoss den Ball wie ferngesteuert zum 3:2 für Werder ins lange Eck des Fürther Tores. Werder hatte das Spiel binnen einer Minute gedreht. Zwei Tore in einer Minute. Sekunden später pfiff der Schiedsrichter ab.

Hannes konnte kaum jubeln. Er schaute sich im Stadion um, sah die anderen Werder-Fans, die völlig aus dem Häuschen waren, und viele Fürther Fans, die regungslos auf den Rasen starrten. Niemand, der dieses Spiel im Stadion gesehen hatte, würde es jemals vergessen. Gab es überhaupt ein vergleichbares Spiel, das Hannes in all den Jahren in Erinnerung geblieben war? Vermutlich. Aber er war in diesem Augenblick zu sehr mit seinem eigenen Alterungsprozess beschäftigt, als dass er sich länger mit der Frage auseinandersetzen konnte.

Simons Reservoir an Fragen schien unendlich zu sein:

Warum bist Du denn eigentlich nach Fürth gefahren?

Wo liegt Fürth?

Ist Nürnberg berühmter als Fürth? (Das Wort berühmt stand im Moment bei Annas Sohn sehr hoch im Kurs, nachdem Hannes mit ihm über die Problematik seines Aussehens und sein Double, James Duncan, gesprochen hatte.)

Wer ist Harry?

Kommt Harry auch einmal nach Bremen?

Warum hat Werder nach dem 1:0 eine Gans rausgenommen?

(Es heißt nicht eine Gans rausgenommen, sondern einen Gang rausgenommen, kleiner Alligator!)

Wie viele Gänge hat ein Auto?

Hätte Werder besser spielen können?

Warum hat Ailton kein Tor geschossen?

Warst Du böse auf Werder, als Fürth das 2:1 geschossen hat?

Warum haben Stalteri und Reinke vor dem 2:1 nicht richtig aufgepasst?

Hat schon einmal eine Mannschaft mit einem Spieler zu wenig ein Spiel noch verdreht?

(Man sagt ein Spiel gedreht, Simon!)

Warum ist Harry schon vorher gegangen?

Ist Harry kein echter Werder-Fan?

War Fürth besser als Werder?

War Klasnić besser als Ailton?

War Micoud der beste Spieler bei Werder?

Hast Du gejubelt, als das 2:2 gefallen ist?
Bist Du stolz auf Werder?

„Nimmst Du mich wieder mit zu Werder, wenn ich wieder gesund bin?"
    In diesem Moment leuchteten die Augen des Jungen. Hannes sah
Anna an, dass ihr die letzte Frage nicht gefiel. Simons Werte hatten sich
etwas verschlechtert. Er war noch lange nicht über den Berg. Im Gegenteil. Die vielleicht kritischste Phase der Therapie stand erst noch bevor.
Außerdem würde die neue Zusammensetzung der Medikamente sicher
wieder zu einer Verschlechterung seiner Konstitution führen. Sie hatte
Angst vor dieser Frage, wusste aber auch, wie wichtig die positiven Wer-
der-Momente für ihren Sohn waren. Der gestrige Tag hatte eine Glücks-
lawine losgetreten. Hannes war gerade dabei, sich mit Simon durch all
die losgetretenen Emotionen, die aus unendlich vielen neuen Eindrücken
und daraus resultierenden Fragen bestanden, zu kämpfen.
    „Hey, kleiner Alligator." Er fuhr ihm über die Werder-Perücke.
„Natürlich. Natürlich werde ich Dich wieder mit zu Werder nehmen.
Wann immer Du willst, Baumi. Aber zuerst musst Du ganz gesund
werden. Hörst Du? Wir können uns die Spiele im Fernsehen anschauen.
Und über die Spiele, die ich mir im Stadion anschauen werde, werde ich
Dich informieren. Ich werde Dir alles erklären. Alles. Und wir spielen
es mit den *Fimo*-Spielern in Deinem Weser-Stadion nach! Verstehst Du,
kleiner Alligator?"
    Simon nickte und zog, ohne dass er es selbst bemerkte, seinen *Hick-
man-Katheter* zurecht.
    „Hat es so etwas schon einmal gegeben?"
    Anna und Hannes stutzten. Redete er über seine Krankheit?
    „Schon einmal gegeben? Was denn?", fragte seine Mutter.
    „Na das, was Micoud und Klasnić gestern gemacht haben. Zwei Tore
in der letzten Minute für das Gewinnen!"

Auf dem Weg zurück nach Bremen hatte Hannes lange in seinem gedank-
lichen Fußballarchiv nach einem vergleichbaren Spiel gesucht und war
schließlich zwischen Göttingen und Hannover fündig geworden:
    Es war am 26. Mai 1999. Ort des Geschehens: Stadion *Nou Camp* in
Barcelona mit einer Kapazität von 98.000 Zuschauern, die alle das Champions-League-Finale zwischen den Bayern und Manchester United sehen
wollten. Ein Spiel, in dem der FC Bayern schon nach sechs Minuten
durch einen Freistoß von Mario Basler, auch ein Spieler, der bei Werder
die besten Jahre seiner Karriere verlebt hatte, in Führung gegangen war.

Die Bayern hatten noch mehrere Großchancen und sahen schon wie der sichere Sieger aus. Die 90. Minute lief bereits, als der vierte Offizielle ein Schild mit der Zahl 3 in den katalanischen Nachthimmel hob: drei Minuten Nachspielzeit!. Und Manchester United hatte noch einen Eckball. Den vielleicht letzten im Spiel. Beckham schlug den Ball von links in den Bayern-Strafraum, in dem sich alle Spieler versammelt hatten, inklusive des dänischen Torwarts Peter Schmeichel, den Kapitän von Manchester United. Nach einem Befreiungsschlag landete der Ball bei Ryan Giggs, der verzweifelt volley von der Strafraumgrenze abzog. Der Ball flog auf das, von Kahn aus gesehen, rechte Eck zu. Etwa sieben Meter vor dem Tor, genau in der Flugbahn des Balles, stand Teddy Sheringham und gab der Kugel einen letzten, entscheidenden Tick. Der Ball landete im Tor. Kahn hatte keine Chance. Es hieß 1:1. Wer sich bisher nicht mehr daran erinnern konnte, weiß natürlich spätestens jetzt Bescheid. Und jeder Nicht-Fußball-Fan kann sich sicher zusammenreimen, was dann passierte. Die Zuschauer im Stadion (und wahrscheinlich auch jeder Spieler auf dem Platz) rechneten mit einer Verlängerung. Es lief die letzte Minute der Nachspielzeit. Aber Manchester United hatte noch einmal einen Eckball. Dieses Mal sicher den letzten der regulären Spielzeit. Und dieses Mal blieb der Gäste-Torwart in seinem Tor. Der Eckball wurde wieder von links getreten, wieder von Beckham. Der Ball landete am Fünfmeterraum auf dem Kopf des Torschützen Sheringham. Der verlängerte die Hereingabe auf den, von Kahn aus gesehen, linken Pfosten. Und dort wartete der Norweger Ole Gunnar Solskjær, der das Spielgerät volley unter die Latte hämmerte. 20 Sekunden später war das Spiel vorbei. Bayern München, das wie der sichere Champion ausgesehen hatte, hatte das Spiel binnen einer Minute aus der Hand gegeben.

Als Hannes Hannover schon passiert hatte, kam ihm der legendäre Originalkommentar des englischen Reporters aus jenem denkwürdigen Spiel in den Sinn, unmittelbar nachdem das 2:1 für Manchester gefallen war.

„*Manchester United has reached the promised land!* "
Manchester United hat das gelobte Land erreicht.

Hannes wusste deshalb sofort, worauf Simon mit seiner Frage hinauswollte. Er erkundigte sich gewissermaßen nach dem Tag, an dem Manchester United das gelobte Land erreicht hatte. Eigentlich wollte Hannes, dass Simon schlief, aber unter den gegebenen Umständen blieb ihm wohl nichts anderes übrig, als ihm von jener unvergesslichen Nacht in Barcelona zu erzählen.

Als er damit fertig war, saßen neben Anna und Simon noch Schwester Karin und Dr. Bartels in Simons Zimmer. Alle bestätigten, wie unglaublich dieses Spiel gewesen war. Dr. Bartels erzählte Simon, dass er das Spiel in einem Hotel in Norwegen gesehen hatte und dass einer der Bediensteten des Hotels mit Ole Gunnar Solskjær, dem Schützen des 2:1 für Manchester United, in einer norwegischen Stadt namens Kristiansund in eine Klasse gegangen war. Schwester Karin konnte sich auch noch genau an das Spiel erinnern. Sie erzählte Simon, dass sie das Spiel zusammen mit etwa 20 anderen Leuten auf der Geburtstagsfeier ihres Bruders gesehen hatte. Darunter waren auch vier Bayern-Fans, die schon gesungen hatten und Werder für das Spiel zweieinhalb Wochen später ein 0:5 angedroht hatten?

„Das Spiel zweieinhalb Wochen später?", fragte Dr. Bartels.

Hannes und Schwester Karin lächelten und Simon und dessen Mutter schauten ungläubig in die Runde.

„Aber Herr Doktor. Als ehemaliger Spieler in Werders dritter Mannschaft sollten Sie schon wissen, was exakt 17 Tage später passierte! Das Datum werde ich wohl nie vergessen!"

Bartels überlegte.

„Ich komme nicht drauf!"

„Na, das Pokalfinale in Berlin. Elfmeterschießen. Rost schießt und hält gegen Matthäus!"

Schwester Karin war im Bilde und Bartels fiel es endlich wie Schuppen von den Augen.

„Es war am 12. Juni 1999!", sagte Hannes stolz.

Sie redeten mit Simon über Werder, nicht wie Erwachsene, sondern wie Kinder, die unheimlich stolz waren. Simon saugte alles auf und als Anna ihren Jungen lachen sah, wusste sie, dass es richtig war.

Der Tag wurde mit einem unglaublichen Ereignis abgerundet, mit dem sich gewissermaßen der Kreis schloss, denn Bayern München würde das gelobte Land des DFB-Pokals in dieser Saison nicht erreichen. Der deutsche Rekordmeister verlor gegen Alemannia Aachen mit 1:2 und verabschiedete sich damit aus dem Wettbewerb.

Hannes hatte seinen *Premiere*-Decoder gerade im Fernsehzimmer der pädiatrischen Onkologie der *Professor-Hess-Kinderklinik* verkabelt. Ursprünglich wollte er das Auswärtsspiel bei Borussia Mönchengladbach alleine mit Simon in dessen Zimmer verfolgen. Aber es war in den letzten Wochen eine unvorstellbare Nachfrage nach Werder entstanden, die Hannes überwältigte. Kleine Patienten, viele von ihnen hatten Simon beim Bemalen der *Fimo*-Werder-Spieler geholfen, deren Eltern, einige Mitarbeiter des Pflegepersonals und Ärzte wie Doktor Bartels waren genauso an den Werder-Spielen interessiert wie Hannes und Simon. Vielleicht war dieser Vergleich auch nicht ganz passend, denn Hannes würde darauf wetten, dass niemand von ihnen den Schriftzug Meister 1988 auf der Arschbacke tätowiert hatte. Dennoch war ihr Interesse stark genug, dass sie Hannes darum baten, auch das Spiel anschauen zu dürfen. Also hatte er den Ort des Geschehens kurzerhand in das Fernsehzimmer verlegt. Er war sicher, dass der letzte Funke der unglaublichen Werder-Begeisterung nach dem Fürth-Spiel auf die Bremer Bevölkerung übergesprungen war. Doch nicht nur in Bremen, sondern weit über die Grenzen der Hansestadt hinaus wurde immer noch über das Spiel gesprochen. So registrierte Hannes stolz, dass selbst an einem Ort wie einem Krankenhaus eine kleine Werder-Insel entstanden war. Wer weiß, vielleicht würde aus dem gemeinsamen Betrachten von Werder-Spielen sogar eine Dauereinrichtung werden.

Doch genau damit hatte Hannes eigentlich ein Problem.

Hannes war der Typ, der, abgesehen von Spielen, die er im Stadion verfolgte, eigentlich lieber mit Werder alleine war, wenn er deren Spiele anschaute. Er wollte seinen Emotionen freien Lauf lassen dürfen. Er wollte schreien, jubeln und fluchen, den Boden küssen, wann immer und in welcher Form es ihm in den Sinn kam. Er wusste, dass es ihm eigentlich unmöglich war, Kompromisse einzugehen, wenn Werder spielte. Er konnte dann weder Smalltalk machen noch tolerant sein. Doch genau das wurde in diesem Moment von ihm verlangt.

Simon saß neben ihm mit Werder-Perücke, Baumann-*Papageien*-Trikot und Werder-Schal. Außer Hannes war er wahrscheinlich der Fan, der die Partie am emotionalsten und mit sehr viel Sachverstand verfolgte. Aber auch Schwester Karin und Doktor Bartels wirkten sehr angespannt.

„Warum spielt denn Ailton nicht mit?", fragte der Vater eines Jungen, der vor zwei Wochen auf die Station gekommen war.

„Er hatte eine Grippe und hat nur einmal trainiert. Gestern. Er ist noch nicht fit!"

Simon beantwortete die Frage des Vaters, ohne seinen Blick von dem Fernseher zu nehmen, auf dem gerade Werders Aufstellung zu sehen war.

Die Mannschaft aus Mönchengladbach wollte Werder niederkämpfen. Das war von der ersten Minute an deutlich zu spüren. Sie gingen in die Zweikämpfe, als ginge es um Leben und Tod. Aber Werder hielt dagegen. Es wurde um jeden Zentimeter Boden gekämpft. Torchancen: keine!

„Was für eine Scheiße!", schrie Doktor Bartels, als Valdez auf Höhe der Mittellinie gefoult wurde.

Hannes war dankbar für den Kommentar. Nicht nur, weil ihm der Arzt aus der Seele gesprochen hatte, sondern auch, weil er ab diesem Zeitpunkt wusste, dass er nicht jedes Wort würde auf die Goldwaage legen müssen.

„Willst Du nicht mal Gelb zeigen, Du Penner!", schrie er.

Simon schaute ihn an und lächelte.

„Du Penner", flüsterte der Junge und sein Nasenflügel zuckte.

Nach etwa 20 Minuten hatte Werder dann die erste Chance, aber der Schuss von Valdez wurde vom Gladbacher Torwart ohne große Mühe gehalten. Trotzdem klatschten alle im Raum.

Die Chance war wie ein Startschuss. Werder wurde besser und die Stimmung im Fernsehzimmer gelöster. Manche machten Witze über irgendwelche Aussagen des Kommentators, aber Hannes konnte nicht darüber lachen. Genau das war es, was ihn nervte, wenn andere dabei waren. Im Grunde genommen war Hannes während eines Werder-Spiels sozial unverträglich. Anstatt sich an den intellektuellen Diskussionen über den Sinn und Unsinn von Reporterphrasen zu beteiligen, setzte er sich damit auseinander, warum Micoud und Klasnić ihre guten Chancen nicht nutzen konnten.

Die kommen jetzt bestimmt einmal vor unser Tor und es steht 0:1.

Der Gedanke hatte ohne großen Widerstand den Weg in sein Denken gefunden, aber Hannes würde einen Teufel tun, um damit verbal hausieren zu gehen. Nein, er würde es schön für sich behalten. Dafür sprach es Schwester Karin aus.

„Das kommt jetzt so, dass die uns einen reinhauen. Erste Chance, erstes Tor!"

Der Kommentar fiel bei Simon auf fruchtbaren Boden. Der Kleine starrte Hannes an und flüsterte:

„Wirklich?"

Hannes schüttelte nur den Kopf.

„Nein. Keine Angst, kleiner Alligator!"

Keine zehn Sekunden später passte Stalteri nicht auf und ließ sich von einem Stürmer der Gladbacher überlaufen, der auf das Werder-Tor zustürmte.

Warum konnte diese blöde Schwester nicht einfach ihren dummen Mund halten!

Es war nur der Gedanke. Hannes schaffte es mit viel Mühe, ihn für sich zu behalten. Er sah den Ball schon im Tor, aber Reinke hielt ihn!

„Jaaaaaaaaaahhhh!" Nicht nur Hannes zollte mit einem Schrei seinem gestiegenen Adrenalinspiegel Tribut.

253

So hieß es zur Halbzeit 0:0.

Die Leute erwarteten von Hannes Konversation. Aber er konnte nicht mit ihnen sprechen. Wie schon in Fürth hatte er kein gutes Gefühl. Das Spiel würde ihm alles abverlangen. Erneut kam es ihm so vor, als stünde Werder am Scheideweg. Wie sollte er die zweite Halbzeit mit all den anderen Menschen ohne bleibende Schäden überstehen? Mit einer fadenscheinigen Ausrede schlich er sich in Simons Zimmer.

„Muss kurz einen wichtigen Anruf tätigen!"

Er legte sich auf den Boden des Zimmers und schloss die Augen.

Du musst ruhig werden. Auch wegen Simon.

„Nur noch dieses Spiel. Nur noch dieses eine Spiel. Wenn wir dieses Spiel gewinnen, dann glaube ich dran. Nur noch dieses eine Spiel!"

Er wusste nicht genau, mit wem er da gerade redete. Gott? Den Werder-Spielern? Seiner Arschbacke, bei der er das Gefühl hatte, dass sie wieder leicht pochte. Egal. Er hoffte nur, dass sein Flehen erhöht wurde. Dass es half, irgendwie. Was würde er darum geben, wenn er jetzt eine Zeitreise unternehmen konnte. Nur eine gute Stunde in die Zukunft und wenn er dort einen weiteren Werder-Sieg würde sehen können. Wie sollte er das überstehen?

„Kommst Du, Hannes?"

Simon stand über ihm und schaute ihn verwirrt an.

„Was machst Du da unten?"

„Ach, ich wollte einfach …"

Was sagte man einem Siebenjährigen, der einen dabei ertappte, wie man in einem Krankenzimmer mit geschlossenen Augen zu jemandem sprach, der nicht im Raum war?

„Ich musste üben. Ich habe Dir doch erzählt, dass ich diese Auftritte habe, wo ich diesen Schauspieler spielen muss!"

„James Duncan?"

„Richtig, James Duncan!"

Jetzt lächelte Simon.

Die ersten paar Minuten der zweiten Halbzeit waren nicht besser. Im Gegenteil. In der 51. Minute war es so weit. Die schreckliche Prophezeiung des bösen Orakels von Schwester Karin wurde Wirklichkeit. Hannes hasste sie dafür. Der Stürmer, der vor der Pause noch an Reinke gescheitert war, machte mit einem eher ungewollt anmutenden Kopfball Marke Bogenlampe das 1:0 für die Gladbacher Borussen. Im Fernsehzimmer herrschte Totenstille.

Zunächst!

„So eine verdammte Scheiße noch mal!", schrie Bartels.

Wieder hatte er recht.

Aber dann, etwa drei Minuten nach dem Gegentor, schrien alle wie befreit auf. Werder hatte ausgeglichen. Klasnić hatte, nach schönem kämpferischen Einsatz von Valdez, den Gladbacher Torwart umspielt und den Ball aus kurzer Distanz mit links ins Tor gehämmert. Werder war wieder da und es blieb noch über eine halbe Stunde, um das Siegtor zu schießen. Verglichen mit der Zeit in Fürth mehr als ein Leben. Die Körpersprache der Spieler zeigte, dass die Mannschaft nicht mit einem Unentschieden zufrieden war. Nach 62 Minuten hatte sich Hannes schon von seinem Sitz erhoben und zum Jubel angesetzt, doch der Kopfball von Valdez ging nur an die Latte.

„So eine beschissene Scheiße!", schrie Doktor Bartels.

Sein Vokabular wurde zunehmend begrenzt.

Dann kam Ailton für Valdez. Alle im Fernsehzimmer klatschten, als der kleine Brasilianer den Rasen betrat.

„Wurde aber auch Zeit!", rief Schwester Karin.

Gute fünf Minuten später stürmte Ailton in seiner unnachahmlichen Art auf das Tor der Heimmannschaft zu. Hannes schloss die Augen und hoffte auf einen kollektiven Torschrei. Eigentlich war er sich sicher.

„Scheiße noch mal, verdammte Scheiße!", schrie Doktor Bartels stattdessen.

In der Wiederholung konnte Hannes sehen, dass ein Spieler aus Mönchengladbach Ailton in allerletzter Sekunde den Ball vom Fuß gespitzelt hatte!

War für ein Pech.

Aber es sollte noch schlimmer kommen.

Zwanzig Minuten vor Schluss sah Mladen Krstajic die gelb-rote Karte. Nicht nur Werder-Fans konnte sehen, dass dies eine sehr harte Entscheidung gewesen war. Der Werder-Verteidiger hatte einen am Boden liegenden Gladbacher am Kopf geschubst.

„Hast Du sie noch alle?"

„Bist Du vollkommen blind?"

„Was bist Du denn für ein Arschloch!"

Hannes hatte die Kommentare zwar auf den Lippen, aber Schwester Karin und Doktor Bartels kamen ihm damit zuvor!

Er musste Simon erklären, dass es jetzt, mit einem Spieler weniger, ganz schwer werden würde und man das Spiel auch verlieren konnte. Egal was passierte, er wusste, dass das Spiel wieder seine Spuren in seinem körperlichem Alterungsprozess hinterlassen würde.

Aber Werder machte Druck und erspielte sich Chance um Chance. Dennoch schien es, als sollte es an diesem Tag nichts mehr werden. Die Zeit verstrich und nach 90 Minuten war kein weiteres Tor mehr gefallen. Dinge wie in Fürth ließen sich einfach nicht beliebig wiederholen. Die Nachspielzeit lief und Werder hatte noch einmal einen Eckball.

Hannes schloss die Augen und dachte an Beckham, als sich Ailton den Ball zurechtlegte. Dann fiel ihm ein, dass es nicht geholfen hatte, als er bei der Ailton-Chance die Augen geschlossen hatte. Also beobachtete er Ailton, als der Anlauf nahm.

„Manchester United has reached the promised land", flüsterte er.

Ob ihm da oben wieder jemand ein Happy End schenken würde? Zum zweiten Mal binnen vier Tagen.

Ailtons Ecke kam gut. Sie landete bei Ismaël, der mit dem Kopf auf Klasnić verlängerte. Der Kroate stand mit dem Rücken zum Tor, nahm den Ball mit der Brust an und schoss aus der Drehung. Aber der Ball wurde von Gladbachs Torwart gehalten.

„Bauuuumiiiii!", schrie Simon. Er sah wie alle, dass der abgewehrte Ball bei Frank Baumann landete. Werders Kapitän reagierte geistesgegenwärtig und drückte die Kugel, von drei Verteidigern bedrängt, tatsächlich zu Werders 2:1 über die Linie! Dann lief Baumann zum Zaun hinter dem Tor der Gladbacher, wo die Werder-Kurve war und eine ebenso ausgelassene Stimmung herrschte wie im Fernsehzimmer der Kinderkrebsstation. Die Werder-Spieler feierten mit den Fans und Hannes feierte mit Simon und den anderen Werder-Fans, für die die Grün-Weißen ein wenig Abwechslung und Glück in ihre gebeutelten Schicksale gebracht hatten. Hannes war vollkommen fertig. Er konnte sich nicht daran erinnern, zwei solche Spiele in derart kurzem Abstand erlebt zu haben.

Alle, die es mit Werder hielten, hatten guten Grund zum Feiern, denn inzwischen hatte ihre Mannschaft sieben Punkte Vorsprung auf Stuttgart und sogar deren neun auf Bayern München.

8. bis 15. Februar 2004: Dreimal ist Bremer Recht!

Der Sonntagnachmittag gehörte überraschenderweise Hannes und Anna.

Das war nicht selbstverständlich, denn seitdem Anna wieder arbeitete, hatten die beiden noch weniger Zeit für einander. Simon hatte ihr die Ereignisse rund um das Gladbach-Spiel in allen Einzelheiten geschildert und war dabei vor allem auch auf die emotional zwar eher einsilbigen, dafür jedoch sehr unmissverständlichen Äußerungen von Doktor Bartels eingegangen. Dann hatten die beiden zusammen Mittag gegessen. Hannes wollte ihr eigentlich die Möglichkeit geben, nach Hause zu gehen, um etwas zu entspannen. Doch Simon hatte etwas dagegen. Er wollte, dass Hannes und seine Mutter etwas Zeit miteinander verbringen konnten.

„Ich komme schon klar, Mama. Wirklich!"

Anna schaute ihren Jungen ernst an. Vor ihm stand ein kaum angerührter Teller. Wie auch schon in den Tagen zuvor hatte er viel zu wenig gegessen. Er war sehr schwach, trotzdem wollte er sich nicht von seiner Meinung abbringen lassen.

„Simon. Das ist nicht gut. Du hast mir versprochen, dass Du heute mehr isst! Ich habe kein gutes Gefühl, ich finde, wir sollten hier bei Dir bleiben!"

Der Junge schaute Hannes an. *Sag Du doch mal etwas*, forderte dieser Blick.

Hannes hatte verstanden.

„Doktor Bartels und Schwester Karin wollen ein Quiz mit Dir spielen, stimmt's?"

Simon nickte und sein Nasenflügel zuckte.

„Wie bitte?", fragte Anna.

„Die beiden haben sich Fragen für Simon überlegt, die alle mit Werder zu tun haben. Du weißt schon, wer welches Tor geschossen hat oder welche Rückennummer Ümit Davala hat. Oder wo Reinke gespielt hat, bevor er zu Werder gekommen ist. Lauter wichtige Dinge eben! Sie wollen es als Spiel aufziehen, irgendein Gewinnspiel, damit ihm nicht langweilig wird, stimmt's kleiner Alligator?"

Simon versuchte zu lächeln.

„Und Du würdest am liebsten selbst mitspielen, Du großes Kind!"

„Nicht, wenn ich die Wahl habe, mit Dir den Nachmittag zu verbringen!"

Hannes zwinkerte zuerst Anna und dann Simon zu. Anna musste lächeln, obwohl sie eigentlich ernst bleiben wollte. Schließlich gab sie sich mit Simons Tagesplanung zufrieden, auch wenn sie sehr angespannt wirkte.

Sie gingen im Bürgerpark spazieren und redeten über Simons Krankheit. Es war o. k. für Hannes. Er hing sehr an dem Jungen und wünschte sich nichts mehr, als dass Annas Sohn wieder ganz gesund wurde. Aber er hätte auch gern das Thema gewechselt und mit Anna über andere Dinge geredet, Dinge, die sie nicht so traurig machten. Doch er schien nicht zu Anna durchzukommen. Sie gingen Hand in Hand und so hörte Hannes eigentlich mehr zu, als dass er selbst etwas sagte. Anna hatte ein schlechtes Gewissen, weil sie wieder arbeitete. Sie befürchtete, ihren Sohn zu vernachlässigen, gerade jetzt, wo sich dessen Werte verschlechtert hatten und die neue Dosierung der Chemotherapie wieder für sehr starke Nebenwirkungen sorgte. Und sie hatte ein schlechtes Gewissen gegenüber Hannes, weil er sich so sehr um Simon kümmerte und sehr viel Zeit mit ihrem Sohn verbrachte. Außerdem hatte sie noch ein schlechtes Gewissen, weil sie das Gefühl hatte, nicht genügend Zeit mit ihm, Hannes, zu verbringen.

Hannes wusste nicht, was er sagen sollte. Er hätte zu all ihren Sorgen ellenlange Monologe halten können. Er hätte ihr 435 Gegenargumente bringen können. Er hätte ihr auch einfach nur sagen können, dass dies, rational betrachtet, einfach vollkommen unbegründete Sorgen waren. Doch vielleicht konnte man dazu auch gar nichts sagen, vielleicht wollte Anna auch nicht, dass er etwas dazu sagte. Vielleicht wollte sie sich einfach nur ihren Frust und ihre Angst von der Seele reden. Vielleicht wollte sie nur traurig sein. Das war in Ordnung. Hannes hatte nur die Befürchtung, mit seinem Schweigen genau das Falsche zu tun. Vielleicht, so glaubte er, wartete Anna darauf, dass er seine Meinung dazu sagte.

Dann sah er den kleinen Hund. Er war schwarz und hüpfte aufgeregt vor den beiden auf und ab. Er war noch sehr jung, hatte kaum Erfahrung mit dem Gassigehen. Etwa 100 Meter hinter ihm lief ein Pärchen. Ab und zu drehte sich der kleine Hund nach den beiden um, wollte sich vergewissern, dass Herrchen und Frauchen noch da waren. Der Mann hielt eine Hundeleine und die Frau einen Tennisball in der Hand.

„Na, wen haben wir denn da?", fragte Hannes und bückte sich zu dem Welpen nach unten.

Der Hund hüpfte um Hannes herum wie um ein bisher unbekanntes Essen und leckte ihm zögernd die Hand. Immer wenn Hannes sich bewegte, rannte der Hund ein paar Meter davon, um sich ihm dann wieder aufgeregt zu nähern.

Anna lachte. Dann bückte auch sie sich zu dem Hund nach unten. Zu ihr schien der Kleine viel mehr Vertrauen zu haben. Er leckte Anna die Hand und ließ sich von ihr streicheln, so als würde er sie schon sehr lange kennen. Anna schaute Hannes an und lächelte. Endlich schien etwas Druck von ihr abzufallen.

„James Duncan?"

Es war die junge Frau. Die Hundemama mit dem Tennisball. Sie hatte ihn erkannt. Hannes war unvorsichtig gewesen, hatte weder eine Mütze getragen, noch einen Schal in sein Gesicht gezogen.

Wie jedes Mal redete man Englisch mit ihm. Natürlich ging es vor allem um *Make my day!* Der Film war dabei, alle Rekorde des noch so jungen Jahres zu sprengen.

In ziemlich umständlicher Art und Weise formulierte die Frau unter Zuhilfenahme von Händen und Füßen die Frage, ob er für den Film jonglieren gelernt hatte oder ob dies bei den Dreharbeiten ein Double übernommen hatte.

Double.

Hannes dachte sofort an Simon. Dann hob er drei Steine auf, lächelte und jonglierte etwa 20 Sekunden damit und fragte, ob dies als Antwort genügen würde.

Die Hundemama schaute ihn mit offenem Mund an.

„Go ahead, make my day!", sagte Hannes in bester *Sandy-Colorado-*Manier.

Es genügte. Aber er musste sich noch zusammen mit Erwin ablichten lassen. Als Erinnerung, gewissermaßen. Erwin war übrigens nicht der Hundepapa, sondern der Welpe.

Nach der Begegnung mit dem Hund ging es Anna viel besser. Sie war fröhlich und lachte. Jetzt redeten sie auch *mit*einander. Sie redeten über sich, aber auch über Sandy Colorado, dessen Jonglierkünste und Erwin. Anna erzählte Hannes, dass sie sich auch einmal einen Hund kaufen wollte. Kurz danach war sie mit Simon schwanger geworden. Dann schlug Hannes vor, vielleicht einen Hund zu kaufen, wenn Simon endlich gesund geworden war. Bevor sie zurück ins Krankenhaus gingen, aßen sie im *Piano* zu Abend. Hannes erzählte davon, wie Doktor Bartels geflucht hatte und wie Simon den Arzt mit weit aufgerissenen Augen angestarrt hatte. Später jonglierte Hannes mit drei kleinen Salzstreuern und spielte Sandy Colorado. Obwohl ihn fast jeder erkannte, sprach ihn niemand an. Anna war glücklich und das tat Hannes wirklich gut.

Zwei Tage später weinte Simon wieder. Hannes wusste im Gegensatz zu Anna sofort, was los war. Sie glaubte, sein Gesundheitszustand wäre für seine Tränen verantwortlich. Aber es waren keine Tränen des Schmerzes, sondern sie zeugten von grenzenloser Enttäuschung.

„Zuerst Krstajic, dann Ailton und jetzt Christian Lisztes. Warum? Warum Hannes? Warum wollen sie nicht bei Werder bleiben? Warum denn, Hannes?"

Die Meldung war am Morgen über die Radiostationen gegangen und auch im *Weser-Kurier* stand ein Artikel darüber, dass Lisztes Werders Angebot zur Vertragsverlängerung abgelehnt hatte.

„Weißt Du, kleiner Alligator, es gibt ein Sprichwort, das heißt: Reisende soll man nicht aufhalten!"

Simon schniefte.

„Will Lisztes denn verreisen? Aber warum? Hier in Bremen ist es doch schön!"

Der Junge konnte das Sprichwort nicht dechiffrieren. Er war erst sieben. Hannes musste es ihm erklären. Aber die einzige Erklärung war nun mal Geld!

„Nein. Er will nicht verreisen. Das Problem ist einfach, dass er denkt, woanders mehr Geld verdienen zu können, verstehst Du?"

Simon nickt. Eine Träne rann ihm über seine rechte Wange.

„Ja. Aber dann ist es ja wie bei Ailton und Krstajic. Die wollen Werder ja auch nur verlassen, weil sie bei Schalke mehr Geld verdienen können!"

Hannes nickte. Der Junge hatte es verstanden. Dabei wäre ihm lieber gewesen, die Erkenntnis wäre ihm erst einige Jahre später gekommen.

„Das stimmt, Baumi. Andere Vereine können einfach mehr Geld zahlen, weißt Du! Sie haben mehr Geld als Werder!"

„Hat Werder zu wenig Geld?"

Hannes lachte.

„Nein. Werder hat nicht zu wenig Geld. Aber Werder sagt eben zu den Spielern, wir zahlen so viel, wie wir können. Vielleicht könnte Werder auch mehr zahlen, aber man will nicht, dass andere Spieler sauer sind, wenn sie viel weniger verdienen, verstehst Du?"

„Du meinst, Du meinst, dass Lisztes nicht so gut ist, dass er mehr Geld verdient?"

„Ja. Ja vielleicht. Lisztes ist ein guter Spieler. Wirklich. Aber es kann sein, dass Werder es sich einfach nicht leisten kann, ihm noch mehr Geld zu geben!"

„Aber warum kann das Schalke? Warum haben die so viel Geld? Sie sind doch viel schlechter als Werder. Schließlich haben wir 4:1 gewonnen, gegen Schalke!"

Der Hass auf Assauer war wie ein verrückter Delphin aus der Oberfläche seines Unterbewusstseins in sein Denken geschossen.

Nicht jetzt über Schalke reden.

Doch was Simon sagte, war nicht gerade dazu geeignet, Hannes zu beruhigen.

„Schwester Karin sagt, dass Lisztes auch nach Schalke geht. Sie sagt, die in Schalke, der Arschsauer will Werders ganze Mannschaft nach Schalke holen!"

Arschsauer.

Was für ein Wort. Man hätte es erfinden müssen, genau dafür, wofür Simon es verwendete. Hannes schrie vor Lachen. Er schrie. Konnte es nicht verhindern. *Arschsauer.* Simon zuckte unsicher mit seinem rechten Nasenflügel.

Arschsauer. Tränen rannen Hannes übers Gesicht. Der durchgeknallte Delphin hatte den Assauer-Hass-Gedanken nach einem Looping wieder mit in das Unterbewusstsein gezogen.

„Warum lachst Du, Hannes?"

Er beruhigte sich.

„Es ist der Name. Der Name, kleiner Alligator. Er heißt Assauer. Assauer, nicht Arschsauer. Wobei ich Arschsauer irgendwie viel besser finde!"

Jetzt lachte auch Simon wieder.

Doch in den nächsten beiden Tagen schossen weitere Spekulationen über vermeintliche Abwanderungsgedanken von Werder-Spielern wie Unkraut in die Höhe. Klasnić wurde mit Leverkusen und dem HSV (!) in Verbindung gebracht und sogar von Micoud hieß es, dass er Werder nach Ende der Saison verlassen würde. Glücklicherweise drangen diese Gerüchte nicht auch noch zu Simon durch. Aber Hannes machte sich tatsächlich Gedanken über die Zukunft. Was im Moment noch so rosig aussah, drohte zu verwelken, noch ehe es richtig geblüht hatte. Doch die guten Perspektiven der laufenden Meisterschaft konnte man Werder nicht nehmen. Dazu kam, dass die Auslosung des Halbfinales im DFB-Pokal ein gutes Los für Werder bereitgehalten hatte: Der Zweitligist vom VfB Lübeck musste im Weser-Stadion antreten. Aber war Fürth nicht auch nur ein Zweitligist gewesen …?

Am Sonntagabend gastierte der 1. FC Kaiserslautern im Weser-Stadion. Hannes erinnerte sich wieder an das Spiel am Betzenberg, als er bei gefühlt 45 Grad Celsius zusammen mit den anderen Werder-Fans von sadistisch veranlagten Ordnern in einen viel zu kleinen Sektor des Blocks gepfercht worden war. Dieses Mal hatte er seinen Sitzplatz und die Temperaturen waren auch eher winterlich. Winterlich sahen auch die Aussichten des FC Bayern aus, die völlig überraschend am Vortag mit 0:1 in Bochum verloren hatten. Natürlich war dies das Tagesgespräch im Vorfeld des Spieles. Jedem war klar, dass Werder bei einem Sieg die Bayern mit neun Punkten auf Distanz halten konnte. Unter besonderer Beobachtung bei der Gästemannschaft stand Miroslav Klose, der mittlerweile auch in seriösen Medien als mögliche Neuverpflichtung für die neue Saison gehandelt wurde. Der Nationalstürmer sollte Ailton ersetzen.

Der Spielverlauf war so, wie man es erwarten konnte, wenn ein Abstiegskandidat beim Tabellenführer antrat. Kaiserslautern verlegte sich aufs Kontern und war ansonsten darauf bedacht, defensiv gut zu stehen und in den Zweikämpfen dagegenzuhalten. Die Rechnung schien aufzugehen. Werder hatte zwar gefühlt 70 Prozent Ballbesitz, aber man hatte kaum nennenswerte Torchancen. Doch das tat der Stimmung auf der Tribüne keinerlei Abbruch. Selbst Simon meldete sich während des Spiels auf Hannes' Handy. Er war inzwischen wieder zuhause und verfolgte das Spiel zusammen mit Anna vor dem Fernseher.

„Hannes? Ich glaube wir gewinnen. Wir gewinnen, was meinst Du?"

„Ja. Ja, das glaube ich auch!"

„Meinst Du wirklich, wir gewinnen?"

„Ja!"

„Wirklich?"

„Ja!"

„Mama sagt, dass Ailton bestimmt wieder das erste Tor schießt!"

„Ja, das kann sein!"

Im gleichen Moment rannte Klose plötzlich alleine auf das Werder-Tor zu. Hannes hatte es kommen sehen. Wie immer herrschte grenzenloser Optimismus allenthalben, aber in wenigen Sekunden würde man sich das 0:1 einfangen.

Reinke hielt. Es blieb beim 0:0. Aber es waren erst zehn Minuten gespielt.

„Hast Du das gesehen? Das hat Reinke gut gemacht. Stimmt's, Hannes?"

„Ja. Aber …!"

„Gut. Dann werde ich mal wieder auflegen, Hannes!"

„Ja. Tu das!"

„Hannes?"

„Ja, kleiner Alligator?"

„Hannes, sind viele Leute im Stadion?"

„Ja. Es ist fast voll. Nur im Gästeblock gibt es noch Lücken!"

„Das Flutlicht brennt, stimmt's?"

„Ja."

„Weißt Du was, Hannes? In meinem Mini-Weser-Stadion brennt auch das Flutlicht!"

„Das ist schön, Simon!"

„Soll ich wieder anrufen, wenn Werder das 1:0 schießt?"

„Ja, das kannst Du. Da freue ich mich!"

„Hannes, dann leg ich auf. Aber ich soll Dir noch schöne Grüße von Mama sagen!"

„Gib Deiner Mama einen Kuss von mir!"

„Ja. Das mache ich, Hannes!"

Er hatte aufgelegt. Aber das Spiel hatte sich nicht geändert. Werder tat sich schwer und fand keine Lücke, abgesehen von einem Direktschuss von Ailton, den Wiese, der Torwart der Kaiserslauterer, sicher hielt. Dann waren die Gäste wieder am Zug. Nach einer Flanke kam Klose zum Kopfball. Hannes stockte der Atem, denn Reinke war schon geschlagen. Aber Ismaël klärte den Ball glücklicherweise gerade noch vor der Linie. Das hätte es sein können. Doch die Stimmung war nach wie vor so, als würde Werder souverän führen. Zur Halbzeit stand es 0:0!

Jeder war von einem Werder-Sieg überzeugt. Abgesehen von Hannes. Aber er behielt seine Zweifel natürlich für sich. Wenn man sich vor Augen führte, wie Werder in den letzten beiden Spielen gerade in der zweiten Halbzeit jeweils verloren geglaubte Spiel in Siege umgemünzt hatte, und beide Male noch dazu in allerletzter Minute, dann konnte man durchaus noch immer guter Dinge sein. Schließlich blieben noch 45 Minuten Zeit. Und die unerwartete Niederlage der Bayern war den Werder-Spielern sicher auch nicht entgangen. Doch andererseits konnte man nicht davon ausgehen, dass auch die nächsten Spiele Zitterpartien bis in die Schlusssekunden werden würden, an deren Ende sich ein Werder-Happy-End reihen würde.

In der zweiten Hälfte war Werder entschlossener. Man spürte, dass sie ein schnelles Tor schießen wollten, und die Zuschauer registrierten die Bemühungen. Das Stimmungsbarometer stieg. Nach einer guten Stunde hätte Klasnić auch beinahe das 1:0 geschossen, aber der Torwart des Gegners reagierte sehr gut. Dann war plötzlich wieder Kaiserslautern gefährlich. Zuerst schoss ein Stürmer der Gäste den Ball aus guter Position am Tor vorbei, dann rettete Ismaël wie auch schon in der ersten Halbzeit in letzter Sekunde. Hannes verstand nicht, wie um alles in der Welt die Zuversicht im Weser-Stadion noch immer ungebrochen sein konnte. Das würde nicht gutgehen, das konnte doch jeder sehen, der etwas vom Fußball verstand. Werder war zwar überlegen, aber die Gäste fuhren immer wieder gefährliche Konter. Hannes war mittlerweile mit einem Unentschieden zufrieden, dann würde man wenigstens einen weiteren Punkt auf die Bayern gut gemacht haben. Plötzlich flog eine lang gezogene Flanke auf den Werder-Strafraum zu und wurde vom Lauterer Stürmer Lokvenc mit dem Kopf auf Klose verlängert. Klose nahm den Ball im Strafraum an. Er stand zehn Meter vor dem Tor und Hannes wusste, dass Ailton den Ball auf der gegenüberliegenden Seite des Feldes in ähnlich guter Position blind verwandelt hätte. Hannes schloss die Augen und wartete auf einen Aufschrei der Enttäuschung.

Aber der blieb aus.

Hannes hatte es nicht gesehen, doch Reinke musste Kloses Ball irgendwie gehalten haben. Einige Zuschauer machten sich über Klose lustig. Nach dem Motto: „Den brauchen wir nicht in dieser Form. Den hätte Ailton mit verbunden Augen gemacht." Hannes sah das anders. Es war vielleicht einfach nur Glück. Glück, das Werder vielleicht nicht mehr haben würde, wenn Klose eine weitere Chance hatte. Nein. Werder konnte noch so viel Ballbesitz haben und noch zwei weitere Stunden spielen – heute würde man kein Tor schießen.

Eine Minute vor Schluss hatte Micoud mit einem Freistoß Maß genommen. Der Ball wurde abgefälscht und Hannes hatte schon zum Jubeln angesetzt. Aber Tim Wiese, der Torwart des Gegners, hielt fantastisch. Es sollte nicht sein. Aber es war noch eine Minute zu spielen. In Gladbach und in Fürth hatte Werder zu diesem Zeitpunkt jeweils getroffen.

„Dreimal ist Bremer Recht!", sagte Thomas, der wie immer neben Hannes saß.

Unmittelbar danach wurde Ailton von seinem Gegenspieler im Strafraum gefoult.

Elfmeter. Bitter für Kaiserslautern, aber berechtigt. Ailton nahm den Ball, legte ihn sich auf den Elfmeterpunkt, lief an – und traf.

Der Jubel kannte keine Grenzen. Das Stadion tobte, der Schiedsrichter pfiff ab. Auf der Anzeigetafel wurde die Tabelle eingeblendet: Werder war Erster mit 48 Punkten. Dann kamen die Bayern und der VfB Stuttgart mit jeweils 39 Punkten. Es war wie in einem schönen Traum, aus dem man nie aufwachen wollte.

16. bis 21. Februar 2004: Beziehungen zum Fußballgott und die Vier-Phasen-Minidusche

Es gibt Menschen, die nie träumen. Damit ist nicht gemeint, dass sie nie von einem glücklichen Leben träumen, einem Häuschen im Süden, einem Lottogewinn, einer Reise um die Welt, einem Partner für eine gemeinsame Zukunft oder aber der Meisterschaft 2003/2004. Die Menschen, die angeben, nie zu träumen, meinen damit das Träumen im eigentlichen Sinne. Sie geben an, am Morgen im Bett aufzuwachen und tief und fest geschlafen zu haben, ohne dabei von Fantasien, alten Erinnerungen, Horroszenarien oder Wunschvorstellungen begleitet worden zu sein, die gemeinhin als Träume bezeichnet werden. Hannes glaubte nicht, dass man nicht träumen konnte. Er glaubte, dass jeder Mensch träumt. Wer behauptete, nicht zu träumen, konnte sich in der hannesschen Philosophie nur nicht an seine Träume erinnern.

Er selbst hatte weder Probleme mit dem Träumen noch damit, sich an seine Träume zu erinnern. Es gab sogar Träume, wo er das Gefühl hatte, sich während des Durchlebens des Traumes darüber bewusst zu werden, dass er gerade träumte. So wie zwei Tage nach dem glücklichen Sieg über Kaiserslautern.

Er stand gerade an seinem Bügelbrett und war dabei, sein Werder-Trikot zusammenzulegen, als ihn eine Frau ansprach. Sie kam ihm bekannt vor, aber er konnte sich nicht daran erinnern, von woher.

„Was hast Du nur für einen Narren an diesem Trikot gefressen?", fragte die Frau, die eine Plastiktüte in den Händen hielt, auf der der Schriftzug *Gute Wurst* zu lesen war. Hannes bemühte sich verzweifelt, einen Zusammenhang zwischen seinen Erinnerungen und jener Frau herzustellen.

„Kennst Du mich denn nicht mehr?", fragte sie.

„Ehrlich gesagt, ich komme gerade nicht drauf!"

Die Frau lächelte und stellte ihre Tüte ab. Dann holte sie daraus ein Namensschild hervor, das sie an ihrer Trachtenjacke befestigte.

Hatte sie die Jacke schon die ganze Zeit getragen?

Vermutlich nicht, doch das spielte jetzt keine Rolle.

U. Schoene, las Hannes.

Und dann wusste er es.

„Du warst so schnell verschwunden. Warum so schüchtern? Wir hätten uns einen schönen Abend machen können!"

Es war ein *James Duncan* – Groupie, das er am Tag nach dem Fürth-Spiel während des Meetings in Hamburg getroffen hatte. Aber was wollte sie hier in seinem Traum? Sie hatten während der Kaffeepause keine halbe Minute miteinander geredet. Er hatte sie klassisch abserviert. Und was sollte diese seltsame Tüte?

„Was willst Du von mir?", fragte Hannes und faltete weiter sein Werder-Trikot zusammen. Normalerweise dauerte dies nicht länger als zehn Sekunden, doch hier im Traum galten andere zeitliche Gesetze. Das Trikot beanspruchte seine ganze Aufmerksamkeit. Er zupfte daran, faltete, zog es wieder auseinander, drehte es um, zupfte, faltete …

„Was zum Teufel soll das mit diesem Trikot. Es ist an der Zeit, die Verhältnisse wieder geradezurücken, und das weißt Du. Ihr glaubt doch wohl nicht im Ernst, wir lassen das mit uns machen? So nicht. Nicht dreimal hintereinander. Wir haben großen Einfluss. Sehr großen Einfluss!"

Die Stimme von U. Schoene hatte sich verändert. Sie kam Hannes bekannt vor. Aber es interessierte ihn nicht sonderlich, genauso wenig, wie ihn der sinnlose Monolog dieser Nervensäge interessierte. Sah sie nicht, dass er beschäftigt war? Wenn es ihr nicht passte, konnte sie eine Fliege machen. Er hatte sie nicht eingeladen. Sie war einfach so in seinen Traum spaziert.

„Werd hier bloß nicht frech, junger Mann. Ich könnte es mir auch einfacher machen. Viel einfacher. Ich bin gekommen, um über alles zu reden. Man kann über alles reden. Schließlich sind wir zwei erwachsene Menschen. Jetzt lass endlich mal dieses Scheißtrikot in Ruhe und schau mich an!"

Hannes war zu diesem Zeitpunkt mit zwei Fragen beschäftigt:
  1. Konnte die Frau Gedanken lesen? (In einem Traum keine ungewöhnliche Geschichte)
  2. Was hatte sie dagegen, dass er sein Werder-Trikot zusammenfaltete?

Jetzt reichte es ihm langsam. Es war wohl an der Zeit, seine gute Kinderstube für einen kurzen Moment zu vergessen und Fräulein Schoene mit den passenden Worten aus dem Traum zu komplimentieren.

„Hören Sie zu. Mir ist vollkommen egal, was Sie davon halten, ob ich hier mein Trikot zusammenlege oder nicht. Ich wüsste nicht, was Sie das alles überhaupt angeht. Ohnehin wäre es jetzt besser, sie verpissen sich!"

Ohne aufzusehen, machte er sich weiter an seinem Trikot zu schaffen.

U. Schoene schien nicht sonderlich beeindruckt von seinem Gefühlsausbruch zu sein.

Stattdessen ritt sie auf seinem altem Schaukelpferd (das eigentlich auf dem Dachboden des Hauses seiner Eltern stand) auf ihn zu. Hannes sah, dass sie kaum noch Haare auf dem Kopf hatte. Er sah auch, dass sie inzwischen dicke Backen und ein Doppelkinn hatte und dass sich ein stattlicher Bauch unter ihrem karierten Hemd herauswulstete. In diesem Augenblick registrierte er, dass sein Traum mehrere Wendungen erfuhr: Wendung 1: Dieses Hemd hatte sie zu Beginn des Traums definitiv nicht getragen. Wendung 2: Sie war keine *Sie* sondern ein *Er*. Wendung 3: Auf ihrem Namensschild war nicht mehr *U. Schoene*, sondern *U. Hoenes* zu lesen. Man musste keinen Doktortitel haben, um den Schluss zu ziehen, dass sich der Bayern-Manager erfolgreich in seinen Traum geschlichen hatte. Hoeneß hatte es, anders als in der Vorrunde, sehr raffiniert angestellt. Er hatte sich dieses Mal nicht als Alligator, sondern als *Duncan-Groupie* getarnt und mit der Namensschildnummer durchaus Kreativität bewiesen.

Hannes machte sich Sorgen um sein Schaukelpferd, das schwer an der Last seines Gastes zu tragen hatte. Dann sah er die Trainerbank, die plötzlich dort stand, wo sich normalerweise sein Fernseher befand.

„Wenn Sie nicht beabsichtigen, weiterzureiten, würde ich es begrüßen, wenn Sie dort drüben auf der Bank Platz nehmen würden. Ich mache mir Sorgen um mein Pferd, wissen Sie!"

Hoeneß lächelte und erhob sich von dem Schaukelpferd, das daraufhin dankbar mindestens 20-mal hin- und herschaukelte. Dann ließ sich der Bayern-Manager auf die Trainerbank fallen.

„Was willst Du denn mit dem Scheißtrikot? Der FC Bayern wird Meister, da könnt ihr machen, was ihr wollt!"

Daher wehte also der Wind.

„Wenn Sie meinen!", sagte Hannes ruhig und legte sein Werder-Trikot zusammen.

„Das meine ich nicht, das weiß ich! Aber scheinbar bin ich der Einzige, der das weiß!" An der roten Farbe in Hoeneß' Gesicht registrierte man dessen Erregung.

„Fakt ist, dass Werder schon neun Punkte und Tore Vorsprung hat!"

„Fakt. Fakt. Fakt! Scheiße. Alles Scheiße, was Du sagst. Scheiße, sage ich Dir!", rief Hoeneß, stand auf und ging auf die Wursttüte zu. „Du meinst wohl, Du hast die Weisheit mit dem großen Löffel gefressen, wie?"

Dann öffnete Hoeneß die Plastiktüte und zog ein Paket mit Bratwürsten daraus hervor. Er griff ein weiteres Mal in die Tüte und holte ein zweites Bratwurstpaket und ein drittes und ein viertes und ein fünftes. Als Hannes neugierig von seinem Trikot abließ, um den Wurststapel zu begutachten, zog Hoeneß zwei weitere Pakete mit Bratwürsten aus der Tüte, von denen jedes einzelne so groß war, dass es jenseits des Traumes niemals in die Tüte gepasst hätte. Hannes schaute Hoeneß verwundert an.

„Das gefällt Dir, ich weiß!" Im gleichen Moment zog er zwei weitere Bratwurstpakete aus der Tüte.

Das Wort Wundertüte kam Hannes in den Sinn. Er sah, dass der Bayern-Manager ins Schwitzen kam, aber nicht aufhörte, die Pakete, von denen zwei bereits auf den Fußboden gerutscht waren, auf Hannes' Küchentisch zu laden.

„Du bekommst so viele, wie Du willst. Ich habe Beziehungen. Verstehst Du? Be-zie-hun-gen!"

Hannes verstand kein Wort.

Dann unterbrach Hoeneß seinen Wurstabladevorgang. Sein Kopf war roter als das Heimtrikot des FC Bayern. Er wischte sich den Schweiß von der Stirn.

„Was gibt es denn da noch zu verstehen? Bist Du vollkommen schwer von Begriff?", schrie Hoeneß. „Muss ich Dir das vielleicht noch erklären?"

Hannes zuckte die Achseln.

„Na schön!"

Hoeneß ließ von der Tüte ab und nahm wieder auf der Trainerbank Platz. Dann gab er Hannes mit einem Kopfnicken zu verstehen, dass dieser sich neben ihn setzen sollte.

„Hör zu. Noch mal. Zum Mitschreiben. Ich habe Beziehungen. Verstehst Du? Beziehungen. Gute Beziehungen zur Bratwurstproduktion." Er deutete auf den Wurststapel und schenkte Hannes das Lächeln eines verliebten Metzgers.

Hannes zuckte wieder die Schultern.

Das Lächeln des Bayern-Managers verschwand.

„Du musst das regeln. Du wirst das regeln. Du sagst diesem Schaaf, dass das mit der Meisterschaft nicht gewünscht wird. Das, was ihr in Fürth gemacht habt, das geht nicht. Das war nicht so geplant und das weiß dieser Schaaf auch! Und wenn Du das gemacht hast, dann werde ich mich erkenntlich zeigen. Es wird lebenslang Bratwürste geben. Lebenslang, verstehst Du. Würste aus dieser Tüte. Es wird langsam Zeit, dass diese Scheißmannschaft verliert!"

Hannes hatte verstanden.

Hier in seinem Traum lief ein Bestechungsversuch ab. Hoeneß wollte, dass Hannes mit Schaaf einen Deal ausklüngelte, der Werder-Niederlagen mit Bratwürsten vergütete. Abgesehen davon, dass er niemals mit Schaaf würde in Kontakt treten können, außer in seinem Lieblingstraum, in dem er das entscheidende Tor für Werder schoss, war diese Vorstellung so was von absurd, dass sie dies sogar in der Unlogik von Träumen war. Dieser Bratwurstbaron hatte scheinbar den Verstand verloren. Zu so etwas hätte sich wohl nicht einmal der echte Hoeneß herabgelassen. Doch der Traum-Hoeneß schien es tatsächlich ernst zu meinen und verlieh seinem Angebot dadurch Nachdruck, dass er zwei weitere Wurstpakete aus der Wundertüte zog.

„Vergiss es, vergiss es einfach, Mann! Deutscher Meister wird dieses Jahr nur der SVW!"

Hoeneß zuckte und ließ das nächste Wurstpaket langsam auf den Boden fallen. Dann drehte er sich wie in Zeitlupe zu Hannes um, der weiter sein Werder-Trikot zusammenfaltete.

„Für wie blöd hältst Du mich denn eigentlich?", schrie der Bayern-Manager.

Hannes wusste nicht genau, worauf er hinauswollte. Werder hatte 15 Spieltage vor Saisonende neun Punkte Vorsprung – da musste man nicht unbedingt blöde sein, um zumindest in einem Traum den Schluss zu wagen, dass dies zur Meisterschaft reichen konnte.

„Ich kann auch anders, Du schwuler Polizist!"

Hoeneß begann damit, die Wurstpakete wieder in die Plastiktüte zu laden.

„Das Problem kann ich auch anders lösen, aber ich weiß nicht, ob Dir das gefallen würde!", flüsterte Hoeneß. „Ganz anders. Ich habe Dir schon mehrere Male gesagt, dass ich Beziehungen habe. Aber nicht nur zur Bratwurstproduktion, mein Freund!"

„Nein?", sagte Hannes, schaute kurz von seinem Werder-Trikot auf und lächelte amüsiert!

„Etwa auch zur Weißwurstproduktion?"

Hoeneß schüttelte den Kopf und wirkte sehr konzentriert.

„Du kannst hier die Scheiße mit dem Trikot weiter durchziehen. Aber das, was ich Dir jetzt sage, wird alles kaputt machen, mein Freund. Ich habe nämlich auch Beziehungen zum Fußballgott!"

Hannes sah von seinem Trikot auf.

Dieser Hoeneß hatte tatsächlich vollkommen den Verstand verloren.

„Ja. Da schaust Du, ich kenne ihn sogar persönlich. Und ich kann das hier auch offiziell machen. Dann wird euch eine schlimme Zeit bevorstehen, das sage ich euch!"

Jetzt setzte sich Hannes auf das Schaukelpferd.

„Tun Sie, was Sie nicht lassen können. Ich kann dazu nur sagen, wir werden das Pferd schon schaukeln!", sagte er ruhig und beobachtete Hoeneß, der noch immer dabei war, die Wurstpakete zurück in die Tüte zu packen.

„Das werde ich, Du Klugscheißer. Deine Sprüche kannst Du Dir sparen. Ich werde dafür sorgen, dass ihr gegen Schalke kein Tor schießt. Und das wird erst der Anfang sein, junger Mann. Du hattest Deine Chance. So wärt ihr wenigstens mit was Essbarem aus der Sache herausgekommen!"

Dann nahm Hoeneß eine Wursttüte, riss sie mit den Zähnen auf und nahm sich eine Bratwurst heraus.

„Wenn es um die Wurst geht, dann hat der FC Bayern die Nase vorn!"

Er verschlang die Wurst, ohne daraufzubeißen.

Hannes legte sein Trikot zusammen. Als er aufschaute, um Hoeneß zu antworten, war dieser verschwunden.

Er hatte keine Ahnung, warum ihn Hoeneß in einem Traum besuchte. Deutete dies darauf hin, dass Hannes die Hoeneß-Attacken fürchtete, die zweifellos schon bald offiziell durch die Medienlandschaft geschickt werden würden, gesetzt den Fall, dass Werder seinen Vorsprung weiter halten würde? Oder bewunderte Hannes Hoeneß insgeheim? Wohl eher nicht. Aber der Trick mit Frau *U. Schoene* hatte durchaus anerkennenswerte Züge. Dennoch war die Message des Traumes, wenn es eine solche Message überhaupt gab, vollkommen lächerlich. Hoeneß konnte Breitseiten auf den sportlichen Gegner losfeuern. Als Eigentümer einer Wurstfabrik konnte er sicher auch Unmengen von Bratwürsten sein Eigen nennen. Doch die Sache mit dem Fußballgott als Duzfreund wäre ein gefundenes Fressen für jeden Stand-up-Comedian gewesen. Es war ein netter Versuch, dem träumenden Hannes einzureden, Werder würde auf Schalke kein Tor zustande bringen. Doch es sollte auch Hoeneß nicht entgangen sein, dass das Schalke-Spiel von besonderer Brisanz geprägt sein würde. *Arschsauer*s – Simons geniale Wortschöpfung – personelle Abwerbungen waren an der Weser noch immer nicht vergessen. Sämtliche Zeitungen berichteten vom anstehenden Duell von Werder auf Schalke. Es war sogar von einem *Hass-Duell* die Rede. Werder hatte in jedem Saisonspiel mindestens ein Tor geschossen. Die Mannschaft würde den Schalkern einheizen, von der ersten Minute an. Kein Fußballgott der Welt würde es bewerkstelligen können, dass Werder ausgerechnet in diesem Spiel ohne Tor bleiben würde.

Es hatte sich mittlerweile perfekt eingespielt. Wenn Anna in den Phasen, in denen Simon zu Hause war, zur Arbeit ging, war immer jemand da, um sich um den Jungen zu kümmern. Einige Stunden in der Woche war Simons Hauslehrer, Herr Strauch, vor Ort und ansonsten übernahm Hannes die Betreuung seines kleinen Freundes. Hannes konnte sich, auch dank seines perfekt harmonierenden Teams, die Arbeit in seinem Job gut einteilen, so dass er immer dann, wenn er gebraucht wurde, bei Simon sein konnte. Der Zustand des Jungen war wieder schlechter geworden. Simon weinte jetzt auch mehr, als er dies noch vor zwei Monaten getan hatte. Die letzten beiden Chemoblöcke waren hinsichtlich der Nebenwirkungen relativ glimpflich verlaufen. Seit Simon allerdings wieder aus dem Krankenhaus entlassen worden war, ging es ihm sehr schlecht. Die Schleimhäute im Magen-Darm-Bereich des Jungen waren besonders betroffen. Die Medikamente hatten einen großen Teil davon zerstört. Simon konnte kaum essen, er litt an Durchfall und war körperlich sehr angeschlagen. Außerdem thematisierte er einen Aspekt, den er in all den Monaten zuvor nie angesprochen hatte.

„Hannes?"

„Ja, was ist denn, kleiner Alligator!"

„Weißt Du, was ich mir wünschen würde, wenn ich einen Wunsch frei hätte?"

„Nein. Ich habe keine Ahnung!"

Hannes räumte gerade den Tisch ab. Bis auf ein paar einzelne Spaghetti hatte Simon keine Nahrung aufnehmen können.

„Ich würde mir wünschen, endlich wieder einmal duschen zu dürfen!"

Hannes drehte sich zu dem Jungen um und sah dessen hohlwangiges, weißes Gesicht. Simon hatte mehr Ähnlichkeit mit einem alten Mann als mit einem siebenjährigen Kind. Er wusste nicht, warum der Junge gerade jetzt über das Duschen sprechen wollte. Simon hatte seit dem Tag, an dem ihm der *Hickman-Katheter* gelegt worden war, nicht mehr duschen dürfen. Er wurde nur gewaschen. Das Duschen wäre zu gefährlich für ihn gewesen, schließlich war der Katheter eine Verbindung in die Blutbahn des Jungen.

„Ich meine nur. Katja hat gesungen, als sie duschen durfte. Es war ein tolles Duschfest!"

Duschfest?

„Das mit dem Duschfest habe ich nicht mit mitbekommen, kleiner Alligator. Kannst Du mir das vielleicht noch einmal erklären?"

Simon nahm die *Fimo*-Figur von Fabian Ernst in die Hand. Er kickte damit die kleine weiße Murmel, die als Ball fungierte, in das Tor an der Westtribüne des Mini-Weser-Stadions.

„Wenn man mit der Intensivtherapie fertig ist, dann bekommt man endlich den *Hickman* entfernt. Dann darf man zum ersten Mal wieder duschen. Das wird dann gefeiert. Mit einem Duschfest eben!"

Hannes war mit dem Spülen fertig. Er wusste nicht, was er sagen sollte. Er setzte sich auf den Stuhl neben Simon und schaute seinen kleinen Freund an. Dann zwinkerte er ihm zu.

„Fabian Ernst?", fragte er, als er die Figur in Simons Hand sah.

Der Junge nickte.

„He. Komm schon, Baumi. Jetzt ist der Februar auch schon fast vorbei. Du hast jetzt schon sechs Monate durchgehalten. Du warst viel tapferer als alle Alligatoren zusammen!"

Waren Alligatoren überhaupt tapfer?

„Und das eine kann ich Dir sagen. Wenn Du Dein Duschfest hast, dann geht die Party ab. Dann gibt es eine Feier, die Bremen noch nicht gesehen hat!"

Simon versuchte zu lächeln. Er griff nach der *Fimo*-Figur von Andreas Reinke und stellte sie in das Tor an der Ostkurve.

„Aber, weißt Du, wenn man sieht, dass es andere schon können, dann tut es irgendwie besonders weh!"

Eine Träne lief ihm über die Wange. Hannes hätte am liebsten selbst losgeheult. Er verstand genau, was der Junge damit sagen wollte. Simon beneidete Katja dafür, dass sie es überstanden hatte. Gleichzeitig durchlebte er im Moment – was die Nebenwirkungen betraf – die vielleicht schmerzhafteste Phase der Behandlung.

Dann hatte Hannes eine Idee. Es war vielleicht ein bisschen verrückt, möglicherweise auch unvernünftig, aber er konnte jetzt keine wissenschaftliche Gegenüberstellung der Pro- und Contra-Aspekte seiner Idee anstellen. Simon musste jetzt aufgebaut werden.

„Hast Du schon einmal was von der Vier-Phasen-Miniduschaktion gehört?"

Sofort änderte sich Simons Körpersprache.

„Nein, noch nie? Was ist das? Was ist eine Vier-Phasen-Miniduschaktion?"

Simons Nasenflügel geriet in Bewegung. Hannes wusste, dass er die Chance am Schopfe packen und handeln musste.

Eine halbe Stunde später hatte Hannes die Vier-Phasen-Minidusche kreiert. Eine Erfindung, die sich sehen lassen konnte:

Simon saß zurückgelehnt auf einem Stuhl. Er trug kurz Hosen. Sein rechtes Bein stand in einer großen Plastikwanne, die Hannes zusammen mit dem sogenannten Löchereimer aus seiner Wohnung geholt hatte. Den Löchereimer hatte er vor Ort präpariert. Es war ein 10-Liter-Eimer, in dessen Boden Hannes mit einer Bohrmaschine etwa 20 kleinere Löcher gebohrt hatte. Den Löchereimer hatte er an seiner Vier-Stufen-Trittleiter, etwa 80 Zentimeter über der Plastikwanne, befestigt. In den Eimer hatte er einen Schlauch gelegt, den er am Wasserhahn der Badewanne befestigt hatte (das war das größte Problem gewesen, denn er hatte den Schlauch etwa zehn Minuten lang dehnen müssen, bis er über den Wasserhahn passte, und ihn mit einem *Panzer-Klebeband* zusätzlich daran fixiert).

„Sind Sie bereit für die erste Phase der Vier-Phasen-Miniduschaktion?", rief Hannes vom Bad.

Simon hob von der Küche aus den Daumen.

„Bereit!", antwortete er.

„Dann kann es losgehen! Wasser marsch!" Im gleichen Moment drehte Hannes das Wasser auf.

Die Vier-Phasen-Minidusche funktionierte perfekt. Als das Wasser aus dem Eimer auf Simons rechts Bein lief, jauchzte der Junge vor Begeisterung. Hannes war glücklich, weil es der Junge war.

„Die erste Phase des Vier-Phasen-Duschvorgangs verläuft nach Plan!",
sagte Hannes und setzte sich neben seinen kleinen Freund. Dieser beobachtete mit einem Gesichtsausdruck, als hätte er Wasser bisher nur aus
Erzählungen gekannt, wie das Wasser über sein Knie, die Wade hinab in
die Plastikwanne lief.

„Das gefällt Dir, was, kleiner Alligator?"

„Ja. Es gefällt mir!", antwortete Simon und schloss die Augen.

Als die Wanne überzulaufen drohte, schüttete Hannes das Wasser in
die Badewanne und läutete die zweite Phase ein. Dieses Mal war Simons
linkes Bein an der Reihe. Zur dritten Phase durfte sich Simon neben
die Wanne legen. Zuerst durfte sein rechter Arm, in der vierten Phase
schließlich sein linker Arm duschen. Hannes spürte danach, dass dies die
glücklichste Stunde der letzten Tage für Simon gewesen war. Alles, was
neu war, alles, was ihn ablenkte, alles, was ein bisschen verrückt war, tat
dem Jungen gut. Und natürlich, dass Hannes ihm das Gefühl gegeben
hatte, wie es ist, wenn man wieder duschen konnte.

Am Ende des Tages wollte Simon noch über das bevorstehende Spiel gegen
Schalke sprechen. Er lag in seinem Bett und kämpfte gegen die Müdigkeit. Es lag Hannes auf der Zunge, ihm von seinem seltsamen Traum zu
erzählen, aber er hielt es schließlich für besser, es nicht zu tun. Stattdessen
beschrieb er dem Jungen noch einmal die vier Werder-Tore des Hinspiels.
Doch er kam nicht mehr dazu, seinen ganz speziellen Spielbericht fertig
zu stellen. Denn noch bevor er über das vierte, das Tor von Nelson Valdez,
sprechen konnte, war Simon eingeschlafen. Er atmete ruhig. Hannes
deckte ihn zu, strich ihm über den kahlen Kopf und flüsterte:

„Schlaf gut, kleiner, tapferer Alligator!"

Natürlich schauten sich Hannes und Simon am Samstag das Spiel an.
Sie hatten es sich in Hannes' Wohnung bequem gemacht. Anna musste
arbeiten, stand aber per SMS mit den beiden in Verbindung. Sie hatte
darauf bestanden, dass man sie nach Werder-Toren benachrichtigen
sollte. Rund um das Spiel herrschte ein regelrechter Hype. Wie wird
sich Ailton schlagen? Wird er gehemmt sein? Kann er die Erwartungen
erfüllen? Was würde Krstajic zustande bringen? Würde er dazu beitragen
können, dass Werder die Heimreise ohne Gegentor antreten könnte? Und
was würden die Fans veranstalten? Von verschiedenen Stellen wurde das
Spiel in den Medien als Hass-Spiel bezeichnet.

Doch wie so oft in solchen Momenten wurden die Medienvertreter
enttäuscht. Gemessen an den Erwartungen und den vor dem Spiel
geschürten Emotionen verlief die Begegnung geradezu friedlich, was

allein schon daran zu erkennen war, dass es auf beiden Seiten nur eine gelbe Karte zu verzeichnen gab. Statistisch gesehen war Werder dennoch die etwas aggressivere Mannschaft: Man beging mehr Fouls und gewann mit 51 Prozent etwas mehr Zweikämpfe als der Gegner. Doch Schalke konnte etwas mehr Torschüsse verbuchen und mit 8:5 auch das Eckballverhältnis für sich entscheiden.

Tore? Keine.

Fünf Minuten vor Schluss rief Anna bei Hannes an.

„Was ist denn los? Warum meldet ihr euch denn nicht? Ihr wolltet doch schreiben, wenn Werder ein Tor schießt!"

„Es steht immer noch 0:0. Und es sieht so aus, als könnte Werder noch drei Stunden spielen. Das wird heute nichts mehr!", sagte Hannes und schaute Simon an, der nur mit den Achseln zuckte.

„Es sind doch noch fünf Minuten Zeit. Im letzten Spiel gab es doch auch erst in der letzten Minute das 1:0!"

Anna war inzwischen eine glühende Werder-Optimistin geworden. Hannes hoffte, dass sie recht behalten würde, aber sein Gefühl sagte ihm, dass es dieses Mal nicht reichen würde. Hoeneß' Null-Tor-Traumprognose kam ihm in den Sinn.

„Ich hoffe, Du hast recht, Schatz. Falls noch etwas passiert, melde ich mich noch mal. Versprochen. Ansonsten sehen wir uns zu Hause!"

„Dann hoffe ich mal, dass Du Dich bald meldest! Gib Simon einen Kuss von mir!"

Aber Hannes meldete sich nicht mehr. Dieses Mal sollte ihn sein Gefühl leider nicht getäuscht haben. Es blieb tatsächlich beim 0:0. Werder hatte zum ersten Mal überhaupt in der Saison 2003/2004 kein Tor zustande gebracht, und das ausgerechnet, nachdem ihm Hoeneß dies im Traum prophezeit hatte. Weil die Bayern gleichzeitig ihr Spiel gegen den HSV mit 1:0 gewannen, war Werders Vorsprung auf „nur" noch sieben Punkte geschmolzen.

23. bis 28. Februar 2004: Langer Jammer, zwei Gläser Wasser und zwei Tore

Nach dem Spiel gegen Schalke wartete die schlimmste Woche seines Lebens auf Hannes Grün und dies hatte rein gar nichts mit Werder Bremen zu tun.

Dabei hatte alles so gut angefangen. Den Sonntag hatte er mit Anna und Simon in seiner Wohnung verbracht. Er führte Simons Mutter die

Vier-Phasen-Minidusche vor und es war wunderbar zu sehen, wie sich Anna amüsierte. Sie redeten viel, versuchten Simon mit allen Mitteln zum Essen zu bringen, wobei die Aktion nicht unbedingt von bahnbrechendem Erfolg gekrönt gewesen war. Dennoch lachten sie viel, und ohne dass es jemand direkt aussprach, fühlte sich jeder in diesem Moment wie in einer richtigen Familie. Hannes spürte, wo er hingehörte. Am Abend, als Simon im Bett lag, bestellte Hannes eine Pizza. Sie lagen zusammen auf der Couch, aßen, lachten und redeten über sich und die Zukunft. Hannes erzählte ihr von seinem Traum, von Hoeneß und dem Fußballgott. Anna wirkte sehr ausgeglichen und zufrieden, weil sie in ihrem Job wieder Fuß zu fassen begann, worüber sie mit Hannes sehr lange sprach. Sie war dankbar, dass er da war, und das spürte Hannes. Dann schauten sie sich zum dritten Mal den Film *Jack und Diane* an. Wie die beiden Male zuvor spürte Hannes sofort, wie gut der Film tat. Sie genossen die Zweisamkeit und Hannes sah wieder die beiden kleinen Muttermale an Annas Hals. Er roch den Vanille-Duft ihres Haares und hatte das Gefühl, noch nie im Leben so glücklich gewesen zu sein. Er wünschte sich, dass es für immer so bleiben würde.

Am Montag fuhr er mit seinem Team nach der Arbeit in ein Restaurant in Lilienthal, das sehr schön, direkt an der Wümme, liegt. Klaus Neitzel lud die Kollegen zum Essen ein, weil er seinen 29. Geburtstag feierte. Gegen 23.30 Uhr löste sich die Feier auf. Hannes, der wie immer, wenn er fahren musste – abgesehen von einem Glas Sekt – keinen Alkohol getrunken hatte, machte sich auf den Heimweg. Die Strecke von Lilienthal nach Bremen war um diese Zeit nicht mehr so befahren wie tagsüber. Dann, gerade in der Rushhour, musste man mitunter ziemlich viel Geduld mitbringen, um die lange Distanz von der Borgfelder Heerstraße über die Lilienthaler-, die Horner- und Schwachhauser Heerstraße zurückzulegen. Schon nach einem Monat als Bremer Bürger kannte Hannes die Bezeichnung, die man in der Hansestadt für diese vier Straßen üblicherweise benutzte: *Langer Jammer*. Auch Hannes hatte den Weg oft schon, über den starken Verkehr jammernd, zurückgelegt. Doch dieser Jammer war nichts gegen das, was jetzt noch auf ihn warten sollte.

Er hatte Zeit und musste nicht rasen, deshalb bemerkte er ziemlich schnell, dass es der Fahrer des Wagens hinter ihm auch nicht sehr eilig zu haben schien. Sein erster Gedanke galt der Polizei. Bestimmt würde hinter ihm jetzt bald ein Hinweis mit der Aufschrift „Stopp Polizei!" aufleuchten. Er hatte einmal gehört, dass man sich aus der Sicht unserer Gesetzeshüter auch dann verdächtig verhielt, wenn man erkennbar langsamer fuhr als erlaubt. Instinktiv beschleunigte Hannes. Er schaute in den Rückspiegel. Die Polizisten taten das Gleiche. Was sollte das? Warum hielten sie ihn nicht an? Oder waren es vielleicht gar keine Polizisten?

Hannes trat auf die Bremse und verlangsamte das Tempo immer mehr. Jeder Fahrschüler hätte jetzt die Gelegenheit zum Überholen genutzt, zumal der *Lange Jammer* auf Höhe der Borgfelder Heerstraße kurz vor Mitternacht wie ausgestorben wirkte. Doch der andere Wagen blieb weiter hinter ihm. Wenn es auch noch einen letzten Zweifel gegeben hatte, so hatte sich dieser verflüchtigt: Hannes wurde verfolgt.

Er überlegte, ob er Anna anrufen sollte. Aber jetzt, um 23.52 Uhr war sie sicher schon im Bett!

Vielleicht hast Du ja Lust, mich zu wecken, wenn Du nach Hause kommst?

Außerdem wollte er nicht, dass sie sich Sorgen machte.

Gab es überhaupt einen Grund, sich Sorgen zu machen?

Vielleicht. Er schaute in den Rückspiegel. Wer hatte denn das Bedürfnis, ihn zu verfolgen? Er war weder reich noch berühmt und er war noch nie mit dem Gesetz in Berührung gekommen.

Du siehst aus wie James Duncan oder Sandy Colorado!

Stimmt. Das hatte er fast vergessen. War ein Autogrammjäger hinter ihm her? Aber der hätte ihn dann ja bereits im Restaurant sehen müssen. Warum hatte er ihn da nicht einfach angesprochen? Schließlich war Hannes, abgesehen von seiner fast schon obligatorischen Baseballkappe, beinahe ungetarnt gewesen.

Vielleicht will Dein Fan wissen, wo Du wohnst?

Im Ernst?

Aber ich fahre hier mit einem alten Toyota mit einem Bremer Kennzeichen. Das genügt doch wohl, um sich darüber klar zu werden, dass ich nicht James Duncan sein kann!

Hannes bemerkte nicht, dass er seit geraumer Zeit mit sich selbst sprach.

Als er auf der Höhe des Lehesterdeichs war, gab er wieder Gas. Damit hatte sein Verfolger nicht gerechnet. Hannes beschleunigte auf 80 Stundenkilometer. Spätestens jetzt hätte jede Polizeistreife reagiert. Dann bog er nach rechts auf den Zubringer zur A 27 ein. Er schaute in den Rückspiegel. Die beiden Scheinwerfer waren nicht mehr hinter ihm. Er musste seinen unerwünschten Begleiter abgehängt haben.

Damit hast Du nicht gerechnet, was?

Vielleicht hatte er sich auch einfach nur getäuscht? Wie dem auch sei – er war den Typen los. Er nahm die Brücke, die die Autobahn überquerte, und bog danach an der Universität rechts auf die Universitätsallee ein. Viele Wege führten nach Schwachhausen. Als er auf Höhe des Bürgerparks war, sah er einen Wagen im Rückspiegel. Ob das sein Verfolger war?

Jetzt werde nicht paranoid.

Paranoid oder nicht – Hannes gab Gas. Aber er wusste, dass am Bürgerpark auch eine Polizeistation war. Also drosselte er das Tempo wieder. Der Wagen klebte hinter ihm.

Zufall?

Oder hatte ihn sein Verfolger einfach in Sicherheit wiegen wollen? Er bog links in die Emmastraße ab. Der andere Wagen folgte ihm. Die Wahrscheinlichkeit, dass es sich um einen Zufall handelte, war kleiner als die, dass der HSV in der laufenden Saison noch die Meisterschaft gewinnen würde.

Wie willst Du denn aus der Sache rauskommen?

Er fuhr die Emmastraße so langsam er konnte entlang, aber sein Verfolger sah keinen Anlass zu überholen.

Dann wäre er ja auch kein Verfolger gewesen.

Hannes wünschte sich mittlerweile sogar, dass eine Polizeistreife in der Nähe wäre, um ihn anzuhalten. Er war nur noch zwei Minuten von der Buchenstraße entfernt. Er musste nur noch über den Schwachhauser Ring in die Schwachhauser Heerstraße und von dort sofort rechts abbiegen. Als er in die Buchenstraße einbog, fand er eine Parklücke, die gerade groß genug für seinen Wagen war. Von dort waren es noch etwa 50 Meter bis zu seiner Wohnung. Wenn er einparkte, konnte der andere wohl schlecht hinter ihm warten, denn er würde die enge Straße vollkommen blockieren. Und wenn er dies dennoch tun würde, dann wusste Hannes Bescheid. Wenn sein Verfolger an ihm vorbeifahren würde, konnte Hannes entweder wieder wegfahren oder eine Weile im Wagen sitzen bleiben, um abzuwarten, was passierte. Zu mehr strategischem Denken war er in diesem Moment nicht imstande. Also parkte er seinen Wagen ein. Während des Einparkens sah er das andere Auto im Seitenspiegel. Es war ein blauer Kleinwagen mit Hamburger Kennzeichen, der jetzt an seinem Toyota vorbeifuhr. Hannes konnte nicht erkennen, wer den Wagen lenkte.

Doch nur Zufall?

Nein. Das war kein Zufall. Vielleicht wollte der Typ wirklich nur wissen, wo James Duncan wohnte, und gab sich damit jetzt zufrieden.

Dann war es ja sogar von Vorteil, dass ich nicht direkt neben meiner Wohnung geparkt habe.

Hannes wartete fünf Minuten im Auto. Nichts passierte. Was gab es nur für durchgeknallte Typen.

Erleichtert stieg er aus seinem Wagen und ging auf seine Wohnung zu. Er dachte an Anna. Vor einigen Wochen hatten die beiden ihre Schlüssel ausgetauscht, so dass er nicht einmal bei ihr läuten musste. Er konnte ihre Türe aufsperren und einfach zu ihr ins Bett kriechen. Vorher würde er noch kurz nach Simon schauen.

Da saß jemand auf der Außentreppe. Eine Frau. Es sah so aus, als hätte sie sich ausgesperrt und wartete auf den Schlüsseldienst. Oder auf jemanden wie Hannes, der ihr die Tür aufsperrte. Aber als er näher kam, sah er, dass er die Frau kannte. Hier auf der Treppe saß Lisa Jacobs, eine seiner Mitarbeiterinnen. Sie wartete nicht auf den Schlüsseldienst, sie wartete auf ihn.

„Du hast mich im Rückspiegel bemerkt, stimmt's!"

Sie kam sofort zur Sache, versuchte erst gar nicht, irgendetwas geradezurücken.

„Ja. Das habe ich. Ich glaube, da gehört auch nicht besonders viel Sensibilität oder Auffassungsgabe dazu!"

Sie schaute Hannes an und er sah, dass sie geweint hatte.

„Es tut mir leid. Ich wollte Dich nicht beunruhigen. Ich würde nur gerne kurz mit Dir reden!"

Hannes schaute auf seine Uhr, obwohl er wusste, dass es schon nach Mitternacht war.

„Jetzt? Es ist fast halb eins. Hat das denn nicht bis morgen Zeit?"

„Nein. Es ist wirklich wichtig. Bitte. Ich muss mit Dir reden!"

Tu's nicht. Die ist doch betrunken!

„Hör zu, ich bin wirklich müde. Es war ein harter Tag. Ich verspreche Dir, dass wir morgen reden!"

In diesem Moment fing sie an zu weinen. Es war kein leises Wimmern oder eher schluchzendes Flehen, sondern ein Weinen, das eine Mischung zwischen Wut, Enttäuschung und Hilflosigkeit ausdrückte. Ein Weinen, das sehr, sehr laut war. Es hätte Hannes egal sein können, rational betrachtet. Er hatte dieser Frau nichts getan und wenn sie ein Problem hatte, konnte sie sich wohl auch noch einen Tag gedulden. Aber wenn sie so weiterschreien würde wie eine Furie, dann würden die Nachbarn wach werden. Vielleicht waren sie das auch schon. Auch Anna würde wach werden und das musste nicht unbedingt sein.

„Schon gut. Hör auf zu weinen. Eine halbe Stunde, o. k.? Eine halbe Stunde und keine Minute länger!"

Das half. Sie beruhigte sich. Ihr lautes Schreien ging in ein leises Wimmern über. Sie nickte.

„Eine halbe Stunde, ist gut!"

Hannes sperrte die Außentüre auf und betrat den Flur des Miets-
hauses. Lisa folgte ihm. Er legte seinen rechten Zeigefinger auf den Mund
und sie nickte. Jetzt roch er ihre Fahne. Scheinbar hatte sie viel zu viel
getrunken. Es gab Menschen, bei denen Alkoholkonsum den Hang zu
Sentimentalität und Selbstmitleid beschleunigte.

Warum gerade ich …?

Warum wohl?

„Willst Du was trinken? Ein Glas Wasser oder Apfelschorle, vielleicht?"

Hannes deutete auf den Küchentisch und bot ihr an, sich auf einen
Stuhl zu setzen. Dann ging er zu seinem Kühlschrank, um nach einem
antialkoholischen Getränk Ausschau zu halten.

Als er sich mit einer Wasserflasche in der Hand wieder zu ihr umdrehte,
stand seine Teammitarbeiterin im BH vor ihm und lächelte.

„Was? Was soll das denn jetzt!"

„Bist Du schwer von Begriff?"

Hannes saß in der Falle.

„Ich will, dass wir es tun. Hier, heute Nacht, jetzt!"

Sie begann, ihre Hose auszuziehen.

„Vergiss es, Mädchen. Zieh Dich wieder an! Los! Du bist doch betrunken!"

„Ich weiß sehr gut, was ich mache. Wenn Du wüsstest, wie lange ich
auf diesen Augenblick gewartet habe. Jetzt ist es endlich so weit, und ich
finde, ich habe ein Recht darauf!"

Ein Recht? Ein Recht worauf?

Sie war wie besessen. Sie hatte sich in den Kopf gesetzt, eine Nacht
mit James Duncan zu verbringen. Seine alten Ängste kamen aus der Ver-
senkung wie ein Zombie, der sich aus seinem Grab wühlte.

„Lisa. Mach doch nicht alles kaputt. Das ist doch hier wie in einem
schlechten Film. Denk doch mal nach!"

„Viele fangen eine Beziehung mit einem Mitarbeiter an! Was ist denn
daran so schlimm!"

Eine Beziehung?

„Das kann schon sein, aber das muss doch wohl auf Gegenseitigkeit
beruhen. Ich habe eine Freundin und …"

„Das weiß ich und ich weiß auch, dass sie direkt gegenüber wohnt. Ich
bin nicht blöd, Hannes. Deshalb will ich es ja auch nur einmal machen.
Einmal. Dann bin ich zufrieden. Findest Du mich denn etwa nicht attraktiv?"

Er suchte seinen Verstand verzweifelt nach einer Lösung ab. Aber
durch das Toilettenfenster konnte er dieses Mal nicht fliehen. Seine Toilette befand sich im dritten Stock und war außerdem fensterlos!

Sie fing an, am Verschluss ihres BHs herumzufummeln.

„Wie stellst Du Dir das vor? Ich … findest Du nicht, da gehören irgendwie zwei dazu? Und wie soll das denn Deiner Meinung nach morgen weitergehen? Sollen wir dann einfach zur Tagesordnung übergehen?"

Hannes überlegte nicht. Er redete einfach, versuchte, sie mit Sätzen zu bombardieren, von denen er hoffte, mit einem davon einen Treffer in ihrem Menschenverstand zu landen. Doch sie zog ihren BH aus und warf ihn Hannes entgegen. Er wich ihrem Wurfgeschoss aus, drehte sich weg und überlegte. Dann entschied er sich zum Gegenangriff.

„Hör mir jetzt gut zu. Das ist jetzt Deine letzte Chance. Du hebst jetzt dieses Ding auf, ziehst dich sofort wieder an und verziehst Dich durch diese Tür. Dann fährst Du nach Hause, kommst wieder runter auf Betriebstemperatur, und ich verspreche Dir, dass ich die Sache vergessen werde. Falls nicht, dann …"

Er kam nicht mehr dazu, weiterzusprechen. Sie schrie, als würde Hannes sie mit dem Messer bedrohen. Danach herrschte für wenige Augenblicke eine bizarre Stille.

„Meinst Du, ich hätte das nicht geplant? Das ist keine spontane Aktion. Wenn Du nicht mitmachst, dann werde ich schreien. Ich werde das ganze Haus aufwecken, wenn es sein muss. Irgendwann wird dann jemand an die Haustüre klopfen, und was meinst Du, wem man dann glauben wird?"

Sie war ein gerissenes Luder. Wie lange hatte sie das alles schon geplant? Woher wusste sie, dass Anna im gleichen Haus, direkt gegenüber wohnte? Er musste irgendwie auf Zeit spielen.

„Gut. Ich glaube, ich habe verstanden! Wenn es sein muss, dann machen wir es eben!"

Sie schaute ihn ungläubig an. Er hatte einen Treffer gelandet.

„Aber dann möchte ich wenigstens auch meine Bedürfnisse mit ins Spiel bringen!"

„Deine Bedürfnisse", flüsterte sie und lächelte.

„Ja. Meine Bedürfnisse. Ich, ich möchte, dass es nicht so schnell, so holterdiepolter geht, verstehst Du? Ich möchte, dass wir uns Zeit lassen!"

Sie schaute ihn fassungslos an.

„Und als Erstes möchte ich, dass Du Dir wieder Deinen BH anziehst! O.k.?"

Sie nickte und in diesem Augenblick hatte Hannes das Gefühl, sie zum ersten Mal zu erreichen. Offensichtlich war es die beste Strategie, so zu tun, als würde er das Spiel mitspielen. Sie hob ihren BH auf und zog ihn wieder an.

„Gut so", flüsterte Hannes, „ich finde es besser, wenn wir uns vorher noch ein wenig unterhalten, ein bisschen Spannung aufbauen, verstehst Du?"

Sie lächelte.

„Kann es sein, dass Du mich auch magst, ich meine, nur ein bisschen vielleicht?"

„Ja. Klar. Natürlich mag ich Dich. Du bist eine hübsche Frau und …"

„Ist das Dein Ernst? Hannes? Ist das Dein Ernst?"

Es war verrückt. Aber der Rettungsanker, den Hannes jetzt zu werfen gedachte, hatte im Grunde genommen auch mit Werder zu tun. Als er in der letzten Saison nach den vielen verkorksten Spielen oft lange wach gelegen hatte, hatte er sich eine Packung Valium zugelegt. Um besser einschlafen zu können. Er durchwühlte die Schublade, unmittelbar neben dem Kühlschrank, und fand die Schachtel mit Schlaftabletten.

„Ja. Natürlich ist das mein Ernst. Aber ich finde nur, wir sollten nichts überstürzen. Das bringt doch nichts. Wir könnten uns ja auch einfach nur unterhalten und, das andere, na ja, Du weißt schon, auf einen anderen Tag verschieben!"

„Nein. Nein. Es muss heute sein. Hier und jetzt. Heute ist ein Tag, um ein Kind zu zeugen!"

Ein Kind zu zeugen?

Hannes stockte der Atem. Sie hatte vollkommen den Verstand verloren. Er fingerte zwei Tabletten aus der Verpackung und warf sie in ein Glas Mineralwasser.

„Ich weiß nicht, was ich davon halten soll. Das muss man sich wirklich gut überlegen, wenn man ein Kind in die Welt setzt!"

Die Tabletten lösten sich auf.

„Nicht, wenn dieses Kind von einem Typen ist, der wie James Duncan aussieht!"

„Das ist natürlich auch ein Argument!", antwortete Hannes und drehte sich mit den beiden Wassergläsern zu ihr um.

„Was findest Du denn eigentlich an James Duncan?", fragte er und reichte ihr das Valium-Glas.

„Ich liebe ihn. Ich vergöttere ihn, ich weiß alles über ihn. Und als ich Dich zum ersten Mal gesehen habe, da wusste ich, dass Du der Vater meines Kindes sein musst!"

Hannes nickte und schaute auf die beiden Gläser.

„Kennst Du denn alle seine Filme?"

„Ja. Jeden einzelnen. Ich habe alle zu Hause. Auch die Filme zu Beginn seiner Karriere, in denen er nur Nebenrollen spielt!"

Hannes nickte.

„Dann kennst Du auch *Der Barkeeper*, seinen ersten Film?

„Es war nicht sein erster Film. Es war sein zweiter Film. In seinem ersten Film spielt er einen 16-jährigen Jungen, der von einem Serienkiller erstochen wird. Man sieht ihn im Film nur für fünf Sekunden lebendig und für weitere acht Sekunden in einem Leichenschauhaus!"

„Oh, den kenne ich gar nicht!"

„Er ist nur in den USA in die Kinos gekommen. Er heißt *Knives and Potatoes!*"

Messer und Kartoffeln. Was für ein Filmtitel.

Hannes nippte an seinem Wasserglas.

„Kennst Du die Szene in *Der Barkeeper*, in der Duncan von der Frau am Tresen die Wette angeboten bekommt?"

Sie nickte.

„Natürlich. Wer kennt die Szene nicht? Der Barkeeper ist ein Baseballfan und es geht um irgendeine komische Baseballkarte!"

Das Wichtigste wusste sie nicht. Wie einfältig. Komische Baseballkarte. So konnte man es natürlich auch ausdrücken. Es war eine Karte mit einem Originalautogramm von Mickey Mantle, einem der besten Spieler, die je für die New York Yankees gespielt hatten.

„Sie trinken um die Wette. Aber nicht mir Bier, sondern mit Wasser. Gewinnt er, muss sie ihm die Baseballkarte schenken, gewinnt sie, muss er ihr einen Job in der Bar geben!"

Sie nickte nur und lächelte. Offensichtlich erreichte er sie noch immer.

„Lass uns ein Spiel spielen. Wir trinken um die Wette, mit Wasser, so wie im Film. Gewinnst Du, kannst Du mit mir machen, was Du willst. Gewinne ich, dann …"

„Dann was? Dann muss ich meine Sachen packen?" Wieder fing sie an zu weinen. Scheinbar funktionierte das auf Knopfdruck.

Hannes hatte es fast geschafft.

„Nein. Nein, das sage ich nicht. Aber dann würde ich mir wünschen, dass wir einfach noch länger miteinander reden, wenn ich gewinne, meine ich!"

Sofort verstummte ihr Weinen wieder.

„Wenn ich gewinne, ziehe ich den BH wieder aus. Wenn nicht, werden wir reden!"

„Ich schlage vor, Du ziehst ihn nicht gleich aus. Ich finde, ich habe so oder so zumindest eine Viertelstunde Aufwärmphase gut!"

„Einverstanden! Eine Viertelstunde!"

Sie griff nach ihrem Glas.

„Lass es uns wie im Film machen", schlug Hannes vor, „da stehen die Gläser auf dem Tisch und beide dürfen sie in die Hand nehmen!"

„Gut. So machen wir es!"

Sie stellte ihr Glas auf den Tisch zurück.

„Auf drei?"

Hannes nickte. Sie begann zu zählen:

„Dann eins, zwei … drei!"

Sie nahm ihr Glas und stürzte es in sich hinein, als hinge ihr Leben davon ab. Hannes wusste, dass er keine Chance hatte. Noch ehe er sein Glas auch nur zur Hälfte ausgetrunken hatte, stellte sie ihr leeres Glas auf den Tisch.

„Eine Viertelstunde!", flüsterte sie.

Als die Viertelstunde vorbei war, lag sie mit dem Kopf auf dem Küchentisch und schlief. Hannes konnte ihr leises Schnarchen hören. Er hatte den Angriff erfolgreich abgewehrt. Dann wurde ihm klar, dass sein Problem dadurch nicht unbedingt kleiner geworden war. Im Gegenteil. Sie lag hier, nur in Unterwäsche gekleidet, und schlief. Er musste sie loswerden. Aber wie? Sollte er sie so, in diesem Zustand, in ihren Wagen tragen? Das hätte bedeutet, dass er sie anziehen musste. Dabei wäre sie sicher wieder wach geworden, oder? Dann hätte sie wieder mit diesem fürchterlichen Schreien angefangen und das ganze Haus aufgeweckt, einschließlich Anna. Angenommen, er hätte sie anziehen können, ohne sie zu wecken, sie dann erfolgreich die Treppe nach unten getragen, ohne dass sie wach wurde oder irgendeinen anderen Mieter zu treffen, dann hätte er sie in ihr Auto tragen müssen. Aber er wusste nicht einmal, wo sie ihren Wagen geparkt hatte. Außerdem hätte es sein können, dass er dabei von jemandem beobachtet werden würde, irgendeinem an Schlafstörungen leidenden Rentner, der hinter seinem Fenster die Straße observierte.

Du könntest Anna wecken!

Anna wecken? Und dann? Was sollte er ihr erzählen? Wie hätte er ihr erklären sollen, dass eine nur in Unterwäsche bekleidete Frau auf seinem Küchentisch schlief? Abgesehen davon, hätte sie Anna bestimmt ein Theater vorgespielt, ihre Heul-Show abgezogen und das hätte ihn in ziemliche Schwierigkeiten gebracht. Zudem musste man wohl auch der Tatsache Beachtung schenken, dass es mitten in der Nacht war. Nein. Er musste es schaffen, sie loszuwerden, ohne dass sie aufwachen würde, ohne von jemandem dabei gesehen zu werden und ohne dass Anna etwas davon bemerkte.

Das war ein Ding der Unmöglichkeit.

Die Tabletten wirkten. Sie schlief noch immer. Wenn man sie so sah, konnte man meinen, sie könnte keiner Fliege etwas zuleide tun. Die Zeit lief auch gegen ihn. Es ging auf drei Uhr morgens zu. Er wusste nicht, wie lange sie noch schlafen würde, und er musste morgen zur Arbeit.

Sie auch.

Ja. Sie auch.

Er packte sie an den Armen und versuchte, sie auf die Beine zu stellen. Sie zeigte keine Reaktion, schlief tief und fest. Als sie nach hinten umzukippen drohte, packte er sie fester und zog sie auf sein Sofa.

Du könntest sie einfach dort liegen lassen und zu Bett gehen.

Und dann? Was, wenn sie wach wurde und beschloss, ihm dort Gesellschaft zu leisten. Das war doch genau das, was sie wollte.

Du könntest das Schlafzimmer von innen abschließen.

Vielleicht gar keine schlechte Idee. Aber so, wie er sie kannte, würde sie hier eine Vergewaltigungsnummer abziehen und schreiend durch das Haus laufen.

Das traue ich ihr dann doch nicht zu.

Zugegeben, es war ein Horrorszenario, das er sich da gerade ausmalte, aber sie hatte ihn verfolgt und ihn aufgefordert, ein Kind mit ihr zu zeugen. Und die Nummer mit dem Schreien hatte sie wirklich perfektioniert. Nein. Er musste versuchen, sie hier wegzuschaffen. Dann hörte er etwas, so als hätte sie etwas gesagt. Er drehte sich zu ihr um und sah, dass sie sich auf dem Sofa in eine andere Position gedreht hatte. Der Träger ihres BHs war nach unten gerutscht und entblößte ihre Brust.

„So eine Scheiße!", sagte Hannes. Er ging zu ihr und versuchte, den Träger wieder irgendwie nach oben zu schieben. Aber er stellte sich ausgesprochen unbeholfen dabei an. Und er befürchtete, sie könnte jeden Moment zu sich kommen.

„Hannes?"

Woher kam das?

„Hannes? Was ist denn los? Warum bist Du nicht rübergekommen?"

Noch ehe er in der Lage war zu begreifen, wer mit ihm sprach, stand Anna schon im Nachthemd in seiner Küche.

Das Schlimmste an diesem unfassbaren Abend war, wie sich Annas Gesichtsausdruck veränderte: müde – besorgt – ungläubig – verständnislos –geschockt – traurig – verzweifelt, und das alles in nur wenigen Sekunden. Dabei sagte sie nur ein einziges Wort:

„Oh!"

Sie drehte sich um und zog die Türe wieder hinter sich zu.

Das Weser-Stadion war zum zweiten Mal in der Saison ausverkauft. Borussia Dortmund war zu Gast und den Zuschauern war das Hinspiel, in dem Werder durch das kurioseste Eigentor der Werder-Geschichte mit 1:2 verloren hatte, noch besser in Erinnerung als ihnen lieb. Die Zeichen standen also auf Wiedergutmachung, und sowohl die Spieler als auch die Zuschauer freuten sich auf das Spiel. Hannes konnte sich nicht freuen. Weder auf das Spiel noch auf die anderen Annehmlichkeiten, die ein Leben normalerweise parat hielt. Die Vorkommnisse der vergangenen Tage nagten an ihm wie eine Horde ausgehungerter Ratten. Er hoffte, durch den Stadionbesuch wenigstens ein wenig Zerstreuung zu finden. Es war nicht so, dass ihm Werder jetzt, nachdem Anna ihn verlassen hatte, egal war, dass er in Werder nicht mehr den Sinn in seinem Leben sah, den die Mannschaft, seit er denken konnte, einnahm. Es war eher so, dass er Werder für kurze Zeit ausgeblendet hatte. Natürlich nicht bewusst, es war wahrscheinlich eine Art emotionaler Schutzmechanismus, der sich selbst in Gang gesetzt hatte.

Seine Augen sahen, dass Werder das Spiel von Beginn an bestimmte. Aber er selbst sah nur Anna, wie sie mit verweinten Augen in ihrer Wohnungstüre gestanden hatte und ihn trotz seines Flehens nicht hineingelassen hatte. Seine Ohren hörten, wie die Ostkurve ihr Team frenetisch nach vorne peitschte, aber er selbst hörte nur Simons verzweifeltes Rufen nach ihm. Der Junge stand hinter Anna und war völlig verzweifelt, wie seine Mutter, wie Hannes. Hannes hatte versucht, vernünftig mit ihr zu reden, aber sie hatte nur den Kopf geschüttelt.

„Es ist vorbei, Hannes!"

Immer wieder hallten diese Worte in seinem Kopf.

Es ist vorbei, Hannes!

Werder erspielte sich Chance um Chance. Wo Simon das Spiel wohl verfolgte? Wahrscheinlich war er wieder im Krankenhaus und hörte es sich über das Radio an, das Hannes ihm geschenkt hatte. Und Anna? Ob sie bei ihm war? Er hatte seit drei Tagen nichts mehr von den beiden gehört und sie fehlten ihm so sehr. Kurz vor der Halbzeit hatte Ailton eine gute Chance, er wurde sehr gut freigespielt und schoss auf das Tor der Dortmunder. Aber der Winkel war zu spitz und so landete der Ball in den Armen des Gästetorwarts. Der Pass war von Frank Baumann gekommen. Ob Simon sein Baumann-Trikot trug? Was der Junge wohl jetzt von ihm dachte? Was hatte Anna ihm wohl erzählt? Ob sie ihm das mit Werder jetzt auszureden versuchte? Würde Simons Liebe zu Werder jetzt nach und nach erkalten, bis schließlich nur noch eine vage Erinnerung an sein Leben als Fan übrig geblieben sein würde? Nein, nein, das glaubte Hannes nicht. Werder und er waren zweierlei. Er hoffte, dass Werder Simon über die Enttäuschung hinweghelfen konnte. Die Enttäuschung, für die er, Hannes, letztendlich gesorgt hatte. Er sah einen schönen Freistoß von Mladen Krstajic, der nur ganz knapp am rechten Pfosten vorbeiging, und dachte an Lisa Jacobs. Was sie gemacht hatte, war nicht zu entschuldigen. Sie war die Einzige, die das alles bei Anna ins rechte Lot hätte rücken können. Doch Hannes wollte mir ihr nichts mehr zu tun haben. Er dachte daran, wie sie reagiert hatte, als er sie geweckt hatte. Es war unmittelbar, nachdem Anna ihn überrascht hatte, gewesen. Überrascht? Wobei eigentlich?

Du hast an ihrem BH rumgemacht!

Rumgemacht!

„Was hätte ich denn machen sollen?", sagte Hannes, als der Schiedsrichter zur Halbzeit pfiff.

Aber dann hatte Lisa Jacobs wie eine Verrückte geschrien, Worte wie *Abmachung* und *nicht fair* gestammelt und dass sie jedem erzählen würde, dass er versucht hatte, sie zu vergewaltigen. Hannes schüttelte den Kopf und blickte entrückt auf einen kleinen Jungen zwei Reihen unter ihm. Er war etwa in Simons Alter und trug ein Trikot von Ailton.

„Kein Problem, Mann, das wird schon!", sagte Thomas neben ihm und stieß ihn an der Schulter. Er bezog seinen Kommentar natürlich auf Werder und die Aussichten des Teams, in der zweiten Halbzeit das Spiel noch für sich zu entscheiden.

Was hätte Hannes für eine zweite Halbzeit im Leben mit Anna und Simon gegeben. Aber alle Zeichen standen auf ein endgültiges Ausscheiden. Pasching im Privatleben. Dabei hätte es sogar noch viel schlimmer kommen können. Jemand aus dem Haus hätte die Polizei rufen können. Laut genug waren die Schreie seiner ehemaligen Teammitarbeiterin gewesen.

Die Spieler kamen wieder auf den Platz. Werder hatte den Torwart gewechselt. Pascal Borel war für Andreas Reinke gekommen. Das bedeutete, dass Reinke sich verletzt haben musste. Es war Hannes aufgefallen. Das hieß, der alte Hannes funkte von irgendwoher noch ein Lebenszeichen.

Er fragte sich, was Anna wohl gedacht hatte, als Lisa Jacobs so getobt hatte? Sie musste es gehört haben.

Klaus Neitzel war seine letzte Hoffnung gewesen. Das Wort Hoffnung hatte ziemlich viele Facetten. Ich hoffe, das Wetter hält. Ich hoffe, die Sauce schmeckt euch. Ich hoffe, wir sehen im Urlaub Delphine. Ich hoffe, Werder gewinnt das Ding noch. Ich hoffe, ohne die Perspektive auf anschließende Untersuchungshaft, aus diesem Zimmer herauszukommen. Die mit Klaus Neitzel verbundene Hoffnung gehörte zur letzten Kategorie, ohne Wenn und Aber.

Werder wollte jetzt den Sieg, mit allen Mitteln. Sie berannten das Tor der Gäste. Das Stimmungsbarometer im Weser-Stadion stieg minütlich:

„Auf geht's! Werder schießt ein Tor!", hallte es durch das Rund.

Hannes hingegen dachte an Klaus. Nach seinem Anruf war er noch in der Nacht zu Hannes gefahren und hatte Lisa Jacobs mitgenommen. Was er für ihn getan hatte, würde Hannes ihm ein Leben lang nicht vergessen.

Nachdem Lisa Jacobs nicht aufgehört hatte zu schreien, hatte Hannes wieder begonnen, ihr Spiel mitzuspielen. Sie hatte glücklicherweise nichts von dem Schlafcocktail mitbekommen. Hannes erinnerte sie an die Abmachung: eine Viertelstunde Aufwärmphase. Dann beruhigte er sie mit der Andeutung, gewisse Vorkehrungen treffen zu müssen, damit beide am nächsten Tag nicht zur Arbeit zu gehen bräuchten. Eine auf dünnem Eis ausgelegte Fährte, auf die seine ganze in Panik erdachte Strategie aufgebaut worden war. Sie deutete dies als Schmeichelei und unausgesprochenes Einverständnis, dass er mit ihr den Rest der Nacht und den anstehenden Vormittag im Bett zu verbringen gedachte, um mit ihr ein Kind zu zeugen. Er ließ den Gedanken nicht an sich ran. Wichtiger war, in dieser Situation einen Grund gefunden zu haben, um Klaus gegen vier Uhr morgens mit einem Anruf zu überraschen.

„Ich sage nur Klaus Neitzel kurz Bescheid!", hatte er ihr gesagt. Sie wurde nicht misstrauisch, war der Fährte gefolgt wie ein einfältiges Huhn.

Sie war zu fixiert auf das Zeugen ihres Wunschkindes, so dass sie nicht hinterfragte, ob es nicht besser wäre, Neitzel ein paar Stunden später anzurufen, zumal er ja am Abend vorher seinen Geburtstag gefeiert hatte. Hannes schüttelte den Kopf bei dem Gedanken daran.

Dann sah er, dass Werder einen Freistoß aus halblinker Position zugesprochen bekam. Es waren gut 25 Meter zum Tor. Ausgerechnet Valérien Ismaël, der Eigentorschütze des Hinspiels, legte sich den Ball zurecht, lief an und traf! Werder führte 1:0 und dieses Tor holte Hannes, wenn auch nur für kurze Zeit, in sein altes Leben zurück. Er sprang von seinem Sitz auf, umarmte Frank und Thomas und dachte daran, dass Werder tatsächlich Meister werden konnte.

Meister!

„Weißt Du, wie spät es ist, du Irrer!"

„Klaus, ich bin es, Hannes!"

„Hannes? Es ist nach vier! Was ist denn mit Dir los, Mann?"

„Ja. Hör zu, ich habe nicht viel Zeit. Es ist wichtig, verstehst Du? Werder spielt gerade gegen den HSV und es geht um alles?"

„Was? Was redest Du da? Bist Du betrunken!"

„Nein. Mir geht es gut!" Er lächelte Lisa an und sie lächelte dümmlich zurück.

„Ich wollte Dir nur sagen, dass ich morgen nicht kommen werde. O.k.?"

„Was? Wie? Wieso? Wir haben doch morgen die Veranstaltung in Oldenburg. Du musst kommen, Hannes, wer soll denn den schwulen Kommissar machen? Das hast doch nur Du drauf!"

„Das ist kein Problem. Ich bin zu beschäftigt. Lisa ist bei mir, weißt Du! Und es sieht so aus, dass wir Wichtigeres zu tun haben. Ich habe die Wette verloren. Wettschulden sind Ehrenschulden!"

„Lisa Jacobs? Sie ist bei Dir? Ihr habt was Besseres zu tun? Wettschulden? Hannes, wenn Du mich verarschen willst, dann ist das ein denkbar ungünstiger Zeitpunkt. Ich habe ganz schön getankt!"

„Ja. Das stimmt. Lisa und ich, wir sind uns näher gekommen. So kann man es sagen, ja. Und bei der Gelegenheit, Lisa wird heute auch nicht zur Arbeit kommen. Ich hoffe, ihr habt Verständnis. Ihr macht das schon auch ohne uns!"

„Sag mal, hast Du Drogen genommen!"

„Ja, das ist wirklich nett. Wir werden uns erkenntlich zeigen. Aber jetzt muss ich leider auflegen!"

Was Simon wohl gerade machte? Er hoffte, dass er das Spiel verfolgte, wo auch immer, wie auch immer. Vielleicht sahen sie sich das Spiel ja sogar im Fernsehraum an. Zusammen mit den anderen, Schwester Karin und Doktor Bartels. Hannes musste lächeln. Er liebte diesen kleinen Jungen. Und er liebte seine Mutter. Er liebte sie so sehr.

Werder hatte das Spiel im Griff. Es sah zunächst danach aus, als wollte die Mannschaft die Führung verwalten. Aber nachdem klar war, dass die Dortmunder Mannschaft die letzten zehn Minuten mit einem Spieler weniger auskommen musste, weil Rosicky verletzt vom Platz ging und Trainer Sammer nicht mehr wechseln konnte, erhöhte Werder die Schlagzahl.

„Steht auf, wenn ihr Bremer seid!", stimmte die Ostkurve an und so grübelte Hannes über den Rettungsanker Klaus Neitzel im Stehen nach.

Nachdem er Lisa Jacobs zugestehen musste, sich wieder von ihrem BH zu trennen, redeten sie über James-Duncan-Filme. Eine an Bizarrerie nicht mehr zu toppende Situation, vor allem dann, wenn man sich vor Augen führte, dass Hannes währenddessen eine plausible Erklärung für das Verfassen einer SMS finden musste. Er wies die Mutter ihres noch nicht gezeugten Wunschkindes darauf hin, dass er Klaus Neitzel noch einige wichtige Daten zu dem Verkaufsevent in Oldenburg smsen wollte, und fragte sie, ob er ihm in der Kurzmitteilung Grüße von ihr bestellen sollte.

Sie nickte und verdrehte verklärt die Augen.

Du musst mich hier rausholen.
Lisa ist bei mir und hat vollkommen
den Verstand verloren. Sie will mit mir ein Kind zeugen.
Das ist mein Ernst.
Vor der Tür steht mein altes Holland-Rad
mit dem Aufkleber *Volkszählungsboykott*!
Unter dem Sattel klebt ein Wohnungsschlüssel.
Buchenstraße 43!
Du bist meine letzte Rettung. Hilf mir!

Fünf Minuten vor Schluss machte dann Ailton sein Tor. Nach einem Doppelpass mit Ivan Klasnić schnippelte der kleine Brasilianer den Ball aus spitzem Winkel an dem auf ihn zustürzenden Torwart der Dortmunder vorbei zum 2:0 ins Netz. Normalerweise würde Anna jetzt eine SMS schreiben. Das war der einzige Gedanke, der Hannes in diesem Moment durch den Kopf schoss.

Die SMS, die er an Klaus Neitzel geschickt hatte, hatte Wirkung gezeigt. Sein Mitarbeiter, der spätestens nach dieser Aktion weit mehr als nur ein Mitarbeiter war, war in nicht einmal 20 Minuten bei ihm gewesen. Es war Hannes gelungen, ihn schon mit seinem Telefonat genügend zu sensibilisieren. Die SMS hatte dann für klare Verhältnisse gesorgt. Hannes wusste, dass er ohne die Hilfe des St. Pauli-Fans nicht strafrechtlich unbescholten aus Lisa Jacobs Kindeswunschaktion herausgekommen worden wäre. Hannes würde den Blick Neitzels sein Leben lang nicht vergessen, den dieser gehabt hatte, als er Lisa Jacobs, nur in Unterhose bekleidet auf Hannes' Sofa sitzend und wirres Zeug redend, gesehen hatte. Klaus hatte sogar sein St. Pauli-Trikot getragen, als er aufgetaucht war und entscheidend zur Deeskalation der Situation beigetragen hatte. Er fragte sich, wie oft er mit Klaus Neitzel wohl noch über diesen Tag im Februar reden würde. Wann oder ob er allerdings jemals mit Anna noch einmal würde reden können, war mehr als fraglich. Es war weitaus unwahrscheinlicher als die Aussicht, dass Werder tatsächlich die Saison als Meister beenden würde.

Durch den Sieg – es blieb beim 2:0 – war Werder nach wie vor Tabellenführer mit sieben Punkten Vorsprung auf Bayern München. Normalerweise hätte ihn sein Nachhauseweg jetzt zu Anna und Simon geführt, entweder in deren Wohnung, oder in Simons Krankenzimmer in der Klinik. Eine Zeile eines Billy-Joel-Songs kam ihm in den Sinn – eines seiner Lieblingslieder des New Yorkers mit deutschen Wurzeln: *Home is just another word for you!* An diesem 28. Februar des Jahres 2003, als Hannes das Weser-Stadion verließ, wusste er nicht, wo sein Zuhause war.

29. Februar bis 7. März 2004: Einsamkeit, verschmähte Weißwürste & eine Spontanaktion

Die Auswärtsfahrt nach München war die weitest mögliche. Mit knapp 770 Kilometern Länge überbot die Strecke sogar die Distanz nach Stuttgart oder Freiburg. Anfang März des Jahres 2004 war es in ganz Deutschland bitterkalt, das Thermometer zeigte Temperaturen unterhalb der Null-Grad-Marke an. Werder musste das Spiel an einem Sonntag austragen und der Gegner hieß nicht etwa Bayern – sondern 1860 München. Viele Argumente sprachen also dafür, sich das Spiel in Ruhe zu Hause vor dem Fernseher anzuschauen. Aber nicht genügend. Von Ruhe konnte nämlich in Hannes' Leben Anfang März 2004 keine Rede sein und die Frage, wo er im Moment zu Hause war, passte in die gleiche Kategorie wie die Frage danach, wann Simon wieder völlig gesund werden würde. Er hatte gehofft, mit etwas zeitlichem Abstand zu der Stalking-Attacke seiner Ex-Team-Kollegin – Hannes hatte Lisa Jacobs nach dem Vorfall entlassen – einen klaren Kopf und damit einen besseren Zugang zu den Ereignissen zu finden. Doch das Gegenteil war der Fall. Er vermisste Anna so sehr, dass es kaum noch emotionale Zeitfenster in seinem Alltag gab, an denen er nicht an sie dachte. Wenn es ihm dann doch einmal gelang, Anna für kurze Zeit aus seinem Gedächtnis zu verdrängen, kam ihm Simon in den Sinn. Er vermisste den kleinen Jungen genauso sehr wie dessen Mutter, wenn auch auf eine andere Art und Weise.

Am schlimmsten waren die Abende. Er saß in seiner Wohnung mit dem Bewusstsein, dass die beiden Menschen, für die er mehr empfand als für alle anderen Menschen auf dem Planeten zusammen, möglicherweise nur durch zwei Türen und einen Flur von ihm getrennt waren. Hannes hatte sogar noch Annas Schlüssel und sie hatte seinen. Er hätte also einfach bei ihr aufkreuzen können. Aber was hätte er ihr sagen sollen? Er hatte sich nichts vorzuwerfen. Doch Anna war einfach zu verletzt. Sie hatte ihm unmissverständlich zu verstehen gegeben, dass es vorbei war. Außerdem waren die beiden wahrscheinlich im Krankenhaus. Je mehr Tage verstrichen, desto unsicherer wurde Hannes. Er begann sich einzureden, dass sich all die Geschehnisse der vergangen Monate vielleicht gar nicht so zugetragen haben konnten, wie er sie erlebt hatte. Es gab Momente, in denen er glaubte, dass Anna ihn möglicherweise gar nicht so gebraucht hatte wie sie. Oder er stellte sich vor, dass Simon schon einen *Ersatz-Hannes* gefunden hatte. Das konnte ein Pfleger sein oder der Vater einer anderen Patientin. Er erinnerte sich daran, wie Simon ihm einmal erzählt hatte, es gäbe die Mutter eines Kindes, die Hannes gerne kennenlernen wollte. Vielleicht gab es ja auch den Vater eines kranken Kindes, der Anna gerne kennenlernen wollte. Oder fehlte er ihr vielleicht genauso? In manchen Phasen des Alleinseins grübelte er darüber nach, wie es sein würde, Anna zu treffen. Nicht geplant, sondern zufällig. Auf der Treppe beispielsweise. Je öfter er sich damit auseinandersetzte, desto unwohler fühlte er sich dabei.

Dann wurde er wenigstens von Werder ein wenig abgelenkt, denn Miro Klose hatte sich mit Werder auf einen Vierjahresvertrag geeinigt. Es war den Werder-Offiziellen tatsächlich gelungen, einen Ersatz für Ailton zu finden. In allen Zeitungen und Sportsendungen, sogar in der Tagesschau wurde der Deal vermeldet. Werder war inzwischen in aller Munde. Sofort fragte sich Hannes, wie Simon wohl darüber dachte. Er hätte so gerne mit dem Jungen über den Stürmer gesprochen. Ob es jemanden gab, mit dem er darüber reden konnte? Schwester Karin vielleicht? Oder Doktor Bartels? Oder ging der Klose-Transfer an Simon vorbei? Ob sein kleiner Freund noch mit dem Mini-Weser-Stadion spielte? Ob er noch seine Marc-Bolan-Perücke trug? Oder war Werder nur eine verblichene Erinnerung, die für Simon bald ebenso verblasst sein würde wie ein altes Foto?

Solche Fragen waren für Hannes besonders schlimm, denn er bekam nicht nur keine Antworten darauf, sondern sie zogen ihn emotional in einen dunklen Schacht. Er versuchte, sich daran zu erinnern, wie sein Leben verlaufen war, bevor Anna, damals im Mai, vor seiner Haustüre geläutet hatte mit der Bitte, dass er auf Simon aufpassen sollte. Damals hatte es nur Werder gegeben und es war für ihn in Ordnung. Er war glücklich gewesen, sehr glücklich sogar, gemessen an den damals geltenden Glücksstandards. Heute wusste er allerdings, dass dies nicht genug für ihn war. Heute spürte er, dass er unglücklich war. Und zwar deshalb, weil ihm etwas fehlte, dessen Vorhandensein ihn früher unglücklich gemacht hätte. Die vielen philosophischen Gedankenspiele stürzten ihn noch weiter in den Emotionsschacht und er beschloss schließlich, den Schacht mit Alkohol zu füllen, um daraus zu entkommen.

Am nächsten Morgen hatte er den schlimmsten Kater seit Menschengedenken. Nicht einmal 1999 nach dem Elfmeterschießen in Berlin hatte er einen solchen Absturz erlebt. (Das letzte vergleichbare Durchgereichtwerden in das Stadium eines Volltrunkenen war am 8. Dezember 1993 gewesen, als Werder zur Pause des Champions-League-Spiels gegen Anderlecht mit 0:3 im Rückstand gelegen hatte, um das Spiel am Ende noch mit 5:3 zu gewinnen. Auch eines der Spiele, die Hannes sein Leben lang nicht vergessen würde.) Er war nicht imstande, mit dem Wagen oder dem Fahrrad zur Arbeit zu fahren, deshalb stieg er auf ein Taxi um. Der Fahrer ließ ihn in Ruhe und so konnte Hannes sich einreden, dass die Erinnerung an das Spiel gegen Anderlecht für immer bei ihm bleiben würde. Dass er sein Leben lang sehr gerne an das Spiel denken würde, wie auch immer das Schicksal gedachte, sein Leben in Zukunft zu gestalten. Selbst dann, wenn er Anna und Simon Peterson nie mehr wiedersehen würde.

Dieser Gedanke war wie eine emotionale Krücke und stützte ihn auf dem Weg durch einen Tag, wo an jeder Ecke die Depressionen um die Ecke lugten und versuchten, mit ihm Blickkontakt aufzunehmen. Hannes gelang es, gestützt auf die Krücke, einen Tunnelblick zu entwickeln, und so stürzte er sich in seinen Job, ohne nach links oder rechts zu schauen. Doch am Ende des Tages war die Krücke gebrochen und die Ablenkung seines Jobs gehörte wieder der Vergangenheit an. Die Sehnsucht nach Simon und Anna kehrte zurück und es machte Hannes beinahe glücklich, dass er die beiden sogar noch etwas stärker vermisste als am Abend zuvor. Als es begann, wehzutun, gab es wieder die Option, sich an Dr. Alk O' Hol, den Experten für Herzschmerzen aller Art, zu wenden und aufgrund der zu erwartenden Nebenwirkungen am nächsten Tag erneut mit dem Taxi zur Arbeit zu fahren. Aber Hannes wurde schnell klar, dass dies bedeutete, Feuer mit Benzin zu löschen. Außerdem war Samstag und am nächsten Morgen hatte Hannes frei. Selbst die Option, im Job seine Verdrängungsoase zu finden, war also nicht gegeben.

Er schaltete den Fernseher ein und erlebte einen seherischen Moment. Hoeneß war präsent, dieses Mal nicht in einem seiner Träume, sondern live und in Farbe auf dem Bildschirm. Der Bayern-Manager wartete mit einer Aktion auf, die Hannes bereits aus eigener Erfahrung kannte – aus einem Traum. Hoeneß versuchte dieses Mal, die Spieler und Fans des TSV 1860 zu manipulieren und sie auf ihr Spiel gegen Werder einzustellen. Er sprach dem Team nicht nur Mut zu, sondern versprach ihnen, für den Fall, dass man Werder schlagen würde, sie eine Woche lang kostenlos mit Bratwürsten zu versorgen. Als Allofs die Hoeneß'sche Motivationstaktik mit dem Kommentar konterte, dass es für 1860 dann am Wochenende wohl um die Wurst gehen würde, musste Hannes zum ersten Mal seit einem gefühlten Jahr herzhaft lachen.

Die Fahrt nach München war nicht geplant. Vor dem Zubettgehen hatte er sich vorgenommen, lange zu schlafen. Er wollte den Sonntag zu Hause verbringen und sich das Spiel auf *Premiere* anschauen. Aber gegen drei Uhr nachts schickte ihm sein Unterbewusstsein einen Gedanken, der ihn aus dem Schlaf zurück in die Realität holte. Der Gedanke wollte von ihm wissen, auf welcher Seite ihres Halses sich Annas kleine Zwillingsmuttermale befanden. Als er um vier Uhr noch immer darüber nachgrübelte, war an ein Weiterschlafen nicht mehr zu denken. Anna ließ ihn nicht mehr los. Wie ein Wissenschaftler, der wie besessen mit dem Herleiten einer neuen Formel kämpft, quälte sich Hannes mit den Gedanken an Annas Aussehen. Je länger er sich damit beschäftigte, desto undeutlicher wurde die Erinnerung an Simons Mutter. Er versuchte, sich ihr Gesicht vorzustellen, und hatte das Gefühl, durch eine viel zu starke Brille zu schauen. Annas Bild wurde immer verschwommener. Konnte man nach nicht einmal zwei verstrichenen Wochen vergessen, wie der Mensch aussah, den man über alles liebte? Er musste sie sehen, und wenn auch nur auf einem Foto. In diesem Moment wurde ihm klar, dass er nicht einmal ein Foto von ihr hatte. In all den turbulenten Wochen hatten die beiden nicht einmal dazu Zeit gehabt, Fotos von sich zu machen. Es war 4.30 Uhr und er war hellwach. Wie sollte er den Tag nur überstehen?

Keine 20 Minuten später fuhr er auf die Autobahn auf. Er brauchte Abstand. Er brauchte Zeit zum Nachdenken. Er musste irgendwie auf andere Gedanken kommen. Er brauchte Werder.

Die Autobahn war wie ausgestorben. Er war überhaupt nicht müde. Im Gegenteil. Er spürte, dass er einen klaren Kopf bekam und dass es ihm mit jedem Kilometer, den er sich aus seinem gewohnten Umfeld entfernte, besser ging. Natürlich kamen die Gedanken an Anna und Simon wieder zurück. Aber es gelang ihm jetzt, besser damit umzugehen. Er begann zum ersten Mal, sich damit zu beschäftigen, dass die Dinge, die passiert waren, möglicherweise doch nicht das Ende bedeuten mussten. Vielleicht würde die Zeit helfen. Die Zeit und Werder.

Das würde ein schweres Spiel werden. Aber auch ein Spiel mit Symbolcharakter. 1860 München war kein Gegner, den man einfach so auf die leichte Schulter nehmen konnte. Der Durchschnitts-Werder-Fan würde, ob einer solchen Behauptung, sicher leicht schmunzeln. Aber Hannes war alles andere als nur ein Durchschnitts-Werder-Fan und deshalb wusste er, dass es keinen Verein in Deutschland gab, bei dem Werder länger auf einen Auswärtssieg wartete. Gegen die Bayern hatte man beispielsweise erst vor einem Jahr gewonnen – 1:0 durch Micoud. In der Saison davor hatte man bei den Bayern 2:2 gespielt und wieder eine Saison davor, wurden sie mit 3:2 geschlagen (Tore: zweimal Pizarro und einmal Bode). Nein, nicht die Bayern hatten Werder in all den Jahren Niederlagen in Serie zugefügt, es waren die Löwen, gegen die Werder die letzten vier Auswärtsspiele in Folge verloren hatten. In der vergangenen Saison sogar mit 0:3.

Kurz nach Hannover bemerkte Hannes mit einem Mal, dass ein Wagen dicht hinter ihm fuhr. Er verlangsamte das Tempo, aber der andere Wagen wollte nicht überholen. Es war zu dunkel, um im Rückspiegel Details zu erkennen. Die Polizei – wie schon beim letzten Mal – die gleiche erste Vermutung. Hannes beschleunigte und überholte ein vor ihm fahrendes Fahrzeug. Keine zehn Sekunden später war der andere Wagen wieder hinter ihm. Hannes fuhr wieder langsamer, doch das andere Auto schien sich seiner Geschwindigkeit anzupassen. Dann musste man wohl wieder von Verfolgung sprechen, oder? Nicht schon wieder. Wie konnte sie so etwas machen? Wo kam sie auf einmal her? Observierte sie ihn? Hannes überlegte. Es gab wohl nur eine Chance: Er musste Klaus Neitzel anrufen. Dieses Mal war es jedenfalls schon fast sechs. Er bremste etwas ab um nach seinem Handy zu suchen. Im gleichen Moment scherte der Wagen hinter ihm aus und setzte zum Überholen an. Der Fahrer hupte Hannes an und als Hannes zu dem Wagen schaute, sah er, dass darin vier Werder-Fans saßen, die den Daumen nach oben hielten und ihm euphorisch zuwinkten. Sie mussten die beiden Werder-Aufkleber auf seinem Toyota gesehen haben und hatten offensichtlich den gleichen Weg wie Hannes. Hannes lachte ihnen erleichtert zu.

Er hatte viel Zeit, schließlich war er schon kurz vor 13 Uhr in München. Also beschloss er, einen ausgiebigen Spaziergang durch Münchens Innenstadt zu machen. Dabei trug er seine dunkle Sonnenbrille und zog die Mütze tief ins Gesicht. Er sah erstaunlich viele Werder-Fans, die singend durch die Straßen liefen, zusammen mit Fans des TSV 1860

München, mit denen sie sich gemeinsam über den anderen Münchner Bundesligaklub amüsierten. Ein paar Löwen-Fans trugen ein selbstgemaltes Banner mit der Aufschrift *Hoeneß, wir scheißen auf Bratwürste!* Schließlich kam Hannes an einem Kino vorbei, in dem *Make my day* gezeigt wurde. Er beschloss, sich ungetarnt eine Karte zu kaufen. Sofort wurden die anderen Leute in der Schlange auf ihn aufmerksam. Wie schon unzählige Male vorher hielt man ihn für James Duncan. Hannes plauderte mit seinen Fans über den Film, die Dreharbeiten, das Jonglieren und darüber, dass er gerade einen Freund in München besuchte. Er bekam die Kinokarte gratis, ließ sich mit einigen Verehrerinnen fotografieren und schrieb fleißig Autogramme. Nach dem Film ging es ihm wirklich gut. Er freute sich auf das Spiel und machte sich auf den Weg ins Olympiastadion.

Ein Auswärtsspiel im Stehplatzblock der Gästekurve zu sehen, war für Hannes nach wie vor ein Kulterlebnis. Dafür würde er jeden Logenplatz sausen lassen, ganz egal, wie reichhaltig das Büffet und wie kalt das Bier war, das dabei im Preis inbegriffen war. Kaltes Bier war ohnehin ein schlechtes Stichwort, denn die eisigen Temperaturen im Olympiastadion waren nur unwesentlich höher als jene im Gästeblock des Playmobil-Stadions zu Fürth. Dennoch herrschte in der Kurve immer Trubel, Leben, Emotion, und das Schönste war: Hier hielt man Werder bedingungslos die Daumen, 90 Minuten lang. Gerade in der laufenden Saison war diese Unterstützung unbeschreiblich emotional. Die Fans honorierten die Leistungen der Mannschaft, es schien fast so, als wollte jeder Einzelne seinen Beitrag dazu leisten, dass Werder am Ende der Saison etwas wirklich Großes geleistet haben würde. In der Gästekurve wurde gewissermaßen das gesamte Weser-Stadion abgebildet: Dort traf man die Fans aus der Ostkurve, die Fans, die dem Ostkurvenalter gerade entwachsen waren, aber bis vor Kurzem dort noch in ihrer Kutte gestanden hatten. Man traf Familienväter mit ihren Kindern, Pärchen, die Werder zusammen die Daumen drückten, und auch Werder-Fans des etwas älteren Semesters, die im Weser-Stadion mitunter auch auf der Haupttribüne saßen. Im Gästeblock waren alle gleich, da schlugen all ihre Herzen im gleichen Takt und bildeten den großen Rückhalt im fremden Stadion. Die Stimmung war im Gästeblock meist sogar besser als unter den Zuschauern der Heimmannschaft, abgesehen vielleicht von deren Stehplatzbereich. Neben Hannes stand ein Werder-Fan aus Bremen, der eine Tagesreise mit dem Zug hinter sich gebracht hatte.

„Weißt Du, dass das heute ein besonderer Tag ist?", fragte der Fan, der etwa zehn Jahre jünger als Hannes war und ein Trikot von Andreas Herzog trug. Hannes wusste nicht, wie viele, aber es war klar, dass einige Beck's im Laufe des Tages die Kehle von Herzog hinuntergelaufen sein mussten.

„Nein, keine Ahnung, wieso!"

Herzog lächelte und Hannes hatte das Gefühl, als könne dieser sich nicht mehr an seine *Besonderer-Tag-Frage* erinnern.

„Heute habe ich Geschichte geschrieben, Geschichte. Es ist ein neues Zeitalter angebrochen!"

„Jetzt bin ich aber gespannt! Hat es was mit Werder zu tun?"

„Nur indirekt, quasi nicht unmittelbar!"

Gemessen an seinem Alkoholpegel artikulierte sich Herzog erstaunlich intellektuell.

„Ich habe es geschafft. Ich habe es tatsächlich geschafft. Ich habe in meinem Werder-Outfit die Höhle des Löwen aufgesucht. Bin ins Hofbräuhaus gegangen, habe dort eine Maß Bier erworben, mich auf den Tisch gestellt und *Wo die Weser einen großen Bogen macht* gesungen!"

Er nickte so stolz, als wäre er ohne Sauerstoffflasche durch den Atlantik getaucht.

„Das erste Mal. All die Jahre vorher haben sie mich rausgeschmissen, aber dieses Mal habe ich es ihnen gezeigt!"

Hannes musterte Herzog kurz und im gleichen Moment stieß er zusammen mit dem ganzen Gästeblock einen kollektiven Schrei der Enttäuschung aus. Das Spiel war nicht einmal eine halbe Minute alt und Lisztes hätte schon das 1:0 machen können. Doch der Ungar brauchte zu lange, um die Situation erfolgreich abzuschließen. Werder übernahm sofort das Kommando und schnürte die Löwen so ein, dass die Mannschaft aus München kaum über die Mittellinie kam. Das einzige Manko war, dass das erste Tor auf sich warten ließ. Nach knapp einer halben Stunde gab es dann eine unübersichtliche Aktion im Mittelfeld. Baumann lag auf dem Boden, ohne dass der Ball in der Nähe des Geschehens war. Ein Spieler der Löwen hatte dem Werder-Kapitän den Ellenbogen in den Magen geschlagen und wurde vom Platz gestellt. Werder spielte jetzt also mit einem Mann mehr, die Stimmung im Block wurde immer besser. *Zieht den Bayern die Lederhosen aus* wurde angestimmt und das ganze Stadion sang mit.

Dann hatte Ailton plötzlich den Ball. Am linken Eck des Löwen-Strafraums kam er ziemlich unbedrängt zum Flanken und Klasnić verlängerte den Ball am Fünfmeterraum mit dem Außenrist in das rechte Eck. Treffer Nummer acht für Ivan. Werder lag in Führung und die Fans feierten schon so, als wäre das Spiel bereits gelaufen. Hannes dachte sofort an Simon. Ob er das Spiel auch sehen konnte? Verfolgte er es vielleicht am

Radio? Es waren immer die gleichen Gedanken, die Hannes beschäftigen, auch mit einem sehr großen räumlichen Abstand, dem größtmöglichen, wenn man die Landkarte der Fußballbundesliga als subjektives Universum betrachtete. Irgendwie wartete er auf eine SMS von Anna, aber sein Handy blieb still. Vielleicht dann, wenn Ailton treffen würde? In der zweiten Halbzeit vielleicht?

Die Heimmannschaft blieb harmlos, es schien fast so, als wollte sie Hoeneß einen Korb geben, nach dem Motto, auch die Mannschaft scheißt auf Deine Bratwürste. Die wenigen Bemühungen, Werder in Verlegenheit zu bringen, waren ausgesprochen harmlos. Kaum zu glauben, dass man seit vier Jahren nicht mehr gegen 1860 gewonnen hatte. Werder hingegen machte nicht nur das Spiel, man blieb auch in der zweiten Halbzeit gefährlich. Ein Freistoß von Micoud wurde von dem Torwart der Münchner gerade noch am Tor vorbei gelenkt. Der Torwart entschärfte auch einen Schuss von Krstajic. Zu diesem Zeitpunkt hätte es schon längst 2:0 stehen müssen. Herzog erzählte Hannes zum fünften Mal, wie er das Hofbräuhaus *aufgemischt* und auf dem Tisch stehend – in dieser Version der Story – ein *Beck's getrunken* hatte. Hannes fand genügend Ablenkung und alleine deshalb hatte sich die Fahrt schon gelohnt. Doch irgendwie wünschte er sich jetzt endlich das 2:0. Er konnte nicht verhindern, dass sich sein Zweckpessimismus wieder meldete. Und dann wäre es tatsächlich fast passiert gewesen. Reinke unterschätzte einen Freistoß der Kategorie harmlos und so touchierte der Ball das Lattenkreuz des Werder-Tors. Von dort prallte der Ball direkt vor einen Löwen-Stürmer, doch zum Glück konnte Ismaël dessen Kopfball gerade noch von der Torlinie kratzen.

„Das war Absicht, Alter! Das war Absicht. Ganz klar, die wollen die Bayern anfüttern, die wollen den Bayern auf der Nase rumtanzen!"

Hannes sah in Herzogs Gesicht, dass dieser es genauso meinte.

„Glaubste nicht? He, Mann, ich habe nackt im Hofbräuhaus getanzt und gezeigt, wo der Hammer hängt. Ich bin gesegnet, glaube mir. Das geht hier nicht mehr schief. Wir machen jetzt das 2:0. Jetzt!"

Im gleichen Moment flankte Stalteri den Ball von rechts in den Strafraum. Die Szene spielte sich direkt vor dem Gästeblock ab. Angelos Charisteas, der für Ailton gekommen war, tauchte ab, nahm den aufsetzenden Ball mit dem Kopf und wuchtete ihn unhaltbar zum 2:0 ins Tor der Löwen.

Der Werder-Block war ein Tollhaus. Herzog fiel Hannes um den Hals und rief:

„Sag ich doch, ich bin gesegnet. Ich habe Beck's im Hofbräuhaus ausgeschenkt!"

Hannes spürte, dass er glücklich war, und er hatte kein schlechtes Gewissen. Er wusste, dass es richtig gewesen war, den langen Weg nach München anzutreten. Sein grün-weißes Blut wurde nach wie vor mit unglaublicher Intensität durch seine Adern gepumpt. Egal, was passierte, das würde sich nie ändern. Er spürte aber auch, dass er Anna liebte und brauchte. Er würde versuchen, sie davon zu überzeugen, dass das Leben ...

Egal. Er würde jedenfalls nicht einfach teilnahmslos in seiner Wohnung vor sich hin vegetieren wie in den letzen beiden Wochen. Es war an der Zeit, sie anzurufen. Auch wenn es schwerfallen würde. Als er zu diesem Entschluss gekommen war, pfiff der Schiedsrichter das Spiel ab. Werder hatte 2:0 gewonnen und stand nach wie vor mit sieben Punkten Vorsprung auf Bayern München an der Tabellenspitze.

8. bis 14. März 2004: Ein Tag, 1440 Minuten, 15 Spiele

„Hannes? Bist Du das?"

So sehr er es sich auch gewünscht hatte, aber das hier war nicht Anna, die ihn per Telefon aus dem Schlaf riss. Er hatte nach dem Sieg in München noch den Weg zurück nach Bremen angetreten. Aber zwischen Kassel und Hannover ging gar nichts mehr. Er konnte vor Müdigkeit kaum noch die Augen offen halten. Zunächst hatte er noch versucht, dagegen anzukämpfen. Aber als ihm auf einem Autobahnschild, auf dem eigentlich *Kassel Nord* hätte stehen müssen, Uli Hoeneß mit Bratwurst-Ohrringen zugelächelt hatte, wusste er, dass es besser war, die Nacht in einem kleinen Hotel in Göttingen zu verbringen. Selten zuvor hatte er so tief und traumlos geschlafen, bis ihn schließlich das Klingeln seines Handys geweckt hatte. Natürlich hatte er auf Anna gehofft, doch stattdessen erkundigte sich eine Männerstimme, die er keiner Person zuordnen konnte, nach ihm.

„Ja!" Er gähnte. „Ja, hier ist Hannes. Mit wem spreche ich denn?"

„Hier ist Emre!"

Er brauchte einen Moment. Normalerweise hatte er ein gutes Namensgedächtnis, aber ...Emre? Keine Ahnung.

„Wir haben zusammen Silvester gefeiert, im Krankenhaus. Ich bin der Vater von Gülcan, sie ist mit Simon auf derselben Station!"

„Emre! Natürlich. Galatasaray, stimmt's?"

„Stimmt, aber natürlich auch Werder!"

„Ja. Werder. Natürlich. Ich war übrigens gestern im München. Hab das Spiel im Stadion gesehen. Langsam bekomme ich es mit der Angst zu tun!"

„Angst? Du brauchst doch keine Angst zu haben, die Mannschaft ist richtig cool. Die werden Meister, das glaube ich wirklich!"

„Na, ich finde, das kann man noch nicht sagen. Es sind noch zwölf Spiele, 36 Punkte. Da kann noch viel passieren!"

Hannes wartete auf einen Einwand des türkischen Vaters, doch dieser ging nicht auf seine Bemerkung ein. Und erst dann verstand Hannes. Es musste etwas mit Simon passiert sein:

„Was gibt es denn, Emre? Ist etwas passiert?"

„Ich wollte Dich einfach mal anrufen, ich meine, ich glaube, ich …"

„Ist etwas mit Simon? Geht es dem Jungen nicht gut?"

„Ich weiß ja nicht, was mit Euch los ist, mit Anna und Dir, meine ich. Und es geht mich auch wirklich nichts an, aber Simon geht es wirklich nicht gut. Und ich weiß nicht, ob Du es weißt!"

Hannes setzte sich auf sein Bett.

„Was ist denn mit ihm? Sind es die Medikamente? Kann er nicht essen? Hat er wieder diese offenen Stellen? Sind seine Werte schlechter geworden?"

„Ich kann nicht sagen, wie er die Medikamente verträgt. Vielleicht gut, vielleicht nicht so gut. Aber das ist es nicht, Hannes. Seine Seele ist krank!"

„Seine Seele ist krank?"

„Ja. Er fragt nach Dir. Er fragt ständig nach Dir. Er vermisst Dich, Hannes. Er vermisst seinen Papa. Er sagt, sein Papa kommt nicht mehr. Er hat Angst, dass ihn sein Papa vergessen hat. Er sagt, jetzt hat er niemanden, mit dem er über Werder reden kann. Er sagt, das Einzige, was er hat, ist die Markus-Bomber-Perücke. Ich habe keine Ahnung, wer Markus Bomber ist. Hat der auch mal bei Werder gespielt? Er braucht Dich, Hannes. Es geht ihm wirklich schlecht, Deinem Jungen!"

Hannes musste weinen. Da half es auch nichts, dass Emre dachte, Marc Bolan sei ein ehemaliger Werder-Spieler, der Markus Bomber hieß. Er war froh, dass ihn niemand so sah. Wie hatte er sich nur einreden können, dass Simon ihn vergessen konnte! Aber wie kam Emre darauf, ihn anzurufen?

„Schwester Karin hat mir Deine Handynummer gegeben. Sie hatte Angst, selbst bei Dir anzurufen, weil sie Deiner Frau nicht in den Rücken fallen wollte!"

Frau. Dachte Emre, er wäre mit Anna verheiratet? Dachte er auch, Simon wäre sein leibliches Kind? Beides machte Hannes unheimlich stolz und er hätte damit nicht nur gut leben können, es hätte ihn sehr glücklich gemacht.

Auf der Weiterfahrt nach Bremen überlegte er lange hin und her. Die Antwort auf die Frage, ob er Simon wiedersehen würde, blieb dennoch immer die gleiche: Ja! Er wollte den Jungen wiedersehen, so schnell wie möglich. Vor allem jetzt, da er wusste, dass Simon sich nach ihm sehnte. Es war allein schon deshalb wichtig, weil Hannes' Anwesenheit Simons Krankheitsverlauf positiv beeinflussen konnte. Ebenso positiv, wie dies Gespräche über Werder waren. Beides wusste er aufgrund zahlreicher Gespräche mit dem Krankenhauspersonal. Natürlich wusste er auch, dass er vorher mit Anna darüber reden musste, und zwar noch schneller als möglich. Am besten noch heute.

Der Arbeitstag lief wirklich gut, er hatte ein gutes Gefühl, als er den Weg nach Hause antrat. Dort hatte sich das gute Gefühl verflüchtigt, wie ein Murmeltier, das sich zum Winterschlaf in seine Höhle zurückgezogen hatte. Auch Hannes zog sich in seine Höhle zurück, aber nicht um dort einen Winterschlaf abzuhalten, sondern sich eine Strategie für seinen Anruf bei Anna zurechtzulegen. Dabei hätte er einfach bei ihr an der Tür läuten können. Bevor ihm klar wurde, dass die Idee, zwei, drei Tequilas zu trinken, im wahrsten Sinne des Wortes eine Schnapsidee gewesen war, war er schon betrunken. Es war 18.24 Uhr.

„Was bist du nur für ein Riesenarschloch!", sagte er zu seinem Spiegelbild, das ihn nur dämlich anlächelte.

„Wenn Du Sie in diesem Zustand anrufst, dann wird sie denken, Du willst sie verarschen. Sie kennt Dich. Sie weiß, dass Du nicht nüchtern bist. Sie wird denken, Du nimmst sie nicht ernst, verdammt noch mal!"

Er musste also wieder nüchtern werden, und zwar schnell. Nachdem er so kalt geduscht hatte, dass er laut geschrien hatte, ging es ihm ein wenig besser. Aber er hatte das Gefühl, dass er noch nicht ganz bei Sinnen war. Er musste noch mindestens ein weiteres ernüchterndes Register ziehen. Es dauerte eine Weile, dann wurde er fündig. Das Internet machte es möglich und spuckte insgesamt zwölf brauchbare Treffer aus. Ein Dutzend Artikel über Werders Blamage in Pasching. Das erste Spiel der Saison, die Demütigung im UI-Cup gegen die Feierabendfußballer aus einem österreichischen Kuhkaff, deren Ailton Edi Glieder hieß. Hannes las jeden einzelnen Artikel. Danach fühlte er sich nüchtern genug, um Anna anzurufen.

Es hatte schon dreimal geklingelt. Hannes hatte sich vorgenommen, auf jeden Fall zu warten, bis sie abheben würde. Er wollte kein Feigling sein, es ging um Simon. Dann fragte er sich, ob dieser Entschluss auch galt, falls ihr Anrufbeantworter anspringen würde. Vielleicht war sie im Krankenhaus, bei Simon. Wenn Hannes richtig gerechnet hatte, müsste der Junge aber eigentlich zu Hause sein. Doch möglicherweise war die Therapie umgestellt worden. Vielleicht hatte es Probleme gegeben. Das hatte Emre schließlich schon angedeutet.

„Hallo?“

Sie ist es. Du musst etwas sagen. Etwas Intelligentes.

„Anna? Bist Du es?“

„Hannes? Ja!“

Die Identifizierung war erfolgreich abgeschlossen.

„Ich, ich wollte mich einfach mal wieder melden. Um ehrlich zu sein …“

Er brach ab. Er fühlte sich so schlecht, dass er kein Wort mehr herausbrachte. Die Ernüchterungsbemühungen hatten nichts gebracht. Im Gegenteil. Sie stellten sich sogar als kontraproduktiv heraus, denn der Alkohol hätte ihm wenigstens die Stimme gelockert.

„Ja?“

Du musst etwas sagen!

„Ich muss Dir was sagen, Anna!“

„Dann sag' mir doch was!“

Sie klang nicht mehr böse. Sie klang vielleicht müde und enttäuscht, aber sie klang nicht mehr böse.

„Weißt Du, was mir in der Nacht von Samstag auf Sonntag passiert ist?“

Sofort wusste er, dass das auch vollkommen bescheuert war. Schließlich war die Aktion mit Lisa Jacobs auch in den Nachtstunden abgelaufen. Aber jetzt konnte er wohl nicht mehr zurückrudern!

„Ja, was denn?“

„Ich bin aufgewacht, mitten in der Nacht. Und dann musste ich an dich denken, weißt Du. So wie in all den anderen eintausendvierhundertvierzig Minuten des Tages. Ich habe Dir so viele Dinge noch nicht gesagt!“

„Woher weißt Du denn, wie viele Minuten ein Tag hat?“

„Das habe ich mir einmal ausgerechnet. Als kleiner Junge. Ich habe mir vorgestellt, wie viele Fußballspiele man sich an einem Tag anschauen könnte. Wenn sie alle hintereinander gespielt werden würden, weißt Du. Es sind 24 mal 60 also 1440 Minuten. Und wenn man die wieder durch 90 teilt, weil ein Spiel ja 90 Minuten dauert, dann kommt man auf 16. Man könnte also 16 Spiele anschauen. Was natürlich nicht ganz stimmt, denn es käme ja noch die eine oder andere zusätzliche Minute der Nachspielzeit dazu und …"

Erst jetzt bemerkte er, worüber er redete.

„Weißt Du, dass Du verrückt bist, Hannes Grün?"

Sie hatte recht, er war verrückt. Verrückt nach ihr. Aber das konnte er ihr jetzt nicht sagen.

„Das stimmt wohl. Aber Du wolltest wissen, woher ich weiß, dass ein Tag 1440 Minuten hat. Ich wollte Dir nur die Wahrheit sagen, so wie ich es immer getan habe!"

Eine Steilvorlage. Nicht beabsichtigt. Aber sie ging nicht darauf ein.

„Du wolltest mir erzählen, was Du mir noch nicht gesagt hast!"

„Ja. Das stimmt. Das wollte ich. Ich wollte Dir zum Beispiel sagen, dass Du zwei kleine Zwillingsmuttermale am Hals hast. Das Schönste, was ich je gesehen habe. Vielleicht hast Du die Muttermale selbst noch nicht bemerkt. Ich wollte mir jedenfalls vorstellen, wie sie aussehen, weißt Du? Ich lag in meinem Bett und wusste es nicht mehr. Je länger ich darüber nachgedacht habe, desto unklarer wurde alles. Ich hatte es vergessen. Es hat mich die ganze Nacht über geplagt. Ich konnte an nichts anderes mehr denken, nicht mehr schlafen. Und dann habe ich mich schließlich um vier Uhr morgens in mein Auto gesetzt!"

„Und?"

„Ich musste weg, den Kopf irgendwie frei bekommen!"

„Was hast Du gemacht?"

„Ich glaube, Du kennst mich gut genug, dass Du es Dir vorstellen kannst!"

„Ist es das, was ich glaube?"

„Ich befürchte ja. Was glaubst Du denn?"

„Mein fußballbesessener Sohn hat mich darüber aufgeklärt, dass Werder in München gespielt hat. Gegen 1869 München! Du bist nach München gefahren, um Dir das Spiel anzusehen, stimmt's?"

Hannes lächelte glücklich. Er liebte den Jungen und er liebte diese Frau. Auch wenn sie das Gründungsjahr von 1860 München um neun Jahre nach hinten verlegte.

„Ja. Ich war dabei. Ich hätte sonst vielleicht etwas Unüberlegtes gemacht und wäre nachts in dein Schlafzimmer gegangen, um mir die beiden Muttermale anzuschauen!"

„Du bist verrückt!"

Wieder lag es ihm auf der Zunge, ihr die entsprechende Antwort zu geben. Diesmal gab sie wohl eine Steilvorlage. Aber auch er beschloss, nicht darauf einzugehen. Das Gespräch tat gut, so wie es verlief.

„Anna?"

„Hannes?"

„Simon fehlt mir, Anna. Er fehlt mir so. Ich vermisse ihn, weißt Du, und ich habe mich in den letzten drei Wochen immer wieder gefragt ob …"

„Du fehlst ihm auch. Er fragt jeden Tag nach Dir. Jeden Tag!"

Hannes schluckte. Für einen kurzen Moment hatte er das Gefühl, vor Rührung nie wieder sprechen zu können.

„Wirklich?"

„Wirklich!"

Hannes überlegte. Wenn Simon ihn vermisste, vielleicht vermisste sie ihn auch.

„Was hast Du Dich denn immer wieder gefragt, in den letzten drei Wochen?"

„Oh. Ja. Ich habe mich gefragt, ob er mich vielleicht vergessen hat. Und ich habe mich gefragt, ob er vielleicht auch Werder vergessen hat. Ob er sein Trikot noch anzieht, die Marc-Bolan-Perücke? Ob er das Mini-Weser-Stadion noch hat und die Werder *Fimo*-Figuren? Ob er die Werder-Spiele im Fernsehen gesehen oder auf dem kleinen Radio gehört hat, das ich ihm geschenkt habe?"

„Glaubst Du wirklich, Simon hätte das alles vergessen können? Ich kenne nur einen Menschen auf der Welt, der verrückter nach Werder ist als er!"

„Verrückt nach Werder. Aber auch verrückt nach Simon!"

„Er vermisst Dich auch!"

„Und verrückt nach seiner Mutter", flüsterte Hannes und hoffte, dass sie es nicht gehört hatte.

Sie atmete langsam ein und aus. Jetzt konnte sie zunächst nichts sagen. Es vergingen zwei, drei Sekunden, die Hannes wie eine Ewigkeit vorkamen.

„Gib mir noch etwas Zeit!"

Hättest Du doch einfach den Mund gehalten!

„So viel, wie Du willst. Vielleicht hätte ich es auch einfach nicht sagen sollen. Manchmal verhalte ich mich wie ein Idiot!"

Sie reagiert nicht darauf. Stattdessen sagte sie:

„Was denn noch zum Beispiel?"

„Bitte?"

„Was hast Du mir denn noch nicht gesagt?"

„Ich habe Dir zum Beispiel noch nicht gesagt, dass es kein Foto gibt, auf dem nur wir beide zu sehen sind!"

„Wirklich?"

„Wirklich. Zumindest nicht, dass ich wüsste!"

„Und was noch?"

„…" Hannes' Stimme stockte.

„Was hältst Du denn davon, wenn wir uns morgen alle zusammensetzen? Dann können wir alles in Ruhe zusammen besprechen!"

Er hätte sie küssen können. Sie hatte ihn eingeladen, auf eine solch diplomatische, romantische Art und Weise, hatte den zweiten Schritt getan. Sein Herz klopfte. Er hätte einen Vergleich aus dem Fanleben bringen können, … wie bei einem 3:2 in der letzten Sekunde der Nachspielzeit oder wie bei einem entscheidenden gehaltenen Elfmeter im DFB-Pokalfinale. Aber dieses Mal schaltete sich seine Datenbank der Werder-Emotionen nicht zu. Er war allein mit seinem klopfenden Herzen und dachte an Anna und ihren Jungen.

„Das ist eine gute Idee. Eine sehr gute Idee, sogar. Wo hält sich Simon denn auf, im Moment?"

„Er hat ein Zimmer in meiner Wohnung bezogen. Dort fühlt er sich am wohlsten!"

Also doch. Simon war zuhause. Das bedeutete, dass er sich am Wochenende vielleicht das Spiel mit ihm ansehen konnte, vorausgesetzt, Anna hatte nichts dagegen.

„Gut. Dann komme ich morgen vorbei. Ich freue mich, Anna!"

„Er wird sich auch freuen. Er wird die Minuten zählen, bis du kommst, wenn ich es ihm sagen werde!"

Freust Du Dich auch?

Nein. Er würde die Frage nicht stellen.

„Gut. Dann sehen wir uns morgen, ja!"

„Ja. Wann willst Du denn kommen?"

„So gegen 17 Uhr, wenn ich von der Arbeit nach Hause komme!"

„Schön. Ja, ich finde es schön!"

„Bis morgen, Anna!"

„Bis morgen, Hannes!"

Ich finde es schön.

War das nur eine Floskel oder bedeutete das, dass sie sich auch auf ihn freute? Hannes spürte sein klopfendes Herz. Er sehnte sich nach dem Leben, wie er es noch vor einem Monat geführt hatte.

Simon schaute ihn ernst und interessiert an. Sein Nasenflügel bewegte sich und Hannes war glücklich, auch wenn der Junge natürlich eine Antwort auf eine der am schwierigsten zu beantwortenden Fragen überhaupt erwartete.

Als er Simon vor mittlerweile vier Stunden zum ersten Mal seit drei Wochen wieder gesehen hatte, hatte er fast einen Schock bekommen. Der Junge sah sehr krank aus. Er war noch dünner, als Hannes ihn in Erinnerung hatte. Er war blass, ausgemergelt, aber seine Augen strahlten vor Freude. Als er Hannes sah, hatte Simon ihn umarmt, so fest, dass Hannes befürchtete, der Junge könnte zerbrechen. Dann schaute Simon ihn einfach nur an. So als wäre Hannes berühmt oder ein Ausstellungsstück eines Museums. Die beiden hatten geredet, als hätte es die zeitliche Trennung nie gegeben. Sie hatten gefachsimpelt, über die letzten drei Spiele, die Chancen in Meisterschaft und Pokal – gerade der Pokal stand bei Simon sehr hoch im Kurs – und über Miro Klose, den Nachfolger von Ailton. Und dann hatte Simon schließlich diese Frage gestellt.

„Hannes", hatte er gefragt, „ist es manchmal auch mal schwer, ein Werder-Fan zu sein?"

Hannes schaute Anna an, die nur mit den Schultern zuckte und sagte: „Du kennst ihn. Er will eine Antwort!"

„Weißt Du, manchmal ist es wirklich nicht einfach. Ich habe Dir doch schon einmal von Pasching erzählt, weißt Du noch?"

Simon nickte.

„Ja. Das war doch diese Mannschaft aus Österreich, oder?"

Hannes nickte.

„Die haben uns schwindelig gespielt. Werder hat gespielt, als hätten sie noch nie zuvor Fußball gespielt, weißt Du? Und wenn man so etwas anschauen muss und weiß, wie gut die Mannschaft eigentlich spielen kann, dann ist das ganz, ganz schlimm!" Er dachte an seine Reise nach Miami und beschloss, es für sich zu behalten. Davon konnte er Simon auch noch in fünf Jahren erzählen.

„Du meinst, es ist dann schwer, Werder-Fan zu sein, wenn Werder nicht wie Werder spielt?"

Hannes lächelte. Die philosophischen Schlussfolgerungen des Jungen hatten ihm so gefehlt.

„Ja. Ja, so kann man es sagen, ja!"

„Gibt es noch mehr Beispiele?"

Hannes nahm den Jungen und setzte ihn auf seinen Schoß.

„Weißt Du, alle, die ich kenne und die sich für Fußball interessieren, alle diese Menschen glauben, dass Werder in dieser Saison Meister werden können!"

Simon lächelte glücklich.

„Es gibt aber einen Menschen, den ich sehr gut kenne, der das nicht glauben will!"

Der Nasenflügel des Jungen wollte wieder eine Antwort.

„Du willst wissen, wer das ist?"

Simon nickte ernst.

Hannes lächelte und deutete auf sich selbst.

„Du? Du denkst, dass Werder nicht Meister wird?"

„Das habe ich nicht gesagt. Ich habe nur gesagt, dass ich nicht daran glauben kann!"

„Aber warum?"

Hannes überlegte.

„Das ist wirklich sehr schwer zu sagen. Vielleicht kann ich es Dir noch einmal mit dieser Pasching-Mannschaft erklären. Damals, kurz vor dem Spiel, da habe ich mir nur überlegt, wie hoch Werder wohl gewinnen würde, weißt Du? Ich hatte keinen Zweifel daran, dass Werder gewinnen würde, ja, nicht einfach gewinnen, sondern hoch gewinnen würde. Ich hatte mit einem 5:0-Sieg gerechnet. Ich hätte niemals gedacht, dass die Mannschaft vielleicht nur sehr knapp gewinnen würde oder dass sie vielleicht nur unentschieden spielen würde oder dass sie sogar verlieren würde!"

Simon schaute ihn so ernst an, dass Hannes beinahe Angst bekam.

„Ist alles in Ordnung, kleiner Alligator?"

Der Junge nickte.

„Und dann?", fragte er.

„Na, das weißt Du doch. Dann hat Werder 4:0 verloren. 4:0! Ich war am Boden zerstört!"

„Hast Du geweint!"

Anna lachte laut.

„Nein, das nicht, aber ich hätte weinen können. Es ist manchmal so, wenn man Werder-Fan ist, dass man plötzlich denkt, jetzt, jetzt kann nichts mehr passieren. Die Mannschaft hat so gut gespielt in den letzten Spielen, jetzt muss es klappen. Oder man denkt, es ist so einfach, das nächste Spiel zu gewinnen, und dann …"

„Dann verliert Werder, stimmt's`?"

„Stimmt! Und manchmal verliert Werder nicht nur ein Spiel. Es kann sein, dass sie vielleicht 20-mal nicht verloren haben und dann, auf einmal, ja, dann verlieren sie fünf Spiele hintereinander und keiner kann sagen, warum. Ich habe manchmal das Gefühl, so etwas gibt es nur bei Werder!"

„Und Du hast Angst, dass Du denkst, dass Werder Meister werden kann und es dann ganz anders kommt?"

Hannes nickte. Es war unfassbar, wie ihn der Junge verstand. Aber was Simon danach sagte, zog Hannes beinahe die Beine weg.

„Das ist so ähnlich wie bei mir." Er lächelte Hannes unsicher an und bevor dieser nachfragen konnte, fügte Annas kleiner Junge hinzu:

„Schwester Karin sagt zu mir immer, dass ich ganz gestimmt wieder gesund werde, weil die Chemos die Krankheit besiegen, und dass ich dann wieder ein ganz normales Leben führen kann, wie ein ganz normaler Junge. Aber ich will das dann gar nicht glauben, weil ich mir manchmal überlege, dass ich dann ganz arg enttäuscht wäre, wenn es nicht stimmt, und dass ich ja dann sterben könnte, wenn es nicht stimmt!"

Hannes stockte der Atem. Es hatte ihn so unvorbereitet getroffen, dass er Mühe hatte, die Fassung zu bewahren. Er sah Anna, die hinter ihrem Sohn vollkommen regungslos stehenblieb.

„He, kleiner Alligator. Das ist doch was ganz anderes. Bei Dir wird das wieder gut, ganz, ganz sicher. Du hast doch lauter ganz schlaue Leute um Dich rum. Gute Ärzte, Pfleger, die alle ganz viel Ahnung haben."

„Das stimmt!", sagte Anna. „Du brauchst Dir wirklich keine Sorgen zu machen, Schatz!" Sie nahm ihn von Hannes' Schoß und setzte sich mit ihm auf das Sofa.

„Ja. Im Fußball, da gehört Glück dazu, kleiner Alligator. Da muss alles gut klappen, da muss die Kraft stimmen, die Taktik, das Training gut sein. Da müssen alle Spieler fit sein, da kann man verlieren, auch wenn alle denken, man gewinnt!"

„Aber es sterben doch auch Kinder an Leukämie!"

Hannes sah, dass Anna mit den Tränen kämpfte, deshalb setzte er sich zu den beiden. Er wollte noch nicht den Arm um sie legen, hätte es aber gerne getan.

„Ja, das stimmt. Das stimmt, aber Du wirst wieder gesund werden. Im Fußball wollen ja zwei gewinnen, verstehst Du?"

Simon schaute Hannes fragend an.

„Aber bei Dir, da will nur einer gewinnen, und das bist Du. Alle helfen mit, dass Du gewinnst, dass Du den Blasten kräftig in den Arsch trittst!"

Simon lachte laut.

„Aber bei einem Fußballspiel, da hat die andere Mannschaft auch gute Spieler, einen Trainer, eine Taktik und so!"

Simon nickte.

„Ja. Das stimmt. Aber im Krankenhaus, da gibt es nur eine Taktik, stimmt's?"

„Du hast es verstanden, da gibt es nur die *Wir machen Simon wieder gesund*-Taktik!"

Der Junge schaute erst Hannes an, dann seine Mutter.

Anna nickte und dann sagte sie:

„Man könnte auch sagen, die *Wir treten den Blasten ganz kräftig in den Arsch*-Taktik!

Als er wieder in seiner Wohnung war, noch immer tief aufgewühlt über die Bemerkungen Simons über den Tod, ging es ihm trotzdem gut. Er hatte das Gefühl, durch den Besuch bei Anna und Simon wieder zuhause angekommen zu sein, auch wenn er jetzt wieder alleine in seiner Wohnung war. Simon war immer noch der gleiche liebenswerte, intelligente, interessierte Junge, der Hannes' Herz mit seinen ihm ganz eigenen Schlussfolgerungen ein ums andere Mal aufwühlte, wie ein Sturm der Windstärke zwölf. Hannes schämte sich fast bei dem Gedanken daran, dass er befürchtet hatte, dass sich der Junge möglicherweise verändert haben konnte. Und seine Mutter? Hannes konnte ohne sie nicht leben. Die beiden hatten nicht über sich gesprochen, sondern allein über Simon und dessen Bemerkung über den Tod. Es blieb keine Zeit, um über die Nacht der Nächte, die alles verändert hatte, geschweige denn über eine gemeinsame Zukunft zu sprechen. Als Simon im Bett gelegen hatte, hatte ihm Hannes noch eine Geschichte über ein Nilpferd vorgelesen, das gerne Tischtennis-Champion werden wollte. Er blieb am Bett seines kleinen Freundes sitzen, bis dieser eingeschlafen war. Vorher wollte Simon ihm noch das Versprechen abringen, am nächsten Tag wiederzukommen. Doch Hannes sah Anna an, dass dies zu viel für sie war. Später hatte Anna ihm erzählt, dass sie am nächsten Tag arbeiten und sich nach einem Babysitter für ihren Jungen umsehen musste. Und so waren die beiden schließlich übereingekommen, dass Hannes den Job des Babysitters übernehmen würde. Annas schlechtes Gewissen lag auf ihrem Gesicht wie eine Maske. Doch Hannes versicherte ihr, dass er es nicht nur gern machen wollte, sondern dass es ihm auch wirklich gut tat, mit Simon den Abend zu verbringen. Nach einigem Hin und Her hatte Anna schließlich eingewilligt. Verbunden mit der Bitte, ihr ein wenig Zeit zu geben, hatten sich die beiden verabschiedet, ohne dass Hannes ihre beiden Zwillingsmuttermale zu Gesicht bekommen hatte.

Am Samstag war der 1. FC Köln zu Gast im Weser-Stadion. Eigentlich hatte Hannes das Spiel mit Simon und Anna in deren Wohnung anschauen wollen. Es hätte ihm nichts ausgemacht, auf einen Stadionbesuch zu verzichten, im Gegenteil. (Er hätte in seinem alten Leben nicht einmal auch nur einen Gedanken an eine solche Verhaltensweise verschwendet.) Doch er spürte schnell, dass dies Anna vielleicht nicht recht gewesen wäre, und wollte ihr nicht die Luft zum Atmen nehmen. Er wollte das Gefühl haben, dass sie auf seine Anwesenheit auch wirklich Wert legte. Aber das war nur ein Grund, warum er am Samstag doch den Weg ins Stadion antrat. Der andere Grund war Simon Petterson, der kleine leukämiekranke Werder-Fan, der mit Schal, Trikot und Werder-Perücke auf ihn einredete.

„Werder braucht Dich doch, Hannes. Die Mannschaft braucht doch die Fans im Stadion. Wenn Du hier schreist, dann hört das doch niemand. Stimmt das, dass wir heute einen neuen Rekord aufstellen, falls wir gewinnen werden?"

Hannes, der gerade dabei war, seinen *Premiere*-Decoder an Annas Fernseher anzuschließen, hatte keine Ahnung, wovon Simon redete.

„Wenn wir heute gewinnen, dann ist das ein neuer Rekord! Es stand in der Zeitung, Werder hat noch nie 15 Spiele hintereinander gewonnen!"

Hannes lächelte. Simon war ihm vielleicht in Sachen Studium des Sportteils im *Weser-Kurier* voraus, aber Hannes konnte trotzdem noch den überlegeneren Werder-Fan spielen. Noch!

„Das stimmt nicht ganz, kleiner Alligator!"

Hannes testete den Empfang des Decoders und nickte zufrieden.

„Aber warum? Das stand doch so in der Zeitung!"

„Das glaube ich nicht. Da stand, dass Werder 15 Spiele nicht verloren haben wird, aber nicht 15 Spiele gewonnen!"

Simon überlegte angestrengt und Hannes wollte schon dazu ansetzen, ihm den Unterschied zwischen beiden Statistiken zu erklären.

„Oh", flüsterte er nur und fügte dazu:

„Ich habe die Unentschieden vergessen, stimmt's?"

Hannes strich ihm glücklich über seine Marc-Bolan-Perücke.

„Stimmt. Wenn man nicht verliert, dann heißt das noch nicht, dass man gewonnen hat!"

„Wie viele Punkte bekommt man noch einmal, wenn man gewinnt?"

„Drei. Für jeden Sieg gibt es drei Punkte!"

„Und für ein Unentschieden?"

„Da bekommt man nur einen Punkt!"

Simon nahm seinen *Fimo*-Ailton und gab ihn Hannes.

„Es wird Zeit, dass Toni wieder einmal ein Tor schießt. Vielleicht solltest Du ihn mit ins Stadion nehmen, das bringt dem großen Ailton vielleicht Glück?"

„Findest Du?", fragte Hannes und schaute die Mutter des Jungen an.

Simons Nasenflügel gab die Antwort, noch ehe er etwas sagen konnte.

„Mama sagt auch, dass Ailton heute wieder ein Tor schießen muss, damit Werder gewinnt!"

Anna nahm Hannes die Fernbedienung ab und schüttelte den Kopf.

„Nein, nein junger Mann, das würde Deine Mutter nie sagen!", antwortete sie und schaute ihren Sohn ernst an.

Noch ehe ihr Sohn protestieren konnte, fügte sie hinzu:

„Und jetzt lass Hannes zum Stadion gehen, Du willst doch auch, dass Werder gewinnt!"

„Ja. Das will ich. Aber Du musst die ganze Zeit über den *Fimo*-Ailton in der Hand halten!"

Der *Fimo*-Ailton brachte dem echten Ailton tatsächlich Glück. Werder spielte wie schon so oft in dieser unfassbar wundervollen Saison ein bestechend sicheres, offensives Kurzpassspiel. Man schnürte die Kölner regelrecht in deren eigener Hälfte ein, die ihrerseits nur daran interessiert zu sein schienen, so lange wie möglich ohne Gegentor zu bleiben. Bis zur 16. Minute hatten die Leute vom Rhein damit auch Erfolg, aber dann war es einem Jubilar vorbehalten, Werders 1:0 zu schießen. Joe Micoud, der sein 50. Bundesligaspiel für Werder bestritt, traf nach intelligenter Vorarbeit von Ivan Klasnić zum 1:0. Von da an schien das Spiel endgültig für einen Großteil der Fans im Stadion abgehakt zu sein. Auch Hannes konnte sich kaum mit seinen gewohnten Zweifeln anfreunden, denn das, was die Mannschaft zeigte, schien wie auf dem Reißbrett geplant. Angriff für Angriff rollte auf das Tor des Gegners, dem oft nur die Rolle des staunenden Zuschauers blieb. Um Hannes herum interessierte man sich im Block inzwischen vor allem auch noch für das gleichzeitig in München stattfindende Spiel, wo die Bayern Hansa Rostock zu Gast hatten. Doch nicht nur Hannes wurde schnell klar, dass man von Rostock nicht besonders viel Unterstützung zu erwarten brauchte. Keine zwei Minuten nach Werders Führungstor blendete die Stadionregie den Zwischenstand aus München ein: Die Bayern führten zu diesem Zeitpunkt schon mit 2:0. Doch als ob die Werder-Mannschaft dies nicht auf sich beruhen lassen wollte, legte auch sie nach: Nach einem Kopfball von Ismaël auf Lisztes stoppte dieser den Ball für Ailton, der die Kugel aus halbrechter Position im Strafraum mit dem linken Außenrist in das Kölner Tor lupfte.

Keine Minute später ging eine SMS bei Hannes ein, in der ihm Anna zum 2:0 gratulierte. Es schien alles perfekt zu laufen. Zumindest was das Werder-Spiel betraf, hegte Hannes keinerlei Zweifel mehr an einem positiven Verlauf des Tages. Insbesondere unter dem Aspekt, dass Werder sich mit dem 2:0 nicht zufrieden zu geben schien. Die Kurzpassmaschine lief weiter wie ferngesteuert, als würden die Spieler vom Fußballgott persönlich auf dessen Spielekonsole über den Rasen geleitet. Das 3:0 fiel unmittelbar vor der Halbzeit. Schulz zog, nach einer Kurzpassspiel-Stafette über mehrere Stationen, eine gefühlvolle Flanke von links auf das Kölner Tor. Dort wartete Ailton schon auf den Ball. Die Kölner schienen ihm den Doppelpack von Herzen zu gönnen. Wie anders sonst war nachzuvollziehen, dass der kleiner Brasilianer so ungestört auf den Ball warten durfte, dass er in der Zeit ohne Probleme die Seriennummer des Balles hätte lesen können, wenn der Ball eine Seriennummer gehabt hätte? Als er ihn endlich auf dem linken Fuß hatte, gönnte Ailton dem Ball nicht noch mehr Ungestörtheit, sondern drosch ihn volley mit einer solch kaltschnäuzigen Entschlossenheit in die Maschen, als sei er es leid, zu solch einfachen Toren eingeladen zu werden. Hannes beschlich das Gefühl, dass Werder in dieser Verfassung den fast perfekten Fußball zelebrierte, und er zweifelte daran, dass die Mannschaft in dieser Verfassung überhaupt jemals wieder ein Spiel würde verlieren können. Er wusste natürlich, dass dies völlig irreal war, aber er empfand tatsächlich so. Fußball wurde mit einem Mal zu einem Synonym perfekten Glücks, und er wollte sich so lange daran laben, wie ihm Werder den Genuss gönnte. Die Tage, in denen ihn die Mannschaft wieder in Pasching-Depressionen stürzen würde, warteten irgendwo in der Zukunft auf ihn. Er war froh, dass er noch Lichtjahre davon entfernt zu sein schien, doch er wusste, dass ihn die Zukunft irgendwann wieder einholen würde.

In München war es zur Halbzeit beim 2:0 geblieben, woraufhin die Ostkurve den Klassiker *Deutscher Meister wird nur der SVW* anstimmte.

Weil die Mannschaft auch in der zweiten Halbzeit weiter auf das Tempo drückte und den Gegner nach allen Regeln der Kunst beherrschte, begann Hannes mit seinen beiden Dauerkartenfreunden Thomas und Frank zu frotzeln. Sie redeten zum ersten Mal darüber, dass Werder in der kommenden Saison wahrscheinlich in der Champions League spielen würde, denn dafür genügte schließlich bereits der dritte Platz. Dabei ließen sie das Spielfeld natürlich nicht aus den Augen und hatten auch in den ersten zehn Minuten einige Male den Torschrei zum 4:0 auf den Lippen. Aber entweder kam der letzte Pass zu ungenau, oder die Spieler scheiterten an dem glänzenden Torhüter der Kölner. In der 57. Minute fiel dann wie aus dem Nichts das erste Kölner Tor. Ein Verlegenheitsschuss eines Gegenspielers wurde von Mladen Krstajic unhaltbar für Reinke abgefälscht. Doch auch das tat der Stimmung im Stadion keinen Abbruch. Im Gegenteil, alle schienen das Tor als Ehrentreffer zu sehen, ein winziger Makel auf einem perfekten Werder-Spiel. Doch Werder nahm daraufhin den Gang sichtlich aus der Partie, die Mannschaft wollte den Sieg nach Hause schaukeln. (Vielleicht ging sich der Fußballgott auch nur ein Bier holen und legte den Joystick kurz zur Seite.) Wollten sich die Spieler schonen, weil eine englische Woche mit dem Pokalhalbfinale gegen Lübeck anstand? Das mit dem Schonen hielt Hannes für keine gute Idee. Und diesbezüglich war der Pokal ein gutes Stichwort. Als man im Viertelfinale zu Fürth den Schongang eingelegt hatte, wäre dies ohne einen kongenialen Micoud und einen eiskalten Klasnić sicher schiefgegangen. Hannes konnte nicht verhindern, dass selbst in diesem Spiel seine Zweifel zurückkamen. Er behielt es für sich, aber es half nichts.

Die bittere Bestätigung folgte in der 70. Minute: Köln verkürzte auf 2:3. Spätestens jetzt bekam es Hannes mit der Angst zu tun. Konnte man ein solch überlegenes Spiel tatsächlich noch aus der Hand geben? Was würde die Konkurrenz sagen? Hoeneß würde sich die Hände reiben und durch die Gazetten Giftpfeile gen Bremen feuern. Hannes befürchtete, dass auch im Stadion die Stimmung kippen konnte. Doch weit gefehlt. Das Stimmungsbarometer stieg sogar aus irgendeinem noch nicht nachvollziehbaren Grund wieder an. Zunächst ging nur ein unmerkliches Raunen durch das Stadion, das jedoch schnell lauter wurde und einen immer größeren Teil des Runds erfasste. Aus dem Raunen entwickelten sich einige jubelnde Inseln im Stadion. Hannes wusste nicht genau, was der Grund für die positive Unruhe war, bis auf der Anzeigetafel der Zwischenstand aus dem Spiel in München eingeblendet wurde:

Bayern München – Hansa Rostock 2:2
Torschütze: Möhrle

Jetzt tobte das Weser-Stadion. Die Menschen lagen sich in den Armen, obwohl ihre eigene Mannschaft völlig den Faden verloren zu haben schien. *Zieht den Bayern die Lederhosen aus* hallte es durch die Arena. Hannes hatte ein Problem mit der Stimmung, er wollte, dass die Mannschaft ihr Spiel gewann, was in München passierte, interessierte ihn noch nicht. Der Blick auf den Rasen ließ nichts Gutes erahnen. Er sah, dass einige Werder-Spieler auf die Anzeigetafel schauten. Der Zwischenstand aus München schien sie allerdings eher zu lähmen, als zu beflügeln. Um Hannes herum wurden Freudentänze aufgeführt, doch er fing an zu beten. Keine fünf Minuten später schien das Weser-Stadion zu zerbersten. Hannes konnte sich nicht daran erinnern, dass ein Tor aus einem anderen Stadion jemals so gefeiert worden war. Rostock hatte das 3:2 in München geschossen, was auf der Anzeigetafel mit der Einblendung

Bayern München – Hansa Rostock 2:3
Torschütze: Rasmussen

dokumentiert wurde. Jetzt wurde auch Hannes angesteckt. Wie alle im Stadion stand er auf und peitschte die eigene Mannschaft nach vorne. Aber jeder sah, dass die Männer in Grün-Weiß nur noch darauf bedacht waren, das Spiel mit 3:2 nach Hause zu bringen. Es schien lange Zeit gut zu gehen, doch in der 82. Minute trafen die Kölner nach einem Eckball per Kopf zum 3:3, was dem Weser-Stadion sofort den Ton abzudrehen schien. Jetzt fluchten die Leute um Hannes herum, doch er behielt das Geschehen auf dem Rasen im Auge und sah, dass der Schiedsrichter den Treffer nicht anerkannte. Offensichtlich hatte er eine Behinderung an Reinke gesehen. Hannes hatte da so seine Zweifel, aber man brauchte manchmal einfach auch einmal Glück. Obwohl es für beide Mannschaften noch jeweils eine Chance zu verzeichnen gab, brachte Werder das 3:2 tatsächlich nach Hause. Ein Spiel, das niemals noch hätte eng werden dürfen, wurde letztlich sogar nur glücklich gewonnen. Aber das interessierte nach dem Spiel niemanden mehr. Werder hatte gewonnen. Und die Bayern? Sie waren noch zum Ausgleich gekommen, doch dabei blieb es. Das hieß, dass Werder die Tabellenführung wieder ausgebaut hatte, man lag wieder mit neun Punkten vor den Bayern. Nie standen die Chancen für eine Meisterschaft besser als an jenem Abend des 13. März 2004.

15. bis 21. März 2004: Über Lübeck nach Berlin, 11 Punkte und ein unerwartetes Treffen

Eine mit Bleistift geschriebene Telefonnummer, die er nicht kannte, notiert auf einem orangefarbenen Zettel, unter den Türschlitz seiner Wohnung geschoben, dazu folgende Nachricht:

Ruf mich bitte an – es geht um Anna!

„Es geht um Anna", flüsterte er und holte sich ein Bier aus dem Kühlschrank. Von wem konnte die Nachricht sein? War das eine Falle?

Die Situation mit Anna hatte sich natürlich gebessert, sie hatte sich sogar sehr gebessert. Er hatte fast den ganzen Sonntag in ihrer Wohnung verbracht und sich um Simon gekümmert. Das stellte für Hannes keinerlei Belastung dar, im Gegenteil. Bis auf einen Menschen gab es niemanden auf der Welt, der ihm mehr bedeutete als Simon. Er hatte mit dem Jungen das Spiel noch einmal angeschaut. Sie hatten die Tore mit den *Fimo*-Werder-Spielern nachgestellt, sie hatten über die Meisterschaftschancen gesprochen, darüber, dass Köln eigentlich ein reguläres Tor geschossen hatte und Werder dann, wenn der Schiedsrichter das Tor hätte zählen lassen, wie die Bayern auch nur 3:3 gespielt hätte. Hannes hatte für Simon gekocht, sie hatten ein Spaghetti-Wettessen veranstaltet, bei dem Hannes absichtlich verloren hatte. Er hatte den Jungen glücklich gemacht und das wiederum hatte ihn glücklich gemacht. Und als Anna dann von der Arbeit gekommen war, hatte er sich noch über zwei Stunden mit ihr unterhalten. Sie hatten ein Glas Wein getrunken und sich über Simons nächste Chemophase, Annas Job, das Zubereiten von Semmelknödeln und über Werder unterhalten. Wenn man in Betracht zog, dass Hannes noch vor exakt einer Woche die Flucht nach München angetreten hatte, weil er befürchtete, nie mehr mit Anna reden zu können, hatte sich seine Lage unzweifelhaft in eine positive Richtung entwickelt. Er nahm den Zettel in die Hand und roch daran.

Anna hatte ihm gesagt, sie würde Zeit brauchen, was Hannes auch gerne respektierte. Aber er wusste nicht, wie viel Zeit sie haben wollte. Er wusste nicht, ob sie das einfach nur so sagte, weil sie nicht den Mut hatte, ihm zu sagen, dass es vorbei war.

Was erwartest Du von ihr?

Wenn er mit ihr zusammen war, hatte er Herzklopfen, so wie zu Beginn. Er erinnerte sich daran, dass er einmal im Stadion ein weiteres Werder-Tor als Anna-Orakel auserkoren hatte. Würde Werder noch einmal treffen, dann würde er mit ihr reden. Über sich, über sie …

Und Werder hatte tatsächlich getroffen. Er wollte sich einreden, hier und jetzt, dass er nicht mehr wusste, gegen welchen Gegner er sich diese Gedanken gemacht und wer das Tor geschossen hatte. Er wollte sich einreden, dass er endlich erwachsen geworden war und Werder nicht mehr das ein und alles war in seinem Leben, nicht mehr das Wichtigste …dass es Dinge gab, die … wichtiger waren …

Es war das Spiel in Freiburg. Es stand 2:0 für Werder, kurz vor der Halbzeit, und Du hast zu Dir selbst gesagt, wenn Werder vor der Pause noch das 3:0 nachlegt, dann ist das ein Zeichen dafür, dass Anna Dich auch liebt. Kurz darauf hat Micoud das 3:0 geschossen.

Hannes nahm einen Schluck Bier und nickte. Wie hätte er das jemals vergessen können? Aber jetzt, in diesem Moment, sah es so aus, als stünde er vor dem gleichen Problem. Er wusste nicht, was Anna dachte, geschweige denn, was sie fühlte. Dabei hätte er sie doch einfach nur fragen können. Doch je länger er sich mit ihr unterhielt, um so unsicherer wurde er. Wenn er in Momenten wie diesen mit ihr alleine war, war ihm jedes Ersatzthema recht, wie das Zubereiten von Semmelknödeln zum Beispiel.

Du könntest ja Semmelknödel für sie machen!

Was für eine drittklassige Idee.

Ihre gemeinsame Zukunft war ein Tabuthema geworden. So wie der Krebs. Als würde man mit einem Freund reden, von dem man wusste, dass dieser an Krebs erkrankt war. Beide Freunde dachten ständig daran, aber niemand hatte den Mut, darüber zu reden. Und das machte die Lage nur noch schwerer. Denn wenn man emotional nicht frei war, dann war es beinahe unmöglich, ein ungezwungenes Gespräch zu führen. Es gab kein emotionales Methadon für ehrliche Gefühle.

Wieder betrachtete er den orangefarbenen Zettel. Die Ärmel des Werdertrikots waren auch orange.

Ruf mich bitte an, es geht um Anna!

Hannes trank die Flasche aus, nahm sein Telefon und tippte die Nummer ein.

Als die Mannschaftsaufstellung des VfB Lübeck vorgelesen wurde, musste sich Hannes eingestehen, dass er außer Zandi und Scharping keinen einzigen Spieler kannte. Er war sich durchaus bewusst, dass es noch andere Scharpings gab, als die, die einmal kurz davor waren, Bundeskanzler zu werden, um es dann vorzuziehen, ihren Lebensinhalt dem Radfahren zu widmen. Der Scharping, dessen Name auf der Anzeigetafel des Weser-Stadions in den Bremer Nachthimmel leuchtete, hieß mit Vornamen Jens und hatte seine beste Zeit wohl beim FC St. Pauli gehabt. Das entnahm Hannes jedenfalls dem nichtwerderschen Fußballarchiv seines Gedächt-nisses. Es ging an diesem Dienstagabend um nichts anderes als um den Einzug in das Pokalendspiel. Werder hatte mit Lübeck einen Zweitli-gisten zugelost bekommen, der auf Platz elf der Tabelle herumdümpelte, als krasser Außenseiter galt und von dem Hannes nur die Namen zweier Spieler kannte. Die besten Voraussetzungen für eine Fußballsensation. Doch wie immer behielt Hannes seine Zweifel besser für sich. Schließ-lich hatte er Simon versprochen, dass Werder zum Endspiel nach Berlin fahren würde.

Schaaf hatte den Ernst der Lage erkannt und auf eine experimentelle Mannschaftsaufstellung verzichtet. Alles andere wäre wohl auch fahr-lässig gewesen. Trotzdem gelang Lübeck schon nach elf Minuten das 1:0. Scharping hatte eine Ecke geschossen, die Mladen Krstajic per Kopf ins eigene Tor verlängerte. Die Sensation schien Gestalt anzunehmen und Hannes dachte unweigerlich an das Viertelfinale in Fürth.

Aber er wurde auch immer wieder an das Telefongespräch mit Steffi erinnert. Steffi Annas beste Freundin. Sie lebte in Osnabrück, hatte Anna am Sonntag besucht, um mit ihr über Hannes zu sprechen, und dabei die Chance genutzt, um Hannes den Zettel unter die Wohnungstüre zu schieben.

Um Hannes herum bekundeten einige Fans ihren Unmut. Natürlich hatten viele mit einem überlegenen Spiel der Grün-Weißen geliebäugelt, und als unmittelbar nach der überraschenden Führung der Gäste Fabian Ernst den Ball, anstatt in, über das Tor der Lübecker beförderte, wurde eine größere Anzahl der grün-weißen Anhänger unruhig. Nicht so die Ostkurve, die Werder bedingungslos nach vorne peitschte.

Hannes war froh, dass Steffi ihm Hoffnung gemacht hatte. Sie hatte ihm erzählt, dass Anna sehr, sehr verletzt und unsicher gewesen war, nachdem, was sich in der *Ich will ein Kind von James Duncan*-Nacht ereignet hatte. Hannes hatte sofort verstanden, dass Anna wohl schon einmal etwas Ähnliches erlebt haben musste.

Dann stockte Hannes der Atem. Scharping war wieder am Ball und legte quer zu einem Mitspieler, der sofort aus 16 Metern abzog. Doch zum Glück konnte Reinke den Ball zur Ecke klären. Die Lübecker Fans machten sich jetzt sehr lautstark bemerkbar. Es war komisch, aber der Gedanke an das Gespräch mit Steffi schien Hannes' Zweifel an einen Einzug ins Finale zu zerstreuen. Er fühlte sich gut, hätte sich gerne auch so gefühlt im Hinblick auf sein Leben mit Anna und Simon.
Werder erhöhte den Druck und erspielte sich noch drei Großchancen vor der Pause. Aber mit Glück und viel Einsatz rettete der Zweitligist die 1:0-Führung in die Halbzeit. Hannes wartete auf einen Anruf von Simon, der wieder im Krankenhaus war. Aber es schien so, als würde der Junge schon schlafen. Vielleicht hörte er sich das Spiel ja auch noch im Radio an. Und dann kam der Gedanke von Sonntagabend wieder zurück: das Freiburg-Orakel! Hannes lächelte.
Also gut. Wenn Werder bis zur 60. Minute den Ausgleich schafft, dann wird wieder alles gut mit Anna!
Nein. Das war zu einfach. Schließlich musste Werder jetzt die Schlagzahl erhöhen. Das war ein Pokalhalbfinale.

Gut. Dann muss das Tor eben ein ganz bestimmter Spieler schießen.
Hannes begann zu überlegen. Welcher Spieler sollte sein Schicksal besiegeln? Da gab es wohl nur einen. Es musste derselbe Spieler sein wie beim letzten Mal: Johan, le Chef, Micoud.

Mit der ersten Sekunde der zweiten Halbzeit übernahm Werder die Initiative. Jeder im Stadion konnte sehen, dass sich die Mannschaft nicht im letzten Spiel die Chance auf ein Pokalfinale nehmen lassen wollte. Einen Freistoß von Krstajic konnte der Lübecker Torwart noch entschärfen. Dann passte Baumann aus dem Halbfeld auf den linken Flügel, wohin sich Krstajic davongestohlen hatte und den Ball gefühlvoll in den Lübecker Strafraum flankte. Hannes konnte nicht glauben, wen er dort auf den Ball lauernd sehen konnte. Es war tatsächlich Micoud. Werders französischer Spielmacher stieg am Fünfmeterraum hoch und drückte den Ball als Kopfballaufsetzer zum Ausgleich ins Tor. Das Weser-Stadion begann wie schon so häufig zu pulsieren.

So wie Hannes' Herz, der, wie auch schon bei Micouds Treffer in Freiburg, dem Tor des Franzosen Symbolisches hatte abgewinnen können. Gerne hätte er mit jemandem darüber gesprochen, aber außer Anna fiel ihm niemand ein.

Steffi vielleicht, aber nicht jetzt. Außerdem hatte sie ihm am Telefon schon alles gesagt.

Du musst Anna überzeugen, sie zurückgewinnen. Lass Dir was einfallen, James.

Sie hatte ihn tatsächlich James genannt, und das nicht nur einmal. Beim ersten Mal war es ihr noch peinlich gewesen und sie hatte sich bei Hannes entschuldigt. Doch die anderen Male war es ihr nicht einmal aufgefallen. Es war Hannes auch egal. Sie hatte ihm erzählt, dass sie ihn immer James nannte, wenn sie mit Anna über ihn sprach.

Er würde sich etwas einfallen lassen. Etwas für Anna, etwas, das einmalig war.

Frank und Thomas philosophierten mit ihm über die Chancen, das Spiel noch vor der Verlängerung zu entscheiden. Die Körpersprache der Spieler war eindeutig: Anders als in Fürth wollten sie das Spiel frühzeitig zu ihren Gunsten drehen. Doch Lübeck hielt dagegen und erspielte sich Mitte der zweiten Halbzeit zwei gute Möglichkeiten, selbst wieder in Führung zu gehen. Es war verrückt, unter normalen Umständen hätte Hannes die Fassung verloren. Er hätte sich die Haare gerauft, geflucht, geschrien. Doch er blieb ganz ruhig, denn er hatte den Gedanken an Anna. Und er fühlte sich so sicher, er war vollkommen überzeugt davon, dass Werder an diesem Abend den Einzug in das Pokalfinale schaffen würde. In der letzten Viertelstunde war es ein offener Schlagabtausch: Werder erspielte sich zwar Chance um Chance, aber Lübeck, in Person von Jens Scharping, kam auch ein ums andere Mal zu guten Gelegenheiten. Eine Minute vor Schluss war Ailton an der Reihe. Bisher hatte der kleine Brasilianer nicht so auffällig gespielt wie in den meisten Partien dieser denkwürdigen Saison. Das Stadion tobte, niemand hielt es mehr auf seinem Sitz, als Werders Nummer 32 zum Schuss ansetzte, doch der Ball ging nur an die Latte. Es blieb beim 1:1. Verlängerung!

Hannes hatte vor dem Spiel nur zwei Spieler des Gegners gekannt. Bisher war einer der beiden, Jens Scharping, der auffälligste Gästespieler. Von dem anderen Spieler, Zandi, waren noch nicht so viele zwingende Aktionen ausgegangen. Das sollte sich in der Verlängerung ändern, denn eben dieser Zandi nutzte einen Fehler in der Werder-Abwehr und schoss in der 94. Minute das 2:1 für den krassen Außenseiter.

Thomas und Frank hatten das Spiel abgehakt. Sie setzten sich teilnahmslos auf ihre Plätze und starrten auf das Spielfeld, als würde dort das Lieblingshaustier aus ihren Kindheitstagen zu Grabe getragen. Die Stimmung im Stadion ließ spürbar nach. Es änderte sich nichts mehr, bis die erste Halbzeit der Verlängerung vorbei war. Werder blieben nur noch 15 Minuten, um sich zumindest in ein Elfmeterschießen zu retten. Hannes sah Uli Hoeneß vor seinem geistigen Auge, der sich in diesem Moment genüsslich zurücklehnte und mit Waldemar Hartmann telefonierte. („Das ist der Anfang vom Ende für die, das sage ich Dir, Waldi. Die scheißen sich in die Hose da oben. Und das ist erst der Anfang. Jetzt starten wir durch. Wir werden Meister!")

Hannes lächelte nur.

„Da brauchst Du gar nicht so blöd zu lachen, hättest meine Bratwürste doch annehmen sollen!", brüllte der Traum-Hoeneß irgendwo in Hannes' Kopf.

Doch Hannes' Lächeln wurde noch breiter.

„Abwarten. Abwarten, sage ich nur!", rief er und sah Nelson Valdez, der gerade eingewechselt worden war und den erneuten Ausgleich auf dem Fuß hatte. Doch der Ball des jungen Stürmers konnte von einem Lübecker Abwehrspieler gerade noch vor der Linie geklärt werden.

„Auf geeeht's!", schrie Hannes und das schien auch Frank und Thomas zu wecken.

Die Ostkurve erwachte aus ihrer kurzen Lethargie und stimmte *Steht auf, wenn ihr Bremer seid!* an. Plötzlich stand das gesamte Stadion, und der größte Teil der Zuschauer sollte sich den ganzen Abend nicht mehr setzen. Dann hatte Borowski den Ball. Werders Mittefeldspieler wurde nicht angegriffen und passte auf den am Strafraum mit dem Rücken zum Tor stehenden Ailton. Der nahm den Ball an, drehte sich um seinen Gegenspieler und schlenzte die weiße Kugel technisch unnachahmlich in das linke untere Eck.

2:2. Und noch waren neun Minute zu spielen. Jetzt war es so laut im Weser-Stadion, dass man sein eigenes Wort nicht mehr verstehen konnte.

„Wenigstens ein Elfmeterschießen!“, schrie ihm Thomas ins Ohr.

Hannes zwinkerte ihm zu.

„Wir schaffen das noch in der regulären Spielzeit!“

Thomas klatschte ihn ab.

„Wenn Du recht haben solltest, haue ich mit euch im *Viertel* einen Hunni auf den Kopf!“

„Dann überlege Dir schon mal, wo wir zuerst hingehen!“

Schulz hatte den Ball nach einem abgewehrten Freistoß auf dem Fuß. Werders linker Verteidiger zog ab, aber er verfehlte das Tor nur um Zentimeter. Inzwischen saß definitiv niemand im Stadion mehr auf seinem Sitz. Die Zuschauer wollten den Ball durch ihr Anfeuern ins Tor tragen. Ivan Klasnić bekam den Ball auf der halblinken Seite, etwa 25 Meter vor dem Tor. Das Lübecker Team hatte sich komplett zurückgezogen und es sah so aus, als wüsste Werders Stürmer nicht, wen er anspielen sollte. Plötzlich spielte er die Kugel mit dem linken Außenrist an den Strafraum. Nelson Valdez erkannte die Situation, nahm den Ball mit rechts an, ließ ihn einmal kurz aufspringen und drosch ihn mit demselben Fuß volley in dasselbe Eck, in das auch Ailton den Ausgleich zum 2:2 versenkt hatte. Es stand 3:2 für Werder und dabei sollte es auch bleiben.

Wie schon im Viertelfinale hatte die Mannschaft ein fast schon verlorenes Spiel noch mit 3:2 gewonnen. Werder Bremen hatte das Pokalfinale der Saison 2003/2004 erreicht. Hannes, Thomas und Frank feierten diesen Sieg bis in die Morgenstunden.

Der Einzug in das Pokalfinale war wie eine Droge, die Hannes so viel Kraft gab, dass er drei Tage hätte durcharbeiten können. Er erntete zahlreiche Schulterklopfer, bekam viele SMS von Freunden, die nicht in Bremen lebten, und hörte den ganzen Tag über Radio, um sich immer wieder des Erfolgs seines Teams bewusst zu werden. Auch Simon hatte ihn angerufen und gefragt, ob er ihn im Krankenhaus besuchen würde. Gegen Nachmittag ließ sich Hannes bei Werder registrieren. Aufgrund der zu erwartenden großen Kartennachfrage für das Pokalfinale, hatte jeder Dauerkartenbesitzer und jedes Werder-Mitglied die Möglichkeit, sich für zwei Finaltickets registrieren zu lassen. Hannes hatte eine Dauerkarte und war Vereinsmitglied, trotzdem konnte er sich nur einmal bewerben. Sollte es mehr Bewerber als Karten geben, wovon auszugehen war, würde das Los entscheiden. Das letzte Mal, als Hannes zum Finale in Berlin gewesen war, hatte Werder 1999 als krasser Außenseiter gegen Bayern München gespielt. Hannes musste unweigerlich wieder an dieses Spiel denken und bekam eine Gänsehaut. Im Elfmeterschießen hatte man die Bayern geschlagen. Es war gut vier Wochen, nachdem Thomas Schaaf den Cheftrainerposten bei Werder übernommen hatte. (Fairerweise muss man an dieser Stelle sagen, dass die Bayern ein Jahr später an gleicher Stelle gegen denselben Gegner den Spieß umgedreht hatten. Werder hatte mit 0:3 verloren.)

Am Abend wollte Hannes das zweite Halbfinale zwischen Alemannia Aachen und Borussia Mönchengladbach anschauen, aber zuvor wollte er Simon im Krankenhaus besuchen. Sofort kam ihm Anna in den Sinn. Sein Herz schlug so sehr, als sei es krank. Dabei war er nur verliebt. Wieder wurde er unsicher, doch bevor er jeglichen Glauben verlor, kam der Gedanke an das Gespräch mit Steffi zurück. Und das Bewusstsein des guten Omens des Micoud-Treffers. Hannes glaubte tatsächlich an dieses Zeichen, auch wenn alle Menschen, die seine Gedanken zu lesen imstande waren, jetzt sicher nur den Kopf schüttelten. Hannes blickte sich um. Niemand schüttelte den Kopf. Seine Gedanken gehörten also nur ihm allein. Er freute sich auf Simon und er freute sich auf Anna. Gerne hätte er dem Jungen ein Geschenk mitgebracht, etwas, über das er sich freuen würde. Aber es war schon ziemlich spät und möglicherweise freute sich Simon ja auch schon darüber, Hannes zu sehen und mit ihm das Spiel noch einmal zu analysieren.

Am meisten beschäftigte Simon der Begriff *Elfmeterschießen*. Manchmal vergaß Hannes, dass der Junge noch nicht einmal ein Jahr lang ein grünweißes Herz in der Brust hatte. Hannes beantwortete in Ruhe alle Fragen. Simon gab sich natürlich nicht nur mit der Erkenntnis zufrieden, dass jede Mannschaft abwechselnd fünfmal vom Elfmeterpunkt auf das Tor des Gegners schießen durfte.

„*Was passiert, wenn es dann immer noch nicht entschieden ist?*"

„Dann geht es weiter. Jede Mannschaft schießt abwechselnd, so lange, bis es entschieden ist."

„Darf ein Spieler auch zweimal schießen?"

„Nicht bei den ersten fünf. Aber wenn alle Spieler schon geschossen haben und es steht 11:11, dann geht es wieder von vorne los. Dann kann ein Spieler auch zum zweiten Mal schießen."

„Darf der Torwart auch schießen?"

„Ja." (Hannes dachte an den entscheidenden Elfmeter von Frank Rost in jenem denkwürdigen Finale von 1999.)

„Warst Du schon einmal im Stadion, als es Elfmeterschießen gab?"

„Ja. Schon zweimal in Berlin, beim Pokalfinale."

„Wann?"

„1991 gegen den 1. FC Köln und 1999 gegen Bayern München."

„Hat Werder eines der Spiele gewonnen?"

„Werder hat beide Spiele gewonnen!" (In diesem Moment funkelten die Augen des Jungen glücklich und es schien so, als sei sein kranker Körper nur eine billige Verkleidung!)

„Halten Torwarte oft Elfmeter?"

„Nicht so oft. Aber wenn sie einen Elfmeter halten, dann kann es sein, dass das Elfmeterschießen dadurch entschieden wird und der Torwart zum Held des Elfmeterschießens wird."

„Wer war der beste Elfmeterschießer, den Werder je hatte?"

Hannes lachte.

„Man sagt Elfmeterschütze. Vor 20 Jahren hatte Werder einmal einen unglaublich guten Elfmeterschützen. Er hieß Michael Kutzop und er hat nur einen einzigen Elfmeter verschossen."

Hannes befürchtete, Simon würde nachfragen, welchen Elfmeter Kutzop verschossen hatte. Doch der Junge nickte nur stolz. Hannes dachte auch an die Strafstöße von Wynton Rufer. Er hätte das Ding gegen die Bayern wahrscheinlich versenkt, damals, im April 1986.

„Michael Kutzop", flüsterte Simon und schloss die Augen.

Es schien so, als sei er von einer auf die andere Sekunde eingeschlafen. Hannes schaute sich im Zimmer des Jungen um. Überall hingen Artikel über Werder. Sein Trikot lag zusammengefaltet auf einem Stuhl. Dann haftete Hannes' Blick auf Simon. Sein Atem ging ruhig. Er hatte den Mund leicht geöffnet, so dass Hannes die beiden viel zu groß wirkenden Schneidezähne sehen konnte. Als er Annas Jungen zum ersten Mal gesehen hatte, hatte Simon noch eine große Zahnlücke gehabt. Der *Hickman-Katheter* steckte nun schon über eine halbes Jahr in der Brust des Jungen. Er trug seine Marc Bolan-Perücke. Hannes stand auf und strich ihm sanft über die linke Wange.

„Schlaf gut, Simon!", flüsterte er.

Dann riss der kleine Werder-Fan die Augen auf.

„Ich schlafe nicht. Ich habe nur kurz die Augen zugemacht!"

Hannes lächelte. Welches Glück er doch hatte, diesen Jungen zu kennen. Er wünschte sich nichts mehr, als dass Simon gesund werden würde. Er hatte kaum noch Erinnerungen an die Zeit, in der Simon noch nicht von der Krankheit gezeichnet gewesen war. Schon als er den Jungen zum ersten Mal gesehen hatte, hatte er ihn gemocht. Jetzt liebte er Simon, er liebte ihn, als sei er sein eigenes Kind. Er wünschte sich so sehr, Simon groß werden zu sehen.

„Hannes?"

„Ja, kleiner Alligator!"

Simon schaute ihn ernst an. Sein Nasenflügel zuckte, dann senkte er den Blick auf seine Bettdecke.

„Ach nichts!"

„Nichts? Simon Peterson, ich sehe Dir an, dass Du was fragen willst. Ich kann es an Deiner Nase sehen!"

Simons Hand betastete seine Nase.

„An meiner Nase?"

Hannes nickte.

„Ja. Immer, wenn Du etwas fragen willst, dann bewegt sich Dein Nasenflügel!"

„Echt?"

„Echt!"

Jetzt lächelte der Junge kurz. Dann wurde er wieder sehr ernst.

„Hannes?"

„Ja?"

„Meinst Du, dass wir beide noch einmal zusammen ins Stadion gehen können? Du und ich?"

„Na klar. Aber sicher. Wie werden noch unzählige Male ins Stadion gehen. Ganz, ganz, oft. Das verspreche ich Dir, kleiner Alligator!"

Simon lächelte glücklich und dann rann eine Träne leise über seine rechte Wange.

„Das ist schön!", flüsterte er.

Hannes wusste nicht, was er sagen sollte. Er befürchtete, dass Simon wieder über das Sterben sprechen wollte. Es schien ihn im Moment sehr zu beschäftigen. Umso glücklicher war er, als er Simon sagen hörte:

„Ich wäre gestern wirklich sehr gerne dabei gewesen, Hannes!"

Jetzt wusste Hannes, dass der richtige Moment gekommen war.

„Das weiß ich, das weiß ich doch, kleiner Alligator. Und deshalb habe ich auch eine Überraschung für Dich dabei!"

Simon setzte sich sofort aufrecht in seinem Bett auf.

„Für mich? Eine Überraschung? Was denn?"

„Ich soll Dir etwas geben, von jemandem, der gestern auch im Weser-Stadion dabei war, damit Du wieder gesund wirst!"

Simon nickte und beobachtete Hannes dabei, wie er etwas aus seiner Jackentasche zog.

„Hier, das ist für Dich. Und ich soll Dir schöne Grüße von ihm bestellen und gute Besserung!"

Simon lächelte über das ganze Gesicht. Er nahm die Autogrammkarte von Johan Micoud, als sei sie ein kostbarer Schatz. Wahrscheinlich war sie das auch für den Jungen.

„*Gute Besserung Simon. Wir fahren nach Berlin!*", las er.

„Na, was sagst Du?"

„Hat Micoud das selbst geschrieben!"

Hannes nickte.

„Und das ist sein Name?"

„Ja. Das ist sein Name. Man sagt, es ist sein Autogramm. Das ist eine Autogrammkarte. Es ist etwas ganz Besonderes!"

Simon strich über die Autogrammkarte. Dann fuhr sein rechter Zeigefinger den Schriftzug von Micouds Unterschrift nach.

„Hast Du die für mich gekauft?"

Hannes schüttelte den Kopf.

„Nein, ich habe Micoud getroffen. Ich bin von der Arbeit nach Hause gegangen und da stand er plötzlich vor mir. Er war in der Stadt unterwegs, weißt Du!"

„Hat er ein Werder-Trikot getragen?"

Hannes lachte. Er wusste, dass Simon ihm über sein unerwartetes Treffen mit Werders Spielmacher ein Loch in den Bauch fragen würde.

Am Abend rief ihn Anna aus dem Krankenhaus an. Sie war sehr glücklich und bedankte sich bei Hannes für all das, was er für ihren Jungen tat. Hannes hätte ihr gerne erzählt, dass es auch sein Junge war. Aber er behielt es für sich. Anna redete über die Autogrammkarte von Johan Micoud, darüber, wie stolz ihr kleiner Sohn war. Darüber, dass die ganze Station die Karte schon gesehen hatte, die kleinen Patienten ebenso wie die Ärzte und das Pflegepersonal. Anna sagte Hannes, dass sie das Gefühl hatte, dass er mehr für Simon tat, als ihm das wahrscheinlich selbst bewusst war. Hannes hatte das Gefühl, dass sie mehr sagen wollte, dass sie ihm sagen wollte, dass der Junge ihn liebte. Aber er spürte, dass seine Nachbarin, die viel mehr als nur eine Nachbarin war, Angst davor hatte. Also redeten sie über alltägliche

Dinge an jenem Abend, mit dem ein Tag zu Ende ging, der für Hannes alles andere als nur ein gewöhnlicher Tag gewesen war. Hannes bot Anna an, sich mit ihr bei der Betreuung von Simon abzuwechseln, dass sie ohne ein schlechtes Gewissen zu haben zur Arbeit gehen könne. Und er spürte, dass sie sehr froh über seinen Vorschlag war. Sie musste nicht darüber reden, auch wenn sie es wahrscheinlich gerne getan hätte.

Der Abend wurde mit dem Finaleinzug von Alemannia Aachen abgerundet. Der Zweitligist hatte den Bundesligisten mit 1:0 geschlagen. Das hieß nichts anderes, als dass Werder als Favorit in das Finale einzog. Doch Aachen hatte immerhin zuletzt zwei Bundesligisten aus dem Rennen geworfen: Mönchengladbach und … Hannes musste schmunzeln als er an das andere Team dachte.

Es war das erste Mal, dass Werder in den schwarzen Event-Trikots spielte. Ob es daran lag, dass man das Pokalendspiel erreicht hatte und damit für einen echten Event gesorgt hatte, auch wenn das Spiel erst in zweieinhalb Monaten stattfinden würde? Oder daran, dass die Vereinsfarben des Gegners Wolfsburg auch grün-weiß waren? Eigentlich hatte er das komplette Spiel zusammen mit Simon im Krankenhaus anschauen wollen. Aber es fand an einem Sonntagabend statt. Es würde zu spät für den Jungen werden, hatte Anna gesagt, und so hatte Hannes einen Kompromiss mit ihr ausgehandelt. Er hatte sich die erste Halbzeit mit Simon im Krankenhaus angeschaut und die zweite Halbzeit zuhause. Es stand 0:0, als er sich von Simon verabschiedete.

„Meinst Du, wir gewinnen?", fragte sein kleiner Freund und hielt die Autogrammkarte von Micoud in der Hand.

„Ja, wir gewinnen und wer weiß …", er deutete auf Micoud, „vielleicht schießt Jo ja wieder ein Tor!"

Hannes schaffte es nicht ganz pünktlich nach Hause. Es lief gerade die 51. Minute als er den Receiver in seinen Fernseher gestöpselt hatte und die Partie über den Bildschirm zu flimmern begann.

Das Erste, was Hannes sah, war Ailton, der eine Flanke von Stalteri aufnahm. Hannes hatte den Torschrei auf den Lippen, doch gemeinsam mit einem Abwehrspieler konnte Wolfsburgs Torwart die Chance vereiteln. Gute zehn Minuten später spielte sich Werder bis in den Strafraum der Heimmannschaft durch. Der Ball war über Ailton und Klasnić zu Micoud gelaufen, der dann im Strafraum von einem Wolfsburger Verteidiger von den Beinen geholt wurde. Schiedsrichter Merk entschied auf Elfmeter und Hannes sprang vor Freude in die Höhe.

Sofort dachte er an das Gespräch mit Simon über das Elfmeterschießen. Er sah, dass sich Ailton den Ball zurechtlegte. Und er hatte keinerlei Zweifel daran, dass der kleine Stürmer Werder in Führung schießen würde. Doch der Ball klatschte nur an den Pfosten. Es blieb beim 0:0. Kutzop ließ grüßen. Kurze Zeit später hatte Ailton eine weitere Großchance, aber er scheiterte am Torwart des VfL. Es schien so, als hätte Werders Torgarant heute einen schlechteren Tag erwischt. Schaaf schien es ebenso zu sehen und brachte unmittelbar nach der Aktion Nelson Valdez für Werders Nummer 32. Vielleicht würde er ja das Spiel wieder entscheiden, so wie am letzten Dienstag. Hannes war zu angespannt, um sich ein Bier zu holen, er war sogar zu aufgeregt, um das Spiel im Sitzen zu verfolgen. Er wusste, dass Werder bei einem Sieg den Bayern mit elf Punkten enteilen konnte, denn die waren tags zuvor in Berlin gegen die Hertha nicht über ein 1:1 hinausgekommen. Klasnić flankte fast von der Außenlinie von links in den Strafraum der Wolfsburger und der Ball ging an Freund und Feind vorbei. Doch Fabian Ernst setzte nach, erkämpfte sich auf der rechten Außenbahn gegen einen Wolfsburger Abwehrspieler den Ball, der einmal aufsprang und dann von Ernst volley in den Strafraum des Gegners geflankt wurde. Und da stand Klasnić, der die Kugel aus kurzer Distanz zum 1:0 in die Maschen drückte. Hannes dachte zuerst an Abseits und befürchtete, dass der Schiedsrichter die Situation abpfeifen würde. Aber es war ein regelgerechtes Tor und es zählte. Hannes sank zu Boden, sein Herz schlug in seinem Hals. Würde Werder tatsächlich auch dieses Spiel gewinnen? Er schaute auf die angezeigte Spielzeit auf seinem Bildschirm: Noch 15 Minuten. 15 Minuten beten.

Das Spiel ging zehn Minuten lang hin und her. Werder ließ kaum Chancen zu, schien aber dennoch nicht auf volles Risiko gehen zu wollen. Dann spielte Micoud einen Ball auf Lisztes, der auf der rechten Seite sehr viel Platz hatte und den Ball mit sehr viel Gefühl in den Strafraum flankte. Und dort war der Chef und köpfte den Ball unhaltbar zum 2:0 in die Maschen. Hannes schrie seine Freude heraus, dann legte er sich auf den Boden und schloss die Augen.

„Elf Punkte. Elf Punkte!", schrie er. Und bevor er an Hoeneß dachte, kam ihm Simon in den Sinn. Keine zehn Sekunden später läutete sein Telefon. Er musste nicht auf das Display schauen, um zu wissen, dass es sein kleiner Freund war. Mit dem Bewusstsein, dass Werder das Spiel gewinnen würde, nahm er den Anruf entgegen.

„Hallo, hier ist Hannes!"

„Hier ist Simon, hier ist Simon, Hannes! Du hattest recht, Micoud hat wirklich ein Tor geschossen!"

22. bis 28. März 2004: Die Gitarre und ein Spiel, von dem ganz Deutschland sprach

„Sagt mal, braucht von euch vielleicht jemand eine Gitarre?"

Barbara Dietrich schaute die drei Männer mit einer vorgetäuschten Erwartung an. Aus ihrem Gesichtsausdruck war unschwer abzulesen, dass sie keinerlei positive Resonanz erwartete. Ihr Mann war ein Gitarrenfetischist, sammelte die Instrumente, wie andere Autogrammkarten sammelten. Aber immer, wenn er mehr als 50 Gitarren sein Eigen nennen konnte, musste er sich wieder von einigen trennen. Barbara bestand darauf.

Sie waren im *Theatro*, einem italienischen Restaurant, das seinen Namen aus der unmittelbaren Nachbarschaft zum Bremer Theater abgeleitet hatte. Es war schon Tradition, dass sich das Team nach einer Sandy-Colorado-Veranstaltung noch irgendwo zum Essen zusammensetzte. Und das sollte auch nach der bisher fünften Veranstaltung dieser Art nicht anders sein.

In diesem Moment wusste es Hannes. Es kam überraschend, aber gleichzeitig so heftig und er war vollkommen unvorbereitet. Wie immer, wenn er eine gute Idee hatte, begann er, alles um sich herum auszublenden. Es beschäftigte ihn nach nur wenigen Sekunden schon so sehr, dass er nicht länger dem Gespräch folgen konnte. Er sah in seinen drei Teammitgliedern nur noch stumme Statisten. Sie erinnerten ihn an drei Figuren aus der *Muppets-Show*, denen man den Ton abgedreht hatte. Und Hannes saß nur noch teilnahmslos am Tisch, wie die Wachsfigur von James Duncan.

Irgendwann kam er wieder zurück.

„Könnte ich vielleicht eine Gitarre kaufen, Barbara?"

„Duuuu?", fragen seine drei Teammitglieder gleichzeitig, als hätten sie mehrere Wochen für diesen Einsatz geprobt.

Am nächsten Tag wurde Hannes Eigentümer einer Gitarre. Barbara wollte sie ihm schenken, aber er bestand darauf, ihr etwas dafür zu geben. Das wiederum wollte die sensible Mitarbeiterin seines Teams nicht akzeptieren und so hatte Hannes für ihre Zwillinge zwei Kinderbücher besorgt. Sie hatte sieben Gitarren mit ins Büro gebracht, doch Hannes war überfordert, denn er konnte keine qualitativen Unterschiede zwischen den Instrumenten feststellen. Barbara versicherte ihm, dass er bei seiner Entscheidung keinen Fehler machen konnte. Ihr Mann ließ Hannes ausrichten, dass jedes Instrument *für den Hausgebrauch* mehr als ausreichend war. Deshalb hatte er sich schließlich für eine hellbraune Westerngitarre entschieden, auf der eine große Schottlandfahne aufgeklebt war.

Weil Hannes allerdings wusste, dass die Gitarre nicht mehr als ein Muster ohne Wert war, setzte er ein paar Stunden später die zweite Stufe seines Plans in die Tat um. Die Schule, die sich wie seine Wohnung auch im Stadtteil Schwachhausen befand, war ihm schon sehr oft aufgefallen. Aber erst an dem Tag, an dem er sich stolzer Besitzer einer Westerngitarre nennen konnte, betrat er das Gelände zum ersten Mal. Es war kurz vor 16.00 Uhr und er befürchtete, dass die Pforte des *Kippenberg-Gymnasiums* bereits verschlossen sein würde. Doch links neben der Eingangstüre standen noch einige Fahrräder, was seine Skepsis zerstreute. Und tatsächlich: Die Tür ließ sich problemlos öffnen.

Er irrte zunächst ein paar Minuten ziellos durch das Gebäude, in denen er niemandem begegnete. Zum Glück, denn er hatte vergessen, sich zu tarnen. Gerade Kids würden ihn so sofort identifizieren. Glücklicherweise dachte er noch rechtzeitig daran. Also setzte er sich seine Werder-Baseballkappe auf, zog das Schild der Mütze so weit es ging in sein Gesicht und stellte den Kragen seiner Jacke nach oben.

„Kann ich Ihnen helfen?"

So sahen Lehrer aus. Er trug Jeans und einen grauen Pulli, auf dem sich Kreidespuren befanden, hatte einen kleinen Bauch und eine größere Warze an seiner linken Schläfe. Er konnte 35 – für den Fall, dass er ziemlich alt aussah – oder auch schon 50 sein – falls er sich gut gehalten hatte.

„Ja. Ich, es tut mir leid, ich war noch nie hier …", stotterte Hannes, um Zeit zu gewinnen. „Gibt es hier vielleicht ein schwarzes Brett, mit Nachhilfeangeboten?"

„Haben Sie das Spiel gesehen?"

Hannes wusste nicht, worauf sein Gegenüber hinauswollte, bis dieser auf Hannes' Kopfbedeckung deutete.

„Oh, ja. Natürlich, ich verpasse nie ein Spiel. Ich würde fast sagen, ich bin ein echter Fan!"

„Ich war noch nie im Stadion, aber ich drücke Werder wirklich die Daumen. Ich glaube auch, die schaffen das mit der Meisterschaft!"

„Ja. Das sagen viele, aber ich weiß nicht, ob ich das auch schon glauben soll. Ich habe immer noch meine Zweifel!"

„Also, ich habe einen guten Freund, der hat ein Saisonticket. Und der sagt, er ist überzeugt, dass die Mannschaft sich den Vorsprung nicht mehr nehmen lassen wird!"

Saisonticket. Hannes hätte ihm jetzt einen Vortrag halten können, über die richtige Begriffswahl im Fußballjargon. Er hatte noch niemanden getroffen, der Dauerkarten *Saisontickets* genannt hatte.

„Ich würde das wirklich auch gerne glauben, aber wissen Sie, was Fußball angeht, da habe ich wirklich schon Pferde kotzen sehen!"

Sofort befürchtete Hannes, Warze mit seiner Wortwahl brüskiert zu haben.

Doch der lächelte nur und sagte:

„Und dabei können Pferde ja gar nicht kotzen. Wussten Sie das?"

„Nein, ehrlich gesagt nicht!"

„Ja. Ist tatsächlich so. Wenn man die Größe des Tieres als Maßstab nimmt, besitzt das Pferd nämlich nur einen relativ kleinen Magen. Der Pferdemagen hat auch nur eine Kammer. Sie wissen ja vielleicht, dass beispielsweise Kühe mehrere Mägen haben und Wiederkäuer sind. Und im Gegensatz dazu haben Pferde am Ende des Magens einen Ringmuskel. Wegen dieses Muskels kann die Nahrung des Pferdes nicht mehr zurück in dessen Speiseröhre gelangen Ergo, ein Pferd kann sich nicht übergeben!"

Der Mann verstand was vom Kotzen. Hannes fragte sich, ob er es wohl mit einem Biologielehrer zu tun hatte.

„Davon hatte ich keine Ahnung.", sagte er nicht ganz ohne Anerkennung.

„Dann kommen Sie doch mal mit!"

Hannes wusste im ersten Moment nicht, was das Saisonticket von ihm wollte. Zunächst glaubte er, zu einem Modell eines Pferdemagens mit Ringmuskel geführt zu werden, anhand dessen der Kotzexperte seine Ausführungen noch einmal plastisch zu veranschaulichen gedachte. Dann fiel es ihm ein, dass er den Lehrer vor dessen Vortrag nach dem schwarzen Brett gefragt hatte.

„Hier. Da werden Sie sicher etwas Passendes finden."

Sie standen vor einer großen Pinnwand, die mit allerlei Zetteln behängt war. Warze schaute auf eine große Uhr, die auf dem Flur über einer Tür hing.

„Aber Sie müssten sich ein bisschen schicken, in gut zehn Minuten schließt der Hausmeister ab!"

Simon lachte so laut, dass sich auch Hannes nicht mehr zurückhalten konnte. Die beiden hatten jede Menge Spaß und wenn man sich allein anhand des Lachens ein Urteil hätte bilden sollen, man wäre sicher zu dem Ergebnis gekommen, dass sich ein Vater vollkommen ungezwungen mit seinem Sohn über die lustigen Seiten des Lebens amüsierte. So war es wahrscheinlich auch. Doch der „Sohn" litt nach wie vor an Leukämie und pendelte zwischen Krankenhaus und seinem eigentlichen Zuhause hin und her. Es war noch immer nicht klar, ob Simon wieder gesund werden würde. Er litt nach wie vor an sehr starken Nebenwirkungen, musste Medikamente einnehmen, die chemischen Keulen gleichkamen. Nur ein Tropfen davon konnte ein Loch in den Linoleumboden des Krankenhauses ätzen. Trotz der vielen Nebenwirkungen, wie die seiner beschädigten Schleimhäute, rannen Simon gerade Freudentränen über die Wangen.

„Mach es noch mal, Hannes!", forderte Simon und wischte sich die Tränen aus dem Gesicht. Hannes, der natürlich wusste, dass Anna noch immer am Flughafen ihren Spätdienst ableistete, drehte sich trotzdem nach ihr um, um Simon zu signalisieren, dass dieser seiner Mutter nichts von der Sache erzählen dürfe. Dann schaute er den Jungen ernst an und legte den Zeigefinger auf seinen Mund.

Simon hörte auf zu lachen, nickte und flüsterte:

„Mama wird nichts erfahren!"

„Gut", sagte Hannes, zwinkerte dem Jungen zu und zog die lilafarbene Stoffkuh zu sich heran. Er hatte einmal gehört, dass es tatsächlich Kinder gab, die dachten, Kühe seien lila. Woran das nur lag? Er stellte die Kuh so vor sich auf, dass sie Simon die Sicht auf Hannes' Schoß nahm. Dort lag eine kleine Schüssel mit einem dünnflüssigen Brei aus Mehl, Milch und Eiern und eine alte Spritze, die Simon vom Krankhaus mit nach Hause gebracht hatte.

„Oh, mir geht es so schlecht. Ich blöde Kuh hätte nicht so viel durcheinander essen sollen!", sagte Hannes mit hoher Stimme. Dabei zog er einiges von dem Brei in die leere Spritze.

„Ich glaube, ich habe richtige Bauchschmerzen. Was kann ich denn da machen?", fragte Hannes mit seiner hohen Kuhstimme und führte die Spritze so schnell hinter das Maul der Kuh, dass Simon dies nicht bemerkte. Jetzt bewegte Hannes die Kuh hin und her und gab lauter Röchelgeräusche von sich. Simon begann zu lächeln, aber er war noch immer sehr auf die sich seltsam bewegende Kuh fixiert. Dann schrie Hannes:

„Oh Gott, ich glaube ich muss kotzen!" Er drückte den Brei aus der Spritze, dass es aus Simons Blickwinkel so aussah, als würde sich die Kuh übergeben!

Der Junge jauchzte vor Begeisterung und klatschte in die Hände. Hannes legte die Spritze wieder in den Brei, um sie erneut aufzuziehen. Dann ging er mit der Kuh auf ein Stoffpferd zu, das Simon schon seit seinem zweiten Geburtstag hatte.

„Oh, jetzt geht es mir wirklich schon viel besser!", sagte Hannes in seiner Kuhstimme zu dem Pferd. Er stellte die Kuh ab und nahm das Pferd in die Hand. Dann wieherte er und sagte:

„Hast Du es gut. Mir geht es auch sooooo schlecht. Ich habe ja solche Bauchschmerzen. Aber ich habe einen Ringmuskel", wieder wieherte Hannes, „und kann deshalb nicht kotzten. Dann bewegte er das Pferd ähnlich auf und ab, wie er es vor ein paar Augenblicken noch mit der Kuh getan hatte.

„Oh, mir geht es wirklich sehr schlecht und ich kann nicht kotzen, weil ich ein Pferd bin!", rief Hannes und wieherte wieder. Dann stellte er das Pferd plötzlich ganz ruhig auf den Tisch.

„Aber …", ein weiteres Wiehern, „aber mal sehen, ich glaube, da gibt es ja vielleicht noch eine andere Lösung!" Hannes führte die geladene Spritze an den Hintern des Pferdes und beobachtete, wie sich wieder dieses zufriedene Lächeln auf Simons Gesicht breit machte. Dann drückte Hannes den Brei wie eine hellbraune Fontäne aus der Spritze, so dass es aus Simons Sicht aussah, als würde das Pferd auf den Tisch kacken.

Simon sprang auf, schrie vor Freude, lachte und umarmte Hannes. Auch Hannes lachte laut und drückte den kleinen tapferen Jungen an sich. Dabei flüsterte Simon:

„Du bist der beste Papa auf der ganzen Welt!"

Hannes wollte gerade die Nummer wählen, als sein Telefon läutete. Also legte er den kleinen Zettel, den er von der Pinnwand des Kippenberg-Gymnasiums gerissen hatte, zur Seite. Er lächelte, als er die Nummer auf dem Display sah.

„Hallo, hier Sandy Colorado. Go ahead, make my day!"

„Guten Abend, Mr. Colorado. Ich wollte mich nur noch einmal vergewissern, ob alles in Ordnung ist und ob Sie ihren Colt auch gut eingecremt haben!"

Hannes wusste nicht genau, ob sie bewusst eine solch zweideutige Bemerkung gemacht hatte, oder ob sie einfach nur eine belanglose Querverbindung zu dem Film herstellen wollte. Würde er sie jetzt sehen können, dann hatte sie jetzt vielleicht rote Backen, falls Ersteres der Fall sein sollte.

„Alles eingecremt. Ganz zart. Habe auch schon mit den Cremedöschen jongliert!", antwortete Hannes professionell und ahmte dabei die Synchronstimme von James Duncan nach. Er wunderte sich, dass Anna noch mal anrief, schließlich hatten die beiden sich erst vor eineinhalb Stunden verabschiedet, als sie von der Arbeit nach Hause gekommen war.

„Ich wollte mich einfach nur noch einmal bedanken!"

„Bedanken? Du brauchst Dich nicht immer zu bedanken, Anna. Simon und ich, wir sind" – er dachte daran, dass Simon zu ihm gesagt hatte, er sei der beste Papa auf der Welt – „wir sind … Du weißt schon!"

„Ja. Das weiß ich. Das weiß ich doch. Aber trotzdem, Du bist …"

„Anna?"

„Ja?"

„Es ist alles in Ordnung. Simon und ich sind ein Team und wer weiß, es könnte ja sein, dass wir beide auch bald wieder ein … (Team werden?)", er brach ab.

Aber sie schien zu verstehen, was er sagen wollte.

„Ich weiß", flüsterte sie und Hannes wartete darauf, dass sie noch mehr sagen würde. Doch es entstand eine Pause.

„Was habt ihr denn heute gemacht?", fragte Anna, um das Gespräch in Gang zu halten und auf ein anderes Thema zu lenken.

„Wir? Ja, also wir haben über Werder geredet, das Spiel in Wolfsburg und über die Autogrammkarte von Micoud, dem Franzosen!"

„Der mit der langen Nase?", fragte Anna.

„Ja, wenn Du willst, dann der mit der langen Nase!"

„Na ja, der andere hat ja die langen Beine!"

„Ja, stimmt. Du meinst Valérien Ismaël. Er hat auf jeden Fall längere Beine als Micoud!"

„Hannes?"

„Ja!"

„Er war überglücklich. Er hat gesagt, Du bist der beste Papa auf der Welt. Er hat mir seine Kuh gezeigt und hat einen Lachanfall bekommen. Es war so ansteckend, dass ich sofort mitlachen musste. Dann hat er die Kuh auf den Küchentisch gestellt und sein altes Stoffpferd daneben. Und dann ist er vor Lachen in Tränen ausgebrochen. Ich habe ihn noch nie so fröhlich gesehen, noch nie, Hannes. Zumindest noch nicht seit seiner Krankheit. Er war so glücklich, Hannes!"

„Das ist doch schön, oder?"

„Ja, das ist es. Das ist es Hannes. Ich bin Dir wirklich dankbar!"

Hannes wollte darauf antworten, doch Anna fügte hinzu:

„Könntest Du mir sagen, was Du mit ihm gemacht hast? Er will es mir nicht sagen, Hannes!"

Was war das nur für ein toller Junge. Er hatte tatsächlich dichtgehalten. Hannes schüttelte den Kopf und sagte:

„Gib mir bitte noch ein bisschen Zeit. Wenn alles so läuft, wie geplant, dann werde ich Dich bald einweihen!"

„Ehrlich gesagt, verstehe ich nicht genau, was das zu bedeuten hat. Ich muss das aber auch nicht verstehen, oder?"

„Nein", sagte Hannes und nahm den Zettel von der Pinnwand wieder in die Hand.

„Gut. Dann nochmal vielen Dank für alles!"

„Kein Problem, Anna. Du hast den besten kleinen Jungen auf dem Planeten, und ich freue mich schon, morgen wieder auf ihn aufpassen zu dürfen!"

„Dann bis morgen!"

„Bis morgen, …", fast wäre Hannes das Wort „Schatz" herausgerutscht, aber er brachte dann doch noch ein „Anna" zustande.

Hannes schaute kurz das Telefon an. Dann wählte er, ohne lange nachzudenken, die Nummer, die auf dem Pinnwandzettel stand.

Es gab unglaublich skurrile Situationen in seinem Leben, in die Hannes ohne den Fußball nie geschlittert wäre. Das Steckenbleiben in einem Toilettenfenster mit anschließendem Zusammennähen einer tiefen Fleischwunde in seinem Gesäß gehörte ebenso in diese Kategorie wie der Aufenthalt in der Stehplatzkurve zu Hamburg, allein mit einem netten Mädchen unter den fanatischsten der fanatischen HSV-Fans. Hätte es seine Fußballleidenschaft nicht gegeben, wäre sein Arsch bis heute ohne jegliche Narbe geblieben und das Mädchen damals vielleicht seine Freundin geworden. Trotzdem wollte Hannes die skurrilen Erfahrungen nicht missen. Aber seitdem Simon und dessen Mutter in sein Leben getreten waren, begab er sich zumindest nicht mehr fahrlässig in derartige Situationen. Er versuchte, sich schon im Vorfeld über mögliche Konsequenzen unüberlegter Handlungen bewusst zu werden, und hoffte so, auch was sein Leben mit Werder betraf, vor unliebsamen Überraschungen gefeit zu sein. Zwei Tage vor dem Spiel gegen den VfB Stuttgart ereilte ihn jedoch eine ebensolche Überraschung. Sie kam aus dem Nichts und traf Hannes mitten ins Herz, ohne dass er dieses Mal etwas dazu konnte. Aber zunächst war es nur eine seltsame Überraschung, die sich erst später zu einer nie dagewesenen skurrilen Begebenheit entwickeln sollte.

Hannes sah Klaus Neitzel sofort an, dass dieser es ebenso meinte, wie er es sagte.

„Du meinst es ernst, stimmt's? Du meinst es tatsächlich ernst, Klausi? Du willst mich nicht verarschen?"

Es war Klaus peinlich. Um dies zu sehen, musste man keine zehn Semester Psychologie studiert haben. Hannes' Mitarbeiter hatte ein wichtiges Verkaufsgespräch auf Sonntag, den 29. März um 16.00 Uhr terminiert. Eineinhalb Stunden vor Werders Spiel gegen den VfB Stuttgart.

„Es tut mir leid, ich weiß auch nicht. Ich war mir sicher, dass Werder an einem Samstag spielt. Schließlich habt ihr doch erst am letzten Wochenende in Wolfsburg ein Sonntagsspiel gehabt!"

Bei jedem anderen hätte Hannes vielleicht sehr gereizt oder sogar verärgert reagiert. Aber nicht gegenüber Klaus Neitzel, der Simon das Mini-Weser-Stadion gebaut hatte und mittlerweile selbst schon beinahe ein halber Werder-Fan geworden war.

Also saß er am Sonntagnachmittag mit dem stellvertretenden Leiter einer größeren Restaurantkette in einem Hotel in Oldenburg zusammen, um die Konditionen einer langfristigen Zusammenarbeit auszuhandeln. Mittlerweile hatte Hannes genügend Erfahrung im Verhandeln und er war auch professionell genug, um sich zunächst seine Unruhe nicht anmerken zu lassen. Natürlich galten bald beinahe alle seine Gedanken den Grün-Weißen, die zum zweiten Auswärtsspiel hintereinander die Reise nach Stuttgart angetreten hatten. Immer wieder schaute er auf die Uhr und schaffte es trotzdem, die vertraglichen Modalitäten im Sinne der Firma mit Einfühlungsvermögen, Sachverstand und betriebswirtschaftlichem Geschick auszuhandeln. Und als ihn sein Gegenüber, ein Mann in Hannes' Alter, der sich mit Manuel Schmitt vorgestellt hatte und eine ziemlich starke Brille trug, auf sein Aussehen ansprach, machte es ihm nichts aus, noch einmal auf das Sandy-Colorado-Verkaufskonzept einzugehen. Erst jetzt fiel Hannes Schmitts gar nicht norddeutscher Zungenschlag auf und er registrierte auch, dass der Mann mit den dicken Brillengläsern seinerseits immer wieder auf die Uhr schaute.

„Ich weiß gar nicht, wie ich es sagen soll, bestimmt halten Sie mich für verrückt", antwortete Schmitt, als Hannes ihn auf dessen Unruhe ansprach, „aber ich bin ein ziemlich großer Fußballfan und in gut 40 Minuten spielt meine Mannschaft!"

Hannes musste nicht mehr nachfragen. Er hatte einen sechsten Sinn dafür und im gleichen Moment, da er endlich Schmitts Dialekt als minimal schwäbischen Einschlag identifiziert hatte, wusste er, dass er einem VfB Stuttgart-Fan gegenübersaß. Schmitt erzählt ihm, dass er noch nicht lange in Norddeutschland lebte, noch im Hotel wohnte und dass das Spiel eben nur im Bezahlfernsehen (er wählte tatsächlich diesen Begriff, echt schwäbisch eben) zu sehen war und er deshalb wohl auf Livebilder verzichten musste. Da bekam Hannes Mitleid, auch wenn er wusste, dass er in den kommenden Stunden auf eine sehr harte Probe gestellt werden würde.

Als Hannes seinen Fernseher einschaltete, philosophierte Marcel Reif bereits über die Brisanz der Partie, darüber, dass Werder das letzte Spiel ausgerechnet gegen Stuttgart verloren hatte, was ein Lächeln auf Schmitts Gesicht zauberte. Hannes sah es genau, auch wenn sein Gast sich um ein Pokerface bemühte. Noch war Zeit, den Stuttgart-Fan aus seiner Wohnung zu verbannen. Auf dem Bildschirm war Werders Aufstellung zu sehen.

„Hier, bedien Dich, kann leider nur mit Beck's dienen. Ich hole dann mal meinen kleinen Freund, ich denke mal, der sitzt schon auf Kohlen!"

„Bin schon auf den Kleinen gespannt!", sagte Schmitt, griff zu einem Bier und lächelte zufrieden.

Keine zwei Minuten später kam Hannes mit Simon zurück. Der Junge war ganz und gar in seine Fan-Montur gehüllt. Er begrüßte Manuel Schmitt höflich, setzt sich auf Hannes' Sofa und starrte sofort auf den Bildschirm. Das Spiel lief exakt 52 Sekunden.

„Klasnić und Ailton spielen, da kann ja nix schiefgehen, oder, Hannes?"

Hannes nickte, schaute erst Simon und dann seinen Gast an. Manuel Schmitt versuchte beiläufig zu lächeln, aber Hannes sah ihm an, dass er von Simons Anblick geschockt war.

Dann wurde Hannes erst klar, was er gerade tat: Er hatte einen Fremden in seine Wohnung eingeladen, der ein Fan von Werders aktuellem Gegner war, um mit diesem das Spiel Werders gegen eben diesen Gegner anzuschauen. Er schüttelte den Kopf. Welch eine emotional masochistische Entscheidung. Man konnte es auch getrost *eine grenzenlose Dummheit* nennen. Dann fragte er sich, ob überhaupt jemals schon einmal ein Mensch seine Wohnung betreten hatte, der kein Werder-Fan war. Es mussten einige geben, gewiss. Irgendwelche Handwerker vielleicht, die Zeugen Jehovas möglicherweise. Und natürlich Klaus Neitzel, der St. Pauli-Fan. Aber sonst?

„Toooor!", schrie Schmitt plötzlich. Hannes starrte fassungslos auf den Bildschirm. Es waren gerade einmal drei Minuten gespielt.

Die Stuttgarter hatten eine Ecke, und irgendein Abwehrspieler, dem man relativ freies Geleit gegeben hatte, köpfte die Hereingabe als Aufsetzer zum 1:0 ins Netz.

„Marcelo, das wurde aber wieder einmal Zeit!", schrie Schmitt und gönnte sich einen großen Schluck Bier. Hannes konnte gar nichts sagen, vielmehr konzentrierte er sich auf die Zeitlupe des Gegentreffers und sah, dass es *der Franzose mit den langen Beinen* war, der den Stuttgarter Spieler – Marcelo Bordon – nahezu unbedrängt hatte köpfen lassen. Dann erst sah er Simon. Der Junge musterte Manuel Schmitt mit einem

Gesichtsausdruck, als habe dieser den letzten in Freiheit lebenden Alligator erlegt. Bevor Hannes reagieren konnte fragte Simon:

„Warum freust Du Dich?"

Schmitt versuchte sich zu beruhigen und sagte:

„Ich bin VfB-Fan!", wobei er schlimmer schwäbelte als Karl Allgöwer, Guido Buchwald und Jürgen Klinsmann zusammen.

Hannes hatte das Gefühl, einen der größten Fehler seines Lebens gemacht zu haben. Wenn Werder gerade in diesem Spiel die erste Niederlage seit Menschengedenken würde hinnehmen müssen, dann wollte er lieber alleine sein. Er konnte so ein Erlebnis nicht in Gegenwart Fremder durchleben, ohne dabei bleibende Schäden davonzutragen; insbesondere nicht, wenn der Fremde auch noch Stuttgart-Fan war. Welcher Teufel hatte ihn nur geritten, als er Schmitt in seine Wohnung eingeladen hatte.

„Warum redest Du denn so komisch?", fragte Simon und schaute Schmitt an. Bevor dieser antworten konnte, fügte Simon hinzu:

„Du kannst Dich ruhig freuen, aber wir haben Ailton und Klasnić!"

Schmitt lächelte und sagte:

„Aber wir haben Kevin Kuranyi!"

Just in diesem Moment hatte genau dieser Spieler die Chance, auf 2:0 für Stuttgart zu erhöhen. Der Stürmer lief alleine auf Reinke zu, aber Werders Torwart blieb cool, lief aus seinem Tor und klärte noch vor dem Strafraum. Dieses Mal jubelte Simon und sagte:

„Ailton hätte den Ball reingeschossen, stimmt's, Hannes?"

„Ja. Klar. Ailton ist ja auch ein Klassestürmer!" Dann zwinkerte er Simon zu, der mit beiden Augen blinzelte und lächelte.

„Das stimmt, er ist ein Klassestürmer, viel besser als Kurheini!"

Obwohl Werder mit 0:1 hinten lag, prustete Hannes vor Lachen. Auch Manuel Schmitt lächelte.

„Der heißt nicht Kurheini sondern Kuranyi, kleiner Alligator!"

Simons Nasenflügel reagierte, dann wiederholte er leise:

„Kuranyi."

Hannes wurde warm ums Herz, als er Simon so mit Werder leiden sah. Der Blick von Annas Sohn war unentwegt auf den Bildschirm gerichtet.

„Schau, das ist Ailton!", sagte er zu Schmitt, als würde es sich bei dem brasilianischen Stürmer um einen bisher unentdeckten Planeten handeln, den Simon erst vor wenigen Stunden identifiziert hatte.

„Pass mal auf, was der jetzt macht!"

Im gleichen Moment setzte sich Werders Nummer 32 an der Seitenauslinie etwa 20 Meter vor dem Tor der Stuttgarter gegen zwei Gegenspieler durch. Dann passte er den Ball an den Strafraum zu Klasnić, der die Kugel elegant annahm, sich damit um seinen Gegenspieler drehte und sie mit viel Gefühl über den Stuttgarter Torwart hinweg ins lange Eck hob. Hannes konnte nicht glauben, was er sah. Simon hatte es prognostiziert, als hätte er das Drehbuch des Spiels auswendig gelernt. Werder hatte tatsächlich schon ausgeglichen und Simon und Hannes fielen sich in die Arme.

„Wunderschön. So spielt der kommende Meister!", kommentierte Marcel Reif das Tor, was Hannes mit sehr viel Stolz erfüllte.

Schmitt wurde ruhiger. Hannes sah ihm an, dass er Respekt vor dem kleinen, leukämiekranken Jungen hatte. Als der Treffer noch ein paarmal in Zeitlupe gezeigt worden war, sagte Schmitt:

„Mensch, Simon, Du verstehst ja wirklich was von Fußball!"

Simon lächelte glücklich und zuckte mit den Schultern. Dann prostete Schmitt Hannes zu und nickte anerkennend. Vielleicht war es ja doch keine so schlechte Idee gewesen, seinen Vertragspartner zum Fußball- schauen einzuladen.

Nach 24 Minuten bekamen die Schwaben einen Freistoß, etwa 20 Meter vor dem Tor, in halbrechter Position. Bordon legte sich den Ball zurecht.

„Simon, jetzt pass mal auf. Das ist Marcelo Bordon, der hat schon das erste Tor für den VfB geschossen. Der hat einen ganz schönen Bums!"

„Bums?", fragte Simon verwundern.

„Meinst Du, der kann ganz schön laut pupsen?"

Dieses Mal lachte nur Schmitt, denn Hannes wusste, dass der Stutt- garter Verteidiger einen wirklich harten Schuss hatte. Aber Simon setzte noch einen drauf.

„Das ist aber auch der gleiche Spieler, den Klasnić vor dem 1:1 aus- gespielt hat. Die Nummer 5. Ich habe es genau gesehen!"

Hannes verstand den Kleinen. In seiner kurzen Karriere als Fan hatte er schon einiges gelernt. Seine eigene Mannschaft bedingungslos zu ver- teidigen und ab und zu Nadelstiche gegen den Gegner zu setzen. Aber Hannes ahnte auch, was jetzt kommen würde.

Er sollte leider recht behalten.

Bordon lief an und schoss den Freistoß durch die Bremer Mauer zum 2:1 für Stuttgart ins gleiche Eck, in das er schon zum 1:0 getroffen hatte. Wieder jubelte Schmitt, wieder rief er den Vornamen des Stuttgarter Spie- lers, wieder trank er einen großen Schluck Bier. Und als sei dies alles nicht schon genug für den traurigen kleinen Simon, sagte Schmitt:

„Der Ball ging ja durch die Mauer, Simon. Da haben aber zwei Bremer Spieler gepennt. Also, ich glaube, einer davon war Klasnić. Der hat doch das 1:1 geschossen!"

Hannes spürte, was jetzt in dem Jungen vorgehen musste. Er kannte dieses Gefühl nur zu gut. Es war eines der schlimmsten Gefühle, die es gab, zehnmal schlimmer als Zahnschmerzen. Wenn man den Mund zu voll genommen hatte, wurden einem dann die eigenen Worte zum Verhängnis. Aber da musste Simon wohl jetzt alleine durch. Hannes sah, dass seinem kleinen Freund Tränen über die Wangen rollten. Das Verrückte war, dass er in diesem Moment mehr mit Simon als mit sich selbst litt. Dabei war ihm selbst zum Heulen zumute. Eine Niederlage konnte alles kaputt machen, auch wenn das Marcel Reif anders sah.

„Kein Problem, kleiner Alligator, es ist noch lange Zeit!"

„Meinst Du, Werder schießt bald wieder ein Tor?", fragte er.

„Klar. Du hast doch selbst gesagt, bei Ailton und Klasnić kann nichts passieren!"

„Das stimmt!" Er schaute Schmitt böse an:

„Hannes ist ein Fußballexperte. Er weiß alles über Werder. Alles. Sogar mehr als Schwester Karin!"

Werder machte Druck und wollte tatsächlich so schnell wie möglich wieder ausgleichen.

„Vielleicht schießt ja auch Klasnić noch ein Tor. Er kann auch zwei Tore schießen, so wie eure Nummer 5!"

„Vielleicht", sagte Schmitt, „aber nur vielleicht!"

Dann flog ein langer Ball aus Werders Abwehr zu Klasnić. Der verlängerte den Ball auf Ailton, der den Ball mit der Brust annahm und sofort steil nach vorne passte, genau dorthin, wohin Klasnić gestartet war. Der junge Kroate nahm den Ball an, legte ihn an dem auf ihn zustürzenden Stuttgarter Torwart vorbei und schob die Kugel aus knapp 16 Metern in das leere Tor zum erneuten Ausgleich! Wieder fielen sich Simon und Hannes in die Arme.

„Siehst Du, was Eure Nummer 5 kann, kann unsere Nummer 17 auch!"

Jetzt hatte Simon wieder die besseren Argumente und Hannes hatte seinen Spaß.

„Weiß er schon, was Abseits ist?", fragte Schmitt und deutete auf die Wiederholung des Treffers, die zumindest den Schluss nahe legte, dass das Tor aus abseitsverdächtiger Position gefallen sein konnte.

„Klar weiß ich das. Abseits ist immer dann, wenn der Schiedsrichter pfeift, stimmt's Hannes!"

Schmitt schüttelte bewundernd den Kopf. Offensichtlich mochte er den kleinen Werder-Fan auch schon.

Hannes war wieder etwas beruhigter. Er richtete ein stilles Stoßgebet an den Fußballgott, verbunden mit der Bitte, vor der Pause von einem weiteren Rückstand abzusehen. Denn dann würde man erst einmal durchatmen, sich sammeln und nach diesem emotionalen Wahnsinn das Herzinfarktrisiko wieder etwas verringern können. Doch der Fußballgott hatte andere Pläne.

Nachdem Ailton kurz zuvor noch eine gute Chance ungenutzt gelassen hatte, machte er sich in der 43. Minute auf die Reise mit dem Strafraum des VfB Stuttgart als Ziel. Ein langer Ball aus Werders Hälfte wurde von Klasnić – von wem sonst – mit dem Kopf dorthin verlängert. Ailton lauerte auf den Ball, der ihm den Gefallen tat, genau in seine Laufrichtung zu fliegen. Weil Toni nicht gerade der langsamste Stürmer war, gelang es ihm, allen Stuttgarter Verteidigern zu entwischen. An der Strafraumlinie ließ er den Ball einmal auftippen, um ihn dann zur 3:2-Führung ins Tor zu hämmern. Jetzt sprang Simon auf, er hüpfte so, dass ihm seine Perücke vom Kopf rutschte. Hannes schloss die Augen. Er konnte es nicht glauben, was er in den letzten 45 Minuten erlebt hatte. Er war Zeuge eines so wunderschönen Ereignisses geworden, das – zumindest in dieser Intensität und zeitlichen Kürze – allein der Fußball zustande brachte. Was war das nur für eine Werder-Mannschaft? Sie ging, nachdem sie zweimal im Rückstand gelegen hatte, tatsächlich mit 3:2 in die Pause. Und zum ersten Mal machte Manuel Schmitt den Eindruck, dass er nicht mehr an einen Sieg seiner Mannschaft glaubte. Hannes hätte es zu gerne auch geglaubt. Doch dann musste er wieder an den Ringmuskel des Pferdemagens denken.

In der Halbzeit sprachen die drei über das Spiel wie drei Männer. Sie fachsimpelten, gingen strittige Szenen durch, hoben die unglaubliche Dramaturgie des Spieles noch einmal hervor und dabei war Simon den beiden alten Hasen in jeder Hinsicht ebenbürtig.

„Eigentlich darf ein solches Spiel keinen Sieger haben!", sagte Manuel Schmitt, als die beiden Mannschaften schon wieder auf dem Spielfeld standen. Hannes spürte natürlich sofort, dass der noch nach dem 2:3-Rückstand aus Stuttgarter Sicht zur Schau gestellte Pessimismus des Schwaben schon wieder leiser Hoffnung auf ein Happy End gewichen war. Hannes konnte den VfB-Fan verstehen. Er hätte an seiner Stelle genau das Gleiche gesagt. Und so sehr sich Hannes natürlich wünschte, dass Werder sich den Sieg nicht würde nehmen lassen, so unwahrscheinlich erachtete er in diesem Moment auch die Aussichten, dass Werder einem ungefährdeten Sieg zusteuern würde. An diesem Sonntag im März war alles möglich. Deshalb sagte er nur:

„Vielleicht hast Du recht!"

Es dauerte fünf Minuten, bis sich das Schicksal wieder drehte. Nur ganze fünf Minuten.

Wenn man in einem Roman ein weiteres Mal Stuttgarts Nummer 5 für den dritten Treffer des Teams auserkoren hätte, es hätte den billigen Touch einer drittklassigen Story bedient. Doch dies hier war die Realität. Und es war tatsächlich Bordon, der sich den Ball für einen Freistoß zurechtgelegt hatte, über 30 Meter von Reinkes Tor entfernt. Selbst Marcel Reif äußerste in seiner Moderation dezente Skepsis, als er sah, dass Bordon es tatsächlich versuchen wollte, von dieser Position direkt aufs Tor zu schießen. Hannes sah, dass auch Schmitt die Hände zum Gebet gefaltet hatte. Er konnte sehen, dass der Stuttgart-Fan etwas flüsterte, das Hannes nicht verstehen konnte. Doch er konnte von den Lippen seines Gastes ablesen, dass es „*Bitte, bitte nur noch einmal*" hieß.

Als Bordon anlief, spürte Hannes, dass er es tatsächlich noch einmal machte. Der Ball ging an Werders Minimauer (nur zwei Spieler sicherten den Ball ab) vorbei und schlug an dem regungslos im Tor stehenden Reinke vorbei im linken Eck ein. Es stand tatsächlich 3:3. Für Simon brach zum dritten Mal an diesem Tag eine Welt zusammen.

„Verlieren wir, Hannes? Verliert Werder?"

Die beiden sahen den kopfschüttelnden Manuel Schmitt an.

„Ich weiß es nicht, kleiner Alligator, ich kann es Dir nicht sagen, aber ich glaube, das ist heute so ein Spiel, in dem alles passieren kann!"

Simon schüttelte den Kopf. Dann fragte er den Stuttgart-Fan:

„Warum jubelst Du denn gar nicht, so wie bei den ersten beiden Toren!"

„Ich bin ziemlich fertig und außerdem hat Werder in der ersten Halbzeit immer ganz schnell ein Tor geschossen, nachdem ich so gejubelt habe!"

„Aber vielleicht schießt Werder ja trotzdem noch ein Tor. Meistens schießt Ailton immer zwei Tore. Stimmt's, Hannes?"

Hannes lächelte Simon an. Er liebte diesen Jungen so sehr.

„Ja. Das stimmt. Ailton schießt oft zwei Tore. Aber vielleicht hat Manuel ja recht, vielleicht sollten wir drei uns wirklich mit einem Unentschieden zufrieden geben. Was meinst Du, Simon?"

Der Nasenflügel des Jungen bewegte sich. Er überlegte.

„Hm. Also eigentlich spielt Werder gut. Aber Stuttgart spielt ja auch nicht schlecht. Und nicht schlecht ist ja auch fast gut. Also, wenn zwei Mannschaften gut spielen, dann ist ein Unentschieden ja auch gut. Es kann ja nicht jeder gewinnen!"

Manuel Schmitt verfolgte die philosophischen Schlussfolgerungen des Jungen mit offen stehendem Mund. Hannes lächelte nur und dann zwinkerte er Schmitt zu.

„Also gut", sagte Schmitt, „dann einigen wir uns alle darauf, dass ein Unentschieden eigentlich das gerechte Ergebnis für dieses Spiel wäre!"

„Abgemacht!", sagte Hannes und nickte Simon zu.

„Abgemacht!", schrie Simon. Und dann gaben sie sich alle drei die Hand, um einen Deal zu besiegeln, den sie letztlich nicht beeinflussen konnten.

Zehn Minuten später schoss Micoud ein Tor, doch der Schiedsrichter verweigerte dem Treffer die Anerkennung, weil er ein Handspiel des Franzosen gesehen haben wollte.

„Aber das war doch keine Absicht, Hannes, oder? Das war doch eigentlich ein Tor!", beschwerte sich Simon.

„Haben wir uns nicht auf ein Unentschieden geeinigt?", fragte Schmitt und lächelte Simon an.

Simon überlegte. Er kratzte sich unter seiner Werder-Perücke und sagte:

„Aber woher soll denn Micoud wissen, worauf wir uns geeinigt haben?"

Das war natürlich ein Argument und es sah tatsächlich so aus, als wollten sich auch die anderen Werder-Spieler nicht an diesen Unentschieden-Deal halten. Werder hatte mehr vom Spiel und es sah so aus, als könne man ein zweites Mal in Führung gehen.

Dann bekam ein Stuttgarter Spieler einen Steilpass und lief alleine auf Werders Torwart zu.

„Neeeiiiin!", rief Simon und nahm seine Hände vors Gesicht. Doch der Stuttgarter Spieler hörte Simon nicht. Er legte den Ball an dem aus dem Tor stürzenden Reinke vorbei und schob die Kugel vor den vergeblich nach ihr grätschenden Werder-Spielern zur erneuten Führung der Heimmannschaft über die Torlinie.

Schmitt jubelte, aber er jubelte nicht so, wie er nach den ersten beiden Toren gejubelt hatte. Er jubelte, weil er es als Fan so machen musste, er war es seinem Verein schuldig. Aber Hannes sah, dass sein Gast ein schlechtes Gewissen hatte. Ein schlechtes Gewissen gegenüber Simon. Und als der VfB-Fan sah, dass Simon bittere Tränen weinte, schüttelte er beinahe schuldbewusst den Kopf.

„Jetzt verliert Werder doch!", schluchzte Simon und setzte sich auf Hannes' Schoß. Der wiegte den kleinen Jungen, als sei er dessen Vater. Und Simon schmiegte sich an ihn, als sei er Hannes' Sohn.

„Meinst Du, Werder kann noch ein Tor schießen, Hannes?", flüsterte er unter Tränen.

„Ja. Na klar, kleiner Alligator. Werder schießt noch ein Tor. Du hast doch selbst gesagt, dass Ailton meistens zwei Tore schießt, oder?"

Simon schaute Hannes ernst an und wischte sich die Tränen aus dem Gesicht.

„Meinst Du wirklich, Hannes?", flüsterte er.

Hannes nickte und deutete auf den Fernseher.

Als sich Simon wieder der Übertragung zuwandte, war nicht einmal eine Minute seit des erneuten Rückstandes verstrichen. Simon sah, dass Lisztes einen Ball aus dem Mittelfeld in den Stuttgarter Strafraum lupfte, er sah, dass ein Stuttgarter Spieler den Ball unfreiwillig mit dem Hinterkopf auf den vor dem Stuttgarter Tor stehenden Micoud verlängerte. Dann sprang Simon auf. Micoud versuchte den Ball am Stuttgarter Torwart vorbeizulegen, doch dieser konnte den Ball mit den Händen abwehren. Der abprallende Ball landete vor den Füßen Ailtons und der Brasilianer machte Simon an diesem Abend zu einem sehr glücklichen kleinen Jungen. Zu einem glücklichen kleinen Jungen, der zu einem echten Fußballexperten mit beinahe hellseherischen Fähigkeiten geworden war. Werder hatte wieder ausgeglichen. Es stand 4:4.

Dabei blieb es. Weil die Bayern am Tag zuvor mit 5:2 gegen Mönchengladbach gewonnen hatten, war Werders Vorsprung auf *nur* noch neun Punkte geschmolzen. Trotzdem hatte Werder sich mit dem Spiel weiter in den Focus der Öffentlichkeit gespielt, denn ganz Deutschland sprach tagelang von dieser Partie. Und es standen auch nur noch acht Spieltage auf dem Programm.

29. März bis 4. April 2004: Drei Griffe, ein Live-Auftritt und die Angst vor dem Traum

Hannes sah sofort, dass der Junge gut war. Es wurde ihm aber ebenso schnell klar, dass er die Erwartungen seines Gitarrenlehrers nicht würde erfüllen können. Denn es musste ihm gelingen, den Song in nur drei Tagen zu lernen. Ging man also davon aus, dass er in den drei Tagen jeweils 90 Minuten Unterricht von T.C. bekommen würde, blieben ihm also ganze viereinhalb Stunden Zeit für Unterweisungen eines Profis. Alles andere würde er durch eigenes Üben bewerkstelligen müssen. Wenn man es genau nahm, hatte er den Song vor 15 Jahren schon einmal gelernt. Doch nach seinem heutigen Wissensstand hatte diese Version etwa so viel mit der Originalversion gemein wie die fußballerischen Fähigkeiten von Reiner Calmund mit denen eines Johan Micoud.

In T.C.s Zimmer hingen einige Werder-Poster und ein Wimpel mit Unterschriften von Spielern der Meistermannschaft des Jahres 1988. Das

Jahr, in dem T.C. geboren wurde. In weitaus größerer Anzahl war T.C.s Zimmer mit Postern von Rockbands geschmückt. Der Junge mochte ein Werder-Fan sein, doch sein Herz schlug mehr im Rhythmus der Musik, als dass es wegen Werders spektakulärer Spiele von einem Infarkt bedroht wurde. Er würde ein Konzert einer aufstrebenden Independentband im *Aladin* dem Pokalfinale vorziehen. Im Gegenzug dazu würde Hannes ein *Rolling-Stones*-Konzert für ein Vorbereitungsspiel von Werder gegen Kickers Emden auf Norderney schmeißen.

T.C. hieß eigentlich Arne. Es lag Hannes auf der Zunge, den Jungen danach zu fragen, weshalb er sich T.C. nannte. Falls es daran lag, dass er T.C. Boyle gut fand – es hätte Hannes nicht gewundert, wenn der Junge den amerikanischen Schriftsteller kannte –, hätte T.C. einen weiteren Stein in Hannes' Brett platziert. All die anderen Steine hatte er aufgrund seiner Art, mit der Gitarre umzugehen, dort abgelegt. T.C. spielte ihm den Song nach nur einmal Hören so perfekt vor, dass Hannes keinerlei Unterschied zu der Version von John Mellencamp heraushören konnte. Die Finger des Jungen bewegten sich mit einer Eleganz und Geschmeidigkeit über den Hals der Gitarre, dass Hannes ihm stundenlang hätte zusehen können. Sein ganzes Leben lang hatte Hannes davon geträumt, das Gitarrespielen richtig zu lernen. Aber als er sah, was dieser 16-jährige Schüler mit dem Instrument anstellte, wurde ihm klar, dass dies immer ein Wunschdenken bleiben würde. Selbst dann, wenn er bis zu seinem Lebensende Unterrichtsstunden nehmen würde. Dazu kam dieses scheinbar gottgegebene Talent T.C.s, allein durch Hören eines Songs auf dessen Spielweise zu schließen. Hannes war wahnsinnig beeindruckt von den Fähigkeiten seines jungen Lehrers, aber gleichzeitig auch beinahe depressiv, weil er um die Erkenntnis reicher geworden war, in diesem Leben niemals auch nur in die Nähe einer solchen Qualität vorzustoßen. Doch T.C. schien in Hannes Gesicht lesen zu können.

„Es ist zu schwer für Dich. Stimmt's, Sandy?"

Hannes hatte ihm erlaubt, ihn Sandy zu nennen. Das machte alles irgendwie leichter, denn von dem Moment an starrte ihn T.C. nicht mehr wie einen unantastbaren Hollywoodschauspieler an, sondern er sah in ihm einfach nur einen etwas älteren Schüler, der, warum auch immer, sich damit zufrieden gab, in kürzester Zeit nur einen einzigen Song zu erlernen.

„Ja. Es ist viel zu schwer. Zumindest in der kurzen Zeit sehe ich schwarz!"

T.C. nickte. Er hatte seine dunklen, lockigen Haare zu einem Pferdeschwanz gebunden. Jetzt starrte er an seine Zimmerdecke, wo ein Poster von den Black Crows hing. Hannes kannte die Band. Soweit er sich erinnern konnte, hatten sie Ende der 80er oder Anfang der 90er Jahre ihre große Zeit. Dann nickte T.C. Hannes zu.

„Gut. Auch gut. Dann müssen wir eben Plan B fahren!"

„Plan B?", fragte Hannes. „Wie lautet denn Plan B?"

T.C. lächelte.

„Eigentlich ist es Plan S – S wie singen!"

Und so erklärte ihm T.C., wie die drei Unterrichtstage aussehen würden: Hannes würde insgesamt drei Griffe lernen müssen: A, E und D. Wenn er die Griffe beherrschte, würde es schließlich darum gehen, sie sicher in der richtigen Reihenfolge zu spielen!

„Wenn Du das hinbekommst, dann kannst Du das Intro spielen. Das Intro ist bei dem Song das Wichtigste. Das taucht auch später immer wieder auf und die Grifffolge bleibt gleich!"

Hannes nickte.

„Und nach dem Intro musst Du die Strophen eben ohne Gitarrenbegleitung singen!"

Hannes schaute seinen jungen Lehrer unsicher an.

„Ist doch drauf geschissen. Singen musst Du so oder so!"

Es war zwar etwas drastisch formuliert, traf jedoch umso direkter ins Schwarze.

Wenn sich Hannes etwas in den Kopf setzte, dann konnte dies durchaus Züge von Besessenheit annehmen. Nach der ersten Stunde ging er mit seiner Gitarre nach Hause und übte. Er übte und übte. T.C. hatte ihm alle drei Griffe (A, E und D) beigebracht. Immer wieder spielte er die Griffe. Immer wieder. Er hatte nach zwei Stunden das Gefühl, langsam Fortschritte zu machen. Doch dann konnte er vor lauter Schmerzen kaum noch spielen. Als er mit Barbara den Kauf der Gitarre abwickelte, hatte er nicht auf die Beschaffenheit der Saiten geachtet. So hatte er eine Westerngitarre erworben, mit Stahlsaiten. Die hatten sich so in die Fingerkuppen seiner linken Hand gebohrt, dass sich dort tiefe Rillen gebildet hatten.

Am nächsten Tag übte er drei Stunden. Während des Unterrichts hatte ihm T.C. einige Tipps gegeben, wie er schneller und sicherer zwischen den drei Griffen umgreifen konnte. Und T.C. hatte die Stahlsaiten seiner Gitarre durch Plastiksaiten ersetzt. Eine Wohltat für Hannes' Finger. Als er am Abend ins Bett ging, schlief er mit den Gedanken an die drei Gitarrengriffe ein.

Der dritte und letzte Unterrichtstag ging mit einer weiteren Erkenntnis einher:

„Die Griffe hast Du wirklich drauf, auch das Umgreifen klappt so weit, Sandy!", sagte T.C.

Hannes war stolz, doch er spürte, dass Sandy noch nicht fertig war.

„Aber?", fragte er deshalb.

T.C. schaute ihn an, als hätte Hannes Werders Vereinsfarben vergessen. Dann gab ihm der Junge ein Blatt Papier in die Hand.

„Hier. Das ist der Text. Jetzt musst Du den Song noch singen!"

Hannes griff nach dem Text und lächelte. Denn er kannte den Song nur zu gut. Er flüsterte:

„Plan S!"

Das Singen ging dennoch erstaunlich gut. Was vor allem daran lag, dass Hannes eine gewisse positive Affinität zur englischen Sprach hatte und er Mellencamp schon seit mehr als 20 Jahren sehr verehrte. Der Song stammte aus dem *American-Fool*-Album, das Hannes als Teenager einmal komplett übersetzt hatte. Und er hatte einige interessante Vokabeln darin gefunden. Wie die Bedeutung des englischen Wortes „ditty" beispielsweise, das gleich in der ersten Liedzeile von *Jack and Diane* vorkam.

„Weißt Du, was das Wort bedeutet?"

Er deutete darauf.

„Ditty?", las T.C. und schüttelte den Kopf.

Hannes war stolz, dass er dem Jungen auch etwas beibringen konnte.

„Ditty heißt so viel wie Liedchen!"

Und Hannes übte das Liedchen. Er übte den ganzen Abend bis tief in die Nacht. Zuerst kümmerte er sich nur um den Text, wobei er vor allem versuchte, Mellencamps Rhythmus zu kopieren. Dazu hörte er sich das Original mindestens 20-mal über seinen Kopfhörer an. Natürlich über den Kopfhörer, denn er wollte nicht, dass Anna in der Wohnung nebenan etwas davon mitbekam. Die Stimme Mellencamps zu adaptieren versuchte er erst gar nicht, denn den Reibeisensound des Sängers zu kopieren, hätte ihn nur vor ein unlösbares Problem gestellt. Stattdessen investierte er die ihm noch verbleibende Zeit lieber damit, das Intro weiter zu perfektionieren und mit seiner Gesangseinlage abzustimmen. Erst um 2.43 Uhr war er zufrieden und dachte zum ersten Mal in der Woche an das Heimspiel gegen Freiburg.

Anna hatte am Freitagabend frei und Simon war noch immer zu Hause. Das Feld war bestellt und Hannes wollte die Chance nutzen. Er hatte ihr am Abend zuvor, an dem er bis in die Nacht hinein geübt hatte, am Telefon erzählt, dass er in Hamburg bei Klaus Neitzel übernachten würde, weil er einen *Sandy-Colorado*-Auftritt in einem Hamburger Hotel hatte. Es war eine Notlüge. Zuerst wollte er Simon einweihen, aber dann hielt er es für besser, auch den Jungen zu überraschen. Er wollte nicht, dass der kleine Werder-Fan mit dem emotionalen Druck eines Schweigegelübtes den Tag durchleben musste. Das Spiel gegen den VfB Stuttgart hatte dem Jungen schon genug Stress zugefügt. Nein, Hannes wollte es alleine, ohne Mitwisser durchziehen.

Er wollte nicht mit der Tür ins Haus fallen, obwohl er aufgeregter war als bei einem Werder-Spiel. Vielleicht nicht gerade bei einem Spiel, in dem es um Meisterschaft oder Pokalsieg ging, aber mindestens so wie vor einem wichtigen Auswärtsspiel. Deshalb hatte er seine Gitarre zunächst noch in seiner Wohnung deponiert.

Simon schaute ihn verwundert an, als er die Türe öffnete.

„Hannes, Du bist ja da!" Anstatt ihn zu umarmen, zuckte der Junge kurz mit seinem rechten Nasenflügel, drehte sich um und schrie so laut nach seiner Mutter, dass man meinen konnte, Anna würde gerade mit einem Presslufthammer eine Wand durchbrechen.

„Mamaaaaaa, Maaaaamaaaa, Hannes ist da. Hannes ist da. Er ist nicht in Hamburg. Er ist da!"

Dann ging Simon wieder zu Hannes und umarmte ihn. Obwohl der Junge schon so lange von der schlimmen Krankheit gezeichnet war und obwohl Hannes seinen kleinen Freund mittlerweile wieder nahezu täglich sah, bekam er bei Simons Anblick nach wie vor jedes Mal einen Schock. Simon war einerseits aufgedunsen vom Cortison, aber er war auch unheimlich blass, fast grau und trotz der Werder-Perücke konnte man dessen kahlen Schädel erahnen.

„Es ist schön, dass Du da bist. Warum bist Du denn nicht in Hamburg?"

„Sag ich Dir gleich!", antwortete Hannes und sah Anna, die in Jogginghose und T-Shirt aus der Küche kam. Auf dem grauen T-Shirt stand in blauer Schrift „Indian Summer".

Anna umarmte ihn und küsste ihn auf die Wange. Sofort bekam Hannes Herzklopfen. Sie war so sexy. „Ich dachte, Du würdest in Hamburg übernachten!"

Offensichtlich hatte Hannes' vorgeschobene Hamburg-Übernachtung für reichlich Gesprächsstoff bei Anna und ihrem Jungen gesorgt.

„Ja. Aber wir haben die Veranstaltung auf einen anderen Termin verschieben müssen. Na ja, und da dachte ich, ich klingele einfach mal bei euch. Aber falls ich stören sollte …!"

Der Junge breitete die Arme aus und sagte:

„Ach was, Du störst doch nie, Du kannst immer kommen. Du störst uns nie. Stimmt's, Mama?"

Simon erwartet eine Antwort von seiner Mutter.

Anna zwinkerte ihrem Sohn zu und sagte:

„Nein, Hannes stört uns nicht. Aber ich glaube, wir sollten uns besser reinsetzen!"

Anna hatte gekocht. Für Simon gab es mal wieder rutschfeste Nudeln und für sich und Hannes hatte sie einen Salat mit Putenstreifen und getoastetem Fladenbrot gemacht. Sie saßen am Tisch wie eine richtige Familie und sie unterhielten sich wie eine richtige Familie.

„Von mir aus könntest Du immer bei uns sein. Ehrlich. Dann könnte ich allen sagen, dass ich einen Papa habe. Die meisten denken ja eh, Du bist mein Papa. Aber wenn ich dann sage, dass Du nicht mein Papa bist, dann verstehen sie das nicht!"

Hannes wurde langsam nervös, denn es war an der Zeit, seinen Plan in die Tat umzusetzen. Er wusste immer noch nicht, ob die Narben auf Annas Seele schon verheilt waren. Er war genauso unsicher wie vor einem halben Jahr, bevor er mit Anna *Jack and Diana* zum ersten Mal auf DVD gesehen hatte. Simons Philosophien über den Papa und sein Wunsch, dass Hannes diese Rolle in seinem Leben erfüllen konnte, trugen nicht unbedingt dazu bei, dass Hannes seine Nervosität in den Griff bekam.

„Mach Dir doch nicht so viele Gedanken darüber, was andere denken!", sagte Anna und fuhr ihrem Sohn über die Wange. „Hannes und Du, ihr seid doch ein Team, oder? Das beste Team der Welt. Und ich wette, es könnte auch nicht besser sein, wenn Hannes Dein Papa wäre!"

Hannes wusste nicht, was er sagen sollte. Wollte Anna damit sagen, dass er nie Simons Papa werden würde, oder dass er ja eigentlich schon eine Rolle im Leben des Jungen einnahm, die durchaus der Vaterrolle gleichkam?

„Aber was soll ich denn sagen, wenn sie mich fragen, ob Hannes mein Vater ist?", hakte Simon nach und der Ernst der Frage stand ihm ins Gesicht geschrieben.

„He, kleiner Alligator!"

Hannes klopfte auf seine beiden Oberschenkel. Simon stand von seinem Stuhl auf und setzte sich auf Hannes' Schoß.

„Deine Mama hat ganz recht. Wir sind doch das beste Team, das allerbeste Team der Welt. So wie Michel und Alfred. Oder wie …"

„Ailton und Klasnić!", vervollständigte Simon.

„Ja, ja. Warum nicht, so wie Ailton und Klasnić!" Hannes lächelte und klatschte den kleinen Jungen ab.

Anna schüttelte vor Erleichterung den Kopf. Simons Fragen nach den Grundfesten menschlichen Daseins, musste sie, je älter ihr Sohn wurde, immer öfter unbeantwortet lassen. Noch konnte sie sich häufig um eine Antwort drücken oder es kam ihr jemand zur Hilfe. Doch sie wusste, dass sie zunehmend gefordert sein würde, wenn es darum ging, ihrem Sohn die Welt zu erklären, wenn Simon älter werden würde.

Wenn Simon älter werden würde.

Hannes fand oft die richtigen Worte für die schwierigen Fragen ihres Sohnes, auch wenn sich deren Logik sich meistens über Werder erschloss.

Hannes spürte, dass er nicht mehr länger warten konnte.

„Könnt ihr mich noch mal kurz entschuldigen?", fragte er.

„Entschuldigen? Aber bei wem müssen wir dich entschuldigen?"

Anna lachte.

„Wir müssen Hannes nicht entschuldigen. Er will uns nur sagen, dass er auf die Toilette muss!"

Hannes lächelte.

„Nein, ich muss nicht auf die Toilette, ich habe in meiner Wohnung etwas vergessen. Das wollte ich schnell holen!"

Anna wurde rot. Das machte sie noch attraktiver.

„Was hast Du denn vergessen? Ist es was von Werder?", fragte Simon neugierig.

„Nein, dieses Mal nicht. Aber vielleicht wird es Dir gefallen!"

„Jetzt lass Hannes einfach gehen. Er wird sicher gleich wieder da sein. In der Zeit können wir beide die Spülmaschine einräumen!"

Seine Aufregung war kaum noch zu kontrollieren. Er wurde hektisch, drehte sich unkontrolliert um. Dabei stieß er mit dem in seinem Flur stehenden Tischkicker zusammen und rammte sich eine der Drehstangen in den Oberschenkel. Doch in seinem Blut war so viel Adrenalin, dass er den Schmerz nicht spürte. Es war Zeit, zu gehen. Doch er musste tatsächlich noch einmal pinkeln, bevor er sich die Gitarre umhängte. Als er schon den Türgriff in der Hand hatte, befürchtete er, alles vergessen zu haben. Deshalb spielte er noch einmal die drei Griffe. Er reihte sie so aneinander, dass dabei klanglich eigentlich das Intro von *Jack and Diana* hätte herauskommen müssen. Aber Hannes fand, es klang lausiger als das Wehklagen dreier streunender Katzen, die auf einen Müllcontainer zuliefen. Außerdem hatte er das Gefühl, bis ans Ende seiner Tage stimmlich keinen Ton mehr herauszubringen. Aber es war zu spät, um jetzt noch einen Rückzieher zu machen.

Als ihn Simon mit der Gitarre sah, staunte er ihn mit großen Augen und offenstehendem Mund an. Anna hatte einen Gesichtsausdruck, den Hannes bisher noch nicht kannte. Sie schien vollkommen verblüfft und überrumpelt zu sein. Und weil Hannes befürchtete, seiner Aufregung nicht länger Einhalt bieten zu können, spielte er sofort den ersten Griff. Dann den zweiten. Und nach dem dritten Akkord klang es fast so wie das Intro von *Jack und Diane*. Er musste sich so sehr auf die Grifffolge konzentrieren, dass er seine beiden Zuschauer nicht anschauen konnte. Als das Intro nach einer gefühlten Ewigkeit endlich gespielt war, sang er die erste Zeile:

Little ditty – ,bout Jack and Diane

und hoffte, dass es zumindest ein bisschen nach John Mellencamps Song klang.

Er konnte jetzt nicht mehr aufhören, das hätte wohl die vollkommene Blamage bedeutet. Er musste es durchziehen bis zur letzten Zeile. Also sang er die erste Strophe, so gut er konnte. Er hatte das Gefühl, keinen einzigen Ton richtig zu treffen. Aber das spielte jetzt keine Rolle, denn er musste nach jeder Strophe das Intro wiederholen – als Überleitung zur nächsten Strophe gewissermaßen. Das erforderte so viel Konzentration, dass er gar keine Gelegenheit hatte, sich über seine bescheidene Gesangsleistung zu ärgern. Er hatte Angst, den richtigen Moment für das Intro zu verpassen. Deshalb spielte er es etwas zu früh. Doch er hatte das Gefühl, die Akkorde dieses Mal etwas weniger lausig zu treffen, als dies bei der Generalprobe im Flur seiner Wohnung der Fall gewesen war. Noch immer konnte er keinen Blickkontakt zu seinem Publikum herstellen. Er hoffte, dass es überhaupt noch da war. Und als er die Grifffolge wieder hinter sich gebracht hatte, stimmte er die zweite Strophe an.

Jacky sits back collects his thoughts for a moment

Das wäre wahrscheinlich auch für ihn das Beste gewesen. Erst einmal Herr seines eigenen Gedankenwirrwarrs zu werden. Doch das Lied war noch lange nicht zu Ende.

Er hatte den Mut, einen kurzen Blickkontakt zu Anna und Simon herzustellen, genau in dem Moment, da er den Refrain zum zweiten Mal sang. Das, was er sah, ließ sein Herz noch schneller schlagen, als es dies aufgrund seiner Aufregung sowieso schon tat. Simon schaute ihn mit offen stehendem Mund an und Hannes hatte das Gefühl, sein kleiner Freund versuchte in den Refrain mit einzustimmen. Und Anna? Sie hatte den Arm um ihren Jungen gelegt und schaute Hannes regungslos dabei zu, wie er sich mit dem Song abmühte.

Dann kam das Zwischenspiel. Natürlich war Hannes nicht dazu in der Lage, diese schwierige Passage zu spielen. Er begnügte sich damit, den Takt auf der Gitarre zu klopfen und sang die Stelle ohne Fehler. Als er wieder zum Refrain kam, wurde er sicherer. Er wusste, dass er es gleich geschafft hatte. Wieder nahm er Blickkontakt zu Simon auf und sah, dass der Junge die Stelle

Oh yeah – life goes on mitsang.

Er lächelte Simon an und der lächelte glücklich zurück.

Hannes spielte zum letzten Mal das Intro und sang die letzten beiden Zeilen. Dann nahm er den Kopf nach oben und verbeugte sich.

Simon klatschte ihm Beifall. Der Junge war begeistert von Hannes' amateurhaftem Auftritt. Er schaute seine Mutter an und wunderte sich, warum Anna nicht auch klatschte. Dann ging er auf Hannes zu. Der Nasenflügel des Jungen spiegelte seine ganze Freude und Aufregung wider. Hannes hob ihn auf und drückte ihn. So zerbrechlich Simon auch war, er erwiderte die Umarmung und flüsterte:

„Das war wirklich klasse!"

Anna weinte. Sie weinte leise und versuchte zu lächeln. Aber sie schaffte es nicht. Sie wischte sich die Tränen von den Wangen, aber es kamen immer wieder neue dazu. Dann ging sie einen Schritt auf Hannes zu.

„Warum weint Mama denn?", fragte Simon.

Hannes konnte kaum atmen. Er stellte Simon auf den Boden und ging seinerseits einen Schritt auf Anna zu. Jetzt standen sie keine 50 Zentimeter mehr voneinander entfernt. Sie schüttelte leicht den Kopf. Dann wollte sie etwas sagen. Aber Hannes legte seinen Zeigefinger auf ihre Lippen. Er nahm ihre Hand und dann umarmte er sie. Sie legte ihren Kopf auf seine Brust und zitterte. In diesem Augenblick spürte er vielleicht zum ersten Mal in seinem Leben so etwas wie das vollkommene Glück. Er registrierte ihren Herzschlag, ihre Aufregung. Er konnte ihren angenehmen Geruch wahrnehmen, spürte ihre Tränen auf seiner Wange, die immer stärker flossen.

„Es tut mir leid!", flüsterte sie.

„Nein. Es muss Dir nicht leid tun. Es ist alles gut!"

Anna weinte noch stärker. Sie schluchzte und zitterte. Er strich ihr über das Haar, das genauso roch wie damals, als er sie zum ersten Mal geküsst hatte. Noch immer hielten sich die beiden fest.

Dann hörte Hannes Simon weinen.

Langsam löste er sich aus Annas Umarmung, die in diesem Moment auch auf das Schluchzen ihres Sohnes aufmerksam wurde.

Als er den Jungen sah, durchfuhr ihn ein nie dagewesener Schock. Es tat ihm körperlich weh, Simon zu sehen. Noch nie hatte er den Jungen so gesehen und er wünschte sich, dass es auch nie mehr so weit kommen musste. Im Grunde genommen hatte er Simon noch nie vor Schmerz weinen sehen. Es war eigentlich immer nur aus Enttäuschungen im Zusammenhang mit Werder gewesen. Als Ailtons Transfer zu Schalke bekannt geworden war, beispielsweise. Hannes hätte niemals über das reden können, was seine Augen gerade sahen – nicht einmal mit Anna. Simon sah nicht aus wie ein Kind. Er sah aus wie ein vom Leben gezeichneter Erwachsener. Er war ausgemergelt, seine Haut sah gelblich, krank aus. Die Perücke konnte seinen kahlen, beinahe durchsichtigen Schädel kaum noch kaschieren. Seine Augen lagen ganz tief in ihren Höhlen. Der *Hickman-Katheter* schaute aus seiner Brust, als würde man ihm dadurch den letzten Rest der Würde und des Lebensmutes nehmen. Dazu kam die scheinbar unkontrollierbare Hilflosigkeit des Jungen, der nicht verstand, warum seine Mutter so traurig war. Wie hätte er auch verstehen sollen, dass Anna eigentlich vor Rührung und Freude weinte. Dieses Mal zuckte der Kiefer des Jungen. Er schaute Hannes und Anna mit einem fragenden Blick an. Und er weinte herzzerreißend.

Hannes fand zuerst seine Sprache wieder.

„Was ist denn, kleiner Alligator?", fragte er und ihm wurde sofort klar, dass es das Bescheuertste war, was er in diesem Moment von sich geben konnte.

Simon schniefte.

„Ich, ich … ich habe Angst, dass es Mama nicht gut geht!"

Dann drehte sich Anna zu ihm um und hob ihn hoch. Ihr Sohn schlang seine Beine um Anna und umarmte sie.

„Es ist alles gut. Es ist alles gut, kleiner Alligator."

Es war das erste Mal, dass Hannes sie ihren Jungen so ansprechen hörte.

„Kleiner Alligator?", fragte Simon. „Aber so nennt mich sonst immer nur Hannes!"

Simon lächelte glücklich und das tat unheimlich gut.

„Und? Willst Du vielleicht nicht, dass ich dich auch so nenne?"

Simons Nasenflügel kam in Bewegung. Vereinzelt traten ihm noch ein paar Tränen aus den Augen. Da hatte er etwas mit seiner Mutter gemeinsam.

„Doch, es ist schön, wenn Du das sagst!"

Und dann umarmte er Anna.

Eine Stunde später saß Hannes an Simons Bett und war glücklich, weil es ihm wieder besser ging. Die Sorgen, die sich Simon um seine Mutter gemacht hatte, hatten sich in sein Unterbewusstsein zurückgezogen wie die Nachwehen eines bösen Traums. Er lächelte zufrieden, auch wenn er mehr denn je von seiner Krankheit gezeichnet war. Die beiden hatten über das bevorstehende Spiel gegen den FC Freiburg sinniert, was letzten Endes wohl dazu beigetragen hatte, dass sich Simon so schnell wieder beruhigt hatte. Auch Anna hatte eine Zeit lang dabeigesessen, sich dann aber zur Spätschicht am Flughafen verabschiedet. Dabei hatte sie erst ihren Sohn umarmt und dann Hannes.

„Danke. Danke für alles. Ich liebe Dich!", hatte sie Hannes ins Ohr geflüstert.

Aber es blieb nicht viel Zeit, in seinem Glücksgefühl zu baden, denn Simon wollte wissen, ob Hannes glaubte, dass Klasnić und Baumann gegen Freiburg würden spielen können. Hannes hatte ihm vorher erzählt, dass sowohl der Kapitän als auch der junge Stürmer an einer Knöchelverletzung litten.

„Ich weiß es nicht. Wenn das Spiel morgen schon wäre, dann würde ich eher *nein* sagen. Aber Werder spielt ja erst am Sonntag, da haben die Ärzte einen Tag länger Zeit, um die beiden zu behandeln!"

Simon nickte.

„Hannes?"

„Ja, kleiner Alligator!"

„Glaubst Du, wir schaffen es?"

„Ja. Ich glaube schon. Wir haben das Hinspiel in Freiburg ziemlich klar gewonnen. Weißt Du noch, wie es ausging?"

„4:2!", sagte Simon mit leuchtenden Augen.

„Ich wusste, dass Du es weißt. Weißt Du auch noch, wer die Tore für Werder geschossen hat?", fragte Hannes stolz.

„Zweimal Ailton, einmal Micoud und einmal Klasnić!"

Simons Nase war wieder in Bewegung.

Hannes lächelt ihn an.

„Also, Du bist ein echter Experte, ein Profi. Ein Werder-Fan der ersten Klasse!"

„Aber ich gehe doch schon in die zweite Klasse!"

Hannes wünschte sich, dass Simon immer so bleiben würde.

„Ja. Das stimmt. Aber wenn man jemandem sagt, dass er erste Klasse ist, dann ist das ein Kompliment. Dann heißt das, dass man etwas gut kann, verstehst Du?"

Simon nickte.

„So, wie erste Bundesliga und zweite Bundesliga. Da ist auch die erste die bessere!"

„Genau. Ganz genau, kleiner Alligator!"

„Hannes?"

„Hm?"

„Also dann meinst Du, Werder kann es schaffen?"

„Ja, sicher. Freiburg hat auswärts noch kein Spiel gewonnen. Sie sind, glaube ich, die zweitschlechteste Auswärtsmannschaft und wir sind die zweitbeste Heimmannschaft. Also, ich glaube schon, dass wir das Spiel gewinnen!"

„Nein, ich meine nicht das Spiel gegen Freiburg. Ich meine die Meisterschaft. Meinst Du, wir können Meister werden? Werder war schon dreimal Meister, stimmt's?"

„Ja. Das stimmt!"

„Meinst Du, wir können es das vierte Mal schaffen?"

Simon schaute Hannes an, als könne dieser die Frage tatsächlich wahrheitsgemäß beantworten. Er schien nicht zu wissen, dass er sich gerade mit dem Godfather des Werder-Zweifels unterhielt. Aber er erwartete eine Antwort.

„Ich glaube, wir können es schaffen. Aber dazu müssen wir das Spiel gegen Freiburg gewinnen!"

Es war schwierig, die Stimmung im Stadion auf den Punkt zu bringen. Nach der Gala gegen Stuttgart war die Erwartungshaltung der 42.500 Zuschauer geradezu überschäumend. Was war Freiburg? Ein Gegner? Hannes hatte das Gefühl, dass viele der Zuschauer das Team aus dem Breisgau gar nicht ernst nahmen. Man kam ins Stadion, um Werder siegen zu sehen. Man wollte unterhalten werden, Spaß haben und Zeuge eines Erfolges mit mindestens drei Toren Unterschied werden. Es war wie an Silvester, man wusste, dass das neue Jahr kommen würde, die Frage war nur, wie spektakulär das Feuerwerk werden würde. Hannes hatte kein schlechtes Gefühl. Doch wenn er zu einem Werder-Spiel ging, gab es immer irgendein Szenario, das man sich ausmalen konnte und das mit einer Enttäuschung enden konnte. Doch dieses Mal war es etwas anders, denn er hatte Anna dabei. Natürlich war sie nicht mit ihm im Stadion. Sie war bei Simon, der am Tag zuvor wieder ins Krankenhaus eingeliefert worden war. Aber in Gedanken und in seinem Herzen hatte Anna endlich wieder ihren Platz gefunden. Und weil Hannes wusste, dass alles wieder in Ordnung war, dass die Phase der Ungewissheit endlich wieder der Vergangenheit angehörte, dass Anna ihn genauso liebte wie er sie, hatte er auch ein gutes Gefühl, was den Ausgang des Spiels betraf.

Das änderte sich nach einer Minute. Denn direkt nach dem Anstoß spazierten die Freiburger nach einem simplen Doppelpass ohne Gegenwehr in den Werder-Strafraum. Der Ball wurde einem ihrer Stürmer wie ein eine Woche zu früh gelegtes Osterei mittig auf die Höhe des Elfmeterpunktes serviert, und der Spieler sagte Danke und schoss das Osterei zum 0:1 ins Tor. Hannes nahm die Szene wie versteinert zur Kenntnis. Er musste sofort an Hoeneß denken. Die Bayern hatten gestern mit 2:0 in Kaiserslautern gewonnen. Wenn Werder das Spiel verlieren würde, würden die Bayern bis auf sechs Punkte an Werder heranrücken. Nicht nur Pessimisten mit grün-weißem Blut würden dann zu dem Urteil kommen, dass das Titelrennen wieder ziemlich offen sein würde.

„Alles in Ordnung. Das heißt gar nichts. Wir drehen das noch in den nächsten 20 Minuten!", schrie ihm Thomas ins Ohr. Was hätte Hannes antworten sollen? Es gab nichts, was er sich mehr wünschte als das. Anscheinend war Hannes der Einzige im Stadion, der sah, dass die Mannschaft noch immer im Tiefschlaf war. Die Spieler schienen auf eine höhere Macht zu vertrauen, anstatt ihre eigenen Fähigkeiten bemühen zu wollen. Freiburg schien das ganz gut zupass zu kommen, denn in der vierten Minute hatte der gleiche Spieler, der schon das 0:1 geschossen hatte, eine weitere 100 %ige Chance. Und wenn Reinke nicht Kopf und Kragen riskiert hätte, dann hätte sich Werder auch nicht über ein 0:2 beklagen können.

„Verdammt noch mal, jetzt wacht endlich auf!", schrie Thomas.

So viel zum Thema, dass Werder das Spiel in den ersten 20 Minuten drehen würde.

Nach einer Viertelstunde stand es zwar noch immer 0:1, aber Werder hatte endlich das Spiel im Griff. Jetzt sah man, dass die Mannschaft langsam ihre Sicherheit gewann. Hannes würde auch ein 2:1-Sieg, der in der letzten Minute zustande kommen würde, reichen. Es blieb noch genügend Zeit. Werder setzte die Freiburger jetzt in deren eigener Hälfte unter Druck: Baumann fing einen Flachpass der Gäste ab, leitete den Ball auf Lisztes, der mit dem Kopf auf Halblinks ablegte. Dort lauerte Ivan Klasnić, der eine gefühlvolle Flanke in den Strafraum der Freiburger schlug. Ailton nahm den abgefälschten Ball volley mit links und traf zum Ausgleich. Hannes sprang erleichtert aus seinem Sitz. Die Stimmung im Weser-Stadion war sofort da. Das 2:1 schien nur noch Formsache zu sein. Thomas klatschte Hannes ab. Auch Frank nickte anerkennend. Jetzt würde Werder hoffentlich richtig ins Rollen kommen.

Man konnte nicht sagen, dass Werder die Zügel wieder schleifen ließ, doch Freiburg hielt weiter dagegen. Es gab hie und da die eine oder andere Chance, aber das Team von Trainer Volker Finke bot Werder stets Paroli und kam seinerseits auch zu einigen gefährlichen Aktionen. So blieb es bis zur Halbzeit beim 1:1.

Keine zehn Sekunden nach dem Halbzeitpfiff rief Simon an und wollte eine Erklärung.

Hannes sagte ihm, dass Freiburg einen guten Trainer hätte und dass der die Mannschaft klug eingestellt hätte. Simon fragte, ob der Freiburger Trainer besser als Thomas Schaaf wäre.

„Nein, er ist nicht besser, aber er ist eben auch gut. Er hat seinen Spielern gute Tipps gegeben und die Spieler machen es so, wie es ihnen der Trainer erklärt hat!"

„Hat Thomas Schaaf den Werder-Spielern keine guten Tipps gegeben?"

Hannes lächelte.

„Doch, natürlich. Er gibt den Spielern immer gute Tipps. Deshalb steht die Mannschaft ja auch auf Platz eins. Aber manchmal machen die Spieler eben einen Fehler oder sie passen einfach nicht gut auf, verstehst Du?"

„Ja. Das verstehe ich!"

„Hannes?"

„Ja, kleiner Alligator."

„Vielleicht machen jetzt ja auch die Freiburger einen Fehler oder sie passen nicht gut auf!"

„Ja. Ja, warum nicht? Wenn sie einen Fehler machen, dann wird Werder da sein und dann werden wir bestimmt auch noch gewinnen!"

„Wirklich?"

„Ja, wirklich!"

„Ich werde hier am Radio zuhören. Erzählst Du mir später, wie es im Stadion war?"

„Ja. Ja, das mache ich. Aber jetzt kommen die Spieler wieder zurück. Gib Deiner Mama einen Kuss von mir!"

„Ja. Sie sagt, ich soll Dir schöne Grüße sagen!"

Die Freiburger schienen Simon nicht den Gefallen tun zu wollen, nicht gut aufzupassen. Und sie machten auch keine Fehler. Sie standen tief in der eigenen Hälfte, zerstörten Werders Bemühungen schon im Keim und ließen keine längeren Ballstafetten der Grün-Weißen zu. Je länger das Spiel dauerte, desto hektischer wurde Werder. Sie dominierten das Spiel, hatten viel mehr Ballbesitz als das Team aus Freiburg, aber es wollten einfach keine Chancen herausspringen. Nach einer guten Stunde schöpfte

Hannes aber noch einmal Hoffnung, denn nach einem Foul an Baumann wurde ein Freiburger Spieler mit Gelb-Rot vom Platz gestellt. Kurz zuvor hatte Schaaf Valdez eingewechselt.

Werder machte jetzt richtig Druck. Micoud übernahm das Kommando und leitete immer wieder gefährliche Angriffe ein. In der 78. Minute setzte der Franzose zu einem Solo über das halbe Feld an. Als er im Strafraum der Freiburger war, erhoben sich alle Zuschauer aus ihren Sitzen und hatten den Torschrei schon auf den Lippen. Doch in allerletzter Sekunde wurde le Chef von einem Freiburger Abwehrspieler am Torschuss gehindert. Die Zuschauer spürten, dass die Führung in der Luft lag. Sie peitschten ihr Team nach vorne. Auch Hannes schrie sich die Seele aus dem Leib. Da wollte sich auch Thomas Schaaf nicht lumpen lassen und brachte mit Charisteas den vierten Stürmer für den Abwehrspieler Davala. Werder zog jetzt ein echtes Powerplay auf und schnürte die Freiburger in deren Hälfte ein. Das Team riskierte alles. Zwei Minuten vor Schluss kam Krstajic nach einem Eckball von Micoud zu einer Kopfballchance, der größten in der zweiten Halbzeit. Aber Richard Golz, der Freiburger Torwart, machte die Gelegenheit mit einer Superparade zunichte. Auch wenn die letzte halbe Stunde für die durchwachsene erste Stunde entschädigt hatte, Werder gelang trotz drückender Überlegenheit kein weiteres Tor mehr. Es blieb beim 1:1. Das erwartete Feuerwerk war ausgeblieben. Hannes ging enttäuscht nach Hause. Er wusste, dass die Bayern in der Tabelle nur noch sieben Punkte hinter Werder lagen. Simon würde sicher sehr enttäuscht sein.

5. bis 10. April 2004: Verschwörungstheorie, Back to the Roots & Ansichten eines Indianers

Wenn Hannes an das Leben dachte, das er noch vor einem Jahr geführt hatte, dann konnte er kaum glauben, dass er damals auch schon glücklich gewesen war. Es war ein vollkommen anderes Glücklichsein, das, bei genauerer Betrachtung, in dem Leben, das er heute führte, exakt das Gegenteil bewirkt hätte: Es hätte ihn unglücklich gemacht. Damals war Hannes zufrieden, wenn Werder die Spiele gewann. Er begnügte sich damit, Woche für Woche die Spiele im Stadion oder vor dem Fernseher zu verfolgen. Es war ihm wichtig, möglichst viel seiner Zeit mit Werder zu verbringen, ohne Zwänge oder faule Kompromisse.

Heute gab es nicht mehr nur Werder. Er war nicht mehr damit zufrieden, mit Werder alleine zu sein. Sein Lebensinhalt bestand nicht alleine darin, Spiele der Grün-Weißen zu verfolgen und die Zeit zwischen zwei Spieltagen irgendwie ohne bleibende Schäden zu überstehen. Heute waren Simon und Anna da. Sie waren auf eine andere Weise als Werder wichtig für Hannes Grün. Werder war schon immer da. Aber Anna und ihr kleiner Sohn hatten einen Teil von Hannes erobert, den dieser in seinem alten Leben noch gar nicht gekannt hatte.

In dem Teil seines Lebens, den Anna und Simon jetzt eingenommen hatten, war Hannes nicht nur Zuschauer, diesen Teil konnte er aktiv gestalten. Dort fielen seine Emotionen auf fruchtbaren Boden und entluden sich nicht nur in seltsamen Lauten, die entweder Ausdruck der Begeisterung oder der Enttäuschung waren. Hier bekam Hannes jeden Tag Emotionen geschenkt, egal ob Sommerpause oder Winterpause war oder Werder in der letzten Minute ein Gegentor bekam. Hannes liebte Anna und er liebte ihren Jungen. Er wünschte sich nichts mehr, als dass Simon wieder gesund werden würde. Er würde auf alles verzichten, nur um den Jungen wieder fröhlich lachend mit ihm am Osterdeich entlanglaufend ins Stadion gehen zu sehen.

Allein der Gedanke, der ihm jetzt kam, war möglicherweise absurd und vollkommen unmoralisch. Trotzdem dachte er ihn zu Ende: Er würde sogar Werders Abstieg in die Zweitklassigkeit akzeptieren, wenn nur Simon wieder gesund werden würde. Zu solchen Gedankengängen wäre er vor einem Jahr niemals in der Lage gewesen und es machte ihn stolz, dass er jetzt so weit war. Es gab mehrere Bereiche in seinem Leben, die ihn glücklich machen konnten, und dafür war er Anna und Simon unendlich dankbar. Es tat gut zu wissen, dass die beiden auf ihn warteten.

Er war auf dem Weg nach Frankfurt. Seit er denken konnte, hatte er nie ein Auswärtsspiel in Frankfurt verpasst, denn er war keine Autostunde vom Waldstadion aufgewachsen, in einem kleinen fränkischen Nest, gute fünf Kilometer von der hessischen Grenze entfernt. Damals hatte er sich mit seinem Freund Harry oft auf den Weg nach Frankfurt gemacht. Harry war auch Werder-Fan und lebte und arbeitete inzwischen in Würzburg. In ein paar Stunden würde er Harry im Stadion treffen. Allein schon aus Tradition ließen sie es sich nicht nehmen, sich regelmäßig zu Werders Gastauftritten in der Frankfurter Arena zu treffen. *Back to the Roots*, gewissermaßen. Er freute sich, Harry zu sehen und mit ihm über alte Zeiten zu reden.

Wenn er längere Zeit im Auto saß, kam er häufig ins Philosophieren. Ja. Es gab inzwischen mehr als Werder in seinem Leben. Werder allein genügte nicht mehr, um ihn glücklich zu machen. Doch – und das war eben nach wie vor der springende Punkt – Werder allein schaffte es immer noch, ihn unglücklich zu machen. Und daran würde sich sein ganzes Leben lang nichts ändern. Natürlich war dieses Unglücklichsein auch nicht mit dem traditionellen Unglücklichsein vergleichbar. Damals musste er eine Woche damit leben, so lange, bis das nächste Spiel gespielt wurde. Heute gab es zwei Menschen, die das Unglücklichsein etwas weniger schwer auf ihm lasten ließen. Meistens jedenfalls, denn mitunter war Simon noch niedergeschlagener als Hannes, wenn es schlecht um Werder bestellt war. Dann war es an ihm, den Jungen aufzubauen.

Man konnte nicht sagen, dass es um Werder schlecht bestellt war. Die Mannschaft lag nach wie vor auf Platz eins und hatte sieben Punkte Vorsprung bei noch sieben auszutragenden Spielen. Und im aktuellen *kicker* war auf Seite 25 die Rückrundentabelle abgedruckt, in der Werder, trotz des 1:1 gegen Freiburg, ebenfalls den Platz an der Sonne einnahm. Hätte ihm die Fußballfee dies nach dem Pasching-Spiel prophezeit, Hannes hätte bei ihr einen Alkoholtest durchführen lassen. Aber es war eben auch Fakt, dass Werder nun schon zum zweiten Mal hintereinander „nur" unentschieden gespielt hatte und dass man vor diesen beiden Spieltagen noch mit elf Punkten vor den Bayern auf Platz eins gelegen hatte. Die Bayern bekamen irgendwie noch einmal Oberwasser. Zu dem Schluss kam nicht nur Professor Doktor Werder-Orakel Hannes Grün. Auch die diversen Medien begannen Hochrechnungen anzustellen, wonach Werder den Vorsprung noch verlieren könnte. Die Sticheleien der Bayern zielten in die gleiche Kerbe: Werder würde richtig nervös werden und man sei an der Weser nicht abgezockt genug, um den Titel nach Hause zu fahren. Doch Hitzfeld, Hoeneß und Co. begannen noch ein weiteres Fass aufzumachen: Sie fühlten sich von den Schiedsrichtern benachteiligt, die, nach ihrer Ansicht, Werder schon oft bei zweifelhaften Entscheidungen bevorzugt hätten. Das hatte Hannes Mitte der Woche noch ziemlich auf die Palme gebracht. Ausgerechnet die Bayern stellten derartige Verschwörungstheorien auf. Doch dann gab es etwas, das Hannes sofort wieder ruhiger werden ließ. So verrückt es auch war, es hatte mit Simon zu tun. Er hatte Hannes erst darauf gebracht.

„Weißt Du noch, als Du mir erklärt hast, wie schwierig Abseits ist?"

„Klar. Klar, kleiner Alligator. Ich habe es Dir mit Stofftieren erklärt, stimmt's?"

Simon nickte und sein Nasenflügel startete durch. Er schien sehr aufgeregt zu sein.

„Weißt Du noch, bei welchem Spiel das war?", fragte der kleine Junge.

Hannes konnte sich nicht erinnern.

Er lachte, als er hier im Auto daran dachte.

„Es war nach dem Heimspiel gegen Bayern. Das ging 1:1 aus!"

Simon grinste.

„Stimmt. Genau. Jetzt weiß ich es. Da hat Bayern …"

Er schüttelte den Kopf und lächelte Simon an.

„Du bist ein Profi-Fan. Ein echter Werder-Experte!"

„Da hat Bayern ein Abseitstor geschossen, stimmt's? Stimmt's? Habe ich recht, Hannes?"

Was für ein Junge. Er hatte mehr Fußballverstand als die komplette Bayern-Riege zusammen. Und er hatte recht. Die Macher aus München monierten, dass Werder aufgrund möglicherweise zweifelhafter Entscheidungen gegen Stuttgart gepunktet hatte, vergaßen dabei aber, dass gerade ihr Ensemble in Bremen nur aufgrund eines Abseitstors eine Niederlage hatte abwenden können. Wenn man es genau nahm, zogen die Bayern jetzt gerade ihren letzten Trumpf. Ihnen schien das Wasser bis zum Hals zu stehen. Sie wurden sich wohl allmählich der Tatsache bewusst, dass sie Werder allein sportlich fair nicht mehr abfangen konnten. Vielleicht würde Werder ja in Frankfurt die richtige Antwort geben.

„Kannst Du mich vielleicht ein Stück mitnehmen?"

Hannes wusste nicht, wo der Typ auf einmal hergekommen war. Vor ihm lagen noch gut 200 Kilometer bis Frankfurt. Er hatte die Autobahn kurz verlassen, um zu tanken. Als er gerade wieder in seinen Toyota steigen wollte, stand dieser seltsame Freak plötzlich neben ihm. Er hatte braune, von der Sonne gegerbte Haut, die mit zahlreichen Falten übersät war. Seine langen, schwarzen, mit grauen Streifen durchzogenen Haare hatte er zu einem Zopf zusammengebunden. Er schaute Hannes mit leuchtend blauen, sehr wachen Augen an. In seinem rechten Ohr steckten mehrere kleine Federn – ein Ohrring, streng genommen, der beinahe bis zu seiner Schulter reichte. In seinem linken Ohrläppchen steckte ein weißer, etwa fünf Zentimeter langer, dünner Stift, der ein helles Stück Holz, aber genauso gut auch ein Knochen sein konnte. Hannes hatte noch nie einen solchen Menschen gesehen.

„Bitte?", fragte Hannes um Zeit zu gewinnen.

„Ich würde mich freuen, wenn Du mich ein Stück mitnehmen könntest. Du fährst doch Richtung Frankfurt, oder?" Dann deutete der Typ auf den Werder-Aufkleber auf Hannes' Wagen.

„Ja. Ja, ich fahre nach Frankfurt, das ist schon richtig, aber …", Hannes suchte nach einer guten Ausrede, aber das war im Beisein dieses seltsamen Menschen gar nicht so einfach. Normalerweise war er um eine gute Ausrede nie verlegen.

„Du kannst mir vertrauen." Dann lächelte der Typ und ergänzte: „Auch wenn ich nicht gerade vertrauenswürdig aussehe!"

Auf dem Rücksitz lag dessen großer, prallgefüllter Seesack, der eher darauf schließen ließ, dass Hannes' Beifahrer nicht nach Frankfurt, sondern per Schiff zu einer Reise nach Australien aufbrechen wollte.

„Interessierst Du Dich auch für Fußball?", fragte Hannes, um eine Konversation in Gang zu bringen.

„Interessieren wäre zu viel gesagt. Ich weiß, dass heute ein Spiel in Frankfurt ist. Und ich weiß, dass Werder Bremen dort spielt, ich kenne das Logo von Werder Bremen. Es klebt auf Deinem Wagen!"

„Das stimmt. Es klebt auf meinem Wagen! Ich bin ein großer Fan, ein richtig verrückter Fan!"

Der Typ lächelte Hannes an.

„Leidenschaften sind wichtig. Wenn man Dinge mit Leidenschaft tut, dann kann man die Welt verändern!"

Das war dann mal ein Satz. Die Welt verändern. Hannes zweifelte daran, das Zeug zu haben, die Welt zu verändern.

„Ich bin Como!", sagte sein Beifahrer und hielt Hannes seine große Hand entgegen. Hannes griff danach und stellte sich ebenfalls vor, ohne den Blick von der Straße zu nehmen. Como erwiderte Hannes' starken Händedruck. Das machte ihn sympathisch. Aber was war das für ein Name – Como?

„Deine Mannschaft wird dieses Jahr den Titel gewinnen!", sagte Como plötzlich mit einer Selbstverständlichkeit, als käme er aus der Zukunft.

„Das könnte sein, ja. Also, ich hätte wenigstens nichts dagegen!"

„Es ist sicher. Sie werden Erster werden!"

Spätestens zu diesem Zeitpunkt hätte man zu dem Schluss kommen können, es mit einem Aufschneider oder Verrückten zu tun zu haben. Dennoch wirkte Comos Körpersprache alles andere als aufschneiderisch oder verrückt. Er war die Ruhe selbst.

„Na ja, wenn Du das sagst, dann werde ich Dir einfach mal glauben!"

Dann redeten die beiden für etwa zehn Minuten kein Wort mehr miteinander. Como hatte die Augen geschlossen und schien zu schlafen. Als er sie wieder öffnete, fragte er:

„Warum hast Du mich mitgenommen?"

Hannes wusste es eigentlich selbst nicht. Er dachte daran, dass er nach einer Ausrede gesucht hatte.

„Ich weiß es nicht. Du hast mich darum gebeten, und …"

„Aber ich hatte den Eindruck, dass Du mich eigentlich nicht mitnehmen wolltest. „

Como lachte.

Hannes überlegte, was er sagen sollte. Irgendwie kam er sich in der Gegenwart des Mannes sehr dumm vor. Er erinnerte ihn an einen stolzen alten Indianer, der zwar den Kampf gegen die Unterdrückung des weißen Mannes verloren hatte, nicht jedoch seinen Stolz, und der um seine moralische Überlegenheit wusste. Hannes dachte an Comos schweren Seesack.

„Willst Du verreisen?"

Como schüttelte den Kopf.

„Nein, jedenfalls nicht örtlich!"

Nicht örtlich? Hielt er sich für einen Zeitreisenden?

„Ich bin unterwegs zu einem Treffen, das einige Kilometer außerhalb Frankfurts stattfinden wird. Es werden noch andere kommen, Männer wie ich, aus ganz Europa!"

„Männer wie Du?"

Como nickte.

„Es bleibt nicht genügend Zeit, um es Dir näher zu erklären. Ich würde Dir gerne mehr erzählen, möchte Dich aber nicht verunsichern."

Das machte Como rätselhafter denn je. Seltsam interessant. War er irgendein Mystiker oder ein Mitglied eines sehr alten Geheimbundes? War er gefährlich? Vielleicht ein getarnter militanter Aktivist?

„Sieht eigentlich nicht gefährlich aus", flüsterte Hannes, ohne es zu bemerken.

„Bitte?"

„Nichts, ich habe nur laut gedacht!"

Dann schloss Como wieder die Augen, um etwa 30 Kilometer vor Frankfurt wieder zu sich zu kommen.

„Hast Du geschlafen?", fragte Hannes.

„Man könnte es so nennen."

Hannes nickte.

„Das Kind hat Dich sehr gern. Du musst gut darauf aufpassen!"

Hannes konnte kaum atmen.

„Das Kind? Woher weißt Du …!"

„Ich weiß es eben. Ich weiß, dass Du ein guter Mensch bist. Du sorgst für das Kind!"

Hannes konnte nichts sagen.

„Du brauchst keine Angst zu haben. Es ist vielleicht besser, ich höre auf, so zu reden. Es tut mir leid!"

„Um ehrlich zu sein, ist es schon sehr ungewöhnlich, mit Dir zu sprechen", antwortete Hannes schließlich.

Worauf Como keinen weiteren Kommentar abgab.

„Kann ich Dich vielleicht irgendwo absetzen?"

„Ich wäre Dir sehr dankbar!"

Hannes hielt an einer abgelegenen Straße in der Nähe von Frankfurt. Er hatte keine Ahnung, warum Como unbedingt hier aussteigen wollte. Doch er wollte auch nicht neugierig sein. Schließlich war sein seltsamer Beifahrer alt genug. Como nahm den Seesack von der Rückbank. Dann öffnete er das Gepäckstück und holte einen kleinen Lederbeutel daraus hervor.

„Bist Du in der Lage, an etwas zu glauben?", fragte er.

„Ich weiß es nicht, ich denke schon!"

Como nickte und reichte Hannes den Beutel.

„Wenn Du daran glauben kannst, dann kann Dir dieser Lederbeutel einmal große Dienste erweisen. Du musst den Inhalt auf ein Symbol streuen, und wenn Du daran glaubst, kann Dein Wunsch in Erfüllung gehen!"

Hannes schaute Como ungläubig an.

„Ich will Dir ein Beispiel geben, damit Du mich verstehst. Nehmen wir an, es existiert irgendwo ein bestimmtes Auto. Du möchtest nicht, dass dieses Auto funktioniert. Weil der Mensch, dem das Auto gehört, böse ist. Wenn Du ein Symbol dieses Autos hast, ein Foto oder ein Gemälde, und den Lederbeutel auf das Symbol legst oder dessen Inhalt darauf streust, dann kann es sein, dass das Auto nicht mehr fahren kann. Aber Du kannst den Lederbeutel nur einmal verwenden."

Er war wohl doch ein wenig nahe am Wahnsinn gebaut, dieser Como. Was er da faselte, zeugte mehr von Quacksalberei als von gesundem Menschenverstand.

Como legte den Lederbeutel auf Hannes' Armaturenbrett.

„Du musst daran glaubten, Hannes, denn ich habe das *Ouanga* mit der Formel aufgeladen!"

„Okay. Ich versuche, daran zu glauben", antwortete Hannes, der in diesem Moment nur noch wollte, dass sein seltsamer Begleiter endlich das Weite suchte.

„Danke, dass Du mich mitgenommen hast! Vielleicht bin ich in Deinen Augen ein komischer Vogel! Aber Du musst einfach daran glauben, das kann Dir niemand abnehmen!" Dann warf er die Tür zu, schulterte seinen Seesack und bog in einen Feldweg ein, ohne sich noch einmal umzudrehen.

„Was für ein Freak!", flüsterte Hannes, schüttelte den Kopf und warf den Lederbeutel achtlos in das Handschuhfach seines Wagens.

„Vielleicht war es irgendein Verrückter. Du weißt schon, jemand, der glaubt, er wäre Winnetou oder ein alter Medizinmann!", sagte Harry, breitete die Arme aus und schaute wieder zu den Werder-Spielern, die sich gerade warm machten. Hannes und er waren nach wie vor sehr gute Freunde und sie wussten, dass sich daran trotz der großen Distanz ihrer Wohnorte nie etwas ändern würde. Sie brauchten keine lange Aufwärmphase, um sich gut zu unterhalten, egal, ob es sich dabei um Privatangelegenheiten oder um Werder handelte. Das letzte Mal hatten sie sich in Fürth getroffen, als Harry in Panik das Stadion beim Stand von 1:2 aus Werder-Sicht verlassen hatte und erst am nächsten Morgen aus dem Radio erfahren hatte, dass die Grün-Weißen noch das gelobte Pokalland erreicht hatten. In den beiden abgelaufenen Spielzeiten hatten sie auf ein Treffen zum Auswärtsspiel in Frankfurt verzichten müssen, weil Eintracht Frankfurt ein zweijähriges Gastspiel in Liga 2 gegeben hatte. Seitdem hatte sich im altehrwürdigen Waldstadion einiges getan. Für die bevorstehende Weltmeisterschaft wurde es für viel Geld in eine reine Fußballarena ohne Aschenbahn umgebaut. Auch der Gästeblock war zur Freude von Hannes und Harry schon sehr nahe an das Spielfeld herangerückt worden.

„Meinst Du? Aber er hat eigentlich nicht unbedingt komplett durchgeknallt gewirkt. Er schien von dem, was er sagte, sehr überzeugt zu sein!"

„Das ist Rudi Assauer auch!"

Hannes lächelte. Der Schalker Manager war im Lauf der Saison nicht nur für Hannes und Harry zum Werder-Feindbild Nummer eins geworden.

Das Stadion war ausverkauft. Für Frankfurt war die Partie genauso wichtig wie für Werder. Die Heimmannschaft hatte bisher 26 Punkte gesammelt und stand auf Platz 16, einem Abstiegsplatz. Der Gästeblock platzte aus allen Nähten. Auch das war eine neue Entwicklung, die Werder in dieser Saison losgetreten hatte: Egal, wo die Mannschaft spielte, der Gästeblock war immer nahezu ausverkauft. Das machte Hannes unheimlich stolz. Als die Spieler und der Schiedsrichter auf das Feld liefen, verstand man sein eigenes Wort nicht mehr. Die Stimmung kam der in der Ostkurve des Weser-Stadions wirklich sehr nahe.

Nach wenigen Minuten war klar, dass Werder das Spiel machen wollte. So wie in jedem der vorangegangenen 27 Spieltage auch. Doch die Heimmannschaft schien taktisch gut darauf eingestellt worden zu sein, stand defensiv sicher und machte die Räume sehr eng. Das gefiel Hannes gar nicht, was seinem Freund nicht entging.

„Was ist denn, zieh doch nicht schon jetzt Deine Skepsisnummer ab. Das Spiel läuft doch noch nicht einmal fünf Minuten!"

Hannes schüttelte nur den Kopf.

Dann leuchtete auf der Anzeigetafel der Zwischenstand im Münchener Olympiastadion auf:

FC Bayern München – Schalke 04
0:1, Vermant, 4. Minute

Das ganze Stadion schrie sofort vor Begeisterung. Egal ob Werder-Fans oder Frankfurt-Fans, in diesem Fall war man vereint in der gemeinsamen Antipathie gegenüber dem Team aus München. Das gemeinsame Feindbild der Werder-Fans, Rudi Assauer, hatte gerade an Bedeutung eingebüßt. Im Stadion wurde traditionelles Liedgut bedient, welches das Entkleiden des bajuwarischen Trachtenbeinkleides thematisierte.

„Siehst Du", schrie Harry, „alles läuft nach Plan!"

„Wir müssen gewinnen, auf uns schauen. Und die stellen sich hinten rein und Werder kriegt den Ball nicht gefährlich vors Tor. Das erinnert mich an das Spiel gegen Freiburg! Das war schlimm letzte Woche!"

„Jetzt warte es doch mal ab. Wir spielen doch hier wie eine Heimmannschaft!"

„So ein Spiel wird nicht dadurch entschieden, wie viel Prozent Ballbesitz man hat!"

So war es immer, wenn die beiden zusammen ein Spiel anschauten. Hannes war der Skeptiker, Harry der Realist.

Kaum hatte Hannes seine Zweifel formuliert, brachte Frankfurt prompt seinen ersten gefährlichen Torschuss aus knapp 20 Metern zustande. Aber Reinke hielt den Ball ohne Probleme.

„Siehst Du, genau das meine ich!", schrie Hannes.

Dann meldete die Anzeigetafel den Ausgleich in München. Es wäre auch zu schön gewesen, um wahr zu sein, wenn die Bayern ein weiteres Heimspiel nicht gewinnen würden.

Werder wurde endlich gefährlicher. Zuerst hatte Lisztes eine Schusschance, die von einem Abwehrspieler der Frankfurter abgefälscht wurde. Dann brachte Baumann eine Flanke in den Strafraum der Gäste, die von

Micoud mit dem Kopf auf Klasnić verlängert wurde. Dieser versuchte, den Frankfurter Torwart mit einem Heber zu überlisten, doch der Ball ging über das Tor.

Trotz des Ausgleichs in München herrschte im Werder-Block jetzt wieder beste Stimmung. In Sprechchören wurde die Meisterschaft skandiert und immer wieder Ailton und Micoud gehuldigt. Keiner schien sich ernsthaft damit zu befassen, dass Werder nicht mit drei Punkten nach Hause fahren würde. Doch nach nur wenigen Minuten wurden Werders Angriffsbemühungen wieder durchschaubarer und es waren schließlich die Spieler aus Frankfurt, die die zwingenderen Offensivaktionen zustande brachten. Die dickste Gelegenheit entsprang aus einem Freistoß, den Reinke mit viel Können gerade noch zur Ecke klären konnte.

„Wird Zeit, dass Halbzeit ist!", sagte Harry und schien jetzt seinerseits viel von seiner Zuversicht eingebüßt zu haben. Hannes hatte sowieso kein besonders gutes Gefühl und sehnte deshalb auch die Pause herbei. Aber es sollte noch einen weiteren Aufreger geben: Eine Minute vor der Halbzeit grätschte Werders Verteidiger Ümit Davala den Frankfurter Angreifer Ioannis Amanatidis an der Seitenlinie ab. Daraufhin gerieten der Türke und der Grieche aneinander. Die Stimmung im Stadion kochte jetzt noch einmal richtig hoch. Nur der Schiedsrichter blieb cool, zog die rote Karte aus seiner Tasche und stellte beide Spieler vom Platz.

In der Halbzeit machten sich Borowski und Valdez intensiv warm. Schaaf schien die Mannschaft verändern zu wollten. Die Halbzeitergebnisse wurden eingeblendet – in München stand es noch immer 1:1.

Nach der Pause war Frankfurt zuerst die aktivere Mannschaft. Die Heimmannschaft erspielte sich die eine oder andere Chance, doch entweder war man im Abschluss zu harmlos, oder Reinke war auf dem Posten. Dennoch wurde Hannes immer nervöser. Er wusste, dass sich die Mannschaft keinen weiteren Patzer mehr erlauben durfte, wenn sie tatsächlich Meister werden wollte. Schaaf brachte Borowski und Valdez nach 55 Minuten für Micoud und Klasnić. Zwei Wechsel, die Hannes nicht unbedingt nachvollziehen konnte. Aber das musste er wohl auch nicht, Hauptsache Werder würde gefährlicher werden. Das tat die Mannschaft dann auch, Lisztes, Ernst und wieder der Ungar hatten gute Chancen, die aber alle vom Frankfurter Torwart vereitelt wurden.

Jetzt zog die Anzeigetafel wieder die Aufmerksamkeit auf sich. Ein Raunen ging durch das Stadion, Bayern war in Führung gegangen. Man musste kein Mathematikprofessor sein, um sich auszurechen, dass Werders Vorsprung in diesem Moment auf nur noch fünf Punkte zusammengeschrumpft war.

„Das wird heute nichts mehr!", brüllte er Harry ins Ohr.

„Jetzt wart es doch einfach mal ab. Wir haben noch 15 Minuten Zeit!" Das schien sich auch Thomas Schaaf zu sagen. Werders Trainer brachte Charisteas für Ailton. Auch dieser Wechsel wurde Hannes nicht besonders plausibel. Ailton war Werders Tormaschine. Mag sein, dass er ein wenig glücklos gespielt hatte, doch ein Spieler wie Ailton war in dieser Saison auch noch in der 99. Minute eine Waffe. Das schienen auch die anderen Werder-Fans so zu sehen, die Ailton nach seiner Auswechselung feierten. In der 80. Minute bereinigte Stalteri eine Situation am eigenen Strafraum und passte den Ball auf Nelson Valdez. Der Paraguayer lief damit von weit in der eigenen Hälfte, an zwei Frankfurtern vorbei, durch das Mittelfeld, schüttelte einen weiteren Verteidiger ab und peilte den Strafraum der Hessen an. Alle Fans in der Gästekurve verfolgten den couragierten Antritt von Werders jungem Stürmer mit offen stehendem Mund. Man schien zu spüren, dass dies vielleicht Werders letzte große Chance im Spiel werden konnte. Valdez war nur noch wenige Schritte vom Strafraum entfernt. Hannes, Harry und die anderen Werder-Fans standen genau auf der gegenüberliegenden Seite, doch selbst aus 100 Metern Entfernung konnte man sehen, dass der Südamerikaner von einem Frankfurter Abwehrspieler zu Fall gebracht wurde.

„Elfmeter", schrien über 1000 Kehlen gleichzeitig. Nur Hannes konnte nicht schreien. Er schloss die Augen und flüsterte:

„Bitte!"

Dann zog ihn Harry am Arm und schrie:

„Jaaaaaaa!"

Der Schiedsrichter hatte tatsächlich auf Elfmeter entschieden.

Doch Ailton, der etatmäßige Schütze, war bereits ausgewechselt worden, genauso wie Micoud. Würde es jetzt daran scheitern, dass Werder keinen Spieler mehr auf dem Feld hatte, der einen Elfmeter sicher verwandeln konnte?

„Ismaël schießt!", sagte Hannes und sah, wie sich Werders Innenverteidiger entschlossen auf den Weg zum Elfmeterpunkt machte.

„Der haut das Ding rein, glaube mir, der macht die Kirsche!", sagte Harry.

Der Franzose legte sich den Ball zurecht und lief an. Hannes schloss die Augen. Er konnte nicht hinsehen.

Noch vor dem kollektiven Jubel im Werder-Block kam die Bierdusche. Hannes wurde voll getroffen, aber das spielte keine Rolle. Ismaël hatte tatsächlich getroffen. Doch damit nicht genug: Der Franzose legte einen Sprint über das ganze Feld bis in die Nähe des Werder-Blocks zurück, um gemeinsam mit den Fans zu feiern. Dort kannte der Jubel keine Grenzen mehr. Wildfremde Menschen lagen sich in den Armen, allen schienen Zentnerlasten von den Schultern gefallen zu sein. Und Werder ließ nicht locker. Die Mannschaft hatte noch zwei gute Chancen, um auf 2:0 zu erhöhen, doch Charisteas und Lisztes scheiterten an einem glänzend reagierenden Frankfurter Keeper. Aber auch den Frankfurtern boten sich noch zwei Gelegenheiten. Einmal war Reinke zur Stelle und dann verfehlte der Frankfurter Spieler das Tor. Werder gewann das Spiel mit 1:0. In München war es beim 2:1 für die Bayern geblieben. Das hieß, dass Werder den sieben Punkte Vorsprung gehalten hatte. München war ein gutes Stichwort. Das nächste Auswärtsspiel, das Hannes im Stadion verfolgen würde, war Werders Gastspiel bei den Bayern. Auch zu diesem Spiel wollte ihn Harry begleiten. Doch zuvor warteten noch drei weitere Partien: ein Heimspiel gegen Hannover, ein Auswärtsspiel in Bochum und das Derby gegen den HSV im Weser-Stadion.

12. bis 18. April 2004: Von Bullen, besprühten Garagen und den Enkeln des Gästetorwarts

Hannes hatte Simon zwei Tage am Stück nicht gesehen. Er hatte große Mühe, sich den Schock über das Aussehen des Jungen nicht anmerken zu lassen. Weil Anna arbeiten musste, war Hannes bei ihm auf der Krebsstation. Normalerweise sollte es – bei einem guten Verlauf – eigentlich langsam dazu kommen, über ein Ende der Therapie nachzudenken. Doch weder die Ärzte noch das Pflegepersonal machten konkrete Äußerungen. Das machte Hannes sehr stutzig. Hinzu kam, dass Simon sehr, sehr krank aussah. Er hatte nicht nur große Schmerzen, sondern außerdem ein beinahe unstillbares Bedürfnis nach Schlaf. Und er war körperlich mehr denn je von der Krankheit gezeichnet. Immer wenn Hannes dachte, es gäbe keine Steigerung mehr in dieser Beziehung, wurde er zu einem späteren Zeitpunkt vom Gegenteil überzeugt. So wie an diesem Montag im April. Hannes konnte sich nicht mehr daran erinnern, wie Simon ausgesehen hatte, als er mit ihm zum ersten Mal ins Weser-Stadion gegangen war. Er versuchte, die Frage danach, ob es überhaupt jemals noch einmal zu einem gemeinsamen Stadionbesuch kommen würde, zu vermeiden, einfach nicht zuzulassen. Aber manchmal konnte er dieser Frage nicht schnell genug ausweichen und sie überrollte ihn wie eine tödliche Lawine.

Schwester Karin hatte Hannes zum wiederholten Male zu verstehen gegeben, dass seine Anwesenheit für Simon sehr wichtig war und dass Gespräche über Werder ein Lebenselixier für ihn waren. Das machte Hannes heute allerdings eher wütend als stolz. Warum mussten Gespräche dem Jungen helfen oder den Verlauf der Krankheit positiv beeinflussen? Sollte dazu nicht eigentlich die Therapie da sein? Und sollte die Therapie Simon nicht eigentlich sogar heilen? Gut, vielleicht war *heilen* nicht die korrekte Bezeichnung, aber Simon wurde mittlerweile fast neun Monate behandelt. Warum gab es nicht zumindest einen offiziellen Termin, mit dem Simons Qualen ein Ende nehmen würden? Ging es ihm schlechter, als man es Anna sagte? Konnte man von Seiten der Ärzte eigentlich Diagnosen oder Prognosen zurückhalten? Oder war es vielleicht an der Zeit, dass Hannes dies einmal bei den Ärzten zur Sprache brachte? Es konnte doch nicht sein, dass einfach alles so weiterlief, ohne eine erkennbare Verbesserung. Es sei denn, der Zustand des Jungen hatte sich sogar verschlechtert. Diesen Eindruck hatte Hannes, als er Simon nach der Fahrt nach Frankfurt wiedersah.

Natürlich redeten sie über das Werder-Spiel, über das glückliche Elfmetertor, die Tatsache, dass Klasnić und Ailton nicht getroffen hatten und über die unnötige rote Karte von Ümit Davala.

„Ich habe heute im *kicker* gelesen, dass Davala dafür eine Geldstrafe zahlen muss!", sagte Hannes.

Simon wusste inzwischen nicht nur sehr genau, dass der *kicker* eine durchaus angesehene deutsche Fußballzeitschrift war, er ließ es sich darüber hinaus auch nicht nehmen, darin zweimal pro Woche die Artikel über seine Lieblingsmannschaft zu lesen.

„Wirklich? Er muss eine Geldstrafe zahlen? Aber das find ich unfair. Frankfurt hat doch auch eine rote Karte bekommen, dann müsste doch der Spieler aus Frankfurt auch Geld an Werder bezahlen!"

„Nein", schmunzelte Hannes, „Davala muss das Geld nicht an Frankfurt zahlen. Er muss die Strafe an Werder zahlen, kleiner Alligator!"

Simons Nase kommentierte Hannes' Bemerkung, bevor sein Mund die Frage formulieren konnte.

„Er muss das Geld an Werder zahlen? Aber warum denn?"

„Ganz einfach. Überlege doch mal. Was glaubst Du denn, was sich jeder Werder-Fan wünscht, ich meine in den nächsten Wochen!"

„Die Salatschüssel!"

Wieder musste Hannes lächeln. Er hatte ihm einmal erklärt, dass man die Meisterschale etwas despektierlich auch gerne *die hässlichste Salatschüssel der Welt* nannte.

„Richtig, die Salatschüssel. Aber das wollen natürlich nicht nur die Fans, sondern auch die Spieler und Schaaf, Allofs, Fischer, Born …"

„Müller!"

„Richtig, Müller. Den hätte ich jetzt fast vergessen. Aber wenn Du jetzt mal ganz ehrlich darüber nachdenkst, mal so ganz, ganz ehrlich, würdest Du dann sagen, Davala hätte das machen müssen, was er in Frankfurt vor der roten Karte gemacht hat?"

Simon lehnte sich zurück und überlegte. Er bewegte seinen Kopf nach vorne, so dass einige Strähnen der Werder-Perücke in sein Gesicht fielen.

„Was machst Du denn?"

„Ich mache das nach, was Ümit Davala gemacht hat!"

„Und?"

„Nein!"

„Nein? Du meinst also, es war nicht nötig!"

Simon nickte und strich sich die Strähnen aus dem Gesicht.

„Genau. Davala ist ein guter Spieler, er ist sympathisch, die Werder-Fans mögen ihn …"

„Er hat als Kind in Werder-Bettwäsche geschlafen!"

„Ja, das stimmt, sogar das hast Du Dir gemerkt. Und Du hast recht, er hat als kleiner Junge in Werder-Bettwäsche geschlafen. Aber das mit dem Kopfstoß am letzten Samstag, das war nicht nötig. Und glaubst Du, das war ein Vorteil oder ein Nachteil für Werder, dass man Davala die rote Karte gegeben hat?"

Wieder zuckte der Nasenflügel des Jungen.

„Es war ein Nachteil. Weil wir dann einen Spieler zu wenig auf dem Platz hatten! Aber zum Glück hatte ja Frankfurt auch einen Spieler weniger auf dem Platz. Schlimmer wäre gewesen, wenn Frankfurt noch elf Spieler auf dem Feld gehabt hätte!"

„Gut, aber das ist jetzt nicht so wichtig, schließlich reden wir ja über Werder, kleiner Alligator. Es ist doch wohl so, dass Werder vielleicht viel stärker gespielt hätte, wenn Davala das ganze Spiel durchgespielt hätte, schließlich hätte die Mannschaft mit elf Spielern weiterspielen können. Außerdem wird Davala jetzt auch noch für mehrere weitere Spiele gesperrt werden. Das heißt: Werder kann ihn auch noch in den nächsten Spielen nicht einsetzen."

„Was? Aber das ist nicht fair. Jetzt müssen wir die nächsten Spiele nur mit zehn Spielern spielen?"

„Nein, das natürlich nicht. Wir können schon wieder zu elf spielen, aber Davala darf nicht mehr spielen. Schaaf muss die Mannschaft umstellen. Verstehst Du?"

Simon nickte und fügte dazu:

„Das war dumm von Davala, stimmt's?"

„Ja, das war dumm von ihm und deshalb muss er an Werder auch eine Strafe zahlen! Weil er eine Dummheit gemacht hat!"

Simon nickte, aber er schien gedanklich irgendwohin abzudriften. Hannes war glücklich, dass dieser Wesenszug dem Kleinen, trotz seiner Torturen, geblieben war.

„Was ist denn los, woran denkst Du denn?"

„Darf ich Dich was fragen, Hannes?", flüsterte der Junge mit ernster Miene.

„Klar. Du darfst mich alles fragen!"

„Hast Du schon mal gehört, dass man zu Polizisten auch *Bullen* sagen kann?"

Er kannte Simon inzwischen gut genug, dass er sofort für alles gewappnet war. Vor ein paar Monaten hätte Hannes jetzt laut losgelacht, doch in diesem Moment interessierte ihn eigentlich nur, was den Jungen zu dieser Frage veranlasst hatte. Obwohl Hannes wusste, dass niemand sonst im Zimmer war, drehte er sich gespielt noch einmal zur Tür um. Dann rückte er mit seinem Stuhl näher heran.

„Ja", flüsterte er, „das habe ich. Aber woher weißt Du das denn?"

Simon lächelte unsicher.

„Ich weiß das von Oskar!"

„Von Oskar? Wer ist denn Oskar?"

„Oskar hat auch eine Strafe zahlen müssen, weil er eine Dummheit gemacht hat. So wie Ümit Davala!"

Hannes hatte keine Ahnung, wovon Simon redete, doch der würde es ihm gleich erzählen und darauf freute sich Hannes schon.

„Oskar war am Wochenende für zwei Tage auf der Station!"

„O.k. Ist er ein Patient?"

„Nein, er ist kein Patient, Hannes. Aber er ist auch kein Arzt. Das kann er ja gar nicht, er ist ja erst 17. Aber wir durften ihn Oskar nennen! 17 ist noch nicht so alt, glaube ich!"

„Nein, 17 ist noch nicht so alt. Das stimmt!"

„Ist er Werder-Fan, Oskar?"

„Ja, natürlich. Er hat eine Dauerkarte, in der Ostkurve. Er hat von jedem Spieler Autogramme und er fährt auch immer zu Auswärtsspielen. Aber er konnte nicht nach Frankfurt fahren!"

„Warum denn, war es zu weit?"

„Nein", flüsterte Simon. „Es hat was mit diesem Wort zu tun!"

„Mit welchem Wort?"

Simons Nase zuckte wieder. Dann flüsterte er noch leiser als vor ein paar Minuten:

„Mit dem Wort *Bullen*!"

„Hm. Mit dem Wort *Bullen*?"

„Ja. Er musste eine Strafe zahlen und im Krankenhaus helfen. Sonst hätte er vielleicht ins Gefängnis gemusst!"

Langsam dämmerte es Hannes.

„Ich verstehe. Hat er wohl zu einem Polizisten Bulle gesagt?"

„Nein. Er hat es nicht gesagt. Oskar hat es aufgeschrieben, und dafür hätten sie ihn fast in ein Gefängnis gesteckt. Da bekommt man nichts zu essen, nur Wasser und Brot. Und das muss man mit den Ratten teilen!"

„He, das stimmt aber nicht, Simon. So war das vielleicht vor 150 Jahren, aber nicht mehr heute. Die Gefangenen werden da schon besser behandelt!"

„Wirklich? Aber das hat Philip erzählt. Philip ist auch auf der Station. Er interessiert sich nicht für Werder, aber er ist schon neun. Er hat gesagt, im Gefängnis muss man das Essen mit Ratten teilen und man bekommt viel zu wenig und das Wasser ist verschimmelt und man kann auch keine Werder-Spiele anschauen, weil es ja keinen Fernseher gibt, und dann muss man …"

„Nein, das stimmt nicht. Da ist mit Philip die Fantasie durchgegangen! Aber was mich viel mehr interessieren würde, ist, was Du damit meinst, dass es Oskar aufgeschrieben hat, das mit dem Wort *Bullen*!"

„Das habe ich auch nicht gleich verstanden!", sagte der Junge, rümpfte die Nase und kratzte sich an der Stirn.

„Da gibt es ein Wort, das ich vergessen habe. Aber das hat er gemacht!"

„Ah ja. Ehrlich gesagt, musst Du es noch ein bisschen besser erklären, denn so habe ich noch keine Ahnung, was Du meinst!"

„Er hat *Bullen raus* mit Farbe an eine Autogarage gemalt!", flüsterte Simon ernst.

Hannes nickte.

„Das hat er?"

Simon schaute ihn erwartungsvoll an.

„Das ist blöd von ihm gewesen, weil man das nicht darf. Schließlich gehört die Garage jemandem. Er hat *Bullen raus* doch bestimmt nicht an die Garage seines Vaters gesprayt?"

„Nein. Sie haben gar keine Garage zu Hause!"

„Na ja, dann konnte er es ja nicht an die eigene Garage sprayen!"

„Hm. Aber Oskar hat auch das Wort benutzt. Sprayen. Das ist mir vorhin nicht mehr eingefallen. Sprayen und noch ein anderes Wort. Ein Wort mit G, glaube ich!"

„Graffiti!"

Simon nickte heftig.

„Ja, genau, genau das Wort war es. Graffiti! Das bedeutet, Häuser anmalen, oder?"

„Hm, so ungefähr. Aber nur, wenn man die Häuser mit Dingen bemalt, die den Leuten, denen die Häuser gehören, nicht gefallen. Verstehst Du?"

„Ich glaube schon. Aber ich glaube, es hat auch den anderen nicht gefallen was Oskar gemacht hat. Also nicht nur den Leuten, denen die Garage gehört!"

„Den anderen? Welchen anderen?"

Simon schaute ernst, so, als wunderte er sich, weshalb Hannes die Frage stellte.

Er flüsterte:

„Na, den *Bullen!*"

Hannes klatschte sich an den Kopf.

„Das stimmt. Denen hat es natürlich auch nicht gefallen und ich glaube mit denen gab es danach bestimmt auch ein großes Problem, denke ich mal!"

„Du meinst, weil er das gesprayt hat!"

„Und weil sie Oskar bestimmt dabei erwischt haben, als er die Wand angesprayt hat!"

Simon nickte heftig.

„Ja. Ja. Das haben sie und sie haben ihn mit dem Polizeiauto in ein Polizeihaus gefahren. Vielleicht war es auch ein Gefängnis. Aber in dem Auto war ein riesiger Hund. Und der Hund hat Oskar die ganze Zeit sehr böse angeschaut und Oskar hatte Angst, dass seine Stunde zum letzten Mal geschlagen hat, oder so!"

„Du meinst, dass sein letztes Stündchen geschlagen hat?"

Die Nase des Jungen zuckte zum wiederholten Mal.

„Ja. Genau. Genau das hat er gesagt! Das war dumm von Oskar, stimmt's?"

„Ja. Das war dumm. So dumm wie das von Davala! Aber weißt Du was, kleiner Alligator?"

„Nein, was denn!"

„Sie hätten Oskar dafür nicht ins Gefängnis gesteckt. Ganz sicher nicht!"

„Nein? Aber warum nicht?"

Er hätte beinahe gesagt, es sei nicht so schlimm gewesen, was Oskar gemacht hatte. Doch damit hätte er an Simons Grundwerten gerüttelt. Die nächste Frage des Jungen würde dann sinngemäß wohl lauten, ob er Polizisten in Zukunft auch *Bullen* nennen konnte.

„Er hat ja niemandem wehgetan. Aber es ist natürlich ein Schaden an der Garage entstanden und ich bin mir sehr sicher, Oskar oder seine Eltern müssen auch dafür bezahlen, dass die Garage wieder neu gestrichen wird!"

„Du meinst, man kann es wieder alles so machen, wie es vorher war?"

„Genau. Und ein weiterer Punkt ist, dass Oskar noch kein Erwachsener ist!"

„Aber er hat schon einen richtigen Bart!"

So war das mit dem Jungen. Er gab nicht auf. Wollte alles ganz genau wissen. Hannes redete mit ihm, bis er während des Redens einschlief. Sicher. Simon sah krank aus, vielleicht sogar noch mitgenommener als an all den Montagen zuvor. Aber vielleicht bildete es sich Hannes auch nur ein. Was er sich allerdings nicht einbildete, war die Tatsache, dass Simons Wissensdurst nach wie vor ungebrochen war. Die Welt des Jungen wurde von Tag zu Tag größer, auch wenn er noch immer im Gefängnis seiner Krankheit ausharren musste. Doch als Hannes jetzt auf Annas kleinen Sohn herunterblickte, dessen Gesichtsausdruck im Schlaf sehr sanft und glücklich war, hatten sich Hannes' Zweifel zerstreut. In diesem Moment hatte er das Gefühl, dass er mit dem Jungen noch viele Werder-Spiele im Stadion würde verfolgen können!

„Das war doch gut, dass die Bayern 2:0 verloren haben, oder?"

Simon hatte sein Micoud-Autogramm in der Hand und wartete auf eine Antwort.

„Ja, das war klasse. Das war wirklich überragend!"

„Werden wir jetzt Meister, Hannes?"

„Ich weiß es nicht, kleiner Alligator!"

„Aber Schwester Karin hat gesagt, Werder wird jetzt Meister. Sie hat gesagt, dass Werder morgen gegen Hannover ganz sicher gewinnt und dass Werder dann schon zehn Punkte mehr hat als Bayern!"

„So, hat das Schwester Karin gesagt?", sagte Hannes und dachte an Werders letztes Heimspiel gegen Hannover. Damals war er auch von einem sicheren Sieg ausgegangen, im sicheren Glauben an die Verlässlichkeit von Statistiken. Sein Arsch funkte im gleichen Moment wieder irgendwelche lange als verschollen geglaubte Codes durch seine Nervenbahnen, die von seinem Gehirn als Warnung dechiffriert wurden, Hannover 96 bloß nicht noch einmal so dilettantisch zu unterschätzen.

Keine weiteren Narben mehr auf Deiner Arschbacke!

Simon schaute ihn unsicher an.

„Hannes?"

„Hm?"

„Glaubst Du nicht, dass Werder gegen Hannover gewinnt? Im Hinspiel haben wir doch 5:1 gewonnen. In Hannover, Hannes. Da hat Nelson Valdez zwei Tore geschossen und Ailton hat gar nicht mitgespielt!"

„Ja. Ich weiß. Da hat Werder wirklich sehr gut gespielt. Ivan Klasnić hat auch zweimal getroffen und Fabian Ernst. Aber man kann nicht einfach sagen, dass Werder dieses Mal wieder so gut spielt. Jedes Spiel beginnt wieder bei 0:0, verstehst Du?"

Simon legte die Autogrammkarte auf seine Bettdecke.

„Aber Hannover ist doch nur auf Platz elf!"

„Das stimmt. Hannover ist nur auf Platz elf. Aber Hannover hat letzte Woche 1:0 gegen Köln gewonnen und gegen Köln hat Werder zu Hause auch nur 3:2 gewonnen!"

Natürlich wusste Hannes auch, dass man gegen Köln schon leicht und locker mit 3:0 geführt hatte, und nur weil die Mannschaft nach der Pause zwei Gänge rausgenommen hatte, war sie noch einmal in die Bredouille geraten. Natürlich hoffte er auch, dass Werder gegen Hannover gewinnen würde. Aber da war nun einmal sein pochender Hintern. Die Schmerzen schienen zwar nur einer Halluzination seiner verängstigten Nervenbahnen geschuldet, doch sie erfüllten ihren Zweck. Dazu kam, dass er die leicht überhebliche Art von Schwester Karin manchmal ziemlich kontraproduktiv fand. Vor allem im Hinblick auf Simons weiteres Leben als Werder-Fan. Etwas mehr Understatement, etwas mehr Respekt, etwas mehr Ehrfurcht vor dem Spiel als solchem und dessen unvorhersehbaren Unwägbarkeiten im Allgemeinen hatte noch niemandem geschadet.

„Also meinst Du, Werder gewinnt nicht?"

„Simon. Ich weiß es wirklich nicht. Werder hat sicher gute Chancen und, ja, wenn Werder gewinnt, dann würden wir zehn Punkte Vorsprung auf Bayern haben. Aber letztes Jahr, da dachte ich auch, dass Werder gegen Hannover leicht und locker gewinnt. Aber dann hat Hannover hier mit 2:1 gewonnen. Es war das erste Spiel überhaupt, das Werder zuhause gegen Hannover verloren hat!"

„Wirklich?"

Simon schaute Hannes stolz an.

„Werder hat zuhause erst einmal gegen Hannover verloren?"

„Ja. Erst einmal und das war in der letzten Saison!"

Hannes sah, dass der Junge das soeben Erfahrene nicht einfach nur als gegeben hinnahm, sondern es vielmehr in seiner ganz eigenen Simon-Peterson-Logik hinterfragte. Der Junge hatte das Wort Statistik zwar noch nie gehört, doch Hannes spürte, dass er sich gerade damit auseinandersetzte.

„Hannes?"

„Ich weiß genau, was Du jetzt sagen willst, kleiner Alligator!"

„Wirklich? Du weißt, was ich sagen will? Aber warum?"

„Ich weiß es eben. Soll ich es Dir sagen?"

Simon nahm die Autogrammkarte von Micoud wieder in die Hand, strich sich eine grüne Haarsträhne aus der Stirn und lächelte.

„Ja!"

„Du willst sagen, dass Werder dieses Mal auf keinen Fall gegen Hannover verlieren wird, weil die Mannschaft ja in all den Jahren erst ein einziges Mal verloren hat. Und weil dies im letzten Jahr war, denkst Du, dass es morgen nicht schon wieder passieren kann! Du denkst, es wird bestimmt wieder ganz lange dauern, bis es wieder so weit kommen wird!"

Simon lächelte über das ganze Gesicht.

„Jetzt musst Du wirklich mein Papa werden. Schließlich weißt Du ja sogar schon, was ich denke!"

Und Simon sollte recht behalten mit seiner Prognose: Werder verlor tatsächlich nicht gegen Hannover. Die Niederlage der letzten Saison, das Spiel, das auf Hannes' Hintern bleibende Spuren hinterlassen hatte, sollte der einzige Ausrutscher in Werders Bundesligahistorie gegen die 96er bleiben. Das Dumme an der Sache war nur, dass Werder auch nicht gewann. Es sprang wie auch schon im letzten Heimspiel gegen Freiburg nur ein Unentschieden heraus. Die Grün-Weißen mussten sich mit einem 0:0 begnügen. Doch dieses Mal konnte sich keiner der 43.500 Zuschauer im ausverkauften Weser-Stadion beschweren: So wie alle anderen hatte auch Hannes ein gutes Spiel gesehen, in dem seine Mannschaft von der ersten bis zur letzten Minute spielbestimmend war. Sicher, in der ersten Halbzeit war man vielleicht noch nicht so dominant, wie man dies in vielen Spielen zuvor gewesen war. Hannover versuchte, Werder im Aufbau zu stören. Es gab viele kleine Fouls, aber dennoch ließen sich die Grün-Weißen nicht einschüchtern. Nach einer guten Viertelstunde riss es Hannes dann zum ersten Mal aus seinem Sitz. Klasnić hatte sich auf links durchgesetzt und den Ball in die Mitte gepasst, wo Micoud die Hereingabe ziemlich unbedrängt knapp am Gästetor vorbeischoss. Das hätte durchaus das 1:0 sein können und dann wäre das Spiel sicher schon so gut wie entschieden gewesen. Denn Werder wusste an diesem Sonntag, was es wollte, allein die Chancenauswertung ließ zu wünschen übrig. Und wie so oft in diesen Spielen erwischte der Gästetorwart einen Tag, von dem er noch seinen Enkeln erzählen würde.

Dann kam dieser Klasnić auf mich zu. Zweimal innerhalb von fünf Minuten. Alle im Stadion tobten und warteten nur darauf, dass Klasnić zum 1:0 treffen würde, aber euer Opa war an diesem Tag einfach nicht zu bezwingen und hielt den Schuss in der 22. Minute genauso sicher wie den in der 27. Minute.

So in etwa würde es sich dann wohl anhören.

Mit jeder Minute, die verstrich, schien Werder den Druck zu erhöhen. Aber die Mannschaft aus Hannover rührte Beton an. Sie verzogen sich immer mehr in die eigene Hälfte, und das mit einer scheinbar immer größer werdenden Anzahl von Spielern. Hannes begann daran zu zweifeln, dass die Gäste nur zu elft spielten. Da hatten sich womöglich noch mehr auf das Feld geschlichen: die Ersatzspieler, der Masseur, der Mannschaftsarzt, der Busfahrer, der Zeugwart, eines der Zimmermädchen …

Niemand war wirklich enttäuscht, als die Spieler in die Pause gingen. Die Zuschauer machten sich gegenseitig Mut, und dafür gab es nach Hannes' Empfinden zwei gute Argumente. 1. Bayern hatte in Dortmund verloren und 2. wenn Werder so weiterspielen würde, war es nur noch eine Frage der Zeit, bis das erste Tor fallen würde.

Werder spielte so weiter. Aber Hannover auch. Die Räume wurden immer enger und es sah so aus, als hätte das Gästeteam in der Halbzeit auch noch die Spielerfrauen rekrutiert.

Kurz nach der Halbzeit zirkelte Ismaël einen Freistoß um die Mauer. Eigentlich ein Tor. Aber der Torwart der 96er wollte noch eine weitere Glanztat vollbringen, von der er seinen Enkelkindern erzählen wollte. Ein kollektiver Beinahe-Torschrei hallte durch das Stadion. Es sollte nicht der letzte bleiben an jenem Abend. Doch weder Ailton oder Fabian Ernst noch Lisztes brachten an diesem Abend das Kunststück fertig, den Gästetorwart zu bezwingen. Die größte Chance zur Führung hatte aber Ivan Klasnić, als er in der 62. Minute von Micoud freigespielt wurde. Der Kroate zog auf das Tor der Hannoveraner zu, umspielte deren Torwart und schob den Ball in das leere Tor zum 1:0 ins Netz.

Das dachten alle im Stadion. Wahrscheinlich auch alle Bayern-Spieler, die Werders Auftritt im Fernsehen verfolgten.

Doch Klasnić zielte zu genau und der Ball rollte nicht nur an Hannovers Torwart, sondern auch um Millimeter am linken Pfosten vorbei.

Zwanzig Minuten vor Schluss brachte Schaaf Valdez und Charisteas für Ailton und Klasnić. Die beiden ersten Stürmer hatten an diesem Abend wirklich kein Glück. Das sah jeder im Stadion. Aber die Zuschauer honorierten Werders Bemühungen und trieben die Mannschaft immer wieder nach vorne. Hannes erinnerte sich an das letzte Auswärtsspiel in Frankfurt. Da hatte Valdez kurz nach seiner Einwechslung noch einmal für Dampf gesorgt und dank einer Einzelaktion des jungen Werder-Talents, die zum Elfmeter führte, hatte Werder das Spiel noch gewonnen. Auch dieses Mal machte Valdez viel Dampf. Und in der 77. Minute stieg er plötzlich zum Kopfball hoch. Wieder sprang Hannes aus seinem Sitz. Doch wieder sprang auch der Gästetorwart und machte auch die letzte Großchance der Grün-Weißen an diesem Abend zunichte.

Es blieb beim 0:0. Wenn man den Spielverlauf sah, dann war das sicher enttäuschend. Aber Werder hatte an diesem Abend nicht enttäuscht, und das sahen alle im Stadion. Und schließlich hatten die Bayern sogar verloren, was nichts anderes bedeutete, als dass Werder den Vorsprung wieder von sieben auf acht Punkte ausgebaut hatte. Deshalb verabschiedeten die Zuschauer ihre Mannschaft auch mit viel Applaus. Es lagen nur noch sechs Spieltag vor Werder. Sechs Spieltage, die in die Geschichte eingehen konnten, so wie vielleicht die ganze Saison. Schließlich war man jetzt seit 20 Spieltagen ungeschlagen!

19. bis 25. April 2004: Abschied von Onkel Hicki, Duschfest und ein verlorenes Fernduell

Anna und Hannes hatten fast die ganze Nacht über Simon gesprochen. Das Gespräch hatte zunächst, wie schon unzählige Male vorher, am Bett des schlafenden Kindes begonnen. Später hatte Hannes Anna an der Hand aus dem Klinikum geführt. Natürlich hatte er zuvor die Nachtschwester darüber informiert. Die beiden waren über zwei Stunden durch die Bremer Nacht gegangen, ehe sie nach 1 Uhr morgens wieder in das Krankenhaus zurückgekommen waren.

„Ich kann es Dir auch nicht erklären, es ist mehr ein Gefühl!", sagte Hannes mit ruhiger Stimme, als sie vor dem Bremer Dom standen. Unweit davon befand sich der Rathausbalkon, aber er verschwendete keinen Gedanken an die von Schwester Karin prognostizierte Meisterschaft. Stattdessen strich er Anna eine Haarsträhne aus dem so traurigen Gesicht.

Sie schüttelte den Kopf.

„Überleg doch mal: Die Ärzte sagen, es gibt keine Komplikationen, sie sagen, Simon macht Fortschritte. Sie sagen, alles läuft wie geplant! Sie sind zufrieden!"

„Wie geplant. Du hast ihn doch auch gesehen. Es ging ihm schon viel besser. Tu doch nicht so, als wäre es Dir nicht auch aufgefallen. Er isst wieder schlecht, hat den ganzen Mund voller offener Stellen. Es sieht so aus, als wären die Nebenwirkungen so schlimm wie im November und Dezember. Und er schläft so viel!"

Hannes wurde unsicher, wusste allerdings, dass er das nicht zeigen durfte. Anna sprach ihm ja eigentlich aus der Seele. Aber er musste ihr Hoffnung geben, auch wenn er in diesem Moment ebenfalls das Gefühl nicht loswurde, Simons Leidensweg würde noch sehr lange dauern. Er erinnerte sich allerdings auch daran, wie interessiert und aufmerksam sich Annas Sohn noch vor zwei Tagen mit ihm über das illegale Besprühen von Garagentoren mit Graffitis ausgetauscht hatte und dass er gestern sämtliche Statistikwerte aus dem Hannover-Spiel parat gehabt hatte.

„Anna. Was hätten denn die Ärzte davon, wenn sie uns irgendwelche Stories auftischen würden? Sie haben uns von Anfang an reinen Wein eingeschenkt. Simon schläft viel, gut. Er hat auch wieder diese schlimmen Stellen an der Mundschleimhaut. Akzeptiert. Aber, ganz ehrlich, ich finde, er ist irgendwie noch interessierter und gewiefter, als er es noch vor ein paar Wochen war. Er hört immer ganz aufmerksam zu und stellt Fragen, die … Na ja, ich glaube, wenn es so weitergeht, dann kann ich sie bald entweder nicht mehr beantworten, oder ich muss ständig irgendwelche Fachbücher mitschleppen!"

Anna versuchte zu lächeln.

„Er hat von mir wissen wollen, ob man ein Mann ist, wenn man einen Bart bekommt!"

„Das hat er?"

„Das hat er!"

„Und?"

„Na ja, ich habe ihm gesagt, dass man das schon so sagen kann, aber ich habe ihm auch gesagt, dass ich einen Freund hatte, der mit 13 schon einen Bart hatte und der definitiv noch kein Mann war!"

„War das alles?"

„Nein, er wollte wissen, ob es auch das Umgekehrte davon gibt!"

„Ah, das Umgekehrte!"

Jetzt lächelte Anna.

„Ja. Und darauf eine Antwort zu finden, war gar nicht so einfach. Aber schließlich sind mir die Indianer eingefallen. Ich habe mal irgendwo gehört, dass sie keinen oder nur sehr spärlichen Bartwuchs haben. Wenn ich mich richtig daran erinnere, habe ich das mal in einer Kindersendung gesehen!"

„War er dann zufrieden?"

„Ja. Ja, er war zufrieden, aber er hat es natürlich noch kommentiert."

Er zwinkerte Anna zu.

„Du willst es wissen?"

„Schieß los!"

„Er hat sich das Kinn gekratzt und gesagt, er würde dann gerne ein Indianer sein!"

Beide lächelten und gingen ein paar Sekunden Hand in Hand über den Rathausplatz in Richtung Böttcherstraße, ohne ein Wort zu sprechen. Die Stadt war wie ausgestorben. Es waren nur ganz wenige Menschen unterwegs in jener Nacht von Montag auf Dienstag. Eine ältere Frau führte ihren Hund aus und auf den Steinbänken unter dem Rathausbalkon schliefen zwei Obdachlose.

„Du bist so wichtig für ihn, Hannes Grün", sagte Anna und legte ihren Arm um Hannes' Hüfte.

„Wir können doch morgen einfach einmal mit den Ärzten sprechen. Damit Du Dir keine Sorgen zu machen brauchst", sagte Hannes und küsste sie auf den Hals, dorthin, wo die beiden kleinen Muttermale waren.

„Setzen Sie sich doch!", forderte sie Doktor Fischlein auf und deutete auf die beiden Stühle in seinem Büro. Wie jedes Mal musste Hannes an Thomas Doll denken. Anna schaute Hannes unsicher an. Er nickte ihr aufmunternd zu und nahm Platz. Fischlein saß den beiden gegenüber. Er trug eine schmale Lesebrille und blätterte in einer Akte, auf der mit einem schwarzen Filzstift *Simon Peterson* geschrieben stand. Anna nahm Hannes' Hand und drückte so fest zu, dass dieser erschrak.

„Ja, Frau Peterson, Herr Grün, ich hätte heute eh mit Ihnen Kontakt aufgenommen. Wissen Sie, wir pflegen dieses Gespräch wirklich erst dann zu führen, wenn es auch dem Behandlungsprotokoll entspricht!"

Er nahm seine Brille ab, legte die Akte auf den Schreibtisch und lächelte Anna an.

„Es ist vielleicht besser, wenn wir Simon jetzt noch nicht dabei haben, wenn ich das weitere Prozedere zunächst einmal erst mit Ihnen durchgehe!"

„Das weitere Prozedere?", fragte Anna unsicher.

Fischlein nahm die Akte wieder in die Hand und begann darin zu blättern. Er vermittelte eher den Eindruck, nach den richtigen Worten zu suchen als in Simons Papieren nach einer bestimmten Seite. Dann schloss er die Akte wieder und schob sie an die ihm gegenüberliegende Tischkante.

„Ja. Ich kann Ihnen sagen, dass Simon, Ihr Sohn, alle Stufen des Behandlungsprotokolls durchlaufen hat und wir nunmehr davon ausgehen können, die intensive Chemotherapie als beendet zu betrachten!"

Anna wusste nicht, was der Arzt damit sagen wollte und auch Hannes war sich nicht sicher, ob es gute oder schlechte Nachrichten waren.

„Ich verstehe Sie nicht ganz, um ehrlich zu sein. Heißt das, dass Simon …" Sie hörte auf zu sprechen und schaute Hannes an.

Fischlein nickte und lächelte.

„Simon hat es überstanden. Die Intensiv-Chemotherapie ist beendet, wir können zu diesem Zeitpunkt davon ausgehen, dass alle noch verbliebenen Leukämiezellen in Simons Körper abgetötet sind!"

Wie soll man beschreiben, was in diesem Moment in Anna vorging? Sie musterte den Arzt mit offen stehendem Mund, dann schaute sie zu Hannes und schüttelte so unmerklich leicht ihren Kopf, dass sie es wahrscheinlich selbst nicht registrierte. Im gleichen Augenblick liefen ihr Tränen über das Gesicht. Hannes stand auf und griff nach ihrer Hand. Auch Anna erhob sich aus ihrem Stuhl, um Hannes zu umarmen. Dann fing sie an zu weinen. Hannes hatte kein Zeitgefühl, wusste nicht, wie lange er Anna einfach nur in den Armen hielt. Er spürte ihre Tränen auf seinem T-Shirt. Sie weinte zuerst leise, aber dann, als sich der Druck endlich entlud, schluchzte sie wie jemand, der etwas unendlich Schönes oder etwas unfassbar Trauriges erlebt hatte. Hannes sah Fischlein über Annas Schulter hinweg an, Der Arzt nickte nur, setzte sich und tat so, als würde er in seinem Computer nach irgendetwas Wichtigem suchen. Irgendwann saßen ihm Anna und Hannes wieder gegenüber. Es waren nur ein paar Minuten verstrichen, doch für Anna war es so, als hätte ihr Leben neu begonnen.

„Aber warum ging es ihm denn so schlecht? Ich hatte in den letzten Wochen das Gefühl, sein Zustand würde immer instabiler werden!"

Sie schluchzte noch immer, war aber wieder gefasst genug, um Dr. Fischleins Äußerungen zu hinterfragen und die richtigen Schlüsse daraus zu ziehen.

„Nun, durch die lange, intensive Phase der Chemotherapie war Simons Immunsystem in gewisser Weiße kaum noch funktionsfähig. Der Körper war so geschwächt, dass er auf die Therapie eben, je länger sie dauerte, umso stärker reagiert hat. Das ist in nahezu allen Fällen zu beobachten: Kurz bevor das Behandlungsprotokoll abgeschlossen ist, werden die Nebenwirkungen besonders drastisch. Wir gehen das Protokoll Phase für Phase durch. Das ist auch für uns nicht einfach, weil wir zum einen wissen, wie die Patienten leiden, und zum anderen auch die Erkenntnis haben, dass wir eben kurz vor der Beendigung der Intensivtherapie stehen. Aber wenn wir uns zu diesem Zeitpunkt dazu entschließen würden, die Therapie vorzeitig zu beenden, würde das Risiko bestehen, dass es doch irgendwo in seinem Körper noch eine Krebszelle gibt!"

Anna nickte.

„Sind Sie sicher, dass Simon nicht doch noch länger …!"

„Frau Peterson. Niemand kann mit Gewissheit sagen, dass Simon nicht einen Rückschlag erleidet. Das kann wirklich niemand. Aber nachdem wir das Protokoll abgearbeitet haben, besteht durchaus Hoffnung, berechtigte Hoffnung, dass es Ihr Junge überstanden hat. Natürlich muss er noch Tabletten nehmen und er muss auch einmal in der Woche zu einer ambulanten Kontrolle. Aber was die Chemotherapie angeht, so können wir sagen, dass Simon es geschafft hat!"

Wieder nahm Anna Hannes' Hand, dieses Mal sehr entspannt und sehr glücklich.

„Und wann bekomme ich wieder Haare?"

Hannes konnte sich nicht erinnern, Simon überhaupt schon einmal so aufgedreht gesehen zu haben. Falls es dennoch der Fall gewesen sein sollte, dann musste es schon sehr lange her sein.

„Das dauert gar nicht so lange. Kann sein, dass sie schon in zwei Wochen wieder zu sprießen beginnen!", antwortete Anna, die ihren Jungen auf ihren Schoß gesetzt hatte.

„Und es ist ganz sicher, dass mein *Hickman* rauskommt?"

„Na klar. Ganz sicher, Baumi. In zwei Tagen ist das Ding draußen!", sagte Hannes.

Simon betrachtete den Katheter wie einen bissigen Hund, vor dem er jetzt keine Angst mehr hatte.

„Dann müssen wir beide uns wohl verabschieden, was?", sagte er.

Der Junge stand auf und ging zu Hannes, der ihn die ganze Zeit von seinem Stuhl aus gemustert hatte.

„Hannes?"

„Ja, Chef!"

„Jetzt habe ich bald wieder ein richtiges Leben?"

Ein richtiges Leben? Hannes konnte zunächst nicht glauben, was sein kleiner Freund gerade gesagt hatte. Es kam so unerwartet und ungefiltert. Wie konnten Erwachsene nur denken, dass Kinder gewisse Dinge nicht einschätzen konnten, dass Kinder für manche Überraschungen des

Lebens, so grausam sie mitunter auch waren, noch zu klein waren. Dieser kleine, tapfere Junge musste in den vergangen Monaten mehr über die Schattenseiten des Lebens gelernt haben, als dies viele Erwachsene jemals zu lernen hatten, Hannes inbegriffen. Es lag ihm auf der Zunge, Simon danach zu fragen, wie er das mit dem richtigen Leben gemeint hatte. Aber das würde heißen, dass er Simon nicht ernst nahm, ihm seine Schlussfolgerung nicht zutraute. Doch in diesem Moment wurde Hannes klar, dass Annas Sohn die Frage genauso gemeint hatte, wie er sie formuliert hatte. Und Hannes sah Anna an, dass ihr gerade die gleichen Gedanken durch den Kopf gingen.

„Ja. Ja, kleiner Alligator. Ja. Du hast endlich wieder ein richtiges Leben. Nach all dem, was Du durchgemacht hast! Du warst unheimlich tapfer, weißt Du das. Unheimlich tapfer. Aber jetzt hast Du wieder ein richtiges Leben. Ein richtiges Leben, wie ein richtiger kleiner Junge!"

Simon nickte. Der *Hickman-Katheter* ragte aus seiner Brust wie eine Antenne, mit der man ihn fernsteuern konnte. Aber die Tage des *Hickmans* waren gezählt.

„Weißt Du, woran ich fast jeden Tag denken musste, Hannes?"

Dieses Mal stellte er die Frage anders als sonst. Er war ganz ruhig, überhaupt nicht aufgeregt. Es sah beinahe so aus, als hätte er die ersten, minimalen Züge eines Erwachsenen.

„Nein. Woran hast Du denn fast jeden Tag gedacht?"

„Daran, was Du gesagt hast, als das mit Ailton und Schalke passiert ist!"

Hannes erinnerte sich noch sehr gut daran. Eines der dunkelsten Kapitel aus Werder-Sicht, nicht nur für Simon.

„Du hast mit gesagt, dass es manchmal Dinge im Leben gibt, die sehr wehtun, die man aushalten muss, und wenn man es dann geschafft hat, dann wird man belohnt. Du hast gesagt, dass das bei mir so ist, dass ich die Schmerzen aushalten werde und dass ich dann irgendwann gesund sein werde und dann wird der Tag kommen, wo sie mir endlich den *Hickman* rausmachen. Daran habe ich immer gedacht. Immer!"

Jetzt musste Hannes mit den Tränen kämpfen. Er nahm Simon und setzt ihn auf seinen Schoß.

„Ja. Und jetzt hast Du es geschafft. Dieser Onkel Hicki verabschiedet sich!"

„Onkel Hicki!" Der Name gefällt mir!"

Wieder musterte Simon den Katheter. Hannes strich ihm über die Werder-Perücke.

„Weißt Du, was Du noch gesagt hast?"

Hannes nahm Blickkontakt zu Anna auf, die nur die Schultern zuckte.

„Du meinst, als das mit dem Wechsel von Ailton zu Schalke bekannt wurde?"

Simon nickte.

„Nein, nicht so genau. Wahrscheinlich habe ich sehr viel gesagt!"

„Du hast mir erklärt, dass Ailton noch alle Spiele der Saison für Werder machen darf. Und dann hast Du gesagt, dass er uns alle, also die Werder-Fans, am Ende der Saison vielleicht noch einmal so richtig glücklich machen wird!"

„Ja, das stimmt. Das hast Du gesagt!", bestätigte Anna.

Hannes lächelte nur.

„Ja. Und auch daran habe ich die ganze Zeit denken müssen, jeden Tag. Ich habe dann immer gedacht, dass ich den *Hickman* rausbekomme und zur Belohnung macht mich Ailton glücklich! Was meinst Du, Hannes? Meinst Du, er kann die Werder-Fans glücklich machen!"

„Ja. Ja, das glaube ich. Das glaube ich ganz fest. Der Fußballgott weiß, dass Werder die Meisterschaft verdient hat. Und er hat bestimmt auch mitbekommen, dass Dein *Hickman* sich auf die Reise in die große Mülltonne begibt. Warum sollte er dann nicht noch einen Plan haben, an dessen Ende uns Ailton alle belohnt, bevor er zu diesem Verein geht, dessen Name ich am liebsten gar nicht mehr aussprechen möchte!"

„Das würde ich mir so wünschen, Hannes, und weißt Du was?"

„Was denn, Simon?"

„Ich glaube, Ailton macht es tatsächlich!"

„Kann sein, aber ich denke, er wird es nicht alleine schaffen. Da gehören die anderen Spieler auch noch dazu!"

Am Donnerstag kam Simon nach Hause. Dort, wo sein *Hickman-Katheter* ihm über neun Monate Gesellschaft geleistet hatte, klebte ein großer Pflaster. Für Simon war dies natürlich ein besonderer Tag, ein Tag, den er wahrscheinlich sein ganzes Leben lang nicht mehr vergessen würde. Die Chemotherapie war endlich abgeschlossen, dieser seltsame Schlauch war endlich aus seinem Körper entfernt worden und er konnte zum ersten Mal seit seiner Behandlung wieder duschen.

„Schaffst Du es alleine?", frage Anna, als ihr Sohn das Bad betrat und die Duschkabine anschaute wie ein Raumschiff.

„Ja. Ja, Mama. Ich schaffe es alleine!"

Anna nickte.

„Dann gehe ich raus zu Hannes in die Küche. Wenn Du Hilfe brauchst, dann ruf mich! Ja?"

„Ja, Mama!", sagte Simon und zog die Tür der Duschkabine auf.

Aber Simon brauchte keine Hilfe. Er genoss das Wasser, er genoss es, sich sauber zu fühlen, er genoss es, ein normales Leben zu führen. Deshalb ließ er sich auch sehr lange Zeit!

„Meinst Du, ich sollte einmal nach ihm schauen?", fragte Anna und zupfte nervös an dem Kuchen herum.

„Nein, wieso? Er hat neuen Monate lang nicht duschen dürfen. Ich sage Dir, der genießt das in vollen Zügen!", antwortete Hannes.

„Meinst Du? Aber wenn was passiert ist?"

„Da ist nichts passiert. Er wird langsam älter!"

Anna schaute Hannes an und dann lachten sie beide.

Dann kam Simon aus dem Bad. Er trug seine Werder-Perücke nicht. Sein Schädel war noch immer kahl, sein Gesicht gezeichnet von den vielen Medikamenten. Aber er wirkte zufrieden und glücklich. Und er schien sofort zu registrieren, dass seine Mutter und Hannes etwas vor ihm verbergen wollten, denn die beiden stellten sich nebeneinander auf, als patrouillierten sie vor den Kronjuwelen, um Simon den Blick auf den Küchentisch zu verwehren.

„Hier kommt Simon, der kleine tapfere Alligator, der die Krebszellen geschlagen hat!", rief Hannes.

„Und der duftet, wie ein schöner Frühlingstag!", fügte Anna dazu.

Simon lächelte stolz. Dann bildeten Anna und Hannes eine Gasse und gaben den Blick auf den Tisch frei.

Simons Lächeln war wie der Sonnenaufgang nach einem Jahr Regen. Mit offenstehendem Mund betrachtete er die Torte, in deren Mitte die grüne Werder-Raute eingearbeitet war und unter der die Worte *Du hast es geschafft!* standen.

„Ist die für mich?", fragte Simon.

„Ja, die ist für Dich", antwortete Hannes, „und natürlich auch die beiden Geschenke!"

Simon nahm die beiden kleinen Päckchen, die in grünes Papier eingepackt waren.

„Aber warum?"

„Warum? Na, weil Du wieder zuhause bist, richtig zuhause!", sagte Anna glücklich.

„Genau, und deshalb feiern wir zusammen heute ein Fest. Das Fest, weil Du zuhause bist und weil Du zum ersten Mal wieder duschen durftest, weil Onkel Hicki sich verabschiedet hat!"

Sie aßen Torte und redeten. Es war ein tolles Duschfest, nicht nur für Simon. Sie lachten und feierten. Sie waren alle sehr glücklich, besonders Simon, der stolz war, dass er jetzt auch die Hose und die passenden Stutzen zu seinem Werder-Trikot hatte. Er stellte viele Fragen. Die Torte hatte es ihm besonders angetan. Er wollte wissen, wer sie gebacken hatte. Hannes erzählte ihm, dass einer seiner beiden Dauerkarten-Freunde, Thomas, einen Bruder hatte, der Konditor war. Dann wollte der Junge wissen, wie Thomas' Bruder die Werder-Raute so gut hinbekommen hatte, woraufhin ihm Anna erklärte, dass er wahrscheinlich eine Schablone gebastelt hatte und die dann auf die Torte gelegt hatte.

„Meinst Du, er hat die Schablone noch?"

„Ja. Ja, warum nicht? Bestimmt gibt es noch mehr solche verrückten Werder-Fans wie Dich, die eine Torte geschenkt bekommen, auf der die Werder-Raute sein soll!"

Simon schaute seine Mutter an.

„Meinst Du?"

Anna nickte und lächelte Hannes an.

„Dann braucht Thomas' Freund die Schablone bestimmt auch noch öfters, oder?"

„Ja, ich glaube schon, Baumi! Warum fragst Du?"

„Ach, ich habe mir gedacht, dass …!"

„Was? Was hast Du Dir gedacht, Schatz?"

Anna strich ihm sanft über den Kopf.

„Oh!", sagte sie. „Ich glaube, da tut sich schon was!"

Simon wusste sofort, was seine Mutter meinte. Seine Hand schnellte zu seinem Kopf.

„Meinst Du? Meinst Du wirklich?"

Dann fuhr ihm auch Hannes über den kahlen Schädel.

„Ja, ja, ich spüre es auch. Ich glaube, sie fangen schon an zu wachsen!"

Simon nickte stolz und schaufelte sich ein Stück Torte auf seine Gabel.

„Sie kommen zurück", flüsterte er, schob sich die Torte in den Mund, betrachtete die Werder-Raute, von der jetzt ein Viertel fehlte, und sagte: „Eine Schablone!"

„Was wolltest Du denn mit der Schablone?"

„Ach, ist nicht so wichtig, Hannes!"

„Ja, es ist vielleicht nicht so wichtig, aber mich interessiert es trotzdem!"

„Na ja, ich dachte nur, wenn wir auch so eine Schablone hätten, so eine Werder-Raute-Schablone, dann könnte ich ja auch eine Werder-Raute über mein Bett malen!"

Hannes' Herz schlug schneller. Er hatte tatsächlich einmal gedacht, in der Zeit, in der er keinen Kontakt mehr zu Anna gehabt hatte, dass Werder für Simon nur so eine kleine Liebelei war.

„Oh Gott, wie soll das alles noch enden!", kommentierte Anna und verdrehte die Augen.

„Weißt Du was? Ich habe eine Idee, kleiner Alligator. Ich habe eine super Idee! Wir werden eine Schablone basteln. Wir basteln das Ding und dann malen wir Dir eine Werder-Raute über Dein Bett. Was meinst Du?"

„Ehrlich?"

„Ja, ganz ehrlich. Oder was meinst Du, Mama?", fragte Hannes seine Freundin und breitete unschuldig die Arme aus.

„Ihr beide seid vollkommen verrückt. Vollkommen!"

Sie lächelte.

Hannes lächelte zurück und strich Simon noch einmal über den Kopf.

„Ja, das sind wir. Wir sind verrückt. Verrückt nach Werder!"

Die beiden Verrückten schauten sich am Sonntagabend Werders Auswärtsspiel in Bochum in Hannes' Wohnung an. Simon trug das komplette Werder-Trikot, mit Schal und Werder-Perücke.

„Meinst Du, ich kann die Marc-Bolan-Perücke später trotzdem tragen, auch wenn ich wieder Haare habe?", hatte er Hannes gefragt, als er sich in Montur geworfen hatte.

„Na klar. Wenn es Dir gefällt, warum nicht? Du kannst alles machen, wenn Du damit zeigen willst, dass Du ein Fan bist und die Mannschaft unterstützt." Es lag ihm auf der Zunge, Simon von seiner Tätowierung zu erzählen. Doch das hätte der Junge sicher nicht verstanden. Und für den Fall, dass es Simon verstanden hätte … – nein, für einen Siebenjährigen war es noch zu früh, an Tattoos zu denken, auch wenn sie auf Gesäßbacken angebracht werden wollten.

Die beiden saßen vor dem Fernseher und betrachteten die Mannschaftsaufstellung.

„Schau. Schaaf hat es so gemacht, wie ich es auch gemacht hätte. Baumi spielt für Ismaël in der Viererkette und Borowski spielt für Baumann in der Raute!" Simon nahm dabei den Blick nicht vom Bildschirm. Hannes lächelte stolz.

Die beiden verfolgten das Spiel wie zwei alte Freunde, die sich schon seit der Meisterschaft 1988 regelmäßig gemeinsam Werder-Spiele anschauten. Nur sehr selten stellte Simon noch eine Verständnisfrage. Selbst die Abseitsregel war ihm mittlerweile sehr geläufig. Es schien so, als hätte er in der Zeit seiner Krankheit mehrere Werder-Seminare besucht. Aber trotz des sehr großen Wissensschatzes des Jungen litt die Stimmung der beiden. Vielleicht war es auch gerade deshalb, weil Simon die Lage so genau einschätzen konnte. Er wusste, dass Bochum eine Mannschaft war, die Werder lag. Werder hatte die letzten drei Spiele in Bochum gewinnen können. Simon wusste auch, dass Bochum auf Platz drei der Tabelle stand, abgesehen von Werders Platzierung vielleicht die positive Überraschung ligaweit. Das bedeutete, dass Bochum sich nicht einfach in die eigene Hälfte zurückziehen würde, um sich ein 0:0 zu ermauern. Das Team aus dem Ruhrpott würde ebenfalls versuchen, sein Heil in der Offensive zu suchen. Der kleine Junge im Baumann-Trikot mutmaßte, dass diese Taktik des VfL Bochum Werder in die Karten spielen konnte. Die Grün-Weißen würden mehr Platz haben als in den letzten beiden Spielen und sie würden dadurch auch automatisch zu mehr Torchancen kommen. Das wiederum bedeutete, dass Schaafs Mannschaft durchaus gute Chancen haben würde, nach dem enttäuschenden Unentschieden, wieder einen Sieg zu verbuchen. All das, was sich Simon und Hannes an taktischen Überlegungen im Vorfeld zusammenreimten, schien tatsächlich einzutreffen. Mit einer ganz entscheidenden Einschränkung: Die Grün-Weißen schafften es einfach nicht, selbst beste Chancen in Tore umzumünzen. So stand es zur Halbzeit nur 0:0.

Simons Gesichtsausdruck spiegelte auch Hannes' Gemütszustand wider.

„Was ist denn nur los mit Werder?"

Hannes war kurz davor, dem Jungen einen Vortrag zu halten; von Jammern auf sehr hohem Niveau, dass man nicht ungeduldig werden dürfe, dass Werder schon mehr erreicht hatte, als man sich vor der Saison auch nur im Traum vorzustellen wagte.

„Werder spielt gut. Wir kontrollieren das Spiel. Der Ball muss einfach mal ins Tor. Man muss nur die Chancen nutzen, dann läuft es! Außerdem ist in München doch auch noch nichts passiert!"

Jetzt hatte Hannes doch etwas angesprochen, das Simon noch nicht überreißen konnte. Er war beinahe zufrieden, als Simon fragte:

„Kannst Du mir das noch mal erklären, Hannes?"

„Na ganz einfach: Nicht nur Werder spielt heute. Auch die Bayern haben gerade ihr Spiel gegen 1860 München. Es ist ein Derby. Du weißt, was ein Derby ist?"

„Ja. So wie Werder gegen den HSV, stimmt's?"

„Ja. genau!"

„Nächste Woche spielt Werder zu Hause gegen den HSV!"

„Stimmt. Da haben wir im Weser-Stadion ein Derby!"

„Was ist, wenn Bayern gegen 1860 München 0:0 spielt, ich meine, wenn das Spiel vorbei ist?"

Sein Nasenflügel kam in Bewegung.

„Dann ist es kein Problem, wenn Werder auch 0:0 spielt. Obwohl ich ehrlich gesagt glaube, dass Werder noch gewinnt. Wenn man so viele Chancen hat, dann muss man einfach gewinnen!"

Simon lächelte.

„Vielleicht macht uns Ailton glücklich. So, wie Du es damals zu mir gesagt hast!"

„Ja, ja vielleicht! Es wäre wieder einmal Zeit!"

Ailton spielte gut. Er kämpfte, gab keinen Ball verloren, wurde von Minute zu Minute besser. Doch auch die anderen Werder-Spieler steigerten sich immer mehr. Mitte der zweiten Halbzeit schnürte man Bochum regelrecht in deren Hälfte ein. Chance um Chance wurde herausgespielt. Sie zogen ihr Kurzpassspiel auf, kombinierten in einem Tempo, das den VfL Bochum von der einen in die andere Verlegenheit schlittern ließ. Ein Schuss Ailtons knallte nur an die Latte. Hannes und Simon hatten den Torschrei schon auf den Lippen. *Werder kontrolliert Ball und Gegner*, kommentierte der *Premiere*-Reporter. Doch trotz drückender Überlegenheit, trotz mehrerer 100-%iger Gelegenheiten brachte man den Ball einfach nicht über die Linie des Bochumer Tores.

Es blieb beim 0:0.

Simon war sehr enttäuscht. Zu dem schlechten Ergebnis kam außerdem dazu, dass sich eine Viertelstunde vor Schluss Lisztes so schwer am Knie verletzte, dass er vom Platz getragen wurde. Unweigerlich schlich sich das Antiwort Kreuzbandriss (Kurzbandriss, hatte es Simon einmal genannt) in Hannes' Gehirnwindungen. Aber er weigerte sich, es auszusprechen. Das letzte i-Tüpfelchen zu Werders Pechsträhne bekamen die beiden Werder-Fans in der Zusammenfassung des Parallelspiels in München präsentiert: Die Bayern hatten das Münchener Derby noch mit 1:0 gewonnen!

„Ist das schlimm für Werder?", wollte Simon wissen.

„Nein, Das ist gar nicht schlimm. Werder hat immer noch sechs Punkte Vorsprung. Werder hat alles in eigener Hand!"

Er nickte Simon zu, zwinkerte und hoffte, dass sein kleiner Freund ihm seinen Optimismus abkaufen würde.

26. April bis 1. Mai 2004: Von Klobrillen, geplatzten Knoten und Viktor Skripnik

Als Hannes an Annas Wohnung klingelte, konnte er nicht einschätzen, was in den nächsten paar Minuten passieren würde. Möglicherweise würde es auch länger dauern als nur ein paar Minuten, vielleicht würde das Thema aber auch in nur zwei Minuten erledigt sein. Er mochte Situationen wie diese überhaupt nicht, denn er wusste, dass er möglicherweise den Eindruck erwecken könnte, leichtsinnig oder unsensibel zu sein.

„Du bist ja schon da!", sagte sie, küsste ihn und fügte hinzu: „Willst Du mitessen, ich habe eine Pizza gemacht. Selbst gemacht, versteht sich! Ist in zehn Minuten fertig!"

Sie hatte die Haare zu einem Zopf zusammengebunden und gab Hannes damit den Blick auf die beiden Zwillingsmuttermale frei.

„Hört sich gut an! Wo ist denn unser großer Fan?"

Im gleichen Moment kam Simon aus dem Badezimmer gerannt.

„Hannes, hat es Dir Mama schon erzählt?"

Anna lächelte Hannes zu und sagte:

„Nein, Schatz, ich habe ihm nichts erzählt!"

Simon ging auf Hannes zu und als er nur noch ein paar Zentimeter vor ihm stand, streckte er ihm seinen Kopf entgegen.

„Siehst Du es auch?", fragte der Junge aufgeregt.

Hannes sah es tatsächlich.

„Ja. Ja, ich sehe es. Sie kommen zurück. Deine Haare kommen zurück!"

„Ja, sie kommen zurück. Man kann sie schon sehen, stimmt's!"

„Klar, man kann sie sehen!"

Hannes hob Simon auf und drückte ihn, als sei es sein eigener, leiblicher Sohn!

„Doktor Bartels hat gesagt, das ist ein sehr gutes Zeichen!", sagte Simon aufgeregt.

„Sagt er das?"

Er setzte Simon auf einen Stuhl und nahm gegenüber von ihm Platz.

„Ja. Und wenn ich mich gut fühle, dann kann ich am Montag wieder in die Schule gehen, stimmt's, Mama!"

Anna setzte sich zu den beiden an den Küchentisch.

„Ja. Das sagt er. Aber nur, wenn Du Dich wirklich gut fühlst. Du musst noch langsam machen. Die Fäden sind noch nicht gezogen, wir müssen aufpassen, dass Du Dir keine Infektion einfängst!"

Hannes nickte. Die Zeichen schienen nicht gerade sehr günstig zu stehen.

„Aber ich fühle mich gut. Ich glaube, ich könnte heute sogar zwei Stücke Pizza essen!"

„Hast Du gehört? Er fühlt sich gut, Anna. Er könnte zwei Stücke Pizza essen. Wenn das kein gutes Zeichen ist, dann weiß ich auch nicht!"

Dann zwinkerte er Anna zu.

„Meinst Du, Werder kann den HSV schlagen?", fragte Simon.

„Was meinst Du denn, Anna?", fragte Hannes.

Anna nahm Hannes' Hand.

„Ich? Keine Ahnung, also wenn es normal läuft, dann schon, oder?"

Sie schaute zuerst ihren Sohn und dann Hannes an.

„Also, wenn deine Mama sagt, wir gewinnen, dann gewinnen wir auch!"

„Ehrlich? Meinst Du wirklich? Dann würden wir ein Derby gewinnen. Stimmt's Hannes? In Hamburg haben wir nur 1:1 gespielt. Nur 1:1, stimmt's? Dann würden wir zu Hause das Derby gewinnen!"

„Ja, das würden wir!"

Anna stand auf und holte die Pizza aus dem Ofen. Hannes war froh, dass er noch etwas Zeit bekam. So konnte er noch für ein paar Minuten an seiner Strategie feilen.

Als Simon seinen Teller in die Tischmitte schob, hatte er sogar zwei Stücke und drei Bissen des dritten Pizzastücks gegessen.

„Tut es noch weh beim Schlucken?", fragte Anna.

„Nein. Ich spüre es gar nicht mehr. Die offenen Stellen sind alle weg!"

Hannes dachte daran, wie der Junge vor einer guten Woche zu ihm gesagt hatte, dass er froh war, wieder ein ganz normales Leben führen zu können. Es sah so aus, als finge er gerade damit an.

„Kann ich kurz aufstehen?", fragte Simon plötzlich, den Blick auf seine Mutter gerichtet. „Ich wollte Hannes etwas zeigen!"

Anna legte Hannes noch ein Stück Pizza auf den Teller und nickte ihrem kleinen Jungen zu.

Dieser kam mit einem Zeitungsartikel zurück.

„Hier. Hast Du das schon gehört!"

Hannes hatte zwar schon davon gehört, aber er tat so, als wären es die absoluten Insiderinformationen.

„Klasnić trifft für Kroatien!", las Hannes.

„Das ist ja klasse, davon wusste ich noch gar nicht. Na, vielleicht platzt dann ja auch am Samstag bei ihm der Knoten!"

„Der Knoten? Welcher Knoten?"

„Das ist nur so eine Redensart, das sagt man so!", antwortete Anna und lächelte.

Simon setzte sich wieder auf seinen Stuhl. Er kratzte sich am Kopf und fragte:

„Wann?"

Anna zuckte die Schultern.

„Gut. Ich versuche es Dir zu erklären. Wenn man etwas eigentlich kann und es eine Zeit lang irgendwie nicht geklappt hat, dann kann es sein, dass man dann, na ja, ein bisschen ungeduldig wird. Ungeduldig und enttäuscht! Verstehst Du?"

Simon reagierte nicht.

Er schien an etwas zu denken.

„Du meinst so, wie pinkeln, ohne den Rand zu treffen?", sagte er schließlich.

Hannes lachte Tränen, aber Anna blieb erstaunlich ruhig. Sie lächelte nur, weil sie im Gegensatz zu Hannes wusste, dass sie Simon immer wieder gesagt hatte, dass er die Klobrille nach oben klappen sollte beim Pinkeln. Das war lange vor Simons Krankheit, bevor Hannes in das Leben der beiden getreten war. Simon hatte die Anweisungen seiner Mutter damals zwar meistens befolgt, sich aber dennoch bisweilen widersetzt, um zu testen, ob er Fortschritte machte im Nichtbeschmutzen der Klobrille beim Wasserlassen. Wenn er Erfolg hatte, hatte er jedes Mal seine Mutter darüber in Kenntnis gesetzt, doch meistens hatte er keinen Erfolg gehabt, was Anna nicht gerade erfreut hatte. Jetzt konnte auch sie darüber lächeln und es schien so, dass ihr Sohn die Ausgangslage der Redewendung durchschaut hatte.

„Ja. Das kann man so sagen. So wie Pinkeln, ohne den Rand zu treffen!"

„Aber es gibt auch andere Beispiele, aus dem Fußball zum Beispiel. Was kann denn Ivan ziemlich gut?"

„Tore schießen!", rief Simon sofort.

„Genau. Aber Werder hat ja, wie Du weißt, die letzten beiden Spiele nur 0:0 gespielt. Zuvor gab es in Frankfurt nur ein 1:0. Weißt Du noch, wer in Frankfurt das Tor geschossen hat?"

„Ja. Es war Ismaël mit einem Elfmeter. Nach einem Foul an Nelson Valdez!"

Hannes schaute Anna stolz an.

„Weißt Du, dass Du ein echter Experte bist, kleiner Alligator. Aber ich wette, dass Du nicht weißt, wann Klasnić das letzte Tor für Werder geschossen hat!"

Simon kratzte sich am Kopf. Er überlegte und Hannes hätte ihn fressen können in diesem Moment.

„Warte, sag nichts, bitte. Ich komme gleich drauf. Es war, es war bei dem 4:4 in Stuttgart, das komische Spiel, das wir mit dem Stuttgart-Fan angeschaut haben!"

Hannes stand auf und klatschte Simon ab.

„Stimmt genau. Und das ist ziemlich lange her. Ich glaube, es war im März. Seitdem hat Ivan nicht mehr getroffen. Aber er kann es eigentlich, verstehst Du? Er hat nur ein bisschen Pech im Moment!"

„Manchmal hatte ich auch Pech, wenn ich die Klobrille vollgetröpfelt habe!"

Hannes nickte. Dieses Mal lachte Anna.

„Ja, manchmal verfolgt einen das Pech sogar auf der Toilette!", sagte Hannes mehr zu sich selbst als zu Simon und Anna. Doch bevor sich seine Narbe melden konnte, fügte er hinzu:

„Also. Klasnić hat lange nicht getroffen, man könnte meinen, man hätte ihn gefesselt, mit einem langen Seil und ganz vielen Knoten!"

Hannes sah die Falten auf der Stirn des Jungen. Dann glättete sich die Stirn wieder.

„Du meinst, als Beispiel gefesselt, weil in echt hat er ja gespielt!"

„Genau, er hat gespielt, aber weil er keine Tore geschossen hat, hätte man meinen können, man hätte ihn gefesselt!"

„Oder eingesperrt?"

Hannes sah dem Jungen an, dass er unsicher war.

„Ja, genau, Schatz!", rief Anna.

„Gut. Und jetzt stell Dir mal vor, Ivan würde am Samstag gegen den HSV wieder ein Tor schießen, dann könnte man meinen, er hätte sich befreit. Er hätte den Knoten, mit dem er gefesselt war, platzen lassen!"

Simons Nasenflügel kommentierte die Erklärung.

„Vielleicht lässt ja Ailton auch einen Knoten platzen?"

„Ja. Ja, vielleicht. Aber man sagt, vielleicht platzt ja bei Ailton auch der Knoten!"

Simon nickte.

„Bei Ailton platzt vielleicht der Knoten", flüsterte er.

„Hast Du Lust, dabei zu sein, wenn bei den beiden vielleicht der Knoten platzt!"

Hannes hatte die Frage tatsächlich gestellt. So, ohne es sich vorher zu überlegen, dass es selbst für ihn überraschend gekommen war.

Im Gegensatz zu seiner Mutter hatte Simon sofort verstanden.

„Du würdest mich mit ins Stadion nehmen? Wirklich? Wirklich? Oh ja, ja. Ich würde so gerne mitkommen!"

Sofort bekam der Junge vor Aufregung rote Backen.

Anna starrte die beiden mit offen stehendem Mund an. Dann schüttelte sie beinahe unmerklich den Kopf.

„Du musst es uns nicht erlauben!", sagte Hannes, der nicht wollte, dass Anna sich aufregte, was er durchaus verstanden hätte.

„Bitte, Mama. Bitte! Ich werde auch wirklich aufpassen, ganz bestimmt!"

Hannes sah ihr an, dass sie sehr glücklich war. Er spürte, dass sie in dem kleinen Jungen die Begeisterung lodern sah. Sie schaute auf den leeren Teller.

„Ist das nicht noch etwas zu früh?"

„Ich weiß es nicht, Schatz. Vielleicht. Vielleicht aber auch nicht. Er will ja auch wieder in die Schule gehen und er hat zwei Stücke Pizza gegessen."

Hannes zwinkerte Simon zu.

Anna atmete langsam ein und aus.

„Ich dachte, das Spiel sei schon seit Monaten ausverkauft!"

„Ist es auch!", bestätigte Hannes und sah im gleichen Moment, dass Simons Euphorie einen starken Dämpfer bekam.

„Ehrlich gesagt, wollte ich nicht nur Simon mitnehmen. Ich dachte, es würde Dich vielleicht auch interessieren, Schatz!"

„Oh ja, wir alle drei. Mama, Du darfst auch mit. Dann sind wir eine richtige Familie, die Werder die Daumen drückt!"

„Ich darf auch mit! Oh, was für eine Ehre. Der junge Mann erlaubt seiner Mutter einen Stadionbesuch!"

„Entschuldige, Mama!"

„Eines verstehe ich nicht. Du sagst, das Spiel ist lange ausverkauft, aber gleichzeitig hast Du noch zwei Karten übrig. Wie kann das gehen?"

„Ist vielleicht irgendwo ein Knoten geplatzt?", fragte Simon.

Hannes lächelte.

„Nein. Ihr wisst doch, dass ich immer mit zwei Freunden zusammen im Stadion bin. Wir haben seit vier Jahren Dauerkarten nebeneinander!"

„Frank und Thomas!", sagte Simon.

„Frank und Thomas, genau. Ja, und jetzt hat es sich ergeben, dass Geschäftspartner von Thomas im Stadion sein werden und die sind wiederum Gäste bei jemandem, der eine Business-Loge im Stadion hat. Da gibt es Essen und Trinken und den ganzen Schnickschnack. Thomas hat zwei Plätze für die Loge erhalten und möchte Frank mitnehmen, die beiden arbeiten in derselben Firma. Frank kennt diesen Geschäftspartner wohl auch irgendwie flüchtig!"

Hannes zuckte die Schultern und breitete gespielt hilflos die Arme aus.

„Und dann hat Thomas Dir die beiden anderen Dauerkarten angeboten!"

Hannes nahm Anna in den Arm und küsste sie.

„Was habe ich nur für eine schlaue Freundin."

„Und was habe ich für eine sehr schlaue, liebe Mama, die die beste Pizza machen kann!"

Simon stellte sich zu den beiden und legte den linken Arm um Anna und den rechten um Hannes.

„Also gut. Wir probieren das. Aber wir werden erst eine Viertelstunde vorher im Stadion sein und Du wirst vorher noch einen Mittagsschlaf machen.

Simon lächelte die beiden wichtigsten Menschen in seinem Leben an. Dann fing er vor Glück an zu weinen.

Der Junge war vollkommen elektrisiert. Er bestand darauf, dass Hannes zwischen ihm und seiner Mutter saß, und er bombardierte ihn mit Unmengen von Fragen. Er hatte es vor allem auf die Werder-Spieler abgesehen, die sich gerade warm machten. Insbesondere galt seine Aufmerksamkeit Viktor Skripnik, den er zu Hannes' Überraschung sofort identifizierte.

„Der mit den wenigen Haaren, das ist doch Skripnik, oder? Er hat die gleiche Frisur wie ich!"

Anna lachte laut.

„Ja, das stimmt. Nur, dass Deine Haare wieder nachwachsen!", sagte Anna.

„Er war lange verletzt. Nach dieser Saison wird er aufhören. Vielleicht bringt ihn Thomas Schaaf ja noch einmal. Ich würde es ihm gönnen!"

„Meinst Du, er kommt heute zum Einsatz?"

„Das glaube ich nicht. Es ist ein sehr wichtiges Spiel. Ich habe heute ein Interview des Hamburger Trainers gesehen. Er will heute unbedingt hier mit seiner Mannschaft gewinnen! Ich glaube, da wäre es ein Risiko, jemanden wie Skripnik zu bringen. Er hat lange nicht gespielt, weißt Du!"

Simon nickte.

„Meinst Du, der HSV gewinnt?"

Hannes nahm Simon in den Arm.

„Heute bist Du wieder dabei: im Baumann-Trikot, mit Stutzen und Hose. Und deine Mama drückt auch die Daumen, was soll da schon schiefgehen?"

Als die Mannschaften einliefen, rüttelte Simon an Hannes' Arm und deutete auf die Kurvenshow in der Ostkurve. Hannes glaubte nicht, dass sein kleiner Freund den Begriff Kurvenshow bereits kannte, verschwendete in diesem Augenblick aber keinen Gedanken daran, diesen Terminus jetzt näher zu erläutern. Ihm fehlten vielmehr selbst die Worte, als er die über Oberrang und Unterrang gleichermaßen verlaufenden überdimensionalen Spruchbänder sah.

2004

WER GLAUBT AN SPUK UND GEISTER
WERDER
DEUTSCHER MEISTER

„Das haben sich die Ostkurvenfans ausgedacht, sie wollen damit der Mannschaft zeigen, dass sie an sie glauben!"

„Wow!", antwortete Simon, „das muss aber eine Menge Arbeit gemacht haben!"

„Ja. Ja, das muss es. Ich glaube, dieser Spruch war damals auch auf einem Spruchband, als Werder zum ersten Mal Deutscher Meister wurde!"

Simon nickte anerkennend und stand als einer der ersten Zuschauer auf, als die beiden Mannschaften den Rasen betraten. Hannes nahm Annas Hand, die nur Augen für ihren kleinen Jungen hatte.

Wenn es noch eines letzten Beweises dafür benötigt hätte, wie fixiert das Team auf einen Sieg gegen den HSV war, dann wurde dieser schon mit der allerersten Aktion des Spiels geliefert. Der HSV hatte Anstoß, doch Werder eroberte schon nach einer Sekunde, in Person von Ivan Klasnić, den Ball. Der junge Kroate sah, dass der Torwart des HSV sehr weit vor dem Tor stand, und schoss aus mehr als 50 Metern, vom Anstoßpunkt aus, auf das Gästetor. Obwohl es Starke gelang, den Ball noch vor dem Überschreiten der Torlinie zu fassen zu bekommen, schien diese Aktion den Schalter auf bedingungslose Attacke umzulegen – sowohl auf dem Platz als auch bei den Zuschauern. Werder berannte das Tor der Hamburger und die Zuschauer hielt es nicht mehr auf ihren Sitzen. Hannes musste sich nicht mehr um Simon kümmern. Der Junge sah das Spiel mit den gleichen Augen wie er, wurde von den gleichen Emotionen mitgerissen und fieberte wie Hannes dem erlösenden 1:0 entgegen. Simon stellte keine Fragen, sein Blick haftete an dem Spielgeschehen, weil auch er zu ahnen schien, er könnte etwas verpassen, wenn er den Blick auch nur für einen Augenblick davon abwenden würde.

In der 17. Minute zog Micoud eine Ecke von links mit dem rechten Fuß in den Strafraum des HSV. Baumann stieg am Fünfmeterraum zum Kopfball hoch, erreichte den aber Ball nicht, und trotzdem fand die Kugel ihren Weg in das HSV-Tor. Werder führte 1:0. Niemand im Stadion sah, wer das Tor eigentlich geschossen hatte, aber das interessierte in diesem Augenblick auch niemanden. Ein kollektiver Jubel erfasste die 42.000 Zuschauer und einer, der am lautesten und ausgelassensten jubelte, war Simon Peterson. Er umarmte erst Hannes, dann seine Mutter.

„Hast Du es gesehen, Mama!?", schrie er.

„Ja, das habe ich! 1:0 für Werder und das Tor hat ein Hamburger geschossen, oder?"

Hannes schaute seine Freundin anerkennend an. Dann küsste er sie auf die Wange und sagte:

„Ich glaube, Du bist hier die echte Expertin!"

Kurze Zeit später wurde Annas Erkenntnis bestätigt. An der Anzeigetafel stand der Spielstand und darunter: Eigentor.

„Jetzt ist ein Knoten geplatzt. Stimmt's, Hannes?"

„Ja. Ja, der Knoten ist geplatzt!"

Nur fünf Minuten später wurde Micoud etwa 25 Meter halblinks vom Tor des HSV gefoult. Er schien den Freistoß selbst schießen zu wollen, aber dann überließ er den Job seinem Landsmann Ismaël. Und der lief an, zog den Ball um die Mauer der HSV-Abwehr und es hieß 2:0. Wieder hielt es keinen Zuschauer mehr auf seinem Sitz. Wieder brandete der Jubel im ganzen Stadion auf. Auch Simon jauchzte vor Begeisterung.

Nachdem der HSV nach einer halben Stunde das erste Mal gefährlich vor Reinkes Tor kam – der Ball landete zum Glück nur an der Latte – übernahm Werder wieder das Kommando. Micoud passte den Ball in Richtung rechter Eckfahne und es war Borowski, der den Pass noch erlief. Die Hamburger Spieler, die ebenfalls gute Chancen auf das Erreichen des Balles gehabt hätten, schienen wohl geistig schon in der Halbzeitpause zu sein. Vielleicht hatten sie auch Wetten darüber abgeschlossen, ob es Borowski tatsächlich gelingen würde, den Ball noch zu erreichen. Borowski wiederum legte den Ball zurück auf Klasnić, der die Kugel kurz annahm und dann lässig mit links ins linke untere Eck des HSV-Tores schoss. Es stand 3:0 und die erste Hälfte war noch nicht einmal zu Ende. Die Zuschauer trauten ihren Augen nicht. Anna sorgte sich kurz um Simon, der dunkelrote Backen hatte. Sie befürchtete, ihr Sohn könnte sich vielleicht eine Erkältung eingefangen haben, doch in Wirklichkeit war Simon einfach nur glücklich.

„Meinst Du, es geht in der zweiten Halbzeit so weiter?"

„Nein, das glaube ich nicht, kleiner Alligator, aber das muss es auch nicht. Drei Tore genügen vollkommen!"

„Aber Ailtons Knoten soll doch auch noch platzen!"

Hannes lächelte.

„Ja, das stimmt. Ailton sollte schon noch ein Tor schießen!", sagte Anna und zwinkerte ihrem Jungen zu.

In Köln, wo Bayern spielte, stand es zur gleichen Zeit 1:1. Aber das interessierte niemanden im Stadion.

Nach nur zwei Minuten sollte sich Annas Prophezeiung erfüllen. Pekka Lagerblom bekam im Mittelfeld den Ball von Micoud. Der Finne lief zentral auf den Strafraum des HSV zu und passte ihn dann mit dem Außenrist auf den auf der rechten Seite lauernden Ailton. Der Brasilianer zog mit dem Ball in den Strafraum, Starke versuchte noch, sich Werders Nummer 32 in den Weg zu werfen, aber Ailton schlenzte den Ball gefühlvoll mit dem Innenrist in das rechte obere Ecke des HSV-Tors.

Spätestens jetzt war das Weser-Stadion zu einer kollektiven Partyzone geworden. Werder schien sich den Unentschieden-Frust der letzten Wochen aus den Trikots feuern zu wollen. Es lief wie im Training.

„Jetzt hat auch Ailton seinen Knoten platzen lassen!", jubelte Simon.

Dem war nichts mehr hinzuzufügen.

In diesem Moment befasste sich Hannes zum ersten Mal bewusst mit der Meisterschaft. Selbst wenn die Bayern ihr Spiel in Köln noch gewinnen sollten, Werder würde heute definitiv nichts mehr anbrennen lassen. Im Gegenteil. Werder war gerade dabei, etwas für die Tordifferenz zu machen. Die konnte ja schließlich auch noch zum entscheidenden Faktor werden. Wenn er richtig rechnete, hatte Werder jetzt nicht nur sechs Punkte mehr, man lag auch in der Tordifferenz um fünf Tore besser als das Team aus München. Bei noch drei ausstehenden Spielen bedeutete das, dass man nächste Woche im Auswärtsspiel bei den Bayern mit einem Unentschieden fast schon durch war. Er schloss die Augen. Es war ein unbeschreibliches Gefühl. Aber es war wohl besser, es für sich zu behalten.

Das Spiel plätscherte nun vor sich hin. Werder ließ den Ball zirkulieren, die Hamburger schienen beinahe glücklich darüber zu sein, dass die Grün-Weißen einen Gang herunterschalteten.

„Ich glaube, es wird kein Tor mehr fallen!", sagte Simon und strich sich seine Werder-Perücke zurecht.

„Abwarten", sagte Anna, „schau mal, Schaaf wechselt aus. Der Mann, der die gleiche Frisur hat wie Du, will vielleicht auch noch ein Tor schießen!"

Simon zupfte an seiner Perücke, lächelte und sagte:

„Nicht mehr lange, Mama!"

Sie meinte Viktor Skripnik, der mit Sprechchören empfangen wurde. Er war sehr lange verletzt gewesen, die Fans hatten ein Gespür dafür, was diese Einwechselung für den Mann aus der Ukraine bedeutete. Skripnik würde mit Ablauf der Saison seine aktive Karriere bei Werder beenden und dann in den Trainerstab des Juniorenbereiches wechseln. Hannes wollte Anna nicht widersprechen, aber er war sich ziemlich sicher, dass sich Viktor Skripnik wohl nicht mehr in die Torschützenliste einreihen würde.

„Ich glaube, wenn ein Einwechselspieler ein Tor schießt, dann eher der hier!", sagte Hannes und deutete auf Valdez, der zehn Minuten zuvor für Klasnić den Rasen betreten hatte.

„Ja. Das glaube ich auch. Valdez hat nämlich auch schon lange kein Tor mehr geschossen! Vielleicht lässt er ja auch einen Knoten platzen", rief Simon.

Dann schlug Ismaël einen langen Ball aus der eigenen Hälfte in Richtung HSV-Strafraum. Im Gegensatz zu seinem Gegenspieler schien Valdez tatsächlich daran interessiert zu sein, den Ball noch zu erlaufen, was ihm unmittelbar vor der Grundlinie, rechts neben dem Tor des Gegners, auch gelang. Aber was der junge Mann aus Paraguay dann machte, führte dazu, dass die Fans wieder aus den Sitzen sprangen. Valdez bugsierte den Ball von der Grundlinie, aus unmöglichem Winkel, an dem verdutzten HSV-Keeper vorbei zum 5:0 ins Tor. Es schien fast so, als habe Werders junger Stürmer bei der Aktion die Gesetze der Physik für einen kurzen Moment ausgehebelt. Hannes konnte sich nicht erinnern, jemals im Stadion Zeuge einer solchen Aktion gewesen zu sein. Er brauchte einige Sekunden, um sich des Spielstandes zu vergewissern. Mit offenstehendem Mund starrte er die Anzeigetafel an, als befände sie sich auf dem Mars. Dann umarmten ihn Simon und Anna und holten ihn wieder in die Realität zurück.

Aber es sollte noch nicht der letzte Treffer an diesem denkwürdigen Tag gewesen sein. Ein paar Minuten später schlug Ismaël wieder einen langen Ball in den Strafraum des Gegners, dieses Mal in die linke Hälfte des Strafraums. Hannes konnte nur mutmaßen, warum der Abwehrspieler der Hamburger die Hand nach dem auf ihn zufliegenden Ball ausstreckte. Vielleicht hatte er Angst, von Charisteas düpiert zu werden. Jedenfalls blieb dem Schiedsrichter nichts anderes übrig, als auf Elfmeter zu entscheiden. Hannes war einer der Ersten im Stadion, die registrierten, wer den Strafstoß schießen sollte. Es war Viktor Skripnik.

Er schüttelte Anna am Arm:

„Schau, sieh nur, wer den Elfmeter schießen wird. Es ist Skripnik. Wenn er ihn reinmacht, dann hast Du recht behalten. Du hast gesagt, er wird vielleicht ein Tor schießen!"

Dann sah es Simon auch.

„Hannes, Hannes, Skripnik schießt. Siehst Du?"

„Ja, ja, ich sehe es!"

„Wenn er ein Tor schießen würde, das wäre toll, oder?"

Der Ukrainer lief langsam an, schickte Starke in die rechte Ecke und schoss den Ball locker zwei Meter neben dem armen Hamburger Torwart zum 6:0-Endstand ins Netz!

Es blieb beim 6:0. Spätestens jetzt musste man sich ernsthaft damit auseinandersetzen, dass Werder tatsächlich kurz vor der vierten Deutschen Meisterschaft stand. Am kommenden Wochenende würde es zum Auswärtsspiel nach München gehen. Würde man die Bayern dort schlagen, dann könnte man im Olympiastadion zu München den Titelgewinn feiern.

1. bis 8. Mai 2004: Hoeneß' vergebliches Aufbäumen und ein Spiel für die Ewigkeit

Hannes wusste natürlich schon auf dem Nachhauseweg, dass er Zeuge eines Spiels gewesen war, das in die Werder-Historie eingehen würde. Ihm war klar, dass man auch noch in 20 Jahren von jenem Heimspiel gegen den HSV in der Saison 2003/2004 sprechen würde, das einer Demütigung der Hamburger gleichgekommen war. Es fiel ihm nicht leicht, mit dem gerade Erlebten umzugehen, denn er hatte noch keinen Zugang zum Verlauf des Spiels gefunden. Er wusste nicht, ob dieser Zustand nur sein Innenleben charakterisierte, oder ob es anderen Werder-Fans in diesem Moment ähnlich ging. So schwer ihm Niederlagen zusetzten, so sehr ihn schlechte Spiele emotional in den Keller zogen, ihn bisweilen sogar beinahe depressiv werden ließen, so seltsam verhielt es sich oft nach rauschenden Fußballfesten. Eigentlich hätte er jetzt auf der Straße tanzen, sich betrinken oder vor Freude von einem Ufer der Weser zum anderen schwimmen müssen. Aber die große Euphorie drang noch nicht zu ihm durch. Die Eindrücke waren noch zu frisch, er hatte noch gar nicht alles komplett aufgesogen, geschweige denn verarbeitet, was sich vor gut einer Stunde im Weser-Stadion zugetragen hatte. Er wusste aus eigener Erfahrung, dass die frischen Eindrücke erst in den nächsten Tagen in ihm reifen würden. Dann würde er endlich davon kosten und sie genießen können. Darauf freute er sich jetzt schon.

Als Hannes später den Fernseher einschaltete, um die *Sportschau* zu genießen, wurde ihm schnell bewusst, was Werders Kantersieg für die

Herrn der Führungsriege des FC Bayern München bedeutet haben musste. Daran hatte er zunächst noch keinen Gedanken verschwendet. Aber die Reaktionen aus München zeigten sogar Simon, wie blank die Nerven bei den Bayern mittlerweile lagen. Man schien dort tatsächlich erwartet zu haben, dass Werder gegen den HSV verlieren würde. Sie hatten sich allen Ernstes eingebildet, dass ihre seltsamen Zukunftsvisionen vom Verspielen eines Vorsprungs bei Werders Spielern die gewünschte Wirkung erzielen würde. Weil Werder stattdessen souverän gewonnen und Bayern nur ein mageres 2:1 beim Tabellenletzten und als Absteiger feststehenden 1. FC Köln zustande gebracht hatten, holten die Bayern-Vertreter über die Medien zum finalen Schlag aus.

Sie wirkten wie ein angeschlagener Boxer vor der letzten Runde, der seinem leichtfüßigen Gegner mit dem Knock-out drohte. Natürlich setzte sich dabei vor allem Hoeneß in Szene. Mit hochrotem Kopf spann er zunächst auf bemitleidenswerte Weise eine mögliche Verschwörungstheorie, wonach der HSV absichtlich so hoch gegen Werder verloren hatte. Hoeneß sprach von einer Sauerei, wie sich der HSV habe abschlachten lassen, von Wettbewerbsverzerrung, von einer Hilfestellung des einen Nordklubs für den anderen.

In diesem Augenblick wusste Hannes, dass die Bayern Angst hatten. Er spürte, dass man in München mit dem Schlimmsten rechnete, ja, sich vermeintlich vielleicht sogar schon damit abgefunden hatte. Das machte Hannes unglaublich zuversichtlich. Den letzten vermeintlichen Schlag gegen Werders Psyche diktierte er dann in geradezu martialischer Art und Weise in die Mikrofone der Journalisten, indem er sagte, Werder müsse in München nicht nur verlieren, sondern die Bayern müssten den Gegner wegfegen, 4:0 oder 5:0 gewinnen, Werder niedermachen!

Er fühlte sich wie ein Kind, das auf Weihnachten wartete.

Nur noch dreimal schlafen.

Es tat ihm gut, er hatte keine Angst vor dem Spiel in München. Er wurde immer ruhiger, je näher der Tag rückte. In seinem ganzen Körper breitete sich ein wohliges Gefühl der Sicherheit aus, das von Stunde zu Stunde stärker und beruhigender wurde. Daran änderten auch die verbalen Blutgrätschen aus München nichts. Im Gegenteil, denn die Werder-Offiziellen reagierten ausgesprochen besonnen auf die Sticheleien aus der bayerischen Landeshauptstadt. Als Schaaf gefragt wurde, wie seine Mannschaft in München spielen wolle, sagte er nur: „Clever und gut!"

Auch dass Hannes viele SMS von Leuten bekam, zu denen er nur sehr selten Kontakt hatte, zeigte, dass ein ganz besonderes Ereignis auf ihn wartete. Von überall her wünschten ihm die Leute Glück für das Spiel. Sogar Stefan aus Miami hatte sich bei ihm gemeldet.

Am Samstagmorgen um zwei Uhr machte sich Hannes auf den Weg. Es war der 8. Mai 2004 und Werder würde um 15.30 Uhr im Münchener Olympiastadion beim FC Bayern zu Gast sein. Würde Werder dieses Spiel gewinnen, würde die vierte Deutsche Meisterschaft der Grün-Weißen Realität werden. Eigentlich hatte er erst um vier Uhr losfahren wollen, aber er hatte vor lauter Aufregung die ganze Nacht über kein Auge zumachen können. Es war Anna gewesen, die ihn schließlich losgeschickt hatte.

„Du kannst sowieso nicht mehr schlafen, komm schon, fahr los. Vielleicht kannst Du Dich ja bei Harry noch mal zwei Stunden hinlegen!"

Hannes hatte Anna umarmt. So sehr, dass diese beinahe keine Luft mehr bekam. Beinahe. Dann war er mit ihr noch in Simons Zimmer gegangen. Den ganzen Freitag hatten die beiden über das Spiel gesprochen. Simon war voller Vorfreude gewesen, absolut davon überzeugt, dass Werder in München gewinnen würde.

„Sie werden es den Bayern zeigen. Sie werden ihnen zeigen, dass sie auch in München so gut spielen können wie gegen den HSV!", hatte der Junge vor dem Zubettgehen gesagt. Jetzt lag er in seinem Bett und schlief friedlich. Die Marc-Bolan-Werder-Perücke lag neben seinem Bett. Seine Haare waren in den vergangenen Tagen wieder ein wenig gewachsen. Inzwischen bedeckten die einen Millimeter langen Stoppeln fast seinen gesamten Kopf. Es waren kaum noch kahle Stellen zu sehen.

„Er hat so viel durchgemacht! Und er war dabei so tapfer. Vielleicht gewinnt Werder für ihn!", sagte er und schaute Anna an.

Die lächelte nur und küsste Hannes ein weiteres Mal.

„Er liebt Dich", flüsterte sie, „und jetzt fahr los!"

„Soll ich Dir das mit dem Decoder noch einmal erklären?"

„Fahr los, Hannes Grün, Du hast es mir schon zehnmal erklärt. Ich kriege das Ding zum Laufen und dann werden wir vor dem Fernseher mitfiebern!"

Gegen 6.30 Uhr erreichte er Harrys Wohnung in Würzburg. Zunächst befürchtete er, sein Freund könne womöglich noch schlafen, doch schon beim zweiten Läuten öffnete der Journalist die Tür.

„Du bist schon wach?", fragte Hannes.

„Du bist schon da?", fragte Harry.

„Ich konnte nicht schlafen!", antworteten beide gemeinsam, als hätten sie dafür mehrere Wochen lang geprobt, und lachten.

„An einem Tag wie diesem sollte kein Werder-Fan mehr schlafen!", sagte Harry schließlich, nachdem sie sich umarmt hatten.

Nach einem ausgiebigen Frühstück, bei dem sie natürlich ausschließlich über das Spiel gesprochen hatten, Werders Chancen, Bayerns vermeintliches psychologisches Kriegsspiel und die Tatsache, Geschichte für die Ewigkeit schreiben zu können, sagte Hannes schließlich, dass es ihm nichts ausmachen würde, jetzt bereits nach München zu fahren.

Da war es genau 8 Uhr.

„Von mir aus gerne", erwiderte Harry, „aber vorher habe ich noch was für Dich!"

Er ging kurz aus der Küche und kam mit einem Zeitungsartikel zurück.

„Hier. Ich habe mich schlau gemacht über diesen komischen Vogel, den Du das letzte Mal mit nach Frankfurt genommen hast. Wie hieß der noch mal?"

„Como?", fragte Hannes. Er hatte den Typen beinahe vergessen, sein seltsames Outfit, den großen Seesack und die philosophischen Weisheiten seines Begleiters.

„Como, richtig! Ich dachte irgendwie an Condor oder so, aber ja, Como!"

Europas Voodoo-Experten treffen sich

war die Überschrift des Artikels.

„Du kannst es gerne lesen, aber eigentlich genügt die Überschrift. An diesem Treffen haben Voodoo-Experten aus elf europäischen Ländern teilgenommen. Ich weiß nicht, ob es sich dabei um Priester gehandelt hat, aber einige von ihnen müssen wohl schon ernst zu nehmende Publikationen nachweisen können! Und so, wie Du den Typen beschrieben hast, könnte es einer von ihnen gewesen sein!"

Hannes überflog den Artikel.

„Mann, das ist ja ganz schön abgefahren. Wer weiß, was der Typ so alles draufhat. Also irgendwie hat er schon ein bisschen seltsam gewirkt, wie ein alter Indianer oder so!"

„Er hat Dir doch was geschenkt, oder?", hakte Harry nach.

„Ja, das stimmt, diesen komischen Beutel. Er müsste noch im Handschuhfach meines Autos liegen. Er hat gesagt, dass man den Inhalt des Beutels verwenden kann, wenn man fest daran glaubt, um damit den Eintritt eines Ereignisses zu verhindern oder so ähnlich. Also genau weiß ich es auch nicht mehr!"

Harry nickte.

„Na, hoffentlich haben ihn die Bayern nicht für 15.30 Uhr bestellt. Sonst müssen wir vielleicht die Meisterschaft vertagen, weil ein Voodoo-Experte was dagegen hat!"

Dann klatschte sich Hannes an die Stirn.

„Nein, nein, Mann. Im Gegenteil. Jetzt fällt es mir endlich wieder ein: Er hat gesagt, dass meine Mannschaft ganz sicher Meister werden wird. Er hat es mit einem Selbstverständnis gesagt, als würde er prognostizieren, dass eine rote Ampel innerhalb der nächsten Minute wieder auf Grün umspringt!"

Harry warf noch einmal ein Auge auf den Zeitungsartikel.

„Was es für Menschen gibt. Aber ich denke, es ist keine schlechte Idee, wenn wir die Prognose Deines Freundes einfach mal so stehen lassen!"

Einer alten Tradition folgend, parkten die beiden in einem Wohngebiet unweit des Olympiageländes. Ein alter Studienfreund von Hannes hatte einmal dort gewohnt. Von da aus konnte man in 15 Minuten entspannt zum Olympiastadion laufen. Die Sonne lachte an jenem denkwürdigen Tag, als wolle sie ihren Teil dazu beitragen, den Werder-Anhängern ein unvergessliches Ereignis zu bereiten. Es war noch nicht einmal 11 Uhr, trotzdem beschlossen die beiden Werder-Fans sich schon zu diesem frühen Zeitpunkt auf den Weg in den Olympiapark zu machen. Und sie waren nicht die Einzigen. Immer wieder trafen sie schon auf andere Anhänger der Grün-Weißen, die ebenfalls voller Zuversicht waren. Hie und da gab es auch das eine oder andere Gespräch und jedes Mal war man sich darüber einig, dass sich Werder den Titel nicht mehr nehmen lassen würde. Natürlich begegneten ihnen auch Fans der Heimmannschaft. Aber im Gegensatz zu sonst, wenn einem Bayern-Fans über den Weg liefen, verhielten sich die Leute in den rot-weißen Trikots dieses Mal seltsam zurückhaltend. Kaum jemand machte eine Kampfansage. Die meisten Bayern-Fans gingen kommentarlos an ihnen vorbei, einige grüßten sogar, manche lächelten und tuschelten, als sie Harry und Hannes in ihren Werder-Trikots sahen. Es war vollkommen anders, als man es normalerweise vermutet hätte, so als hätte eine höhere Macht die Szenerie für etwas Großes geschaffen.

Als sie das Stadion sahen, bemerkten sie, dass rund um das Olympiagelände schon sehr großer Trubel herrschte. Man konnte laute Musik hören, Lautsprecherdurchsagen und Fans, die einer Sportveranstaltung beizuwohnen schienen. Dabei konnte es sich aber unmöglich schon um ein Fußballspiel handeln. Nach weiteren fünf Minuten sahen sie das Beachvolleyball-Feld und die aufgebauten Tribünen. Keine 300 Meter vom Olympiastadion entfernt gastierte die Weltelite der Beachvolleyballer, um an jenem Samstagvormittag ein Turnier auszutragen. Harry und Hannes ließen es sich nicht nehmen, sich auf die Tribüne des Beachvolleyball-Courts zu setzen, einige Spiel zu genießen und sich von den rhythmischen Musikeinlagen anstecken zu lassen. Man musste kein Beachvolleyball-Fetischist sein, um zu erkennen, dass die Athleten großen Sport zeigten und die Veranstaltung professionellen Charakter hatte. Die Zuschauer waren bester Stimmung und nicht wenige von ihnen nickten Harry und Hannes freundlich zu.

„Ihr packt das heute!", sagte ein junger Mann, der ein T-Shirt der Rockband *Green Day* trug.

Und so verging die Zeit. Das Fußballspiel rückte immer näher und irgendwie spürte Hannes den leichten Anflug von Melancholie in sich aufsteigen. Er wusste, dass auch dieser Augenblick endlich war. Vor allem dieser Augenblick. Egal was passierte, in ein paar Stunden würde dieses Spiel, das ihm jetzt, nach mehr als 25 Jahren Fanleben geschenkt wurde, der Vergangenheit angehören. Die Konstellation war geschaffen für ein unvergessliches, möglicherweise nie mehr wiederkehrendes Fußball-fest. Werder konnte drei Spieltage vor Ende der Saison in einem Spiel bei Bayern München die Meisterschaft perfekt machen und den großen Favo-riten uneinholbar auf Platz zwei verweisen. In gut vier Stunden würde dieses Spiel der Geschichte angehören. Aber vielleicht nicht nur dieses Spiel, sondern auch diese unglaubliche Saison. Ein Jahr, das Hannes nicht nur wegen Werder nie mehr vergessen würde. Das schönste Jahr seines bisherigen Lebens.

Vor dem Gästeblock standen noch unzählige Werder-Fans, die keine Karten mehr für das Spiel bekommen hatten. Der Gästeblock war schon 45 Minuten vor dem Spiel bis auf den letzten Platz gefüllt. Jeder einzelne Fan schien von einer grenzenlosen Vorfreude beseelt zu sein. Die Men-schen lachten und umarmten sich, sie feierten jeden einzelnen Werder-Spieler mit Sprechchören. Sie feierten die Werder-Spieler, anstatt den FC Bayern mit Sprechchören zu verhöhnen. Allein Uli Hoeneß musste sich den einen oder anderen kollektiven Kommentar zu seinen martialischen Prophezeiungen gefallen lassen.

Dann wartete der Stadionsprecher mit einer Überraschung auf: Er präsentierte den Bayern-Fans einen übergroßen Teddybären als deren neues Maskottchen. Ob dies ein Schachzug war, um von der sportlich eher nicht zufriedenstellenden Situation abzulenken, wusste Hannes natürlich nicht. Aber nicht nur er und Harry schüttelten im Werder-Block lachend den Kopf, denn für den Fall, dass Werder tatsächlich das Spiel gewinnen würde, bedeutete dies wohl, dass das arme Maskottchen so viel an Kredit verspielt haben würde, dass es eigentlich schon wieder ausgedient hatte.

Als das Spiel losging, wurde Hannes noch einmal für kurze Zeit von einer Melancholiewelle erfasst. Eine Stimme in seinem Kopf wollte ihm sagen, dass möglicherweise in knapp zwei Stunden diese manchmal scheinbar kaum zu ertragende, dann aber auch unglaublich fesselnde, eine komplette Saison andauernde Anspannung, die mit unzähligen unvergesslichen Momenten einhergegangen war, der Vergangenheit angehören sollte. Doch es blieb nicht viel Zeit, sich damit ernsthaft auseinanderzusetzen oder sogar den vergangenen Spielen nachzutrauern, denn der Werder-Block fing sofort an zu brodeln wie ein Dampfkessel. Die grün-weiße Wand hinter dem Tor von Andreas Reinke peitschte die elf Werder-Spieler pausenlos nach vorne. Es war so laut, dass man von den zahlenmäßig überlegenen Bayern-Fans nichts hörte. Die Nummer 12 sendete eine klare Botschaft an die Mannschaft: Macht es heute klar! Und die Mannschaft schien verstanden zu haben. Sie wirkten frischer, geistig beweglicher, motiviert bis in die Haarspitzen, schneller, bissiger in den Zweikämpfen und strotzten vor guten Ideen. Jeder Spieler wusste, was der andere vorhatte, die Laufwege schienen im Schlaf bekannt zu sein. Es war keinerlei Spur von Nervosität zu erkennen. Hannes und Harry rieben sich verwundert die Augen.

„Das ist ja unfassbar, wie wir spielen!", rief Hannes. Ein Fan mit einer Kutte, der eine Reihe unter ihm stand, drehte sich zu ihm um.

„Die hauen die Bayern heute aus dem Stadion!", rief der Fan, den Hannes erst jetzt wiedererkannte. Er hatte vor einem halben Jahr im Gästeblock in Hamburg neben Hannes gestanden. Damals hatte er nach einem für den HSV eher schmeichelhaften 1:1 für das Rückspiel in Bremen einen 5:0 Sieg für Werder prophezeit. Hannes hatte dies damals dem nicht gerade geringen Alkoholzuspruch des Fans zugesprochen.

„Was macht denn der Kahn da!", rief Harry plötzlich.

Es war ein eher harmloser Pass von Ailton. Gespielt von der linken Seite, etwa dreißig Meter vor dem Tor. Der Ball rollte in den Bayern-Strafraum, doch im Grunde genommen konnte kein Werder-Spieler den Pass des Brasilianers aufnehmen. Die Situation schien völlig ungefährlich zu sein. Oli Kahn kam aus seinem Tor, um den Ball etwa auf Höhe des Elfmeterpunktes, leicht rechts davon versetzt, aufzunehmen. Lizarazu gesellte sich zusätzlich zur Absicherung dazu. Doch dann flutschte Kahn der Ball aus der Hand. Und Klasnić war da. Hannes hatte keine Ahnung, wo der Kroate hergekommen war, aber er war da. Und er war nicht nur körperlich da, sondern auch geistig. In einem unvergesslichen Augenblick drehte sich der Werder-Spieler von den beiden Bayern-Spielern weg, legte sich den Ball mit links vor, um dann mit dem gleichen Fuß aus spitzem Winkel zum 1:0 zu treffen. Werder führte bei den Bayern. Es waren 19 Minuten gespielt und im Werder-Block brachen alle Dämme. Hannes und Harry tanzten wie Kinder. Menschen, die sich nicht kannten, fielen sich um den Hals, sie jubelten, schrien, um dann auch wieder ungläubig den Kopf über das zu schütteln, was sie gerade erlebten.

„Ich will, dass das nie zu Ende geht!", schrie Harry und sprach Hannes damit aus der Seele.

„Wenn wir das bis zur Pause halten würden – das wäre Wahnsinn!", kommentierte Hannes.

Hannes rechnete damit, dass die Bayern jetzt ernst machen würden, Werders Tor berennend, auf einen baldigen Ausgleich bedacht. Doch Werder ließ die Bayern nicht ins Spiel kommen. Sie schoben sich mit einer beinahe schon beängstigenden Sicherheit den Ball zu, kontrollierten das Spiel fast nach Belieben.

Dann kam die 26. Minute.

Zwischen Mittelkreis und Strafraum in der Bayern-Hälfte gewann Baumann einen Zweikampf gegen Schweinsteiger. Der Werder-Kapitän schirmte den Ball geschickt ab und spielte ihn aus der Luft auf den halblinks von ihm stehenden Fabian Ernst. Baumann schien genau zu wissen, dass Ernst dort stand. Und Werders Nummer 4 nahm den Ball mit rechts an um ihn sofort aus der Luft nach vorne zu spielen. Wieder schien ein Werder-Spieler genau zu wissen, wo sein Mitspieler stand. Dieser Mitspieler hieß Johan Micoud und der drang in den Bayern-Strafraum ein, ließ den Ball einmal auftippen und lupfte ihn dann mit dem rechten Innenrist in Weltklassemanier über den auf ihn zustürzenden Kahn in das rechte obere Eck des Bayern-Tors. Hannes konnte nicht glauben, was er gerade gesehen hatte. Er drehte sich nach allen Seiten um und sah ein grün-weißes Meer enthusiastischer Fans. Es war kein Traum. Es war alles real. So real und schön, dass es beinahe wehtat. Aber nur beinahe: Werder führte in München mit 2:0.

„Ich kann es nicht glauben!", stammelte Harry, nach zwei Minuten. Der Gästeblock glich einer riesigen Jukebox, die immer wieder neue Lieder skandierte, um Werder zu huldigen.

„Wir machen noch eines vor der Pause, glaubt mir!", prophezeite der Fan mit der Kutte schließlich. Hannes sah keine Notwendigkeit, ihm zu widersprechen. Wie auch schon nach dem 2:0 ließ die Mannschaft nicht locker. Sie war weiterhin hoch konzentriert und knöpfte den Bayern im eigenen Stadion den Schneid ab.

„Was wohl jetzt in Hoeneß vorgeht?", fragte Harry.

„Der buddelt sich irgendwo ein Loch, um darin zu übernachten!", kommentierte der Fan mit der Kutte.

Dieses Mal fing Baumann in Zusammenarbeit mit Ismaël einen Ball in der eigenen Hälfte ab, auf halbrechter Position, etwa 20 Meter hinter der Mittellinie. Werders Nummer 6 sah, dass Borowski auf dem rechten Flügel frei stand, und spielte diesem den Ball mit viel Übersicht in den Lauf. Werders Nummer 24 nahm den Ball an und lief damit in Richtung Strafraum der Bayern. Diese schienen den blonden Bremer nicht angreifen zu wollen, woraufhin Borowski den Ball unmittelbar vor dem rechten Eck des Bayern-Strafraums zurück auf den innen mitgelaufenen Ailton legte. Ailton nahm den Ball mit links an und tippte ihn ganz sanft noch zweimal kurz mit dem gleichen Fuß an. Dabei fixierte er das Tor der Bayern. Weil ihm sein Gegenspieler scheinbar keinen Schuss aus dieser Entfernung zuzutrauen schien, ließ sich Werders Topstürmer nicht lumpen. Anstatt den Ball ein weiteres Mal nur sanft anzutippen, schlenzte ihn Toni an seinem Gegenspieler vorbei auf das Tor der Bayern, wo er unhaltbar für den sich danach streckenden Kahn im linken Eck des Bayern-Tors landete. Werder führte 3:0, und das nach nur 35 Minuten. Spätestens jetzt war allen klar, dass es vollbracht war.

Natürlich steigerte sich die Stimmung im Werder-Block noch, obwohl dies eigentlich gar nicht mehr möglich war, natürlich umarmten und küssten sich die Menschen. Aber mit einem Mal rieben sich auch die eingefleischtesten Fans verwundert die Augen. Wie konnte Werder nur zu so einem Meisterstück in der Lage sein? Wie um alles in der Welt konnte Werder die Bayern im eigenen Stadion nur so demütigen? Wie hatte es Schaaf geschafft, ein solches Team zu formen, das sich durch nichts und niemanden von der Mission Deutscher Meister 2004 abhalten ließ? All diese Fragen schienen vielen Fans im Werder-Block für kurze Zeit durch den Kopf zu gehen. Bis es endlich jemandem gelang, einen Zusammenhang zwischen dem Jetzt und den Geschehnissen herzuleiten, die sich vor Wochenfrist im Weser-Stadion zugetragen hatten. Fans konnten unglaublich kreativ sein. Sie konnten selbst in der Euphorie, Zeuge des Unglaublichen zu sein, noch Rückschlüsse ziehen, zu denen man eigentlich nur in der Lage war, wenn man seine Emotionen ausblendete.

„Ihr seid schlechter als der HSV!", skandierte ein Häuflein Werder-Fans keine zwanzig Meter rechts neben Harry und Hannes. Und nach nur wenigen Sekunden gesellte sich die gesamte Werder-Jukebox dazu. Der soeben kreierte Song, der wahrscheinlich auch nur für das Hier und Jetzt geschaffen worden war, hallte durch das Münchener Olympiastadion und keiner der 63.000 Zuschauer, der ein rotes Trikot trug, einschließlich der auf der Bayern-Bank, konnte Werders Fanblock widersprechen. Er stimmte tatsächlich: Gegen den HSV hatte es bis zur 39. Minute gedauert, bis Werder einen 3:0-Vorsprung herausgeschossen hatte. Gegen die Bayern führte man schon vier Minuten früher mit dem gleichen Ergebnis.

Es blieb zur Halbzeit beim 3:0, obwohl Werder noch weitere vielversprechende Ansätze gezeigt hatte, die bei konsequenterer Spielweise sogar zu einem 4:0 hätten führen können. Aber wer wollte es den Spielern verdenken, dass man die paar Minuten bis zur Pause etwas lockerer herunterspulte? Als der Schiedsrichter die ersten 45 Minuten schließlich beendete, begann im Werder-Block die erste von zahlreichen Meisterfeiern. Es war nicht so, dass Hannes enttäuscht war, im Gegenteil. Er wusste nicht, ob er jemals im Zusammenhang mit Werder, ein solches Glücksgefühl in sich verspürt hatte. Aber vor dem Spiel hatte er sich auf ein enges, hart umkämpftes Match eingestellt, das Nerven, Fingernägel und Herz auf eine harte Probe stellen würde. Aber das, was er gerade gesehen hatte, konnte man getrost als das Auswärtsspiel jener denkwürdigen Saison bezeichnen, bei dem Werder vielleicht am überlegensten überhaupt gespielt hatte, bei dem der Gegner nicht den Hauch einer Chance gehabt hatte. Niemand im Gästeblock hatte auch nur den winzigsten Hauch eines Zweifels daran, dass Werder das Spiel gewinnen würde.

So änderte sich auch im zweiten Durchgang nichts an der Stimmung. Man lachte, sang, umarmte sich, schwelgte in Erinnerungen, man machte Fotos, huldigte der Mannschaft und irgendwie wollten nicht nur Hannes und Harry, dass das alles nie enden würde. Aber die Uhr tickte und so fieberte man schließlich dem Schlusspfiff entgegen, dem Moment, der jenes unglaubliche Spiel besiegeln würde. Natürlich würde der Pfiff des Schiedsrichters nicht nur das Spiel besiegeln, sondern auch die Bundesligasaison 2003/2004.

Die Mannschaft schien ähnlich zu denken. Sie schoben sich den Ball zu und warteten auf den Schlusspfiff. Ein bisschen sah es so aus, als wollten sie die Bayern nicht noch weiter demütigen. Wer weiß, vielleicht hatte Hoeneß sich ja auch in der Halbzeit auf den Weg zu den Werder-Verantwortlichen gemacht, mit der Bitte, es mit dem 3:0 gut sein zu lassen.

In der 56. Minute schossen die Bayern noch das 1:3, aber das interessierte im Werder-Block niemanden. „Deutscher Meister ist nur der SVW!" war die Antwort auf das Ehrentor des am Boden liegenden Ex-Meisters. Eine Aussage, die so unfassbar wie wahr war.

Schließlich kam Hannes Simon in den Sinn. Er hatte ihn in der Euphorie beinahe vergessen, aber entgegen dessen sonstigen Gewohnheiten, hatte sich Simon in der Halbzeit auch nicht auf seinem Handy gemeldet. Wahrscheinlich tanzte er mit seiner Mutter gerade durch Schwachhausen. Allein für den Jungen wollte Hannes dieses Gefühl in ein Glas packen, es vakuum-abdichten und später mit ihm genießen. Werder hatte Annas kleinen Jungen für dessen Lebensmut und Willen für seine Leidenschaft und seine Tapferkeit belohnt. Jetzt wurde Hannes für kurze Zeit ganz still. Er spürte, dass in diesem Augenblick das Gefühl für Simon seine Werder-Euphorie ablöste. Er spürte sein Herz schlagen, er spürte seine Tränen, er spürte, dass er lebte.

„Was ist denn los mit Dir!", fragte Harry und klopfte Hannes auf die Schulter. In diesem Moment war Hannes froh, dass er noch immer seine Sonnenbrille trug, nicht weil er sich für seine Tränen schämte, sondern weil er Harry nicht dieses Geschenk verwehren wollte, das die Mannschaft all ihren Fans auf der Welt gerade bescherte.

Kurze Zeit später konnte auch Hannes wieder feiern. Die letzten fünf Minuten des Spiels glichen einem Countdown. Es wurde immer lauter, immer euphorischer gefeiert. Auch die eher betuchteren, philosophisch genießenden Fans fielen jetzt wieder in die Huldigungen für die Mannschaft ein.

„Schau mal, da sind die Meister-T-Shirts drin!", rief Harry und deutete auf Werders Zeugwart, der einen Karton neben die Ersatzbank stellte. Die Auswechselspieler und die verletzten Akteure reihten sich nebeneinander auf und legten sich gegenseitig die Arme auf die Schultern. Alle warteten auf das Ende.

Um 17.17 Uhr pfiff der Schiedsrichter ab. Jetzt war es amtlich: Werder hatte 3:1 in München gewonnen!

Der Deutsche Meister 2004 hieß Werder Bremen!

Von da an gab es kein Halten mehr.

Was sich nach dem Schlusspfiff im Olympiastadion abspielte, konnte unmöglich emotional erfasst, geschweige denn objektiv wiedergegeben werden. Schon gar nicht von einem Menschen wie Hannes, für den in diesem Moment der schönste Traum seines Lebens wahr geworden war. Er versuchte, so viel wie möglich zu registrieren, es zu speichern, als kostbare Erinnerung, um mit Simon später darüber zu sprechen. Er sah, dass sich einige Spieler und Verantwortlichen grüne Meister-T-Shirts übergestreift hatten. Er sah, dass sich alle umarmten, herzten, küssten. Er sah die Anzeigetafel, auf der stand:

FC Bayern – SV Werder Bremen
1:3

Die Spieler liefen in Richtung Kurve, stellten sich vor Hannes und die anderen Fans, applaudierten dem 12. Mann und ließen sich feiern. Thomas Schaaf lief einsam über den Platz, schien, bevor die Party beginnen sollte, noch einmal in sich gehen zu wollen. Seine Körpersprache drückt aus, was auch in Hannes vorging. Er schien mit all dem zunächst alleine sein zu wollen. Wahrscheinlich war es auch für den jungen Werder-Trainer nicht einfach, das alles jetzt schon zu begreifen, obwohl er sich sicher im Vorfeld damit auseinandergesetzt hatte. Die Bayern-Fans strömten aus dem Stadion, bald war das Rund des Olympiastadion eine leere, einsame Arena, in der eine Werder-Enklave ekstatisch feierte. Hannes wusste nicht, wie lange er einfach nur beobachtete, hatte jeglichen Bezug zur Zeit verloren. Schließlich sah er, dass Ailton sich auf die Tartanbahn kniete und weinte. Es sah so aus, als würde Werders Nummer 32 nicht nur Freudentränen vergießen, sondern auch Abschied von diesem wunderbaren Verein nehmen.

Das Letzte, was Hannes registrierte, war, dass ein paar Werder-Spieler zusammen mit einem Physiotherapeuten eine Polonaise um das gesamte Stadion veranstalteten. Ivan Klasnić war einer dieser Spieler und er trug einen rosafarbenen Hut.

Auf dem Weg zurück nach Würzburg sprachen Harry und Hannes unentwegt über das Spiel. Sie redeten aufgeregt wie zwei kleine Kinder, die zum ersten Mal den Weihnachtsmann gesehen hatten. Immer wieder gingen sie auf die gleichen Aspekte ein, Themen wie Pasching, die Demütigung der Bayern, die drei unglaublich schönen Tore (dabei diskutierten sie darüber, ob Klasnićs Tor abgefälscht war oder nicht), die Arbeit von Schaaf und Allofs, die bevorstehenden Feiern, die Möglichkeit, mit dem Pokalsieg sogar das Double zu holen, die Tatsache, dass es eine Saison wie diese wahrscheinlich nie wieder geben würde, die Perspektiven für die neue Saison, mit der Teilnahme an der Champions League. Und immer wieder bekamen sie SMS von Freunden von überall her, die keine Werder-Fans waren, aber allesamt den beiden zu dem Triumph gratulierten.

Auch wenn es eigentlich keinen schöneren Moment wie diesen geben konnte, man fast das Gefühl haben musste, der Fußballgott hätte sich Hannes für den Fan der Saison ausgesucht, um ihn heute mit diesem Spiel zu bescheren, wurde Hannes schließlich langsam unruhig. Er hatte immer noch nichts von Anna und Simon gehört. Sie hatten sich weder telefonisch noch per SMS bei ihm gemeldet. Hannes selbst hatte auch mehrere Male versucht, seine Freundin zu erreichen, sowohl über das Handy als auch über das Festnetz. Aber Anna schien wie vom Erdboden verschluckt zu sein. Hannes machte sich immer größere Sorgen. Irgendwann wusste er, dass mit Simon etwas passiert sein musste. Ob sein kleiner Freund einen Rückschlag erhalten hatte? Ob Anna mit ihm ins Krankenhaus gefahren war? Ob sie in diesem Moment mit ihrem Sohn auf der Kinderkrebsstation war, alleine, ohne ihn, Hannes? Mit einem Mal begann er sich richtig schlecht zu fühlen. Während er in Werder-Superlativen schwelgte, durchlebten die beiden Menschen, ohne die er nicht mehr leben konnte, möglicherweise ganz bittere Augenblicke. Hannes klickte sein Handy nach Nummern aus dem Krankenhaus durch. Nichts. Er hatte sie vor ein paar Tagen gelöscht und war beinahe ein wenig dankbar. So konnte er sich wenigstens noch einreden, dass es möglicherweise noch eine andere Erklärung für das Abtauchen von Anna und Simon geben konnte.

Harry spürte, dass mit Hannes etwas nicht stimmte. Er schaut auf den Beifahrersitz und registrierte, dass sein Freund immer wieder versuchte, jemanden anzurufen.

„Ist was mit Anna und dem Jungen? Hat sie sich immer noch nicht gemeldet?"

Hannes legte das Telefon auf die Ablage am Armaturenbrett.

„Nein. Nein. Ich mache mir Sorgen!"

Eigentlich wollte er in Würzburg übernachten, aber weil er Anna auch nach einer weiteren Stunde nicht erreicht hatte, setzte er sich in sein Auto und machte sich auf den Weg zurück nach Bremen. Von Minute zu Minute steigerte sich seine Sorge. Gleichzeitig verglühte die Euphorie über das, was Werder am Nachmittag vollbracht hatte, irgendwo in seinem Inneren wie ein sterbender Stern. Er begann mit dem Schicksal zu hadern, fragte sich, welcher Gott sich so etwas ausdachte. Warum musste es ausgerechnet an einem Tag wie diesem bei Simon zu einem Rückschlag kommen.

Das Wort *Hickman-Katheter* war plötzlich wieder allgegenwärtig. Er dachte an die Marc-Bolan-Werder-Perücke, an Schwester Karin, daran, dass Simon wieder mit den Nebenwirkungen zu kämpfen haben würde und dass Anna vielleicht dieses Mal daran zerbrechen würde.

Dann läutete sein Handy. Die Nummer, die auf dem Display zu erkennen war, kannte er nicht. Er registrierte nur die Zahlen 0421 – die Bremer Vorwahl. Es musste das Krankenhaus sein.

„Hallo!"

„Hannes, Hannes, wir haben es geschafft. Wir haben es geschafft. Wir sind Deutscher Meister!"

Es war Simon und es ging ihm gut.

Ohne es kontrollieren zu können, liefen Hannes zum zweiten Mal innerhalb weniger Stunden Tränen über die Wangen.

Simon klang ganz normal.

„Ja, ja wir haben es geschafft!" Er musste schlucken. „Ja, wir haben es geschafft, kleiner Alligator!"

Hannes schossen so viele Fragen durch den Kopf, aber bevor er auch nur eine davon stellen konnte, sagte Simon:

„Ich gebe Dir mal schnell Mama!"

„Hannes? Schatz?"

Sie klang aufgeregt, zufrieden, glücklich.

„Ja, ja. Ich … wo seid ihr denn? Ich habe mir solche Sorgen gemacht, ich dachte schon, es wäre etwas passiert, etwas mit Simon!"

„Es tut mir leid. Ich wollte mich melden, ich wollte Dich anrufen, aber ich habe mein Handy zu Hause vergessen, weil alles so schnell ging. Ich bin am Flughafen! Mit Simon! Aber er drängelt schon, ich glaube, ich gebe ihn Dir noch einmal, dann kann er Dir alles erzählen! Ich liebe Dich so, Schatz!"

„Ja. Ich liebe Dich auch!"

„Hannes, ich habe mit Baumi gesprochen, er hat auf meinem Trikot unterschrieben. Und Klasnić auch und Stalteri und Davala und dann auch noch Reinke. Und Mama hat ein Foto von mir und Ailton gemacht, und ein Foto von Baumi und Micoud und ich stand auch dabei. Und ich sehe Thomas Schaaf!"

Hannes lächelte. Er ahnte, was los war.

„Weißt Du, als das Flugzeug gelandet ist, haben alle gerufen, die ganzen Menschen, und auch die anderen haben ihre Trikots an, Hannes. Es ist wie im Stadion, nur ohne Spielfeld, aber man sieht immer noch das Flugzeug. Und die Leute haben schon gesungen, als das Flugzeug noch in der Luft war, Hannes. Sie haben gesungen: Deutscher Meister ist nur der SVW! Und als das Flugzeug auf dem Boden war und zum Parkplatz gerollt ist, da ist das Dach aufgegangen, Hannes, und da war Thomas Schaaf und er hat aus dem Dach mit einer Werder-Fahne gewunken und er hatte eine Kamera dabei und damit hat er die Menschen gefilmt! Und manche Menschen hatten auch Blumen dabei. Hannes, bist Du noch dran?"

„Ja, ich bin noch dran. Ihr seid am Flughafen, oder?"

„Ja, das sind wir. Jetzt sehe ich auch Tim Borowski und einen Spieler, den ich noch nicht kenne, Hannes. Aber vielleicht ist es auch gar kein Spieler, vielleicht ist es ja ein Verwandter von einem Spieler oder der Pilot. Aber er hat keine Pilotenkleidung an. Es ist vielleicht auch ein Massierer, für die verletzten Spieler. Aber ich gebe Dir noch mal Mama!"

„Schatz?"

„Ja?"

„Du müsstest ihn sehen. Wenn Du ihn nur sehen könntest. Er ist so glücklich, so stolz. Er trägt sein komplettes Trikot und die Perücke. Ich glaube, das ist der schönste Tag in seinem Leben!"

„Ja. Das ist der schönste Tag für ihn. Ich freue mich so für ihn, nach all dem, was er durchgemacht hat!"

Anna antwortete nicht und Hannes hatte befürchtete, dass auch sie jetzt von ihren Gefühlen überwältigt werden könnte. Er wollte sie ablenken:

„Sind viele Menschen da?"

„Ja, es ist unglaublich, es herrscht eine wahnsinnige Stimmung. Wir durften in den Innenbereich, direkt dorthin, wo die Spieler vom Rollfeld in das Flughafengebäude gekommen sind. Ich habe schon in der Halbzeit angerufen, und mein Chef hat gesagt, ich könnte mit Simon vorbeikommen. Wir sind ganz nah an den Spielern, Schatz. Sogar ich bin aufgeregt."

„Und Simon?"

„Er hat einen Stift und geht auf Autogrammjagd. Baumann und Davala haben sogar mit ihm gesprochen. Ich hoffe nur, er übernimmt sich nicht!"

Hannes stellte sich seinen kleinen Freund vor, der mit offenem Mund die Werder-Spieler betrachtete, die im Innenbereich des Flughafens ihr Gepäck in Empfang nahmen. Was für ein unbeschreibliches Erlebnis für den Jungen.

„Ich habe mir solche Sorgen gemacht, Anna. Ich dachte schon …"

„Es tut mir leid. Es war eine Schnapsidee von mir, ich habe, wie gesagt, schon zur Halbzeit am Airport angerufen. Ich hätte nie gedacht, dass es klappt. Und dann habe ich Simon gepackt und bin einfach gefahren. Wir haben die letzten 30 Minuten des Spiels hier mit einigen Kollegen auf dem Fernseher angeschaut und dann mit dem Personal gefeiert. Und dann kamen die Fans. Du kannst es Dir nicht vorstellen, was hier los ist. Es tut mir leid, ich hätte mich früher melden müssen, aber ich hatte mein Handy vergessen!"

„Ich bin glücklich, und ich freue mich auf Dich, Anna Peterson!"

„Ich bin auch glücklich, Hannes Grün! Aber jetzt muss ich Dir noch einmal Deinen größten Fan geben!"

„Hannes?"

„Ja, was ist denn los, Simon?"

„Hannes, Ivan Klasnić hat Oli Kahn verarscht, stimmt's?"

„Ich weiß nicht so genau, es war ziemlich weit weg von da, wo ich im Stadion gestanden habe. Das Tor ist auf der anderen Seite gefallen, weißt Du! Ich konnte es nicht genau sehen!"

„Es war ganz schön witzig. Kahn hat einen schlimmen Fehler gemacht. Und jetzt hat er einen rosa Hut auf!"

„Wer? Oliver Kahn?"

„Nein, Oliver Kahn ist doch gar nicht da. Es sind doch nur die Werder-Spieler. Ivan Klasnić hat einen rosa Hut auf!"

9. bis 16. Mai 2004: Die Schale kommt nach Bremen

Als der Schiedsrichter Markus Merk am 15. Mai 2004 um 16.17 Uhr zur Halbzeit pfiff, war er nicht der Einzige, der pfiff. Die seit einer Woche durchfeiernden Werder-Fans bekamen einen Dämpfer, den emotionalen Ausgleich für eine zweimalige 3:0-Pausenführung in den abgelaufenen beiden Partien. Werder lag in seinem letzten Heimspiel zur Pause nun seinerseits mit 3:0 im Rückstand. Nach 23 Spielen ohne Niederlage würde es wohl ausgerechnet an dem Tag wieder eine Klatsche setzen, an dem man offiziell als Deutscher Meister im eigenen Stadion gefeiert werden sollte. Was als rauschendes Fußballfest angekündigt war, schien zu einem Fiasko zu werden, das paschingsches Ausmaß anzunehmen drohte. Niemand konnte wegdiskutieren, dass die Mannschaft etwas Einmaliges geleistet hatte, dass sie souverän den Titel gewonnen hatte. Doch das schienen viele der Fans im Weser-Stadion nur eine Halbzeit nach dem Eintüten der Deutschen Meisterschaft bereits verdrängt zu haben. So quittierten sie den Halbzeitpfiff des Schiedsrichters ihrerseits mit Pfiffen.

Warum sollte es im Fußball anders sein als im richtigen Leben? Man ging gerade die sonnendurchflutete Straße des Glücks entlang, zufrieden ohne die geringsten Anzeichen von Sorgen oder Nöten, und erfuhr schon am nächsten Tag von der Leukämiekrankheit des siebenjährigen kleinen Freundes. Wenn Hannes im abgelaufenen Jahr eines gelernt hatte, dann, dass das Leben unberechenbar war.

Um ihn herum begannen hitzige Diskussionen darüber, ob die Werder-Spieler die richtige Einstellung an den Tag legten. Einige der Spieler hatten sich zum Spiel die Haare grün-weiß-orange gefärbt. Sicher nicht der glücklichste Schachzug, wenn man danach eine solche Halbzeit spielte. Andererseits: Wer wollte es den Spielern verdenken? Sie hatten eine ganze Saison lang überragend gespielt, nicht nur die eigenen Fans, sondern ganz Deutschland damit verzückt. Sicher hatten sich die Spieler auch heute einen Sieg vorgenommen, aber es waren eben auch nur Menschen, die nach ihrem atemberaubenden Spiel in München, glücklich und ohne das geringste Anzeichen von Sorge, die Straße des Fußballerlebens entlang gelaufen waren. Menschen, von denen die meisten noch nie einen großen Titel im Geschäft des Profifußballs gewonnen hatten. Vielleicht waren sie nach den Lobeshymnen und Feiern nur ein bisschen weniger konzentriert in das Spiel gegangen, was zugegeben unprofessionell, aber dennoch menschlich gewesen wäre. Für den Gegner, Bayer Leverkusen, ging es an jenem Samstag im Mai noch um Platz drei, der zur Qualifikation zur Champions League berechtigte.

Vor diesem unglaublichen Jahr, das sein eigenes Leben so verändert hatte, in dem er endlich gelernt hatte, Verantwortung zu übernehmen, hätte sich Hannes jetzt an den Diskussionen um Professionalität, Einstellung und die Tatsache, dass 42.000 Menschen im Weser-Stadion waren, die gutes Geld gezahlt hatten, beteiligt.

Er zog es allerdings vor, die Enttäuschung über die drei Gegentreffer mit drei positiven Erinnerungen der abgelaufenen Woche aufzuwiegen. Erinnerungen, die die miserable erste Halbzeit mehr als nur kompensieren konnten.

Erinnerung Nummer eins hatte mit der neuen Werder-Hymne zu tun. Sie hieß *Lebenslang grün-weiß* und wurde schon am Tag nach dem Triumph in München in den Bremer Radiostationen rauf und runter gespielt. Die Fans verliebten sich sofort in den Song, der binnen weniger Tage Kultstatus erreicht hatte. Das Lied huldigte der Mannschaft, ihrem schönen, einzigartigen Fußball und der Leidenschaft der Werder-Fans, es war eine Hommage an die vielleicht schönste Saison, die Werder je gespielt hatte. Natürlich fand er auch Simons ungeteilte Aufmerksamkeit. Sie saßen gerade im *Piano*, es war Sonntag, der erste Tag nach dem Spiel in München. Hannes hatte Simon und Anna ein weiteres Mal in allen Einzelheiten die Ereignisse des Vortages geschildert. Dann hatten die drei den Text von „Lebenslang grün-weiß" analysiert. Plötzlich wurde Simon sehr nachdenklich.

„Was ist denn los mit Dir, Schatz", fragte seine Mutter und strich ihm über den Kopf.

„Also, ich schäme mich ein bisschen!"

„Warum schämst Du Dich denn?", fragte Hannes und legte den Arm um Simon.

„Weil ich den Text nicht so richtig verstehe!"

„Aber das ist wichtig, dass Du als echter Werder-Fan den Text richtig verstehst!", sagte Hannes ernst und setzte Simon auf seinen Schoß. „Was verstehst Du denn nicht?"

„Ich verstehe nicht, was *Ihr seid cool und wir sind heiß*! bedeuten soll."

Zuerst redeten sie über die wörtliche Übersetzung des Wortes *cool*. Dann erklärte Anna ihrem Sohn, dass man das Wort im Sprachgebrauch nur selten wie das Wort kalt verwendete, sondern eher wie „clever" oder „nicht nervös".

„Heißt das, wenn ein Spieler cool bleibt, dann wird er nicht nervös? Er ist nicht so aufgeregt, obwohl er eigentlich aufgeregt sein müsste?"

„Genau. Das heißt das!", bestätigte Anna und fuhr ihrem Sohn wieder über seinen stoppeligen Kopf. „Also wenn Ailton eine gute Chance hat und den Ball ins Tor schießt, obwohl ein Spieler der anderen Mannschaft dabei ist und ihm den Ball abnehmen will, dann ist Ailton cool!"

Simon schaute seine Mutter an und nickte.

„Also war Klasnić cool, als er das Tor gegen Kahn geschossen hat? Er hätte ja auch sehr aufgeregt sein können, weil es für Werder so ein wichtiges Spiel war!"

„Du hast es verstanden, Baumi", sagte Hannes und nickte.

„Dann war Werder cool in den Spielen. Deshalb singen die das auch in dem Lied!" Er überlegt kurz und sagte dann mehr zu sich selbst als zu Anna und Hannes:

„Aber dann war Olli Kahn nicht so cool!"

Natürlich wollte Simon auch wissen, was *heiß* bedeutete. Anna wusste, dass sie nicht zu tief einsteigen durfte, denn Simon gab sich nicht mit Halbwahrheiten zufrieden. Je mehr Bedeutungen des Wortes sie aufgreifen würde, desto mehr Fragen würden sich daraus ergeben. Deshalb beschränkte sie sich darauf, es mit *sehr großer Motivation* zu umschreiben, und brachte dafür das Beispiel, dass jemand sehr gern sehr viel übte, weil er unbedingt Gitarre spielen lernen wollte.

„Ach so. Das heißt, wenn man sagt, man ist heiß, dann will man etwas sehr gerne machen, dann freut man sich auf etwas! Man will etwas können?"

Simon schaute seine Mutter erwartungsvoll an.

Die zuckte die Schultern und suchte Blickkontakt zu Hannes.

Hannes nickte und sagte:

„Ja, ich denke, so kann man es sagen. Ja, so kann man es sagen! Es muss aber nicht sein, dass man unbedingt etwas können will, es kann auch nur sein, dass man etwas sehr gerne macht, dass einem etwas sehr viel bedeutet!"

„Dann meinen die in dem Lied, dass die Fans heiß auf Werder sind, weil die Fans Werder gerne anschauen, dass sie Werder gerne anfeuern und sich mit den Spielern freuen und so?"

„Genau, das meinen die!", bestätigte Anna.

Simon nickte. Er schaute seine Mutter mit großen Augen an. Hannes kannte ihn gut genug, um aus seinem Gesichtsausdruck zu lesen, dass noch eine weitere simonsche Schlussfolgerung kommen würde.

„Dann bist Du doch bestimmt auch heiß auf Hannes, oder?"

In diesem Moment kamen die Spieler zurück auf den Rasen. Hannes registrierte trotz des Schwelgens in den kostbaren Erinnerungen der letzten Woche, dass sich einige der Akteure in der Pause die Farbe aus dem Haar gewaschen hatten. Nicht die schlechteste Reaktion. Man spürte sofort, dass sich die Mannschaft für den zweiten Durchgang etwas vorgenommen hatte. Man wollte sich noch einmal gegen die Niederlage stemmen. Fünf Minuten nach der Pause machte Werder auch schon das 1:3. Ailton hatte eine Ecke nach innen geschlagen und Mladen Krstajic per Kopf zum Anschlusstreffer eingenickt. Ein versöhnlicher Abschluss für die beiden Spieler, die in der kommenden Saison das Trikot einer Mannschaft tragen würden, die ….

Hannes sah, dass der neue Deutsche Meister die Schlagzahl noch einmal deutlich erhöhte. Die Stimmung im Stadion wurde sofort besser.

„Jetzt!", rief Thomas neben ihm plötzlich und meinte Markus Daun. Der eingewechselte Stürmer schien den Dauerkartenbesitzer gehört zu haben und spielte einen schönen Pass auf Ailton. Der Brasilianer erreichte den Ball und spitzelte ihn am Torwart der Leverkusener vorbei zum 2:3 ins Tor. Werder hatte in nur acht Minuten zwei Tore geschossen. Hannes begann bereits hochzurechnen, dass – falls die Entwicklung so weitergehen würde – am Ende sogar noch ein Sieg herausspringen konnte. Dann würde selbst dieses Spiel noch Kultstatus erlangen. Doch nicht einmal zehn Minuten später legte Leverkusen wieder nach, erhöhte auf 2:4 und machte bei den Werder-Fans die Hoffnungen auf ein Happy End endgültig zunichte.

Um weiteren Frust erst gar nicht aufkommen zu lassen, kramte Hannes die zweite positive Erinnerung der abgelaufenen Woche hervor. Sie hatte sich am Montag nach dem Bayern-Spiel ereignet und ihn zu Tränen gerührt. Er war gegen 10 Uhr ins Büro gekommen und stellte verwundert fest, dass ihn keiner seiner Mitarbeiter auf das Spiel der Spiele ansprach. Sowohl Barbara als auch Lolo und Klaus taten sehr beschäftigt, sie redeten nur das Nötigste und schienen Hannes' Euphorie vollkommen zu ignorieren. Es kam ihm so vor, als wäre aus einem schönen Traum aufgewacht, als hätte es den 3:1-Sieg und die Deutsche Meisterschaft gar nicht gegeben. Als Hannes schon das Gefühl hatte, an einem der letzten Arbeitstage etwas falsch gemacht, und befürchtete, die Mitglieder des Teams verärgert zu haben, kam Barbara Dietrich plötzlich in sein Büro und legte ihm ein kleines Päckchen auf den Schreibtisch, verbunden mit dem Hinweis, dass dies gerade für ihn abgegeben worden war. Während Hannes das Päckchen öffnete, versammelten sich schließlich die drei Teammitglieder um seinen Schreibtisch, um ihn dabei zu beobachteten, wie er das Papageien-Trikot aus dem Karton holte. Der komplette Werder-Kader hatte darauf unterschrieben. Barbara hatte Hannes erzählt, dass im Haus ihres Schwagers ein junger Werder-Spieler wohnte, der das Trikot bereits vor gut einer Woche nach dem Training mit in die Mannschafts-kabine genommen hatte, um es vom gesamten Team unterschreiben zu lassen. Hannes hatte recherchiert, dass der junge Spieler Tim Borowski gewesen war. Er war sehr stolz auf dieses Trikot und seine beiden Teams: Die Werder-Mannschaft und seine Arbeitskollegen, mit denen er für den Rest des Tages gefeiert hatte.

Inzwischen lag Werder sogar mit 5:2 zurück. Die Luft war raus aus dem Spiel. Hannes hatte versucht, sich abzulenken, und es hatte zumindest dazu geführt, dass er sich nicht über das Spiel aufregte. Als der Schieds-richter endlich abpfiff, hatte Werder mit 6:2 verloren. Die höchste Heim-niederlage seit der Erfindung der Dampfschifffahrt.

Doch keine Viertelstunde nach dem Spiel interessierte das Ergebnis der vorletzten Saisonpartie niemanden mehr im Stadion. Der Stimmungs-pegel stieg von Minute zu Minute und erreichte seinen Höhepunkt, als Rudi Völler, der Publikumsliebling der Werder-Fans in den 80er Jahren, die Meisterschale auf den Platz trug. Das Tragische für Rudi war, dass ein Jahr nachdem er die Grün-Weißen in Richtung Rom verlassen hatte, Werder 1988 den zweiten Meistertitel gewonnen hatte. Dieses Ereignis hatte sich Hannes damals auf seinem Allerwertesten verewigen lassen.

Als dann Frank Baumann die Schale überreicht bekam und in den Himmel reckte, glich das Stadion einem Tollhaus. Spieler und Fans fei-erten den Titel ausgelassen. Die Helden drehten mehrere Ehrenrunden mit der Schale und niemand verließ das Stadion. Ailton vergoss ein weiteres Mal bittere Tränen. Erst jetzt schien ihm zu dämmern, dass er an diesem Tag das letzte Mal das Werder-Trikot im Weser-Stadion getragen hatte.

Auch Arnie und Stolli, die beiden Stadionsprecher, trugen dazu bei, dass die Fans weiter ausgelassen und frenetisch feierten. Alle, die den Bremer an sich als eher kühl und hanseatisch charakterisierten, wurden beim Anblick der feienden Anhänger vom Gegenteil überzeugt. Mehrere Male wurde *Lebenslang grün-weiß* angestimmt und die Fans schienen in der abgelaufenen Woche die neue Werder-Hymne auswendig gelernt zu haben. Textsicher stimmte das ganze Stadion in das Lied ein und als die Stelle *Ihr seid cool und wir sind heiß* gesungen wurde, musste Hannes jedes Mal an Simon denken.

Er blieb noch sehr lange im Stadion und kostete den Moment aus bis zuletzt, denn er wusste, dass der Meistertitel für Werder alles andere als normal war. Wer wusste schon, wann es ein solches Ereignis wieder einmal geben würde?

Wahrscheinlich war Hannes nicht der Einzige im Stadion, der sich diese Frage stellte, denn als die Mannschaft schon längst in der Kabine mit der Schale feierte, stürmten die Fans schließlich den heiligen Rasen. Es spielten sich unglaubliche Jubelszenen ab. Zunächst entstanden nur Erinnerungsfotos an jenen denkwürdigen Tag. Dann begannen die Werder-Fans den Rasen abzutragen. Jeder wollte ein Stück davon mit nach Hause nehmen und so eine materielle, bleibende Verbindung zu der zu Ende gehenden Saison herstellen. Auch Hannes ließ es sich nicht nehmen, sein ganz persönliches Stück des Meisterrasens aus seinem Wohnzimmer Weser-Stadion mit in sein Wohnzimmer in Schwachhausen zu nehmen.

Auf dem Nachhauseweg erst kam ihm die dritte schöne Werder-Erinnerung aus der Woche nach dem Spiel in München in den Sinn. Sie hatte etwas mit einem Brief zu tun, genauer gesagt, einem Einschreiben von Werder. Hannes hatte so lange darauf gewartet, dass er schon nicht mehr daran geglaubt hatte. Am Donnerstag, den 13. Mai, war das Einschreiben schließlich doch noch gekommen! Nun freute er sich umso mehr, dass er zu den Glücklichen gehörte, denen zwei Karten für das Pokalfinale gegen Alemannia Aachen zugelost worden waren. Natürlich hatte er Simon die Karten sofort gezeigt. Es waren Karten im Unterrang des Berliner Olympiastadions in Block T2, Karten für die Plätze 6 und 7 in Reihe 9.

„Oh. Meine Glückszahl!", sagte Simon und nahm die Karte für Sitz 6 in die Hand. „Nr. 6. Sieh mal, Mama! Wie die Nummer auf meinem Trikot!"

„Ja. Das ist ja ein Zufall. Dann muss Werder ja gewinnen, oder?", fragte Anna und zwinkerte Hannes zu. Der nickte und strich Simon über den Kopf.

„Aber warum braucht man denn zwei Karten für dieses Spiel?", hakte der Junge nach.

„Man braucht keine zwei Karten, kleiner Alligator, man bekommt einfach zwei, damit man noch jemanden mitnehmen kann. Die Karten werden ausgelost. Wenn jeder nur eine Karte bekommen würde, dann würde man neben Menschen sitzen, die man nicht kennt!"

Simon nickte.

„Du meinst, man könnte neben einem Bayern-Fan sitzen? Oder neben einem Schalke-Fan?"

„Nein, das nicht. Die sind doch gar nicht im Endspiel. Da, wo ich sitzen werde, werden nur Werder-Fans sein, es ist unsere Kurve!"

Simon las, was auf der Unterseite der Karte stand:

„Zutritt über das Ost-Tor, Olymp. Platz!"

Er schaute Hannes an und fügte hinzu:

„Ost-Tor? Gibt es dort auch eine Ostkurve? Und werden da die Werder-Fans sitzen?"

„Ich weiß nicht genau. Ich glaube, dass es schon so etwas wie eine Ostkurve gibt, aber ich glaube nicht, dass man die absichtlich für Werder reserviert hat. Ich glaube, es wird vorher ausgelost, welche Fans hinter welchem Tor stehen. Werder hat zufällig die Ostkurve bekommen!"

„Aber das ist doch auch ein gutes Zeichen, oder?"

„Ja, stimmt. Das ist auch ein gutes Zeichen!"

„Ich glaube, Werder wird das Spiel gegen Aachen gewinnen, schließlich spielen die doch in der 2. Liga, oder?"

„Ja, sie spielen in der 2. Liga. Aber es ist nur ein Spiel, nur ein Spiel und da kann alles passieren. Schließlich haben sie auch gegen Bayern gewonnen. Sie haben die Bayern aus dem Pokal geworfen, weißt Du nicht mehr?"

„Doch. Das weiß ich noch. Da hat ein Spieler, der einmal bei Werder war, aus 40 Metern ein Tor geschossen. Wie hieß er noch einmal?"

„Stefan Blank!"

Simon schaute die Eintrittskarte ehrfurchtsvoll an. Dann legte er sie auf den Tisch und zuckte mit dem linken Nasenflügel.

„Wen nimmst Du denn mit zum Spiel?"

Hannes lächelte.

„Ich weiß noch nicht genau, ich dachte mir, ich frage mal einen kleinen Jungen, der Simon Peterson heißt und ein Trikot von Frank Baumann hat!"

Er sah Anna sofort an, dass er sie mit seinem spontanen Angebot, Simon mit nach Berlin nehmen zu wollen, überrumpelt hatte. Der kleine Werder-Fan machte Freudensprünge, umarmte zuerst Hannes, dann Anna. Und dann rief er voller Begeisterung:

„Berlin, Berlin, wir fahren nach Berlin!"

Doch so sehr Anna es ihrem Sohn gönnte, mit Hannes nach Berlin zu fahren, so besorgt war sie auch bei dem Gedanken daran, denn sie wusste nicht, ob Simon das alles schon wegstecken würde, so kurz nach der Krankheit. Also nahm sie sofort telefonisch mit Doktor Bartels in der *Professor-Hess-Kinderklinik* Kontakt auf. Dieser stellte Anna einige Fragen, Routinefragen zu Simons Befinden. Anna beantwortete die Fragen ausführlich und nach ein paar Minuten legte sie erleichtert den Hörer auf.

„Was hat er gesagt?", fragte Hannes.

„Er hat gesagt, dass für den Fall, dass es sich Simon doch noch anders überlegen würde, er sich auch gerne als Begleitperson anbieten würde!"

Simon hatte natürlich sofort verstanden. Er hüpfte vor Freude und stimmte *Lebenslang grün-weiß* an, wobei er die Textstelle *Ihr seid cool und wir sind heiß* voller Leidenschaft sang.

Dann umarmte er Hannes und flüsterte ihm ins Ohr:

„Heute ist der schönste Tag in meinem Leben!"

Es gab so viele schöne Tage für Hannes und Simon. Und natürlich auch für Anna nach all den schrecklichen Wochen des Hoffens und Bangens. Tage, die fast schon zu schnell aufeinander folgten. Hätte Hannes die Wahl gehabt, er hätte die Tage besser verteilt. Sie nicht unmittelbar nacheinander geschehen lassen. Dann hätte er mit Simon jeden einzelnen Tag besser genießen, regelrecht auskosten können, um sich länger daran zu freuen. Aber Hannes hatte nicht die Wahl, und so wartete einen Tag, nachdem er sich einen Teil des heiligen Werder-Rasens gesichert hatte, schon wieder ein unvergesslicher Tag. Er war bei strahlendem Sonnenschein mit Anna, Simon und 80.000 Werder-Fans in der Bremer Innenstadt unterwegs, um die Meisterschaft nun auch offiziell zu feiern. Die ganze Stadt war in Grün-Weiß getaucht, vom Osterdeich über das *Viertel*, den Domshof bis zum Marktplatz. Dort hatte man selbst dem *Roland* eine große Werder-Raute auf das Schild geheftet. Simon hatte vor Aufregung in der Nacht von Samstag auf Sonntag kaum geschlafen, denn

Hannes hatte ihm vor dem Zubettgehen erklärt, dass er am nächsten Tag die Schale würde sehen können.

Zuerst hatten die drei im *Viertel* gestanden, als die Werder-Profis in offenen Cabriolets an ihnen vorbeifuhren. Dabei hatte sich Simon auf Hannes' Schultern gesetzt und so eine ausgezeichnete Sicht auf die Werder-Spieler, von denen ihm viele fröhlich zuwinkten. Simon wusste zu jedem Werder-Spieler etwas zu berichten, er hatte alle im Laufe der Saison kennen und lieben gelernt. Aufgeregt machte er vor allem seine Mutter mit den Namen der Spieler bekannt, die gerade an ihnen vorbeifuhren. Valérien Ismaël filmte die ihm zuwinkenden Werder-Fans mit seiner eigenen Kamera. Auch für den sympathischen Franzosen, der erst zu Beginn der Saison zu Werder gestoßen war, war dies ein einmaliges Erlebnis. Simon rief seinen Namen und Ismaël hob lächelnd den Daumen nach oben. Und dann kam endlich der Wagen mit der Schale in Sicht: Thomas Schaaf, Frank Baumann und Klaus Allofs saßen darin und präsentierten den jubelnden Fans die Trophäe.

„Hannes, da, ich sehe sie. Da ist die Schale. Baumi hat die Schale. Mama, Mama, schau, das ist Baumi. Ich habe sein Trikot und er hat die Schale, siehst Du, Mama? Siehst Du? Baumi hat die Schale und ich habe sein Trikot!"

„Ja, ich sehe es, Schatz!", sagte Anna, die sich – genau wie ihrem Sohn – zwei Werder-Rauten auf die Wangen gemalt hatte.

„Hannes. Das ist die Schale, stimmt's?"

„Ja. Das ist die Schale!"

Je näher der Wagen kam, desto ruhiger wurde Simon. Als das Cabrio schließlich direkt an ihnen vorbeifuhr, bestaunte er Frank Baumann mit großer Ehrfurcht. Der Werder-Kapitän winkte Simon zu, ohne die linke Hand von der Meisterschale zu nehmen.

Als sie später am Marktplatz standen und mit unzählig vielen Fans von überall her den Auftritt der Mannschaft auf dem Rathausbalkon verfolgten, sagte Simon zu Hannes:

„Hannes, ich habe die Schale gesehen, sie war ganz nahe bei mir. Und Frank Baumann hat mir zugelächelt!"

„Ja, er hat Dir zugelächelt. Und jetzt steht er mit allen anderen auf dem Balkon. Das ist eine ganz große Ehre, wenn man auf dem Rathausbalkon stehen darf, weißt Du!"

„Ja, das hat mir Mama schon erklärt. Im Rathaus liegt so ein Buch und das ist aus Gold und da schreibt die Mannschaft ihre Namen rein, stimmt's? Bestimmt sind die Spieler jetzt sehr stolz, oder?"

„Ja, ganz sicher. Sie freuen sich und sie sind stolz. Aber ich bin auch stolz auf Werder!"

„Ich auch. Und Du?"

Jetzt schaute Simon seine Mutter glücklich an.

„Ich bin natürlich auch stolz. Aber nicht nur auf Werder. Ich bin auch stolz auf meinen kleinen Jungen, meinen kleinen tapferen Jungen!"

So vergingen die Stunden, mit die schönsten Stunden, die Simon und Hannes bisher zusammen verbracht hatten. Irgendwann wurde dann *Lebenslang grün-weiß* gespielt. Und Anna, Hannes und Simon sangen die neue Werder-Hymne zusammen mit den übrigen Fans so textsicher, als hätten sie das Lied selbst für diesen Augenblick komponiert.

17. bis 29. Mai 2004:
Der Pokal kommt nach Bremen

„Weißt Du, was Mama mir gestern erklärt hat?"

Simon saß in einem Kindersitz auf dem Beifahrersitz und musterte Hannes.

„Nein. Was hat sie Dir denn erklärt?"

„Mama hat mir erklärt, was WWF bedeutet!"

Eigentlich hatte Anna prophezeit, dass Simon sofort einschlafen würde, wenn Hannes auf die Autobahn auffahren würde. Es war kurz nach 8 Uhr, als die beiden die Fahrt zum Pokalfinale nach Berlin antraten. Anna hatte Hannes sehr lange umarmt, als sich dieser mit ihrem Sohn auf den Weg gemacht hat. Dann hatte sie ihn leidenschaftlich geküsst und auch Simon noch einmal in ihre Arme geschlossen.

„Passt auf euch auf!", hatte sie Hannes ins Ohr geflüstert.

Hannes wusste, was es für Anna bedeutete, Simon, gerade einmal vier Wochen nach seiner Entlassung, mit nach Berlin fahren zu lassen. Er bewunderte seine Freundin dafür, dass sie dem Jungen, trotz ihrer Sorgen, die Chance auf dieses Spiel nicht verbauen wollte. Dafür liebte er sie so sehr, aber nicht nur dafür.

Was allerdings ihre Prognose anging, dass Simon im Auto sofort schlafen würde, hatte sie sich getäuscht. Er war hellwach, voller Vorfreude auf das Spiel. Die beiden hatten sich zuerst über das letzte Bundesligaspiel in Rostock ausgetauscht, das Werder ebenfalls verloren hatte. 3:1 hatte es am Ende für das Team von der Ostsee gelautet, womit Werder dann doch einen kleinen Makel auf dem so leuchtenden Fixstern Bundesligasaison 2003/2004 hinterlassen hatte. Das letzte von 78 Saisontoren hatte Mladen

Krstajic zum zwischenzeitlichen 1:1 Pausenstand per Freistoß besorgt. Später, kurz nach der Pause, hatte er Werder allerdings mit einem Eigentor wieder auf die Verliererstraße manövriert. Simon hatte von Hannes wissen wollen, warum Werder gerade die letzten beiden Spiel verloren hatte, obwohl man vorher doch 23 Spiele lang ohne Niederlage geblieben war. Daraufhin hatte Hannes versucht, seinem kleinen Freund zu erklären, dass man dann, wenn man etwas Großes geschafft hat, manchmal etwas leichtsinnig oder unkonzentriert werden könne, und man dann eben auch manchmal nicht in der Lage sei, das zu zeigen, was man eigentlich könne. Außerdem erklärte er Simon, dass die anderen Mannschaften immer besonders motiviert sind, wenn der Gegner sehr erfolgreich ist.

„Man könnte also auch sagen, dass Werder gegen Leverkusen und gegen Rostock nicht so cool war, oder?"

„Genau so kann man es sagen, kleiner Alligator!"

Kurz danach hatte Simon dann die Abkürzung des *World Wildlife Fund* ins Spiel gebracht. Warum auch immer. Hannes war auf den Zusammenhang zwischen ihrer Fahrt zum Pokalendspiel und dem WWF gespannt.

„Na, da bin ich ja mal gespannt. Was ist denn der WWF?"

„Also, das ist so eine Organstation, die will, dass keine Tiere aussterben, und die will, dass Tiere geschützt werden! Stimmt's?"

„Stimmt, ganz genau. Aber es heißt nicht Organstation sondern Organisation!"

„Organisation!", wiederholte Simon und nickte.

Hannes wartete darauf, dass Simon weiter über den WWF redete. So wie er Annas Jungen kannte, würde jetzt noch etwas kommen, etwas, das erklärte, warum er mit seiner Mutter über die Tierschutzorganisation gesprochen hatte.

„Weißt Du noch, als Du mir das Buch über Reptilien geschenkt hast. Da habe ich gelernt, was der Unterschied zwischen einem Krokodil und einem Alligator ist!"

„Na klar weiß ich das noch. Das hast Du mir erklärt und das war sehr interessant, kleiner Alligator!"

„Es gibt einen Frosch, der so aussieht wie wir beide!"

„Einen Frosch? Wie kann ein Frosch so aussehen wie wir beide?"

Simon schaute Hannes wieder vom Beifahrersitz aus an. Dann berührte er zuerst Hannes' und dann sein eigenes *Papageien*-Trikot.

„Wir haben beide ein *Papageien*-Trikot. Und Du hast mir erklärt, dass das *Papageien*-Trikot so heißt, weil es aussieht wie ein Papagei, der einen grünen Körper und orangene Flügel hat!"

„Ja, das stimmt!"

„Aber das *Papageien*-Trikot könnte man auch *Makifrosch*-Trikot nennen!"

„Wirklich? Wieso?"

„Weil der Makifrosch auch grün- und orangefarben ist, so wie unser Trikot. Er hat einen grünen Körper und er hat orangefarbene Arme und Beine. Der Frosch wird nur fünf Zentimeter lang und er versteckt sich tagsüber. Und er lebt im mittleren und im südlichen Amerika!"

„Wirklich? Und wie heißt dieser Frosch noch mal?"

„Makifrosch. Er heißt Makifrosch!"

„Und er lebt in Mittel- und Südamerika?"

„Ja, das stand in dem Zeitungsartikel!"

„Ach so. Du hast einen Zeitungsartikel über den Makifrosch gelesen?"

„Ja. Mama hat ihn entdeckt. Und da stand, dass WWF ein Foto vom Makifrosch zum Foto des Monats gewählt hat. Das habe ich gelesen, Hannes. Und weißt Du, warum? Weißt Du, warum WWF das gemacht hat?"

„Ich habe keine Ahnung, aber ich schätze mal, Du weißt es, oder?"

„Ja. Sie haben den Makifrosch ausgewählt, weil er so aussieht wie das Werder-Trikot und weil Werder Deutscher Meister geworden ist. Ist das nicht toll?"

Hannes zweifelte nicht im Geringsten daran, dass Simon ihm die Wahrheit erzählt hatte. Er hoffte, dass ihnen das *Makifrosch*-Trikot heute mehr Glück bringen würde, als es dies Hannes im Heimspiel gegen Leverkusen gebracht hatte!

Hannes parkte in der Nähe des Olympiastadions. Als er 1991 zum ersten Mal mit dem eigenen Auto zum Pokalfinale gefahren war – damals gewann Werder nach Elfmeterschießen gegen den 1. FC Köln – hatte er noch direkt auf dem großen Platz vor dem Stadion geparkt. Heute war dieses Gelände allerdings weiträumig für den Auftritt der vielen Sponsoren abgesperrt. Die Zeiten hatten sich geändert.

Sie fuhren mit der U-Bahn zum Potsdamer Platz. Jedes Mal, wenn sie Werder-Fans trafen, versuchte Simon mit ihnen ins Gespräch zu kommen. Mit einem etwa 16-jährigen Jungen unterhielt er sich über dessen T-Shirt. Es war grün und zeigte den DFB-Pokal. Darüber stand in Weiß „Ich will Dich!".

„Wo gibt's denn dieses T-Shirt?", wollte Simon wissen.

Der Teenager erklärte Simon, dass er es in Bremen im Fanshop gekauft hatte, und Simon nickte anerkennend.

Am Potsdamer Platz setzten sie sich in den Außenbereich eines Cafés und frühstückten miteinander. Es war 11.30 Uhr und so langsam füllte sich der Bereich mit Fans, die in Schwarz-Gelb oder Grün-Weiß getaucht waren. Simon beobachtete die Anhänger beider Mannschaften und Hannes beobachtete Simon. Er schrieb eine SMS an Anna, um ihr zu sagen, dass alles in Ordnung war und sie sich keine Sorgen machen musste.

„Wenn ich gestorben wäre, dann hätte ich das alles nicht erleben können!", sagte Simon und biss ein Stück von seinem Brötchen ab.

Hannes stockte der Atem. Es war so plötzlich und überfallartig gekommen. Er war nicht darauf vorbereitet gewesen. Für Simon schien die Aussage vollkommen normal zu sein. Noch immer schien sich der Junge auf seine Weise mit dem Thema Tod auseinanderzusetzen.

„Ist alles in Ordnung, Simon?", fragte Hannes und nahm die Hand des Jungen.

„Ja. Alles in Ordnung. Ich freue mich so, dass ich da bin. Es ist so schön hier, Hannes!"

„Ich freue mich auch, dass wir beide hier sind. Und weißt Du was, wir werden noch ganz viele Spiele von Werder zusammen anschauen. Bestimmt werden wir auch irgendwann wieder hier in Berlin sein. Werder ist eine Pokalmannschaft, sie sind gut, wenn sie im Pokal spielen!"

Simon nickte und biss wieder in sein Brötchen.

„Du meinst, Werder ist cool?", schmatzte er.

„Ja. Verdammt cool!"

„Meinst Du, sie sind heut auch wieder cool? Nicht so wie gegen Leverkusen und Rostock?"

„Ja. Ja, das glaube ich ganz bestimmt. Ganz bestimmt!"

„Hannes?"

Er schaute zwei Fans von Alemannia Aachen nach, die sich die Gesichter gelb-schwarz bemalt hatten.

„Ja?"

„Weißt Du noch, als Werder gegen Hertha mit 6:1 gewonnen hat?"

„Du meinst im Pokal? Im Achtelfinale?"

Simon nickte.

„Ja, natürlich weiß ich das noch. Schließlich war ich im Stadion. Das war ein tolles Spiel. Zur Halbzeit stand es schon 3:0, oder?"

„Ja. Und da haben wir telefoniert, in der Halbzeit. Ich hatte mir das Spiel im Radio angehört, aber dann musste ich ins Bett, weil es schon spät war!"

„Ja, ja ich erinnere mich. Und weiter?"

„Da war das mit meinen Beinen. Ich konnte nicht mehr so gut laufen. Wegen der Medikamente, weißt Du noch? Und Mama hat viel geweint. Ich glaube, sie hat gedacht, dass ich es nicht merke, aber ich habe es gemerkt, Hannes!"

„Du hast es mitbekommen, dass Mama geweint hat?"

Er nickte und nahm einen Schluck Orangensaft.

„Weißt Du, ich glaube, die Erwachsenen denken manchmal, die Kinder bekommen Sachen nicht mit, weil sie klein sind! Aber die Kinder bekommen manchmal die Sachen doch mit."

„Ich verstehe."

„Mama hat immer eine kleine Falte am linken Auge, wenn sie geweint hat. Sie ist rot, die Falte!"

Hannes schaute Simon nur an und hörte zu.

„Es war ein bisschen komisch, weil ich ihr sagen wollte, dass sie sich keine Sorgen machen muss. Aber ich habe mich nicht getraut, es ihr zu sagen, weil sie ja dann gewusst hätte, dass ich gemerkt habe, dass sie geweint hat!"

Hannes konnte nicht glauben, was der Junge da sagte.

„Also habe ich einfach so getan, als hätte ich es nicht gemerkt. Obwohl ja die rote Falte an ihrem Auge war. Aber dann, als ich mit Dir telefoniert hatte, als ich im Bett lag, da musste ich plötzlich an so viele Sachen denken. Manchmal muss ich an viele Sachen gleichzeitig denken!"

„Ja, ja, das kenne ich. Das passiert manchmal, wenn einem viele Ding im Kopf rumschwirren, da kann man eigentlich nichts dagegen tun!"

„Das stimmt. Im Kopf rumschwirren." Er lächelte, kurz bevor er weitersprach: „Ich lag im Bett und musste daran denken, dass unser erstes gemeinsames Spiel auch ein Spiel gegen Hertha war. Ich kann mich noch erinnern, wie der Hertha-Fan am Osterdeich lag. Er war betrunken, weißt Du noch?"

Hannes strich Simon über die Werder-Perücke.

„Aber natürlich weiß ich das noch!"

„Werder hat 4:2 gewonnen. Hertha hat 1:0 geführt, aber dann hat Werder vier Tore hintereinander geschossen. Zuerst Krstajic, dann Magnin, und dann noch zweimal Charisteas. Zum Schluss hat Hertha noch das 4:2 geschossen. Das war klasse im Weser-Stadion, Hannes. Ich werde diesen Tag nie vergessen. Da hast Du mich zu Werder gebracht!"

„Ja, es war klasse. Wir beide und Werder!"

„Ja, Du und ich und Werder!"

Er lächelte Hannes glücklich an, der wusste, dass der Junge noch nicht fertig war.

„Daran musste ich denken, die ganze Zeit, als ich im Bett lag. Und ich musste daran denken, dass Werder mit 3:0 führt und dass Du im Stadion bist und dass ich nicht dabei sein kann. Und dann musste ich daran denken, dass Mama geweint hat!"

Jetzt fing die Stimme des Jungen zu zittern an.

„Aber dann musste ich plötzlich daran denken, dass Kinder mit ALL auch sterben können und dass Mama dann ganz viel weinen würde, wenn ich sterben würde. Und dann musste ich auch daran denken, dass Du mir erklärt hast, dass das Pokalendspiel immer in Berlin ist. Und ich habe mir ausgerechnet, dass Werder nur noch zweimal gewinnen muss, um dieses Spiel in Berlin zu machen."

Seine Stimme zitterte immer mehr, aber Hannes unterbrach ihn nicht.

„Da habe ich mir etwas ganz sehr gewünscht. Und ich habe mit Gott gesprochen. Das hat mir Christian gesagt. Christian war der Pfleger mit dem Nasenring. Aus dem Krankenhaus. Er hat gesagt, dass man mit Gott sprechen kann, wenn man Sorgen hat. Er sagt, wenn man Glück hat, dann hilft einem Gott. Aber Gott hat viel zu tun, also kann er nicht jedem helfen. Also habe ich zu Gott gesagt, dass ich mir wünsche, dass ich gesund werde, dass ich nicht sterben muss, damit Mama nicht weinen muss. Und dann habe ich mir für mich gewünscht, dass Werder das Finale in Berlin erreicht. Dass Werder den Pokal bekommen kann. Weißt Du, weil wir beide doch gegen Berlin zusammen das erste Spiel angeschaut haben! Aber ich habe Gott dann noch gesagt, dass er, wenn er sich nicht entscheiden kann, lieber mich gesund machen soll. Also, wenn er nicht beide Wünsche erfüllen kann! Damit Mama nicht weinen muss!"

Jetzt weinte Simon. Er weinte leise, aber er hörte nicht auf zu erzählen!

„Und jetzt bin ich gesund und Werder hat es wirklich geschafft und Du hast mich mitgenommen, nach Berlin. Ich bin so froh. Ich habe Dich so gerne!"

Hannes sprang auf und nahm den kleinen Jungen in die Arme. Er spürte Simons Tränen. Der Junge schluchzte und jedes Mal, wenn ihn Hannes loslassen wollte, umarmte ihn Annas Sohn etwas stärker. Es war, als öffnete sich ein Ventil, durch das die ganze Anspannung und Sorge, die mit seiner Krankheit einhergegangen war, endlich aus Simons Körper entweichen konnte.

Dann gingen sie zum Reichstag und zum Brandenburger Tor. Sie ließen sich von einem Werder-Fan, der ebenfalls das *Ich will Dich*-Pokalshirt trug, vor dem Berliner Wahrzeichen fotografieren. Simon erkundigte sich danach, warum so viele Menschen zum Brandenburger Tor kamen.

Hannes erklärte ihm, dass Berlin die Hauptstadt war, dass die Stadt für lange Zeit in Ost und West geteilt gewesen war und dass in dieser Zeit niemand zum Brandenburger Tor gehen konnte, weil davor eine Mauer gestanden hatte und das Tor von der anderen Seite bewacht worden war. Simon stellte viele Fragen, die Hannes alle geduldig beantwortete. Auch wenn er nicht glaubte, dass der Junge alle Zusammenhänge begreifen konnte, so war er sich doch sicher, dass Simon verstand, dass Berlin eine ganz besondere Vergangenheit hatte. In einem Bücherladen *Unter den Linden* kaufte er Simon ein Buch, in dem die Geschichte der Stadt kindgerecht erklärt wurde.

„Kann man sehen, wo die Mauer war?", fragte Simon.

„Nein, inzwischen kann man die Mauer nicht mehr sehen. Sie wurde weggerissen. Aber es gibt wohl noch Stellen, wo einige Reste davon stehen. Ich weiß allerdings nicht genau, wo. Das kann man aber herausfinden. Vielleicht steht es ja sogar in Deinem Buch. Aber man kann an den Ampelmännchen sehen, ob man im Osten oder im Westen der Stadt ist!"

Natürlich wollte Simon mehr wissen. Also zeigte ihm Hannes die beiden unterschiedlichen Designs der Ampelmännchen der Hauptstadt an konkreten Beispielen. *Unter den Linden*, im ehemaligen Ostteil, schauten die Ampelmännchen anders aus, als Simon es von Bremen gewohnt war.

„Sie sehen lustig aus. Sehr lustig!"

„Ja. das stimmt. Aber so sehen sie nur im Ostteil der Stadt aus. Im Westen sehen sie aus wie in Bremen!"

In einem Laden fanden die beiden verschiedene Souvenirs aus der Hauptstadt. Simon entdeckte ein T-Shirt mit dem grünen Ampelmännchen des Ostteils. Sie entschlossen sich, es Anna zu kaufen. Als Mitbringsel von ihrer ersten Berlinfahrt.

„Siehst Du, jetzt sind wir im Westen!"

„Ja, das stimmt. Hier sehen die Männchen aus wie in Bremen!"

Sie waren am *Ku'damm* auf Höhe der Gedächtniskirche, vor dem Europacenter, dem traditionellen Treffpunkt der Werder-Fans vor dem Pokalfinale. Hier herrschte eine Stimmung, die an die Meisterfeier vor dem Bremer Rathaus erinnerte. Immer wieder wurden Fangesänge angestimmt, Fahnen geschwenkt und gefeiert. Simon sog alles auf.

„So viele Fans! Werden die alle im Stadion sein?"

„Ja, die meisten jedenfalls. Manche haben auch keine Karten!"

„Dann können sie auch nicht ins Stadion gehen, oder?"

„Nein, es sei denn, sie bekommen noch eine Karte!"

„Aber Du hast doch gesagt, dass das Spiel schon ausverkauft ist!"

Er ließ nicht locker.

„Ja. Aber es gibt Leute, die haben eine Karte übrig und die verkaufen ihre Karte dann vielleicht!"

Jetzt gab sich Simon mit der Erklärung zufrieden. Hannes war froh, dass er nicht auch noch eingehend das Thema Schwarzmarkt erläutern musste.

Sie setzten sich auf eine kleine Treppe vor der Gedächtniskirche und aßen Currywurst mit Pommes. Noch vor zehn Minuten hatte Hannes den Jungen gefragt, ob er Hunger habe. Simon hatte, die Fanszene beobachtend, mit offen stehendem Mund den Kopf geschüttelt. Doch jetzt verschlang er den kleinen Imbiss mit großem Appetit.

Sie gingen noch ein Stück die Gedächtniskirche entlang. Dann entdeckten sie das Werder-Fanmobil. Es herrschte ein großer Andrang davor. Viele Werder-Fans wollten sich noch mit Fanutensilien eindecken. Werder war in diesen Tagen bundesweit echt hip. Besonders begehrt war unter anderem ein grün-weißer Schminkstift, mit dem man seine Sympathien im Gesicht in Form von grün-weißen Streifen dokumentieren konnte. Hannes kaufte einen solchen Stift und das *Ich-will-dich*-Pokalshirt für Simon.

Gegen 16.30 Uhr machten sie sich auf den Weg ins Stadion. Sie benutzten die U-Bahn. Simon hatte sich sein neues T-Shirt über das Baumann-Trikot gezogen. Er war sehr stolz. Die U-Bahn war sehr voll und manche Fans grölten so laut, dass Hannes Mitleid mit den wenigen Fahrgästen bekam, die sich in den Zug verirrt hatten und nicht zum Pokalendspiel wollten.

„Werder-Fans trinken aber auch ganz schön viel Bier!", sagte Simon und sorgte für Erheiterung bei den um sie herum stehenden Fans.

„Aber die Fans von Alemannia trinken Milch!", sagte ein Typ mit Fünftagebart und dem Trikot von Andy Herzog. Er konnte sich nur schwer auf den Beinen halten. Hannes hegte starke Zweifel daran, ob Herzog das Spiel in diesem Zustand noch erleben würde.

Simon zuckte nur die Schultern und lächelte.

Als sie von der Endhaltestelle zum Stadion gingen, fiel Simon auf, dass sie von vielen Leuten darauf angesprochen wurden, ob sie noch Karten übrig hätten.

„Sind das die Leute, die auch noch ins Stadion wollen, aber keine Karten mehr bekommen haben?"

Wieder war das Thema Schwarzmarkt allgegenwärtig, aber Simon war dafür einfach noch zu klein.

„Ja, das sind die!", sagte Hannes deshalb nur.

Der Platz vor dem Stadion, der anno 1991 noch als Parkplatz fungiert hatte, war voll mit Ständen von Sponsoren. Man konnte Torwand-Schießen, Preisausschreiben mitmachen, Luftballons und ähnliche lebenswichtige Merchandising-Artikel mitnehmen oder etwas zu Essen oder Trinken erstehen. Hannes rechnete eigentlich damit, dass sich Simon den einen oder anderen Stand etwas genauer anschauen wollte. Doch das Stadion faszinierte Simon mehr als alles andere und so beschloss Hannes, mit dem Jungen schon eineinhalb Stunden vor dem Spiel das Stadion zu betreten. Sie fanden ihre Plätze und Simon hatte viele Fragen. Neben den Fragen über die Grün-Weißen beschäftigte ihn vor allem die Tatsache, dass bereits ein Spiel lief. Und so erklärte ihm Hannes, dass es sich dabei um das Pokalendspiel der Frauen zwischen dem 1.FFC Frankfurt und Turbine Potsdam handelte. Zehn Minuten später schlief Simon tief und fest. Hannes nahm ihn auf seinen Schoß. Er spürte den ruhigen Atem des kleinen Jungen. Für kurze Zeit musste er daran denken, was Simon am Morgen über das Sterben gesagt hatte. Hannes war sehr dankbar dafür, dass Simon in sein Leben getreten war.

Kurz nach 19.00 Uhr wurde Annas Sohn wieder wach. Er hatte 50 Minuten geschlafen, länger, als eine Halbzeit normalerweise dauerte. Hannes hatte währenddessen mit dessen Mutter telefoniert und ihr ein weiteres Mal versichert, dass alles in Ordnung war. Er hatte Simon beim Schlafen fotografiert und eine MMS an Anna geschickt mit dem Titel: „Die Ruhe vor dem Sturm!"

Es dauerte nicht lange und der Junge war wieder hellwach. War er vor seinem verspäteten Mittagsschlaf noch über die fehlenden Zuschauer enttäuscht gewesen, so faszinierten ihn jetzt die zahlreichen Werder-Fans. Die ganze Kurve war mittlerweile in Grün-Weiß getaucht, viele Spruchbänder säumten die Balustraden zum Oberrang. Die Fans stimmten Werder-Lieder an und freuten sich auf das Spiel.

„Das ist ja eine super Stimmung. Viel lauter als im Weser-Stadion!"

„Es ist nicht lauter als im Weser-Stadion, aber es ist lauter als da, wo wir im Weser-Stadion meistens sitzen. Hier sind viele Fans aus der Ostkurve, weißt Du, und die machen das ganze Spiel über Stimmung. Die sitzen nicht nur einfach da, sie feuern Werder das ganze Spiel über an!"

„Ach so, Du meinst, viele Leute, die heute bei uns sitzen, stehen im Weser-Stadion normalerweise in der Ostkurve?"

„Genau, kleiner Alligator!"

Die Zeit bis zum Anpfiff verging wie im Flug. Simon wusste gar nicht, wo er zuerst hinschauen sollte. Er beobachtete die Fans, und als die Spieler zum Warmmachen auf das Spielfeld kamen, haftete sein Blick an seinen Idolen. Er wusste zu jedem der Spieler etwas zu sagen, philosophierte inhaltlich mit Hannes auf Augenhöhe über die einzelnen Akteure. Hannes war stolz, weil er in Simon einen Freund und Partner gefunden hatte, mit dem er vielleicht sein ganzes Leben lang zusammen Werder-Spiele würde anschauen können.

Dann wurde die Mannschaftsaufstellung vorgelesen. Werders Stadionsprecher las die Aufstellung der Grün-Weißen vor und umgekehrt der Stadionsprecher aus Aachen die der Alemannia.

Simon skandierte die Nachnamen der Werder-Profis, als hätte er in den letzten zehn Jahren jedes Werder-Spiel live im Stadion verfolgt. Kurz vor dem Anpfiff hörte er plötzlich seinen Namen:

„Simon, hallo Simon. Hier oben!"

Es war ein Teenager, der drei Reihen hinter ihnen saß.

Simon winkte dem jungen Mann und rief:

„Hallo Oskar. Werder! Lebenslang grün-weiß!"

Oskar schwenkte seinen Schal und Simon tat es ihm gleich. Dann wandte er sich wieder Hannes zu:

„Das ist Oskar. Der Junge, der die Garage angemalt hat und dann im Krankenhaus arbeiten musste!"

„Alles klar, Oskar, der Werder-Fan aus der Ostkurve!" Hannes zwinkerte Simon zu und spürte, wie sein Adrenalinspiegel unaufhaltsam in die Höhe katapultiert wurde.

Dann ertönte *Lebenslang grün-weiß*, die neue Werder-Hymne über die Lautsprecher. Alle Werder-Fans standen auf und hielten ihre Werder-Schals in die Höhe. Zwei davon waren Simon und Hannes.

Als der Schiedsrichter die Partie anpfiff, war es schließlich Realität: Das letzte Spiel dieser fantastischen Werder-Mannschaft hatte begonnen. Mit dem Gewinn der Meisterschaft hatte sie vor drei Wochen Heldenstatus erlangt. Würde sie auch dieses letzte Spiel gewinnen und damit zum ersten Mal in Werders Vereinsgeschichte das Double nach Bremen holen, dann würde sie sich unsterblich machen.

Werder spielte zuerst auf die eigenen Fans zu. Und alle elf Spieler spielten, als hätten sie in den letzten drei Wochen ununterbrochen nur an dieses eine letzte Spiel gedacht. Bereits in der ersten Minute wurde Ailton steil geschickt und machte sich auf den Weg auf das Tor der Alemannia.

Unmittelbar vor dem Strafraum wurde er allerdings von einem Aachener Abwehrspieler gefoult, der dafür die gelbe Karte sah. Auch wenn der anschließende Freistoß nicht im Tor landete, sorgte die Aktion für Verzückung im grün-weißen Sektor des Olympiastadions.

„Ailton ist einfach klasse. Ich werde ihn vermissen!", rief Simon.

Ein paar Minuten später näherte sich Werders Nummer 32 wieder aussichtsreich dem Aachener Tor und wieder konnte er nur durch ein Foul gestoppt werden. Dann kam Borowski frei zum Schuss, aber der schoss nur den Aachener Torwart an. Im Stadion waren nur noch die Werder-Fans zu hören, ihre Mannschaft drängte auf ein frühes 1:0!

Doch nach einer guten Viertelstunde kam der Zweitligist besser ins Spiel. Man hatte Werders Drangphase ohne Gegentor überstanden und wurde jetzt mutiger. Eine Flanke, die zum Torschuss wurde, konnte von Krstajic gerade noch geklärt werden.

„Sie werden besser, stimmt's, Hannes? Aachen wird besser? Meinst Du, Werder bleibt cool?"

Hannes nickte.

„Ja, wir spielen gut. Auch wenn Aachen mal eine Chance bekommt, Werder macht das gut!", versuchte Hannes den Jungen zu beruhigen. In seinem Inneren sah es allerdings ganz anders aus. Er hatte das Gefühl, dass Werder nachließ, vielleicht deshalb, weil das hohe Anfangstempo zu viel Kraft gekostet hatte. Möglicherweise lag es auch daran, dass die Taktik nicht aufgegangen war, die offensichtlich vorgesehen hatte, früh in Führung zu gehen. Hoffentlich rächte sich das jetzt nicht.

„Was ist denn mit Ailton los?", fragte Simon plötzlich.

Erst jetzt sah Hannes, dass Werders Topstürmer humpelte. Simon war einer der Ersten in der Werder-Kurve, der dies registriert hatte.

„Er scheint verletzt zu sein!", erklärte Hannes.

„Meinst Du, er kann weiterspielen?"

„Ich hoffe es!"

Werder war weiterhin bemüht, in Führung zu gehen. Man setzte Aachen jetzt wieder mehr unter Druck, doch der Ball wollte einfach nicht ins Tor gehen. Dann erlief Fabian Ernst einen Ball in der Hälfte der Alemannia, der auf der linken Seite in Richtung Eckfahne unterwegs gewesen war. Werders Nummer 4 stoppte den Ball noch vor der Grundlinie, ließ einen Aachener Abwehrspieler ins Leere laufen und schaute kurz auf, um den Strafraum des Gegners nach Anspielstationen abzusuchen. Er sah Borowski, der etwa einen Meter links vom Elfmeterpunkt völlig frei stand. Es gelang Ernst, Werders jungem Mittelfeldspieler den Ball punktgenau zu servieren.

„Schieß Boro, schieß!", rief Simon.

Hannes nahm seine beiden Fäuste vor den Mund und flüsterte: „Mach ihn rein."

Borowski stoppte den Ball kurz mit rechts und hämmerte ihn kompromisslos in die Mitte des Aachener Tores. Werder führte 1:0. Es waren 31 Minuten gespielt, der Bann war gebrochen.

Der Werder-Block explodierte. Die Fans schrien die Freude aus sich heraus und Borowski kam mit ausgebreiteten Armen auf die Werder-Kurve zu.

„Jaaaa. Boro ist cool, stimmt's? Er ist cool, Hannes, oder?"

„Ja. Boro ist cool!", rief Hannes und umarmte Simon.

Der drehte sich nach Oskar um und streckte beide Arme in die Höhe, so, als wolle er Borowskis Torjubel kopieren.

Hannes hoffte, Werder würde die Führung mit in die Pause nehmen. Im Schnelldurchlauf ging er im Geiste alle Pokalspiele der Saison durch, um danach zu suchen, ob Werder in den fünf vorangegangenen Partien einmal eine Führung verspielt hatte. Im Viertelfinale zu Fürth landete er einen verhängnisvollen Treffer.

Hannes' Skepsis erhielt sofort Nahrung, denn Stefan Blank, der Ex-Werder-Spieler, der auch schon die Bayern aus dem Pokal geschossen hatte, drosch einen Freistoß auf das Werder-Tor, den Reinke nur mit Mühe und auch nur nach vorne abwehren konnte.

„Das war gefährlich, stimmt's!", erkundigte sich Simon.

Hannes nickte nur. Er wurde immer nervöser, konnte nicht verstehen, warum die Fans schon so siegessicher waren. Als er sah, dass es nur noch eine Minute bis zur Halbzeit war, sagte er zu Simon:

„Ich glaube, vor der Halbzeit wird nichts mehr passieren!"

Keine zehn Sekunden später gewann Baumann ein Duell im Mittelfeld und passte den Ball in den Lauf des links in den Strafraum eindringenden Ivan Klasnić. Klasnić fackelte nicht lange, nahm den Ball direkt und versenkte ihn flach neben dem von ihm aus gesehen rechten Pfosten des Aachener Tores. Es stand 2:0 für Werder. Das Tor glich dem, das Klasnić in Fürth zum 3:2-Sieg erzielt hatte, so wie Hannes Grün James Duncan glich. Der Schiedsrichter pfiff zur Halbzeit und die Werder-Kurve feierte bereits das Double.

„Ivan ist super, oder, Hannes? Er hat das super gemacht, stimmt's? Aber Baumann hat es auch super gemacht, er hat Ivan den Ball genau auf den Fuß gespielt, stimmt's?"

„Ja. Baumi hat das super gemacht. Genauso wie Ernst vor dem 1:0!"

„Wird Werder gewinnen? Meinst Du, wir gewinnen, Hannes?"

„Normalerweise ja. Wir müssen einfach konzentriert spielen, dann schaffen wir es!"

„Sie sind cool und wir sind heiß, stimmt's, Hannes?"

Hannes lächelte, nahm Simon hoch und umarmte ihn.

„Es ist schön. Es ist schön, mit Dir zu Werder zu gehen, Hannes!"

„Ja, und es ist schön, dass Du mit mir zu Werder gehst!"

„Ich werde immer mit Dir zu Werder gehen!"

Dann rief Anna an, um sich nach den beiden zu erkundigen. Hannes versicherte ihr, dass es Simon gut ging, dass sie zusammen einen schönen Tag verbracht hatten und dass die Aussichten für Werder gut standen. Simon redete mit Anna darüber, dass Berlin einmal in Ost und West geteilt war, dass Frauen auch Fußball spielen konnten und dass Werder-Fans auch Bier tranken. Dann schilderte er ihr noch einmal die beiden Tore und sagte ihr, dass Graffiti-Oskar auch im Stadion war.

Die zweite Halbzeit plätscherte in den ersten fünf Minuten zunächst ohne große nennenswerte Vorkommnisse dahin. Es schien beinahe so, als wollte Werder die Führung verwalten und auf eine finale Konterchance zum 3:0 warten, um der Alemannia damit endgültig den Todesstoß zu versetzen. Eigentlich keine schlechte Strategie. Doch in der sechsten Minuten nach der Pause wurde diese Strategie, gesetzt den Fall, man hatte sie sich in der Kabine so zurechtgelegt, jäh vom 2:1 der Alemannia durchkreuzt. Wieder war der Ex-Werder-Spieler Blank beteiligt, denn es war seine Freistoß-Flanke, die Grlic mit dem Kopf verwertete.

Schlagartig bekam die Stimmung unter den Werder-Fans einen Dämpfer und zum ersten Mal überhaupt konnte man die Fans des Gegners hören.

„Das war dumm, stimmt's? Das hätte nicht passieren dürfen, Hannes, oder?"

„Nein, das war richtig dumm. Die haben geschlafen in der Abwehr. Jetzt müssen wir wohl noch einmal zittern!"

Simon schüttelte den Kopf.

„Nein, nein. Werder ist cool. Werder wird noch das 3:1 schießen!"

Jetzt war es Simon, der Hannes Mut machte.

Spätestens zu diesem Zeitpunkt entwickelte sich ein typisches Pokalspiel ohne jegliche taktische Zwänge. Beide Mannschaften hatten Chancen, das Spiel wogte hin und her. An den immer härteren Zweikämpfen sahen die Zuschauer, dass die Partie auf der Kippe stand. Die nach dem Anschlusstreffer etwas zurückhaltender anfeuernden Werder-Fans bliesen endgültig zur Attacke. Sie peitschten den neuen Deutschen Meister geradezu nach vorne, schrien sich die Lunge aus dem Leib. Mittendrin war ein kleiner Junge namens Simon Peterson. Er stimmte in jeden Schlachtruf mit ein, als hätte er ihn selbst erdacht.

Hannes hingegen wurde ruhig, versuchte, das Spiel zu lesen, fragte sich, ob Schaaf vielleicht auswechseln sollte. Dabei dachte er auch an Ailton, der schon in der ersten Halbzeit phasenweise gehumpelt hatte. Andererseits war dies das letzte Spiel des Brasilianers für Werder und, wer weiß, vielleicht würde gerade er das Spiel entscheiden. In der 75. Minute schwächte sich Aachen schließlich selbst: Nach einem harten Foul zeigte Schiedsrichter Fandel Alemannias Verteidiger Mbwando die rote Karte. Postwendend erhöhte Werder noch einmal den Druck. Jetzt wollte man offensichtlich die Chance der Überzahl nutzen und die Führung noch einmal ausbauen. Die größte Chance zum 3:1 erspielte einmal mehr Ivan Klasnić, der den Ball fünf Meter vor dem Tor, mit viel Übersicht, quer auf den freistehenden Ailton legte. Einem Spieler der Aachener gelang es allerdings mit letztem Einsatz, Tonis Abschiedstor zu verhindern. Es blieb beim 2:1, aber diese Szene setzte die letzten Energiereserven in der Werder-Kurve frei. Auch Hannes stimmte jetzt in die Anfeuerungen mit ein.

Aachen warf nun auch noch einmal alles nach vorne. Doch Werders Abwehr stand. Sie fing die Bälle des Gegners ab und leitete schließlich über Ailton einen weiteren Konter ein. Werders Nummer 32 trieb den Ball in der Mitte über das halbe Feld, von einer Verletzung war nichts mehr zu sehen. Kurz vor dem Strafraum wurde er von zwei Aachenern gestellt. Geistesgegenwärtig nahm der unmittelbar neben Ailton stehende Klasnić den Ball auf und spielte ihn auf rechts, wo Borowski völlig ungedeckt stand. Borowski drang damit in den Strafraum ein, umspielte den Aachener Torwart und versenkte den Ball mit links, vorbei an den Aachener Abwehrspielern, zum 3:1 für Werder ins Tor.

Es war vollbracht. Fünf Minuten vor dem Ende führte Werder mit 3:1. Simon hüpfte vor Freunde und Hannes trennte sich von Zentnerlasten der Anspannung. Das Spiel war entschieden, Werder hatte das Pokalfinale 2004 und damit das Double gewonnen. Daran änderte auch das Aachener 3:2 in der letzten Sekunde des Spiels nichts mehr.

Dann kam die Zugabe. Auf dem Spielfeld wurde ein Podest aufgebaut, auf dem sich die Werder-Spieler nach einigen Minuten des kollektiven Jubels versammelten. Irgendein Offizieller des DFB hatte den Pokal in den Händen und überreichte ihn Kapitän Frank Baumann, der die Trophäe stolz in den lauen Berliner Nachthimmel reckte. Simon verfolgte das alles mit ganz großen Augen. Hannes wiederum genoss nicht nur das Gefühl des Triumphes und die Tatsache, Einmaliges live erlebt zu haben, sondern vor allem auch die Begeisterung seines kleinen Freundes. Er war stolz auf Simon, glücklich, weil es dem Jungen so gut ging, gerührt, weil Annas Sohn so tapfer gewesen war. Doch es überkam ihn in diesem Moment auch eine Spur Wehmut, denn er wusste, dass diese erste Saison als Werder-Fan für den Jungen wahrscheinlich für lange Zeit unerreicht bleiben würde. Vielleicht sogar sein gesamtes Fanleben lang. Auch deshalb genoss er die anschließende Siegesfeier der Werder-Spieler auf dem Platz, zusammen mit Simon in Block T9 des Berliner Olympiastadions, in vollen Zügen.

Sie waren unter den letzten Zuschauern, die das Stadion verließen. Auf dem Weg zum Parkplatz merkte Hannes, wie viel Energie das Spiel Simon abverlangt hatte, denn der Junge sprach kein Wort.

„Freust Du Dich?", fragte Hannes.

„Ja. Ich kann es noch gar nicht fassen", antwortete er und gähnte.

Als sie im Auto die Heimreise antraten, fragte Simon:

„Meinst Du, die von WWF wählen den Makifrosch jetzt noch einmal zum Foto des Monats!"

„Du meinst, weil Werder jetzt auch noch das Double gewonnen hat?"

„Ja, das könnte doch sein. Vielleicht kann man ja mal bei WWF nachfragen?"

„Das ist keine schlechte Idee!", antwortete Hannes und bugsierte seinen Toyota nach links, auf eine Fahrbahn, die auf die Autobahn führte. Als er nach der Auffahrt auf die Autobahn wieder zu Simon schaute, schlief Simon tief und fest.

Epilog:
Von schlechter Logistik und einer defekten Muffe

Nach dem Doublegewinn feierte Hannes. Natürlich. Er feierte mit Anna und Simon alleine und er feierte mit ihnen, wie schon nach dem Gewinn der Meisterschaft, auf dem Bremer Rathausplatz. Und diese Feier stand der von vor drei Wochen in nichts nach.

Dann wurde es ruhiger um den Bundesliga-Fußball. Die Sommerpause kam. Der Terminkalender sah es vor, dass in Portugal die Europameisterschaft gespielt wurde. Natürlich verfolgte Hannes zusammen mit Simon die Spiele, aber die deutsche Mannschaft schied schon in der Vorrunde sang- und klanglos aus. Aus Werder-Sicht gab es aber dennoch

etwas zu feiern, denn Griechenland wurde sensationell neuer Europameister mit Otto Rehhagel als Trainer und Werder-Stürmer Angelos
Charisteas als Siegtorschütze im Finale.

Im Juli waren die Haare des Jungen vollständig nachgewachsen und er
konnte wieder mit seinen Freunden in die Schule gehen. Man hatte ihn
vorher getestet, um herauszufinden, ob er nach der langen Krankheit den
Anforderungen gerecht werden würde. Simon hatte den Test zu 98 Prozent bestanden. Vor dem Beginn der Schule hatten sich Anna, Hannes
und Simon aber noch zehn Tage Urlaub in Spanien gegönnt, bei dem sie
als Familie noch mehr zusammengewachsen waren. Anna und Hannes
verstanden sich immer besser. Sie waren wie richtige Eltern für Simon und
hatten die Anspannung der letzten Monate beide gut verkraftet. Immer
wenn Simon zur Kontrolle ins Krankenhaus musste, war diese Anspannung zwar verständlicherweise wieder greifbar, aber bis jetzt verliefen alle
Untersuchungen ohne Beanstandungen. Simon galt als gesund. Hannes
fieberte so zwar immer noch, wie in all den Jahren vorher, dem Beginn
der neuen Saison entgegen, doch er konnte die erhöhte Temperatur, die
der wochenlange Werder-Entzug ausgelöst hatte, besser als sonst kompensieren. Dafür waren allein Anna und ihr Junge verantwortlich.

Die Bundesligasaison 2004/2005 startete mit einem Heimspiel gegen
Schalke 04. Ausgerechnet gegen Schalke. Traditionell hatte der aktuelle Deutsche Meister die Ehre, die neue Bundesligasaison exklusiv mit
einem Freitagabend-Spiel zu eröffnen, verbunden mit einer Übertragung
im Free TV, bevor die anderen Teams ihre Spiele am nächsten Tag aus-
trugen. Der Terminkalender forderte von Hannes nun jedoch, just am
Nachmittag des ersten Saisonspiels der Grün-Weißen, einem überaus
wichtigen Gesprächstermin nachzukommen. Es blieb nur eine Wahl:
Hannes musste die Abwicklung des Termins professionell über die Bühne
bringen, und dann direkt zum Weser-Stadion fahren. Der Termin war in
den Geschäftsräumen des Kunden, einem großen Hotel in Hannover, auf
16.30 Uhr anberaumt. Das Spiel war um 20.30 Uhr angesetzt. Das musste
er irgendwie schaffen.

Deshalb nahm er auch Simon mit nach Hannover. Simon hatte jetzt
auch eine Dauerkarte. Hannes hatte zwei nebeneinander liegende Dauerkarten in Block 67 bekommen. Nicht ganz ohne Wehmut hatte er dafür
die Karte zwischen Thomas und Frank in Block 55 abgegeben.

Während des Gesprächs mit dem Kunden saß Simon ruhig an einem
großen Tisch im Konferenzraum des Hotels. Er trank eine Apfelsaft-

schorle und spielte mit seinem Mini-Weser-Stadion, das er mitgenommen hatte, um sich die Zeit zu vertreiben. Natürlich hatte er auch die *Fimo*-Spieler dabei, darunter den frisch gebackenen und bemalten Miroslav Klose, den neuen Hoffnungsträger der Fans, der aus Kaiserslautern an die Weser gekommen war. Simon hatte auch das inzwischen batteriebetriebene Flutlicht eingeschaltet, weil Hannes ihm erklärt hatte, dass das erste Spiel gegen Schalke unter Flutlicht stattfinden würde.

Kurz nach 17.30 Uhr war Hannes fertig. Er verabschiedete sich von seinem Partner und ging mit Simon zum Parkplatz. Dort entledigte er sich seiner Krawatte und seines Anzugs und schlüpfte in Jeans und *Papageien*-Trikot.

„Na, was ist, kleiner Alligator, wollen wir?"

„Ja. Wir wollen!", rief Simon und breitete seinen Werder-Schal aus.

Doch dann kam der Stau. Die Zeit rannte, während das Auto kroch. Ein Ailton-Interview wurde zum wiederholten Male im Radio gesendet. Werders Publikumsliebling und Torschützenkönig der abgelaufenen Saison kam, ebenso wie Krstajic, mit Schalke zurück nach Bremen und würde ausgerechnet gegen Werder sein erstes Spiel für seinen neuen Verein spielen. Und so wie es aussah, würde Hannes das Spiel am Autoradio, mitten in einem Stau stehend, verfolgen. Das war ja noch schlimmer als Pasching!

„Meinst Du, wir schaffen es noch?", fragte Simon mit zuckendem Nasenflügel.

Hannes hätte am liebsten laut geschrien und geflucht. Aber es gelang ihm, zumindest nach außen hin, ruhig zu bleiben. Es ging nach wie vor nur im Schritttempo voran. Als der Verkehr wieder zum Stillstand kam, kramte er das Handschuhfach auf der Suche nach einer Landkarte durch. Vielleicht würde es ja die Möglichkeit geben, gesetzt den Fall, man würde es noch zu einer Ausfahrt schaffen, sich über die Landstraße nach Bremen durchzuschlagen.

Dann sah er den Lederbeutel. Er brauchte nicht lange, bis er ihn identifizierte. Sofort war Como, der Voodoo-Experte, wieder allgegenwärtig.

Er fuhr seinen Toyota auf den Standstreifen. Inzwischen war es 19.36 Uhr.

„He, Simon, kannst Du mir mal das Mini-Weser-Stadion geben?"

Simon schnallte sich ab und holte das Kunstwerk vom Rücksitz nach vorne. In der Zwischenzeit öffnete Hannes den seltsamen Beutel. Der Geruch, der ihm entgegenschlug, erinnerte ihn an den Geruch von Kalk.

Doch der Inhalt war nicht etwa weiß, sondern ein dunkelbraunes Pulver.

„Was ist das?", fragte Simon, der das Weser-Stadion auf dem Schoß hatte.

„Ehrlich gesagt, habe ich auch keine Ahnung!", antwortete Hannes aufgeregt.

„Sag mal, funktioniert die Batterie für das Flutlicht eigentlich noch?"

„Ja, warum?"

„Ich möchte was probieren, kleiner Alligator. Kannst Du vielleicht mal das Flutlicht anmachen?"

Simons linker Nasenflügel zuckte. Er verband die beiden Drähte mit der Batterie und tauchte das Mini-Weser-Stadion in Flutlicht-Atmosphäre.

„Simon?" Hannes schaute noch immer Comos Lederbeutel an.

„Ja?"

„Lass uns mal etwas Verrücktes versuchen. Hast Du Lust?"

Simon zuckte die Schultern.

„O.k., etwas Verrücktes!"

„Wenn wir es nicht versuchen, dann werden wir es wahrscheinlich nicht pünktlich zum Spiel schaffen. Weißt Du, dieser Stau, es wird zu lange dauern, bis wir in Bremen sind!"

„Du meinst, es könnte sein, dass wir es schaffen, wenn wir etwas Verrücktes machen?"

„Ich weiß nicht genau, also vielleicht. Ja, vielleicht. Aber wir müssen beide ganz fest daran glauben!"

„O.k.!", sagte Simon.

„O.k.! Aber Du musst mir vertrauen!"

„Ja, ich vertraue Dir!"

„Gut, dann schau mal bitte unter Deinen Sitz, da müsste ein Verbandskasten sein!"

Simon bückte sich und holte einen verstaubten, grauen Erste-Hilfe-Kasten unter seinem Sitz hervor.

„Super, Baumi!"

Hannes öffnete den Verbandskasten und nahm die Schere.

„Was willst Du denn mit der Schere machen, Hannes?"

„Ich will etwas probieren, aber das kann nur funktionieren, wenn wir beide wirklich ganz, ganz fest daran glauben!"

„Ja. Also ich glaube dran, wenn wir es dann auch zum Spiel schaffen werden, dann glaube ich dran!", sagte Simon entschlossen.

„Gut so! Dann musst Du mir jetzt helfen! Wir schaffen es nur gemeinsam!"

Er reichte Simon die Schere.

„Also, ich werde jetzt dieses Pulver über den Draht streuen, der von den Flutlichtmasten zur Batterie führt!"

„O.k.!", antwortete Simon, als hätte Hannes vorgeschlagen, vor Spielbeginn noch eine Bratwurst zu essen.

„Gut. Und während ich das Pulver auf den Draht streue, musst Du mit der Schere den Draht durchschneiden."

Jetzt registrierte Hannes einen Ausdruck in Simons Gesicht, den er bisher noch nie gesehen hatte.

Bist Du verrückt geworden? Ich mache doch mein Mini-Weser-Stadion nicht kaputt!, sagte dieser Gesichtsausdruck.

„Vertrau mir einfach, kleiner Alligator!"

„Gut. Aber wir werden den Draht später wieder reparieren?"

„Ja, natürlich, nach dem Spiel werden wir den Draht zusammen wieder reparieren, noch heute Abend! Versprochen!"

„Gut!"

„Gut. Also, ich werde dann jetzt das Pulver streuen und Du schneidest den Draht durch. Aber Du musst fest drücken, damit es die Schere auch schafft!"

„Alles klar! Das ist ja ein Draht und kein Papier!"

„Ganz genau, Du hast es verstanden. Also dann auf drei! Wollen wir abwechselnd zählen?"

Simon nickte ernst.

„Eins!"

„Zwei!"

„Und drei!"

Hannes streute den Inhalt mit einer Vorsicht auf den Draht, als würde er zum ersten Mal ein exotisches Gewürz beim Kochen benutzen. Simon hingegen führte die Schere selbstbewusst an den Draht und durchtrennte diesen ohne Mühe. Im gleichen Moment erlosch das Licht im Mini-Weser-Stadion.

„So. Mehr können wir nicht machen!", sagte Hannes, verstaute den Lederbeutel wieder im Handschuhfach und legte das Stadion zurück auf die Rückbank.

„Schnall Dich an, kleiner Alligator. Mehr konnten wir wirklich nicht machen!"

Er steuerte vom Standstreifen zurück in den Stau und registrierte, dass in nicht einmal 30 Minuten das Spiel angepfiffen werden sollte.

Als sich der Stau endlich aufzulösen begann, waren sie noch fast 100 Kilometer von Bremen entfernt. Es war 20.29 Uhr und in einer

Minute würde das Spiel beginnen. Im Radio wurde live ins Weser-Stadion geschaltet. Der Norden wollte live dabei sein, wenn das Spiel gegen Schalke angepfiffen wurde und damit die neue Saison beginnen sollte.

Hannes schüttelte resigniert den Kopf.

„Hat es nicht geklappt?", fragte Simon.

„Nein. Es hat wohl nicht geklappt!"

Und dann hörte der Reporter für zwei Sekunden auf zu sprechen. Als er seine Sprache wiedergefunden hatte, sagte er, dass im Weser-Stadion das Licht ausgegangen war. Er redete von einem Stromausfall und davon, dass der Schiedsrichter das Spiel wohl deshalb nicht anpfeifen konnte.

Simon drehte sich nach Hannes um und lächelte.

„Waren wir das?"

„Ich habe keine Ahnung!", lächelte Hannes. Sein Herz raste vor Aufregung, als er hinzufügte: „Aber es scheint tatsächlich geklappt zu haben! Jetzt kommen wir vielleicht doch noch rechtzeitig zum Spiel!"

ENDE

Anmerkung des Autors

Ich möchte an dieser Stelle einigen Personen danken, die mir beim Schreiben dieses Buches geholfen haben:

Herrn Frank Baumann für die vielen Insider-Informationen zu den im Buch erwähnten Werder-Spielen und zu den vielen vermeintlichen Kleinigkeiten um das Werder-Team der Double-Saison.

Ein ganz besonderer Dank geht an Frau Doris Wilson, Sozialpädagogin des Psychosozialen Teams der Onkologie in der *Cnopf'schen Kinderklinik* (Station Regenbogen) in Nürnberg. Ohne ihre fachkundige Hilfe und ihre vielen Anregungen wäre es mir nicht möglich gewesen, Simons Krankheitsverlauf und die Stationen seiner Therapie derart detailliert zu schildern.

Dem Werder-Kader der Saison 2003/2004 sowie dem Trainerstab um Thomas Schaaf und den sportlichen Leiter Klaus Allofs, denn ohne sie wäre dieses Buch so nie entstanden.

Danke auch an Matthias Schloßbauer, Edi und Julian Kalb für die Hilfe beim Fotoshooting.

Und natürlich auch meiner Frau Sigrid für die Geduld und die große Unterstützung.

Dieter Schneider

Dieter Schneider,

1966 im Werdertrikot geboren, hat mit „Double" seinen bisher dritten Roman geschrieben. Er arbeitet als Lehrer für Englisch, Wirtschaft und Theater und lebt zusammen mit seiner Frau, zwei Kindern und einem Hund am Stadtrand von Nürnberg.

Inhalt

Weitere Bücher zu Werder Bremen

Olaf Dorow / Sven Bremer
Grün-weißes Werderland
Die Geschichte von
Werder Bremen
448 S., gebunden, Fotos
ISBN 978-3-89533-824-3
€ 24,90

Die Neuauflage des Klassikers

Harald Klingebiel
Mythos Weser-Stadion
80 Jahre Fußball und Kultur
232 S., A4, gebunden,
durchgehend farbig
ISBN 978-3-89533-501-3
€ 28,90

„In Inhalt und Gestaltung bestechend."
(Ostfriesen-Zeitung)

Jan Küpper
Für immer Grün-Weiß
Mein Leben als Werder-Fan
256 S., Paperback
ISBN 978-3-89533-589-1
€ 9,90

„Geschrieben mit Witz
und Leidenschaft."
(Jeversches Wochenblatt)

Insa Bauer
Werder – Tierisch was los
Für Kids ab 5 Jahren
64 S., gebunden
Mit farbigen Zeichnungen
von Dieter Tonn
ISBN 978-3-89533-718-5
€ 12,90

Verlag die Werkstatt
www.werkstatt-verlag.de